Pacto de amor

Kathleen Woodiwiss

Pacto de amor

Traducción de
Eduardo García Murillo

CÍRCULO de LECTORES

Para mi buena amiga Laurie McBain.
Si nuestras opiniones fueran más parecidas,
seríamos gemelas idénticas.

1

Campiña de Wiltshire, Inglaterra
Al nordeste de Bath y Bradford-on-Avon
5 de septiembre de 1815

Lady Adriana Sutton atravesó con elegancia el pórtico arqueado de Randwulf Manor y lanzó una carcajada cuando esquivó con pericia la mano de un ansioso admirador. Para seguirla, éste había saltado de su montura y corrido tras ella, con la intención de alcanzarla antes de que subiera la escalinata de piedra y desapareciera en el interior de la mansión jacobina de los vecinos y amigos más íntimos de su familia. Al acercarse la joven, la enorme puerta se abrió y, con serena dignidad, un mayordomo alto, delgado y de edad avanzada se apartó para esperarla.

–Oh, Harrison, eres un encanto –dijo Adriana con voz melodiosa mientras atravesaba el espacioso vestíbulo.

Protegida tras el criado, giró en redondo y adoptó una pose triunfal dedicada a su perseguidor. Éste se detuvo en el umbral, y la joven enarcó una ceja, intrigada. Pese al celo con que Roger Elston la perseguía desde hacía casi un año para reclamar su amor, irrumpiendo incluso en la mansión cuando no lo habían invitado, daba la impresión de que su temor al difunto lord Sedgwick Wyndham, sexto marqués de Randwulf, hubiera aumentado durante los meses posteriores a la muerte del noble, en vez de disiparse.

Si en ocasiones lord Sedgwick se había sentido exasperado por las visitas inoportunas del aprendiz, no había sido culpa del anciano, pues Roger se había mostrado inusualmente tenaz en la tarea de conquistar la mano de la muchacha, como si eso hubiera sido remotamente posible. Su descaro había alcanzado límites asombrosos. Siempre que se habían enviado invitaciones oficiales a grupos selectos, o que unos amigos íntimos estaban disfrutando de una cena privada con los Wyndham o con su propia familia, su tozudo admirador se presentaba con algún pretexto si ella participaba, aunque sólo fuera para charlar unos momentos. Eso llevaba a Adriana a arrepentirse de haber accedido a la primera visita del joven a Wakefield Manor. Aun después de su audaz propuesta de matrimonio, a la que su padre había contestado al punto explicando que ella ya estaba comprometida, Roger había continuado acosándola sin cesar.

Adriana había pensado en dictar la severa orden de que se impidiera al joven acceder a su presencia, pero aún no había calmado los escrúpulos que la atormentaban. A veces, Roger le parecía un individuo solitario, un claro reflejo de su juventud turbulenta. Cada vez que estaba a punto de cortar su relación con él, la asediaban los recuerdos de todos los animalitos indefensos que ella y su amiga de toda la vida, Samantha Wyndham, habían alimentado de pequeñas. Sentir menos compasión por un ser humano que necesitaba con desesperación un poco de amabilidad se le antojaba en comparación muy poco equitativo.

–Creo que ese cobarde sujeto te tiene miedo, Harrison –bromeó Adriana, al tiempo que alzaba su fusta de montar para señalar a su apuesto admirador–. Su renuencia a plantar cara a un hombre como tú ha jugado a mi favor. Si no hubieras abierto la puerta en ese preciso momento, es muy probable que el señor Elston me hubiera alcanzado para reprocharme que Ulises y yo lo dejábamos atrás a él y a su miserable rocín.

Si bien Roger no había sido invitado al paseo de aquel día, hizo acto de aparición en Wakefield Manor justo cuando las amigas de Adriana llegaban a caballo para reunirse con ella y una nueva amiga. ¿Qué otra cosa habría podido hacer, sino ofrecer al joven una montura? Pese a estar al corriente de que la muchacha estaba comprometida con otro hombre por un acuerdo que sus padres habían firmado años antes, la perseverancia de Roger parecía infatigable, lo cual la llevaba a preguntarse si el hombre pensaba que su determinación bastaba para anular dicho contrato y conseguir su mano.

Con expresión perpleja, Adriana arqueó las cejas mientras apoyaba un fino dedo junto a su barbilla.

–No obstante, por más que he intentado refrenar a Ulises, temo que no puede soportar la visión de otro corcel delante de él. Se niega a ir al trote al lado de los castrados de nuestros establos, tal como el señor Elston puede atestiguar con sus esfuerzos por no rezagarse. No me sorprendería en absoluto que el rucio considere una afrenta personal que se lo relacione con ellos. Ya sabes, Harrison, que lord Sedgwick se quejaba a menudo del espíritu indomable del corcel.

La sonrisa fugaz del criado insinuó un humor enmascarado con frecuencia por una apariencia digna.

–Sí que lo hacía, mi señora, pero siempre con un brillo de orgullo en los ojos, debido a vuestra habilidad para domeñar a un corcel tan testarudo. Su señoría disfrutaba mucho pregonando vuestros logros a cualquiera que quisiera escucharlo. Estaba tan orgulloso de vos como de su querida hija.

Harrison, que llevaba al servicio de los Wyndham varias décadas, recordaba muy bien la llegada de los Sutton a Randwulf Manor para exhibir a su tercera hija recién nacida. Apenas un puñado de años después, la dama en cuestión se había ganado el afecto de casi todos los que vivían en la mansión. En cuanto a sus dotes de amazona, Harrison había oído suficientes alabanzas de su difunto señor para saber que la muchacha había herido el orgullo de jinetes que se consideraban sin parangón. A la vista de la falta de experiencia de su acompañante en dicha materia menos de un año antes, no era sorprendente que continuara perdiendo sin cesar. En todo caso, sus derrotas habían fortalecido su determinación de triunfar, hasta el punto de que ahora lograba destacar de los demás participantes en estas carreras espontáneas. Al menos, esta vez había pisado los talones de la muchacha cuando había atravesado la puerta a toda velocidad. Claro que, teniendo en cuenta la larga subida desde los postes de amarrar caballos a la mansión, las zancadas de su perseguidor le habían otorgado cierta ventaja en los últimos momentos de su contienda.

–No cabe la menor duda, mi señora, de que ningún otro corcel posee el coraje suficiente para igualar los heroicos esfuerzos del rucio... o de su briosa amazona. Sin embargo, el señor Elston parece decidido a alcanzaros. Tal vez lo consiga algún día.

Largos años de servicio habían establecido a Alfred Harrison como jefe de los criados de Randwulf Manor, un cargo merecido en todos los aspectos y ejercido con leal dedicación. En presencia de un pilar tan respetado de la servidumbre, Roger Elston se sentía incómodo en el interior de la mansión. Por más que ansiara ser el dueño de la dama, no podía olvidar que era arriesgado creerse con derecho a confraternizar con aristócratas acaudalados de encumbrados títulos y apellidos respetables. Su impertinencia ya había azuzado la ira de una verdadera legión de lores que aspiraban a la mano de la dama, pero había decidido meses atrás que el premio bien valía cualquier altercado que se viera en la obligación de afrontar. Si su padre no hubiera heredado una importante fábrica de paños en las afueras de Bradford-on-Avon, para luego ordenarle que aprendiera su administración y los misterios del comercio de la lana, jamás habría abandonado el orfanato de Londres donde había vivido desde los nueve años, y trabajado de profesor durante los últimos diez de los dieciocho años que había pasado en él. En verdad, considerando sus más que humildes orígenes, era un milagro que soportaran su presencia. De no ser por el profundo afecto que sentían los Wyndham por lady Adriana, y su resistencia a avergonzarla interrogando al individuo que la seguía a todas partes, un hombre de tan baja estofa no habría podido traspasar el umbral de la mansión.

Roger se quitó el sombrero con rígido decoro e intentó llamar la atención del mayordomo, aunque sólo fuera para recordarle que esperaba ser invitado a entrar, pero se quedó petrificado de terror cuando sus oídos captaron los gruñidos apagados de un par de viejos perros lobos que vagaban en libertad por la mansión y sus aledaños. Meses antes había aprendido que cuando Leo y Aris estaban sueltos no era fácil ponerse a salvo, ni en la casa ni en los terrenos. Siempre parecían ansiosos de clavarle los colmillos. Si bien el comportamiento de los miembros de la familia había sido irreprochable en todo momento, no podía decirse lo mismo de las dos bestias.

La mampostería muy trabajada en las arcadas estriadas y festoneadas, que en dos niveles separaban los cuatro lados del enorme salón central de los elegantes pasillos abovedados que lo rodeaban, daba fe del talento artístico de los albañiles de eras pasadas. Dos de los corredores empezaban en el vestíbulo, lo bastante espacioso para alojar a una gran multitud. Desde la entrada, los pasillos de los lados norte y sur casi atravesaban la mansión en toda su longitud. El gran salón, reforzado con contrafuertes, era el típico de los castillos antiguos; las mesas de caballete y abundantes sillas similares a tronos evocaban banquetes de la Edad Media. El corredor más alejado al sur permitía el acceso a la sala, ante cuya puerta se habían parado a hablar la dama y el mayordomo. Al otro lado de la enorme estancia unas arcadas de piedra parecidas a las del gran salón definían los límites de la galería. La biblioteca, con su hermosa puerta chapada, se hallaba al lado. Al final del corredor había un par de puertas de cristal tallado, que conducían al enorme invernadero que en aquellos momentos resplandecía con el brillo del sol de la tarde.

Los gruñidos podían llegar de cualquier punto del extremo sur de la mansión, ya que las arcadas de piedra que flanqueaban la galería permitían el acceso a los perros. Era una estancia que solían frecuentar los animales para solazarse a la tibia luz fragmentada del sol.

Roger estiró el cuello con cautela para atisbar la galería, si bien desde donde estaba resultaba imposible divisar la estancia. De todos modos, aunque hubiera estado delante, las vidrieras que revestían la pared exterior le habrían impedido ver los animales. Encastradas en elegantes marcos arqueados de piedra similares a los de la pared opuesta de la sala, las vidrieras de intensos colores mostraban una impresionante colección de recuerdos artísticos. Entre los antepasados honrados por su contribución al legado de los Wyndham había caballeros en atuendos de batalla, inmortalizados por sus actos de valor, varias damas, que aparecían allí por sus buenas obras, y un erudito de aspecto caballeresco que sostenía una rama de olivo. Desde la llegada del invierno hasta la eclosión del verano, el sol arrojaba sus rayos sobre los cristales desde media tarde hasta el ocaso, lo que bañaba la estancia con extrañas configuraciones distorsionadas de rayos multicolores capaces de confundir el ojo y los sentidos del observador. Eran casi las tres de la tarde y ya se veían las franjas de brillantes tonos que se extendían hasta el final del gran salón.

Roger culpó de su aturdimiento al resplandor que iluminaba el pasillo, en lugar de achacarlo a su corazón palpitante, pero tuvo motivos para pensar que estaba equivocado cuando se encontró mirando unos ojos malignos entre los colores de la luz del sol. Debajo de aquellos ojos de mirada penetrante, unos colmillos blancos y afilados se revelaban entre gruñidos profundos. La amenaza era evidente... y aterradora. En cualquier momento, las enormes bestias decidirían precipitarse sobre él y cerrar las mandíbulas sobre sus piernas o brazos, si no en su garganta. Sólo esperaban un gesto amenazador que las incitara a atacar. Por tal motivo Roger no se atrevía ni a mover una ceja.

Por increíble que pareciera, mientras los segundos transcurrían los animales permanecían inmóviles, como si alguna poción mágica los hubiera transformado en dos efigies de granito, pero Roger no podía confiar en su capacidad de imitarlos. Pese a la postura petrificada de los perros, su pellejo ondulaba sobre el lomo, reflejo de su desconfianza hacia él o cualquiera que consideraran un intruso..., excepto que en este caso habían adoptado lo que parecía una actitud de protección a cada lado de un alto oficial uniformado que estaba erguido en el pasillo, cerca del final de la galería. El hecho de que se apoyara en un bastón indicaba que era otro herido en la guerra contra Francia, tal vez incluso en la reciente batalla de Waterloo o en las escaramuzas que aún tenían lugar en aquel país. Por lo que podía deducirse, el sujeto se había detenido debido a la llegada de la dama a la mansión, pues su expresión inquisidora parecía concentrada en ella.

Era imposible encontrar una explicación razonable a la aceptación de la presencia de este recién llegado por parte de los sabuesos, al menos ninguna que Roger conociera. En circunstancias normales reservaban su lealtad incondicional –de la que era testigo– a la familia inmediata; la feroz devoción de los animales al difunto lord lo había demostrado con harta frecuencia. Si bien jamás había encontrado pruebas fehacientes de ello, Roger había sospechado a menudo que el marqués provocaba la hostilidad de sus perros para disuadir a los muchos pretendientes que solicitaban la atención de lady Adriana. Antes de la enfermedad y fallecimiento de lord Sedgwick, los aspirantes habían adquirido la costumbre de caer en oleadas sobre las propiedades vecinas a Randwulf y Wakefield, en su ansiedad por estar cerca de Adriana Sutton. No sólo la belleza de la dama era sobrecogedora; para muchos, lo más interesante era que después del matrimonio el marido recibiría una generosa dote, suficiente para convertir a un mendigo en caballero.

Al fin y al cabo, los sabuesos habían pertenecido al noble, y si lord Sedgwick lo hubiera querido habría podido alentar fácilmente su agresividad. Si bien de puertas afuera parecía divertido por los galanes prendados de la dama, en su momento había decidido que sería su hijo quien se casaría con ella, lo cual para Roger significaba que el anciano tenía motivos suficientes para utilizar los más elaborados subterfugios, como por ejemplo azuzar a los perros contra los enamorados.

Para Roger todavía era un misterio por qué los animales toleraban a los criados, aunque algunos llegaban y se marchaban, a menos que sus uniformes los distinguieran de los visitantes y forasteros en su mente canina. Tras haber alimentado tantas aspiraciones como el resto de los admiradores de lady Adriana, Roger la había seguido hasta Randwulf Manor en más de una ocasión, y se daba cuenta de que Leo y Aris querían al recién llegado tanto como a los miembros de la familia. Con esa idea en mente, y teniendo en cuenta la intolerancia de las bestias a los forasteros, Roger sentía bastante curiosidad por la relación del oficial con los habitantes de la mansión.

Incapaz de recordarlo de alguna visita anterior, Roger se puso a fantasear sobre la identidad del visitante. Si se trataba de un conocido o un pariente lejano de la familia, ¿por qué los perros lo aceptaban de tan buen grado? Por intrigante que fuera la pregunta, Roger no podía sacudirse la impresión de que había visto antes al oficial, o al menos a alguien que se le parecía mucho. Era un rostro inolvidable. Poseía todas las características que envidiaba: facciones pronunciadas y nobles, y una apostura mucho más viril que la suya. En los últimos tiempos había empezado a sospechar que sus rasgos seguirían siendo fastidiosamente juveniles durante mucho tiempo. Aunque acababa de cumplir veintisiete años, constantemente se sentía vejado por gente que lo confundía con un muchacho.

Si el oficial era un invitado de la casa, Roger se sintió ofendido por el aire autoritario del hombre, fuera éste por altivez o por su condición de militar. No habría podido imponer respeto sólo por su edad, pues no aparentaba más de treinta y cinco años.

La impresionante presencia del oficial parecía de lo más inapropiada en casa del difunto marqués. Algo exasperado con el anciano mayordomo, que en aquel momento parecía ajeno a todo salvo a su animada conversación con la dama, el oficial parecía esperar que le presentaran a la joven, como si tuviera todo el derecho a ello. Tal vez, como sus predecesores, se había quedado fascinado por su extraordinaria belleza, algo que a veces amargaba a Roger cuando se encontraba en mitad de la audiencia concedida por la bella a sus aristocráticos pretendientes.

Pero ¿quién demonios era este tipo?

La pregunta salió de su conciencia cuando la hija única del fallecido lord lo empujó a un lado. Después de quedar muy rezagada durante la carrera de la tarde, Samantha Galia Wyndham Burke acababa de llegar a la propiedad familiar. Al igual que su amiga más íntima, jugaba a escapar del hombre que la había perseguido, en este caso el que era su marido desde hacía casi dos años. Cuando dirigió una rápida mirada hacia atrás, vio que él estaba acortando a grandes zancadas la distancia que los separaba.

Sus zancadas daban ventaja a Perceval Burke. Entre carcajadas de protesta, aferró a su esposa y la obligó a volverse.

–Ya te tengo, querida mía.

Samantha se quitó el sombrero, miró a su apuesto marido e hizo un mohín.

–¿Debo creer que corro peligro, señor?

Las cejas rubias se arquearon encima de los brillantes ojos azules.

–Temo que de la peor especie.

Con fingido recato, Samantha bajó la vista y sus dedos enguantados jugaron con los botones del chaleco de ante de su marido. Aun así, los labios le temblaban mientras se esforzaba por contener la risa.

–Supongo que deberé hacer penitencia.

–Sí –murmuró con voz ronca su marido, apretándole el brazo–. Me encargaré de ello sin más dilación en cuanto volvamos a casa.

La entrada de la tercera pareja fue muchísimo más digna que la de las dos primeras. Desde hacía algún tiempo, el comandante lord Stuart Burke padecía las consecuencias de una herida muy dolorosa, recibida en la nalga izquierda durante la batalla de Waterloo. No obstante, sus modales eran irreprochables. Ofreciéndole el brazo a la señorita Felicity Fairchild, una joven de inmenso atractivo recién llegada a la cercana ciudad de Bradford-on-Avon, Stuart la escoltó hasta el gran salón con toda la galantería de un oficial y caballero, mientras ella caminaba a su lado con cortos pasos y recatadas sonrisas.

Roger, alentado por la llegada de las parejas, las siguió y procuró afirmar su entrada siguiendo el ejemplo de Perceval. Se lanzó hacia Adriana con la esperanza de pillarla desprevenida, porque si en algo sobresalía era en celeridad y agilidad. Antes de que su madre muriera y a él lo internaran en un orfelinato, había tenido que luchar para sobrevivir entre la miseria de las calles de Londres, y había aprendido la necesidad de ser veloz a una edad muy temprana. O eso, o perder a manos de agentes de la ley la comida robada, un incidente que solía terminar ante un magistrado que decidía el sino del ladrón.

El rápido tintineo del metal golpeando sobre el mármol llamó de inmediato la atención de Adriana. Al reconocer el sonido que solía acompañar la aparición de Roger, miró a su alrededor sorprendida. El bribón se dirigía hacia ella a toda la velocidad de sus piernas.

Pese a los penosos estragos que las cuñas metálicas habían infligido a sus zapatillas y pies en el pasado, Adriana estaba decidida a mantener al aprendiz a raya. Como muchacha soltera, no permitiría a ningún hombre las mismas familiaridades que Perceval había exhibido con su mujer. Aún tenía que encontrar a un hombre que le resultara tan atractivo. Por decepcionante que le resultara hallarse de nuevo en compañía de Roger Elston, no lograba hacerse a la idea de frustrarlo delante de sus amigos de alta cuna solicitando que pusiera fin a sus avances. Su madre nunca había tolerado groserías de ningún tipo, ni siquiera con aquellos que imponían su compañía a otros.

Empeñada en disuadir a su irreductible pretendiente, Adriana dio media vuelta con una carcajada bien fingida, y consiguió esquivar por unos pocos centímetros la mano extendida de Roger. Queriendo mantenerse alejada del aprendiz (por más que él deseara lo contrario), continuó con sus ágiles evoluciones hasta dejar atrás las primeras arcadas de la galería, vagamente consciente de que Leo y Aris corrían tras ella. De pronto, un objeto de madera cayó con estrépito al suelo, sin duda empujado sin querer por los animales. Por fortuna no se había oído ruido de cristales al romperse. El repiqueteo metálico de su perseguidor cesó con brusquedad cuando los animales saltaron desde la galería, donde habían buscado un breve refugio, al pasillo, detrás de ella, para impedir el avance del aprendiz. En cuanto a lo que habían tirado las bestias, la curiosidad de Adriana no pudo saciarse porque en aquel preciso momento se topó con un obstáculo plantado en su camino, y se preguntó si un árbol acababa de crecer en el pasillo. Teniendo en cuenta su aturdimiento, la idea no se le antojó muy desacertada.

El choque la hizo tambalearse y estuvo a punto de caer cuando su bota topó con la moldura decorativa de una arcada ornamental de estilo italiano. ¿O acaso había tropezado con una raíz torcida?

Al instante siguiente, una larga extremidad se proyectó desde la supuesta estructura de roble y aferró su cintura con una presa inexorable. Sin tiempo para reaccionar, se vio arrojada contra una estructura sólida, que parecía mucho más humana de lo que cualquier árbol pudiera imitar. En una ocasión había tropezado con la fornida cocinera de su familia, en sus prisas por escapar a los establos. La experiencia había sido muy semejante a aterrizar sobre una almohada, un recuerdo que la convenció de que, fuera cual fuera la naturaleza del ser que la aprisionaba, una cosa era segura: ¡su forma no era de origen femenino!

La menor de tres hermanas, lady Adriana Elynn Sutton, había crecido en el hogar ancestral de su familia, a unos veinte kilómetros de distancia, y desde su más tierna infancia había sido amiga y confidente de Samantha Wyndham. Aunque en muchos aspectos siempre había sido la favorita de su padre, había causado a su madre y hermanas incontables horas de desesperación. No sólo era diferente en apariencia de las tres, alta, de ojos negros como el ébano y pelo oscuro como el de su padre, sino también en muchos otros aspectos.

Su madre, Christina, era la quintaesencia de una dama y había intentado conformar a las tres hijas en el mismo molde. Había triunfado, hasta cierto punto. Las dos mayores, Jaclyn y Melora, habían seguido los consejos de sus padres, y cuando les convenía eran capaces de adoptar unos modales refinados que los observadores encontraban atractivos y agradables al mismo tiempo. Jaclyn ya estaba casada y vivía cerca de Londres, y era madre de dos hijos. Melora, la siguiente, no estaría mucho tiempo soltera. Adriana, por su parte, daba muestras de haber surgido de un molde muy diferente. Sus hermanas habían insinuado que se parecía más a su tía paterna de lo que la familia podía soportar.

A excepción de un contrato de noviazgo y compromiso matrimonial que la había dejado insegura en cuanto al futuro, Adriana no se consideraba comprometida, y no albergaba el menor deseo de que las circunstancias cambiaran. Se resistía a mostrarse altiva en consideración a los invitados de alcurnia, y, en opinión de su madre, en ocasiones parecía rebelarse cuando, en lugar de exhibir sus mejores prendas, aparecía ante los visitantes en atuendo de amazona, ofrecía graciosas excusas con sonrisas encantadoras y salía disparada por la puerta antes de que nadie pensara en protestar.

No cabía duda de que sus habilidades ecuestres se contaban entre las mejores de la zona, sobre todo cuando montaba el orgulloso corcel andaluz que su padre había importado de España especialmente para ella. Para adquirir tal maestría había dedicado horas incontables a entrenarse, algo que sus pusilánimes hermanas desecharon en cuanto descubrieron que no siempre se mantenían sanas y salvas en la silla de amazona. Una o dos caídas bastaron para que desviaran con brusquedad sus intereses hacia actividades más propias de damas.

Su madre había sufrido durante horas incontables por las costumbres más propias de un muchacho de su hija menor, que había demostrado ser mucho más aventurera que sus hermanas, no sólo por montar a Ulises a través de campos ondulantes y saltar sobre obstáculos difíciles, sino en su ávida fascinación por el tiro con arco y las armas de fuego. Bajo la tutela de su padre había adquirido un ojo penetrante para ambas, y desde una buena distancia, en especial con el rifle Ferguson que él le había regalado, era capaz de abatir un ciervo o alguna otra pieza de caza para aliviar la monotonía de la comida servida en la mesa familiar, o para distribuir raciones entre los necesitados, casi siempre a una pareja que había acogido a una docena de huérfanos. No obstante, eran las opiniones de sus maestros las que más satisfacían a su padre. Según aquellos eruditos, Adriana Sutton poseía un intelecto que podía ser envidiado por muchos caballeros cultos.

Pese a las alabanzas de sus profesores, su carencia de ciertos talentos despertaba la desaprobación de sus rubias hermanas, condena fortalecida porque no sabía manejar la aguja. Detestaba cantar o tocar el clavicordio, en lo cual destacaban sus hermanas. También era muy selectiva a la hora de brindar su amistad a los miembros de su mismo sexo, porque no podía soportar a las cotillas que se dedicaban a susurrar comentarios sarcásticos sobre alguna dama que, casualmente, siempre era más atractiva que ellas. Sus hermanas consideraban deplorable que tuviera muchos más amigos que amigas. «¿Qué pensará la gente?», se lamentaban. Sin embargo, por inexplicable que pareciera (sobre todo a quienes desaprobaban su comportamiento, tan impropio de una dama), Adriana Sutton se había ganado el cariño del difunto marqués de Randwulf, su familia y sus fieles sirvientes, muchos de los cuales la habían visto crecer hasta convertirse en una adorable joven.

Y ahora se encontraba en una trampa que debería haberle erizado el vello, si bien en aquel momento estaba experimentando ciertas dificultades para distinguir la realidad de la fantasía. Dadas las circunstancias, no consideraba tan desacertada la caprichosa idea de que un árbol había echado raíces en el pasillo, pues la forma imponente contra la que había ido a estrellarse semejaba un roble de acero. La falda negra de su uniforme de montar y su chaquetilla cruzada Spencer de terciopelo verde bosque, con su adorno de encaje color crema, parecían protección insuficiente contra el abrazo implacable de quien la sujetaba.

Irritada, intentó liberarse y recuperar la dignidad, y comprobó con alivio que los brazos del hombre se apartaban. Una vez recobrada su libertad, procuró alejarse todavía más del individuo; pero, ay, su esfuerzo resultó en vano, porque al retroceder tropezó con un palo o algún otro objeto de madera largo, que le hizo perder el equilibrio. Agitó los brazos en un frenético intento por mantenerse erguida, al tiempo que el hombre tendía las manos hacia ella. Desesperada, se agarró a lo primero que encontró, la cintura de la chaqueta roja. Aun así, sintió que los pies no la sostenían. La suela de su bota resbaló, con lo que volvió a perder su escaso equilibrio. Sus frenéticas evoluciones terminaron con brusquedad cuando su muslo derecho se estrelló contra la ingle del hombre. Tuvo la impresión de que su víctima se quedaba sin respiración, pero sus desgracias todavía no habían terminado. La falda se le subió hasta la rodilla cuando su pierna izquierda resbaló sobre la parte externa de una extremidad dura y musculosa que más parecía una herramienta de desollar, y no es fácil determinar quién se encogió más de los dos, si el oficial o ella. Adriana experimentó la sensación de que le habían despellejado la parte interna de la pierna, después de resbalar sobre los pantalones de lana blanca del hombre. Si hubiera existido alguna arruga en dicha prenda, estaba segura de que ella habría sido la primera en descubrirla.

Procuró al punto recuperar su modestia tanto como su dignidad, mientras se esforzaba por desmontar del muslo duro como el hierro; pero, por más que lo intentaba, no podía ignorar el dolor que sentía en sus partes más tiernas. Dada su incomodidad, tenía motivos para dudar que fuera capaz de forzar una sonrisa, y mucho menos reír de su propia torpeza. Sólo pudo preguntarse qué estragos había infligido al hombre.

–Lo siento... –empezó, y se ruborizó cuando trató de disimular su disgusto. Temía que hubieran aparecido arrugas en sus calzones donde antes no habían existido–. No era mi intención...

–Da igual –dijo el oficial con voz estrangulada, luchando por no perder el control.

Rodeó la cintura de la joven con el brazo una vez más, y la levantó con suma facilidad de su muslo para depositarla en el suelo, entre sus relucientes botas negras.

El oficial cerró los ojos, concentrado en dominar el dolor de sus genitales, e inclinó la cabeza hacia delante para esperar a que se calmara, lo cual permitió a Adriana captar un vago aroma de su colonia. Mezclado con una esencia de jabón y un rastro etéreo de la lana de su uniforme, el olor ascendió hasta su nariz y cosquilleó sus sentidos. Adriana no había experimentado jamás una agitación tan extraña y atrayente. La fragancia viril se le antojó mucho más embriagadora que una copa de oporto en una noche calurosa. Por difícil que fuera, procuró prestar atención a lo que estaba viendo, antes que a las excitantes divagaciones de su mente.

Otra mueca de dolor testimonió el persistente malestar del hombre. Su rostro se tensó al tiempo que apretaba los bien dibujados labios, mientras soportaba el tormento en silencio. Pese a la expresión estoica, el decoro caballeresco no debió de constituir un bálsamo para su dolor, pues con unas palabras de disculpa apenas susurradas bajó la mano entre ambos, al amparo del manto protector de las faldas de Adriana.

La joven cometió el error de bajar la vista, antes de caer en la cuenta de lo que estaba haciendo el hombre: acomodar con cautela el bulto que marcaban sus pantalones ajustados. Dejando escapar una exclamación ahogada, Adriana desvió la mirada. Padeció un momento eterno de absoluta vergüenza mientras se esforzaba por borrar de su mente lo que acababa de ver y centrarse en asuntos lógicos, como el motivo de la presencia del oficial en Randwulf Manor. No obstante, era imposible hacer caso omiso del calor que le abrasaba las mejillas. Y sentirse como un barco a la deriva en un mar extraño, al otro lado del mundo, no le servía precisamente de ayuda.

Adriana clavó aposta la mirada en una zona situada entre el cabello castaño oscuro muy corto y los anchos hombros adornados con charreteras cosidas a la tela roja de la blusa militar. Creía que era la única manera de seguir una línea de pensamiento digna de una doncella, pero jamás en su vida había imaginado que la quintaesencia de la masculinidad pudiera encarnarse en un solo hombre.

Mientras las firmes facciones recuperaban su belleza, vio los claros ojos grises desprovistos por fin de dolor, al menos lo suficiente para comunicar cierto destello de humor a una sonrisa fugaz pero encantadora. Aun así, los dientes blanquísimos, los más perfectos que había visto desde hacía muchos años, eran demasiado brillantes para permitirle una reflexión serena. Las patillas recortadas con esmero acentuaban los pómulos pronunciados bajo las mejillas bronceadas. La jovialidad apenas contenida formó durante un momento profundos surcos a cada lado de su boca. Cualquier mujer habría contemplado con admiración el atractivo resultado, fruto tal vez de años de evolución a partir de simples hoyuelos. No obstante, aquellos surcos preocupaban a Adriana, pues daba la impresión de que tironeaban de algo profundamente arraigado en su memoria, como si hicieran resonar una melodía escurridiza oída muchos años antes y que ahora no podía recordar con claridad. Si existía algún vago recuerdo de aquellas arrugas diabólicas, no se hallaba almacenado en su memoria reciente, y con toda probabilidad había sido relegado a oscuros recovecos de su cerebro, donde dichos pensamientos y recuerdos de años olvidados debían de estar desleídos por falta de uso.

–Teniendo en cuenta la incomodidad que hemos compartido hace unos momentos –murmuró el oficial en un tono cálido destinado sólo a los oídos de la muchacha–, creo que, como mínimo, debería saber el nombre de una compañera tan cautivadora, antes de que otra calamidad se abata sobre nosotros, señorita...

Los tonos melodiosos de la voz de su captor estaban imbuidos de una cualidad tan intensa, que dieron la impresión de vibrar en todo su cuerpo. Para asombro de Adriana, el sonido causó una turbación extrañamente agradable en zonas demasiado íntimas para que una virgen osara pensar en ellas. Por placenteras que fueran las sensaciones, no sabía qué deducir. Parecían casi... impúdicas, aunque lo cierto era que la imagen que se había grabado a fuego en su cerebro hacía poco había intensificado su sensibilidad hasta extremos insospechados. De no ser por el aspecto apuesto del hombre, aún se estaría esforzando por alejar sus pensamientos de su entrepierna.

–S... Sutton –tartamudeó, y podría haber gruñido de irritación por la torpeza de su lengua.

No cabía duda de que su incapacidad para articular con claridad no podía deberse a que sintiera vergüenza cuando se encontraba entre hombres, pues no pasaba un mes sin que su padre recibiera nuevas solicitudes de su mano. En cualquier caso, dichos ruegos la aburrían y fortalecían su desinterés, mientras esperaba nuevas noticias del hombre al que la habían prometido.

Antes de este día, había colocado al apuesto Riordan Kendrick, marqués de Harcourt, por encima de todos los que habían solicitado su mano. Riordan se le había antojado el más encantador, y si bien su insistencia no había igualado a la de Roger, esa circunstancia constaba como un punto a su favor. De hecho, sus modales eran finos y elegantes. Sin embargo, no recordaba un momento en que se hubiera sentido tan hechizada por los negros ojos de Riordan como por las luminosas profundidades grises de espesas pestañas que la contemplaban ahora con un brillo divertido. No había visto ojos semejantes desde...

–¿Sutton?

Una ceja bien dibujada se arqueó en un gesto que sólo podía ser de estupor, y el asombro se apoderó de las facciones del oficial cuando la miró de arriba abajo. Aun así, dio la impresión de que lo asaltaban las dudas, pues ladeó la cabeza con aire pensativo y la examinó con más detenimiento. Por más que escrutaba la cara de la joven, era como si no pudiera creer lo que acababa de oír, o incluso lo que estaba viendo.

–¿No... seréis... lady Adriana Sutton? –Al ver que la joven asentía con cautela, su sonrisa se ensanchó y la presión de su brazo aumentó, de modo que el suave busto quedó aplastado contra su ancho pecho–. Santo Dios, Adriana, has adquirido un encanto inconmensurable al alcanzar la madurez. Ni en mil años habría soñado que algún día serías tan adorable.

Ante aquellas dudosas muestras de familiaridad y alabanza, Adriana enrojeció violentamente. Fuera quien fuese el desconocido, sabía su nombre, pero eso no bastaba para paliar su confusión y turbación. Considerando la intensidad de su abrazo, temió que las costillas fueran a partírsele. Sin duda los senos le dolerían durante unos cuantos días. Se preguntó cómo reaccionaría el sujeto si se los acomodaba delante de sus propias narices.

Quizá el oficial había pasado excesivo tiempo en compañía de hombres de armas y había olvidado que un caballero no atenazaba a una dama con semejante entusiasmo, pero Adriana estaba decidida a sacarlo de su error. Si bien antes había acariciado la idea de censurar al aprendiz delante de testigos, este hombre no parecía ser de naturaleza retraída, sobre todo después de haber aprovechado el refugio de sus faldas. Al contrario, se preguntó si alguna vez había conocido a un hombre tan osado.

–¡Por favor, señor! ¡Soltadme y permitidme respirar! ¡Os aseguro que en esta casa no sufriréis la acechanza de enemigos!

El oficial emitió una risita, pero hasta que los pies de Adriana tocaron el suelo ésta no cayó en la cuenta de que la había levantado en volandas. No la asombraba tanto esta proeza física como el hecho de que fuera tan alto. Ella apenas le llegaba al hombro. Su padre y Riordan Kendrick eran hombres altos, pero sólo había existido uno capaz de competir con el oficial, y éste era el difunto Sedgwick Wyndham.

–Te ruego que me perdones, queridísima Adriana –murmuró el hombre, sin la menor intención de disimular su sonrisa. Desvió la vista a un lado por un momento para aceptar con un murmullo de agradecimiento el bastón negro con mango de plata que le tendía el anciano criado, y luego volvió a clavar los ojos en los de la muchacha–. No era mi intención molestarte con mis modales bruscos, pero temo que los olvidé en mi ansia de reanudar nuestra relación. Cuando te vi hablando con Harrison, confié en que me fueras presentada, pero no imaginé ni por un instante que ya te conocía.

«¡Queridísima Adriana!» «¡Reanudar nuestra relación!» «¡Ya te conocía!» ¿Se le estaba insinuando el hombre?

De repente, Adriana descubrió que ya no podía soportar más el descaro del desconocido. Giró en redondo con las mejillas inflamadas, con ímpetu suficiente para que sus faldas azotaran las lustrosas botas negras del hombre e incluso su bastón, cuyo extremo había apoyado en el suelo. Imaginó que aquel instrumento era el causante de sus mutuas dificultades. Sería tan útil como una vara de castigo, en el caso de que decidiera desquitarse de la audacia del desconocido y descargarlo sobre su cabeza.

Sólo cuando llegó a la siguiente arcada osó Adriana plantarle cara de nuevo al oficial. Lo hizo entonces con absoluta altivez, entre el revoloteo de sus faldas, y alzó la barbilla en una actitud de disgusto total.

Los labios del oficial formaron una sonrisa lasciva cuando la recorrió con la mirada. Si bien le habían dedicado miradas lujuriosas cuando paseaba por las calles de Bath en compañía de su tía paterna o por Londres con su hermana, esto era muy diferente. Aquellos luminosos ojos grises la llevaron a preguntarse si la expresión del hombre habría cambiado un ápice de estar ante él totalmente desnuda. De hecho, a juzgar por su forma de mirarla, casi habría podido jurar que abrigaba oscuros propósitos acerca de su persona y que estaba analizando las zonas por donde iniciaría su asedio seductor.

«¡Qué osadía!», pensó con creciente ira, y preparó la lengua para reprender a quien había demostrado no ser un caballero.

–¡Debo protestar, señor!

Las palabras no habían surgido de los labios de Adriana, sino de los de Roger Elston, nada más y nada menos. Sorprendida, la joven lo vio avanzar hacia ellos con sus enjutas facciones deformadas por la rabia. A juzgar por los puños cerrados, daba la impresión de que iba a plantar cara al hombre, aunque fuera a puñetazos.

Los perros se habían dejado caer en el suelo, cerca de los pies del desconocido; pero, cuando advirtieron que Roger avanzaba, se incorporaron de un brinco con un feroz ladrido que ahogó las confusas preguntas de curiosidad formuladas por los demás ocupantes del vestíbulo. Los ojos brillantes y los colmillos al descubierto dejaban pocas dudas de que los perros atacarían si Roger daba un paso más. La amenaza fue suficiente para que se detuviera.

Roger jamás había observado la menor huella de flaqueza en las proezas físicas de ambos canes durante sus anteriores visitas a Randwulf Manor, por más que Aris y Leo tuvieran ya dieciocho años. Por desgracia, tampoco la detectó en ese momento. Era tal el estado de ambos animales, que se había sentido aliviado en aquellas escasas ocasiones en que, por el motivo que fuera, se habían quedado en la casa mientras los miembros de la familia y sus numerosos amigos iban a montar a caballo. Sin embargo, más veces de las que deseaba recordar habían alentado a la inseparable pareja a correr junto a sus monturas. En la mayoría de los casos se habían adelantado a explorar los arbustos o las lomas, en su ansia por hundir los colmillos en animales más grandes o devorar a los más pequeños, en función de lo que descubrieran.

Roger se había encontrado ante una amenaza similar la primera vez que había seguido a Adriana hasta Randwulf Manor. Los perros se habían lanzado contra él con unos ladridos tan feroces que la joven se había visto obligada a intervenir para que no lo despedazaran. En posteriores ocasiones, la había visto calmar a las bestias en un tono de suave reprensión, lo que dejaba claro que las enormes bestias la adoraban tanto como a cualquier miembro de la familia Wyndham. Por lo general, la proximidad de la joven alentaba la confianza de Roger, pero en aquel momento la dama estaba mirando fijamente a los perros, como incapaz de creer que saltarían en defensa de un perfecto desconocido. Sólo que no se trataba de un desconocido.

Meses antes, Roger había tomado conciencia con toda crudeza de su miserable linaje. Ocurrió poco después de llegar con la intención de estar con Adriana. No era el único que había acudido con dicho propósito. Casi una docena de otros galanes habían hecho gala de igual osadía. Más tarde todos se habían congregado en la sala de estar de los Wyndham, donde, durante el curso de su conversación con Samantha, su familia y otros conocidos, Roger había ido reparando cada vez más en la inmensa colección de retratos que adornaban las paredes y documentaban el distinguido linaje del que descendían los Wyndham. En un intento de aplacar su curiosidad, no sólo por los nobles en general sino por los parientes consanguíneos de su anfitrión en particular, Roger había estudiado con detenimiento las pinturas. Una en particular, un óleo de cuerpo entero del mismísimo Sedgwick Wyndham, erguido con aire majestuoso junto a la misma chimenea sobre la que ahora colgaba el cuadro, había provocado la inquietud de Roger. El retrato, ejecutado menos de dos décadas antes, no sólo testimoniaba la apostura de su señoría a la edad de cuarenta años, sino también la buena condición física de los dos perros lobos.

Nadie que hubiera conocido al marqués habría puesto en duda la destreza del artista, pues había pintado a su modelo con increíble precisión, hasta el punto de que incluso ahora, muchos años después, la gente seguía cautivada por los ojos grises que parecían centellear desde el lienzo. El rostro refinado, inmortalizado para las generaciones venideras, era tan apuesto que un hombre corriente podía sentirse insignificante en comparación.

Aun así, fueran cuales fuesen los sentimientos que inspirara el retrato a sus espectadores, parecían poca cosa en comparación con las emociones suscitadas por su señoría en persona. Era como si aquellos ojos hubieran poseído la capacidad de penetrar en los secretos más ocultos del corazón de un hombre y, lo más inquietante, animar a quien los miraba a examinar su alma. Roger había llegado a odiar a lord Randwulf por lo que había podido percibir de sí mismo, en especial las escasas perspectivas de sus aspiraciones. Adriana pertenecía a la nobleza, siendo como era la hija de un conde. Se encontraba a gusto en el reino de la aristocracia, pero Roger, consciente del destino que le aguardaba si no lograba conquistarla, había desechado las limitaciones de su humilde cuna en su deseo de poseerla.

Y de nuevo estaba allí, no ante el anciano marqués, sino en presencia de alguien que se le parecía de una forma asombrosa. Su ánimo se abatió en cuanto empezó a intuir quién era el visitante. Por más que Roger deseara negar el parecido, la similitud entre padre e hijo era demasiado grande. El heredero del fallecido marqués había vuelto a casa por fin, tal vez para reclamar su marquesado y con él, sin duda, la mano de Adriana Sutton. ¿Qué hombre en su sano juicio sería capaz de rechazar a una mujer de tan exquisita belleza... o una dote suficiente para sacar a un mendigo de su miseria?

Bajo el desafío de la mirada inquisitiva del oficial, que lo observaba con aire altivo, Roger ardía en deseos de proferir diversos epítetos insultantes, aunque sólo fuera para dar salida a su creciente frustración por la injusticia de que alguien que ya era rico acudiera a reclamar la dote que obtendría mediante el matrimonio con lady Adriana. No obstante, con los perros preparados para atacar, Roger no encontró valor más que para refugiarse tras una maceta en la que crecía una planta enorme, la cual ocupaba la arcada más cercana al gran salón.

Adriana no encontraba una explicación razonable a la escena que acababa de presenciar. De hecho, se preguntaba qué locura se había apoderado de los animales. Detestaban a los forasteros. Ni siquiera eran propensos a entablar amistad con los visitantes frecuentes, como demostraba el hecho de que consideraran enemigo a Roger. Sin embargo, alguna misteriosa razón los impulsaba a defender a este oficial uniformado, que bien podía ser pariente lejano de la familia. Si se trataba de un desconocido, la joven no tenía ni idea sobre cuál era el propósito de su visita.

Fue Samantha quien acabó con el misterio cuando pareció despertar de su estupor y, con un gritito de arrobo, corrió hacia el oficial.

–¡Colton! ¿Eres tú, querido hermano?

Antes de que el hombre pudiera contestar, Samantha llegó a sus propias conclusiones y se arrojó impetuosamente en sus brazos. Esta vez, el oficial consiguió retener su bastón, mientras abrazaba a su hermana. Pasó un largo momento antes de que Samantha lo soltara, y se apoyó contra un brazo de acero con una carcajada de júbilo. Indiferente al resentimiento airado que Roger Elston intentaba contener, y al terremoto emocional que casi había doblado las rodillas de Adriana Sutton, que miraba al oficial boquiabierta, Samantha sólo era capaz de regodearse en su dicha, casi sin poder creer que su hermano hubiera regresado por fin al hogar.

Samantha aferró los fuertes brazos de su hermano y trató de sacudirlos sin éxito.

–¡Oh, Colton, casi no te reconozco! –exclamó–. ¡Has crecido media cabeza desde que te fuiste! Nunca imaginé que serías tan alto como papá. Pareces tan... tan... maduro, o, mejor dicho, tan apuesto y distinguido...

Dándose cuenta de que lo miraba boquiabierta, Adriana cerró la boca. Si bien le resultaba difícil hacer otra cosa que no fuera contemplar al nuevo marqués de Randwulf, un hombre al que había sido prometida al cumplir siete años, escudriñó las facciones viriles en busca del muchacho al que había conocido. Años atrás, sus padres respectivos se habían esforzado al máximo por convencer al joven de lo razonable del contrato que su padre había propuesto; pero, a la edad de dieciséis años, James Colton Wyndham se había negado con denuedo a considerar su futuro compromiso y se había marchado de su casa, y no lo habían vuelto a ver hasta ese día. Adriana se habría sentido resarcida si en su madurez él se hubiera tornado tan repugnante como un jabalí. En cambio, estaba admirada por los cambios ocurridos desde que el joven había partido de Randwulf Manor. De muchacho, Colton había demostrado una y otra vez que poseía genio y figura, y después de tantos años, Adriana había empezado a pensar, al igual que Samantha, que nunca volvería. Ahora, a la edad de treinta y dos años, ya no era un jovencito, sino un hombre en todos los sentidos de la palabra.

Era un hecho incontrovertible que Colton Wyndham resultaba mucho más impresionante en su madurez que en su juventud. Era más alto, fuerte y corpulento, y de una apostura y virilidad increíbles. De facciones nobles, pómulos finamente cincelados realzados por la piel bronceada, una nariz delgada y recta, y ojos grises de espesas pestañas, luminosos como un estanque iluminado por la luna, poseía la apariencia refinada y aristocrática capaz de mortificar de deseo a cualquier doncella. No era de extrañar que se hubiera creído enamorada de él a una edad tan temprana. Había sido su príncipe, su caballero andante. Ahora había vuelto, dispuesto a asumir el marquesado. Aunque sospechaba que aún desconocía las condiciones que su padre había dispuesto para ellos, se preguntó si se plegaría a las cláusulas del contrato o renunciaría por completo, como había hecho años antes. La incertidumbre creaba una sensación de inquietud en la boca de su estómago, y se preguntó qué la trastornaría más, si su aceptación del acuerdo matrimonial o la esperada negativa.

El amor fraternal se hizo evidente cuando Colton se apoyó en su bastón y, con la mano libre, dio un golpecito suave a su hermana bajo la barbilla.

–Querida hermana, a estas alturas ya te habrás enterado de que Bonaparte ha sido vencido una vez más. Tal vez el buen capitán del barco habrá anclado y trasladado a su ilustre pasajero a la orilla de Santa Elena. Si fuéramos afortunados, el emperador no volvería a escapar para atizar el desagradable gusano de la guerra. Es una rata hambrienta cuyas fauces ansiosas se alimentan de vidas humanas, sin importarle las legiones de viudas y madres que deja afligidas en su estela.

Los dedos temblorosos de Samantha acariciaron un surco que tenía su hermano en la mejilla.

–Pensaba que volverías antes, Colton. Papá no dejaba de llamarte en su lecho de muerte, pero al final perdió toda esperanza de verte. Murió pronunciando tu nombre.

Colton tomó la mano de su hermana entre las suyas y depositó un tierno beso sobre los delgados nudillos.

–Te ruego que me perdones, Samantha. Me siento inmensamente arrepentido. Cuando me informaste de la enfermedad de nuestro padre, no pude irme debido a nuestra lucha contra las fuerzas de Napoleón. Más tarde, cuando llegó la noticia de su muerte, me hallaba impedido por una herida en la pierna, tan grave que los médicos me advirtieron que tendrían que amputarla a la altura de la cadera si la infección empeoraba. De no ser porque tuve la suerte de ver cómo un sargento curaba su propia herida purulenta mediante un método indecible, gusanos, ni más ni menos, combinados con una repulsiva mezcla de musgo y arcilla, hoy no estaría aquí entero... o como fuera. Aun así, tardé un tiempo en poder andar bien. Después, para licenciarme del servicio, me pasearon de un sitio a otro. Los funcionarios no parecían muy propensos a entregarme los papeles que garantizaban mi licenciamiento, pues en aquel momento ya era evidente que conservaría la pierna. No paraban de asegurarme que estaban considerando mi ascenso a general de brigada, con lo que podría obtener cualquier misión que se me antojara. Se mostraban renuentes a dejarme marchar, teniendo en cuenta que parte de nuestras tropas aún se hallaban enzarzadas en escaramuzas con el enemigo en diversas zonas de Francia. Tuve que decirles más de una vez que debía volver a casa.

Las mentes de Samantha y Adriana se habían quedado obsesionadas por la herida y la peculiar cura, y por un momento fueron incapaces de seguir su razonamiento. No habían escuchado gran parte de sus palabras posteriores. El remedio que había procurado la curación se les antojaba tan grotesco, que ambas se estremecieron.

Samantha no pudo evitar llevarse una mano a la boca mientras esperaba a que sus nervios se aplacaran. Por fin posó los ojos en el bastón de su hermano y, cuando por fin alzó la vista, habló con voz preñada de preocupación.

–Y... la enfermedad... ¿ya está controlada?

Colton contestó con voz apagada:

–Tan sólo un leve impedimento que requiere la ayuda de un bastón para caminar, pero con un poco de suerte, ejercicio y tiempo suficiente para completar la curación dejaré de depender de él. Cada día que pasa, siento la pierna más fuerte. Confío plenamente en que mi cojera desaparecerá, pero hasta qué punto, lo ignoro.

Samantha cerró con fuerza los ojos para reprimir las lágrimas y se apretó contra su hermano, que le deslizó un brazo por los hombros.

–Sólo puedo dar gracias a Dios porque hayas regresado sano y salvo –gimió la joven–. Nuestras oraciones han sido respondidas.

Colton le acarició la espalda.

–Estoy convencido de que he vuelto ileso porque tú y nuestra querida madre no cejasteis en vuestras plegarias –dijo con voz ronca en su oído–. Debo daros las gracias de todo corazón, porque arrostré muchos peligros en esta última campaña contra las fuerzas de Napoleón.

Adriana recordó sus fervientes súplicas nocturnas. Había permanecido despierta muchas noches, incapaz de soportar la idea de Colton muerto, herido o tal vez abandonado en algún campo de batalla. Era el único hijo varón de unos padres a los que había querido tanto como a los suyos. En un tiempo había sido además el héroe de sus fantasías infantiles, razón más que suficiente para rezar en incontables ocasiones por su vida.

Samantha no podía acallar la pregunta que ardía en su corazón. Apoyándose en el brazo de su hermano, escudriñó sus facciones con una intensidad que era fruto de sus preocupaciones.

–¿Tu presencia en Randwulf Manor indica que tienes la intención de asumir las responsabilidades del marquesado?

Colton la miró sin pestañear.

–Puesto que el título recae con todo derecho sobre mi cabeza, querida hermana, sería una negligencia por mi parte permitir que fuera a parar a las manos de nuestro primo Latham.

Samantha, que no sabía si reír o llorar, se rindió a ambas posibilidades, como muestra de su alivio y dicha abrumadores. La última visita de su primo la había enfrentado a él. Latham había acudido con la excusa de asistir al funeral de su padre, pero había entrado en la mansión con el aire de un presuntuoso señorito, empeñado en inspeccionar sus dominios recién adquiridos y el mobiliario correspondiente. En realidad, apenas había presentado sus respetos al fallecido, cuando ya insistió en que Harrison le enseñara la mansión, y luego se enfureció al ver que el mayordomo, por lealtad a la familia, preguntaba a su ama si concedía permiso al hombre para echar un vistazo. Teniendo en cuenta el exceso de arrogancia de Latham, Samantha casi había esperado que exigiera una lista inmediata de los tesoros familiares. Pese a haberse reprimido durante casi toda la visita, cerca del final le había contestado con sarcasmo, cuando el primo había preguntado dónde viviría su madre en el futuro. Le había replicado con aire distante que lady Philana se quedaría en Randwulf Manor como madre del heredero.

–Latham se llevará una decepción –murmuró con una sonrisa radiante. Aunque su júbilo se debía a la disposición de Colton a aceptar el marquesado, cosa que tanto había anhelado su padre, se alegró asimismo de no tener que tragarse el resentimiento y pedir disculpas a su primo–. Estoy segura de que Latham pensó que habías muerto cuando no regresaste de Waterloo. De no ser por las garantías de los hombres que estaban a tu mando, mamá y yo habríamos perdido hasta la última esperanza. No obstante, después de que la mayoría de los oficiales hubieron regresado, nos pareció que llevabas tanto tiempo ausente que empezamos a temer que te resistías a licenciarte y asumir las responsabilidades que exigía el título. Pero ahora has vuelto, y todo está bien. De hecho, si hubiera sabido que ibas a venir, habría insistido en ir a recibirte después de recoger a Adriana y a nuestros invitados, para que te unieras a nuestra excursión.

Colton lanzó una risita y meneó la cabeza para desechar la posibilidad.

–La verdad es que, después de viajar tanto tiempo en diligencia, experimenté un inmenso alivio al abandonarla. Por otra parte, mi pierna me lo habría impedido. Aún me duele cuando monto o cuando estoy en un espacio confinado, como en el viaje. A menos que pueda combatir el entumecimiento paseando, la incomodidad no desaparece. De esta forma, madre y yo pudimos hablar un rato. La dejé descansando arriba hace unos momentos, y pensé en dar una vuelta por la casa, saludar a los antiguos criados y echar un vistazo a los terrenos con Leo y Aris. Apenas había empezado mi paseo, cuando Harrison abrió la puerta para que entraran tus invitados.

Los labios de Samantha se curvaron en una sonrisa traviesa, mientras lo miraba de arriba abajo.

–Te fuiste cuando eras poco más que un crío. Y vuelves convertido en todo un hombre...

–Y yo te encuentro convertida en toda una mujer –replicó Colton con una risita–. Cuando me fui eras un renacuajo de ocho años, pero ahora eres una auténtica belleza. –Retrocedió con la ayuda del bastón y la examinó con un brillo de placer en los ojos–. Hace un par de años, madre me envió una larga carta en la que describía tu boda, y debo confesar que me produjo una gran sorpresa. Aún me cuesta dar crédito a mis ojos... Mi hermanita pequeña, crecida y casada.

–Supongo que todavía me imaginabas como la niña esquelética que te seguía a todas partes; pero, seas consciente o no, hermano mío, ya tengo veinticuatro años, lo cual te convierte en un anciano. –Se alejó, ejecutó unos pasos de baile y volvió hacia él. Se llevó una mano detrás del oído, como si se esforzara por escuchar–. Vaya, creo que oigo crujir tus huesos debido a lo avanzado de tu edad.

Su hermano estalló en carcajadas.

–Si eso es cierto, querida hermana, te aseguro que se debe a los padecimientos de la guerra, no a la edad avanzada. –Como un gallo que se exhibiera ante una gallina, caminó en círculos cojeando, con una mano en el costado, lo cual llamó la atención de las damas sobre la esbeltez de su cintura, fuera o no algo intencionado–. Por si no te habías dado cuenta, estoy muy bien conservado.

Aunque estaba muy de acuerdo con él, Samantha puso los ojos en blanco en señal de escepticismo.

–Nadie lo creería con sólo mirarte.

Colton alzó una mano para aplacar sus críticas y adoptó una postura autoritaria, si bien no intentó disimular la alegría que brillaba en sus ojos.

–¡Basta de tonterías, descarada! He esperado horas para conocer a todo el mundo.

Apenas había terminado de hablar cuando, ante la sorpresa de su hermana, giró sobre su pierna buena y se acercó a la belleza alta y morena con la que había tenido el placer de topar momentos antes. Había transcurrido cierto tiempo desde la última vez que había sentido la atrayente suavidad de un busto femenino apretado contra su pecho. En lo relativo a las largas y esbeltas extremidades de la dama, se inclinaba por opinar que jamás había acariciado unas que hubieran disparado tanto su imaginación como las que acababa de sentir contra las suyas. La persistente impresión de aquellos fuertes muslos enredados con los de él había contribuido sobremanera a despertar un apetito viril que no había sido aplacado desde hacía meses. Si bien era justo decir que la hija de Gyles Sutton era una muchacha inocente e inconsciente de lo que había despertado en él, su imagen le había quedado grabada a fuego en la mente y en el cuerpo.

Años antes, se había ofendido por la predicción de su padre de que algún día apreciaría la compañía de lady Adriana. Poco había sospechado que, después de su dilatada ausencia, se sentiría fascinado por la arrebatadora belleza de aquella a la que había rechazado con tozudez. Por más que lo intentaba, no encontraba el menor rastro de aquella cosita de grandes ojos oscuros que, junto con su hermana, le pisaba los talones siempre que sus padres acudían a visitarlos.

Pese a haber sido una cría de aspecto tan anodino, Adriana Sutton era ahora una joya excepcional. La nariz fina, los elegantes pómulos y la delicada estructura de su gracioso rostro eran lo bastante admirables para conmover el corazón de muchos hombres, pero eran sus grandes ojos oscuros de pestañas sedosas, coronados por las delicadas cejas, los que revivían imágenes de la niña que había sido. De todos modos, después de tanto tiempo, aquellos recuerdos parecían tan fugaces y caprichosos como el viento que soplaba entre los árboles.

De niña, Adriana siempre había sido delgada y alta. Incluso ahora, casi le llevaba media cabeza a su hermana. Aunque esbelta, tenía más curvas de las que nunca hubiera creído posible en quien había sido un palillo. Tal vez su larga abstinencia tenía mucho que ver con el hecho de que todavía era muy consciente de la persistente impresión que el suave busto y las esbeltas extremidades habían dejado en su cuerpo.

Algunos rizos habían escapado del sombrero de copa y del moño ceñido en la nuca, lo cual desvió su mirada hacia pequeñas zonas sabrosas que un hombre desearía acariciar con la lengua. El largo cuello marfileño, visible entre el cuello de encaje y el pelo oscuro, podría ser un bocado delicado para sus labios y dientes. Al igual que sus exquisitas orejas, adornadas con perlas. La fragancia embriagadora que emanaba de aquellas zonas, al igual que desde la suave sien, se le antojaban ahora vapores sedosos. Un tono rosado natural teñía sus mejillas cuando aún no había advertido su presencia, pero allí donde su piel había sido clara y suave como seda cremosa detectaba ahora un color más profundo, lo cual lo llevó a preguntarse si su detenida inspección había conseguido ruborizar a la dama.

Por más que su corazón ardiera de admiración por lo que veía, su autoestima sufría a causa de su erróneo juicio del pasado, pues saltaba a la vista que Adriana Sutton era una joven de una belleza excepcional. Pocas veces había visto tamaña perfección. Por primera vez en sus dieciséis años de ausencia, todo el peso de su negativa a aceptar el compromiso propuesto por su padre asestaba un golpe a su orgullo, similar al de una descarga de artillería en la proa de un barco. De no haber sido por su falta de visión y su terca obstinación, ya habría reclamado a la dama para sí.

–Te pido disculpas por no haberte reconocido desde el primer momento, Adriana –murmuró en tono afectuoso–. Tu apariencia ha cambiado hasta un punto tan asombroso, que estoy sobrecogido. Supongo que todavía te veía en mi mente como la niña que fuiste, pero ya no es el caso –añadió con ojos brillantes y una sonrisa torcida–. Mi padre siempre decía que algún día serías una belleza, pero nunca imaginé que te convertirías en una diosa.

La sonrisa indefinida que asomó a los labios de Adriana fue lo más cercano a la calma que la joven fue capaz de fingir. Para peor, momentos antes se había visto obligada a aparentar una fría reserva para no dejar traslucir el resentimiento que se había esforzado por alimentar mientras había durado la incertidumbre de la guerra. Pese a tener la sensación de que este hombre le había arrancado el corazón muchos años antes, era lo único que podía hacer para mantener su actitud distante. Experimentaba un alivio tan inmenso porque hubiera vuelto sano y salvo a su casa, que deseaba arrojarse en sus brazos presa de la dicha más arrebatada, igual que había hecho su hermana. De todos modos, lo que se cernía ante ellos la embargaba del temor de que despreciara el acuerdo redactado en su ausencia y, enfurecido, abandonara Randwulf Manor una vez más, para siempre.

–Sois muy amable, mi señor, pero no tenéis por qué disculparos –contestó, forzando una sonrisa temblorosa–. Es muy comprensible que no me reconocierais. Al fin y al cabo, yo no era más que una niña de seis años cuando os fuisteis. Apenas soy capaz de intuir los numerosos cambios ocurridos en vuestra vida desde vuestra partida; pero, a juzgar por los signos externos, habéis soportado muy bien el paso de los años, pese a las muchas batallas en que habéis combatido.

–No cabe duda de que soy más viejo y porto más cicatrices –admitió Colton, mientras indicaba como sin concederles importancia las diminutas marcas que añadían un sutil carácter a su hermoso rostro–, pero durante mi dilatada ausencia de casa he aprendido a apreciar más que antes a la gente que dejé atrás. He pensado a menudo en la angustia que causó mi partida, y la he lamentado en incontables ocasiones, pero, al igual que el vino derramado estúpidamente, mis errores no tenían remedio. En cuanto espoleé mi caballo, no osé mirar atrás para ver el desastre que dejaba. Sólo podía mirar hacia delante con la esperanza de que algún día me sería perdonado el dolor que provoqué.

Teniendo en cuenta lo que aún quedaba por revelar, Adriana se preguntó si él todavía sentiría remordimientos cuando se le comunicara una noticia similar. Años atrás, la reacción de Colton al compromiso propuesto había dejado en ella una impresión tan ominosa, que la joven ansiaba estar muy lejos cuando se produjera la segunda notificación.

–Comparto el inmenso alivio de vuestra familia, mi señor, y me consuela el hecho de que hayáis regresado a vuestro hogar. Samantha ha pasado las noches en blanco desde la muerte de vuestro padre, y yo ya no sabía qué decir para alimentar sus esperanzas.

–Hace años me llamabas Colton –le recordó el hombre, al tiempo que avanzaba un paso–. ¿Tanto te cuesta hacerlo ahora?

Mientras se adentraba en una zona que Adriana habría considerado impertinente de haber sido otro hombre, se dio cuenta de que esta proximidad agitaba sentimientos que creía adormecidos. Muchos años antes, cuando no era más que una niña, este hombre había destrozado la imagen que se había formado de él en su mente. Para ella había sido un caballero heroico, en todos los sentidos. Para impedir un nuevo golpe como aquél, tenía que mantener el rumbo firme, con la vista clavada en el horizonte, pues no existían garantías de que las velas que en otro tiempo se habían henchido con sus deseos y aspiraciones infantiles fueran menos susceptibles a las brisas de su encanto. No podía permitir que el hombre volviera a hacerle albergar esperanzas, al menos hasta estar segura de que sería más compasivo que antes. Sólo cuando tuviera la certeza de que iba a ser benévolo con ella le entregaría su compañía, y tal vez con el tiempo, su corazón.

–Os ruego que perdonéis los defectos de mi juventud, mi señor –replicó, al tiempo que retrocedía un paso y sostenía su mirada–. Ocurrió hace mucho tiempo, cuando no era más que una niña. Confío en que, entre las enseñanzas básicas que mi madre ha intentado inculcarme durante vuestra ausencia, haya aprendido a respetar como es debido a los señores de vuestra noble posición.

Colton ladeó la cabeza en un ángulo peculiar y la examinó con detenimiento mientras se preguntaba por qué la joven se negaba a dejarse de ceremonias, puesto que la había invitado a ello.

–Debo deducir de tu respuesta que eres contraria a las familiaridades.

–Si no es con la corrección que mi madre me exigiría de estar presente, ¿qué sugerís vos, mi señor?

El hombre enarcó una ceja, divertido.

–Vamos, Adriana, nuestros padres no sólo han vivido cerca durante treinta años o más, sino que han sido amigos íntimos desde antes de que yo viniera al mundo. Dios santo, aún recuerdo el día en que naciste, y la agitación que causé cargando las flores que madre había cortado de su invernadero, cuando nos llevó a Samantha y a mí para ver a la recién nacida. Eras la cosita más diminuta, colorada y furiosa que había visto en mi vida. ¿No crees que la estrecha camaradería de nuestras familias nos permite algunos privilegios sobre el decoro habitual de los desconocidos?

Adriana estaba convencida de que había doblegado a muchas amantes con similares razonamientos. Debido a su apostura, imaginaba que se había convertido en un experto en apartar a ingenuas doncellas del camino que sus padres les habían alentado a seguir. Tenía poderes de persuasión, y no podía culpar a las mujeres por caer bajo su hechizo, pues estaba descubriendo con asombro que su corazón no era tan indiferente como ella imaginaba. Hasta su voz profunda y dulce se le antojaba una caricia que turbaba sus sentidos.

Adriana se sacudió los efectos de su sonrisa cálida y se recordó lo mucho que sufriría cuando aflorara la verdad, como mínimo el dolor del rechazo. Mejor conservar la altivez y salvar algo de su orgullo ante lo que se avecinaba, razonó.

–Temo, mi señor, que vuestra prolongada ausencia nos ha convertido en desconocidos, y no podremos ponerle remedio en el curso de unos breves momentos, ni siquiera de unas cuantas horas.

Los fascinantes hoyuelos de las mejillas del hombre se hicieron más profundos, al ofrecerle una sonrisa que se le antojó tan persuasiva como en otros tiempos.

–¿No cederás, Adriana?

Cuando miró aquellos ojos brillantes clavados en los suyos, Adriana se sintió transportada a la infancia. De niña adoraba a Colton Wyndham. Había sido el hermano que no había tenido, un héroe al que sólo superaba su padre, un caballero sin par. Después, había llegado aquel fatídico día en que había sabido que él no deseaba tener nada que ver con ella. La pregunta era si reaccionaría de manera diferente una vez que se diera cuenta de que nada había cambiado durante su ausencia.

Colton no se rindió.

–Si insistes en rechazar mi súplica, Adriana, deberé preguntarme si he de constreñirme a la formalidad de dirigirme a ti de idéntica forma. Considerando los estrechos lazos de nuestras familias, ¿no parece ridículo ceñirnos a esas rígidas reservas?

–Lejos de mí abusar de vuestra indulgencia, mi señor. Si os adherís o no a un estricto código de caballerosidad lo dejaré por completo a vuestra discreción.

–¡Ay! –Colton fingió una mueca y se llevó una mano a su blusa escarlata, como indicando el lugar donde lo habían herido–. Debo confesar que mi conducta no siempre se ha plegado a las formas apropiadas, Adriana. Aun así, del mismo modo que en un momento dado merecí ser alejado de tu presencia, pensaba que, con los años, había aprendido algunos modales.

–No sabía nada de eso, mi señor. Habéis estado ausente la mitad de vuestra vida y casi toda la mía.

–Sí, es cierto –admitió–. Y aunque esperaba cambios en mi ausencia, nunca sospeché que debería ser tan reservado con la hija menor de los amigos más íntimos de mi familia.

–Vuestro título de marqués os permite comportaros como gustéis, mi señor.

Colton suspiró fastidiado, se apoyó en el bastón y dobló el brazo libre a la espalda, mientras contemplaba aquel rostro de encantadora belleza.

–Mi querida Adriana, tu belleza es tal, que cualquier hombre solitario, alejado de su hogar, soñaría contigo en la madrugada. Si hubiera sido capaz de guardar ese recuerdo en mi corazón hace años, no cabe duda de que me habría deparado esperanza en tiempos de necesidad. Tus palabras fluyen como seda de tus adorables labios, y al principio parecen tan agradables como el delicado perfume de rosas que desprendes; pero, ay, sus afiladas espinas aguijonean mi piel desprevenida, y logran que me asombre este profundo abismo que nos separa. ¿Acaso no puedes perdonar la insensibilidad de mi juventud? Espero ser un hombre diferente del muchacho que una vez fui.

La sonrisa vacilante de Adriana fue lo bastante breve para parecer fugaz.

–Si os parezco grosera, mi señor, tal vez sea porque he recibido buenas lecciones.

Colton se encogió de nuevo, y se sintió como si ella le hubiera clavado sus colmillos.

–Sí, fui bastante grosero contigo en aquel entonces –admitió en voz baja–, y debo enmendar eso. Nunca fue mi intención herirte, Adriana. Eras una chiquilla inocente, y la ofensa que te infligí me avergonzó. –La estudió con detenimiento, y no dijo nada más hasta reparar en el rubor que invadía las mejillas de la joven. Con una sonrisa encantadora, avanzó e invadió de nuevo las fronteras mentales que ella había erigido a su alrededor. El hombre inclinó la cabeza hasta que su mejilla casi rozó el ala de su sombrero de copa, y murmuró en su oído–: Pero permíteme asegurarte, querida mía, que no hay nadie mejor que tú. Te has convertido en una joya asombrosa, la más bella que he visto en mi vida. Sólo verte me hace desear no haber actuado de una forma tan estúpida al marcharme, obedeciendo a mi temperamento.

Adriana alzó la cabeza al punto, y por un momento escrutó aquellos ojos grises para ver qué revelaban.

–Os mofáis de mí, mi señor –acusó sin aliento, confusa.

Colton rió en voz baja, satisfecho de hacer añicos su altivez.

–Quizá sí, Adriana. –Transcurrió un largo intervalo antes de que volviera a inclinarse hacia delante para susurrar en su oído–: Y quizá no.

Aunque Adriana retrocedió un paso debido a la confusión y abrió y cerró la boca varias veces mientras realizaba un esfuerzo desesperado por responder de una manera inteligente, comprendió la inutilidad de su esfuerzo, porque el hombre la había desconcertado hasta el punto de dejarla sin palabras.

Colton apoyó una mano sobre su mejilla y puso el pulgar sobre sus labios, acallando sus intentos.

–Ten piedad de mí, Adriana. No puedo soportar más agujeros en mi pellejo en este momento. Mi herida aún ha de curar.

Dio media vuelta sin despedirse y se alejó, dejando a la dama con una mano temblorosa apoyada sobre su mejilla al rojo vivo, allí donde la mano del oficial la había acariciado de una manera extrañamente provocadora. Pese a la sangre que corría alborotada por sus venas, Adriana se sintió segura de una cosa: Colton Wyndham no había cambiado un ápice desde su partida, pues incluso ahora, con nada más que una palabra o una caricia de su mano, parecía capaz de hacer añicos su sentido común. Lo había hecho incontables veces, burlándose de ella cuando era pequeña, y después, de una manera mucho más terrible antes de marcharse, cuando se negó con irritación a contemplar la perspectiva de su futuro matrimonio. Por más que Adriana hubiera negado su susceptibilidad momentos antes, comprendió que la había vuelto a desconcertar, sólo que esta vez se debía a que había creado burbujitas de placer que, por lo visto, era incapaz de controlar.

[illegible]

—[illegible] la pequeña herida que tenía.

[illegible] [illegible] de los [illegible]

[illegible]

2

–Samantha, querida hermana, ¿vas a hacer los honores, o debo presentarme yo mismo a tu marido? –preguntó Colton con una risita–. No lo retrases más. Preséntame a este nuevo miembro de la familia.

–¡Con sumo placer! –contestó Samantha con gran seriedad. Se puso al lado de su hermano y observó su pericia con el bastón mientras atravesaban el gran salón–. Parece que manejas con mucha habilidad ese bastón.

Colton alzó sus anchos hombros y desechó las alabanzas.

–O eso, o tropezar con el maldito trasto, y no tengo la menor intención de volver a soportar esa desgracia..., ni el dolor asociado con la caída. La experiencia me irritó sobremanera la primera vez que ocurrió, y me propuse con firmeza que no volvería a pasar. Hasta el momento, así ha sido.

Samantha lo cogió del brazo y acarició la tela escarlata de su manga, admirada de la firmeza muscular que palpó debajo. Hasta aquel momento había pensado que sus predilecciones en lo tocante al físico de los hombres se centraban en los cuerpos altos y esbeltos como el de su marido, que en verdad bordeaba la delgadez, pero el físico de su hermano provocó que se replanteara sus gustos, porque de repente se le antojaron injustamente parciales. Si bien la estatura elevada y los hombros anchos de Colton bastaban para dar lustre a cualquier prenda, también era fuerte y musculoso, lo cual daba fe de su inmensa capacidad física.

–¿Fue la primera herida que sufriste?

Una risita escapó de los labios de Colton, y a Samantha se le antojó tan agradable como el murmullo de un arroyo. Entre los recuerdos infantiles de su hermano, que había atesorado en su corazón como algo inmensamente preciado, abundaban los de su risa cálida y melodiosa. Hasta aquel momento no se había dado cuenta del enorme vacío que su ausencia había dejado en su existencia cotidiana.

–No, querida, pero sí fue la única que se infectó. Fue una experiencia escalofriante caer en la cuenta de que iba a perder la pierna, o bien a morir de gangrena. Fue mi primera experiencia real con el miedo. En los campos de batalla donde había luchado, siempre existía la posibilidad de no salir con vida. La formación cuadrada que Wellington solía utilizar resistía en la mayoría de los casos, incluso contra la caballería, pero nadie podía predecir jamás el desenlace. De esta manera, luchaba con toda la pericia e ingenio de que disponía para conservar la vida y la de mis hombres. Estaba demasiado ocupado para pensar en aquella fría y amenazadora presencia llamada muerte, pero tomé conciencia de ella con abrumadora claridad cuando comprendí que poco podía hacer por impedir el avance de la infección, aparte de amputar una extremidad. En muchos casos, la amputación de una extremidad aceleraba la progresión. Mi miedo me espoleó a probar el remedio del buen sargento, pese a que me parecía abominable y repulsivo. Los gusanos sólo comen carne podrida, no sana...

–¡Oh, por favor! ¡Voy a vomitar! ¡No hables más! –suplicó Samantha, temblorosa, mientras apretaba un pañuelo contra la boca. Un escalofrío le recorrió el cuerpo cuando volvió a darse cuenta de lo cerca que había estado su hermano de perecer–. Fuera cual fuese la cura, me alegro de que fuera efectiva.

Colton enarcó las cejas en señal de aprobación.

–Y yo también, te lo puedo asegurar.

Samantha prefirió no abundar en lo que habría podido suceder si no hubiera descubierto el medio de controlar el avance de la infección. Cambió de tema a propósito, por su bien y el de su hermano.

–Dime, Colton, ¿te acuerdas del conde de Raeford?

–Por supuesto. Padre y él eran buenos amigos, ¿verdad? –Cuando ella asintió, continuó–: Nuestra madre me envió una carta describiendo tu boda, poco después de que tuvo lugar. Supuse en su momento que tu marido era el menor de los dos hijos de lord Raeford. Si no recuerdo mal, yo era varios años mayor que el primogénito, pero temo que perdí la oportunidad de conocerlos mejor mientras vivía en casa, pues mis amigos solían aparecer por aquí y acaparaban mi atención cuando no estaba estudiando.

Su hermana movió la mano en dirección al final del pasillo, indicando al hombre alto de pelo color arena, quien, con la joven del brazo, había sido el último en entrar en la mansión. En aquel momento la pareja estaba enzarzada en una conversación en voz baja, puntuada por sonrisas.

–Stuart... o, mejor dicho, el comandante lord Stuart Burke, como se lo conoce en círculos más oficiales, o incluso vizconde, si prefieres, fue el invitado de honor de nuestra excursión ecuestre de hoy, por lo que se le permitió escoger la zona por la que cabalgamos, y eligió la campiña ondulada. Adriana la conoce tan bien como la palma de su mano, pero temo que nunca he sido tan osada cuando monto como ella..., o como tú, por cierto. Ya es bastante horrible ascender una colina en una silla lateral, pero al bajar siempre me pregunto si llegaré con caballo o sin él. –Sonrió, mientras su hermano reaccionaba a su ingeniosidad con una risita, y después se desvió del tema principal–. Siempre me asombró el hecho de que, con tu maestría en el manejo del caballo, no te unieras a la caballería, Colton, pero ahora ya da igual. Demostraste tu valía muchas veces en la infantería. –Palmeó su brazo con afecto antes de reanudar el hilo de la conversación–. De hecho, el paseo a caballo de hoy ha sido el primero de Stuart desde que los médicos dijeron que podía llevar una vida normal. También da la casualidad de que es su cumpleaños, que celebraremos esta noche durante la cena. Ahora que has vuelto a casa, la celebración será triple.

–Da la impresión de que no habría podido elegir mejor momento para volver. Los acontecimientos que has planeado me permitirán renovar la amistad con todo el mundo; pero, de momento, la única persona con la que he podido reencontrarme desde mi llegada ha sido nuestra madre. Sigue tan elegante como siempre. Por su parte, Adriana me dejó perplejo. Incluso después de decirme quién era, me costó creer que fuera cierto.

Samantha lanzó una risita.

–Me extraña que no te cruzara la cara por osar sujetarla. No le gusta que los hombres la manoseen. Más de una vez ha estado a punto de hincharle un ojo a algún pretendiente demasiado entusiasta, antes de que padre prohibiera que la vieran. Los he visto irse de aquí con el rabo entre las piernas. No obstante, en cuanto se recuperaban, dejaban de ser unos caballeros y la culpaban de sus males, cuando en realidad había sido culpa de ellos por tener las manos demasiado largas.

Colton se pasó el índice sobre los labios para disimular la sonrisa que ansiaba manifestarse. De haber sabido la identidad de la belleza, habría sido más cauteloso. Teniendo en cuenta el efecto que había obrado en él, había motivos más que suficientes para reflexionar sobre la posibilidad de que la joven hubiera intentado vengarse de pasadas ofensas.

–Bien, por si sientes curiosidad, te diré que aún me pregunto si volveré a ser el mismo hombre.

Samantha lo miró con creciente confusión, pero Colton no se tomó la molestia de explicarle su frase. Aún se sentía como si se hubiera pillado las partes pudendas con un ropero, y dudaba si sería prudente abordar a la dama de nuevo sin protegerse con una armadura.

Dejando a Samantha perpleja por sus palabras, Colton se acercó al hombre de pelo rubio que había entrado pisando los talones a su hermana, y cuya presencia acababa de ser descubierta por los perros. Era evidente que el joven les caía bien, porque se acuclilló y les acarició el pelaje.

Colton sonrió y extendió la mano cuando se acercó.

–Creo que, después de dos años, ya es hora de que dé la bienvenida a mi único cuñado al seno de la familia. ¿Qué dices tú, Perceval?

Los gemidos caninos cesaron de repente cuando el joven se puso en pie de un brinco. Perceval rió de la inesperada jovialidad de su cuñado y le estrechó con vigor la mano.

–Gracias, mi señor. Me alegro de que hayáis vuelto.

–Nada de «mi señor», ¿me has oído? –protestó Colton, aunque su carcajada suavizó la reprimenda–. Ahora somos hermanos. Llámame Colton.

–Un honor que acepto encantado –replicó Perceval con alegría–. Y si quieres corresponderme, me gustaría mucho que me llamaras Percy. Todos mis amigos lo hacen.

–A partir de este mismo momento, me considero uno de ellos –declaró el nuevo marqués con una sonrisa torcida–. Percy, pues.

Samantha puso los brazos en jarras cuando se reunió con los dos hombres.

–Bien, es evidente que no me necesitáis para hacer las presentaciones.

Colton sonrió.

–Nuestra madre me suministró todos los detalles relativos a tus esponsales en sus cartas, y se esforzó por refrescarme la memoria durante nuestro encuentro de esta tarde. –Arqueó una ceja y miró a su hermana con burlona altivez–. Da la impresión, querida, de que nuestra madre está muy complacida con tu matrimonio, pero empieza a preguntarse si algún día tendrá un nieto.

Cuando vio que su esposa se quedaba boquiabierta, Percy echó hacia atrás la cabeza y lanzó una carcajada.

–Da la impresión, querida, de que tu madre ha dado en el clavo.

Samantha alzó la cabeza.

–«Querida, querida, querida.» Si fuera suspicaz, diría que los dos ya le habéis echado un tiento al oporto de papá o a su coñac favorito en la sala de estar.

–Nos ocuparemos de ellos después de la cena, querida. Pienso disfrutar de una copa del último antes de retirarme a descansar –dijo Colton, al tiempo que palmeaba el hombro de su hermana.

Percy se volvió hacia él para hablar de temas más serios.

–No sabes cuán aliviados nos sentimos por tu regreso, Colton. Samantha insistió en que la mantuviera informada de las batallas en que participabas en cuanto los correos llegaran a palacio con las noticias. Fue de mucha ayuda que tuviéramos una casa en la ciudad, porque yo podía enviarle un mensaje a toda prisa, y ella a su vez lo transmitía a tu madre. La certeza de que te hallabas constantemente en mitad de conflictos en que se perdían tantas vidas nos embargaba de un inmenso temor. Tu nombre estaba en labios de todos, sobre todo de tu padre cuando aún vivía. Aunque tal vez no seas del todo consciente, tus padres estaban muy orgullosos de ti y de tus logros.

Percy dirigió una sonrisa a su hermano mayor, y éste enarcó una ceja.

–Temo que avergonzaste al pobre Stuart con tus muchas gestas y hazañas.

El hermano mayor se acercó cojeando levemente, con una sonrisa torcida en los labios.

–Un día, Percy, puede que experimentes en persona los peligros de estar en un campo de batalla mientras las balas de cañón silban a tu alrededor –advirtió, adoptando un fingido aire grave para reprender a su hermano menor–. Durante mucho tiempo se te ha permitido servir como emisario del príncipe regente, pero te aseguro que se te exigirá mucho más si Napoleón regresa de nuevo.

–Dios no lo quiera –murmuró Colton como si rezara.

Percy exageró la sorpresa por las réplicas agudas de su hermano.

–¿Qué es esto? ¿Mi propio hermano menosprecia mis valientes intentos de mantener informada a Su Majestad de las actividades de nuestras tropas? ¡Emisario, bah! –Se alzó en toda su estatura y miró al Burke mayor de arriba abajo, como ofendido–. No tienes ni idea de lo difícil que puede ser el arte de la diplomacia; de lo contrario te abstendrías de lanzar tales difamaciones.

Samantha palmeó el brazo de su marido con aire lisonjero.

–No fastidies a tu pobre hermano, querido. Ha sufrido de manera considerable desde que esa bala de plomo destrozó un árbol y las astillas se clavaron en su carne. No me extraña que el rugido de los cañones lo haga temblar de terror, después del interminable tormento que sufrió a manos de los médicos que le quitaron todas esas astillas. Será un milagro que Stuart no te tire de las orejas por afirmar que alguien puede avergonzarlo.

Su cuñado le dedicó una reverencia, abreviada con bastante brusquedad por un doloroso recordatorio de su antigua herida, que en momentos impredecibles le causaba terribles pinchazos.

–Gracias, querida Samantha. Me complace sobremanera descubrir que mi hermano se casó por encima de sus posibilidades cuando te tomó como esposa. Es evidente que posees la inteligencia de la que él ha carecido todos estos años. –Hizo caso omiso de las protestas de Percy y peroró con sequedad sobre las dificultades relacionadas con la lesión–. Si bien la herida ha mejorado bastante, dudo que mi orgullo lo haga algún día. Maldita suerte, con tantos pensando lo peor y mi propio hermano riendo como el tonto del pueblo acerca de la exacta localización de mi herida. Si bien he intentado en incontables ocasiones explicar cómo me hirieron por detrás, y he insistido repetidas veces en que estaba cargando hacia delante en lugar de retroceder, mis compañeros... y mi hermano... todavía se carcajean con incredulidad. Patanes insensibles, eso es lo que son. Se nota que son amigos míos.

Cuando las risas se calmaron, Stuart habló a su anfitrión con absoluta sinceridad.

–Me siento honrado en especial por esta oportunidad de renovar nuestra amistad, mi señor. Wellington cantó vuestras alabanzas con tanta frecuencia durante nuestra última campaña, que no nos cupo la menor duda de que habíais rendido un gran servicio a nuestro país, no sólo en Waterloo, sino en otros campos de batalla que hollasteis durante vuestra ilustre carrera. A juzgar por todas las informaciones, vuestro regimiento demostró ser el más valiente en la batalla de todo el ejército inglés.

–Tuve la suerte de tener bajo mi mando hombres de coraje ejemplar –contestó Colton al comandante–. De los tributos que me han ofrecido, debo la mayor parte a ellos, pues fue su valor el que contribuyó a imponernos al enemigo.

–Dieron un gran ejemplo de fuerza disciplinada –admitió Stuart–, pero durante la ceremonia en que honraron a vuestros hombres oí que hasta el último juraba que, siempre que había que conquistar terreno y era preciso cargar contra las filas del enemigo, vos erais el primero en hacerlo y los inspirabais con vuestro ejemplo. Sufrieron una cruel decepción cuando no fuisteis a recibir vuestras medallas, pero comprendo que vuestras heridas os impidieran acudir. Deseo deciros, mi señor, que pocos oficiales han recibido tales alabanzas de sus hombres como vos.

Colton, incómodo con tantas lisonjas, murmuró su agradecimiento, pero continuó callado hasta que el prolongado silencio lo impelió a mirar a su alrededor en busca de otro tema de conversación. Observó que el joven que había expresado su indignación por la familiaridad con que trataba a Adriana había retrocedido hasta el final del pasillo. Buena estrategia, porque el botarate parecía fuera de peligro allí, al menos en lo que a perros se refería. Pero no eludiría a su anfitrión si el gañán no cuidaba sus modales, cosa de lo que parecía incapaz. Pese a la distancia que los separaba, Colton sentía el ardor de la mirada que brillaba en aquellos ojos verdes. Sin duda eran celos por Adriana, pero Colton sonrió mentalmente una vez más cuando llegó a la conclusión de que no eran tan irracionales, siendo como era una dama tan excepcional.

A no dudar se trataba del mismo individuo del que su madre le había hablado horas antes, Roger Elston, el aprendiz que, con todas las probabilidades en contra, intentaba conquistar la mano de Adriana. En su opinión, el hombre estaba traspasando todos los límites.

Al volverse para darle la espalda al hombre, Colton se encontró frente a la joven de pelo rubio, que se había acercado.

–Perdonad, señorita, espero que no os hayamos aburrido con esta charla sobre la guerra.

–¡Oh, no, mi señor! –protestó Felicity Fairchild, casi sin aliento debido a la emoción. No ocurría cada día que la hija de un contable pudiera conversar con un noble de alta alcurnia–. ¡Al contrario! Es emocionante escuchar historias de valentía.

Al darse cuenta de que había olvidado sus deberes de anfitriona, Samantha se apresuró a disculparse.

–Os ruego que perdonéis mi distracción, señorita Fairchild. Temo que la inesperada presencia de mi hermano me ha confundido. Aún me cuesta creer que se halle de nuevo en casa, después de tantos años. Con su permiso, me gustaría presentároslo.

Realizadas las presentaciones, Felicity hizo una gran reverencia al nuevo marqués.

–Es un honor conocer a un hombre de vuestra reputación, mi señor.

–El honor es mío, señorita Fairchild –contestó Colton, que le devolvió la inclinación pese a la rigidez producida por el largo viaje en carricoche.

Su primera experiencia con la inmovilidad forzosa había sucedido después de su herida. Había estado acostado durante demasiado tiempo en un catre, a la espera de la decisión de los médicos, hasta comprender que tendría que salvarse él mismo la pierna o despedirse de ella, pues todos los galenos parecían obsesionados por amputarla y acabar de una vez por todas. Fue, más o menos, cuando descubrió que la ociosidad podía ser mucho más molesta que la actividad incesante. Ésta había sido habitual durante toda su carrera militar, y ahora daba la impresión de que períodos interminables de inactividad forzosa le agriaban el carácter y, por culpa de la herida, le entumecían los músculos.

–Resulta que la señorita Fairchild es la nieta de Samuel Gladstone –explicó Samantha–. ¿Te acuerdas de él, Colton?

–Pues claro, es el propietario de la fábrica de paños que reside en Stanover House. Nuestra familia iba a verlo todas las Nochebuenas. Aún recuerdo los enormes banquetes que sus sirvientes preparaban para sus íntimos y la gente que vivía en la zona.

–Desde hace algunos meses el hombre se encuentra mal, así que la señora Jane... –Samantha hizo una pausa y ladeó la cabeza hacia su hermano–. Te acuerdas de su hija Jane, ¿verdad?

–Sí, pero ha pasado mucho tiempo desde la última vez que la vi o hablé con ella. Se fue a vivir a Londres mucho antes de que yo me marchara.

–El señor Fairchild trabajó en una contaduría de Londres hasta que la señora Jane lo convenció de que abandonara el empleo y se trasladara a Bradford, un cambio que ahora le permite cuidar de su padre. Dios no quiera que el señor Gladstone falte, pero en esas circunstancias la pañería pasaría a sus manos.

Colton dedicó su atención a la atractiva rubia.

–Lamento que vuestro abuelo se encuentre mal, señorita Fairchild. Durante mi ausencia, mi madre y mi hermana me han mantenido informado de sus numerosas buenas obras. No cabe la menor duda de que el señor Gladstone es un hombre admirable.

–Debo confesar que sólo pudimos visitar al abuelo en contadas ocasiones cuando residíamos en Londres –contestó Felicity–, pero desde que nos mudamos a Bradford he comprendido que ha hecho muchos y leales amigos en el curso de los años. Me asombra el número de aristócratas que van a verlo. De esa forma llegué a conocer a vuestra hermana... y a lady Adriana.

Samantha enlazó el brazo de su hermano con el de ella.

–Da la impresión de que el señor Gladstone ha recobrado el ánimo desde que su hija y su familia se fueron a vivir con él. Es indudable que la decisión del señor Fairchild de hacerse cargo de la fábrica le ha insuflado nuevas energías. Dios mediante, apaciguadas las preocupaciones del anciano, veremos que su salud mejora en las próximas semanas.

Felicity dedicó una dulce sonrisa a Colton.

–A mi abuelo le encantaría escuchar vuestras vivencias de la guerra, mi señor. No pasa ni un día sin que reciba en su dormitorio a un amigo, un empleado o un pariente lejano para charlar, beber o jugar a las cartas. Vuestra visita lo haría inmensamente feliz.

–Estoy seguro de que se ha sentido alentado por la compañía de tanta gente –contestó Colton–. No olvidaré ir a verlo en cuanto me haya instalado.

–No es el único que ha obtenido beneficios de los visitantes –informó Felicity, al tiempo que agitaba sus largas pestañas y miraba a las otras dos damas–. La gentileza de vuestra hermana y de lady Adriana cuando me invitaron a la excursión de hoy me dejó asombrada por la amabilidad de ambas. En Londres nunca pude conocer a personas de tan alta cuna. No obstante, las dos lograron que me sintiera bienvenida a su grupo. De haber sido tan sagaz como los sabios de antaño, habría reconocido en ellas a dos ángeles de la caridad.

Colton rió de buena gana cuando acudieron a su mente recuerdos de juventud.

–Señorita Fairchild, debería advertiros que no fuisteis la primera criatura que estos ángeles tomaron bajo su protección –comentó con tono risueño–. Lady Adriana y mi hermana han sido amigas desde antes de que la más joven pudiera hablar, y puedo certificar de primera mano que ambas mujeres han defendido desde hace mucho tiempo la hospitalidad como una causa noble. Sin embargo, no siempre han limitado su bondad a los humanos. Aunque sin duda seré reprendido por establecer comparaciones entre el pasado y el presente, recuerdo muy bien que, a una edad muy temprana, las dos se dedicaban a traer a casa animales heridos o a sus crías, y, dada su apasionada dedicación, no puedo sino creer que continuaron así después de mi partida. Mientras viví en casa, se esforzaban por devolver la salud a todos los animales que encontraban. Pero si uno expiraba, sollozaban hasta que nadie podía soportar sus lamentos ni un momento más. En verdad, señorita Felicity, sois sólo una más de una extraña colección que estos ángeles han traído a casa a lo largo de los años.

–Por favor, Colton –lo reprendió Samantha, si bien su sonrisa lo negaba–. La comparación desconcertará a la señorita Felicity.

Colton se volvió hacia la joven y apoyó una mano sobre su blusa escarlata como para disculparse.

–No pretendía faltaros al respeto, señorita Fairchild. De hecho, no existe comparación entre vos y los animalitos de pelo o pluma que mi hermana y su más querida amiga traían a casa. Estoy seguro de que, en vuestro caso, ambas damas se sintieron complacidas de extender los beneficios de su hospitalidad a un miembro de su propia especie.

Miró a Adriana, que se encontraba a poca distancia, escuchando la conversación con una mano apoyada sobre el poste jacobino tallado de la enorme escalera. Si bien él le dedicó una cálida sonrisa, ella le sostuvo la mirada con una seriedad que recordó a Colton imágenes que había intentado sofocar con frecuencia, las de una niñita delgada de grandes ojos cuyo corazón había partido. ¿Cómo habría podido saber en aquel momento que Harrison la había dejado entrar con sus padres y les había pedido que esperaran ante la sala de estar, desde la cual había proferido momentos después indignadas protestas contra los planes de su padre de firmar un contrato de compromiso matrimonial que los iba a unir para siempre?

Extendió un brazo para invitarla a acercarse.

–Ven a reunirte con nosotros, Adriana. Así, de pie, me recuerdas a la niña que siempre se rezagaba con una mirada anhelante en los ojos cuando Samantha venía a buscarme, como suplicando un favor. Siempre tuve la impresión de que aquella niña de enormes ojos oscuros deseaba reunirse con nosotros, pero no estaba segura de si debía. Ven, por favor. Te aseguro que me ha hecho muy feliz volver a verte.

Una sonrisa vacilante se insinuó en los labios de la joven y, cuando por fin obedeció, él le pasó un brazo por los hombros.

–Mi hermana me abrazó y me dio la bienvenida, Adriana. ¿Puedo osar esperar que mi regreso te haya complacido lo suficiente para hacer lo mismo?

–Bienvenido a casa, mi señor –murmuró la joven, al tiempo que le dedicaba una sonrisa fugaz y se acercaba un paso.

–Ven, abracémonos –la apremió con vehemencia Colton, como si volviera a ser una niña de seis años–. Y démonos un beso. –La manifiesta renuencia de Adriana le hizo arquear una ceja–. No tendrás miedo de mí, ¿verdad? ¿Dónde está aquella niñita cuya resolución despertó la admiración de mi padre?

Sabiendo que los ojos de todos los presentes estaban clavados en ella, Adriana respiró hondo mentalmente para controlar su nerviosismo. ¿Cómo podrían comprender que, en toda su vida, este era el único hombre que, en su juventud, le había asestado una herida tan profunda que aún no lo había perdonado? Se había preguntado a menudo si en esa experiencia singular residía el motivo de que no permitiera a sus pretendientes acercarse demasiado.

Vacilante, deslizó un brazo alrededor de su cuello cuando él se inclinó. Sintió que el corazón martilleaba en su pecho, cosa que consideró muy extraña, pues había llegado a convencerse de que ningún hombre la asustaba. Se llevó una sorpresa al oír las carcajadas de los demás nobles cuando sus labios rozaron la mejilla de Colton.

–Eso está mejor –murmuró el hombre en su oído antes de apartarse. Cuando Adriana alzó la vista, descubrió que los ojos grises la miraban destellantes. Una sonrisa complacida curvó los hermosos labios masculinos, lo cual ahondó los surcos de sus mejillas. Colton habló con voz ronca–. Ahora sí que me siento bienvenido.

–De modo que así te las ingenias para arrancar un beso a las bellas –observó con ironía Stuart desde varios pasos de distancia. Sonrió y pidió a Adriana que se acercara con un ademán–. Deja a ese bribón, muchacha, y ven conmigo. Aunque tal vez no te conozca tan bien como su señoría antes de partir, he llegado a conocerte mejor desde entonces. ¿Acaso no merezco más tu afecto? ¿No soy más agradable de mirar?

Colton rió y apoyó una mano en el brazo de Adriana, como para impedir que cayera en la trampa del hombre.

–Quédate cerca, querida mía –aconsejó con picardía–. Necesitas mi firme protección, puesto que el comandante es un descarado calavera del que las jóvenes doncellas como tú deberían cuidarse.

Ante las protestas de Stuart, Colton pasó un brazo alrededor de los hombros de la dama y plantó cara al hombre con una sonrisa que parecía de orgullo por su triunfo. Colton se asombró al descubrir que sus sentidos despertaban al delicado perfume de rosas que emanaba de la dama. Acercó la cabeza a su sombrero de copa y aspiró el aroma embriagador.

–Tu fragancia me recuerda el jardín de rosas que tenía mi madre hace años –murmuró–. ¿Crees que habrá flores en esta época del año? Me gustaría que me lo enseñaras antes de que termine el día.

Como si el ardor de sus mejillas no le causara ya suficientes molestias, Adriana notó que el calor ascendía hasta sus orejas. Para mayor mortificación, su torturador reparó en ello y pareció asombrarse cuando pasó la yema de un dedo a lo largo del delicado pliegue superior de su oreja, justo debajo del ala del sombrero.

–Creo que te estás ruborizando, Adriana.

Aunque Colton no habría actuado de manera diferente de haber pensado en el joven que la había perseguido hasta el interior de la casa, pronto descubrió que su desenvoltura con la dama había acabado con la paciencia del pretendiente. El sujeto cruzó el pasillo a grandes zancadas, con ojos llameantes.

El sonido metálico de sus tacones llamó al punto la atención de Colton, y se dio la vuelta para mirar con aire desafiante al hombre. Al mismo tiempo, los perros lanzaron feroces ladridos, y se apostaron ante su amo y la chica que había a su lado.

Ser abordado por un desconocido en su propia casa era suficiente para hacer perder los estribos a cualquiera, pero Colton consideró las reacciones del aprendiz exasperantes, sobre todo porque parecía ansioso por separarlo de una mujer a la que conocía antes de que empezara a gatear.

Capaz de defenderse sin la protección de los perros, Colton pensó que había llegado el momento de hacérselo saber a Roger Elston. El hombre se mostraba irracional en su anhelo por proteger a la dama... o, mejor dicho, por alzar una barrera alrededor de ella e impedir que otros varones olieran su perfume, que en este caso era muy agradable y nada interesante para los perros. En cuanto a la especie humana, bien, era otro asunto. No había disfrutado de la fragancia de una mujer desde hacía muchos meses, y ésta se le antojaba de lo más perturbadora. El recuerdo de su esbelta y deliciosa forma curvilínea apretada contra su cuerpo despertaba aún su imaginación viril.

Colton giró sobre su pierna buena y, apoyándose con fuerza en el bastón, avanzó a toda prisa hacia el extremo norte de la mansión, donde abrió una puerta que comunicaba la salita del desayuno con la terraza exterior. A su silbido, los perros salieron disparados en dirección al bosque lejano. Colton cerró la puerta y se volvió hacia su presunto rival.

–¿Deseaba usted hablar conmigo de algún asunto, señor Elston? –preguntó con voz tirante.

Roger se sorprendió al ver que el futuro marqués conocía su nombre, y sospechó que otros miembros de la familia, en especial la marquesa, le habían hablado de él, aunque nunca sabría en qué términos. Abrió la boca para replicar al desafío del otro, pero de repente advirtió que era objeto de la atención de todos los ojos y oídos de la sala. Daba la impresión de que los hombres lo miraban como a la espera de su reacción, aunque tal vez eran jugarretas de su imaginación.

Apretó los dientes, volvió la cabeza como un toro encerrado y articuló por fin una hosca respuesta:

–La verdad es que no.

–¡Bien! –replicó Colton–. En ese caso, si es tan amable de apartarse, terminaré mi conversación con lady Adriana.

Colton examinó a su adversario con un evidente desinterés que sulfuró al joven. Bajo una masa ingobernable de rizos castaños que caían sobre una frente lisa, había un rostro que parecía extrañamente joven. Colton casi esperó ver un poco de pelusa en las pálidas mejillas, pero desechó enseguida la idea cuando observó un corte reciente justo debajo de una poblada patilla.

Roger fue consciente del calor que ascendía hasta las raíces de su pelo debido a la inspección del otro. Consumido por una rabia interior, mantuvo un obstinado silencio, lo cual hizo que su anfitrión lo mirara con expresión desafiante.

«Lo mejor será no hacerle caso», pensó Roger con furia, y se volvió hacia la belleza de pelo oscuro. Por más que lo deseara, no osó tocarla por temor a que su audacia fuera denostada en público y quedara humillado ante su señoría. Su proximidad era contraria a todo protocolo. Insinuar en silencio cualquier derecho sobre una dama de la nobleza, en especial delante de otro noble, lindaba con la locura.

A lo largo de su vida, Roger había encontrado numerosas razones para lamentar su origen humilde, pero nunca tanto como en esos momentos, cuando veía la muy real amenaza de perder a Adriana por culpa de un hombre que lo tenía todo, incluyendo el derecho a la dama. Si bien ella sólo había conocido una vida de privilegios, nunca había parecido muy influida por su posición. Aun así, no le había dado ningún motivo para esperar que sus sentimientos por él llegaran a ser algo más satisfactorios, pese al hecho de que él se lo había declarado así a su padre, quien en consecuencia había considerado beneficioso invertir una pequeña suma en un atuendo de caballero para el muchacho. Las ropas que en un tiempo habían sido suficientes para un profesor parecían ahora muy humildes entre la nobleza provinciana, y lo habían hecho sentirse avergonzado en más de una ocasión. No obstante, Roger temía ahora que tal derroche no serviría de nada, y maldecía el día que había engañado a su padre, pues por más que se esforzaba por despertar sentimientos más profundos en el corazón de la alta, esbelta y hermosa morena, ella parecía contentarse con mantenerlo a distancia, y no le ofrecía más que alguna muestra de cortesía, cuando a ella le daba la gana.

Extendió una delgada mano a modo de invitación, con cuidado de no tocarla.

–¿No deberíamos irnos ya, mi señora?

Colton desvió la vista hacia Adriana para examinar su reacción a la impertinencia del aprendiz. Apenas esperaba que su escrutinio fuera contestado con un desafío, pero la joven alzó su delicada barbilla con altivez, como si lo retara a cuestionar su relación con un plebeyo.

Colton sintió que la cólera se apoderaba de él, una reacción tan inquietante como cuando los médicos le habían dicho que iba a perder la pierna. Nunca antes había despreciado a la gente corriente. Había pasado casi la mitad de su vida siguiendo sus pasos por senderos enlodados por la lluvia, corriendo delante de ellos entre el estruendo de los cañonazos, combatiendo codo con codo contra la furia del enemigo, y muchas veces había caído dormido a escasa distancia de los mismos que lo llamaban «milord coronel». No sabía con precisión lo que le molestaba de Roger Elston. Como acababa de conocerlo, era incapaz de dar con la causa exacta. No podía ser fruto de los celos. Teniendo en cuenta su dilatada ausencia, la muchacha era una simple conocida del pasado, absolutamente exquisita sin duda, pero aun así una extraña con el correr de los años. Fuera cual fuese la causa de su inquina, lo cierto era que el aprendiz le desagradaba hasta extremos inconcebibles.

El reto no verbalizado de la dama espoleó las esperanzas de Roger. Era extraño que lo hubiera alentado, y experimentó una oleada de audacia en su deseo de confirmarla como su prometida; pero, al intentar tomar su mano, sintió un escalofrío de rechazo cuando ella retrocedió un paso y, como si estuviera ciega, lo miró sin verlo. La dama sabía muy bien cómo comunicar su irritación, y de su gélida indiferencia dedujo que no había agradecido su intento de demostrar que tenía cierto derecho a ella. Tampoco se había dignado contestar al marqués por su conducta o relación con un aprendiz.

Ansiosa por consolidar a su amiga de toda la vida como un miembro más de la familia Wyndham, Samantha aprovechó la ocasión para advertir a su hermano de que Adriana no sólo era deseada por legiones de aristócratas, sino también por hombres corrientes que se enfrentaban a la futilidad de sus aspiraciones. Hacía mucho tiempo que Samantha había reparado en que Roger estaba desesperado por poseerla a cualquier precio.

–Temo que una vez más he olvidado presentarte a otro de nuestros invitados, Colton. El señor Roger Elston, para ser precisa. –Hecha la presentación, continuó sus explicaciones–. El señor Elston conoce a Adriana desde hace casi un año. Nos acompaña con bastante frecuencia en nuestras excursiones por la campiña, que me han convencido de mi inutilidad para la silla de montar. Muy pronto, el señor Elston terminará su aprendizaje y asumirá la dirección de la fábrica de paños de su padre, que en otro tiempo perteneció al señor Winter.

–¿El señor Winter? –repitió Colton, incapaz de recordar el nombre. Irritado aún con el aprendiz, sentía los músculos de su cara tan rígidos como cuero sin curtir, pero se esforzó por transmitir un aplomo que no sentía. Enarcó las cejas y se encogió de hombros–. Lo siento, no recuerdo a ningún señor Winter de mi infancia.

–Thomas Winter. Hace años era el propietario de una fábrica que había en las afueras de Bradford. Debiste pasar a menudo por delante, pero no tenías motivos para fijarte cuando eras pequeño. El señor Winter nunca tuvo descendencia, y después de enviudar vivió solo hasta que, hace cuatro o cinco años, contrajo matrimonio con una mujer muy agradable de Londres. Después de su muerte, acaecida unos meses después, su viuda heredó todo. A su vez, se casó con Edmund Elston, el padre de Roger. La pobre enfermó al cabo de poco tiempo y también murió. Fue cuando el señor Elston se convirtió en único propietario y llamó a Roger a Bradford para que aprendiera el oficio.

Pese al aborrecimiento que le había despertado el hombre minutos antes, Colton extendió la mano en señal de buena voluntad, sobre todo de cara a Adriana y los demás invitados.

–Bienvenido a Randwulf Manor, señor Elston.

Lleno de resentimiento contra el marqués aun antes de conocerlo, Roger se resistía tanto a aceptar la mano que le ofrecían como el otro a extenderla, pero al hacerlo se llevó una sorpresa cuando los largos dedos se cerraron alrededor de su mano. Eran más delgados, fuertes y callosos de lo que habría supuesto en un noble. No cabía duda de que manejar una espada exigía una presa firme, incluso a un aristócrata mimado.

–Waterloo significó una enorme victoria para Wellington –afirmó Roger con escasa naturalidad, ansioso por comunicar sus conocimientos sobre el acontecimiento–. Cualquier oficial habría considerado un privilegio servir a su mando.

–Sí, señor Elston –admitió Colton con similar rigidez–, pero no debemos olvidar la contribución del general Von Blücher. Sin él, dudo que los ingleses hubieran salido tan bien parados. Los dos hombres juntos, con sus ejércitos, demostraron constituir una fuerza que Napoleón no pudo contener.

–Pese a lo que decís, si sólo Wellington hubiera tenido el mando, apuesto a que los franceses no habrían estado a la altura de nuestras fuerzas –se jactó Roger.

Colton enarcó una ceja, y se preguntó si el aprendiz estaba intentando de manera deliberada contrariarlo... una vez más. De todos modos, sentía curiosidad por saber cómo había llegado a aquellas conclusiones.

–Perdonadme, pero ¿fuisteis testigo de nuestras batallas?

Roger prefirió esquivar la acerada mirada del marqués y se pasó los dedos por la manga, como para sacudir una mota de la tela.

–De no ser por una enfermedad recurrente que he padecido desde mi infancia, en ocasiones debilitadora, me habría presentado voluntario. Me habría gustado matar a alguno de esos gabachos.

El rostro de Colton se nubló al pensar en la terrible pérdida de vidas humanas que había ocurrido no sólo en Waterloo, sino en otros campos de batalla en los que había estado.

–Fue una campaña sangrienta para todo el mundo –dijo con pesar–. Para mi desgracia, perdí a muchos amigos en el curso de nuestras batallas contra Napoleón. Considerando las legiones de franceses muertos en Waterloo, sólo puedo compadecer a los incontables padres, esposas e hijos que han quedado desamparados y contritos. Es una desgracia que sea preciso ir a la guerra por culpa de la ambición de un solo hombre.

Adriana estudió el apuesto rostro del hombre a quien la habían prometido años antes, y vio una tristeza en sus ojos que no había existido en su juventud. Se preguntó si sus objetivos habían cambiado tanto desde aquel memorable día de su partida. Parecía como si hubiera transcurrido un siglo desde que había escuchado sus vehementes protestas. Si él hubiera aprobado el acuerdo, se habrían casado a poco de cumplir ella diecisiete años, pero la idea de aquella propuesta lo había enfrentado con su padre, hasta el punto de irse de su casa. No albergaba el menor deseo de estar presente cuando Colton averiguara que lord Sedgwick había llevado adelante sus planes y firmado documentos que comprometían a su hijo a un período de noviazgo antes del compromiso inicial. Si sus oídos se habían escandalizado con la primera diatriba de Colton, esta vez estallarían a causa de su ira.

–Estaba cantado que los ingleses ganarían –afirmó Roger mientras inhalaba un poco de rapé, una pose que había adoptado recientemente en su afán por emular a los caballeros de alta cuna. No obstante, aunque creía que era una práctica muy extendida, empezaba a sospechar que ninguno de los hombres presentes en el gran salón era adicto, pues siempre despertaba alguna sonrisa divertida cuando se entregaba al vicio. Con un supremo esfuerzo para mantener una apariencia digna pese a las ganas de estornudar, cerró la cajita con un chasquido y se llevó un pañuelo a la fosa nasal izquierda, donde la sensación era más pronunciada. Algo más aliviado, sorbió por la nariz y, con los ojos enrojecidos y húmedos, ofreció una breve sonrisa al otro hombre–. Como suele decirse, mi señor, el bien siempre se impone.

–Nada me gustaría más que saber con seguridad que dicha premisa se cumple siempre, señor Elston, pero temo que no es así –replicó Colton con seriedad–. En cuanto a los ingleses, no puedo afirmar con certeza que siempre estamos en el lado del bien.

Roger se quedó estupefacto. Nunca había salido de Inglaterra, y había llegado a creer que todos los poderes foráneos no sólo eran inferiores, sino despreciables en comparación.

–Yo digo, mi señor, que es muy poco patriótico por vuestra parte dudar de la integridad de nuestro país. Al fin y al cabo, somos la nación más grande del mundo.

Colton sonrió con cierta tristeza y abundó en observaciones que había hecho durante su carrera como oficial.

–Demasiados ingleses confiaban en la lógica de que el bien se impondría, pero fueron enterrados donde ellos y sus hombres cayeron. Lo sé, porque algunos eran amigos íntimos, y ayudé a cavar sus tumbas.

Roger miró intrigado al hombre. Desde hacía casi un año, había escuchado interminables historias sobre las hazañas de Colton Wyndham en el campo de batalla. Aunque envidioso de dicha fama, había admirado al noble, pero un odio auténtico había crecido en su interior cuando descubrió que la hermosa Adriana había sido elegida por el difunto lord Sedgwick para convertirse en esposa del hombre que se erguía ante él en esos momentos. La inevitabilidad de su encuentro había cimentado la aversión de Roger mucho antes de ver en carne y hueso al que venía a reclamar el marquesado. Después de escuchar las necedades que decía el hombre, sentía justificado su desprecio. Tal vez muchos consideraran un héroe al lord coronel Colton, pero Roger se había formado su propia opinión al respecto, y estaba convencido de que el lord no era el audaz cruzado que cargaba contra las filas enemigas y, sin dar cuartel, empapaba su espada una y otra vez en la sangre del enemigo.

Roger curvó los labios en una sonrisa sarcástica y habló en un tono no del todo respetuoso.

–¿Y qué acertada lógica llevasteis al combate, mi señor?

Incapaz de hacer caso omiso de lo que se le antojaba un desafío despectivo, Colton enarcó una ceja. Teniendo en cuenta que el aprendiz era media cabeza más bajo y bastante más enclenque que él, decidió que el individuo era tan impetuoso como insolente. O tal vez había llegado a la insensata conclusión de que él era un inválido porque necesitaba la ayuda de un bastón.

–En pocas palabras, señor Elston, se trataba de matar o morir. Preparé a mis hombres para que fueran implacables en nuestros numerosos enfrentamientos con el enemigo. Era la única manera de mantenerlos con vida. Por mi parte, luché con desesperación, no sólo para conservar la vida y las vidas de mis hombres, sino para derrotar a los enemigos de nuestro país. Por algún extraño milagro, sobreviví, al igual que la mayor parte de mi regimiento, pero después de considerar el sangriento desenlace y el escalofriante número de soldados que quedaron muertos en los campos de batalla, mis hombres y yo nos sentimos agradecidos de haber sido bendecidos por la misericordia de Dios.

–Venid los dos –llamó Samantha, que intuía la creciente animosidad de Colton hacia su invitado. Tal vez había juzgado mal hasta qué punto ansiaba Roger poseer a Adriana, pues parecía incapaz de ocultar su frustración ante la situación en que se había encontrado. Tomó a su hermano del brazo y lo apretó con afecto, en un intento de calmar su ira–. Si no desistís cuanto antes, tanto hablar de guerras y muertes nos entristecerá a todos.

Colton, que continuaba tratando de reprimir su irritación, dedicó una pálida sonrisa a su hermana.

–Temo que la guerra me ha marcado, querida mía. Si alguna vez poseí el talento de ser un conversador entretenido, creo que ya no es el caso. He vivido, respirado y hablado de guerra durante tantos años que mis diálogos se han visto limitados a mis experiencias. En cualquier caso, me he convertido en un pelmazo.

–Lo dudo –replicó Samantha con una risita.

Nunca había considerado a su hermano otra cosa que fascinante, aunque debía admitir que no era imparcial.

Después de haber visto con sus propios ojos el fuego que podía iluminar los ojos grises de su anfitrión, Roger retrocedió a una discreta distancia, parapetado tras Adriana, sin el menor deseo de provocarla con otro ataque de celos. Pese a su insistencia en reclamar algún derecho sobre ella, había llegado a percibir que, bajo la capa exterior de refinada feminidad, la dama tenía un temperamento capaz de hacerle poner pies en polvorosa. Enfurecerla de nuevo sería una completa locura, pues lo más probable sería que lo apartara para siempre de su presencia.

Felicity se sintió agradecida cuando los temperamentos varoniles empezaron a calmarse, ya que el apaciguamiento de las tensiones le permitía reclamar la atención del marqués, cosa que hizo con una simpatía que, confiaba, contrastara con el rechazo de lady Adriana a la petición del hombre de que se tutearan, si bien Colton parecía dispuesto a pasar por alto dicha negativa.

–Mi señor, consideraría un privilegio que abandonarais las formalidades y me llamarais Felicity.

Adriana no pudo resistirse a echar una mirada subrepticia a la pareja. La invitación de la rubia le recordó su negativa al ruego de Colton de que se tutearan, una invitación formulada de una manera tan agradable que no podía imaginar que algún hombre fuera capaz de rechazarla, y mucho menos aquel que, hasta hacía muy poco, había estado confinado en campamentos de soldados.

–Señorita Felicity –contestó Colton, salpimentando su respuesta con la adecuada formalidad y una buena medida de su encanto habitual, al tiempo que dedicaba una sonrisa esplendorosa a la belleza rubia–, pese a la dulzura de vuestro nombre, se me antoja que Fairchild es mucho más apropiado, teniendo en cuenta lo agradable que resulta miraros[1].

–Sois muy amable, mi señor.

Aunque otras jóvenes se habrían sentido tentadas de relamerse de placer, Felicity sonrió con modestia y bajó los ojos. Interminables horas de práctica frente a un espejo la habían ayudado a perfeccionar diversas expresiones faciales. Con diligente dedicación había cultivado sus modales y cuidado su físico, con la esperanza de atraer a algún noble con título que la tomara por esposa, una idea instilada en ella por su progenitor, pese a los esfuerzos de su madre por mantener los pies de su hija apoyados firmemente en el suelo, en lugar de permitir que se abandonara a sus fantasías.

Aun así, «señorita Felicity» no era el apelativo que deseaba oír de labios de su señoría. Habría preferido algo más íntimo, puesto que parecía utilizar el nombre de Adriana con gran desenvoltura. Da igual, pensó sonriendo para sí. Por supuesto, ahora tendría que extender la invitación a las dos mujeres, para no dar la impresión de que se estaba echando en brazos del noble.

Dirigió una sonrisa a Samantha y habló con fingida humildad:

1. Literalmente, Fairchild significa «niña hermosa». *(N. del T.)*

–Estoy abrumada por la amabilidad que vos y lady Sutton me habéis deparado, lady Burke. Yo no podría ofreceros nada comparable. Quiero aseguraros que me siento agradecida por vuestra bondad para conmigo, y me gustaría que me llamarais Felicity.

Consciente de la anterior conversación entre su hermano y Adriana, Samantha consideró prudente contestar en nombre de su amiga y de ella.

–Sería un placer para lady Adriana y para mí abandonar las formalidades, señorita Felicity. Os ruego que hagáis lo mismo.

–Gracias, lady Samantha.

Felicity hizo una reverencia, al tiempo que se congratulaba mentalmente. Como se había criado en Londres, era todavía más forastera en la zona que Roger Elston, pero la sincera cordialidad de lady Adriana y lady Sutton había obrado en su favor cuando, apenas una semana antes, ambas habían ido con sus madres a ver a su abuelo enfermo, al que obsequiaron con un delicioso caldo y pastas excelentes, sin olvidar unas hierbas medicinales de rara calidad. Los regalos habían significado su tributo a Samuel Gladstone, quien con los años se había convertido no sólo en un acaudalado empresario, sino en un respetado patriarca entre los ciudadanos de Bradford-on-Avon. Samantha y Adriana, demostrando que eran jóvenes misericordiosas y afables, habían hablado de la zona y la gente que vivía en ella, y después habían prestado compasiva atención a las quejas de Felicity acerca de que se sentía sola y fuera de su ambiente. Fue entonces cuando insistieron en que las acompañara en su excursión ecuestre. De no ser por su añagaza, Felicity sabía que sus probabilidades de entrar en Randwulf Manor o ser invitada a codearse con aristócratas eran nulas. ¿Quién, entre sus escépticos iguales de Londres, habría creído que se relacionaría con la nobleza provinciana poco después de trasladarse a una pequeña población como Bradford-on-Avon, o que incluso conversaría con un marqués cuyo refinado aspecto avergonzaría a muchos miembros de su sexo? Se trataba de un hombre que, por ser aristócrata, podía abrirle muchas puertas al mundo de la nobleza.

Percy miró a su hermano, y se preguntó cómo estaría reaccionando a la evidente fascinación de la simpática rubia por su anfitrión. Stuart, que no conocía a Felicity antes de ir a casa de los Sutton para recoger a las dos mujeres más jóvenes (y, cosa nada sorprendente, al aprendiz), había manifestado irritación en cuanto averiguó que las damas habían extendido la invitación a la nieta del empresario. Se había rebelado ante la idea de tener que actuar de acompañante de una completa desconocida durante todo el día, cuando lo que deseaba era pasar algún rato con Adriana. Si bien Stuart había accedido a regañadientes, había prometido serias repercusiones a su hermano si la dama no estaba a la altura de sus expectativas. Resultó que, después de conocer a Felicity, se había entregado con entusiasmo a su tarea. En un momento de intimidad, hasta había manifestado su gratitud por disfrutar del placer de conocer a una criatura tan divina.

Sin embargo, en aquel momento, a Stuart no parecía importarle que Felicity estuviera acosando a Colton con miraditas afectadas y sonrisas sutiles, pues su atención se había concentrado en la dama a la que había esperado acompañar a lo largo de la excursión. Cualquier hombre habría considerado a Adriana una joven deseable, y, a juzgar por todos los indicios, Stuart también se había convertido en uno de sus admiradores.

El nuevo giro de la situación desconcertó a Percy. Sabía que Samantha se llevaría una sorpresa cuando se lo contara, y hasta era posible que se preocupara, porque había un único hombre al que su mujer consideraba adecuado para su mejor amiga... y ese hombre era su hermano.

Colton Wyndham también se había entregado a sus propias reflexiones. En los últimos tiempos había experimentado los rigores de la guerra con excesiva frecuencia y, si dejaba a un lado sus sospechas relativas a las ambiciones de Felicity, había mucho que admirar en ella, pues poseía un buen caudal de atractivos físicos: cabello oro pálido, ojos azules transparentes y una boca que, al principio, parecía demasiado gruesa y blanda, pero luego resultaba de lo más atrayente. Delicados rizos enmarcaban su rostro juvenil, bajo un gorro de ala ancha atado con una cinta tan azul como sus ojos. Las miradas recatadas que lanzaba eran provocadoras; le aseguraban que, si así lo deseaba, estaría encantada de aceptar sus atenciones, hasta un grado que Colton no pudo determinar. Para su sorpresa, se encontró comparando su belleza con la de la deslumbrante joven de pelo negro que había rechazado mucho tiempo antes y que no dejaba de admirar subrepticiamente desde que había entrado en Randwulf Manor.

–Permitid que os ofrezca mis condolencias por la pérdida de vuestro padre, mi señor –murmuró Felicity, con una expresión adecuadamente apenada, cuando intentó distraer la atención del noble de la hija del conde. En su opinión, lady Adriana ya había recibido demasiadas atenciones por parte del hombre. Claro que, a la vista del elevado título, la riqueza y la apostura de su anfitrión, Felicity habría considerado una rival a cualquier mujer de aspecto tolerable. Ésta era la clase de oportunidad que su padre había predicho que llegaría si conservaba la dignidad y no entregaba su inocencia a cualquier bribón de baja estofa–. Sé que os entristeció sobremanera la noticia de la muerte de vuestro padre. Sin embargo, por el bien de vuestra excelente familia y de todos vuestros amigos, me consuela saber que asumiréis las responsabilidades del marquesado.

–Es estupendo volver a estar en casa. He estado ausente demasiado tiempo –admitió Colton, mientras paseaba la vista alrededor del interior que, durante tanto tiempo, sólo se le había antojado un agradable recuerdo de infancia.

Unas horas antes, cuando su carruaje alquilado dejó atrás la arboleda que ocultaba el camino que corría ante Randwulf Manor, y había visto el edificio jacobino, su corazón se había henchido de una enorme alegría al darse cuenta de que por fin había vuelto a casa, después de pasar media vida en otras partes de Inglaterra y del mundo. La mansión se le había antojado una joya de piedra clara entre la exuberancia verde de la campiña ondulante, adornada con árboles de hoja perenne y hoja caduca. La mansión era un edificio de tres plantas ornamentado con incontables ventanas con parteluces, cuatro miradores simétricos y un tejado plano ribeteado de relieves de piedra. Construida sobre una pequeña elevación, contaba con setos bien cortados y coloridos arriales de flores. Las gárgolas, leones y vasijas ornamentales de piedra que adornaban los antepechos lo habían recibido cuando ascendió hacia el pórtico arqueado, tras el cual se alzaba la enorme puerta principal. Lo asombró que todo siguiera como lo recordaba, a pesar de los dieciséis años de ausencia.

Colton miró a un lado y observó que Roger se había alejado del grupo. «Menos mal», pensó, pero luego se preguntó adónde habría ido el aprendiz, puesto que había desaparecido de su vista. Era demasiado esperar que se hubiera marchado. Estuviera donde estuviese, casi podía apostar a que estaba tramando un plan para reclamar a Adriana.

Colton reprimió una carcajada y confesó:

–Temo que nunca habría reconocido a mi hermana si ella no me hubiera reconocido a mí. Cuando me fui, no era más que una niña, y lady Adriana un par de años menor. Ahora me entero, gracias a nuestra madre, de que la mayor de las Sutton tiene hijos y la segunda va a casarse muy pronto. Teniendo en cuenta el tiempo que he estado ausente, me extraña que lady Adriana siga soltera y sin compromiso.

Pese a que Adriana lo había estado mirando con atención, Colton tuvo la impresión de que no había escuchado sus comentarios, pues pareció sorprenderse al ver que él le estaba sonriendo. Bajo su mirada insistente, el rubor trepó a sus mejillas y desvió la vista al punto. Colton se sintió estupefacto una vez más por la transformación operada en su ausencia. ¿Cómo podía una cría, a la que había comparado en una ocasión con un pequeño espantapájaros, haberse convertido en un ejemplo de belleza tan exquisito, sin mácula?

Intuyó su hosquedad y forzó una sonrisa irónica, al tiempo que miraba a los demás ocupantes de la sala.

–Temo que lady Adriana nunca me ha perdonado por ser aquel obstinado y testarudo mozalbete que, en contra de los deseos de su padre, se fue de casa para seguir su propio camino en la vida.

Si bien su comentario arrancó una presta risita de Felicity y, más a regañadientes, una carcajada apagada de los demás hombres, Colton no había hablado en broma. Sólo había tratado de expresar su pesar por haber herido a una niña inocente. La idea del compromiso no había sido culpa de ella, pero cuando él había salido en tromba de la sala de estar, después de negarse airadamente a considerar un acuerdo que implicaba prometerse a una niña delgada y vulgar, y se encontró cara a cara con la mirada desorbitada de la niña y sus padres, sus crueles palabras habían vuelto para atormentarlo. Aunque el matrimonio Sutton se había quedado consternado por su conducta, había sido la expresión dolida de Adriana lo que lo había obsesionado durante todos aquellos años, pues parecía destrozada por su negativa a considerar su futura unión. Mucho antes del acontecimiento, había sabido que ella lo idolatraba tanto como su hermana. Nunca había tenido hermanos varones, y tal vez por ese motivo lo había alzado mentalmente sobre un pedestal como su campeón, ya que en varias ocasiones había salido en defensa de las niñas cuando se metían en líos al tratar de salvar alguna cría malherida y se topaban con un formidable ciervo o algún otro padre furioso. Al ver la expresión desolada de su rostro lo había asaltado un profundo remordimiento por sus crueles palabras. No había sido su intención herirla hasta tal punto. Aturdido, había tartamudeado una difícil disculpa, para luego huir a toda prisa, incapaz de soportar la evidente desdicha de la pequeña.

Samantha se colocó al lado de su amiga en actitud protectora, como una hermana mayor, y decidió que era preciso informar a su hermano por su propio bien, antes de que recibiera la noticia que le esperaba. Tal vez con esa advertencia lo pensaría dos veces antes de rechazar sus opciones.

–Es muy poco probable que Adriana haya pensado mucho en ti durante estos años, Colton. No ha tenido tiempo con tantos apuestos pretendientes que se esfuerzan por llamar su atención. –Sin hacer caso de los insistentes y disimulados codazos, que sin duda pretendían advertirle de que cambiara de tema, Samantha continuó para dar a su hermano algo en que pensar. Casi lamentaba que Roger no estuviera en la sala, pues convenía recordar al aprendiz que no era más que un pececillo en la corriente y que, aunque tuviera la desfachatez de amilanar a sus rivales aristócratas, pronto se encontraría devorado por un pez más grande–. Sus admiradores acuden en tropel a las puertas de los Sutton con la ansiedad de mozos prendados, y cada uno aspira al honor de ser el que Adriana elegirá por fin, pero hasta el momento sus súplicas no han servido de nada. –Esta vez, Samantha fue objeto de una mirada amenazadora, pero desechó con un encogimiento de hombros la intimidación de su amiga, como si se declarara inocente de cualquier fechoría–. Bien, es verdad, y tú lo sabes.

Pese al resoplido de indignación que emitió por lo bajo Adriana, lo cual parecía sugerir lo contrario, Colton comprendió que su hermana había hecho lo posible por ponerlo en su lugar. Él mismo pensó que su sonrisa no engañaba a nadie.

–Comprendo muy bien por qué los solteros están tan ansiosos por conquistar a la dama. Es una auténtica belleza, la más deliciosa que he visto en mi vida.

Felicity se tomó a mal este anuncio. Si su pelo brillaba como oro pálido al sol, y sus ojos adoptaban el color del mismo firmamento, ¿por qué un hombre de gran fama y evidente experiencia prefería los ojos oscuros y el cabello oscuro de una joven irritable?

Adriana no agradecía precisamente el hecho de que estuvieran hablando de ella como si fuera un objeto extraño encontrado en otro continente. Se volvió hacia Colton y consiguió esbozar una sonrisa.

–Temo que vuestra hermana ha exagerado el número de visitantes que reclaman mi atención, mi señor. Pronto descubriréis que Samantha es capaz de perorar sobre nada en particular siempre que quiere dejar algo claro.

La risita ahogada de Percy reveló a Adriana que ya había descubierto la verdad sobre su esposa. En respuesta inmediata, Samantha puso los brazos en jarras y dedicó a los dos una mirada de exasperación, lo que provocó más carcajadas, esta vez de ambos.

Mientras Percy afrontaba las preguntas desafiantes de su esposa, Adriana volvió al tema que le interesaba y echó por tierra la suposición de Colton de que no había escuchado sus comentarios anteriores.

–Hace unos momentos os referisteis a mis hermanas, mi señor, y me gustaría aprovechar la oportunidad para deciros que Jaclyn vive en Londres y tiene dos hijos, un niño y una niña. La boda de Melora es inminente, a finales de mes, de hecho, y si bien las invitaciones han dejado de ser necesarias entre nuestras dos familias, me encargaré de que recibáis una. Melora se llevaría una gran decepción si no lograra veros antes de que ella y sir Harold partan de luna de miel. Instalarán su hogar en la propiedad que el novio tiene en Cornualles, y no regresarán a Wakefield hasta finales de octubre, en cuyo momento mis padres darán un baile para celebrar el inicio de la temporada de caza. Estoy segura de que recordaréis cuánto les gustaba a nuestros padres reunirse con sus amigos íntimos después de la suspensión de las sesiones del Parlamento, con el fin de planear sus cacerías y hablar de los viejos tiempos. Por supuesto, sus esposas e hijas también asistirán, y habrá montones de comida y bailes, tal vez incluso uno o dos juegos de ingenio para los que gustan de esas cosas. Debe de hacer bastante tiempo que no os entregáis a diversiones similares.

Colton sonrió.

–He estado fuera tanto tiempo, que tal vez tendrás que presentarme a tus padres.

Una sonrisa curvó los labios de Adriana mientras enarcaba una ceja.

–Habéis estado fuera mucho tiempo, mi señor. No os reconocí.

–Por un momento, pensé que ibas a abofetearme por las pasadas ofensas –bromeó el marqués sin grandes disimulos–. En el futuro, tendré que estar atento a tu venganza.

Adriana sintió un súbito calor en las mejillas y agradeció para sus adentros la intervención de la nieta del empresario, que reclamaba la atención del marqués. Casi podía imaginar que la rubia se había prendado del hombre... o de su título.

Felicity Fairchild aprovechó la oportunidad para aplacar su curiosidad por la disponibilidad de Colton.

–¿Tendremos el honor de conocer pronto a vuestra marquesa, mi señor?

Colton se habría quedado convencido de la timidez de la mujer, de no ser por la sonrisita nerviosa que acompañó sus palabras. Fue tan encantadora como una ocurrencia ingeniosa, y le dio a entender que había despertado el interés de la dama.

–A excepción de mi madre, señorita Felicity, en este momento ninguna otra dama goza de esa distinción en la familia.

Felicity procuró disimular su júbilo y contestó con gazmoñería:

–Creía que esos compromisos se realizaban a una edad temprana.

Atemorizada no tanto por las especulaciones de la mujer, sino por la amenaza de que se descubriera la verdad, Adriana contuvo el aliento. Si bien las conjeturas de la rubia eran acertadas, en este caso Colton Wyndham era el último en saber lo que había sucedido en su ausencia.

Samantha reparó en que su amiga parecía preocupada, sin duda con buenos motivos. Ella también recordaba las protestas vehementes de su hermano cuando el padre de ambos había intentado reglamentar su vida, y se preguntó si reaccionaría de manera diferente ante la noticia que le esperaba, ahora que su progenitor había muerto. Si aún no se había dado cuenta de que su padre deseaba lo mejor para él, ella sí. Adriana era la hermana que nunca había tenido, y se resistía a perderla en el seno de la familia de otro hombre.

[illegible]

[illegible] del tiempo [illegible]

[illegible] que se había [illegible] dolor cuando [illegible] el marido que [illegible]

3

–Aquí viene –dijo Samantha con una dulce sonrisa de bienvenida, cuando vio que su madre bajaba la escalera.

Un mes antes Philana Wyndham había cumplido cincuenta y tres años, y, si bien su pelo color leonado se había teñido de blanco con el paso del tiempo, aparentaba diez años menos. Todavía esbelta y muy hermosa, se movía con una elegancia que parecía carente de edad. Sus vivaces ojos azules, aun húmedos como estaban en aquel momento, constituían su rasgo más impresionante.

Una oleada de emociones inexplicables se apoderó de Colton cuando vio que su madre se acercaba, y tuvo que tragar saliva para empujar el nudo que se le había formado en la garganta. En su ansiedad por reunirse con su madre nada más llegar, había entrado cojeando por la puerta principal sin detenerse a anunciar su presencia mediante la pesada aldaba de hierro forjado. Su brusca invasión del vestíbulo había dejado boquiabierto a Harrison; pero, en cuanto el mayordomo posó sus ojos desorbitados en el intruso, sus preocupaciones se desvanecieron al instante. El parecido entre padre e hijo era inconfundible. El anciano había librado una difícil batalla con las lágrimas mientras hablaba de su fallecido señor, y después lloró sin disimulos cuando Colton le rodeó los hombros con un brazo y lamentó con él la pérdida de su padre.

Tras dejar al mayordomo, Colton había subido la escalera a toda la velocidad que le permitió su cojera. Su madre contestó a su llamada a la puerta con una invitación apagada a entrar, y las rodillas casi le fallaron cuando entró en la sala de estar. Sollozando de alegría, la mujer se había abalanzado hacia él, y casi se quedó sin aliento debido al prolongado abrazo. Más tarde, las lágrimas habían dado paso al dolor cuando recordó la breve enfermedad que se había llevado al marido que tanto adoraba. Sedgwick siempre había sido sano y fuerte, había murmurado mientras dos riachuelos gemelos resbalaban por sus mejillas. Al amanecer de aquel día había salido a montar con Perceval y Samantha, y parecía muy jovial, pese al descaro del joven advenedizo Roger Elston, que había acudido a la mansión en busca de Adriana, la cual, junto con sus padres, estaba invitada a cenar. Si bien resultó evidente para todo el mundo que la inesperada aparición del aprendiz la había mortificado, Sedgwick había disimulado su irritación con el joven y ordenó que pusieran otro cubierto en la mesa, en lugar de permitir que Adriana creyera que era ella la causante de la dificultad. Antes de retirarse a su dormitorio, Sedgwick había tomado su coñac de rigor en la sala de estar; pero, apenas una hora más tarde, Philana despertó y lo descubrió a su lado retorciéndose de dolor de estómago y cubierto de sudor frío. Su estado había empeorado durante los dos meses siguientes, hasta que por fin sucumbió a la desconocida enfermedad.

Colton deseó poder borrar la tristeza que todavía nublaba los ojos de su madre, pero sabía que continuaría llorando la muerte de su esposo hasta el fin de sus días. Sus padres se habían amado con gran devoción. Del mismo modo, habían cuidado de su prole con idéntico cariño, les habían enseñado los conceptos básicos de honor y dignidad, y procurado que destacaran en todas las facetas de su vida. Durante los años de ausencia, Colton había estado demasiado ocupado para pensar en el hogar y la familia. Sin embargo, en los momentos de tranquilidad había descubierto que anhelaba ver a sus padres, pero había aprendido de pasadas experiencias que mirar atrás llenaba su corazón de arrepentimiento. El pasado había quedado atrás, se había recordado con frecuencia. No podía escribirse de nuevo. Había elegido su camino, se había forjado una vida propia, lejos del control de su progenitor. Se había hecho a sí mismo y no se arrepentía de nada, excepto de haber herido a sus seres queridos.

Philana calló cuando el mayordomo se acercó a ella. Tras años de leales servicios, ya no necesitaba preguntarle qué deseaba. Philana habló con voz ronca.

–Tomaremos el té en la sala de estar, Harrison.

–Sí, mi señora. En cuanto a la cena de esta noche, la cocinera querría saber si todos los presentes se van a quedar.

–Creo que sí, Harrison.

Adriana se apresuró a corregirla.

–Perdonad, mi señora, pero creo que no será tal el caso. –Hizo una profunda reverencia cuando la mujer la miró, y se explicó–. El señor Fairchild nos rogó que dejáramos a la señorita Felicity en Wakefield a tiempo de que él la acompañara a su casa antes del anochecer. Stuart nos llevará allí, y luego los dos regresaremos aquí antes de la celebración de esta noche. En cuanto a Roger, no asistirá. –Oyó que el aprendiz ahogaba una exclamación, y se volvió para dirigirle una mirada significativa cuando entró desde la sala de estar, adonde se había retirado unos momentos. Teniendo en cuenta el anterior intento del hombre de plantar cara a su anfitrión, consideraba justificada su decisión. Además, ya había puesto demasiado a prueba su paciencia en lo que iba de día. Se volvió hacia su anfitriona–: Nuestra breve ausencia permitirá a vuestra familia un poco de intimidad para disfrutar del regreso de lord Colton y de su disposición a tomar las riendas del marquesado.

Adriana intentó borrar de su mente la presencia de aquel que, una vez más, había despertado un tumulto en su interior; pero, cuando Colton se acercó, supo que sería inútil fingir indiferencia. Alzó la vista para mirar aquellos ojos grises transparentes, y se quedó asombrada de las súbitas palpitaciones de su corazón cuando la sonrisa del hombre destacó los hoyuelos de sus mejillas. Consiguió aparentar calma, pese a la agitación que sentía en el pecho.

–Estoy contenta y agradecida de que hayáis vuelto, mi señor. –No podía creer que le faltara hasta tal punto la respiración, como si le hubieran arrebatado el aire de los pulmones–. Ahora vuestra madre y vuestra hermana ya no tendrán que preocuparse por vuestra seguridad.

Colton tomó sus esbeltas manos entre las de él, sin conceder a Adriana la posibilidad de retroceder. Había observado que, poco después de que su hermana lo hubiera reconocido, el comportamiento desenfadado que la belleza morena había exhibido tras entrar en la mansión se había evaporado. No podía culparla por contenerse en su presencia, teniendo en cuenta que la última vez que habían estado juntos se había mostrado díscolo y rebelde. Pese a la reserva de la joven, se sentía desafiado a salvar el abismo que los separaba. Al fin y al cabo, no podía permitir que una vecina cercana pensara mal de él, ¿verdad?

Por otra parte, valoraba sobremanera la amistad de una mujer muy hermosa e igualmente inteligente. La primera característica la había desarrollado con asombrosa perfección durante su ausencia. La segunda era la razón principal de que su padre se hubiera obstinado tanto en que fuera su esposa. El intelecto siempre había sido una virtud muy importante para los Wyndham, y Sedgwick se había fijado en alguien que poseyera dicha característica.

–Te ruego que des recuerdos de mi parte a tus padres, y diles que tengo muchas ganas de verlos, cosa que pienso hacer pronto, cuando les vaya bien. Enviaré una misiva a Wakefield Manor para preguntar por la oportunidad de dicha visita, y espero que encontraremos el momento adecuado. –Clavó los ojos en los de ella, en busca de algo que no sabía qué era–. Y si me concedes unos minutos de tu tiempo en el curso de mi visita, Adriana, me sentiré agradecido. Tenemos muchas cosas que recordar.

Su voz era un murmullo ronco, increíblemente cálido, que la estaba derritiendo. No daba crédito a lo que el hombre era capaz de hacer con sus sentimientos, y con tan poco esfuerzo. Tendría que haber rechazado su petición. Ojalá pudiera hacerlo, pues descubrió que la afectaba de tal manera que temía futuros encuentros. Sin embargo, no encontraba una forma de escaparse sin dar la impresión de que aún no lo había perdonado, lo cual distaba de ser cierto. Pese a su furiosa partida del hogar, en el fondo de su corazón siempre lo había considerado su prometido. Al fin y al cabo, era lo que los padres de ambos siempre habían deseado, y planificado para llevarlo a la práctica.

Los ojos de Colton no se apartaron de los de ella ni un momento cuando se llevó su mano a los labios. «¡Deténlo! –chilló su mente–. ¡Te está utilizando como un juguete!»

–Vuestras visitas siempre serán bienvenidas –murmuró ella mientras intentaba liberar los dedos de su presa, pero, insistente como siempre, el hombre no se rindió–. Debido a la predisposición de nuestros padres a visitarse mutuamente cuando éramos pequeños, casi se podría decir que Wakefield es una mera prolongación de vuestra casa.

Colton escrutó las delicadas facciones, ansioso por descubrir la prueba de una leve sonrisa.

–Me gustaba mucho más, Adriana, cuando me llamabas Colton. ¿Has olvidado que te enfadabas conmigo y me dabas patadas en las espinillas por burlarme de ti y de mi hermana, y luego, cuando yo paraba por fin y me volvía a casa, me perseguías canturreando «Colton corre colina abajo, asustado de su sombra y de mí también, según me han dicho»?

Adriana puso los ojos en blanco, con el deseo de que él olvidara aquellos recuerdos angustiosos, pero dudaba de que lo hiciera, pues daba la impresión de que disfrutaba tomándole el pelo acerca del pasado. Su sonrisa tenaz parecía confirmarlo.

–Vuestra memoria es más fiel que la mía, mi señor. Había olvidado todo eso. Pero debéis tener en cuenta que en aquel entonces no era más que una niña, y eso fue mucho antes de que accedierais a un marquesado. Habéis estado fuera tanto tiempo, que llamaros por vuestro nombre de pila sería como tutear a un desconocido. Si fuera tan descarada, mi madre me llamaría al orden.

–En tal caso, tendré que hablar con tu madre y convencerla de que la familiaridad cuenta con mi bendición. Hasta entonces, Adriana, ¿serías tan amable de reconsiderar mi petición?

Adriana experimentó la sensación de que la había acorralado en un rincón del que no podría escapar. Su perseverancia era inaudita. Apenas había empezado a pensar que había ganado la batalla de las voluntades, cuando se enfrentaba de nuevo a la perspectiva de tener que ablandarse, sólo para borrar la idea de que le guardaba algún rencor.

–Lo reconsideraré... –Esperó a que su sonrisa se ensanchara en señal de triunfo, y luego añadió con aire travieso–... a su debido tiempo, mi señor.

Colton puso los ojos en blanco al darse cuenta de que la dama seguía siendo muy descarada, pero no pudo reprimir una carcajada. Clavó los ojos grises en los de ella y, con una sonrisa, hizo lo posible por devolverle la jugada con un madrigal.

Mi amor demuestra en el atuendo su sensatez,
con inusitada perfección.
Para cada estación existe un atavío,
invierno, primavera y verano.
Bella sin mácula es
vestida de pies a cabeza,
pero la belleza personificada es
sin prendas que la cubran.

Adriana se quedó boquiabierta y, como en los días de su infancia cuando se enfadaba con él, echó hacia atrás un brazo con el ánimo de propinarle un buen cachete, pero las estentóreas carcajadas del hombre le hicieron recobrar a tiempo la lucidez y frenó su venganza.

–¡Sois un demonio, Colton Wyndham! –gritó, y después se tapó la boca con una mano, al darse cuenta de que había reaccionado como él quería. Sacudió la cabeza, bajó el brazo y se calmó lo suficiente para dedicarle una sonrisa, cuando recordó lo bien que Samantha y ella lo habían pasado con él cuando eran pequeñas.

Sin perder su sonrisa, Colton se puso a saborear su nombre.

–Adriana Elynn Sutton. Hermoso, no cabe duda.

Ella lo miró con suspicacia, como un pollito que escapara para buscar refugio de un halcón, carcomida por la curiosidad de saber qué estaba tramando en esos momentos.

–Es un nombre como cualquier otro.

–Posee el sabor de la carne en mi lengua. Me pregunto si sabrás igual de bien.

Adriana deseó poder abanicarse las mejillas ardientes sin por eso mostrar que había logrado alterarla.

–No, mi señor, temo que soy bastante agria y ácida. Al menos, es lo que mis hermanas afirman cuando se enfadan conmigo.

–Supongo que es cuando intentan manipularte para que hagas lo que ellas quieren y, a cambio, tú las humillas con tu bella y deliciosa nariz.

Era lo bastante parecido a la verdad para que a Adriana se le pusiera la piel de gallina.

–Quizá.

Colton se inclinó hacia ella.

–Bien, Adriana, ¿quién te desafiará cuando Melora abandone el nido?

La joven alzó su delicada barbilla, y una sonrisa aleteó en sus labios cuando lo miró.

–Supongo que por ese motivo habéis vuelto a casa, mi señor. Si no recuerdo mal, erais muy aficionado a eso antes de marcharos. De hecho, aún lo parecéis.

Colton echó hacia atrás la cabeza y rió de buena gana.

–Sí –admitió–, recuerdo muy bien haberte tomado el pelo sin misericordia una o dos veces.

–Yo diría que unas cien o más –replicó ella, al tiempo que le dedicaba una sonrisa apenas perceptible.

Advirtiendo que su madre lo observaba, Colton desvió la vista hacia ella y descubrió una expresión preocupada en sus ojos azules, así como una sonrisa de perplejidad. No tenía forma de averiguar qué era lo que causaba tal preocupación, pero sospechaba que no sufría por él, sino por Adriana. ¿Y por qué no? Considerando la estricta educación de las jóvenes de alta cuna, sólo podía suponer que la chica era inocente, ignorante de los ardides de los hombres.

La idea no le desagradaba. Durante sus años de oficial había experimentado bastante la vida disoluta para saber que no deseaba casarse con una mujer que fuera presa fácil para solteros rijosos. Si el deber ordenaba que engendrara un linaje digno del marquesado, no quería sufrir dudas en cuanto a su progenitor.

–Estaré aquí cuando vuelvas, Adriana –comunicó Colton con un suave murmullo, y volvió a dedicarle una sonrisa.

Una vez más, se llevó los delgados dedos de la joven a los labios y les dedicó un beso prolongado, pero se quedó sorprendido por el leve temblor que detectó. Fue entonces cuando reparó en el rubor que cubría las mejillas de la joven.

–¿Te turbo, Adriana? –preguntó, asombrado.

El aliento de Colton era como una brisa tibia que acariciara la frente de la muchacha, y Adriana quiso retroceder al punto, pero el sonido de unas suelas metálicas que avanzaban a toda velocidad en su dirección la impulsó a dar media vuelta, a tiempo de ver a Roger lanzarse contra Colton con el puño preparado para golpear. Un grito de advertencia escapó de sus labios y, al mismo tiempo, el bastón salió rodando por el suelo de nuevo, mientras el marqués se apoderaba del brazo extendido de Roger y hundía el puño en el estómago del aprendiz. Roger se dobló en dos al instante con un gruñido, silenciado enseguida por un segundo golpe, esta vez en la mandíbula. La fuerza del impacto envió a Roger a cierta distancia. Quedó tendido sobre el suelo de mármol, inconsciente.

Harrison apareció en cuanto oyó el grito ahogado. No necesitó que nadie le explicara lo sucedido. Había previsto el enfrentamiento entre aquel par después de presenciar los primeros escarceos. Corrió a buscar el bastón del marqués, lo recogió y lo sostuvo, mientras Colton flexionaba la mano.

–¿Ordeno a uno de los mozos de cuadra que devuelva al señor Elston a su casa, mi señor? –preguntó Harrison en voz apenas audible. Como no sentía la menor simpatía por el hombre caído, lo miró con indiferencia mientras añadía–: El señor Elston estará inconsciente un rato. Dormirá con más comodidad en su cama.

Colton aceptó por fin el bastón.

–Haz lo que creas conveniente, Harrison. Si la decisión dependiera de mí, lo echaría a patadas ahora mismo, y ya recobraría el sentido cuando el rocío le cayera en la cara.

Harrison se permitió una fugaz sonrisa.

–Se lo tendría merecido, mi señor, pero como las damas se van y lady Adriana ha de volver para la cena...

Colton apoyó una mano sobre el hombro del mayordomo y le dio un apretón afectuoso.

–Tienes razón, Harrison, por supuesto. No podemos preocupar a las damas ni malograr la fiesta de esta noche.

Adriana avanzó con las mejillas teñidas de escarlata.

–Lamento que haya sucedido esto. Está claro que no es culpa vuestra. Roger puede ser muy voluble en los momentos más inopinados.

–Está ansioso por poseerte en exclusiva, pero doy por sentado que nunca gozará de tal privilegio... –Colton alzó una ceja inquisitiva, mientras escudriñaba aquellos ojos oscuros y brillantes–. Eso espero, al menos.

Adriana no osó imaginar que estaba sondeándola en busca de una respuesta porque estaba interesado en ella. Tal vez sólo deseaba que los propósitos de Roger se frustraran. La joven bajó la vista y retrocedió a toda prisa.

–Se está haciendo tarde –anunció sin aliento.

Colton intuyó la presencia de alguien cerca, miró a su alrededor y se sorprendió al ver a Felicity a pocos pasos. Los labios de la joven se curvaron de alegría cuando extendió la mano, esperando el mismo grado de atención que él había dedicado a Adriana. Colton la complació cortésmente, lo cual provocó que la joven contuviera el aliento, emocionada.

–Ha sido absolutamente maravilloso conoceros, mi señor –manifestó con entusiasmo.

–El placer ha sido mío, señorita Felicity –murmuró Colton con una sonrisa cordial–. Buenos días.

Apoyó casi todo su peso en el bastón y se alejó a una distancia respetuosa. Sólo entonces se volvió y estrechó la mano del hombre que había seguido a la joven.

–Me alegro de reanudar nuestra amistad después de todos estos años, comandante.

–Nos ha tranquilizado sobremanera vuestro regreso, mi señor –le aseguró Stuart con una sonrisa franca.

–Olvida las formalidades. Hago extensiva a ti la invitación que transmití a tu hermano. Me llamo Colton. Tienes permiso para utilizar mi nombre como amigo.

–Lo haré de forma habitual, si tú me deparas igual familiaridad –contestó Stuart, y se sintió muy complacido cuando recibió una respuesta afirmativa. Retrocedió hasta la entrada y agitó una mano para despedirse de la familia–. Lady Adriana y yo os veremos más tarde –anunció con una sonrisa.

Los tres se marcharon, y los criados sacaron a Roger en volandas. Colton se volvió entonces y descubrió a su madre mirándolo con curiosidad. Extendió un brazo en su dirección.

–Harrison me ha informado antes que en la sala de estar nos espera un excelente fuego para aliviar el frío de nuestros huesos. Iba camino de él cuando llegaron nuestros huéspedes. ¿Vienes conmigo, madre?

Philana enlazó el brazo de su hijo.

–Por supuesto, querido.

–¿Venís a tomar el té? –preguntó Colton, con una sonrisa inquisitiva dirigida a su hermana y su marido.

–Claro –dijo Percy. Tomó la mano de su esposa y la apretó con dulzura–. ¿Vamos, mi amor?

–Desde luego –accedió Samantha.

Una vez en la sala de estar, Colton hizo sentar a su madre junto a la mesa auxiliar, justo cuando un criado llegaba con el servicio de plata. Se mantuvo apartado mientras Percy retiraba una silla para Samantha y tomaba asiento a su lado. Sólo entonces se acomodó Colton con cierta rigidez, y consiguió ocultar un encogimiento de dolor cuando sintió un tirón en los músculos del muslo. En ese momento aparecieron los dos perros, admitidos de nuevo en la casa por Harrison, y se dejaron caer sobre la alfombra, cerca de la silla de su amo.

–Mirad eso –dijo Philana asombrada, indicando los animales–. Después de todo este tiempo, Leonardo y Aristóteles todavía te recuerdan, Colton.

El hombre rió y negó la posibilidad con un cabeceo.

–Sólo me han aceptado como sustituto de mi padre.

Su madre lo contradijo sonriente mientras añadía un poco de crema al té.

–No, hijo mío, creo que es algo más. No tienes ni idea, por supuesto, de hasta qué punto lloraron tu partida estas bestias. Fue como si hubieran perdido a su mejor amigo. Sólo cuando estaba tu padre en la casa cesaban los aullidos. Después de su muerte, Samantha y yo hicimos todo cuanto pudimos por aliviar su desdicha, pero no éramos unas buenas sustitutas. Por más leales que hayan sido Leonardo y Aristóteles a la familia a lo largo de los años, nunca han tenido tanta debilidad por Samantha o por mí como por ti y tu padre. Recuerda que eran tus perros, antes de que pasaran a ser los de tu padre.

Colton acarició el pellejo de ambos animales, que gruñeron de placer.

–Par de brutos, ¿de veras os acordáis de mí?

Como en respuesta, Leo, el más grande de los dos animales, levantó la cabeza y la frotó contra el brazo de Colton, una muestra de afecto que arrancó una risita del hombre y le ganó varias caricias más en el lomo. No queriendo quedar relegado a un segundo plano, Aris se sentó sobre las ancas y apoyó una enorme pata sobre el brazo de Colton, hasta conseguir la misma atención cariñosa de su rival.

Una carcajada surgió de los labios de Philana.

–Y dices que te han olvidado. Querido hijo, creo que te has hecho una idea equivocada.

–He estado ausente dieciséis años –señaló el hombre con una risita escéptica–. Parece más allá de la capacidad de un perro recordar a una persona que ha estado fuera tanto tiempo.

–Pero es evidente que se acuerdan –insistió Philana–. Si no te hubieran reconocido, te habrían perseguido enseñándote los colmillos. Dudo que alguien te haya contado que tuvimos que atarlos después de tu partida, por temor a que fueran a buscarte. Hasta entonces, tú eras el único que había salido a pasear con ellos. Claro que yo ya estaba decidida a acompañarlos. La tarde de tu marcha, me quedé sentada ante la ventana durante lo que se me antojó una eternidad, hasta que desapareciste de la vista. Abrigaba la esperanza de que volvieras. Aún más, tu padre estaba a mi lado, vigilando con la misma ansiedad que yo alguna señal de rendición. Pero no miraste atrás ni una sola vez. A veces me parece oír aún el suspiro que exhaló tu padre cuando por fin se dio cuenta de que sus esperanzas eran vanas, y se alejó de la ventana. Era la primera vez que lo veía tan abatido, como si su corazón hubiera recibido una herida mortal.

Colton sorbió su té en silencio, mientras contemplaba el retrato de su padre que colgaba sobre la enorme chimenea. Nadie sabía con cuánta desesperación había añorado a su familia, en especial a su padre; pero, por mucho que lo hubiera atormentado su separación, era demasiado tarde para enmendar sus errores.

Philana observaba a su hijo y se preguntaba en qué estaría pensando. Aventuró una posibilidad.

–La señorita Fairchild es adorable, ¿verdad?

Colton asintió distraído, y después, con un fruncimiento de ceño peculiar, se volvió hacia su madre.

–A propósito, ¿quién es ese tal Roger Elston?

Philana intercambió una mirada con su hija.

–El hijo de un acaudalado fabricante de tejidos que, desde hace un tiempo, sigue a Adriana a todas partes, con la esperanza imposible de conseguir su mano.

Samantha apoyó una mano sobre el brazo de su marido.

–¿Qué quieres apostar a que te gano una partida de ajedrez?

Percy sonrió.

–Dejo en tus manos esa decisión, si puedo elegir el castigo que sufrirás si pierdes.

Su mujer lo desafió.

–¿Castigo, noble señor? ¿O tal vez queréis decir recompensa, puesto que ganaré sin duda?

–Ya veremos cómo acaba la partida, querida mía –dijo Percy con ojos brillantes–. Si ganara, podrían convencerme de tener piedad de ti. ¿Tú no considerarías la posibilidad de hacer lo mismo?

Samantha esbozó una sonrisa.

–Supongo que podrían convencerme de ser misericordiosa.

Mientras la pareja se dirigía hacia la mesa de juegos, situada al fondo de la sala, Philana se reclinó en la silla y examinó a su apuesto hijo. Cuando había entrado en sus aposentos a primera hora de aquella tarde, había recordado el regreso de su marido a casa, igualmente entusiasta, después de pasar una semana en Londres apenas dos meses después de casarse. Nunca había imaginado que su hijo se parecería tanto a su progenitor. Ese hecho paliaba hasta cierto punto la angustia de su pérdida.

–Como ya viste, Roger se muestra muy posesivo con Adriana.

Colton resopló irritado, mientras flexionaba la mano de nuevo. Por la forma en que le dolía, dedujo que había pegado al aprendiz con todas sus fuerzas. Así como en otros tiempos había empleado hasta la última fibra de energía a fin de permanecer con vida en los muchos campos de batalla en los que había combatido durante toda su carrera, había reaccionado a la agresión de Roger de la misma manera. Para alguien que vivía en peligro constante, era instintivo reaccionar con toda la fuerza física disponible.

–El chico lo dejó claro. Pero dime, madre, ¿qué opina lord Gyles acerca de la persecución obsesiva del aprendiz?

–Si bien nunca ha dicho nada despectivo acerca del joven en nuestra presencia, imagino que Gyles opina igual que tu padre. Sedgwick estaba absolutamente convencido de que Roger es un oportunista. Pese a la inmensa belleza de Adriana, el hecho de que también hará muy rico al hombre que se case con ella ha animado a los que viven en humildes circunstancias a poner a prueba su suerte, lo cual ha empujado a Roger a imitarlos. Gyles ha sido generoso con sus hijas al destinar propiedades y enormes fondos para sus dotes, pero tanto el marido de Jaclyn como el prometido de Melora ya eran ricos antes de pedir su mano a Gyles. No quiero dar a entender que Adriana no tenga pretendientes acaudalados y prestigiosos. El marqués de Harcourt posee la apariencia y la riqueza suficientes para conquistar a la dama que desee. Es comprensible que haya puesto los ojos en lo más encantador de la zona. De vez en cuando se ha reunido con otros mozos enamoradizos cuando ha venido para estar con ella, pero siempre se ha comportado como un caballero. –Philana enarcó las cejas para dar énfasis a sus palabras–. Es más de lo que se puede decir de Roger, como ya habrás comprobado.

–El único lord Harcourt que recuerdo ya era viejo incluso antes de que me fuera. Si la memoria no me falla, su hijo vivía en Londres.

–Puede que lo conozcas mejor por el nombre de Riordan Kendrick.

–¿El coronel Kendrick que ganó fama de héroe en nuestros enfrentamientos con Napoleón? –preguntó Colton asombrado.

–El mismo.

–¿Es pariente de lord Harcourt?

–Riordan Kendrick es nieto de lord Harcourt. Es de tu edad..., más o menos –explicó Philana–. Su padre, Redding Kendrick, asumió el ducado cuando el anciano murió, pero viene muy pocas veces a la zona, excepto para echar un rápido vistazo durante las breves visitas a su hijo. Por otra parte, a Riordan parece gustarle la finca de la familia y la ha comprado a su madre, quien no demuestra el menor interés en vivir tan alejada de Londres. Si bien cabe la posibilidad de que Riordan prefiera quedarse en la zona por Adriana.

Colton tomó un sorbo de té.

–Es evidente que no existe un compromiso entre Riordan Kendrick y Adriana. De lo contrario, Roger no abrigaría tantas esperanzas de conquistar a la chica.

–A juzgar por lo que Samantha y yo hemos averiguado de sus conocidos, Riordan está muy interesado en cambiar esas circunstancias.

Colton siguió con la punta del dedo la delicada asa de la taza.

–¿Y Adriana? ¿Qué opina de ese hombre?

–Oh, creo que le gusta mucho. De todos los jóvenes que acuden, es el único con el que se sienta y conversa durante horas interminables. El caballero tiene la cabeza muy bien amueblada. Tu padre lo dijo. Por supuesto, siempre hay más que vienen a suplicarle unos minutos de su tiempo y tratan de frustrar los intentos de Riordan de conquistarla. Es raro que hoy no apareciera ninguno de esos galanes, pero muchos se han mostrado reacios a molestarnos después de la muerte de tu padre. La verdad, antes del fallecimiento de Sedgwick casi estaba convencida de que algunos de ellos tenían espías que vigilaban Wakefield Manor para ver en qué dirección iba a cabalgar Adriana después de salir de su casa, porque al poco rato de aparecer ella no dejaban de llegar con un pretexto u otro.

–Considerando la peculiaridad del premio, las aspiraciones de Roger son excesivas, en mi opinión. –Colton frunció el ceño–. ¿Es que Adriana no ve lo que quiere en realidad el aprendiz?

–Adriana no está pensando necesariamente en el matrimonio cuando permite que el aprendiz se reúna con ella y sus acompañantes. Se ha resistido a darle calabazas porque cree que ha sufrido terribles penurias en su vida. Ya sabes cómo eran Samantha y ella de niñas, siempre cuidando de animales heridos hasta que curaban y podían valerse por sí solos. –Philana levantó los hombros. No consideró necesario extenderse en explicaciones sobre la compasión de las niñas con alguien que había sido testigo de ella–. A la vista de la caritativa solidaridad de Adriana, Roger ha presumido demasiado.

–Pensaba que ya estaría casada a estas alturas. Después de verla, me pregunto por qué no lo ha hecho.

–Lo hará, a la larga –contestó Philana al cabo de un momento, y levantó la vista para mirar a su hija por encima del borde de la taza. Bebió té, y luego dejó la taza en el plato–. A tu padre no le caía bien Roger. Por más que intentaba tratar al joven con deferencia, Sedgwick no podía ignorar la tensión que existía entre ellos. Para empezar, a Roger no le gustaba que Adriana idolatrara a tu padre, y viceversa. Llámalo celos, si quieres. A mí, al menos, me lo parecía siempre que sorprendía a Roger vigilándolos cuando estaban juntos. Supongo que, a su vez, Sedgwick consideraba a Roger un entrometido. Ya sabes que tu padre siempre tuvo a la chica en gran estima, muy por encima de sus hermanas. Ella nunca fingía ser gazmoña y recatada, y creo que Sedgwick la admiraba por ello, entre otras cosas. De hecho, cuando Adriana le ganó en una carrera hasta la mansión, él la alabó durante días y días. Nadie le había ganado nunca, ni siquiera Gyles. Claro que tu padre admiraba su mente tanto como su valentía. Además de todas esas cualidades, es muy hermosa, ¿no crees?

Una lenta sonrisa se insinuó en los labios de Colton cuando se reclinó en su silla.

–Estoy estupefacto por los cambios ocurridos en la muchacha desde que me fui de casa. Ni por un instante habría adivinado esta tarde que la dama que entró como una exhalación en el vestíbulo era Adriana Sutton. Se ha convertido en una belleza singular, no cabe la menor duda.

–En efecto –asintió Philana, disimulando una sonrisa de placer–. Tu padre, por supuesto, jamás dejó de creer que un día sería admirada por sus propios méritos, pero existían otras razones más importantes para destinarla a ser tu futura esposa.

–Sé que mi padre sólo pensaba en mi bienestar –admitió Colton a regañadientes–, pero en aquel tiempo yo no podía aceptar a pies juntillas lo que estaba proponiendo. Que un joven se prometa con una cría deja mucho al azar, y yo no estaba dispuesto a permitir que el destino guiara mis pasos. Tenía que estar seguro de que no me arrepentiría del compromiso...

–¿Estás diciendo que ahora estarías más dispuesto a aceptar el contrato?

Colton se encogió de hombros.

–Creo que me gustaría mucho llegar a conocer mejor a Adriana, antes de adentrarme en serias consideraciones en ese sentido. En un aspecto, ella tiene razón: somos unos desconocidos.

–¿Aunque sea la única elección que tu padre tomó por ti? –sondeó con delicadeza Philana.

–Prefiero elegir yo en lo tocante a una esposa, madre. No he cambiado en ese sentido.

–Entonces, ¿aún te niegas a aceptarla como novia?

–De momento sí, pero eso no significa que no llegue a desearla como esposa con el tiempo. Sin duda, no deja indiferente a nadie.

Philana examinó a su hijo.

–Creo que Roger haría cualquier cosa por casarse con ella.

Colton enarcó las cejas y, con un resoplido de indignación, dijo lleno de desprecio:

–Hasta un ciego vería que está ansioso por poseerla..., como si tuviera algún derecho sobre ella. A cada momento parecía decidido a desafiarme por osar hablar con ella, hasta que fue demasiado lejos, y no tengo ni idea de por qué.

Philana respiró hondo y se preparó para el momento que se avecinaba. Después, tras una breve vacilación, se lanzó de cabeza al intríngulis de la cuestión.

–Tal vez porque Roger sabe que los dos estáis prometidos.

La mano que Colton se había llevado a la frente bajó poco a poco, mientras miraba asombrado a su madre.

–¿Qué me estás diciendo, madre?

Percy y Samantha se volvieron sorprendidos al percibir el tono agresivo de Colton, y pasearon la vista entre madre e hijo antes de intercambiar una mirada de preocupación. Advirtiendo la creciente inquietud de su esposa, Percy le apretó la mano para asegurarle en silencio que todo saldría bien.

Philana enlazó las manos sobre el regazo con la intención de ocultar su temblor, mientras buscaba las palabras apropiadas para explicar lo que habían hecho. Lo último que deseaba era alejarlo de la familia otra vez.

–Tu padre estaba convencido de que, con el tiempo, cambiarías de opinión respecto a Adriana y llegarías a considerarla como algo valioso para los Wyndham..., tal como él la consideró desde el primer momento... y siguió considerándola durante el resto de su vida. Pasado un tiempo de tu partida, los Sutton y él firmaron un acuerdo nupcial, mediante el cual quedaba comprometida contigo.

Por más que lo intentó, el tono de Colton no se suavizó.

–Irme de casa no sirvió de nada, ¿eh, madre? Aún sigo comprometido.

–De ninguna manera –replicó Philana. Su voz perdió fuerza, debido a la tensión y a la posibilidad de reabrir viejas heridas por lo que estaba a punto de revelar–. Si tanto aborreces el acuerdo, puedes liberarte de él. Tu padre se ocupó de ello. Las cláusulas ya constaban al principio, pero tú te negaste a escuchar. Sólo has de cortejar a la muchacha durante noventa días, y si después de ese tiempo aún deseas negarte al matrimonio, puedes anular el acuerdo. Así de sencillo.

Colton miró a su madre y leyó la tensión en su rostro. Sólo entonces se dio cuenta de lo mucho que había envejecido en su ausencia. Aunque todavía era encantadora y elegante, había dejado que las cargas familiares y su preocupación por él dibujaran diminutas líneas en su cara. Exhaló un largo suspiro.

–¿Has dicho noventa días?

–Noventa días de noviazgo oficial –subrayó Philana–. Es la condición que exigió tu padre a cambio de tu libertad.

Colton bebió su té con aire pensativo. La práctica habitual exigía que, si se negaba a aceptar las condiciones del contrato e incluso tres meses de noviazgo, se vería obligado a compensar a los Sutton por su ofensa, pero eso no le preocupaba. Aun sin la generosidad de la marquesa, había logrado ahorrar lo suficiente durante su carrera militar para pagar la cantidad de su bolsillo. Pero, si lo hiciera, eliminaría de un plumazo sus posibilidades de aspirar a la mano de Adriana, y ahí era donde se rebelaban sus instintos varoniles. Lo más prudente sería averiguar si eran almas compatibles, antes de cortar por completo su relación con la dama. La verdad pura y simple consistía en que era demasiado hermosa para que un hombre, cualquier hombre, le diera la espalda, y mucho menos uno que se había cansado de las mujeres de baja estofa que habían frecuentado los campamentos de los soldados, o de las demás a las que había visitado con cierta frecuencia.

–Supongo que, si he podido soportar la tensión de interminables escaramuzas durante dieciséis años de mi vida, podré sufrir tres meses de noviazgo con una joven bellísima. –Permitió que una pálida sonrisa transmitiera su fallido intento humorístico–. Pero, después de mi larga experiencia como soltero, temo que deberé aprender de nuevo el arte de la caballerosidad. En nuestros campamentos no hacía ninguna falta.

Philana bajó la vista para ocultar las sospechas que habían germinado en su mente. En ocasiones, su marido había expresado su preocupación por el tipo de vida que su hijo llevaría cuando no estaba combatiendo con el enemigo. Cada campamento contaba con su recua de meretrices y mujeres de moral ligera, temía el marqués, y después de tanto tiempo, por más que un padre deseara lo contrario, a un hombre lejos de casa le costaría permanecer indiferente a las tentaciones que lo asediaban sin cesar. Codearse con rameras no era el tipo de vida que podría calificarse de ejemplar, pero como padres habían sido incapaces de esperar algo mejor.

Colton miró a su madre con una ceja enarcada.

–¿Adriana está enterada de este acuerdo?

–Sí, por supuesto.

Recordaba demasiado bien el tono frío de la muchacha en diversos momentos.

–Imagino que no está demasiado emocionada por el acuerdo.

–Adriana cumplirá su parte del trato para complacer a sus padres.

–¿Quieres decir que sólo accederá a casarse conmigo para complacerlos?

–La chica se comportará de manera honorable...

–¿Aunque me deteste?

–No te detesta.

–¿Por qué no, te pregunto yo? No me digas que ha olvidado las vehementes protestas que proferí el día que me fui. Si algo he deducido de sus modales de hoy, apostaría a que Adriana aún echa chispas por el incidente.

–Es verdad que se sintió muy ofendida –admitió Philana–. Al fin y al cabo, tú eras la persona a quien buscaban Samantha y ella cuando eran pequeñas. De haber sido un dios, no habrían podido adorarte más. Pero eso ya lo sabes, puesto que siempre iban pisándote los talones. Tu feroz rechazo hirió a Adriana, por supuesto, y sólo pudo creer que la odiabas. Se culpó de tu partida y sufrió mucho, hasta que Sedgwick habló con ella y le explicó que a algunos jóvenes les gusta tomar sus propias decisiones, y que tu rebeldía se debía a que él había intentado imponerte algo. En la mayoría de los casos, el tiempo suele curar las viejas heridas. Después de todo, Adriana no era más que una niña. Muchas cosas se olvidan en el camino que conduce a la madurez.

–En África aprendí que los elefantes no olvidan. Si bien es cierto que Adriana era muy pequeña en la época de mi transgresión, no creo que lo haya olvidado. Vislumbré frialdad en su forma de portarse conmigo hoy.

–Pronto descubrirás que Adriana es mucho más cordial con los amigos que con los pretendientes. A veces creo que la chica es tan contraria al matrimonio como tú, pero también creo que cambiará en cuanto se convenza de que vas en serio.

–Queridísima madre, aunque desees nuestro matrimonio tanto como padre, has de comprender que tal vez no llegue a realizarse. No me ataré a una mujer sólo porque es la primera elección de mis padres. Tiene que existir algo más entre nosotros...

–Antes de que nos casáramos, tu padre y yo no tuvimos más elección que aceptar el dictado de nuestros padres –lo interrumpió Philana–. Pese a ello, al poco tiempo de nuestra unión nos dimos cuenta de que nuestro amor era profundo. No puedo creer que Adriana y tú no estéis hechos el uno para el otro. Con independencia de lo que tu padre adivinara en la muchacha al principio, cada vez se convenció más de ello cuando llegó a la madurez. Siempre se aferró a la idea de que sería una excelente esposa para ti. Teniendo en cuenta lo mucho que te quería tu padre, ¿crees con sinceridad que le habría gustado verte casado con una mujer a la que llegarías a aborrecer?

–¡Adriana no era más que una niña cuando padre dispuso nuestro matrimonio! –protestó Colton–. ¿Cómo iba a imaginar que dejaría de ser un espárrago con patas?

–Su linaje es noble y procede de una buena familia –insistió Philana–. Su apariencia iba a mejorar..., ¡como has podido comprobar!

–¡Padre tomó la decisión hace dieciséis años, cuando ella parecía una colección de piezas sueltas! ¡Ni siquiera un vidente habría podido anticipar la belleza sin igual que posee hoy!

–No obstante, como has podido ver con tus propios ojos, las predicciones de tu padre se han cumplido –replicó con terquedad su madre.

–Hasta el momento –reconoció Colton a su pesar–, pero eso no significa que Adriana y yo lleguemos a amarnos.

–Sólo el tiempo tiene la palabra en lo tocante a vuestros mutuos sentimientos.

Colton alzó una mano hacia el cielo en señal de frustración.

–Tal como tú dices, madre, el tiempo resolverá el problema. Pero, a menos que me sienta razonablemente convencido de que podemos compartir cierto amor o afecto, no pediré la mano de Adriana en matrimonio. Me niego a vivir lamentando el hecho de que acepté la elección de otro antes que la mía.

–¿Ya has... elegido a alguien, pues? –preguntó su madre con vacilación, temiendo lo peor.

Un suspiro escapó de los labios de Colton.

–Hasta el momento, no he encontrado a ninguna mujer que sacie las exigencias de mi corazón.

–¿Y cuáles son?

Colton se encogió de hombros, sin saber qué contestar.

–Tal vez llenar el abismo que todavía siento en mi vida privada.

Philana aferró la taza con fuerza antes de llevársela a los labios, en un esfuerzo por disimular el temblor de sus dedos. Experimentó la extraña compulsión de sugerir que sólo Adriana podría llenar ese vacío, pero sabía que su hijo no recibiría bien una afirmación tan trillada, aunque tenía muchas probabilidades de ser cierta.

Tras un largo momento, Philana volvió a dejar la taza de porcelana sobre el platillo y anunció en voz baja:

–Dejaré que decidas cuándo debemos hablar con los Sutton de este asunto, pero voy a decirte una cosa, hijo mío: el aspecto de Adriana apenas influyó en la decisión de tu padre. Supuso que mejoraría, tal vez no hasta el grado actual, pero por encima de todo admiraba su carácter y su intelecto. La manera en que sus hermanas y ella fueron educadas prometía un comportamiento y unos principios encomiables; pero, en el caso de Adriana, dichas cualidades se convirtieron en joyas.

Colton, con la sensación de que una trampa se estaba cerrando a su alrededor, miró hacia el lado opuesto de la sala y contempló una vez más el retrato de su padre colgado sobre la chimenea. En cierto modo, era como ver un reflejo de sí mismo. El parecido era asombroso, no sólo por fuera, sino también por dentro. Su padre siempre había sido un hombre de mente independiente. Sólo Philana, con sus modales delicados, había podido influir en él. Colton se preguntó si Adriana sería capaz de ablandar su corazón. Hasta el momento, ninguna mujer lo había logrado.

Irrumpieron otros pensamientos, que lo azuzaron y lo hicieron encogerse mentalmente. ¿Cómo se sentiría si tuviera un hijo tan rebelde como él? ¿Llegaría un día en que se rendiría a las argumentaciones de algún vástago, o se aferraría a sus convicciones, como su padre antes que él?

Una sinceridad interior impidió que Colton saliera en su propia defensa con trivialidades. Como había sido militar la mitad de su vida, sabía que no le gustaría la perspectiva de enfrentarse a un motín, aunque éste reprodujera su negativa a satisfacer los deseos de su padre.

4

Ahora que Wyndham Colton había vuelto a casa y era señor de la mansión, merecía aposentos dignos de un marqués. No obstante, los criados todavía seguían deshaciendo el equipaje, aireando las sábanas de su cama, sacando el polvo y ventilando las diversas estancias que comprendían sus nuevos aposentos en la segunda planta, situados en el ala sur de la casa. Cuando Colton expresó a Harrison su deseo de encontrar un lugar tranquilo para echar una siesta, el mayordomo sugirió que se retirara a la habitación que había ocupado en su infancia, hasta que los nuevos aposentos estuvieran preparados.

A Colton no le importó. Estaba demasiado agotado para preocuparse por el lugar donde iba a dormir. Mientras gozara de intimidad para quitarse la ropa y estirarse sobre algo parecido a un colchón, estaría satisfecho. Después de los estrechos camastros de lona donde había dormido durante su carrera militar, su vieja cama, con su gastado colchón, le parecía un lujo. Así, despojado de su uniforme y completamente exhausto, se desplomó sobre la cama que Harrison había tenido la previsión de disponer.

Como había descansado poco después del largo viaje en carruaje desde el punto donde se había despedido de sus tropas, se sentía agotado, tanto física como mentalmente, pero tal vez no se debía del todo a la travesía. La noticia de su compromiso inminente con Adriana lo había sacado de quicio. Una vez más, revivió aquellos momentos previos a la ruptura con su padre y su marcha de casa.

Enfurecido por la pretensión de su padre de entrometerse en su vida, comprometiéndolo con una cría diez años menor que él, había abandonado el hogar. A la edad de dieciséis años ya había conocido a un sinnúmero de chicas atractivas a las que en los años venideros podría brindar su protección y tal vez incluso su corazón, en el caso de que su padre considerara a alguna adecuada como esposa para su hijo. No obstante, casi desde el día de su nacimiento, el finado Sedgwick Wyndham había sentido debilidad por la hija menor de su mejor amigo y vecino. Daba igual que la muchacha pareciera destinada a convertirse en una enclenque espiga de enormes ojos oscuros y rostro enjuto. Nadie habría podido alimentar mejores esperanzas. Su aspecto contrastaba con el de sus dos hermanas mayores, menudas, rubias y muy bonitas, y de una edad más cercana a la de Colton. Pese a ello, su padre había depositado todas sus aspiraciones en la pequeña Adriana, de sólo seis años y la más estudiosa de las tres hermanas, a la que consideraba la pareja ideal de su único hijo varón. Sedgwick no había querido echarse atrás en ningún momento.

Colton se había encrespado hasta el punto de marcharse de su casa el mismo día del enfrentamiento con su padre. Había ingresado en la academia militar con el apoyo de su tío materno, lord Alistair Dermot, quien había confesado con un malicioso brillo en los ojos que hacía años que anhelaba en secreto encontrar una causa justa para enfrentarse a los dictados de su cuñado, a quien muchos de sus iguales consideraban muy intuitivo a la hora de evaluar el valor de una persona. Sólo por una vez, había dicho Alistair, quería demostrar que Sedgwick Wyndham cometía errores de discernimiento; pero, por más que lo deseara, Alistair no había encontrado nunca las pruebas que necesitaba. Aquella parecía ser la oportunidad que había estado esperando.

En el curso de los dos años siguientes, Colton había aprendido el arte de la guerra, y en 1801 fue a Egipto con el grado de subteniente y allí sirvió a las órdenes del teniente general sir Abercombe. Desde entonces se había distinguido una y otra vez en muchos conflictos sangrientos con el enemigo, cargando al frente de sus hombres contra las filas adversarias, o bien, cuando el enemigo se lanzaba sobre ellos, resistiendo en un sólido cuadrado de hombres armados, o bien avanzando o retrocediendo como un bloque, una formación de infantería en la que los generales del imperio británico confiaban con frecuencia. Durante los siguientes catorce años, en que tío Alistair y las cartas de miembros de la familia habían sido su único contacto con su hogar, una serie de ascensos lo habían encumbrado al grado de coronel, al frente de un regimiento numeroso que estaba a las órdenes de lord Wellington. Si bien Waterloo había significado el fin de las ambiciones de Napoleón, Colton había dicho que su intención era continuar la carrera militar. Wellington se había mostrado muy complacido y le había asegurado que, si sus heridas curaban bien, lo nombraría general antes de que el año terminara. Después, había llegado la noticia de la muerte del padre de Colton, y éste había cambiado de idea. Una vez restablecido, se había quitado de encima a los médicos y había solicitado el licenciamiento del ejército. Se había jurado cumplir los compromisos contraídos con su familia y el recién adquirido marquesado. Pese a sus pasados desacuerdos, sentía un enorme orgullo por los logros de su padre. La sola idea de que el título fuera a parar a manos de otro lo sublevaba, y cada vez se había mostrado más resuelto a no dejar escapar el marquesado.

En sus años de oficial nunca había pensado en serio en la chica a la que había rechazado, excepto para lamentar el hecho de haberla ofendido con su negativa. Desde luego, jamás había imaginado que un día alcanzaría el extraordinario grado de exquisitez que había adquirido durante su ausencia. Si alguien lo hubiera golpeado con una plancha de madera en la parte posterior de las rodillas y le hubiera hecho perder el equilibrio en el momento en que ella anunció su nombre, no se habría sentido más sorprendido.

De todos modos, su belleza sin par significaría muy poco para él si los dos resultaban ser incompatibles, como pareció ser el caso poco después de que Samantha lo hubo reconocido. La hosquedad de la muchacha había dado pruebas de algo cercano al resentimiento. Por otra parte, considerando el número de años en que él se había aferrado a su decisión de no plegarse a los dictados de su padre, no se podía imaginar aceptando un compromiso sólo para rendir tributo a la memoria de su progenitor. Tendría que manifestarse algo más prometedor para que él aceptara el destino que su padre le había decretado.

Un par de horas más tarde, Samantha dejó a Percy charlando con su madre y subió a buscar a su hermano. Nada más llamar con los nudillos a la puerta, oyó sus pasos apagados y el ruido del bastón que se acercaba. Al abrir la puerta, lo encontró vestido con un antiguo atuendo militar que se había gastado con los años y se ajustaba mejor a su cuerpo, destacando sus anchos hombros y las caderas esbeltas.

–Espero no molestarte –dijo vacilante. De pronto se le antojó un desconocido, y se arrepintió de haber ido–. ¿Seguías descansando?

–No, de hecho estaba pensando en ir a pasear un rato con los perros. A mi pierna le iría bien el ejercicio. Se entumece cuando estoy sentado demasiado rato, como en el viaje hasta aquí. –Se apoyó con fuerza en el bastón y, apartándose de la entrada, abrió la puerta de par en par con una sonrisa de bienvenida–. Entra.

–¿Estás seguro? –preguntó ella con un hilo de voz, que recordaba a su vocecita de niña.

Recuerdos de días más felices inundaron a Colton y le arrancaron una sonrisa.

–Te lo ruego. No sabes cuántas veces he recordado tus visitas a mi habitación después de marcharme. Tanto si venías para que te reparara un juguete roto o para que te leyera un cuento, me hacías sentir querido como hermano. Después de tanto tiempo, me siento honrado de que todavía quieras venir a verme.

Samantha entró con más entusiasmo y paseó la vista a su alrededor. La habitación apenas había cambiado desde la última vez que la había visto, años antes. De niña había idolatrado a su hermano y padecido una cruel soledad después de su marcha. Por más que aquella tarde había intentado calmar la angustia provocada por la conversación de Colton con su madre, la atormentaba el temor de que Colton se rebelara una vez más contra los acuerdos tomados durante su ausencia y volviera a irse. Después de vivir independiente durante la mitad de su vida, se había acostumbrado a hacer lo que le apetecía. Era comprensible que se resistiera a las intrusiones.

Su estado de ánimo oscilaba entre la incertidumbre del futuro y el placer de verlo en casa por fin.

–No sabes cuánto te he echado de menos, Colton. Durante los primeros años posteriores a tu partida, había momentos en que me sentía tan perdida y abandonada que lo único que deseaba era sentarme y llorar sin parar. Después del fallecimiento de papá descubrí que me resistía a seguir viviendo en la mansión, en especial sin Percy. En cada habitación parecían resonar la voz y la risa de papá. Por si no te has dado cuenta, Colton, no sólo te pareces a él, sino que tu voz tiene el mismo tono.

–Tío Alistair se quejaba de eso con bastante frecuencia –reconoció Colton con una risita–. Sospecho que lo sobresaltaba más de lo que quería admitir cuando aparecía detrás de él con sigilo y decía algo. Una vez, hasta me llamó Sedgwick antes de darse cuenta de su error.

Un brillo jovial centelleó en los ojos gris oscuro de sedosas pestañas.

–El querido tío Alistair es un encanto.

Colton, que nunca había pensado en su tío de esa manera, le dedicó una sonrisa escéptica.

–Bien, la verdad es que me ayudó cuando más lo necesitaba, pero siempre supuse que lo hacía para fastidiar a nuestro padre.

La sonrisa de Samantha insinuó algo diferente.

–A tío Alistair parecía gustarle dar la impresión de que papá y él siempre andaban a la greña. Algunos de sus puntos de vista eran diferentes, cierto, y ninguno vacilaba en decir lo que le pasaba por la cabeza. A veces, cuando discutían, podía llegar a creerse que eran los más feroces enemigos, pero si alguien hablaba mal de uno en presencia del otro, pobre de él, porque sus oídos no tardaban en retumbar. Debo admitir que tío Alistair me había engañado por completo, hasta que lo vi llorando en el funeral de papá. Fue cuando confesó que nunca había conocido a un hombre más honorable e inteligente que nuestro padre. Incluso reconoció que ninguna boda lo había complacido más que la de su hermana con Sedgwick.

Estupefacto por aquellas revelaciones, Colton se limitó a mirarla, mientras intentaba asimilar mentalmente lo que le estaba contando. Desde un principio Alistair le había hecho creer que su objetivo era dejar en evidencia la testarudez de Sedgwick. Ahora Colton oía algo completamente distinto. Se sintió un poco confuso por la nueva perspectiva y meneó la cabeza, asombrado.

–Supongo que tendré que renunciar a mis ideas preconcebidas y pensar que las quejas de tío Alistair respecto a nuestro padre las hacía en consideración a mí. ¿Debo rechazar también la idea de que estaba buscando una forma de compensar los defectos de nuestro padre cuando se ofreció a apoyarme?

Una sonrisa cruzó los labios de Samantha cuando sus ojos grises brillaron.

–Es muy probable. Tal vez no quería que te sintieras obligado a mostrarle gratitud.

Colton enarcó las cejas, perplejo.

–Tendría que haber sospechado que había gato encerrado la noche que fui a pagarle la deuda y me dijo que había comprado una pequeña propiedad cerca de Bradford-on-Avon, para poder ir a ver a su hermana cuando le apeteciera. La sola idea de su proximidad me hizo preguntarme cómo iba a soportar la presencia de padre, puesto que nuestros padres siempre estaban juntos.

–Cuando tío Alistair se mudó a la propiedad, dio la impresión de que le gustaba poner a prueba los conocimientos de papá durante sus visitas. Por un tiempo, pensé que intentaba ponerle nervioso, pero en el funeral me confesó que, siempre que deseaba saber cómo funcionaba un mecanismo o algo por el estilo, se lo preguntaba a la persona que más probabilidades tenía de saberlo: nuestro padre. –Como había empezado a llorar, intentó refrenar las lágrimas con una carcajada, mientras sacaba un pañuelo de la manga y se las secaba–. No me gusta ponerme sentimental.

–Debo reconocer la astucia de tío Alistair. Me engañó por completo –confesó Colton, con una sonrisa pensativa.

Samantha buscó otro tema que calmara sus sentimientos y centró su atención en la habitación. No había pisado esta zona de la mansión desde que se había trasladado de dormitorio. Al alcanzar la madurez, había ocupado aposentos más grandes en la sección norte, cerca del conjunto de habitaciones donde sus padres habían residido desde que se casaron, y donde su madre eligió permanecer tras el fallecimiento de Sedgwick. A Samantha no le cabía la menor duda de que sus años más felices habían sido aquellos en que había dormido al otro lado del pasillo, cerca de su hermano.

–Nada en Randwulf Manor ha cambiado desde que te fuiste, Colton, sobre todo en esta parte de la casa. Tus nuevas habitaciones son mucho más impresionantes, por supuesto, pero siempre he pensado que estos dormitorios son más acogedores.

Samantha pasó los dedos sobre la superficie del escritorio en que su hermano había estudiado idiomas, aritmética y ciencia, entre otras materias que su instructor particular había considerado necesarias para un joven, aunque sólo fuera para que afrontara sin miedo los difíciles desafíos del mundo. Según aquel erudito, Colton había demostrado poseer un intelecto superior en sus estudios, pese al hecho de que también había manifestado un carácter muy terco que, según Malcolm Grimm, había puesto a prueba su paciencia a menudo. Esta tendencia había provocado largas discusiones entre ellos, lo cual había sido beneficioso para ambos. El estudioso también había considerado a Colton único entre sus iguales por el hecho de que investigaba en profundidad los hechos antes de atacar un asunto. En la inmensa mayoría de los casos que los dos habían discutido con apasionamiento, el señor

Grimm había reconocido enseguida que las hipótesis del joven eran correctas.

Samantha sonrió a su hermano.

–Esta tarde, cuando te vi de pie en el pasillo, pensé que eras un desconocido. Después caí en la cuenta de que tenías los rasgos de alguien a quien yo conocía muy bien. Tus facciones no son lo único que has heredado de papá, por supuesto.

Tal vez fue su instinto lo que dijo a Colton que su hermana se estaba refiriendo a su testaruda independencia.

–Imagino que he sido tan terco en relación con el compromiso como lo fue padre. Por desgracia, estábamos en extremos opuestos.

Samantha se mordisqueó el labio, preocupada, mientras caminaba sobre la alfombra oriental de tonos oscuros que cubría el suelo. Se detuvo junto a la repisa de la chimenea, pasó un dedo sobre la trabajada voluta que remataba su borde de mármol, y abordó el motivo principal de su visita.

–Intenté hacer caso omiso de la conversación que mantuviste con mamá esta tarde, pero fue imposible. Debes saber que se trata de un asunto que me preocupa sobremanera.

–Te refieres al acuerdo que padre arregló entre Adriana y yo.

Colton se masajeó el cuello, que había empezado a dolerle en cuanto le hablaron del contrato al que su padre lo había comprometido. No era que estuviera en contra de volver a ver a Adriana, ni de cortejarla. De hecho, anhelaba compañía femenina, la clase de compañía que no avergonzaba a un hombre, y ella era, a fin de cuentas, mucho más exquisita que las pocas a las que había considerado hermosas durante su vida. Aun así, la independencia era de trascendental importancia para él, y no estaba deseoso de renunciar a esa autonomía nada más volver a casa. No albergaba el menor deseo de ofender a Adriana ni a su padre, pero era probable que se llegara a esa circunstancia si decidía no casarse con la muchacha, pues temía que una recatada joven de la estricta educación de Adriana pudiera resultarle mortalemente aburrida.

Durante su ausencia del hogar había considerado prudente evitar relaciones prolongadas, y había esquivado a jóvenes inocentes con padres ambiciosos, muchos de los cuales eran sus superiores. No había tenido una excelente reputación que proteger, y casi siempre había buscado la compañía de mujeres excitantes y vivaces. También habían estado las viudas de amigos íntimos, que habían ido a buscarlo en la oscuridad de la noche, luchando consigo mismas, a fin de hallar consuelo para su pena y soledad con alguien que había compartido la pérdida de sus seres queridos, y en quien se podía confiar que comprendería y callaría.

Aparte de sus amantes circunstanciales, se había relacionado con una actriz de Londres; pero, teniendo en cuenta que sus visitas a la ciudad eran poco frecuentes y limitadas, había sido un asunto pasajero, pese al hecho de que se había prolongado tal vez unos cinco años. De todos modos, nunca había considerado importante su relación con la hermosa Pandora Mayes. Le había parecido seguro estar con ella porque no podía tener hijos, y porque nunca había oído su nombre en labios de oficiales y solteros. No obstante, pese a que la mimaba con lujosos regalos, siempre había sido sincero, y le había advertido que su relación acabaría algún día. Cuanto menos supiera Pandora sobre sus orígenes aristocráticos, había pensado, menos preguntas estaría inclinada a hacer, y así se evitaría situaciones violentas más adelante. No fue hasta que un artículo en el que se exaltaba su valor apareció en la *London Gazette*, cuando la actriz se enteró del marquesado de su padre, pero incluso entonces él había desechado sus preguntas, explicando que se había ido de casa enfrentado con su familia. Nunca había explicado que, como aristócrata, estaba obligado por las circunstancias de su nacimiento a casarse con una dama de su categoría; pero, en lo tocante a ese asunto, había llegado al compromiso consigo mismo de que, cuando llegara el momento de casarse, se ceñiría al honor y aceptaría la unión, no fuera que avergonzara a sus herederos engendrando incontables aspirantes al marquesado.

Aunque los Sutton y los Wyndham habían sido amigos íntimos y vecinos durante lo que parecía una eternidad, Adriana era casi una completa desconocida para él. De todos modos, debía admitir que la joven le intrigaba en extremo. Aparte de su increíble belleza, tenía un cuerpo que se le antojaba mucho más tentador que cualquiera que hubiera poseído. Redondeado en las partes adecuadas, pero de extremidades largas y esbeltas, había estimulado su imaginación hasta tal punto que se descubría preguntándose si la encontraría igual de atractiva en el caso de que se despertara desnuda a su lado por las mañanas.

Samantha se volvió hacia su hermano, molesta por su aprensión.

–Me refería en concreto al contrato que os concierne a ti y a Adriana.

Colton no hizo el menor esfuerzo por poner freno a su mordacidad.

–Por lo visto, soy el último en enterarme de lo bien que planeó padre mi vida.

–Tanto como planeó la mía.

Asombrado por su afirmación, Colton miró a su hermana. La pareja parecía tan enamorada que le costaba creer que su matrimonio hubiera sido fruto de un acuerdo.

–¿Quieres decir que tu matrimonio fue idea de otra persona?

Samantha inclinó la cabeza en señal de asentimiento.

–Sí, lo fue. Y, aunque te cueste creer que es posible, nos amamos profundamente.

–¿Desde cuándo? ¿Desde la noche de bodas?

Los ojos de Samantha destellaron de indignación por el tono burlón de su hermano. Había dejado muy claro desde su adolescencia que no creía en matrimonios amañados ni compromisos por escrito, y se mostraba muy escéptico en cuanto a su resultado. Ahora estaba dejando que su escepticismo se derramara como un caldero hirviente.

–Nuestro mutuo amor empezó a florecer durante nuestro noviazgo, y desde entonces ha echado raíces muy firmes. La verdad es que nos cuesta imaginar cómo habría podido surgir nuestro amor si papá no hubiera plantado la idea e iniciado nuestro compromiso.

–¿Debo creer que este tipo de devoción podría darse entre Adriana y yo?

Samantha se sintió frustrada por su desdén.

–Ya debes de saber a estas alturas que Adriana y yo somos como hermanas.

–Lo sé, Samantha. Pero, por más que la quieras, te diré que ese hecho no influirá en mi decisión. Según las condiciones establecidas por padre, me siento comprometido a tres meses de noviazgo con Adriana. Haré honor a ese acuerdo, pero en cuanto al resto, no ofreceré trivialidades hueras ni promesas. –Se encogió de hombros en señal de indiferencia–. En suma, Samantha, lo que sea sonará.

La joven se llevó un puño al pecho y lo miró con expresión suplicante.

–Colton, te ruego que... no hagas daño a Adriana, por favor. Por más que detestes los acuerdos que papá tomó en tu nombre, no es culpa de ella.

Un suspiro escapó de los labios de su hermano.

–Lo sé, Samantha, y haré todos los esfuerzos posibles por considerar las posibilidades de un futuro común. También intentaré comportarme de la manera que padre habría considerado adecuada. Pero, hasta que esté completamente convencido de que Adriana y yo podemos llegar a querernos, no haré promesas de las que más tarde pueda arrepentirme. Tampoco me casaré con ella para complacer a los miembros de la familia. Has de aceptar el hecho de que, si bien he accedido a cortejarla, aún subsiste una posibilidad muy seria de que no salga nada de ello. A la vista de que el contrato fue redactado sin mi conocimiento por nuestros padres, creo que la única manera de impedir que Adriana se sienta gravemente herida por mi rechazo es advertirle de que esté en guardia.

Samantha comprendió que sus súplicas habían sido en vano. Como su hermano no se había comprometido a nada, la situación de su amiga y de ella no había mejorado. Ahora empezaría la ardua tarea de esperar, y sólo el tiempo revelaría si Sedgwick Wyndham había tenido razón desde el principio cuando dijo que Adriana y su hijo hacían tan buena pareja que habrían podido estar unidos por la cadera.

Samantha ladeó la cabeza mientras examinaba a su apuesto hermano.

–Hay una cosa que me gustaría que me explicaras, si tienes a bien iluminarme, Colton. Mi pregunta no está relacionada con Adriana, de modo que no hace falta que te pongas en guardia. Es que siento curiosidad por algo, eso es todo.

–Haré lo posible.

–A principios de este año, varios conocidos nos dijeron a mamá y a mí que te habían visto en Londres. Estábamos seguras, después de tantos años de ausencia, de que volverías a casa durante el breve intervalo de paz, puesto que nosotros también estábamos en Londres, pero no lo hiciste, claro está. Es una gran tristeza para nosotras que no vieras a papá mientras estaba vivo y gozando de buena salud. ¿No pudiste ir a vernos durante nuestra estancia en la ciudad?

Colton se resistía a disgustar todavía más a su hermana. Si no había ido a verlos como ansiaba era porque, el día de su partida, su padre le había prohibido traspasar la puerta de las casas familiares hasta que fuera capaz de plegarse a la idea de hablar de los planes de su compromiso con Adriana o, como había ocurrido, hasta que él descansara en su tumba.

–Lo siento, Samantha. Fui a Londres en misión oficial para lord Wellington, y durante mi estancia tuve que circunscribirme a una zona en que pudiera ser localizado con facilidad por los correos. Poco después, otros comandantes y yo fuimos a Viena para reunirnos con Wellington y hablar del regreso de Napoleón a Francia. Tenía órdenes. Debía obedecerlas.

–Papá no paraba de preguntar por ti en su lecho de muerte –dijo su hermana con un hilo de voz, intentando sin éxito reprimir las lágrimas que todavía manaban cuando recordaba las súplicas de su padre de ver a su único hijo.

El remordimiento que Colton había sufrido desde la muerte de su padre era como un gran peso sobre su pecho. Por más que deseara poseer la capacidad de retroceder en el tiempo y sustituir aquellos momentos dolorosos por otros más dichosos, no podía. Al fin y al cabo, no era más que un hombre.

Al reparar en el brillo húmedo de esos ojos tan parecidos a los suyos y, ante todo, a los de su padre, cojeó hacia su hermana, la abrazó y murmuró una humilde súplica contra su pelo.

–Queridísima Samantha, te ruego que me perdones. Estábamos luchando contra el enemigo cuando tu primera misiva sobre la enfermedad de padre llegó, y el deber me obligaba a permanecer con mi regimiento. Después de su muerte, la herida me impidió viajar. Aún pasó tiempo antes de que pudiera abandonar mi camastro.

Al darse cuenta de que el diálogo se había vuelto fúnebre, Samantha se arrepintió al instante.

–Debo pedirte disculpas a mi vez, Colton. No puedes imaginar lo agradecidos y aliviados que nos sentimos todos por tenerte de nuevo en casa y saber con seguridad que estás vivo. –Lo estrechó en sus brazos entre una profusión de lágrimas–. Mamá y yo estábamos muy preocupadas por ti. Aunque papá no se atrevía a hablar de sus temores cuando los combates eran intensos, él también estaba muy preocupado por tu bienestar. –Respiró hondo para serenarse y controlar las emociones que amenazaban con impedirle hablar. Forzó una sonrisa y retrocedió con ojos húmedos–. Pese a vuestras diferencias, te quería muchísimo.

Sus palabras atenazaron el corazón de Colton, y tuvo que hacer un esfuerzo para desprenderse de sus remordimientos. Había amado a su padre profundamente, pero detestaba la tradición que permitía a los padres elegir esposos para su descendencia. Se preguntó si habría opinado de manera diferente de haber sido él el padre.

Adriana subió corriendo la escalinata de Randwulf Manor, ansiosa por bañarse y vestirse antes de que anunciaran la cena. No había imaginado que Stuart y ella volverían tan tarde, pero cuando el señor Fairchild había llegado a Wakefield Manor en busca de Felicity, se había demorado en las alabanzas a su hijo y en los cambios beneficiosos que había estado introduciendo en la pañería de su abuelo. Nadie, y mucho menos la madre de Adriana, había querido ser grosero y darle prisas para que se marchara, hasta que Stuart, al ver que el tiempo se agotaba, había manifestado sin ambages la necesidad de apresurarse y se había despedido de los Fairchild. Había conducido a Adriana al landó de sus padres que esperaba, y después había urgido a Joseph que utilizara la máxima velocidad posible para conducirlos a la mansión vecina. Había subido al vehículo justo cuando el látigo chasqueaba sobre las cabezas de los caballos, y, cuando el tiro salió disparado hacia delante, cayó en el asiento a su lado.

La cena se servía en ambas mansiones con escrupulosa puntualidad cada noche, lo cual significaba que Adriana contaba con poco más de una hora para bañarse, vestirse y peinarse antes de reunirse con los Wyndham en el gran salón para brindar por el cumpleaños de Stuart. Confiaba en que habría suficiente agua caliente hirviendo en las ollas colgadas sobre el fuego del cuarto de baño. Sería muy útil que Helga, la criada de la familia asignada al piso de arriba, la ayudara a vestirse, pues sabía por propia experiencia que la mujer podía ser muy eficaz.

Años antes, el dormitorio en el que Adriana entró corriendo había sido diseñado a su gusto. Después de tirar la ropa interior y el vestido encima de la cama, y dejar caer las zapatillas junto a la silla, entró en el compartimiento del baño, que ahora se utilizaba muy poco, a menos que la casa estuviera repleta de invitados. De niña, Samantha la quería alojada cerca siempre que acudía a pasar la noche, y había solicitado para Adriana el dormitorio situado en el lado opuesto del estrecho cuarto de baño de su habitación. Era raro en la actualidad que Samantha utilizara los aposentos que le habían destinado de adulta, y mucho más los de su infancia, a menos que Percy tuviera que viajar solo como emisario real del príncipe regente.

En otras épocas Colton detestaba tener que cruzar el pasillo para utilizar el cuarto de baño, y había discutido en incontables ocasiones con su hermana menor por su tendencia a monopolizarlo y a dejarlo convertido en un desastre total después de sus prolongados baños, pero ya no sería el caso. A partir de ese momento, como amo y señor de la casa, residiría en sus espaciosos aposentos renovados, que contaban con su propio cuarto de baño privado. Considerando los limitados lujos de los que incluso un oficial disfrutaba en el ejército, tales comodidades le parecerían magnificentes hasta que volviera a relacionarse con las cosas mejores de la vida.

Debido a su tardanza en regresar a Wakefield, Adriana tuvo que enfrentarse al hecho de que su ritual higiénico sería muy breve en comparación con lo que acostumbraba. Si bien había adquirido ciertos talentos masculinos gracias a su padre, disfrutaba de las ocasiones en que podía abandonarse a ciertos placeres femeninos, como remojarse en baños perfumados. A la vista de que Colton parecía desear acercarse lo máximo posible a ella, quería desembarazarse de cualquier olor que recordara a los caballos. Además, su vestido de crespón negro adornado con terciopelo negro y detalles de raso blanco en el escote y el borde del dobladillo era nuevo y muy bonito. Antes de ponerse su camisa de encaje y raso, así como el elegante vestido, ansiaba disfrutar de un baño caliente y perfumado.

Las llamas chisporroteaban y bailaban alrededor de la panza de una gran olla que colgaba en la pequeña chimenea del cuarto de baño, de forma que proporcionaba un agradable calor a la estancia, cosa muy necesaria en los meses de invierno. No obstante, cuando Adriana metió los dedos en el líquido del caldero, emitió un gruñido de desesperación, porque apenas estaba tibia. Lo máximo que prometía era un charquito de agua en el fondo de la bañera. Si bien había varios jarros grandes junto al lavamanos, llenos hasta el borde, no servían más que para rellenar la olla o mezclarlos con el agua hirviente, una vez que se había vertido en la bañera.

Adriana exhaló un suspiro de decepción y se acercó a la gigantesca bañera de cobre, donde habían dejado una jarra vacía. Lo que vio la dejó sin respiración, porque el baño ya estaba preparado para ella.

–Oh, Helga, eres un amor –musitó agradecida, y tomó nota mental de dar las gracias profusamente a la criada por su previsión.

La mujer se habría adelantado al verla llegar, porque todavía se elevaba vapor de la superficie del agua. De un toallero cercano al extremo de la bañera colgaban una toalla de hilo y un albornoz, lo cual demostraba el interés de la mujer.

La larga bañera de cobre, de lados altos y respaldo redondeado, siempre había sido cómoda. En su infancia, Adriana también la había utilizado para esconderse cuando jugaban al escondite. Algunas veces se había tumbado en el fondo vestida, mientras Samantha la buscaba por todas partes, y los altos lados le habían permitido pasar inadvertida. Incluso ahora, ya adulta, tenía que utilizar el pequeño peldaño para entrar o salir de ella.

El agua estaba en su temperatura justa, un placer que Adriana ansiaba. Se quitó a toda prisa las botas, la indumentaria de montar, las medias y la ropa interior, dejó todo en un montón en el suelo y se encaminó a la bañera. Tiró varias gotas de un frasco de aceite de rosas en el líquido humeante, y después removió el agua con los dedos para que el perfume se esparciera. Un suspiro de puro placer escapó de sus labios cuando se acomodó en el agua perfumada. Había más agua, y estaba más caliente de lo habitual cuando Helga preparaba el baño, pero Adriana agradeció el cambio. Era comparable al que preparaba su criada Maud en Wakefield Manor.

Con aire pensativo, Adriana se pasó la esponja por las suaves redondeces de su busto, y se reclinó contra el extremo curvo de la bañera. El calor del agua trajo consigo una inmensa serenidad, y después de la conmoción producida por la llegada de Colton, el enfrentamiento entre Roger y él, y su tardío regreso a Randwulf Manor, necesitaba unos momentos de reposo. Tal vez la reanimarían, porque en las últimas horas había sido presa de una creciente angustia por el contrato y su posible efecto sobre Colton.

Expulsar ese temor de su mente exigía determinación, pero Adriana dobló un paño húmedo, lo apoyó sobre los ojos para tapar el resplandor de las lámparas de aceite del techo y se hundió en la bañera hasta que el líquido le lamió la barbilla. Pensó a propósito en la historia de ficción que había estado leyendo la noche anterior. Era tan lenta que al poco rato había caído en brazos de Morfeo.

El recuerdo se mostró igualmente eficaz, porque lo siguiente que su conciencia captó fue un carraspeo que interrumpió sus sueños. Se despertó de mala gana y murmuró adormilada:

–Gracias por prepararme el baño, Helga. Ha sido celestial.

En lugar de la réplica cordial que esperaba de la doncella regordeta, oyó un profundo «ejem» ronco, lo cual provocó que Adriana lanzara una exclamación, alarmada, y se quitara la venda improvisada. Por un instante, miró boquiabierta al hombre alto y semidesnudo que se cernía sobre ella, antes de que sus ojos oscuros descendieran y se dilataran de horror. No llevaba nada más que una toalla alrededor de sus estrechas caderas, y el taparrabos se veía escandalosamente abultado por delante. Al punto, Adriana se enderezó y cruzó los brazos alrededor de las piernas para ocultar su desnudez al nuevo marqués de Randwulf.

Habiendo contemplado a sus anchas la belleza que se le ofrecía mientras ella dormía, Colton no hizo el menor esfuerzo por disimular una sonrisa de placer.

–Espero no molestaros, mi señora.

Su comentario indiferente encendió a Adriana.

–¿Por qué estáis aquí y no en los aposentos del amo? –preguntó furiosa.

Colton le dedicó una breve reverencia que, dado lo exiguo de su atuendo, pareció absurda.

–Perdona, Adriana, pero me dijeron que me esperaba un baño aquí. –Su tono era cálido y meloso, algo desconcertante para la mujer que acababa de apostrofarlo–. En realidad, de haber sabido que lo íbamos a compartir, habría regresado a toda prisa, en lugar de perder tanto tiempo paseando a los perros.

–¡No vamos a compartir nada! –gritó Adriana.

Echó hacia atrás el paño húmedo y se lo arrojó. Jamás habría imaginado que erraría su blanco (el rostro sonriente del marqués) y aterrizaría sobre la protuberancia que se proyectaba ominosamente desde sus genitales. Allí se quedó hasta que Colton lo levantó con dos dedos. Meneó la cabeza en señal de burlona reprimenda y exhibió los hoyuelos de sus mejillas, mientras lo depositaba sobre el borde de la bañera.

–¡Vaya! ¡Menudo temperamento, querida mía! ¡No parece que hayas cambiado mucho desde que me fui de casa! Y pensar que estaba dispuesto a aceptar tu invitación.

–¡Bufón presuntuoso! –chilló la joven–. ¿De verdad creéis que os estaba esperando?

Sus muestras de indignación provocaron las carcajadas de Colton. Adriana, enfurecida, lo fulminó con la mirada hasta que él redujo sus muestras de hilaridad a una sonrisa torcida. El hombre alzó sus hombros desnudos, que en contraste con su cintura lisa y esbelta parecían aún más anchos y mucho más musculosos de lo que revelaba su blusón militar.

–No puedes culpar a un oficial herido que acaba de regresar de la guerra por esperar que ése fuera el caso, ¿verdad, querida mía? Eres la mujer más atractiva que he visto en..., bien, tal vez en toda mi vida.

–Dudo que vuestra madre tenga en mente dirigir una casa de lenocinio, mi señor, pero yo no sería una de las pupilas si tal fuera el caso –replicó la joven con sarcasmo.

Colton se preguntó si la indignación de la muchacha era una simple añagaza. Hacía mucho tiempo que estaba acostumbrado a las estratagemas de las viudas solitarias y busconas que lo seguían a sus campamentos. Las últimas habían utilizado diversos métodos con el fin de convencerlo de que las llevara a su camastro, y debía admitir que, en ocasiones, se había sentido muy tentado de aceptar dichas invitaciones, pero la idea de caer víctima de una enfermedad que tal vez lo contaminaría hasta el fin de sus días había sido un buen elemento disuasorio. Sin embargo, en el caso de Adriana, no podía creer que los Sutton hubieran descuidado la protección de su prole. Por más que anhelaba saborear aquel cuerpo esplendoroso, tenía que pensar a qué precio lo haría y qué le exigiría ella. Casi prometidos no era lo mismo que estar prometidos de hecho, y ser atraído al matrimonio por un cuerpo tan delicioso, visible por completo a sus ojos hambrientos, era un aliciente que confiaba en poder resistir, si bien en aquel momento deseaba enviar toda precaución al infierno y holgarse con la dama, pues dudaba seriamente de haber visto alguna vez tal perfección. Su belleza conseguía que sus pasadas conquistas se le antojaran insulsas en comparación.

Cuando había entrado en el cuarto de baño, no la había visto en la bañera, pero después de quitarse la ropa se había acercado al enorme depósito de cobre y, tras descubrir dentro a una ninfa en toda su gloria desnuda, había experimentado una conmoción extraordinaria. Si después de su colisión en la galería le había quedado alguna duda de cuán deseable era aquella criatura, la perfección de lo que había visto la había disipado. Por un momento, había saboreado todos los detalles deliciosos de sus curvas femeninas, había admirado sus pechos redondos, el vientre liso, los largos y esbeltos miembros, los más exquisitos que había visto jamás, muy consciente de que su cuerpo reaccionaba a la visión. Casi se había resistido a despertarla. De no ser por la amenaza de que algún criado acudiera para ver si necesitaba algo, se habría recreado en el espectáculo hasta la salida del sol.

–¿No sientes compasión por lo que he sufrido?

–Ninguna en absoluto –replicó Adriana–. Pero como os empeñáis en recrearos en vuestras penalidades, sin duda para despertar compasión donde no la hay, cederé y os dejaré el cuarto de baño todo para vos.

Paseó la vista a su alrededor en busca de una toalla y, al ver que no había ninguna, comprendió que debía de ser la que tapaba las vergüenzas del hombre.

–¡Volved la cabeza, impertinente!, o mejor aún, ¡cerrad los ojos antes de que se os salten de las órbitas! No me habéis dejado nada para cubrirme.

Colton lanzó una risita. Si la dama supiera cuánto tiempo había dedicado a devorarla con los ojos mientras dormía, comprendería que ya era demasiado tarde para intentar salvar su recato.

–Eso es como cerrar la cerca después de que los caballos han escapado, ¿no es cierto, querida? Te aseguro que no borrará de mi mente los encantos que he saboreado durante los últimos momentos.

Pese a la inflexible mirada de Colton, Adriana apoyó las manos en el borde de la bañera, al tiempo que emitía un gruñido de frustración. Se incorporó y sus pechos oscilaron un instante, lo cual arrancó un gemido estrangulado a Colton, pues la visión había incitado todavía más sus deseos. Conocedor del dolor que lo asaltaría de forma inmediata si no liberaba sus ansias reprimidas, casi deseó no haber visto unas formas tan deliciosas, temeroso de que a partir de aquel momento se sentiría atormentado y compelido a olvidar lo que había visto.

Adriana se preguntó qué dolencia había afligido de repente al hombre y lo miró de soslayo, para descubrir que aquellos ojos brillantes estaban devorando su desnudez como si estuviera tentado de hacer algo más que mirar. Alzó una mano airada para contenerlo.

–Atrás, sabandija, y dejad que me marche –ordenó–. Y entretanto, procurad no tropezar con vuestra lengua babeante. No tengo suficientes manos para cubrirme y pasar por encima del borde de esta maldita bañera al mismo tiempo. Intentar proteger mi pudor podría provocar que me rompiera el cuello.

–¿Necesitas ayuda? –se ofreció Colton solícito, extendiendo una mano con esperanzada impaciencia. Pensó que hasta tantearía la posibilidad de acostarse con la dama. No le cabía duda de que nunca encontraría en otra parte satisfacción a su deseo. De hecho, dudaba que hubiera experimentado jamás tormento semejante y acaloramiento tan atroz. De no ser porque desde pequeño lo habían educado para ceñirse a la ética de los caballeros, no habría permitido que esta visión de Venus lo rechazara–. Estoy más que deseoso de verificar, con pruebas más tangibles, que lo que estoy viendo es mortal y no una visión prodigiosa que he conjurado por culpa de anhelos largamente insatisfechos. Sólo tocándote seré capaz de comprobar que eres real y no un producto de mi imagi...

–Una buena prueba sería un bofetón –replicó al punto Adriana–. Intentad algo, Colton Wyndham, y eso es lo que obtendréis.

Un profundo suspiro expresó la decepción del hombre. Las visiones que estaba contemplando mientras ella pasaba por encima del borde de la bañera no contribuyeron precisamente a enfriar su entusiasmo. Nunca jamás había visto unos miembros tan largos y esbeltos, coronados por un delicado nido de perfección femenina, ni unas esferas de tono cremoso tan tentadoramente redondeadas. Las palmas de sus manos ardían en deseos de palpar la sedosidad de aquellas maravillosas redondeces.

Enfrentado a lo que prometía ser una carencia total de serenidad, Colton sabía que pronto padecería el tormento de los condenados, cuando la maldición de su prolongada abstinencia empezara a torturar sus genitales. Se resistía a soportar tal desdicha. Si la dama diera por terminada su resistencia...

Con la mano extendida y una sonrisa engatusadora, utilizó todo su encanto para atraerla. No había llegado hasta allí sin saber que la inmensa mayoría de las mujeres que había conocido se habían sentido intrigadas... y cautivadas por los hoyuelos que aparecían en sus mejillas cada vez que sonreía.

–¿No te apiadarás de mí, Adriana?

Adriana enarcó una ceja y examinó por un breve momento la mano tendida, antes de mirarlo a los ojos. Cuando se concentró en su rostro de finas facciones, sus ojos se vieron atraídos al punto por la sonrisa, y por un instante se sintió vulnerable a su atractivo. De todos modos, el recuerdo de su furiosa partida aún no se había mitigado, y sirvió de elemento disuasorio contra su flaqueza. Lo miró con frialdad.

–Ponedme la mano encima, Colton Wyndham, y gritaré hasta que vuestra madre venga corriendo. Os lo prometo.

–En ese caso, querida mía, accederé a tus deseos –contestó el hombre sin dejar de sonreír. Le dedicó una breve reverencia antes de retroceder–. No quisiera escandalizar a mi madre con nuestro mutuo estado de desnudez, sobre todo el tuyo, que exhibes con tanta gracia y estilo.

–¡Exhibo! –gritó ofendida la joven, enfurecida por la audacia de echarle la culpa–. Sabéis que no me habéis dejado mucha elección en el asunto. Por casualidad o a propósito habéis irrumpido en mi baño mientras dormía. Si fue por casualidad, tendríais que haber sido lo suficientemente caballeroso para iros antes de que yo despertara.

–¿Cómo? ¿Y hacer caso omiso de lo que creí una invitación? –preguntó Colton con una sonrisa de incredulidad. Lanzó una risita mientras desechaba la idea–. Querida mía, siendo como eres tan tentadora no podrías esperar eso ni de un santo, y mucho menos de un hombre con ojos en la cara que se ha convertido en tu ardiente esclavo.

–¿A cuántas mujeres habéis confundido con protestas fingidas de ese estilo, mi señor? –replicó Adriana–. Si alguna os creyó, debía de ser muy corta de entendederas.

Colton se abstuvo de presumir de éxitos anteriores con tópicos similares. El hecho de que esa dama en concreto no se sintiera predispuesta a aceptar sus tretas la convertía en única entre todas las mujeres que había conocido. Aunque esta belleza fuera la que su padre había elegido para él, su actitud distante lo intrigaba. Era una verdad evidente que una presa ganada con facilidad no era valorada por el cazador ni la mitad que la obtenida a costa de grandes trabajos y dificultades. El escaso interés que demostraba Adriana por sus proposiciones constituía un reto. Aumentaba su interés, en cualquier caso, si es que ello era posible.

Adriana apenas prestó atención a su encogimiento de hombros, pues sus ojos se vieron atraídos de nuevo hacia el bulto que tensaba la toalla. Sólo entonces reparó en la cicatriz púrpura que se curvaba hacia la parte interna de su muslo derecho, pero no fue más que una mirada fugaz, porque era imposible no hacer caso de la protuberancia que el trozo de hilo ocultaba. En algunas ocasiones, desde las ventanas, había visto a Ulises montando a las yeguas en los campos que se extendían ante su dormitorio, un hecho que habría escandalizado a su madre de haberlo sabido. El asta tumefacta parecía un preludio necesario para la unión de dos seres de sexos diferentes. Aun oculta bajo la toalla, sugería una amenaza que la desconcertaba..., y al mismo tiempo despertaba una agradable y extraña excitación en el núcleo de su ser. Era lo más cerca que había estado de ver a un hombre desnudo. En cuanto se casara, su curiosidad se vería satisfecha, pero no podía negar que ya se había preguntado en diversas ocasiones qué vería la noche de bodas.

Consciente de que Colton estaba sonriendo como un libertino consumado debido a sus miradas fugaces, gimió de vergüenza y cruzó los brazos sobre su desnudez, al tiempo que apartaba la vista.

–¿Es que no tenéis vergüenza, señor?

–¿Por qué? ¿Porque no disimulo mi vulnerabilidad de hombre, ni el deseo que siento por la mujer más hermosa y perfecta que he visto en mi vida?

–Decidme una cosa –preguntó la joven, mientras miraba de nuevo hacia atrás–, ¿cuánto tiempo estuvisteis comiéndome con los ojos antes de decidiros a despertarme?

Colton precisó de un esfuerzo hercúleo para desviar la vista de las piernas largas y bien formadas, así como del delicioso trasero, para mirarla a los ojos.

–Lo suficiente para saber que nunca olvidaré lo que he visto aquí esta noche, si es eso lo que te preguntas. En cuanto a lo de comerte con los ojos, era imposible no hacerlo. Dudo que jamás haya conocido a una dama más encantadora sin atuendo que con él. La visión de Venus durmiendo en mi baño despertó un dragón dormido que, mucho me temo, no se aplacará hasta encontrar satisfacción con una doncella tan atractiva. Me sentiría bienvenido a casa si te apiadaras de mí, Adriana.

–Os ruego que me perdonéis por haber pensado que erais un caballero –se burló la joven–. Os habéis esforzado por demostrar que sois un consumado libertino. Además de la impertinencia de comerme con los ojos y sugerir que tal vez podría decidirme a pacificar vuestro dragón, habéis tenido la desfachatez de proveeros tan sólo de una toalla, otra prueba de que tendríais que haberos quedado un poco más de tiempo bajo el techo de vuestro padre y aprendido unos cuantos modales más, antes de huir en pos de vuestra independencia.

–Perdona, Adriana, pero pensé que te ofendería la visión de mi desnudez varonil y me preocupé de proteger tus sentidos virginales de tal espectáculo. Haz el favor de aceptar mis humildes disculpas por no pensar primero en tus necesidades básicas. –Tras una breve reverencia, enderezó el cuerpo, se quitó el taparrabos improvisado, y extendió la toalla hacia ella con una amplia sonrisa–. Al menos, está caliente.

Una exclamación ahogada surgió de la garganta de Adriana cuando vio el asta de pasión erecta. Después, con un gemido de mortificación, dio media vuelta con la cara encendida.

Colton caminó hacia ella y se inclinó sobre un hombro sublime. Sus pezones rosados eran tan tentadores, que apenas pudo resistir la tentación de acariciarlos con los dedos.

–Después del alboroto que has montado, querida mía –susurró en su oído–, no irás a decirme que ahora no quieres la toalla, ¿verdad?

–¿Queréis hacer el favor de dejarme en paz? –suplicó la joven, exasperada, y trató de fulminarlo con la mirada, pero encontró su cara demasiado cerca para permitirle hacer otra cosa que clavar la vista en aquellos ojos centelleantes.

Él sostuvo la mirada y luego la bajó hasta sus labios. Adriana notó la mano del hombre sobre sus costillas, y por un momento enloquecedor pensó que pretendía besarla, porque inclinó la cabeza y entreabrió los labios. Presintiendo la inminente amenaza, se liberó de su mano y recuperó la dignidad, al menos lo que le quedaba.

–Si no os importa, mi señor, me gustaría vestirme antes de que lleguemos con retraso a la cena.

–Colton –insistió él, con una sonrisa en sus bonitos labios–. Has de llamarme Colton. Es el precio que exijo por dejarte marchar.

–¿Qué haréis si chillo? –lo retó la joven, alzando la nariz.

–Admirar el hermoso espectáculo hasta que todo el mundo venga corriendo.

Adriana puso los ojos en blanco al pensar en la humillación que sufriría si eso pasaba. Un profundo suspiro exageró su capitulación.

–Si insistís... Colton.

El hombre retrocedió y admiró de nuevo el espléndido trasero.

–Bien, por más que me gustaría retenerte cautiva, comprendo la necesidad de dejarte escapar. Todavía necesito un baño y, como te apropiaste del mío y no hay tiempo para que los criados preparen otro, tendré que utilizar el que has dejado.

Se llevó una gran decepción cuando ella utilizó la toalla, pero cuando se volvió hacia él, encajando una esquina en el profundo valle que separaba sus pechos, admitió al punto que Pandora Mayes nunca había parecido tan atractiva envuelta en una toalla como esta joven belleza.

–¿Necesitas ayuda a fin de prepararte para la cena, querida mía? Helga está trabajando en la cocina, puesto que una de las criadas se ha puesto enferma. Sospecho que debió de trasegar demasiado coñac de mi padre, pues Harrison dijo que encontró la botella hecha añicos en el suelo de la sala de estar. La pura verdad es que Helga no podrá ayudarte. ¿Puedo sustituirla? Soy un experto en abrochar cierres y botones. Aunque la tentación sería enorme, prometería no mirar más de lo que he hecho.

Adriana lo golpeó con el dorso del brazo, al tiempo que emitía un rugido de rabia. El golpe apenas lo afectó, porque entró en contacto con los músculos tensos de su abdomen, pero el dolor que experimentó Adriana le hizo lanzar un grito de sorpresa. Su repentina angustia arrancó más carcajadas al hombre desnudo. Mortificada y enfurecida, apretó el brazo dolorido contra su estómago y entró en la habitación contigua.

Nada más pasar la puerta, se volvió para asegurarse de que el hombre no la seguía, y lo vio avanzando en dirección contraria hacia la bañera. Se agachó para probar la temperatura del agua, de forma que descubrió otras partes masculinas. Pese a que se sentía inclinada a mirar con inocencia virginal, sus ojos se sintieron atraídos hacia una pequeña marca de nacimiento en forma de gaviota en pleno vuelo, la cual estropeaba la perfección de la piel de su nalga derecha.

Tras echar un cubo de agua caliente en la bañera, Colton se volvió a mirarla en toda su gloriosa desnudez. Aquella condenada sonrisa, que parecía insinuarse siempre en sus hermosos labios, no había disminuido ni un ápice de intensidad.

–¿Cómo? ¿Aún no te has ido? –preguntó, mientras sus ojos recorrían toda su forma, envuelta en la toalla–. Pensaba que tenías prisa por alejarte de mi vista.

De no tener tanto miedo de despertar a los muertos, Adriana lo hubiera apostrofado e insultado, dentro de los límites de su repertorio. Lo fulminó con la mirada, aferró el borde de la puerta y la empujó con todas sus fuerzas. Pero, ay, la violencia de su furia provocó que la sólida hoja rebotara antes de que el pestillo encajara. La empujó una vez más con un rugido de furia, y esta vez saboreó cierta satisfacción cuando el pestillo encajó por fin.

Temerosa de toparse con Colton Wyndham después de su encuentro en el cuarto de baño, Adriana remoloneó arriba todo lo posible, pero llegó la hora de la cena y no tuvo otro remedio que bajar. Cuando llegó, Colton ya se había reunido con su familia y los invitados en la sala de estar. De pie y de espaldas al calor de la chimenea, parecía contentarse con ir bebiendo a lentos sorbos el vino tinto de su copa, pero sus ojos brillaron de lascivia cuando empezaron a recorrer su cuerpo desde las zapatillas de seda negras, se demoraron en las tentadoras redondeces que asomaban por encima del corpiño, y ascendieron hasta el peinado adornado con una pluma negra. Adriana, con la sensación de que acababa de desnudarla, se volvió y buscó otra parte de la sala donde pudiera escapar de aquellos ojos brillantes. Pero, ay, daba la impresión de que acechaban cada uno de sus movimientos, la seguían a todas partes.

Samantha pasó delante de su hermano y se paró en seco. Lo miró de una forma rara, se inclinó, olió, y luego arrugó la nariz en señal de desagrado.

–¿Qué demonios llevas, Colton?

Confuso, el hombre alzó el bastón con una mano y, con la copa en la otra, abrió los brazos y miró su uniforme.

–¿Qué crees que llevo? Es lo mejor que tengo hasta que vaya a mi sastre de Londres.

Samantha lanzó una risita.

–Caramba, Colton, nunca habría esperado de ti que te pusieras un perfume de mujer. Si mi nariz no me ha engañado, yo diría que se parece mucho al preferido de Adriana. De hecho, creo que los dos os habéis puesto el mismo perfume esta noche.

Todos los ojos se volvieron hacia la morena que, sin dudarlo un momento, vació su copa antes de depositarla sobre la bandeja de un criado que pasaba y coger otra llena. Incómoda por la atención que había despertado, esquivó todas las miradas y esperó la respuesta de Colton. Aunque temía la vergüenza que descendería sobre ella si él se comportaba como un rufián, era demasiado orgullosa para salir corriendo.

–Una simple equivocación, mi querida Samantha –murmuró Colton con una risita–, que no tuve tiempo de rectificar si quería bajar a cenar a la hora acordada. Cuando me di cuenta de que mi baño se había impregnado del perfume, ya era demasiado tarde para pedir a los criados que subieran suficientes cubos de agua caliente para llenar la bañera. Había pasado demasiado tiempo paseando a los perros, y necesitaba imperiosamente un baño. No me fijé en que alguien había utilizado el cuarto de baño cercano a mi antigua habitación, o que una dama lo había ocupado hacía poco.

Su hermana rió de buena gana.

–Es asombroso que no te toparas con algo mucho más sorprendente que un frasco de aceite de baño. Desde hace bastante tiempo, Adriana utiliza esas habitaciones si ha estado montando y necesita bañarse y cambiarse antes de cenar. Estoy segura de que es su fragancia lo que llevas esta noche, pero debo confesar que la prefiero en ella, no en ti.

–Estoy completamente de acuerdo –coincidió Colton, al tiempo que dirigía una sonrisa torcida a la morena–. Aunque embriagadora en la dama, parece un poco demasiado dulce para mi gusto.

–Me alivia oírte decir eso –contestó su hermana con una sonrisa burlona, mientras lo miraba de arriba abajo–. Por un momento, me tuviste preocupada. La verdad, el perfume me llevó a preguntarme qué te había pasado en la guerra.

Al observar que Stuart se acercaba y se detenía junto a su hermana, Colton extendió la mano.

–Me gustaría unirme a los que ya te han deseado salud y suerte en este día, Stuart. Por muchos años.

El vizconde respondió con una amplia sonrisa y un vigoroso apretón de manos.

–Esta tarde no he tenido la oportunidad de hablar mucho contigo, de modo que, antes de que el tiempo se nos escape de las manos, me gustaría aprovechar esta ocasión para invitarte a reunirte conmigo y un pequeño grupo de amigos en una cacería, si te apetece. Estaríamos encantados de que nos acompañaras.

Colton exageró un respingo antes de menear la cabeza.

–Debo confesar que aún me causa algunas dificultades montar a caballo, como comprenderás, pero recibiré tu invitación con mucho más entusiasmo en cuanto mi pierna haya curado por completo.

–Yo tenía el mismo problema no hace muchos días –confesó Stuart, mientras su mueca fingida se convertía en una sonrisa–. He llegado a detestar estar tumbado de bruces. Desde hace mucho tiempo, parecía que no había otra solución.

Los hombres rieron de las dificultades que se habían visto obligados a superar, las del pasado y las que todavía perduraban. Cuando sus risas se desvanecieron, Colton extendió una invitación al vizconde.

–Ahora que ya eres más o menos de la familia, Stuart, has de venir a Randwulf Manor más a menudo. Me gustaría que me hablaras de las campañas militares en que participaste.

El vizconde aceptó con entusiasmo la invitación.

–Me encantaría contártelas, si tú haces lo mismo. También quisiera decirte que me alegra saber que vas a asumir el marquesado. Latham tiene sus virtudes, pero también sus defectos. En cuanto a tu hermana y tu madre, intentaron aparentar alegría y mostrarse esperanzadas durante estas últimas semanas, pero era evidente su preocupación por ti y el temor de que no volvieras.

–Haré cuanto esté en mi mano por no preocupar a mi familia en el futuro –prometió Colton–. He vuelto para quedarme, Dios mediante.

–Eso exige un brindis –intervino Percy, mientras enlazaba la cintura de su esposa y, con la mano libre, alzaba la copa–. Por el séptimo marqués de Randwulf. ¡Buena suerte y larga vida!

–¡Bravo! ¡Bravo! –gritó Stuart. Alzó la copa y saludó a Colton de la misma manera.

Adriana se unió al brindis en silencio alzando la copa, y se quedó sorprendida cuando los ojos grises se posaron en ella sobre una cálida sonrisa. Por un momento, sus ojos se encontraron. Se preguntó qué estaría pasando por la mente del apuesto hombre, pero cuando la mirada de Colton resbaló como una caricia lenta y sensual sobre su busto, decidió que probablemente no le gustaría.

Colton desvió su atención para no azuzar más el ansia que atormentaba su ser, murmuró gracias a todo el mundo, y después, estrechó la mano de Stuart cuando este último se excusó. Samantha, Philana y Percy se acercaron a Colton para desearle lo mejor. Recibió besos afectuosos de las mujeres, y una palmada en la espalda del hombre. No obstante, no paraba de mirar a la belleza que se había alejado al otro lado de la estancia y, con las mejillas sonrosadas, procuraba hacer caso omiso de su inspección.

Stuart se acercó sonriendo a Adriana con dos copas de vino, y le ofreció una a cambio de la que estaba vacía.

–Estáis muy hermosa esta noche, mi señora; pero, a juzgar por la forma en que mirabais alrededor, yo diría que necesitabais otra libación.

–Sí –admitió ella con una sonrisa valiente–. Ha sido un día muy agitado.

–Que recordaremos en los años venideros –dijo el marqués, que se había acercado cojeando. El hecho de que Stuart hubiera estado examinando a Adriana con algo más que interés pasajero no había escapado a la mirada penetrante de Colton. Con lenta determinación dedicó su atención a la morena, sin dejar de recordar demasiado bien su hermoso cuerpo mojado, reluciente bajo el cálido resplandor de las lámparas–. Me ha dicho madre que estamos casi prometidos, Adriana.

Stuart se quedó boquiabierto y retrocedió un paso.

–Perdonad, mi señor. No lo sabía.

–De hecho, yo tampoco, hasta esta tarde –confesó Colton, sin saber muy bien por qué había cerrado la puerta de la esperanza en las narices de Stuart, en cuanto reparó en que el comandante acariciaba la idea de cortejar a la muchacha.

Dado que aún consideraba un fastidio la idea de un compromiso, ¿cómo se explicaba la irritación que había experimentado cuando vio al hombre abordarla? ¿Cuándo se había comportado de una manera tan posesiva con una mujer? Ese sentimiento siempre se le había antojado ajeno a él..., al menos, hasta el momento.

–No temáis haber ofendido a lord Colton –informó Adriana al vizconde con amabilidad, antes de dedicar una brusca sonrisa al marqués. Sus ojos transmitieron una frialdad inconfundible, mientras escudriñaba aquellas profundidades grises insondables–. La verdad es que lord Colton tiene preferencia en la materia. Tres meses de noviazgo decidirán; pero, a juzgar por pasadas experiencias, parece improbable que su señoría se muestre interesado en cristalizar el acuerdo, puesto que fue la mismísima razón de su larga ausencia de casa.

–Aun así, mi señora –contestó Stuart sin alzar la voz–, el honor me impele a concederle tiempo para tomar su decisión antes de tentar mi suerte. Sólo puedo decir que envidio al hombre por la oportunidad excepcional que se le ha deparado.

Adriana sonrió al comandante e inclinó la cabeza en señal de agradecimiento por el cumplido.

–Gracias, Stuart. Recordaré vuestras amables palabras.

Cuando el vizconde se alejó, Adriana miró a Colton con desdén.

–¿Podéis decirme por qué habéis considerado necesario informar a Stuart que estamos prometidos, cuando sabéis que no albergáis el menor interés por cortejarme? ¿Os agrada ahuyentar a mis pretendientes por un derecho que es nebuloso, a lo sumo? ¿Os he hecho algo para que gocéis mortificándome?

–Nada que yo sepa, querida mía –contestó Colton con una sonrisa–, pero no vi motivo para dejar que Stuart se hiciera ilusiones, cuando existe un período de tres meses antes de tomar una decisión. Me permitiré ese tiempo, como mínimo, antes de decidir si hay esperanza para nosotros, si las predicciones de mi padre fueron acertadas, o si debería considerar ridícula la situación. Hasta entonces, tengo la intención de proteger mi derecho a reclamarte con todas mis fuerzas. Al fin y al cabo, el acuerdo me concede ese privilegio, ¿verdad?

–¿Qué interés podría despertaros «una colección de piezas diversas desechadas»?

Como tenía grabadas en su memoria esas mismas palabras debido al remordimiento, Colton se llevó una mano al pecho.

–Perdona esa salida de tono, Adriana. En aquel momento, lo dije enfurecido, dirigido hacia mi padre más que a ti. Cuando hice ese comentario, no sabía que estabas sentada al otro lado de la puerta. Nunca te habría herido a propósito. En cualquier caso, está lejos de ser cierto. En verdad, sólo mirarte afirma mi creencia en un Creador Divino, porque eres demasiado exquisita para haber cobrado existencia por pura casualidad.

Las mejillas de Adriana se encendieron al oír las alabanzas. Se sintió confusa y, sin mirarlo, bebió un poco más de vino.

–Tal vez deberíamos olvidar el pasado –sugirió–. Me turba bastante recordar la ira que sentisteis contra vuestro padre por mi culpa. Aunque tal vez os cueste comprenderlo, yo también lo quería.

–¿Me perdonas, Adriana?

Colton escrutó los ojos oscuros, que al final se alzaron para encontrarse con los de él.

Aunque esperaba que una pálida sonrisa bastara como respuesta, en el prolongado silencio que siguió Adriana estuvo segura de que sus ojos la escudriñaban hasta el fondo de su ser. Incapaz de resistir más la inspección, inclinó la cabeza en una breve señal de asentimiento.

–Sí, por supuesto, mi señor. Hace ya tiempo que os perdoné. Era imposible experimentar resentimiento hacia vos sabiendo los peligros que arrostrabais. Erais el hermano que nunca tuve, y habría sufrido tanto como vuestra familia si os hubieran matado.

Colton se acercó más y sus labios se curvaron en una sonrisa.

–Después de verte esta tarde ataviada para montar, y después sin nada encima, me alivia inmensamente que no seas mi hermana. Sería terrible desear a una hermana tanto como te deseo después de encontrarnos en el cuarto de baño. Me costará sobremanera olvidar los detalles de la perfección que descubrieron mis ojos. Tus pechos son los más hermosos que he visto en mi vida, y en cuanto al resto de tu bello cuerpo, sólo puedo creer que no tienes igual.

Adriana carraspeó avergonzada y tomó otro gran sorbo de vino. Un breve momento después, otra larga cata vació el contenido de la copa, y cuando Harrison pasó con una bandeja sobre la que descansaban copas llenas, ella lo llamó para conseguir otra. Varios sorbos más le dieron ánimos para preguntar:

–¿Os habéis vuelto un buen juez de mujeres desnudas desde que os fuisteis de casa, mi señor?

Colton torció los labios y se apoyó en el bastón.

–De las que he visto, querida mía, sin duda eres tú la más exquisita.

–Bien, gracias –dijo ella con sequedad.

–En cuanto a tus experiencias, por tu expresión asombrada en el cuarto de baño colijo que yo he sido el primero.

–No me jactaría de tales encuentros si estuvierais equivocado, señor –replicó Adriana, a punto de desmayarse.

Asaltada de nuevo por imágenes de su virilidad desnuda, atacó el vino de nuevo, muy necesitada de su efecto embriagador.

Al ver cómo temblaba la copa en su mano, Colton escudriñó los ojos de la muchacha un instante antes de que ella desviara la mirada. Se inclinó hacia delante para hablarle al oído.

–La visión de mi desnudez no te asustó, ¿verdad?

–No, claro que no –negó ella al punto, y retrocedió con paso vacilante para poner un poco de distancia entre ambos. Lo necesitaba para refrescar sus mejillas ardientes y aplacar un poco los latidos de su corazón–. ¿Por qué lo decís?

Colton sonrió.

–Porque estás temblando, Adriana, y tal vez pienses lo peor. Créeme, después de entregar tu virginidad, te asombrará el placer que descubrirás en los brazos de tu marido. Si los deseos de mi padre se cumplen, te prometo placeres inimaginables. –Vio que tomaba otro sorbo de vino y acercó los labios a su oído–. Si me permites hablar con sinceridad de otro tema, Adriana, yo diría que te estás embriagando sin darte cuenta. No necesitas estar preocupada por lo que viste. Hacer el amor puede ser tan placentero para el hombre como para la mujer.

Cuando se enderezó, la joven se inclinó hacia él y le respondió con un airado susurro.

–Bien, cualquier dama se turbaría con este tipo de conversación. No es un tema que sirva para aplacar los sentidos.

–Convengo en que el tema no sirve para aplacarte, pero la unión de nuestros cuerpos en los ritos del amor haría maravillas para relajarte. Estoy más que dispuesto a ofrecerte una muestra de lo que ocurre cuando dos personas disfrutan de esa intimidad. –Se encogió de hombros–. Más que una muestra, en realidad, si así lo decides.

–¿Queréis hacer el favor de parar? –replicó ella con acritud, y levantó la vista a tiempo de ver que los ojos grises estaban inspeccionando su escote–. Y parad de comerme con los ojos. Aún no estamos casados y, dada vuestra anterior aversión por la idea, dudo que alguna vez lo estemos.

Colton lanzó una risita.

–¿Quién sabe qué resultará de nuestra relación? Tal vez decida olvidar mi aversión a matrimonios de conveniencia y tomarte por esposa, sólo para enseñarte los placeres de que puede gozar una pareja casada.

Adriana rió.

–Oh, qué sutiles trucos utilizáis, mi señor. Pensáis ablandar mi corazón y meterme en vuestra cama gracias al uso generoso de la palabra «matrimonio», pero no soy tan ingenua como creéis. Tendréis que pronunciar los votos antes de volver a verme desnuda.

Colton sondeó los ojos oscuros de la joven.

–¿Y tú querrás pronunciar los votos, bellísima doncella?

Adriana fingió meditar.

–Mis padres se sentirían muy complacidos si lo hiciera. Al fin y al cabo, fue el acuerdo a que llegaron los vuestros y los míos, hasta el punto de firmar el contrato de buena gana. Pero, como no puedo imaginar que lleguéis a quererme como esposa, no espero que esa boda tenga lugar.

Colton sonrió.

–Supongo que, si te quedaras embarazada, tendría que casarme contigo para salvar tu reputación.

Casi desmayada ante tal idea, Adriana bebió los restos de su vino y le pasó la copa vacía.

–¿Queréis ir a buscarme otra? Esta conversación no se puede aguantar sobria.

–La verdad, Adriana, creo que ya has bebido bastante, hasta el punto de que me da miedo dejarte. Un poco de aire fresco te sentará muy bien. –Dejó a un lado la copa y extendió la mano–. Ven, te acompañaré.

–No, gracias –se apresuró a contestar la joven, y consiguió esquivar su contacto. Imaginaba muy bien su ansiedad por refugiarse con ella en un lugar discreto, sin el beneficio de los votos matrimoniales–. Me pondré bien. Sólo necesito sentarme un momento... Tal vez iré al gran salón y esperaré a que anuncien la cena.

–No te abandonaré –afirmó Colton, al tiempo que la cogía del brazo y la volvía hacia la puerta. En aquel mismo momento, Harrison entró y anunció con majestuosa dignidad que la cena iba a ser servida–. Demasiado tarde –murmuró Colton, y sonrió de reojo a Adriana–. Te acompañaré a tu silla.

–¿Por qué os molestáis conmigo, cuando podríais ayudar a vuestra madre? –protestó la muchacha, mientras intentaba liberarse.

–Puesto que te he escandalizado hasta sacarte de tus casillas, me siento responsable de tu estado actual –contestó Colton, y la atrajo a su lado. Aunque ella intentó soltarse, él se inclinó y susurró en su oído–: Además, a madre le gusta vernos juntos, de manera que, si deseas disfrutar de la velada, deberías pensar en limitar tus protestas y permitir que me ocupe de ti durante unos breves momentos. Pronto te librarás de mí.

Adriana pensó que así sería, pero estaba equivocada. El lugar de honor acostumbrado del marqués de Randwulf siempre había estado a la cabecera de la mesa, tradición respetada por el difunto Sedgwick, y que parecía destinada a continuar inamovible bajo la autoridad del nuevo marqués. Adriana no esperaba que Colton la acompañara hasta un lugar situado a la derecha de la silla del señor, pero así fue. Stuart estaba sentado a su lado, y Samantha y Percy enfrente. Como marquesa de la mansión, Philana ocupó su lugar habitual al final de la mesa de caballete.

Pese a que la comida era exquisita y la compañía aún más, Adriana no tenía muchas ganas de participar en el ágape ni en la conversación. El hecho de que no aceptara más vino se debió a que deseaba aclarar su mente y sus sentidos. De todos modos, sentía una urgente necesidad de sus efectos aturdidores, porque durante todo el banquete se descubrió sometida al constante examen de Colton. Su vestido la protegía bien poco de aquellos ojos hambrientos, y, a veces, el brillo que percibía en ellos la hacía sentirse tan desnuda como en el cuarto de baño. No le extrañó advertir que tenía los nervios a flor de piel.

Fue un festín espléndido. La cocinera se había superado a sí misma, pese a que se vieron forzados a prescindir de la nueva doncella, que había trasegado en secreto el coñac del fallecido señor, y luego tuvieron que llevarla a su casa en carricoche. El mozo de cuadras y su hijo, a quienes se había confiado esa tarea, regresaron apenados por el lamentable estado de los tres hijos pequeños de la mujer, ninguno de los cuales había cumplido los seis años todavía. Estaban en los huesos, ojerosos, sucios y vestidos con harapos. La noticia fue asimilada por Harrison, quien informaría más tarde del hecho a su señoría.

Aquella noche, en la sala de estar, la entrega de diversos regalos conmemorativos del cumpleaños de Stuart se realizó entre comentarios humorísticos y alegres deseos. Muchos regalos provocaron carcajadas al homenajeado, y otros sonrisas de placer. Percy había encargado a un herrero que fabricara una pesada coraza de metal para la espalda de su hermano, la cual, según el hermano menor, se ceñiría con correas si el comandante volvía alguna vez a la guerra. Adriana había cosido a Stuart una manta de terciopelo acolchada para colocar sobre la silla de montar. Aunque había provocado comentarios humorísticos, resultaría muy útil en los meses de invierno, sobre todo para alguien cuyas partes traseras todavía estarían tiernas de la herida. En cuanto a Samantha, había bordado para su cuñado un par de banderas rígidas, una con una flecha que indicaba hacia la retaguardia y otra hacia el frente.

La celebración terminó por fin, y Colton volvió a ayudar a Adriana a ponerse la capa. De haber podido elegir, habría preferido la ayuda de Harrison antes que la del marqués, pues el joven parecía deseoso de prolongar la tarea y alisaba el terciopelo sobre sus hombros. Como no sabía muy bien adónde miraba, Adriana bajó la vista y se ruborizó de inmediato, al tiempo que se volvía hacia él con una ceja enarcada en actitud desafiante. Él no se disculpó por permitir que su mirada investigara en el escote, pero sonrió como si su inspección fuera lo que cabía esperar, mientras le ceñía la capucha alrededor de la cara.

–La visión es demasiado enloquecedora para hacer caso omiso, Adriana, mucho menos para alguien que te ha visto desnuda de pies a cabeza. Si quieres saberlo, me gusta mirarte.

–Como si no hubiera quedado claro en el cuarto de baño –replicó la joven.

–Chist –la acalló él con una sonrisa–. Si alguien te oye, pensará que nos bañamos juntos, y que por eso olíamos igual.

Adriana puso los ojos en blanco y se preguntó por qué había intentado decir la última palabra, cuando ese hombre había dedicado los primeros dieciséis años de su vida, como mínimo, a perfeccionar el arte de la ironía. Era imposible saber el tiempo que había empleado en esta tarea durante la última mitad.

Philana se acercó con una sonrisa.

–Adriana, querida, haz el favor de decir a tus padres que acompañaré a mi hijo cuando visite Wakefield.

Adriana escrutó el sereno rostro de la mujer, preguntándose si había estado en lo cierto al detectar una nota de determinación en el tono de la marquesa. Colton se había limitado a preguntar si consideraba apropiada la visita, en tanto que lady Philana había dado por sentado que irían. Claro que Adriana no podía recordar una época en que la mujer no hubiera sido recibida con entusiasmo en Wakefield Manor. Todos los Sutton consideraban a Philana una mujer excelente.

–Por supuesto, mi señora. Papá regresará de Londres esta noche, pero en cuanto llegue a casa informaré a mi madre. Enviaremos una misiva con fechas y horas. Si ninguna es conveniente, elegidla vos misma. Estoy segura de que podremos complaceros a vos y a lord Colton.

–Gracias, hija.

Philana retrocedió, para dejar que su hijo acompañara a Adriana hasta el landó de su familia que esperaba. Philana no daba crédito a lo bien que había discurrido la velada, pues su hijo parecía fascinado por la muchacha. Los dos hacían una buena pareja, y le gustaba en especial que Adriana fuera lo bastante alta para complementar la estatura de Colton, más que para destacarla. La mayoría de las mujeres, incluidas Melora y Jaclyn, parecerían enanas a su lado, pero no le costaba imaginar que cuando su hijo entraba en una estancia todo el mundo debía de volverse a mirarlo, como había sucedido cuando su padre se presentaba en un lugar, no sólo debido a su extraordinaria apostura, sino por su distinguida presencia. Tal vez, después de tanto tiempo, aún perduraban pruebas fehacientes de aquel señor vikingo cuya sangre corría por las venas de los Wyndham.

5

Edmund Elston se reclinó en su butaca mientras miraba con curiosidad a su hijo que, con el pelo alborotado, entraba en el comedor arrastrando los pies como un viejo senil. Tenía los hombros hundidos y con un brazo se aferraba el abdomen, como si intentara evitar que sus entrañas se desparramaran. Se encaminó al aparador lleno de comida, se sirvió una taza de té y tomó un sorbo con cautela. Se encogió al punto y, bajando la taza, tocó el bulto que sobresalía de su boca hinchada, lo cual atrajo la atención de Edmund hacia el lado izquierdo de la cara de su hijo. Estaba hinchado y tenía la mandíbula amoratada.

–Por lo que veo, chaval, te han dado una buena zurra –comentó Edmund–. ¿Te has pegado con alguien?

–Nadie a quien conozcáis –murmuró Roger, al tiempo que fulminaba a su padre con la mirada–. Una simple disputa por una posesión insólita. En cuanto al vencedor, nadie ha podido reclamar la pieza todavía, de modo que su propiedad sigue en el aire.

La sonrisa despreciativa que apareció en los labios de su padre no contribuyó precisamente a mejorar el estado de ánimo de Roger. No tuvo que preguntar la causa. Su ignorante padre estaba convencido de que sólo un tipo capaz de trasegar varias jarras de cerveza o vasos de ginebra, sin perder su capacidad de lanzar al mismo tiempo una docena de puñetazos contra algún pendenciero fanfarrón, valía su peso en oro. En cuanto a su único hijo, Edmund Elston siempre lo había considerado un incompetente en vicios masculinos.

–Deberás esperar a que cure ese ojo antes de volver a ver a su señoría, o ella se preguntará si eres lo bastante hombre para hacerle lo que se merece.

–No os preocupéis por eso –dijo Roger con acritud–. Lo que hay que preguntarse es si la dama será capaz de satisfacerme a mí. No soy tan ingenuo o inexperto como parecéis imaginar, padre. De hecho, la verdad os sorprendería más de lo que creéis.

–Tal vez, pero la única forma de saber si un budín está bueno es comerlo. Y, por más que me he fijado, no he visto que su alteza te siguiera para tomar el postre.

–Dudo que una dama de noble cuna hiciera eso, en cualquier caso, sobre todo si sus padres la consideran un medio de alcanzar más riqueza y poder.

–Bien, ¿cuándo volverás a verla? –insistió Edmund, impaciente–. Si quieres un consejo, yo diría que te dejes de remolonear y la pongas caliente, antes de que le dé por desear que la ponga caliente otro tipo.

Por pura fuerza de voluntad, Roger se refrenó de gritar a su padre.

–No es tan fácil como vos creéis, padre.

El viejo resopló.

–Hay formas de llevar adelante esos asuntos, chaval. Si no puedes emparejarte con ella de otra manera, tómala por la fuerza. Pronto lo pasará tan en grande que no tendrás que preocuparte por cómo lo hiciste la primera vez. El tiempo vuela, chaval, y si no haces algo pronto para agenciarte a esa zorra, algún otro caballerete la montará en menos de lo que canta un gallo.

La rabia se apoderó de Roger.

–Si algún pretendiente cometiera esa estupidez, padre, no me cabe la menor duda de que lord Sutton lo perseguiría y lo castraría, como mínimo, por violar a su hija.

–No es la única conejita –observó Edmund mientras se metía un bollo en la boca. Alzó una mano con expresión burlona y habló con la boca llena, escupiendo partículas al aire–. Ese tipo tiene otros dos conejitos, más de lo que cualquier hombre necesitaría para pillar un buen partido. Apuesto a que no le importaría que se quedara preñada.

Una risa ahogada escapó de los labios de Roger, al tiempo que se acomodaba en una silla al otro lado de la mesa. En ocasiones se preguntaba si no habría sido mejor conservar su puesto en el orfelinato, antes que convertirse en el lacayo de alguien tan exigente y grosero como su progenitor. El hombre sólo pensaba en sí mismo, y parecía especialmente propenso a desvalijar a incautos. No obstante, cuando había necesitado a alguien mucho más astuto que él para dirigir su pañería, había apelado a su único hijo, convencido de que Roger abandonaría a toda prisa todo cuanto había conocido. Era la única forma de que la fábrica siguiera adelante. Aunque no era más que un aprendiz, Roger ya había caído en la cuenta de que, cuando era preciso tomar decisiones cruciales, los obreros acudían a él en busca de instrucciones, y no a su padre.

–No tenéis ni idea de la adoración que siente lord Standish por su hija menor. Es la luz de su vida.

–¡Bien, pues has de hacer algo! –insistió Edmund, airado. Miró fijamente a su hijo y agitó un rechoncho dedo en su dirección con aire amenazador–. Si no te das prisa, de aquí a poco estarás cortejando a Martha Grimbald, te lo prometo, chaval. Quiero que me devuelvas el dinero que invertí en comprarte ropa, y, a juzgar por lo que he visto estos últimos meses, no eres lo bastante rápido para mi gusto.

Un profundo suspiro escapó de los labios de Roger. Ser amenazado sin tregua con un matrimonio de conveniencia con la nada atractiva hija del muy rico empresario había conseguido que se empleara con más audacia en la conquista de Adriana. Cuando vivía en el orfelinato, los aristócratas se le habían antojado tan inaccesibles como las nubes del cielo, pero su padre lo había motivado en ese aspecto llevándolo a cenar a casa de los Grimbald, poco después de haberse mudado a Bradford-on-Avon.

–Insistí a lady Adriana en que me invitara al baile de otoño de los Sutton en octubre. Si para entonces no he obtenido una respuesta favorable a mi proposición de matrimonio, tomaré las riendas del asunto. –No se atrevió a mirar a su padre–. Si es necesario, la sorprenderé a solas... y la tomaré por la fuerza.

–Eso es lo que esperaba oír. Has salido a mí, chaval.

Roger estuvo a punto de perder los estribos.

–Quisiera recordaros, señor, que ya tengo veintisiete años. No soy ningún chaval.

Edmund desechó sus palabras con un ademán.

–Apuesto a que careces de experiencia, de lo contrario ya la habrías montado.

–Aunque apuesto a que vos no habéis conocido a muchas, padre, resulta que lady Adriana es una dama, no una sucia fulana a la que se puede tomar siempre que a un hombre le apetece, cosa a la que vos parecéis muy aficionado. La verdad, es muy desagradable llegar a casa y encontraros desnudo en el salón con una puta lasciva que habéis encontrado en alguna cervecería. Al menos, podríais buscar alguien de aspecto menos repulsivo para satisfacer vuestras necesidades. La última me revolvió el estómago.

Edmund rió, como si disfrutara de algún chiste privado.

–Pues era una buena mujer. Me dio un buen tute.

Roger torció los labios en señal de asco.

–Si deseáis saber mi opinión, los dos parecíais cerdos revolcándose en la cochiquera.

–¡Tienes la lengua muy larga! ¡Lo que hago con mis amigas no tiene nada que ver con lo que se supone que estás haciendo con la señorita Presumida, que de momento es muy poco! No te sentaría nada mal revolcarte un poco con ella.

Roger alzó los hombros, y al instante se arrepintió, cuando experimentó un vivo recordatorio del lugar que se había golpeado al caer al suelo.

–Por lo visto, creéis que puedo tomar a la dama como me dé la gana, pero nunca hemos estado a solas. Siempre tenemos compañía. Nunca me ha permitido citarme con ella en privado.

–Pues será mejor que te inventes una forma de montar a esa zorra, chaval, o te encontrarás cara a cara con Martha Grimbald en el lecho nupcial.

Poco después de irse Edmund, Roger seguía sentado en su silla, con la vista perdida en la lejanía. La única imagen que le acudía a la mente era la de los ojos grises del marqués devorando a la joven que tanto admiraba. Apenas lograba reprimir su aversión hacia el noble, cuando de pronto sentía de nuevo que el furor lo invadía. Aún le costaba contenerse cuando recordaba la forma en que el coronel había examinado a la belleza de pelo negro. El hombre lo había hecho sin disimulo alguno, como si tuviera algún derecho especial.

Los hombros de Roger se hundieron bajo el peso de su abrumadora derrota. Tal vez sabía mejor que nadie que lord Colton era el único que podía optar a ese honor. No obstante, había necesitado de toda su capacidad de contención para permanecer inmóvil mientras la mirada ardiente del hombre se deslizaba sobre la joven. Sus propios ojos se habían deleitado con tanta frecuencia en la perfección de la muchacha, que estaba seguro de llevar impreso en la memoria el rostro de la dama: las encantadoras cejas arqueadas, los brillantes ojos color ébano de largas pestañas sedosas, la graciosa nariz, la boca sensual. ¿Cuántas veces había anhelado besar aquellos labios enloquecedores? Sin embargo, lo tenía prohibido, no sólo por la chica, sino por los dictados de su encumbrado linaje. Lo atormentaba la enojosa realidad de que estaba destinada a alguien como un marqués, no a un plebeyo sin un penique en el bolsillo. ¿Cómo podía alguien de su baja estofa aspirar a conquistar la estima de los aristócratas que vivían en la zona? Formaban un círculo cerrado que no sólo abarcaba a los Sutton y los Wyndham, sus amigos y parientes íntimos, sino a muchos otros nobles acaudalados, propietarios de fincas rurales a las que se retiraban con sus familias cuando terminaban las sesiones del Parlamento, abandonando sus casas de Londres. Poseían múltiples mansiones a las que retirarse en diferentes estaciones del año. Él ni siquiera era propietario de la cama en que dormía.

Su estancia prolongada en el orfelinato no lo había preparado para los retos que habían surgido a su paso desde que había conocido a la hija menor de Gyles Sutton, el conde de Standish. Parecía una regla inamovible que, si uno iba a vivir entre los muros de un orfanato a una edad temprana, se quedara allí hasta el fin de sus días. Algunos habían considerado su existencia en el hospicio una maldición que nunca podrían sacudirse de encima. Roger sabía que, si hubiera permitido que tan ominosa predicción se cumpliera, nunca habría podido ver un mundo tan distinto del que él había conocido, cristalizado desde hacía mucho tiempo gracias a inmensas riquezas e impresionantes propiedades, al abrigo de la campiña ondulada que se extendía al nordeste de Bath. Tampoco habría conocido a la mujer más hermosa que había visto en su vida.

Consciente de ser un forastero en muchos sentidos, había confiado en apartar la atención de la dama de sus amigos aristócratas, a muchos de los cuales había conocido durante toda su vida y con quienes compartía una fácil familiaridad. Al fin y al cabo, muchas de las mujeres que lo habían conocido lo consideraban de lo más apuesto. Ahora que el joven lord Randwulf había vuelto a su casa, sin embargo, su optimismo se encontraba en el punto más bajo, y todo por culpa de los planes forjados por lord Sedgwick para su hijo muchos años antes.

El resentimiento que experimentaba Roger hacia el descendiente masculino de aquella familia era como un demonio que se agitara en su interior. Casi podía saborear la amarga inutilidad de sus aspiraciones y su odio creciente hacia los hombres como Colton Wyndham. Claro que sentía la misma aversión por el otro aspirante a la muchacha, nada más y nada menos que el hijo de un duque, ¡Riordan Kendrick! Los dos hombres tenían todo cuanto se podía desear: apostura, riqueza, encanto y apellidos nobles; por no mencionar que ambos habían sido héroes de la última batalla contra Francia, cosa de la que él no podría jactarse nunca. Cuando ni siquiera era propietario de la ropa que vestía, ¿qué podía ofrecer a una dama acostumbrada a la opulencia? Nada, salvo la miseria.

No hacía mucho tiempo había estado sentado solo en la biblioteca de los Sutton, aguardando con angustia la respuesta de lord Standish a lo que había sido una propuesta de matrimonio de lo más presuntuosa. Cuando, tras un largo rato, el anciano había terminado de hablar con su esposa y su hija y se había reunido con él, Roger se había llevado una sorpresa mayúscula y, de paso, la más cruel de las decepciones. Con voz calma y queda, el hombre le había explicado que ya existía un contrato entre lady Adriana y el coronel lord James Colton Wyndham. Además, había añadido lord Standish (tal vez para acallar cualquier sospecha de que había inventado la historia a modo de excusa), los documentos con los detalles particulares del acuerdo habían sido firmados por él mismo y lord Sedgwick diez años antes.

Consciente de su audacia al pedir la mano de Adriana, Roger había agradecido el honroso comportamiento de lord Standish. Cuando había preguntado al hombre qué anularía el acuerdo, su señoría le había ofrecido pocos motivos para pensar que las circunstancias cambiarían. El contrato sólo sería nulo si el séptimo lord Randwulf moría, o si se negaba a aceptar las condiciones establecidas. Teniendo en cuenta la belleza de la doncella, Roger había considerado lo último muy improbable.

Frustrado a más no poder por la respuesta del hombre, Roger no podía olvidar el hecho de que, además de él, existía un número considerable de aristócratas que anhelaban poseer a la muchacha. A la vista del contrato existente, Colton Wyndham –o lord Randwulf, como se lo llamaba en círculos más oficiales–, parecía el mayor obstáculo para la mayoría. Le pisaba los talones otro marqués, Riordan Kendrick, más conocido como lord Harcourt. También él se había mostrado implacable en su deseo de poseer a la belleza. Sólo si Adriana rechazaba a esos dos, o si ellos la repudiaban, cosa improbable, gozarían de una oportunidad nobles menos prestigiosos, lo cual, teniendo en cuenta lo considerable de su número, dejaba las probabilidades de un simple aprendiz por los suelos.

Hasta la tarde en que Roger había pedido la mano de Adriana, sólo había oído rumores acerca de Riordan Kendrick. Después, había visto al sujeto con sus propios ojos. Al concluir su conversación con lord Standish, se había marchado de Wakefield Manor con la cabeza gacha, el corazón herido y los labios musitando palabras rencorosas contra la memoria del hombre que había propuesto el contrato. Absorto como iba, se había enganchado el tacón con una piedra y al instante siguiente caía hacia delante, mientras agitaba brazos y piernas en un intento frenético de recuperar el equilibrio. Uno o dos segundos antes de estrellarse contra las rosas y los arbustos que bordeaban el sendero, percibió una figura vestida con ropas oscuras que se apartó al punto.

Ese acontecimiento pareció anunciar el hundimiento del mundo que lo rodeaba. Abrumado por una terrible desdicha debido a su situación desesperada, Roger anheló quedarse tendido entre los espinos hasta que llegara el final. Por desgracia, la sombra se había transformado en un caballero alto, apuesto y vestido con elegancia que lo había ayudado a ponerse en pie. Las escasas aspiraciones que todavía alimentaba se vinieron abajo cuando vio que el buen samaritano era, nada más y nada menos, que lord Harcourt. La experiencia había sido como afrontar su derrota final. Si Colton Wyndham era lo bastante idiota para rechazar su enorme ventaja, a Roger no le cabía la menor duda de que Riordan Kendrick reclamaría el lugar que el otro dejara vacante. Ambos hombres eran demasiado guapos para considerarlos otra cosa que rivales con los que un pretendiente pobre y miserable debía tener mucho cuidado.

Roger se había escondido tras el arbusto más cercano, muerto de vergüenza, donde había vaciado su estómago. Durante el resto del día se había regodeado en su desdicha y depresión, tumbado en su estrecho camastro, incapaz de considerarse otra cosa que un hombre carente de toda esperanza en un futuro cercano y lejano.

Había conocido a lady Adriana a finales del año anterior, cuando ella y su criada Maud habían ido a la pañería para adquirir una pieza de tela de lana como regalo para otra criada. Fascinado por la belleza majestuosa de la dama, Roger había entablado conversación con ella al punto, y durante las posteriores visitas a Bradford había aprovechado todas las oportunidades de hablar con ella. Incluso había ahorrado monedas suficientes para comprar un pequeño libro de sonetos, que había llevado en la mano en el curso de una excursión. Ansioso por hacer cualquier cosa que reclamara su atención, había hablado de sus anteriores dificultades en la vida, después de oír a los aldeanos alabar la compasión de la hermosa doncella. Había demostrado ser compasiva, y, aunque Roger sabía que sus esfuerzos por verla eran contrarios a las normas sociales, había empezado a enviar obsequios a su casa y a seguirla como un cachorro callejero. Sus esfuerzos no habían sido del todo infructuosos, ya que ella no lo había despedido cuando se sumó a su grupo de amigos y pretendientes. En cualquier caso, la joven había definido unas normas que él debía obedecer. Quebrantarlas significaría ser expulsado de su presencia. Eran simples amigos, había insistido la joven, y nada más. Lo había demostrado a base de mantener una respetuosa distancia entre ambos. Ni siquiera le había permitido besar su mano, ni mucho menos la boca sensual que él anhelaba acariciar con la suya. Ese gesto habría puesto fin a su camaradería, y Roger reprimió la tentación por miedo a perderla del todo. Unos fragmentos dispersos de su tiempo eran mejores que nada en absoluto.

Roger había llegado a la conclusión de que la prueba real para cualquier hombre era muy sencilla: sólo debía conquistar el corazón de la dama, porque, al ganarlo, conseguiría también la aprobación del padre... quizá. Una lógica absurda, pues pronto había averiguado que un buen número de pomposos señores, después de esforzarse por despertar el afecto de la dama, habían caído de su pedestal autoerigido sin apenas una excusa o advertencia por parte de la muchacha en cuestión. Y no habían sido lo bastante caballerosos para guardar silencio. En contraste con las alabanzas que los aldeanos derramaban sobre la joven, los rechazados habían propagado ácidos comentarios sobre la dureza de su corazón, lo cual condujo a Roger a preguntarse si Adriana era tan fría y altiva como afirmaban aquellos felones, o si su reserva se había convertido en una jaula impenetrable que protegía su corazón mientras esperaba el regreso de su bienamado.

Aun así, su deseo de tenerla por esposa había aumentado a cada día que pasaba, pero más acuciante que el apaciguamiento de su corazón eran su generosa dote y la riqueza de su padre, que nadie conocedor de los asuntos económicos podía pasar por alto. De niño se había visto obligado a una vida de penurias después de que su padre lo expulsó del hogar junto con su madre, dejando que los dos se ganaran como mejor pudieran el alimento en los barrios bajos de Londres, mientras el padre se dedicaba a cortejar a damas y meretrices.

Cuando un carruaje había arrollado a su madre, Roger se había quedado no sólo abatido, sino abandonado por todos. Aparte de acompañarlo al orfanato y dar instrucciones para que lo educaran con el máximo rigor, Edmund Elston no había prestado más atención a su hijo. Si bien parecía improbable que el trato molestara a su padre, Roger había sufrido duros castigos y frecuentes azotes. Al fin y al cabo, los directivos no tenían que responder ante nadie de las marcas de su espalda, ni de la feroz disciplina. A la larga, había alcanzado la madurez en el orfelinato; convertido en preceptor, había llegado a comprender que ciertos niños podían crisparle los nervios, aun siendo inocentes de los cargos que pesaban sobre ellos.

Fue en esos años cuando averiguó que su padre se había casado con la rica viuda de un fabricante de tejidos. A poco de fallecer la mujer, Edmund lo había llamado a Bradford-on-Avon. No se disculpó por los sufrimientos que le había obligado a padecer. El mayor de los Elston tenía grandes planes para su hijo. Roger se casaría con la hija de otro fabricante, cuyas posesiones harían tambalear de estupor a los más codiciosos (el principal de los cuales debía de ser su padre). Al ser hija única, Martha Grimbald heredaría una fortuna considerable tras la muerte de su progenitor, y una vez casada, como solía ocurrir, la riqueza quedaría bajo el control de su marido.

Al principio, la idea de obtener semejante riqueza había tentado a Roger; pero, después de trabar conocimiento con la señorita Grimbald, había decidido que casarse con ella sería un sacrificio que no podría soportar más allá de una hora. De hecho, era incapaz de imaginarse haciendo el amor a una solterona tan flaca y fea... ni siquiera a oscuras. A fin de cuentas, tenía buen ojo para la belleza, aunque no siempre se la podía permitir. Sin embargo, no le había ido mal, pues su guapo rostro había conseguido que algunas bellezas lo trataran por el placer de su compañía.

Para aplacar la furia de su padre cuando se negó a contraer matrimonio con la señorita Grimbald, había inventado una historia improbable acerca de su noviazgo con la hermosa lady Adriana Sutton. La idea de una aristócrata en la familia había bastado para calmar a su ambicioso padre, y Roger había ganado tiempo para cortejar a la muchacha.

Su situación se había complicado con el regreso del muy apuesto y distinguido coronel lord Colton Wyndham, séptimo marqués de Randwulf. Los rumores sobre la pareja pronto llegarían hasta Bradford-on-Avon. Lo que diría a su padre cuando lo interrogara al respecto aún no lo había decidido, pero sabía que el día se acercaba. Si, en el ínterin, lord Colton le hacía el favor de tropezar con su elegante bastón y romperse la crisma, tal vez podría sobrevivir sin verse obligado a intercambiar votos matrimoniales con Martha Grimbald. Era muy triste que un hijo se viera empujado a casarse con una mujer nada atractiva sólo para satisfacer una deuda contraída con su padre por comprarle ropa de caballero.

6

Un brillante rayo de luz perforó la oscuridad del espacioso dormitorio de Wakefield Manor situado en la segunda planta. Como un duende deslumbrante y juguetón, cruzó la alfombra oriental antes de ascender a un arcón bajo apoyado contra la barandilla de la cama. Tras llegar al rostro dormido de la joven tumbada entre un lío de sábanas y colchas, el brillo pareció complacerse en arrancar a su víctima del sueño, que sólo había conciliado tras largas horas de dar vueltas y vueltas.

Adriana abrió un ojo y miró airada el origen de la luz provocadora, una diminuta rendija que los criados habían dejado sin querer la noche anterior en los pesados cortinajes de terciopelo verde corridos sobre el espacioso mirador, el cual consistía en una amplia extensión de ventanas en forma de diamante que abarcaban casi toda la pared este de la estancia. Por más que los criados se esforzaban, los rayos del sol de la mañana casi siempre encontraban una brecha por la que entrar.

En momentos como aquél, Adriana sabía muy bien por qué sus hermanas le habían dejado a ella, la menor, el dormitorio más grande de la mansión, a excepción del conjunto de aposentos que utilizaban sus padres. Tanto a Melora como a Jaclyn les gustaba dormir hasta muy tarde, mientras que, en agudo contraste, Adriana se levantaba por lo general poco después de salir el sol, o incluso antes, si había quedado con su padre para ir a cazar. Por desgracia, aquella mañana estaba agotada y padecía un espantoso dolor de cabeza, como nunca había conocido. Su intensidad la llevó a lamentar haber bebido tanto vino. Aparte de la fatiga y el malestar, también tenía un poco de náuseas y se sentía bastante irritada. De haber tenido a Colton Wyndham a su alcance, le habría dado un puñetazo en la nariz por puro placer.

Pese a que había intentado expulsar de su mente al apuesto diablo de ojos grises antes de sucumbir al sueño, continuaba atormentándola a plena luz del día. Lo más difícil había sido intentar borrar el recuerdo de su gloriosa desnudez en el cuarto de baño. Nadie habría podido sorprenderse más que ella por el regreso de Colton a Randwulf Manor. Después de no haberse presentado en el funeral de su padre, ella, al igual que su hermana, había supuesto que no quería tener nada que ver con el marquesado. Entonces apareció, como caído del cielo, y puso patas arriba su mundo. Después de haber esperado una eternidad a que el bribón asomara su bello rostro, tendría que haber estado mejor preparada, pero había fracasado miserablemente.

Ante ella se cernían tres meses de incertidumbre, durante los cuales se vería obligada a esperar que el pillastre tomara la decisión de aceptar o no la orden de su padre. El deber y la responsabilidad la obligaban a plegarse a los designios de su propio padre. Pero, por mucho que lo amara y respetara, no podía agradecer la precaria situación que había contribuido a crear. No había previsto las consecuencias.

Adriana sepultó su dolorida cabeza bajo una almohada, muy consciente de que su futuro pendería de un hilo durante aquel período de tiempo interminable. Su padre era un hombre de elevados principios morales y, como tal, haría cuanto estuviera en su mano por cumplir las condiciones del contrato de compromiso, aunque él también había llegado a impacientarse por la dilatada ausencia del hijo del marqués. No obstante, si ella elegía evitar la angustia de la espera, no le cabía duda de que su padre apoyaría su decisión, aunque eso significara acabar con el pacto que Sedgwick y él habían firmado tantos años antes. De todos modos, si eso llegaba a suceder, no imaginaba la forma de evitar la vergüenza que la atormentaría en los años venideros.

Una vez más, Adriana reflexionó sobre el quid de la cuestión: cómo evitar el noviazgo con Colton Wyndham sin provocar angustia a su padre. Ser cortejada y luego rechazada por el marqués podía significar su ruina. ¿Por qué había tenido que volver, por qué? ¿Acaso no se habían dado cuenta los padres de ambos, en la época del acuerdo, de que existía la posibilidad de que su corazón siguiera siendo tan vulnerable a Colton como lo había sido en el pasado? No creía poder soportar otra herida como la que había sufrido por el rechazo anterior. ¿Qué podía hacer para salvarse, ahora que Colton parecía un dios enviado a la tierra con el expreso propósito de robar corazones de doncellas en todos los rincones del mundo? ¿Encerrar el suyo en un baluarte de piedra? ¡Ni hablar!

Anhelaba encontrar una forma de salir del apuro y expulsar a Colton de su mente, pero ambas empresas se le antojaban imposibles. Cuando bajó unos momentos después, el hombre seguía instalado con firmeza en un rincón de su mente. De esta manera, con el corazón alicaído y la cabeza dolorida entró en el comedor y vio que sus padres ya se habían sentado a la mesa.

–¿Dónde estabas, hija? –preguntó en tono afectuoso lady Christina. A la vista de las diferentes costumbres de sus hijas, no había necesitado verificar la identidad de la menor–. Hemos retrasado el desayuno hasta que la cocinera se ha puesto de mal humor.

Como no obtuvo respuesta, la dama miró a su hija y lanzó al punto una expresión de sorpresa. Incluso a una hora tan temprana, Adriana se mostraba por lo general alegre y bulliciosa, un auténtico placer para quien se encontraba con ella. Tampoco era normal que bajara sin estar totalmente vestida. No obstante, allí estaba, todavía en bata, el pelo negro desarreglado sobre los hombros, y profundas ojeras bajo los ojos. La visión era tan inesperada que Christina se quedó mirando boquiabierta a su hija menor.

Intrigado por la peculiar reacción de su esposa, Gyles Sutton se giró en la silla para mirar a su hija, que avanzaba con paso vacilante hacia la mesa.

–¡Santo cielo, hija! –barbotó–. ¿Te has puesto enferma?

El brusco movimiento indeciso de la cabeza morena quedó a medio camino entre un asentimiento y una negativa. Adriana se detuvo ante su lugar acostumbrado y, bajo la mirada de ambos progenitores, se pasó una mano temblorosa por la cara.

–No, padre –consiguió articular–, no estoy enferma.

Gyles indicó su apariencia desastrada, como para señalar que aún no se había vestido y que no estaba en su mejor forma. Lo que vio lo convenció de que algo muy grave había pasado.

–Si no estás enferma, muchacha, ¿qué demonios te ha pasado?

Adriana abrió la boca para hablar, pero la voz se le quebró, lo que le hizo llevarse los dedos a la boca, sorprendida. Intentó tragar saliva para aclararse la garganta pero, cuando fracasó, respondió con un gesto de abnegación. Abatida, se desplomó en la silla.

–¡Bien, sé muy bien que algo ha pasado! –insistió Gyles. Si bien nunca lograba descifrar el humor de las dos mayores, conocía demasiado bien a la menor. La preocupación afectaba a su voz. Daba la impresión de que retumbaba en las profundidades de su pecho–. Dime, hija, ¿qué te preocupa?

–Querido... –rogó Christina con una sonrisa vacilante, lo cual provocó que su marido la mirara con curiosidad–. No regresaste de Londres hasta muy tarde, y por eso no me decidí a decirte...

–¿Decirme qué?

Apoyó el brazo sobre la mesa y la miró con suspicacia. Más de treinta años de matrimonio y tres hijas le habían enseñado algunas cosas sobre las mujeres..., sobre todo acerca de su mujer. Nunca era más dulce que cuando tenía que darle malas noticias. Reconoció su mirada suplicante y aún se angustió más.

–¿Qué diablos está pasando aquí?

–Cálmate, querido..., por favor –lo apremió Christina, al tiempo que volvía a colocar la servilleta de hilo sobre su regazo.

–Quizá lo haga, si eres tan amable de contarme lo que tengas que decir –gruñó, revelando su aprensión–. Bien, ¿de qué se trata? ¡Te imploro que lo digas antes de que me dé un ataque de apoplejía!

Christina miró en dirección al mayordomo, que se había acercado y estaba moviéndose alrededor de la mesa, dejando platos ante ellos. Charles era de una lealtad inquebrantable, pero la mujer detestaba hablar de asuntos familiares delante de los sirvientes.

–Estoy esperando, señora –le recordó Gyles.

Christina sonrió con timidez al ver que nadie la ayudaba a salir del apuro.

–Sólo que Colton Wyndham ha vuelto por fin a casa.

La cara de Gyles se tiñó de un tono muy parecido al magenta oscuro.

–¡Por todos los diablos!

Su brusca exclamación bastó para asustar a Adriana y a su madre. Charles, sin embargo, no se inmutó por la demostración de genio de su amo. Fue a buscar una jarra de agua a una mesa auxiliar con un aire de suprema dignidad.

Adriana se tapó los oídos con las manos, pues tuvo la impresión de que el grito de su padre resonaba en el interior de su dolorida cabeza. Apoyó los pies descalzos sobre el asiento de la silla, se aovilló y reprimió un intenso deseo de ponerse a llorar.

Los dedos de lady Christina temblaron cuando Charles le ofreció un vaso de agua.

–No grites, querido –dijo a su marido, sentada muy rígida en la silla–. Los criados pensarán que estás enfadado con nosotras.

–¡Bah! –Gyles miró de reojo al mayordomo, que parecía la viva imagen de la tranquilidad–. Charles ya debería saber a estas alturas que pierdo los estribos en muy raras ocasiones.

–Sí, mi señor –asintió el mayordomo, con la sombra de una sonrisa.

A excepción del propio señor, todo el mundo sabía qué temas desataban la ira del hombre. Casi siempre giraban en torno a su hija menor y sus numerosos pretendientes. Daba la impresión de que la joven atraía oleadas de admiradores, lo cual exacerbaba el instinto protector de su padre.

El ama de llaves entró en el comedor y lo cruzó a grandes zancadas. Como estaba al servicio de los Sutton mucho antes de que naciera su primera hija, Henrietta Reeves no demostró la menor vacilación cuando avanzó hacia el extremo de la mesa en el que estaba sentado su señoría. Se detuvo ante su silla y le presentó una bandeja de plata sobre la cual descansaba una carta arrugada, sellada con un enorme grumo de cera roja.

–El señor Elston pasó a primera hora de la mañana, mi señor –explicó en voz baja–. Me pidió que os entregara esto en cuanto lady Adriana bajara a desayunar. Dijo que la misiva era de lo más urgente.

–Gracias, Henrietta –contestó Gyles en un tono algo menos brusco.

Rompió el sello en cuanto los criados se retiraron, desdobló la carta y se puso a leer. Al cabo de un momento, arqueó una ceja y las arrugas de su frente se hicieron más profundas de lo habitual.

El conde de Standish no había necesitado que lo alcanzara un rayo para hacerle sospechar que Roger Elston intentaba aprovecharse de los instintos compasivos de su hija, y había deplorado los métodos del hombre. Tras haber sido educado por su propio padre como un caballero, Gyles creía desde hacía mucho tiempo que el decoro exigía a cualquiera que, fueran cuales fuesen las circunstancias de su vida, callara sus dificultades, salvo con los que debían saberlas. Adriana era famosa entre los habitantes de Bradford-on-Avon por su trato compasivo con los necesitados. De esta forma, cuando Roger había explicado los sufrimientos padecidos durante su infancia y en épocas posteriores, Gyles se había indignado por su desfachatez. Para peor, no tardó en advertir que Adriana parecía mostrarse más tolerante con el aprendiz que con los jóvenes aristócratas que, pese a solicitar su permiso para cortejarla, se ceñían a códigos de conducta más elevados. De no ser por el acuerdo firmado con su viejo amigo, Gyles habría tomado muy en serio las peticiones de mano recibidas de varios nobles irreprochables, el más prometedor de los cuales era Riordan Kendrick. Aprobar tal noviazgo le habría proporcionado un excelente motivo para prohibir las visitas de Roger, que a menudo se presentaba sin previo aviso y sin alertar a Adriana.

Tal vez se trataba de una reacción que muchos calificarían de simple instinto sobreprotector de padre, pero Gyles no podía sacudirse de encima la sospecha de que el propósito principal de Roger al frecuentar a Adriana era casarse por su dinero, como había hecho su analfabeto padre, o tal vez para aprovecharse de los beneficios del fallecimiento de su esposa, ya hubiera sido éste por métodos naturales o deliberados, según se rumoreaba de Edmund Elston.

–¿Qué pasa, querido? –preguntó Christina, intrigada por la expresión ceñuda de su marido.

Gyles bajó la carta y se volvió hacia su guapa esposa.

–Tal vez nos hayan enviado el despacho esta mañana porque Roger se ha enterado del regreso de Colton, querida. En cualquier caso, nos solicita respetuosamente que reconsideremos en la mayor brevedad posible su propuesta de matrimonio con nuestra hija...

Adriana levantó al punto la cabeza, y miró a su padre como si fuera él quien hubiera perdido la razón, no Roger Elston.

–¿Qué le dirás?

–¿Qué quieres que le diga, querida mía? ¿La verdad? ¿Que existen escasas posibilidades de que aceptes su oferta?

La joven enrojeció bajo la mirada escrutadora de su padre y contempló sus dedos entrelazados.

–La última vez que Roger lo pidió, consideré impedimento suficiente el que estuviera enterado de mi compromiso con Colton. No deseaba herirlo sin necesidad, padre, ni alentarlo, sólo suavizar la bofetada a su orgullo. Se habría ofendido por cualquier mención a las diferencias entre nuestros linajes respectivos. No obstante, temo que se ha comportado de una forma bastante temeraria ahora que Colton ha vuelto. Hay que decirle, por su propio bien, que no puedo aceptar su oferta de matrimonio.

Gyles sondeó los ojos luminosos y oscuros que lo miraban. El pesar de la muchacha era demasiado obvio.

–¿Qué te ha pasado para convencerte por fin de esta necesidad de sincerarte, hija mía?

Adriana se ruborizó mientras las lágrimas pugnaban por brotar, más enfadada consigo misma que por la pregunta de su padre.

–La verdad es que Roger se portó muy mal ayer con Colton, cuando estábamos en Randwulf Manor.

–¿Muy mal? –repitió Gyles, y enarcó una ceja mientras contemplaba sus lágrimas–. ¿Qué quieres decir?

Adriana trató de tragar saliva y llevó a cabo un valiente intento de aparentar serenidad.

–Por inverosímil que parezca ahora, resultó evidente desde el inicio de nuestro encuentro que Roger estaba resentido con Colton. De no ser por la intervención de Leo y Aris, se habría lanzado contra el marqués con los puños preparados... Eso intentó, al menos. Cuando por fin lo agredió, Colton lo puso en su sitio al instante. Aun dificultado por una herida en la pierna, Colton lo envió volando al otro extremo de la sala, y dejó en manos de los mozos de cuadras llevarlo a su casa en un carruaje. La verdad, no comprendo por qué Roger corrió ese riesgo. Colton se parece mucho a su padre físicamente. Al menos, es media cabeza más alto que Roger, y no sólo más corpulento, sino más fuerte. –Cosa que la desnudez del coronel había dejado bien clara. Nunca había imaginado que los músculos que cubrían las costillas de un hombre pudieran ser tan firmes–. Sólo un loco o un hombre muy valiente intentaría eso, pero Roger se empeñó tres veces en apartarme de Colton. La última fue cuando fue a parar al otro lado de la sala.

–¿Osó ser tan descarado? –susurró horrorizada su madre. Cuando su hija asintió, Christina se volvió para examinar a su marido, pese a que no era tan experta como éste en lo tocante a leer la mente del otro–. Gyles, querido, Adriana tiene razón. Alguien ha de decir al muchacho que abandone toda esperanza de casarse con ella. No puede ser..., sobre todo teniendo en cuenta el contrato firmado..., y aunque no existiera. Sé que Adriana se resiste a destruir las esperanzas del joven debido a sus pasados sufrimientos, primero alejado por la fuerza de su padre, y después huérfano, debido al fallecimiento de su madre cuando era muy pequeño. Por más que nos compadezcamos de sus sufrimientos, y a juzgar por lo que acaba de decir Adriana, se ha excedido al querer demostrar que tenía cierto derecho sobre ella, sobre todo sabiendo que está obligada a aceptar el noviazgo con el coronel. ¿Qué pensará su señoría, después de haber sido agredido por el aprendiz?

–Tienes razón, querida, por supuesto –repuso Gyles–. Hay que hablar con el muchacho. Me esforzaré al máximo por explicarle la necesidad de que nuestra hija se case con un hombre de la nobleza...

Adriana meneó la cabeza con vehemencia.

–No, padre, te ruego que no seas tan franco con Roger. Temo que se lo tomará como una ofensa.

–Creo que va pregonando en exceso su desgraciada vida –replicó Gyles. De no ser porque Roger era demasiado propenso a aprovecharse del buen corazón de su hija, tal vez le habría caído mejor. Era una forma tramposa de reclamar la atención de una dama, sobre todo de una tan sensible a las desdichas ajenas–. No obstante, hay que decir a Roger que tienes ciertas obligaciones, y que no puedes verlo nunca más.

Adriana se retorció las manos. Era la culpable de la situación. Jamás tendría que haber permitido a Roger que fuera a visitarla. Era evidente que él había confundido su compasión con otra cosa.

–Tal vez debería decírselo yo. Al fin y al cabo, yo fui la culpable de que viniera a casa.

–Te limitaste a ser amable, querida –dijo su madre–. No te diste cuenta de que te quería para él solo.

–¡Vaya! ¡Me gustaría darle de azotes a ese jovenzuelo testarudo, Colton Wyndham! –murmuró Gyles–. De no ser por su rebeldía, no me habría visto obligado a lidiar con todos esos ambiciosos gallitos que creen hacerme un favor suplicando la mano de mi hija... ¡como si fuera una solterona envejecida en peligro de quedarse sola para siempre! No me cabe duda de que el joven Wyndham se quedaría estupefacto si supiera el número de caballeros elegibles que he debido desalentar en mi intención de cumplir el contrato con su padre. Si no fuera por el convencimiento absoluto de Sedgwick de que serías de gran beneficio para su hijo, y viceversa, le habría rogado que olvidara los planes para Colton hace mucho tiempo. En fechas recientes llegué a creer que la situación nos había superado y que ese jovenzuelo nunca regresaría. Pero ahora, todo vuelve a empezar.

–Ya no es un jovenzuelo, querido –corrigió Christina a su marido con delicadeza–. Ahora ya es un hombre. Tendrá más de treinta años.

Gyles se reclinó en su silla, boquiabierto.

–¿Treinta, has dicho?

–Para ser exactos, treinta y dos, padre –anunció Adriana.

–Yo ya estaba casado y con una hija en camino cuando tenía su edad –refunfuñó Gyles, como contrario a la idea de que un hombre pudiera descuidar sus responsabilidades de primogénito durante un período de tiempo tan dilatado–. A estas alturas, Wyndham ya tendría que haber sentado la cabeza y formado una familia.

Adriana enlazó las manos alrededor de las rodillas. Su voz tembló un poco.

–Es evidente que le hablaron del contrato en algún momento de la tarde de ayer, porque anoche estaba enterado. Habló del período de noviazgo, pero no del compromiso posterior. Tal vez sólo deseaba comprometerse con esa primera fase, a la vista de su renuencia a volver a su casa. En cualquier caso, me pidió que os diera recuerdos y que os dijera que enviará una misiva para preguntar cuándo sería el momento apropiado de venir a visitaros.

Christina observó que las pálidas mejillas de su hija se habían cubierto de un rubor más intenso, una señal inequívoca de que la muchacha estaba preocupada.

–¿Ha cambiado mucho, querida?

Adriana intentó con desesperación no pensar en el grado de apostura que su futuro prometido había adquirido durante su ausencia, ni en la belleza de su torso largo y musculoso, que no podía menos que admirar cada vez que pensaba en él. Excepto en el pecho, donde crecía una escasa mata de vello, y la fina línea que descendía desde su estómago liso hasta la masa más oscura, su cuerpo desnudo brillaba con el lustre del bronce a la luz oscilante de la lámpara.

–Más de lo que imaginas, madre.

La mano de Christina se puso a temblar, hasta el punto de que se vio obligada a dejar el tenedor. Apretó los puños en el regazo, mientras intentaba ocultar su creciente aprensión.

–¿Tiene cicatrices visibles de la guerra?

–¿Cicatrices visibles? –repitió Adriana con aire distante. Aunque miraba las colinas ondulantes a través de las ventanas, sólo veía la imagen del hombre al que estaba prometida. Perdida en el laberinto de sus pensamientos, se encogió de hombros–. Fue herido de gravedad en Waterloo, y por ese motivo no pudo regresar antes.

–Oh, querida, espero que la herida no sea demasiado espantosa –contestó su madre, muy preocupada, imaginando lo peor–. ¿Puedes soportar mirarlo?

–Debo admitir que no fue fácil mantener la compostura.

Incluso en esos momentos, a Adriana le costaba mantener el aplomo cuando recordaba la oleada de excitación que le había recorrido el cuerpo cuando había quedado atrapada contra su forma marmórea. No estaba acostumbrada a la experiencia de tener la carne de gallina y sentir las rodillas flaquear. No sabía que era posible experimentar tales sensaciones exquisitas con sólo apretujarse contra el cuerpo de un hombre..., o recordando ese momento... o el del cuarto de baño, que cada vez se le antojaba más excitante. Desde luego, debía reformar su opinión sobre la cuestión de los estímulos, si ser abrazada por un hombre y verlo desnudo podía afectarla hasta extremos tan tempestuosos. Después de oír que Colton la rechazaba con ira, tantos años antes, se había mantenido alejada de sus pretendientes para protegerse de la posibilidad de volver a ser herida, pero la conmoción de su reciente encuentro con Colton había despertado sensaciones muy diferentes de las que había experimentado jamás.

Christina, atormentada por sus visiones de un hombre cubierto de cicatrices, apretó la servilleta contra los labios, que ahora temblaban debido a la preocupación.

–¿Tan difícil te resultó?

–Mmm... –contestó Adriana con un lento cabeceo, procurando no pensar en aquel momento en la galería cuando Colton le había sonreído, manteniéndola abrazada contra su largo cuerpo. Si hubiera podido leer sus pensamientos, seguramente habría tenido que abofetearlo. Lo merecía sólo por el brillo lascivo de sus ojos. En el cuarto de baño, el placer que había obtenido de devorar con los ojos su forma desnuda se había confirmado de la manera más engorrosa, pero a él no había parecido importarle en lo más mínimo que Adriana lo viera. Era de lo más humillante caer en la cuenta de que el mismo hombre que la había rechazado años antes era el mismo que había despertado sus deseos femeninos.

–Oh, querida –murmuró su madre, atemorizada.

Un rostro desfigurado no era una excusa honorable para romper un contrato matrimonial, sobre todo cuando se trataba de heridas ganadas en el valiente servicio a la patria. De todos modos, imaginar a su hermosa hija menor atrapada en los brazos de un monstruo horrendo la asqueaba. Sus preocupaciones alcanzaron niveles torturantes.

Adriana emergió de las profundidades del sueño y levantó de mala gana la cabeza de la almohada, al tiempo que dirigía una mirada ominosa a la puerta de la estancia, donde alguien estaba llamando con insistencia. Su padre se había marchado poco después de desayunar, y ella se había arrastrado hasta el dormitorio para dormir un poco más, con la esperanza de sentirse mejor. Su madre era demasiado educada para hacer otra cosa que dar tres o cuatro golpecitos en la hoja, lo cual parecía no dejar otra alternativa que su hermana Melora.

–Entra si te atreves –gritó Adriana, irritada–. O mejor aún, vete. Ahora no tengo ganas de ver a nadie.

Tal como cabía esperar de su hermana, la puerta se abrió de par en par. Adriana estaba dispuesta a expulsar a su testaruda hermana; pero, para su sorpresa, no fue Melora quien entró, sino Samantha, vestida con capa y gorro.

–¿Cómo? ¿Aún sigues remoloneando a esta hora de la mañana, perezosa? –preguntó Samantha, asombrada. Había crecido junto a Adriana, y en ocasiones había sentido irritación, e incluso envidia, por su facilidad para presentarse en plena forma nada más salir el sol. Por una vez, Samantha podía aprovechar la oportunidad de devolver todos los reproches que había recibido de la vivaz joven–. Qué vergüenza. Arrebujada entre tus sábanas de seda, mientras otros se revuelcan en su desdicha. Levántate y vístete. Hemos de hacer cosas en Bradford.

Adriana gimió y sepultó la cara bajo una almohada.

–Me encuentro muy mal –musitó–. Tendrás que arreglártelas sin mí. Me duele la cabeza demasiado para levantarme de la cama, no digamos ya para salir de casa.

–Vendrás, digas lo que digas –insistió Samantha, destapando a su amiga–. La criada que enfermó anoche en Wyndham Manor tiene tres hijos pequeños y, según el mozo de cuadra que la llevó a su casa, su aspecto era deplorable. Dijo que los tres estaban muy delgados y vestían harapos. Aunque quieras continuar holgazaneando, hemos de ir a ver si podemos ayudar a esos niños.

–¿Quién me ayudará a mí si me pongo enferma? –preguntó Adriana, malhumorada.

–No tendrías que haber bebido tanto vino anoche –la reprendió Samantha–. Sabes que siempre te encuentras mal al día siguiente. Además, un poco de aire fresco te sentará bien, en lugar de estar tirada en la cama todo el día. Levántate de una vez. No permitiré que te escondas en tu dormitorio como una cobardica sólo porque mi hermano ha vuelto.

Adriana emitió un gruñido y se tumbó sobre la espalda. Clavó la vista en el techo, incapaz de imaginar la tortura que significaría bajar de la cama.

–¿Qué he hecho para merecer una amiga tan cruel como tú?

–Bien, si quieres que empiece a enumerar los motivos, tardaremos un rato largo, y el tiempo no nos sobra precisamente –replicó su amiga, mientras se acercaba al armario para inspeccionar los vestidos–. Lávate y date prisa. No tengo toda la mañana para quedarme aquí y escuchar tus gemiditos. Vas a acompañarme, así de sencillo, y será mejor que lo asumas, porque será inútil que te resistas.

–A veces creo que te odio –gimió Adriana.

–Lo sé, pero casi siempre besas el suelo que piso.

–¡Ja!

Menos de una hora después, el cochero de los Burke detuvo el carruaje detrás de otro vehículo aparcado delante de una cabaña cochambrosa. Samantha, cada vez más intrigada, torció el cuello para mirar al elegante cochero que esperaba fuera. Cuando este agitó la mano para saludarla, frunció el ceño, confusa, hasta que reconoció a Bentley, el cochero de su familia.

–¿Qué demonios está haciendo Colton aquí?

Adriana lanzó una exclamación ahogada al tiempo que se incorporaba, olvidado su dolor de cabeza. Cuando miró por la ventanilla, Bentley volvió a saludar con la mano. La joven movió los dedos en respuesta, y se derrumbó otra vez en su asiento. Después de su encuentro en el cuarto de baño, la última persona a la que deseaba encontrar era al marqués.

–Será mejor que entres y se lo preguntes. Yo te esperaré aquí –se apresuró a sugerir Adriana–. Si Colton se está ocupando de las necesidades de los chiquillos, no vas a necesitarme.

–No te vas a librar con tanta facilidad –le informó Samantha–. Vas a venir conmigo, aunque tenga que arrastrarte por la fuerza.

–Me encuentro mal... –se lamentó Adriana, llevándose una mano temblorosa a la frente. La idea de encontrarse de nuevo con su señoría le revolvía el estómago. No sabía qué sucedería si él le dirigía una de esas sonrisas varoniles que parecían poseer la capacidad de despojarla de todo orgullo.

–No tanto como te encontrarás si envío a Colton a entrarte en volandas –advirtió su amiga.

Adriana exhaló un suspiro exagerado.

–Eres cruel.

–¿Por qué? ¿Porque no permitiré que te revuelques en el cenagal sensiblero que te has inventado? Pensaba que poseías una gran entereza, al menos más de la que muestras desde el regreso de mi hermano, pero está claro que me había equivocado. Ahora parece que no te queda ni una fibra.

Adriana alzó la barbilla.

–Mi estado de ánimo no tiene nada que ver con tu hermano.

–Estupendo, porque así no te importará entrar a ver qué está haciendo.

Adriana esbozó una sonrisa.

–Si tratas a Percy igual que a mí, sólo puedo decir que es un milagro que no haya desaparecido tras la frontera de Escocia.

–¡No puede! Por si no te habías dado cuenta, lleva atadas al tobillo una bola y una cadena –replicó Samantha, mientras subía por el sendero de piedra.

Adriana bajó de mala gana con la ayuda del cochero y siguió a su amiga hasta el interior de la casa, diminuta, húmeda y apenas amueblada.

Cuando las dos mujeres entraron por la puerta abierta de la cabaña, Colton se volvió con solemnidad. Estaba de pie ante un camastro sobre el que yacía una forma ominosamente tapada. Dirigió una pálida sonrisa a su hermana, antes de que sus ojos se desviaran hacia la esbelta mujer que la seguía. Aunque Adriana sintió que su mirada la recorría de arriba abajo, tal inspección se le antojó más una reacción instintiva masculina que algo deliberado, pues su expresión continuó siendo sombría. Detrás de él, la chimenea estaba oscura, húmeda y fría. Al otro lado de la habitación había tres niños pequeños, de edades comprendidas entre los dos y los cinco años. Acurrucados en un rincón, miraban con los ojos abiertos de par en par a los desconocidos que habían irrumpido en su casa. Al ver su estado lamentable y la delgadez de sus caras y cuerpos, Adriana olvidó su desdicha al punto.

–Me alegro de que hayáis venido –dijo Colton con un hilo de voz.

Samantha desvió la vista de la forma cubierta por un edredón deshilachado e interrogó con la mirada a su hermano. Éste asintió, para confirmar que la madre de los niños había muerto.

–Es evidente que falleció poco después de que la trajeran –explicó sin alzar la voz–. Estaba rígida y fría cuando llegué. No sé cómo pudo beber tanto coñac, pero no cabe duda de que lo hizo, el suficiente para matarla.

Una vez más, sus ojos se desviaron hacia Adriana. Pese a las lúgubres circunstancias, parecía dispuesto una vez más a inspeccionar hasta el último centímetro de su cuerpo.

–No he podido hablar con los niños –añadió en voz baja–. Están aterrorizados de mí.

Adriana corrió hacia los pequeños y, pese al miedo de éstos, consiguió envolver con su capa al menor, una diminuta niña de pelo rubio revuelto y cara incrustada de tierra. La levantó en brazos y extendió una mano hacia el siguiente.

–Venid, niños –dijo con acento maternal–, vamos a llevaros a una casa bonita y caliente, donde vive una pareja maravillosa que adora a los niños.

El hijo mayor meneó la cabeza.

–No puedo. Tengo que quedarme aquí para cuidar de mi hermana y mi hermano. Eso es lo que me dijo mi madre.

–Cuidarás de ellos en casa de los Abernathy –explicó Adriana–, sólo que estaréis calientes, bien alimentados y vestidos. ¿Conoces a los Abernathy?

Una vez más, el niño contestó con un movimiento negativo de la cabeza.

–Mamá no nos dejaba salir de casa cuando ella estaba fuera. Decía que unos desconocidos nos llevarían a un hospicio.

–Bien, voy a hablarte un poco de los Abernathy, y dejarán de ser unos desconocidos. Son una pareja mayor que vive en el campo, no lejos de aquí. Nunca han podido tener hijos propios, pero, como deseaban formar una familia numerosa, desde hace años han empezado a adoptar huérfanos y a criarlos como si fueran de ellos. También han adoptado animales. ¿Os gustan los animales? –Cuando el niño se encogió de hombros, Adriana se puso a recitar las diversas especies que había visto en casa de la pareja, al tiempo que movía la cabeza de un lado a otro–. Tienen gatos, perros, pollos, patos, cabras, ovejas, caballos, vacas... –Hizo una pausa para respirar hondo de una manera exagerada–. ¿Habéis ordeñado alguna vez una vaca?

El niño negó con la cabeza.

–No. Casi no hemos visto vacas, sólo cuando alguien pasaba con una por delante de casa. Hemos vivido aquí desde que papá murió en la guerra. Mamá no nos dejaba salir.

–Pobrecitos, ¿nunca habéis salido a jugar, a ver los árboles o el sol?

–Sólo desde las ventanas.

Adriana se quedó asombrada de que una madre pudiera hacer eso a sus hijos.

–Es maravilloso estar al aire libre cuando el sol brilla y las mariposas revolotean, ver los animales, respirar aire puro. Es bueno salir. Aunque hay malas personas de las que los niños deben cuidarse, los Abernathy son muy buenos, gente de confianza. Les gusta enseñar a los niños a leer, escribir y contar, además de todo lo que sea acerca de los animales. ¿Puedes hacer tú eso?

Una vez más, el niño negó con la cabeza.

–Bien, resulta que el señor Abernathy es un profesor excelente, y le gustan los niños tanto como a su esposa. Además, es un experto en tallar animales en madera. ¿Te gustaría tener un animal de madera?

Esta vez sonrió ante la respuesta afirmativa del niño.

–En ese caso, casi puedo prometerte que antes de esta noche todos tendréis uno, pero para llegar al lugar donde viven los Abernathy es preciso subir a uno de esos bonitos carruajes que esperan fuera. ¿Os gustaría?

Los tres huérfanos se miraron con incertidumbre.

–No sé –musitó el mayor–. Nunca hemos subido en uno.

Adriana rió y acunó al pequeño en sus brazos.

–Entonces, estás a punto de hacer tu primer viaje en un vehículo digno de un príncipe. Mis amigos y yo os conduciremos a casa de los Abernathy y os presentaremos a todos los huérfanos que la pareja ha tomado bajo su protección. Podéis preguntarles sobre su casa para saber si están contentos y felices viviendo con la familia. En caso contrario, no tendréis que quedaros. Encontraremos a otra alma bondadosa que cuide de vosotros, pero apuesto a que los niños que viven bajo su techo son tan felices como lo seréis vosotros. De hecho, creo que no puedo recomendar un lugar más agradable para unos niños.

–Mamá ha muerto, ¿verdad? –soltó el niño.

Adriana asintió lentamente.

–Lamento decir que sí. Por eso hemos venido..., para ayudaros. Pero antes, deberíamos saber vuestros nombres. –Examinó con aire pensativo la carita sucia de la niña que sostenía en brazos, y después miró al mayor–. Algo me dice que te llamas Thomas... –aventuró.

–Joshua... Joshua Jennings –declaró el niño, y señaló con el pulgar al rapazuelo que tenía al lado–. Mi hermano es Jeremiah. Y mi hermana, Sarah.

–Bien, da la impresión de que lleváis nombres de personajes de la Biblia. Un gran honor. ¿Os puso el nombre vuestra madre?

–No, fue papá. A ella no le gustaba leer, pero cuando mi papá vivía, nos leía la Biblia. Empezó a enseñarme a leer, pero antes de terminar se fue a la guerra y lo mataron de un tiro.

–Lo siento muchísimo, hijos. –Adriana les dirigió una mirada compasiva–. ¿Sabéis la historia de Josué y la batalla de Jericó, cuando ordenaron a los hombres que desfilaran alrededor de la ciudad durante siete días y siete noches, y luego tocaran el cuerno? Ante el asombro de todo el mundo, las murallas se derrumbaron.

La sucia cabeza se movió de un lado a otro.

–No me acuerdo. No he oído más cuentos desde que papá se fue a la guerra –musitó el niño, y alzó cuatro dedos, negros como el hollín–. No tenía más de estos cuando se marchó. Después, mamá nunca quiso contarnos cuentos. Cambió la Biblia por una botella de ginebra y un poco de comida. Cuando tenía trabajo, volvía a casa con lo mismo. Se quedaba varios días en cama bebiendo ginebra, y después salía a buscar trabajo para comprar más.

–Bien, sé de buena tinta que el señor Abernathy es muy aficionado a la Biblia, y le encantará leérosla. Contiene historias emocionantes sobre hombres y mujeres que se llamaban como vosotros. –Indicó al marqués con un movimiento de cabeza–. Este amable caballero es lord Randwulf. Se encargará de tomar las medidas necesarias para que podáis quedaros con los Abernathy hasta que seáis lo bastante mayores para aprender profesiones respetables. Bien, si dejáis que lady Burke y él os ayuden a subir a uno de esos carruajes negros y brillantes que esperan fuera, yo os seguiré con vuestra hermana.

Colton se quedó patidifuso por la habilidad de la belleza para conquistar a los tres niños, que después de entrar él en la cabaña habían huido aterrorizados a un rincón, donde se habían acurrucado presos de un terror absoluto. Hasta que sus ojos se adaptaron por fin a la oscuridad, lo único que pudo ver en el interior de la choza fueron sus enormes ojos, que lo miraban abiertos de par en par a causa del miedo. Por más que intentó convencerlos de que no quería hacerles daño, en cuanto se acercaba un poco empezaban a chillar, como si esperaran recibir una paliza o ser conducidos a algún lugar siniestro, tal como les había advertido su madre. Sin embargo, en cuanto Adriana entró, la situación había cambiado por completo. Era evidente que poseía un talento natural para calmar a los niños y ganarse su confianza. No le cupo la menor duda de que algún día sería una madre maravillosa..., tal vez para los hijos de ambos.

Una vez fuera, Colton subió a los niños al carruaje de su hermana, y después de ayudar a Samantha se volvió hacia Adriana y tomó sus dedos.

–Estoy en deuda contigo –dijo en voz baja–. Por lo visto, no soy muy diestro con los niños, al menos con estos pobres huérfanos asustados. Estaba desorientado por completo hasta que llegaste. Gracias por tu bondad y tu ayuda.

Adriana no pudo reprimir una sonrisa. Experimentó la sensación de que la voz de Colton, suave, cálida y tranquilizadora, acariciaba sus sentidos.

–Pobres pequeños, es evidente que carecían de amor y cuidados desde hacía tiempo, pero los Abernathy se encargarán de cambiar eso. Son personas maravillosas. No me cabe la menor duda de que, con el tiempo, estos niños llegarán a quererlos, como los demás que tuvieron la suerte de ser adoptados por la pareja. La señora Abernathy jura que han sido bendecidos con una familia numerosa a estas alturas. De todos modos, con tantos niños que alimentar y vestir, han de trabajar con ahínco para sustentar a sus retoños. Si os parece bien, mi señor, tal vez podríais echarles una mano. Lo agradecerán todos los concernidos. En caso contrario, estoy segura de que mi padre aportará de buen grado más...

–No hace falta que lo molestes, Adriana. Me ocuparé del asunto en persona. De hecho, he venido esta mañana con dicho propósito, para preocuparme por el binestar de los niños después de que el mozo de cuadra contó a Harrison que los tres estaban muy necesitados, pero cuando entré y descubrí que su madre había muerto, no supe cómo encontrar un hogar adecuado para ellos sin contratar a alguna mujer que los cuidara. Da la impresión de que los Abernathy son el tipo de gente cariñosa y concienzuda que estos niños necesitan. Gracias por venir en mi rescate... y por consolar a los niños. De no ser por ti, es muy probable que aún siguiera ahí dentro, intentando ganarme su confianza.

–Es muy probable que, dentro de algunos años, quieran saber dónde está enterrada su madre –murmuró Adriana, contenta de que el marqués accediera a subvencionar a los Abernathy por cuidar de los pequeños.

–Me ocuparé de que la entierren en una tumba con una lápida, y de que se pronuncien las palabras adecuadas cuando sepulten su cuerpo. Lo haré hoy mismo, y después informaré a los Abernathy de la hora, para que lleven a los niños. De hecho, si te parece bien, creo que a los tres les gustaría que estuvieras presente, pues parece que te has ganado su confianza. ¿Te gustaría acompañarme mañana al funeral de la mujer?

–Por supuesto, mi señor. –Le dedicó una mirada, y cayó en la cuenta de que se sentía como nunca aquella mañana. Después de ser testigo de su solidaridad con unos completos desconocidos, su estado de ánimo había mejorado. Ahora, el día se le antojaba mucho más luminoso y bello–. Avisadme de la hora y estaré preparada.

–Enviaré a alguien a Wakefield con dicha información en cuanto sepa cuáles serán los trámites. No hace falta que acudamos por separado. Iré a buscarte en el landó media hora antes de la ceremonia. ¿Te parece bien?

–¿Vendrá Samantha? –preguntó Adriana, con la esperanza de tener compañía.

–Se lo preguntaré más tarde. De momento, lo mejor será que llevemos a los niños a casa de los Abernathy para que les den de comer, los bañen y los vistan.

–Gracias por la consideración que habéis dispensado a estos niños, mi señor –contestó ella de todo corazón–. Es obvio que la vida no les había sonreído desde que su padre se marchó, pero les aguarda una mucho mejor.

–Soy yo quien debería darte las gracias, Adriana. Cuando Samantha y tú cuidabais de aquellos animales extraviados que traíais a casa, nunca se me ocurrió que algún día me sentiría aliviado al ver ese instinto protector en acción una vez más. Fue decisivo a la hora de calmar a esos pobres niños sin hogar, necesitados de cariño. Espero no volver a reírme de ti, ni de Samantha, por encarnar el papel del buen samaritano.

Las comisuras de la boca de Adriana se alzaron un poco.

–Os recordaré vuestras palabras si volvéis a abundar en vuestro comportamiento. Al igual que cuando erais más joven, da la impresión de que os encanta burlaros de nosotras, sean cuales sean las circunstancias.

Una lenta sonrisa se insinuó en los hermosos labios del hombre.

–Oh, no me hará falta atormentarte acerca de tus admirables cualidades, cuando ahora tengo recuerdos mucho más atrayentes con los que fastidiarte. –Le acarició los pechos con la mirada un instante–. No pienso olvidar esos momentos trascendentales.

Cuando sintió el calor que ascendía a sus mejillas, Adriana dio media vuelta con brusquedad, y notó que la mano del marqués se deslizaba bajo su codo para ayudarla a subir al carruaje. Aunque estaba decidida a desairarlo, fue la delicada presa sobre su brazo la que alejó todo ánimo de venganza. Si hubiera perdido la razón por completo, hasta habría pensado que se trataba de una caricia afectuosa.

–Me han dicho que Colton Wyndham ha regresado por fin a reclamar su título legítimo de lord Randwulf –dijo Melora dejándose caer junto a su hermana menor, mientras esperaban a que su madre les sirviera el té.

La menuda rubia meneó las caderas, como si intentara acomodarse en la enorme otomana, lo cual provocó que Adriana pusiera los ojos en blanco. Con todas las demás butacas, sofás y otomanas de la sala de estar, parecía innecesario que Melora la echara del almohadón con el fin de hacerse sitio.

–¿Ya estás cómoda? –preguntó Adriana, sin poder disimular su sarcasmo.

–Sí, gracias –contestó Melora, y cabeceó varias veces como confirmando la respuesta.

–¿Deseabas hablar conmigo en privado?

Esta vez, un oído atento habría detectado el tono claramente burlón en la voz de Adriana.

–La verdad es que sí. Durante todos estos años he sentido curiosidad por algo. Tal vez querrías iluminarme, puesto que lord Sedgwick te quería tanto.

Adriana enarcó una ceja suspicaz.

–¿Sí?

–Me he preguntado con frecuencia si lord Sedgwick se arrepintió en algún momento del contrato que propició entre Colton y tú, y cuál de los dos maldijo más dicho contrato, si el padre o el hijo. Si hubiera sabido que Colton preferiría marcharse de su casa antes que afrontar la perspectiva de pasar el resto de su vida contigo, lo más probable es que lord Sedgwick hubiera elegido a Jaclyn o a mí antes que a ti. Nadie ha explicado nunca por qué te eligió para su heredero. Pero eso ya no importa, claro está. El pasado está grabado en piedra. Lo único que cuenta es el futuro. Dime, ¿qué opinas de tu prometido, ahora que has vuelto a verlo?

Las teorías y preguntas de Melora encresparon a Adriana.

–Colton no es mi prometido, y puede que nunca lo sea, de modo que deja de llamarlo así. Conoces el contrato tan bien como yo. Tiene tres meses de noviazgo para decidir si desea prometerse conmigo, así que hasta entonces, si eres tan amable de refrenarte de llamarlo así, te estaré muy agradecida por tu contención, ya que no de tu comprensión y diplomacia. –Como no deseaba hablar de su encuentro matutino con Colton, se encogió de hombros fingiendo indiferencia–. ¿Quién puede juzgar los modales de un hombre en pocas horas? Colton parece bastante agradable, pero somos poco más que extraños.

–¿Es guapo?

Adriana se resistía a proporcionar a Melora información que pudiera propagar distorsionada.

–Se parece mucho a su padre.

–Ah, entonces ha de ser muy guapo, ¿no?

–Siempre pensé que lord Sedgwick era un hombre de aspecto muy distinguido, así que debo admitir que Colton es un hombre apuesto.

–¿Crees que está ansioso por iniciar el noviazgo, al cabo de tantos años de ausencia? Después de negarse con tanto ahínco al compromiso matrimonial, es probable que ahora se niegue también.

Muy consciente de la propensión de su hermana a meter la nariz donde no debía, y a escarbar en sus sentimientos hasta extraer toda la información posible, Adriana se levantó de la otomana como impulsada por un resorte y atravesó a toda prisa la sala para recibir una taza de té de su madre.

–Gracias, mamá –murmuró, agradecida de que la presencia de su madre pudiera calmarla tanto.

Tomó un sorbo antes de aceptar una bandeja de bollos untados con una fina capa de crema y mermelada de fresas.

Melora se reunió con su hermana y la examinó de pies a cabeza.

–Deberías llevar vestidos más gruesos para disimular que eres tan alta y delgada, Adriana. Y un poco de colorete en las mejillas no te sentaría nada mal. Estás pálida como una muerta. Aunque, bien pensado, tal vez esté relacionado con la emoción provocada por el regreso de Colton. Si bien comprendo tus temores de que vuelva a rechazarte, no deberías permitir que afloraran tanto tus sentimientos. Los ingleses tenemos la costumbre de disimular lo que sentimos, aunque es evidente que nunca has aprendido el arte de aparentar serenidad. Todo está escrito en tu cara, expuesto al mundo. Casi puedo leer lo que piensas cuando te miro a los ojos.

Adriana dedicó una sonrisa afectuosa a su madre, procurando no hacer caso de su hermana, que a veces era tan fastidiosa como un padrastro.

–El té está tan delicioso como de costumbre, mamá. Siempre sabes encontrar la combinación exacta de crema y azúcar.

–Gracias, querida –dijo Christina, y apretó la mano de su hija menor–. Posees la habilidad de conseguir que me sienta especial, cuando lo que hago por la familia es de lo más sencillo.

Melora se interpuso entre ellas y besó a la mujer en la mejilla.

–Porque tú eres especial, mamá.

–Guardad un poco de cariño para mí –dijo Gyles cuando entró en la sala.

Melora dio media vuelta con una carcajada alegre, y dio la impresión de que flotaba hacia él en un intento de reclamar su atención. Apoyó las manos sobre los anchos hombros de su padre, se puso de puntillas y le dio un beso en la mejilla. Sólo Sedgwick Wyndham había sido más alto que su padre, cuya estatura la empequeñecía. Hasta su prometido, que era más bajo y robusto, daba la impresión de elevarse sobre ella en ocasiones.

–Papá, sabes que siempre tendrás mi corazón en tus manos.

–Basta ya de zalamerías –tronó el hombre, mientras la apretaba contra sí–. Sé muy bien que el caballerete con el que te vas a casar te ha robado el corazón. No me cabe la menor duda de que, cuando te marches, te llevarás un trozo del mío.

Melora sonrió satisfecha y dirigió una mirada arrogante a Adriana. Nunca olvidaba la atención que le dedicaban a ésta sus padres, otros parientes y amigos, comparada con la que ella y Jaclyn recibían, sobre todo porque su padre, debido a los intereses comunes de la caza, la equitación, el tiro con arco y otros pasatiempos, parecía pasar más tiempo con la hija menor que con sus otras dos hermanas.

Melora nunca se sentía más gratificada y victoriosa que cuando su padre la alababa delante de las otras dos. No obstante, experimentó una punzada de decepción cuando se dio cuenta de que su hermana no prestaba atención a la escena. Estaba mirando con ojos casi melancólicos por las ventanas que dominaban los jardines delanteros y el estrecho sendero que se alejaba en dirección a casa de los Wyndham.

Melora, incapaz de pasar por alto aquella ambigua afrenta, añadió:

–Supongo que la boda de Adriana no está tan lejana ahora que Colton ha vuelto, papá, a menos que ella cometa alguna insensatez, como permitir que ese bribón de Roger aparezca sin hacerse anunciar, como suele hacer. Dudo que Colton tenga paciencia para aguantar eso, sobre todo después de las incontables batallas en que ha luchado desde los inicios de su carrera militar. A juzgar por todas las informaciones, es todo un guerrero, que se precipitaba al peligro al frente de sus hombres. No me extraña que lo hirieran de gravedad.

Un súbito estruendo de platos al caer sobre la mesita auxiliar provocó que Gyles se volviera solícito hacia su mujer.

–¿Todo bien, querida?

Christina asintió en silencio, temerosa de hacer comentarios que traicionaran sus preocupaciones. Desde el desayuno, no había podido quitarse de la cabeza a Roger Elston y Colton Wyndham, pero era el miedo a las cicatrices del último lo que más la angustiaba. Por más que Melora había intentado sonsacar información acerca del hombre, ella no se había decidido a hablar de su rostro desfigurado. Se había limitado a decir que había sufrido graves heridas. Sonrió a su marido con valentía.

–¿Te apetece una taza de té, Gyles?

–Sólo si puedo sentarme contigo y nuestras hijas y beber en vuestra amada compañía.

Melora pasó un brazo posesivo alrededor del de Gyles y lo condujo hasta el sofá, donde él se sentó al lado de su esposa. Melora se apoderó del único espacio libre a su lado, y después sonrió con presunción a su hermana cuando ésta se volvió hacia ellos. Melora indicó la silla de delante con un gesto autoritario.

–Tendrás que sentarte ahí, Addy. Sé que detestas compartir la atención de papá, pero es justo que te resignes, porque pronto te casarás y te irás.

Adriana fulminó a su hermana con la mirada y se acomodó en la silla. Aunque consideraba que las acusaciones de ser posesiva eran producto de la imaginación calenturienta de su hermana, la irritaba su tendencia a abreviarle el nombre.

–No me llames así, Melora. Sabes que no me gusta ese apodo.

Melora desechó su orden con un encogimiento de hombros.

–Bien, a mí me parece muy apropiado.

Los ojos oscuros se entornaron de manera ominosa.

–¡No lo es!

–¡Pues yo creo que sí!

–¡Chicas, chicas! ¡Comportaos! –apremió Christina–. Ya sabéis que las damas no deben discutir. Parecéis un par de viejas gruñonas.

Melora hizo un mohín dedicado a su madre.

–Sólo porque llamo a Adriana con un diminutivo de vez en cuando se sale de sus casillas. Es muy suspicaz.

Gyles miró de reojo a su hija rubia justo a tiempo de captar la sonrisa de superioridad que dirigió a su hermana menor. También reparó en lo rápido que cambiaba su expresión por otra de absoluta inocencia cuando él carraspeó para reclamar su atención.

–¿Pasa algo, papá? –preguntó Melora, con una sonrisa dulce forzada.

En aquel momento, le habría salido con más naturalidad una mueca.

Gyles alzó la vista hacia el techo, como si examinara con detenimiento las molduras.

–Las damas tampoco deberían exhibir expresiones altaneras. Nunca se sabe cuándo puede atacarle a uno la parálisis.

–¿Expresiones altaneras? –repitió Melora con cara de inocencia angelical–. ¿Quién...? –Se volvió hacia su hermana con los ojos abiertos de par en par, como si fuera ella la reprendida–. ¿Qué has hecho, Adriana?

–Melora. –Gyles bajó la cabeza y miró a los ojos azules, que se alzaron hacia los de él con una mirada de dulce confusión. El hombre vio que las mejillas de su hija se teñían de rubor bajo el escrutinio–. Sabes muy bien, querida, que no te gusta que la gente te llame Melly. Me inclino a pensar que ni Melly ni Addy son tan bonitos o adecuados como los nombres que vuestra madre y yo os elegimos. Quizá te beneficiarías de las recompensas de un comportamiento más amable, Melora, si no te esforzaras tanto en enemistarte con tu hermana, sobre todo sabiendo que Adriana detesta ese apelativo en particular.

–¿Estás diciendo que... no soy muy amable, papá? –preguntó vacilante la menuda belleza.

–Estoy seguro de que sir Harold cree que sí lo eres. De lo contrario, no habría pedido tu mano. De todos modos, hay momentos en que puedes ser muy antipática con tu hermana pequeña. –Por mucho que hasta entonces se había refrenado de criticar a su segunda hija en esa parcela tan sensible, ya no pudo contenerse más–. ¿Te mimamos tanto antes de que Adriana naciera, que no pudiste soportar la renuncia a lo que quizá se había convertido en un lugar codiciado dentro de la familia? ¿Debo pensar que le guardas rencor porque ahora es ella la más pequeña?

–Oh, papá, ¿cómo puedes imaginar algo semejante?

–Me pasa en ocasiones, cuando pareces la más resentida, pero haz el favor de perdonarme si estoy equivocado. Sólo trato de encontrar una explicación racional a tus arranques de mal genio. En cualquier caso, se acabó. A partir de ahora, te abstendrás de llamar a tu hermana de otra forma que no sea la empleada por tu madre y por mí.

Algo mortificada por haber sido reprendida delante de quien, en su opinión, siempre le haría la competencia por el afecto de sus padres, Melora dedicó una mirada monstruosamente presuntuosa a Adriana e, incapaz de resistir la tentación de utilizar una fórmula que sus padres solían emplear con ellas, le preguntó:

–¿Por qué te enfadas por nada, querida niña?

–Melora –dijo Christina en voz baja, lo cual consiguió atraer al punto la atención de su hija.

Al ver la mirada algo horrorizada e inquisidora de la joven, su madre meneó la cabeza apenas.

Fue una silenciosa comunicación entre madre e hija, pero dio la impresión de que Melora se encogía de mortificación, pues nada le parecía más vergonzoso que darse cuenta de que había disgustado a su madre.

Melora parpadeó para reprimir las lágrimas cuando se levantó y caminó hacia la silla de Adriana. Se agachó y abrazó a su hermana.

–Lo siento –murmuró–. Me he portado mal. ¿Me perdonas?

–Por supuesto. –Adriana sonrió y apretó la mano de su hermana–. Como sabes bien, yo también pierdo los estribos a veces, y he de ser reprendida.

Las dos mujeres rieron, y la tensión se aplacó considerablemente cuando sus padres hicieron lo propio.

7

–Samantha no va en el carruaje con él –anunció Melora con estupor, mientras miraba el vehículo desde la ventana delantera que dominaba el sendero, al no ver más que al coronel–. ¿Qué vas a hacer? No puedes ir con Colton sin dama de compañía.

–Melora, ¿es que siempre has de ver un escándalo en cualquier circunstancia que no se acomode a tus elevadas normas? –la aguijoneó Adriana con sarcasmo, dirigiéndose a la puerta de la sala de estar–. Aunque dudo que Colton esté interesado en forzarme, Bentley estará a mano por si me veo en la necesidad de chillar.

–Pero Bentley va al pescante del landó –protestó su hermana.

–Como debe ser. Al fin y al cabo, Melora, es el cochero de los Wyndham.

La lógica de Adriana frustró a su menuda hermana.

–Sí, y tu irás dentro con Colton.

–Bien, da la casualidad de que es de día, y que su señoría cometería una estupidez si me forzara, teniendo en cuenta que la puerta del carruaje está adornada con su emblema familiar. Si hiciera algo semejante, a saber lo que otra gente podría ver desde sus carruajes o carretas. Además, llevamos a los tres hijos de los Jennings al funeral de su madre. Creo que podemos confiar en que se comportará como un caballero lo suficiente para dejarme en casa de los Abernathy, recoger a los niños y marchar luego los cuatro a la iglesia y el cementerio. Y me resulta imposible imaginar a su señoría cometiendo una felonía, al menos del tipo que tú temes. Si me agrede, papá le dará instrucciones definitivas sobre cómo contestar al sacerdote cuando se pronuncien los votos matrimoniales. –La irritaba que su hermana pudiera considerar al hijo de Sedgwick Wyndham capaz de hacer algo tan atroz–. La verdad, Melora, piensas mal de todo el mundo, excepto de sir Harold, y Colton es tan caballero como tu prometido, o quizá más. Al fin y al cabo, Philana es la madre de Colton, y todos sabemos que es una dama de pies a cabeza.

–Eso no significa que Colton no llevara una vida contraria a sus orígenes durante su ausencia. He oído algunos rumores escandalosos sobre meretrices que alivian las..., ejem..., necesidades de los soldados. No me harás creer que Colton, con lo mayor que es y el tiempo que ha pasado lejos de su casa, no se ha acostado con alguna.

–No deberías mancillar la reputación de un hombre basándote en habladurías, Melora –la reprendió Adriana–. Si fuera un santo, no me cabe duda de que lo llamarías aburrido y carente de imaginación. Sugiero que le concedas el beneficio de la duda hasta que demuestre ser un sinvergüenza.

No se atrevió a explicar a su hermana que ya contaba con serios motivos para preguntarse sobre las tendencias del hombre, después de su encuentro en el cuarto de baño. Si cometiera esa imprudencia, Melora iría corriendo a sus padres para acusar a Colton de exhibirse ante ella. Imaginaba que a su padre se le pondrían los pelos de punta, mientras deploraba con expresiones airadas tamaña desvergüenza. Eso significaría el fin del acuerdo suscrito por ambas familias.

Adriana se detuvo en el vestíbulo y esperó a que Charles le acomodara la capa sobre los hombros. Dio las gracias al criado, y después se despidió de su hermana agitando los dedos en su dirección.

–Hasta luego..., si no me han asaltado.

Adriana sonrió complacida al ver que llegaría a tiempo de detener a Colton antes de que se acercara a la puerta. Su uniforme parecía tan limpio y pulcro como el día anterior, y se preguntó cuántos tendría para presentar siempre ese aspecto tan elegante.

–No hace falta que entréis, mi señor. Estoy preparada para marcharme, si así lo queréis. Melora es la única que se encuentra en casa, y prefiero no aplacar su curiosidad todavía. Amor fraternal y todo eso.

–¿Como entre Samantha y tú? –preguntó el hombre con curiosidad, mientras la ayudaba a subir al landó. Por lo que recordaba de las tres hermanas Sutton, Adriana y su hermana parecían mucho más compatibles.

La joven esquivó sus conjeturas.

–Quizá no sea lo mismo. Samantha y yo nos llevamos muy bien casi siempre.

No dijo más, y Colton se preguntó qué habría hablado aquel par. Si debía extraer sus propias conclusiones de sus visitas infantiles a Wakefield, las hermanas mayores siempre le habían parecido un poco altaneras con la menor, como si no pudieran perder el tiempo con alguien tan pequeño, delgado o desgarbado. Sería muy propio de la antigua Melora encontrar defectos en su hermana menor.

Al cabo de unos momentos, pensó que Adriana era un ángel al ver los cuidados maternales que dispensaba a los hijos de los Jennings, a los que arropó para protegerlos de la fría brisa, mientras conducía a los dos más pequeños hacia el carruaje de Colton. Éste caminaba detrás con el hijo mayor, y la miraba mientras Adriana señalaba, nombraba y explicaba las características de los diferentes animales que los Abernathy guardaban en recintos vallados que bordeaban el camino. Le sorprendió bastante sentirse invadido por impresiones evocadoras de un futuro en que quizá sería marido de la dama y padre de sus hijos. No fue una sensación desagradable. De hecho, era muy gratificante saber que la dama le convenía hasta el punto de imaginarla como esposa y madre de sus hijos.

Los Abernathy habían reunido a los demás huérfanos en su vehículo familiar de múltiples asientos, construido a partir de un carretón. Después de saludar con la mano a la pareja, se dirigieron hacia la pequeña iglesia ante la cual se celebraría el funeral, dejando que Colton y Adriana se encargaran de los hijos de la difunta. Según la señora Abernathy, los tres no habían dejado de hablar sobre su trayecto en el elegante carruaje desde que habían llegado. El cambio obrado en ellos era notable. Ahora estaban limpios, lavados y vestidos con ropas nuevas que Colton había pagado, y en general parecían contentos y menos temerosos. Los dos más pequeños iban sentados a cada lado de Adriana, y no paraban de hacer preguntas. El mayor había elegido acomodarse al lado de Colton, y no parecía menos curioso, reclinado contra el apoyabrazos.

–¿Luchasteis en la guerra como papá?

–Creo que estuve en el ejército más tiempo que tu padre. Hasta hace poco, era mi carrera.

Joshua lo miró con renovado interés.

–¿Os hirieron alguna vez?

–Sí, en la pierna.

–¿Estuvisteis cerca de morir?

Colton inclinó la cabeza un momento y dedicó al niño una sonrisa torcida.

–Lo bastante para volverme aprensivo.

–¿Aprensivo? –repitió el niño, perplejo–. ¿Qué quiere decir?

–Miedoso.

Joshua se quedó muy sorprendido.

–¿Queréis decir que estabais asustado?

–Oh, sí. Es muy natural que uno tenga miedo de perder la vida..., o un miembro.

–¿No habréis estado en peligro antes?

–Sí, en el campo de batalla, pero mientras peleaba no tenía tiempo de pensar en la muerte. Estaba demasiado ocupado intentando sobrevivir.

–La gente decía que papá era un héroe –afirmó Joshua–. Sus amigos se lo dijeron a mamá después de darle la noticia de que lo habían matado. A mamá no le importó. Le preocupaba lo que haría ahora que él ya no le enviaría algo de ayuda.

Colton apoyó una mano sobre el hombro del niño.

–Por lo que me han dicho acerca de tu padre, pienso que fue un hombre admirable, de quien un hijo puede estar muy orgulloso. Estoy seguro de que su recuerdo te será beneficioso en el futuro. Tal vez serás un héroe a tu manera.

–¿Queréis decir que iré a la guerra y moriré igual que él?

Colton intercambió una sonrisa con Adriana, antes de volver a mirar al niño y menear la cabeza.

–No, Joshua, no es preciso morir para ser un héroe. Si vives, puedes ser tan grande como un héroe. Los héroes son personas honorables, que hacen el bien por sus semejantes y su patria sin tener en cuenta sus incomodidades. Puedes empezar cuidando de tu hermano y tu hermana, enseñándoles a diferenciar el bien del mal, protegiéndolos de la gente que intente perjudicarlos y ayudándolos en su existencia cotidiana, bañarlos y vestirlos, calzarlos, peinarlos. Como eres el mayor, has de quererlos y enseñarles, al igual que vuestro padre os quiso y enseñó.

Adriana escuchaba en silencio mientras pasaba los dedos por el cabello de la niña. Las palabras de Colton eran sabias. La llevó a pensar que el corazón del hombre era sensible a las necesidades de los niños. Hasta imaginó que, algún día, sería un buen padre, aunque todavía ignoraba si lo sería de sus hijos.

–Lord Randwulf también fue un héroe en la guerra –dijo, mientras sonreía a Joshua–. Luchó para salvar nuestro país de las fuerzas francesas, que habrían intentado conquistarnos de no haber sido derrotadas.

–Yo quiero ser un héroe –proclamó Joshua con una sonrisa. Señaló a Colton–. Como él. Así podría tener un carretón como éste.

–Un carretón, ¿eh? –dijo Colton riendo.

–Yo también quiero ser héroe –declaró con timidez Sarah, y luego lanzó una risita cuando Adriana le hizo cosquillas en la barbilla. Ocultó la cara contra el pecho de la mujer, miró al hombre con un ojo y luego señaló hacia arriba–. Como la bonita dama.

–Ella sí que es una heroína –se mostró de acuerdo Colton, mientras clavaba la vista en los ojos de Adriana–. No sólo para los numerosos animales de la campiña, sino para tres huérfanos necesitados de cariño. Tienes instintos muy maternales, querida mía.

Adriana se ruborizó y, en su esfuerzo por disimularlo, desvió la atención hacia la niña que había depositado sobre su regazo. Le ordenó los rizos dorados y, cuando terminó, le dedicó una sonrisa.

–Eres muy bonita, Sarah. No me cabe la menor duda de que tu padre habría estado orgulloso de ti, al igual que de Jeremiah y Joshua.

–Eso era lo que siempre decía papá, que estaba orgulloso de nosotros –manifestó Joshua, que al punto tuvo que secarse una lágrima–. Quizá habría sido mejor que no fuera un héroe, y ahora estaría con nosotros.

Colton apretó con afecto el brazo del niño. De pronto, el pequeño se puso a sollozar y se echó en los brazos del hombre. Adriana se quedó emocionada por la compasión que mostró Colton, el cual rodeó con su brazo al infante y no hizo el menor esfuerzo por proteger la chaqueta de las lágrimas que derramaba su protegido.

Poca gente asistió a la ceremonia. Por lo visto, la fallecida no gozaba del aprecio ni el respeto de sus vecinos y conocidos. Si bien los asistentes proclamaron su admiración por el padre, también calificaron a la mujer de egoísta y perezosa, y afirmaron que no había hecho nada por sus hijos, salvo matarlos de hambre y mantenerlos prisioneros en una cabaña húmeda y oscura. Muchos expresaron su estupor por los cambios ocurridos en los niños en tan corto tiempo. Colton y Adriana alabaron a los Abernathy por su dedicación, no sólo a los Jennings, sino a los demás huérfanos que habían adoptado con el transcurso de los años. Resultó evidente para todos que los niños que llevaban más años con los Abernathy demostraban un gran afecto y respeto por sus padres adoptivos. Los llamaban papá y mamá, y contestaban «sí, señor» o «no, señora».

Cuando devolvieron por fin los hijos de los Jennings a los Abernathy, la pareja invitó a Colton y Adriana a cenar. Colton se habría negado, al ver la situación apurada de la pareja, pero Adriana le confió que su padre siempre procuraba que no le faltara comida a la familia. Además, añadió que la señora Abernathy era una cocinera excepcional, y comer algo preparado por la mujer constituía una ocasión especial.

La velada transcurrió jovialmente, con Adriana y Colton sentados en un banco, flanqueados por los hijos de los Jennings. Los niños mayores de la familia no paraban de contar historias a sus invitados, y arrancaban fuertes carcajadas de los hombres y los niños, y sonrisas de las damas. La pequeña Sarah reía con los demás, aunque sin comprender del todo el significado de las historias, pero imitaba en todo a la hermosa dama y la miraba con ojos de adoración, saboreando sus caricias.

Cuando por fin el carruaje de los Wyndham emprendió el regreso por la carretera iluminada por la luna, Adriana se sintió inclinada a expresar su gratitud a Colton por lo que había hecho por los niños, y lo que parecía estar dispuesto a hacer en un futuro.

–Vuestra ayuda les será muy beneficiosa, mi señor, y así serán mejores personas.

–No he hecho gran cosa –contestó el hombre, mientras acariciaba con el pulgar el puño plateado del bastón–. Tú y los Abernathy sois quienes merecéis las alabanzas, no yo.

–Todo el mérito es de la pareja, pero vos habéis sido muy generoso, cuando otros nobles se habrían negado a ayudarles, con toda probabilidad.

–Si he sido caritativo, Adriana, tú eres quien me ha instruido. Entre tus esfuerzos y los de Samantha, puede que algún día demuestre ser un hombre magnánimo.

La suave boca de Adriana se curvó en una sonrisa.

–Tal vez sólo estabais esperando la oportunidad de demostrar vuestra bondad, mi señor.

–Durante casi toda mi vida he pasado por alto esas oportunidades, Adriana. Tú me has enseñado más sobre caridad en estos dos últimos días de lo que sabía hasta ahora. –Colton se inclinó sobre el mango del bastón y escudriñó aquellos brillantes ojos oscuros, mientras una sonrisa le curvaba los labios–. Has despertado emociones en mí que no estaba seguro de poder sentir, hasta que volvimos a encontrarnos. Por algunas, me siento muy agradecido. En cambio, debo reprimir otras.

Adriana lo miró con suspicacia.

–¿Y cuáles son las que intentáis reprimir?
Colton se reclinó en el asiento y sonrió.
–Oh, no pienso revelarte esa información por ahora, hermosa doncella. Debo meditar más sobre el meollo del asunto antes de entregarte ese poder.
–Os burláis de mí –lo acusó ella con repentina certeza–. Yo no he hecho nada, y sin embargo queréis hacerme creer que os he influido de alguna manera misteriosa o cometido algún crimen contra vos. Os estáis burlando de mí como hacíais antes, de modo que no digáis más bobadas.
Una risita escapó de los labios de Colton.
–Compruebo que no te dejas engañar con facilidad, querida mía, pero ¿no puedes entender lo que experimenta un hombre como yo en presencia de una mujer tan hermosa?
Adriana decidió que tal vez había llegado el momento de preocuparse por la distancia que faltaba para Wakefield. Clavó la vista en la oscuridad y luchó por recobrar la voz, hasta que carraspeó y lo intentó de nuevo.
–¿Sabéis dónde estamos exactamente?
–No temas, Adriana. Pese a lo mucho que me gustaría hacerte el amor ahora mismo, no te forzaré para apaciguar mi apetito masculino. Sin embargo, espero que, con el tiempo, serás más receptiva a mis atenciones. Puedo ser enormemente persuasivo cuando se trata de cobrar una hermosa y rara pieza que deseo con desesperación.
Adriana sintió que sus mejillas ardían cuando miró aquellos sonrientes ojos grises. Al punto, quedaron iluminados por los faroles del carruaje, y quedó patente la calidez que alumbraba en aquellas profundidades translúcidas, al igual que su confianza en sí mismo.
–Parecéis muy seguro de vos, mi señor.
–Oh, imagino que una mujer única como tú tiene que estar aburrida de las numerosas proposiciones que se le hacen, y es muy posible que te preguntes en qué se diferencia mi invitación de las otras. De puertas afuera, en nada; pero, en el fondo, con los años he llegado a darme cuenta de que todo posee un arte. –Se encogió de hombros–. Por ejemplo, en los campos de batalla que pisé durante mi carrera de oficial, me familiaricé con las habilidades de la guerra. También existe el arte de la intimidad que pueden compartir un hombre y una mujer. No tiene por qué implicar irse a la

cama juntos; pero, si eso sucediera, Adriana, sería cariñoso contigo y buscaría tu placer antes que el mío. Te cuidaría como algo raro y precioso, pues eso es lo que eres. He llegado a darme cuenta, después de examinarte en el baño, de que no estaré satisfecho hasta que seas mía. Eres como un potente vino que se me ha subido a la cabeza. Nunca he deseado tanto a una mujer como te deseo a ti desde que he vuelto. Ya debes saberlo a estas alturas.

Sin saber muy bien qué decirle, Adriana decidió seguir investigando en el tema, por si no había entendido bien lo que él deseaba de ella. No se atrevería a hacerle proposiciones deshonestas cuando existía un acuerdo firmado por los padres de ambos.

–¿Debo creer que aceptáis nuestro compromiso?

Los ojos de Colton bajaron hacia el puño del bastón, mientras seguía el dibujo grabado, con la uña de un dedo.

–Yo no he dicho eso, Adriana.

–Pero estáis solicitando mis favores, ¿no?

–Creo que no he dicho eso –se evadió Colton, presintiendo la creciente ira de su interlocutora.

Adriana apoyó sus dedos temblorosos contra la frente y cerró los ojos. Por un momento, meditó sobre lo que había oído y trató de extraer algún sentido.

–Pues entonces, ¿qué habéis dicho? Tal vez he interpretado mal vuestras proposiciones.

–No tengo la intención de tomarte contra tu voluntad, querida mía, pero me gustaría muchísimo intimar contigo.

¡Menuda audacia! Era mucho más descarado de lo que había imaginado.

–¿De veras creéis que consentiría en acostarme con vos sin haber contraído matrimonio? –preguntó. ¡Qué osadía!–. ¿Acaso soy idiota? Recuerdo demasiado bien que Jaclyn quedó embarazada nada más casarse. Si fuera tan imprudente de aceptar, cosa que no pienso hacer, sería como invitar al desastre.

Colton rió de sus protestas. Parecía mucho más preocupada de quedarse embarazada que de ser seducida sin estar casada.

–Haría todo lo posible por impedir que eso ocurriera, Adriana –dijo con zalamería–. Podría complacerte como nadie te ha complacido jamás.

Adriana dirigió una mirada airada al hombre.

–Melora me advirtió que era peligroso ir sola con vos en un carruaje, y yo deseché sus llamadas a la precaución. La próxima vez, podéis estar seguro de que estaré más atenta a sus admoniciones, pues han demostrado ser muy acertadas.

Colton sintió una punzada de decepción cuando se dio cuenta de que Bentley estaba disminuyendo la velocidad para tomar la curva que conducía al camino de entrada de los Sutton.

–Da la impresión de que la oportunidad de hablar largo y tendido sobre este asunto se nos ha escapado, al menos por esta noche –murmuró con una sonrisa. Sus ojos la estaban devorando a la suave luz de los faroles. Exhaló un suspiro que transmitía su decepción–. Supongo que debo soportar la inutilidad de desearte una noche más. Poco imaginaba cuando te encontré en mi baño que viviría angustiado por el deseo de poseerte.

Cuando Bentley detuvo el carruaje ante la mansión de estilo Tudor, Adriana no esperó a que el caballero la ayudara a bajar. Abrió la puerta, dio una patada al peldaño y descendió con la celeridad de alguien a cuyos faldones hubieran prendido fuego. Abandonado de tal forma, Colton bajó el mismo peldaño con mucha más dignidad y la siguió con tanta presteza como le permitió su cojera.

Ansiosa por salir al encuentro de la pareja, después de ver aparecer en el camino de entrada los faroles del carruaje, Melora se levantó las faldas y adelantó corriendo a Charles. Casi sin aliento, abrió el portal y salió a tiempo de ver que su hermana se dirigía hacia allí.

–Pensaba que nunca volverías –dijo Melora, mirando de arriba abajo a su hermana menor. Habría tomado la iniciativa de sugerir a su madre que algo había pasado, en el caso de haber detectado algo erróneo en la apariencia de Adriana–. Espero que no os haya retrasado nada grave.

–Cenamos en casa de los Abernathy, Melora –anunció Adriana–. Volvimos nada más terminar. Y si te estás preguntando si he sido forzada, la respuesta es no, y seguirá siendo no mientras me quede aliento en el cuerpo.

Melora se quedó boquiabierta, y Colton se tapó la boca para contener una carcajada. En aquel momento, se le ocurrió que jamás había conocido a una mujer como Adriana Sutton. Por lo visto, en el futuro debería ser muchísimo más sutil acerca de sus intenciones, si deseaba intimar con la dama al margen del matrimonio.

Colton se quitó el morrión cuando la menuda mujer lo miró.

–Buenas noches, Melo...

–Entra, Melora –lo interrumpió Adriana, tirante. Se detuvo en la puerta y miró al hombre con frialdad–. Lord Colton no puede quedarse. Ha de regresar a su casa cuanto antes.

Así despedido, Colton no tuvo otro remedio que acceder.

–Es cierto, ay. No puedo quedarme.

–¡Buenas noches, mi señor! –dijo Adriana con un esfuerzo, mientras Melora la seguía. Al instante siguiente, Colton se encogió cuando la puerta retumbó con estrépito detrás de las dos mujeres.

Cuando se acercó al landó, reparó en la mirada tímida de Bentley, antes de que el hombre volviera su atención al tiro. Aun así, observó que el hombre echaba subrepticias miradas hacia atrás.

–¿Deseas hablarme de algo, Bentley? –preguntó Colton, mirando con suspicacia al cochero.

–Bien, ah..., no, señor. Quiero decir... Bien, lady Adriana..., ah..., parece un poco independiente... a veces.

–Sí, ¿y qué quiere decir eso?

Con cuidado de no ofender al noble, el cochero dirigió otra veloz mirada hacia atrás.

–He visto a su señoría..., ah..., encresparse antes cuando un tipo intentó... intimar... demasiado.

–¿Quieres decir intimar con la dama? –insistió Colton, con la vista clavada en el hombre.

–Ah... Bien... Tal vez, señor. –Bentley carraspeó con dificultad, como si se hubiera tragado una rana–. Oí lo que la dama dijo camino de la puerta, señor. Dijo..., er..., casi lo mismo que la noche en que le puso un ojo a la funerala con el bolso a ese tipo. Es propensa a tales manifestaciones de energía cuando se enfada un poco, señor, y os aseguro que sabe utilizarlo. Vuestra hermana os lo podrá confirmar. Fue testigo de la agresión. Ella y el señor Percy.

Colton alzó el bastón y examinó el puño a la luz de la luna.

–¿Y qué sugieres?

Una vez más, el cochero carraspeó, incómodo.

–Ni se me pasaría por la cabeza sugeriros algo, señor.

–Vamos, Bentley, tú ya trabajabas para nosotros antes de que yo me marchara. Si has de comunicarme algo respecto a la dama, tienes permiso para decirlo. Otra cosa es que lo acepte o no.

–En ese caso, señor, os diré lo poco que sé. Tal vez eso os ahorre enemistaros con la dama. Es muy fácil para un hombre que ha estado en la guerra perder de vista la diferencia entre las de los campamentos y las de casa, pero si os esforzarais por recordar que lady

Adriana está bastante por encima de las mujeres que siguen a los soldados, tal vez no os disgustaríais tanto.

Colton meditó sobre el consejo del hombre durante largo rato. Después miró hacia la puerta principal por la que Adriana había desaparecido, bastante irritada. Tal vez se había acostumbrado en exceso a las mujeres que se le ofrecían, y había olvidado que algunas todavía conservaban la pureza para sus futuros esposos. Por más que le hubiera gustado hacer el amor a la dama, tenía que admirarla por su firmeza. Al menos, si se casaba con ella, no tendría que preguntarse quién la había disfrutado antes.

Con una súbita carcajada, Colton lanzó el bastón al aire y lo atrapó al vuelo. Se tocó el ala del morrión con el puño y saludó al hombre por su sabiduría.

–Gracias, Bentley. Haré todo cuanto esté en mis manos por recordar tu prudente consejo. En verdad la dama es como dices, y si persisto en tratarla con ligereza cuando estoy con ella, me pondrá un ojo a la funerala con su bolsito.

Todo el cuerpo de Bentley pareció temblar cuando se puso a reír.

–Sí, señor, y lady Adriana es la única capaz de haceros eso.

Colton asintió sin decir nada cuando George Gaines, su sastre, le hizo una pregunta, pero el hombre nervudo y menudo se dio cuenta de que su señoría estaba absorto en sus propios pensamientos y que no se encontraba de humor para discutir los detalles de levitas, chalecos y pantalones. Si bien habían pasado varias horas desde que habían partido de la residencia londinense del noble, una excelente mansión de estilo Palladio ubicada en Park Lane, cerca de Hyde Park, el coronel retirado apenas había mascullado una palabra. Durante casi todo el rato había estado mirando la campiña por la ventana, absorto en sus pensamientos, el ceño fruncido, los labios apretados. Aquellos ojos grises transparentes sólo se habían movido para contemplar el paisaje. Faltaba poco para el ocaso, pero el hombre no parecía haber caído en la cuenta de que la intensidad de la luz había disminuido.

Colton tomaba nota de todo, pero estaba preocupado por otros asuntos. Durante los últimos días, mientras se ocupaba de asuntos propios del marquesado, lo habían invadido incesantes pensamientos de la belleza morena que pronto cortejaría, y eso no había contribuido precisamente a levantarle el ánimo. Por más que había intentado expulsarla de su mente, había sido en vano, y tampoco le había servido de nada pensar que podía encontrar alivio en otra mujer. La misma idea lo había hecho irritarse consigo mismo, y no había perdido el tiempo en lo que prometía ser una empresa estéril. La verdad era que, tras ver la perfección desnuda de lady Adriana, ninguna otra mujer lo atraía. Intentar aplacarse con otra sería como tratar de engullir la comida de un mendigo teniendo delante un banquete. Pese a sus firmes objeciones del pasado a las propuestas de su padre, era como si volviera a ser un jovenzuelo, que seguía con alegría el camino trazado por su progenitor años antes.

El estrecho sendero que atravesaban facilitaba el acceso a las mansiones vecinas de Wakefield y Randwulf. Cuando el landó dejó atrás la arboleda que bordeaba la carretera y salió al claro que permitía ver los terrenos circundantes de Wakefield Manor, alzó la vista con la esperanza de ver a Adriana. La mansión Tudor de piedra gris, con numerosos gabletes y tejado puntiagudo, se alzaba sobre una colina entre altos árboles de hoja perenne, tan altos que casi rivalizaban con las chimeneas, las cuales parecían perforar las nubes. Había visitado la cálida y espaciosa mansión muchas veces en su infancia, y estaba convencido de que la familia que habitaba en ella sería tan agradable y hospitalaria como antes. No podía hacer nada mejor que emparentar con ellos mediante el matrimonio.

El landó aminoró la velocidad, lo cual despertó la curiosidad de Colton, que se asomó a la ventanilla para descubrir la razón de que Bentley tirara de las riendas de los caballos. Fue cuando vio en el campo que se extendía al otro lado del vehículo a dos jinetes que corrían a lomos de sus caballos hacia un muro de piedra bajo. La dama, que montaba de costado sobre el corcel andaluz moteado de gris, iba delante, y al parecer disfrutaba de tal circunstancia. Colton vio la altura de la barrera que se alzaba ante la pareja y, con una maldición ahogada que llamó la atención del sastre, se inclinó hacia delante en el asiento para ver mejor. Casi paralizado de horror, vio que los dos se acercaban al obstáculo; pero, cuanto más se aproximaban, más se clavaban sus ojos en el corcel moteado que montaba la elegante dama. Contuvo el aliento cuando el caballo saltó con gracia y elegancia sobre el obstáculo. Colton, abrumado de alivio, apenas reparó en que el corcel negro del hombre salvaba con idéntica agilidad el mismo obstáculo.

–¡Jovenzuela imprudente! –murmuró Colton, airado–. ¡Le trae sin cuidado caerse cualquier día de éstos y romperse su bonito cuello con esas excentricidades!

El señor Gaines lo miró con cautela.

–¿Amiga vuestra, mi señor?

–Una vecina con una pasión poco común por los caballos –masculló Colton. Alzó el bastón y golpeó el techo del carruaje. Cuando el landó empezó a disminuir la velocidad, se volvió hacia su acompañante–. Perdonad, señor Gaines. Voy a bajar unos momentos, pero Bentley os conducirá a Randwulf Manor con vuestros hombres. –Miró por la ventanilla de atrás y vio que el vehículo del sastre acababa de salir de la arboleda–. Harrison se ocupará de vuestras necesidades, y os destinará una zona de la mansión donde vos y vuestros ayudantes podréis trabajar sin que nadie os moleste durante la semana que viene.

Cuando el landó se detuvo, Colton bajó y dio instrucciones a Bentley.

–Puedes volver a buscarme después de que hayas ayudado al señor Gaines y sus ayudantes con su equipaje –concluyó.

Colton no trató de comprender la oleada de irritación que lo invadió cuando vio que los dos jinetes se acercaban al paso por la carretera, sin duda para que sus monturas descansaran. Adriana saludó con su mano enguantada a Bentley, al igual que el apuesto caballero que tiró de las riendas de su corcel negro junto al caballo gris.

No era Roger Elston, observó Colton, intrigado por la creciente sensación de disgusto que experimentaba. El hombre iba montado como si hubiera nacido a lomos de un caballo, y, a juzgar por su amplia sonrisa, podía deducirse que lo estaba pasando en grande. Y ¿por qué no?, se burló mentalmente Colton. Aunque los dos estuvieran delante de la propiedad familiar de la dama, la tenía toda para él.

Colton miró a Adriana y al hombre que la acompañaba cuando se acercaron a él.

–Buenas noches –saludó, e inclinó el sombrero en dirección a la dama. Estaba muy elegante con su atuendo de montar negro, con cuello de encaje de seda blanco y un sombrero de seda negro sobre su cabeza morena. Perlas solitarias adornaban los lóbulos de sus exquisitas orejas, bajo mechones rizados que sin duda habían escapado durante alguno de sus saltos. Al parecer, no era aquél el único obstáculo que habían salvado durante su paseo por la campiña–. Me ha parecido oportuno parar para ver tu caballo, pues toda mi familia me ha cantado sus alabanzas. –Desvió la vista hacia la montura de Adriana, mientras ésta le acariciaba el cuello arqueado, y tuvo que reconocer la verdad. Ulises era un animal excepcional–. Es una auténtica belleza.

Adriana tuvo que hacer un supremo esfuerzo para olvidar que el coronel había solicitado con todo descaro sus favores no hacía demasiadas noches. Si le hubiera soltado en la cara que no deseaba cumplir el contrato firmado por sus padres, no se habría sentido más ofendida. Como sólo la quería a tenor de su capricho, el hecho de que la deseara no había atenuado en nada su irritación.

Adriana sonrió y movió la mano para indicar a su acompañante, alto, apuesto, de cabello y ojos oscuros, al cual presentó mientras el desconocido desmontaba.

–Os presento a mi buen amigo Riordan Kendrick, marqués de Harcourt. Riordan, éste es Colton Wyndham, marqués de Randwulf.

–Hacía tiempo que deseaba tener este placer –dijo el hombre mientras se acercaba a Colton con una sonrisa y la mano extendida–. ¿Qué soldado no ha oído hablar de vuestra valentía bajo el fuego? Os doy la bienvenida de Waterloo, mi señor, y de todos los demás lugares que habéis pisado durante vuestra gloriosa carrera.

La irritación que asaeteaba a Colton desde que había visto al hombre desapareció en cuanto se dieron la mano.

–Gracias, lord Harcourt, y os devuelvo el saludo. He oído muchas historias de vuestra valentía en los campos de batalla.

Riordan rió y alzó una mano en señal de protesta.

–Temo que me habéis avergonzado en ese terreno, de manera que no habléis más, mi señor.

Al darse cuenta de que Adriana había levantado la rodilla del estribo de su silla, los dos hombres se precipitaron con el ansia de ser el primero en ayudarla. Para mortificación de Colton, la veloz agilidad de Harcourt lo venció sin dificultad. Y por qué no, meditó lúgubremente. El hombre no estaba impedido por antiguas heridas.

La forma en que el noble miró a la dama cuando la depositó en el suelo bastó para desatar la ira del observador, el cual, hasta este momento, se había considerado indeciso en sus intenciones hacia la bella. Sólo era porque el hombre había regresado indemne de las guerras, pensó Colton, mientras intentaba explicarse la irritación que lo embargaba. No eran celos, desde luego. ¡Imposible! No recordaba haber sentido envidia de nadie en su vida.

Eso había sido antes de que volviera a casa y se encontrara ligado a un contrato en el que no había intervenido, pareció susurrar una voz dentro de su cabeza. Eso fue antes de que descubriera a una dama capaz de turbar su sueño. Eso había sido antes de que descubriera hasta qué punto un hombre igual a él, y que heredaría un título superior cuando su padre falleciera, la deseaba para sí. Eso había sido antes de que viera en el rostro y los ojos oscuros de otro un amor que ardía como una llama.

Adriana se acercó a Colton con Ulises detrás.

–Lord Harcourt y yo estábamos esperando a nuestros amigos. En cuanto sir Guy Dalton y lady Berenice Carvell lleguen, nos reuniremos a cenar con mi familia. ¿Os apetece acompañarnos?

–Gracias por la invitación, pero Bentley no tardará en volver a buscarme –explicó Colton, que se sentía desconcertado por la bella. Aunque la joven había sonreído, sus ojos no habían perdido la frialdad–. He traído a mi sastre y a sus ayudantes de Londres y, conociendo al señor Gaines como lo conozco, estoy seguro de que arde en deseos de empezar.

Experimentó un gran alivio cuando vio regresar su landó, porque se sentía incómodo, y la presteza de Bentley le permitía escapar sin hacer el ridículo. Aunque se resistía a aceptar la idea de que ver a Adriana con otro pretendiente había desatado su envidia, tuvo que reconocer que sentía algo parecido a los celos.

–En tal caso, os deseo buenas noches –dijo Adriana, dando media vuelta y aceptando la mano que le ofrecía su acompañante.

Acostumbrado como estaba a que las mujeres quisieran complacerlo, Colton sufrió algo cercano a un brutal despertar cuando vio a la pareja alejarse con sus corceles, pues la dama no se volvió en ningún momento a mirarlo y no dejó de sonreír a su acompañante.

La mirada interrogativa de Bentley era lo último que Colton deseaba afrontar cuando el carruaje se detuvo a su lado.

–No digas nada –ordenó con tono amargo–. Esta noche no estoy de humor para tolerar tus sabios consejos.

Bentley lanzó una mirada de preocupación hacia la pareja.

–¿Creéis que lady Adriana está prendada de su señoría?

–¡Cómo demonios voy a saberlo! ¡Sólo puedo decir que no está prendada de mí!

–Tal vez cambie de idea mañana –sugirió el cochero en tono vacilante.

Colton resopló como un toro furioso.

–O cuando el infierno se hiele.

8

–¿Dónde estás, Felicity? –llamó Jane Fairchild desde la balaustrada del segundo piso–. ¿Quieres hacer el favor de subir y ayudarme a dar la vuelta a tu abuelo, para poder curar sus úlceras?

Atrincherada en el salón de abajo con un volumen encuadernado en piel de *Orgullo y prejuicio,* la novela de Jane Austen, Felicity Fairchild arrugó la nariz en señal de repugnancia mientras pasaba otra página. Lo último que deseaba hacer ese día, o cuando fuera, era ayudar en una tarea tan repulsiva, sobre todo cuando implicaba convertirse en enfermera de un viejo chocho. Puede que Jane Fairchild tuviera esa misión en mente cuando había rogado a su marido que dimitiera de su cargo en la contaduría donde había trabajado durante muchos años, pero su hija no deseaba dedicarse a esos quehaceres.

Hasta el momento, la única ventaja de trasladarse a una pequeña ciudad provinciana como Bradford-on-Avon había consistido en ser presentada a lord Randwulf. Su padre se había alegrado sobremanera por la noticia del encuentro, y había reiterado su predicción de que un día se casaría con un aristócrata y tendría dinero en abundancia. Su madre había considerado tales especulaciones irrisorias, considerando su origen menos que noble, pero esa misma era la razón de que Jarvis Fairchild hubiera accedido a las súplicas de su esposa de mudarse a la ciudad de Wiltshire, pues era en esa zona donde esperaba que su hija captara el interés de cierto aristócrata. Unos meses antes, cuando estaba haciendo un recado en Londres para su antiguo jefe, había oído a dos hombres importantes expresar su esperanza de que un noble soltero adquiriera pronto un marquesado cerca de la ciudad del fabricante de tejidos y, junto con él, suficiente riqueza para pagar las deudas contraídas con cada uno de ellos. A la vista del hecho de que casi todos los caballeros con los que se cruzaba su hija volvían la cabeza para mirarla, Jarvis había entrevisto la gran oportunidad que aguardaba en esa zona.

Felicity dejó el libro abierto sobre una mesa cercana y masculló algo acerca de la propensión de su madre a interrumpir su lectura. Debido a la desagradable misión que le esperaba, ya no podía concentrarse. Irritada e inquieta, se levantó de la silla como impulsada por un resorte y caminó hacia la puerta del salón, desde donde sacó la lengua al piso de arriba.

Para entonces, Felicity se consideraba a salvo, pues su madre había vuelto al dormitorio del anciano. Jane sonrió a su padre y le palmeó el brazo con afecto.

–No te preocupes por mí, Jane –dijo Samuel Gladstone con dulzura desde la cama–. Ya has hecho bastante. Ocúpate de tu familia.

–Tú eres mi familia, papá, y me procura un gran placer cuidarte con el mismo cariño que dedicaste a mamá cuando enfermó. Nunca he visto un hombre más devoto de su esposa que tú.

Samuel forzó una sonrisa, pese al nudo que se había formado en su garganta.

–Era una mujer capaz de conmover el corazón de un hombre. A veces, queridísima Jane, la vislumbro en ti.

Su hija exhaló un profundo suspiro.

–Creo que no poseo el mismo talento que ella de conmover corazones, papá.

–Ya lo creo que sí –aseguró el anciano–. El problema que afrontas es la indolencia de los corazones que intentas despertar. Tal vez con el tiempo reaccionen a tu generosidad. Entretanto, muchacha, ten valor. Tus obras son honorables y sinceras. Quedarán como un testamento de tu carácter mucho después de que abandones el mundo, al igual que las obras de tu madre han perdurado pese a los muchos años transcurridos desde su fallecimiento.

Como no había recibido más órdenes de arriba, Felicity agitó su pelo con aire desafiante mientras se acercaba a las ventanas delanteras, desde donde se divisaba el camino adoquinado que descendía serpenteante a través de la ciudad, después de rodear la colina sobre la que se asentaba la mansión Cotswold, de tres pisos. A lo lejos se veían las ruinas de una iglesia medieval con su aguja elevada, y más lejos aún, el puente que cruzaba el río Avon, en el que se erguía una capilla medieval utilizada en ocasiones como cárcel. Su mirada revoloteó con anhelo por las calles adoquinadas de la zona donde estaban instalados los comercios, en busca de un galante caballero que, si fuera en verdad afortunada, se presentaría en la casa de su abuelo y le alegraría el día.

Unos pasos apresurados que se acercaban por el pasillo pusieron fin a aquellas fantasías, y Felicity reflexionó sobre la locura de su desafío. Se armó de valor para plantar cara a su madre, experta en recompensar la desobediencia y las excusas inconsistentes de la forma más eficaz. En el escaso tiempo que llevaban viviendo en Stanover House, Felicity se había dado cuenta de que su madre había heredado muchas de las ideas de su progenitor acerca de la integridad, el trabajo duro y la lealtad, y se dedicaba a instruir a su hija en las costumbres aprendidas en su infancia. En la mayoría de los casos, no obstante, los intentos de Jane se veían frustrados por Jarvis Fairchild, quien se consideraba mucho más astuto y versado en todo en general. Muchas veces había minado los valientes esfuerzos de su esposa al deplorarlos sin ambages, incluso en presencia de su hija. Ahora que trabajaba cerca, era propenso a volver con bastante frecuencia a la casa, a veces para examinar los libros mayores de Gladstone o para interrogar al anciano largo y tendido sobre trabajadores de edad avanzada a los que, sin conocimiento de su suegro, había empezado a despedir. Felicity sabía que quedaría salvada de cualquier tarea que su madre le exigiera si su padre entraba de un momento a otro; pero, por más que ansiara tal cosa, era insensato esperarla.

Al oír que los pasos avanzaban por el pasillo, Felicity corrió de puntillas hacia la puerta con la esperanza de poder convencer a su madre de que estaba a punto de contestar a su llamada. Los pasos se acercaron al salón, y luego, para asombro de Felicity, continuaron hacia la cocina. Estuvo a punto de lanzar una carcajada al comprender que sus temores habían sido infundados. Sólo era Lucy, la criada de su abuelo, que se apresuraba a cumplir alguna orden de Jane.

Sonriendo con suficiencia, Felicity volvió a la ventana por la que había estado contemplando el mundo. Si se retrasaba lo suficiente, tal vez su madre desistiría de llamarla. Al fin y al cabo, cuidar del anciano era responsabilidad de su hija y de nadie más.

Felicity buscó con ansia algún rostro conocido. Como tenía la cabeza llena de delirios de grandeza, alimentados por su padre durante casi toda su vida, y más recientemente, por haber saboreado apenas la vida social que los aristócratas disfrutaban con frecuencia, alimentaba elevadas aspiraciones de vestidos caros, bailes elegantes y novios aristócratas. Anhelaba encontrarse entre los clientes de las tiendas, pero no se le ocurría ninguna excusa verosímil para que su madre la dejara salir, sobre todo ahora que había solicitado su ayuda.

Al reflexionar sobre los aristócratas a los que había conocido en fechas recientes, Felicity apoyó la barbilla sobre los nudillos y pensó en las probabilidades de agenciarse uno. El mayor lord Stuart Burke era apuesto y divertido, y si no era capaz de atraer a otro, bastaría de sobra. Claro que, si pudiera elegir, preferiría al guapísimo lord Randwulf. En su opinión, no era un simple hombre. Era la quintaesencia de la perfección y, aunque los acreedores le pisaran los talones, imaginaba que la riqueza asociada con su marquesado pronto lo libraría de esas inconveniencias menores.

Sus ojos vagaron por el camino, y entonces se incorporó con una exclamación ahogada al reconocer a la persona con la que había estado fantaseando: ¡lord Randwulf! En aquel momento avanzaba por la calle con la ayuda de su elegante bastón.

Su corazón se aceleró de emoción, y salió corriendo al pasillo.

–¡Lucy! –gritó en dirección a la cocina–, necesito que me ayudes en mi habitación ahora mismo. ¡Ahora mismo, he dicho!

La criada farfulló algo incoherente cuando salió por la puerta. Sin molestarse en mirar atrás, Felicity corrió hacia la escalera. Aunque se arriesgaba a atraer la atención de su madre al subir a su habitación, no le quedaba otra alternativa. No podía permitir que lord Randwulf la viera ataviada con algo que no fuera su mejor vestido.

Llegó a la tercera planta sin aliento, pero no se detuvo. Tras entrar en el espacioso dormitorio, abrió las puertas del inmenso armario colocado cerca de la ventana y empezó a examinar sus vestidos frenéticamente para encontrar el más nuevo. Pese a las vigorosas protestas de su madre, en el sentido de que no podían permitirse tamaño despilfarro, poco después de que Jarvis Fairchild había asumido su nuevo puesto en la pañería habían contratado a una costurera y una sombrerera. Una elegante creación en malva, con cintas de lustrina color crema ribeteadas de lazos de pana malva como adorno de la falda, era el vestido más caro que había tenido en su vida y, sin duda, el más encantador. Un sombrero a juego conseguía que el conjunto resultara aún más atractivo.

Felicity sacó la prenda y la examinó arrobada. Como no había podido resistir la tentación, se la había puesto más veces de lo que parecía prudente, deseosa de escuchar los cumplidos que le deparaba. No le cabía la menor duda de que podría llamar la atención del noble ataviada así.

Se fijó en una diminuta mancha en el corpiño, y se sintió angustiada. Aunque Felicity sabía que tales desgracias podían suceder, sobre todo con el uso repetido, el hecho de que ninguna criada hubiera reparado en la mancha la enfureció. Cada vez más irritada, giró en redondo cuando la puerta se abrió.

La criada, sin aliento debido a la apresurada ascensión al último piso, entró en el dormitorio y se llevó una mano temblorosa al pecho cuando se detuvo para respirar. Captó la mirada asesina de su joven ama, y retrocedió varios pasos, consternada.

–¿Pasa algo, señorita? –preguntó con voz quejumbrosa.

–¡Yo te diré lo que pasa, Lucy! –Felicity avanzó hasta detenerse a unos centímetros de la criada y agitó la prenda ante su cara–. Te he dicho muchas veces que te asegures de que mis vestidos están limpios y preparados antes de guardarlos en mi armario. Has de saber que éste es mi mejor vestido, pero lo guardaste manchado. ¿Cuál es la excusa de esta distracción?

Lucy se mordisqueó el labio inferior, preocupada. Hacía pocos años que trabajaba para el anciano, al que siempre habían complacido sus esfuerzos. No obstante, su confianza en sí misma había empezado a mermar poco después de que Felicity y su padre empezaron a acosarla con sus críticas, como si fuera una completa inútil.

–Lo siento muchísimo, señorita. No me fijé en la mancha. Como es tan pequeñita...

–¡Si yo puedo verla, los demás también! –Fuera de sí, Felicity abofeteó con la prenda a la criada, que se tambaleó hacia atrás al borde del llanto–. Haz lo que puedas para limpiar la mancha y deja presentable el vestido. De inmediato, ¿me has oído?

–Sí, señorita.

Lucy cogió a toda prisa la prenda entre sus brazos y parpadeó varias veces seguidas para aclarar su borrosa visión, mientras intentaba hacer caso omiso del ardor de sus ojos y mejillas. Temblorosa, enderezó su cofia.

–¿Vais a salir, señorita? –preguntó confusa–. Tal vez no habéis oído a vuestra madre. Os estaba pidiendo ayuda...

–Ahora no puedo preocuparme de tareas triviales –replicó Felicity–, sobre todo cuando asuntos de la máxima urgencia exigen mi atención. Limpia la mancha de mi vestido y date prisa. ¿Me has entendido? Necesito que me ayudes a vestirme.

–Pero la señora Jane quería que le llevara enseguida la pomada...

Felicity se inclinó hacia la doncella hasta que sus narices casi se tocaron. A una distancia tan corta, los ojos de la criada parecían grandes discos del gris más pálido.

–Me ayudarás a prepararme, Lucy, o te pegaré hasta que gimas, ¿me has entendido?

La respuesta fue un frenético cabeceo.

–Sí, señorita.

El vestido acababa de descender sobre la cabeza de Felicity, cuando unos momentos después Jane Fairchild abrió la puerta. Ante lo obvio de la situación, la mujer exhaló un suspiro de exasperación.

–¿Adónde crees que vas tan elegante, jovencita?

Felicity gruñó para sus adentros y se esforzó por encontrar la abertura del corpiño entre la falda. Sabía por larga experiencia que debía ser más cordial con la criada en presencia de su madre; de lo contrario le negaría el permiso para salir de casa, y pasaría el resto del día ocupada en tareas domésticas.

–Oh, mamá, te aseguro que se trata de un asunto muy urgente.

Jane cruzó los brazos sobre el pecho y la miró con incredulidad.

–¿Y qué situación tan acuciante se ha presentado desde que te pedí ayuda?

Felicity captó escepticismo en la voz de su madre, y tomó la precaución de ocultarle la verdad. Sin duda, su madre volvería a reprenderla por perseguir sueños vacíos.

Se acomodó el vestido y miró en silencio a Lucy, que se había apartado para esperar el resultado de la discusión. La muchacha se precipitó hacia delante de nuevo, y con dedos temblorosos empezó a abrochar el vestido. Satisfecha con los frenéticos esfuerzos de Lucy por complacerla, Felicity miró a su madre y sonrió vacilante.

–Te acuerdas de lady Adriana y lady Samantha, ¿verdad, mamá? –Cuando la mujer asintió, se apresuró a explicarse–. Bien, poco después de nuestra excursión de la semana pasada, me presentaron a una persona que acaba de llegar a la ciudad. He estado pensando que sería muy amable por nuestra parte hacer un regalo a cada una de las damas por sus bondades con el abuelo..., y también por invitarme a su paseo. Si me permitieras hablar con esta persona, estoy segura de que me haría una idea mejor de cuál sería el regalo más adecuado para ambas damas.

Su madre la miró con aire dubitativo.

–¿Esta persona es un hombre, por casualidad?

–Desde la casa se nos verá muy bien, mamá –le aseguró Felicity nerviosa, y decidió que sería mejor para sus intenciones revelar la posición social del hombre–. Es el hermano de lady Samantha, el marqués de Randwulf, mamá... Él podría aconsejarme, pues conoce muy bien a las dos mujeres. También quería darle las gracias por su hospitalidad, puesto que una de las casas que visitamos es de él.

–No te hagas ilusiones con él, hija –le advirtió Jane con preocupación maternal–. Ha de casarse con una dama de su misma clase.

Irritada por la previsible admonición de su madre, Felicity se atrevió a protestar.

–Por el amor de Dios, mamá, sólo quiero pedirle consejo sobre los regalos y agradecerle su amabilidad.

Jane asintió y examinó la apariencia de su hija.

–Estás radiante como un arco iris en el cielo. –Hizo un ademán de rendición, pues también se sentía inclinada a compensar a las damas de alguna manera por las costosas hierbas que habían llevado a su padre, así como por la amabilidad mostrada con su hija–. Muy bien, Felicity. Apruebo tu deseo de demostrar nuestra gratitud hacia las damas, pero procura no tardar mucho. Tu abuelo quiere que le leas un rato esta tarde.

Felicity emitió un gruñido.

–La Biblia otra vez no.

–Qué vergüenza –la riñó Jane–. Le proporciona consuelo en la enfermedad, y, en lo que a mí concierne, necesitas una buena dosis de su sabiduría. Estás mucho más preocupada por tu apariencia de lo que deberías.

–¡Es que es muy aburrida!

–Tal vez para ti, pero no para él –dijo su madre, zanjando la cuestión.

Felicity suspiró, como si se rindiera, pero no hizo ningún otro comentario. Era un hecho incontrovertible que Jane Fairchild amaba y respetaba a su padre. Era más de lo que Felicity podía decir de sí misma en lo que respectaba al anciano.

Unos momentos después, Felicity se puso a toda prisa la costosa capa que su padre le había comprado, mientras bajaba por la empinada calle hacia el lugar donde había visto por última vez al marqués. Con suerte, lord Colton llegaría a la conclusión de que había salido a tomar un poco de aire puro y a hacer ejercicio, en lugar de perseguirlo como un sabueso que rastreara el olor de un animal.

Sonriendo como si no tuviera nada mejor que hacer que disfrutar del agradable clima, Felicity saludó con elegantes cabeceos a los transeúntes, que respondieron de la misma forma o inclinaron el sombrero. Por fin, vio con el rabillo del ojo que la persona a la que estaba buscando como una posesa salía de la tienda de un platero y utilizaba el bastón con sorprendente eficacia para bajar a la acera de tablas. En pocas semanas lo usaría como bastón de paseo.

Felicity calculó el coste del nuevo atuendo del marqués, convencida de que ese gasto dejaría pasmado a cualquier dandi. Nunca había visto solapas tan bonitas o un cuello doblado con tanto esmero. Cada costura y pespunte daba testimonio de una confección que sólo los nobles podían permitirse. Con unos gustos tan caros, no era de extrañar que sus acreedores estuvieran ansiosos de que se hiciera cargo del marquesado.

Colton Wyndham, que aún no había visto a su admiradora, dio media vuelta sobre su pierna buena y caminó hacia el final de la calle. Su destino, decidió Felicity, era un bonito landó negro enganchado a un tiro de cuatro caballos adornados con plumas rígidas en la cabeza. El vehículo estaba aparcado en un estrecho hueco bajo el puente, un lugar en el que no molestaba a los demás carruajes y carretas que circulaban por la carretera adoquinada.

Aunque apresurarse no era positivo para la impresión que deseaba transmitir, Felicity no tardó en darse cuenta de que, si no se daba prisa, perdería algo más que la oportunidad de conversar con el marqués: tal vez sus futuras aspiraciones dependían de este hombre. Pese a que los músculos de su pierna aún debían de estar débiles a causa de la herida, el hombre se movía con una agilidad que amenazaba con aumentar rápidamente la distancia que los separaba. Por más que Felicity se esforzaba en acortar dicha distancia, a cada paso quedaba más rezagada.

De repente, Felicity comprendió que, si no se decidía a utilizar alguna táctica indigna de una dama, el caballero se le escaparía, y con él sus esperanzas. Que le hubieran permitido salir de casa sola ya había constituido un acontecimiento poco usual. No podía fracasar ahora, cuando el premio que ansiaba parecía colgar a su alcance como un trozo de carne delicioso. Desesperada, hizo bocina con las manos y llamó.

–¡Lord Randwulf!

Su éxito inmediato le aceleró el corazón, pues el hombre se volvió al punto para mirar. Al ver que la joven corría hacia él, sonrió y cambió de dirección. Cuando se encontraron, se tocó el ala del sombrero de seda y le ofreció una sonrisa deslumbrante.

–Volvemos a encontrarnos, señorita Felicity.

–Sí –dijo ella jadeante, con una mano apoyada sobre su agitado busto.

Estaba tan falta de aliento que no pudo decir nada más.

–¿Habéis salido a dar un paseo?

Un cabeceo imperceptible y una sonrisa coqueta bastaron como respuesta, mientras Felicity se esforzaba por recobrar la compostura. Aun así, dudaba de haber oído una voz más agradable en toda su vida. Los tonos melodiosos le produjeron un escalofrío que le recorrió todo el cuerpo. Colton rescató con galantería a la dama de sus dificultades para hablar, pues se volvió en dirección a la residencia de su abuelo y empezó a subir la calle, respetando el código de conducta que desaprobaba que dos personas de sexo opuesto se detuvieran en la calle para conversar. Si bien consideraba la norma una estupidez, como caballero no podía olvidar la voraz ansiedad de destruir la reputación de una dama por motivos insignificantes.

–No tenéis idea, señorita Felicity, del alivio que me produce identificar al menos un rostro entre los residentes de Bradford. Temo que sus habitantes se han convertido para mí en unos extraños durante mi ausencia. Los de más edad se me antojan bastante conocidos, pese a los dieciséis años transcurridos. Aun así, tardo un rato en recordar sus nombres. En cuanto a los más jóvenes, estoy perdido por completo. –Paseó la vista a su alrededor–. De todos modos, salvo por algunas casas y mansiones nuevas, la ciudad está más o menos como cuando me marché.

Felicity miró a su alrededor, pues le costaba compartir su entusiasmo. Le resultaba impensable vivir toda la vida confinada en una ciudad tan aburrida.

–Mi abuelo debe de ser el residente más anciano de la población. –Sonrió a su señoría, consciente de que sus pestañas oscuras destacaban el azul de sus ojos desde ese ángulo en particular–. Dice que recuerda acontecimientos anteriores a vuestro nacimiento. Según él, vuestro padre se sintió tan orgulloso del nacimiento de su hijo, que invitó no sólo a sus parientes y muchos de sus conocidos de Londres, sino a todos los habitantes de los alrededores. El abuelo dijo que fue una curiosa mezcla de aristócratas y plebeyos, pero todo el mundo se portó a las mil maravillas por respeto a vuestro padre. En cuanto a mí, conozco a muy poca gente de aquí. De no ser por la amabilidad de vuestra hermana y lady Adriana, no conocería a nadie. Ambas damas se portaron con una gentileza que nunca he conocido en Londres.

–Londres es una gran metrópolis. Debéis de echarla mucho de menos, después de pasar allí toda la vida.

–Reconozco que a veces echo de menos los monumentos, los sonidos...

–¿Los olores? –concluyó él con una sonrisa burlona.

La joven enrojeció, pues sabía muy bien a qué se refería. A veces, los olores que emanaban de las calles eran lo bastante intensos para asfixiar a cualquiera.

–Londres tiene algunas desventajas.

–Algunas –repuso Colton–, pero no las suficientes para desalentar a la gente de ir a vivir allí. Puedo comprender que os sintáis sola. Si nunca os ha acabado de gustar la vida en el campo, Londres parece mucho más divertido.

–Lady Samantha dijo que vuestra familia tiene una casa allí.

–Sí, pero por norma general mis padres siempre han preferido el campo, sobre todo fuera de temporada. A mi padre le gustaba mucho cazar, como a muchos de sus amigos y conocidos. Estoy seguro de que lord Sutton y él contribuyeron en gran medida a la afición de lady Adriana por dicho deporte.

–¿Queréis decir que a lady Adriana la gusta disparar contra animales? ¿Después de dedicarse a cuidarlos con tanto ahínco desde que era pequeña? –Felicity meneó la cabeza para expresar su desconcierto–. No entiendo cómo se ha vuelto tan insensible a la suerte de seres indefensos. Yo no sería capaz de hacerlo. Dios mío, si soy incapaz de matar una mosca.

Colton se quedó asombrado al sentir que se encrespaba por el desprecio de Felicity hacia la mujer que pensaba cortejar. Era evidente que intentaba plasmarse a sí misma como una persona mucho más compasiva; pero cuando recordó el afecto que la morena había manifestado por los tres huérfanos Jennings, se sintió impulsado a defenderla del pérfido subterfugio de la rubia.

–Mi hermana me ha explicado que hay una condición que Adriana impone cuando va a cazar. Cualquier pieza que abate se sirve en la mesa familiar o se entrega a personas necesitadas. Sin ir más lejos, este año ha donado montones de comida y caza para contribuir a la alimentación de varias familias menesterosas, incluyendo una pareja que ha acogido en su humilde morada a más de una docena de huérfanos. Parece mucho más maduro, y muchísimo más honorable, que la dama dé de comer a gente que se muere de hambre o pasa estrecheces, antes que ignorar su lamentable situación y dedicarse a curar animales heridos que podrían ser devorados por otros animales en cuanto los liberara.

Felicity comprendió su error cuando detectó una nota de ira en la voz del hombre, y se apresuró a negar la idea de que había faltado al respeto a la otra mujer.

–Oh, por favor, os aseguro, mi señor, que en ningún momento he pretendido insinuar que lady Adriana es cruel...

–Jamás he conocido una joven más bondadosa –replicó Colton con una tensa sonrisa–. Estoy convencido de ello.

Al tomar conciencia de su creciente irritación e impaciencia por dedicarse a sus asuntos, se llevó una mano al ala del sombrero, con la intención de despedirse de la belleza rubia; pero cuando miró hacia su carruaje, observó que dos damas muy encopetadas salían de la tienda de la modista.

La más alta de las dos era inconfundible. Ocupaba su mente de manera casi constante, desde que la había encontrado desnuda en su baño. Ahora, persistente en las sombras nocturnas de su dormitorio, aquel singular recuerdo lo atormentaba como una aparición recurrente que perturbaba su sueño. Desde aquel momento en el cuarto de baño, había llegado a sospechar que en su mente se había grabado a fuego para siempre una imagen de sus deliciosas formas. Por más que anhelaba liberarse de la pertinaz cantinela que empujaba sus sentidos sin cesar hacia la tentadora joven de ojos oscuros, temía llevarla a la cama e introducirla en los placeres que hombres y mujeres compartían para aplacar sus ardientes deseos. No obstante, tras darse cuenta de que Riordan Kendrick la deseaba con locura, dudaba seriamente de que sus deseos se cumplieran sin que mediaran los votos matrimoniales. Debía decidir cuanto antes si deseaba su libertad más que a la dama; de lo contrario su encaprichamiento por la bella llegaría a un final frustrante si lord Gyles aceptaba la petición de mano de Riordan.

Supuso que la mujer menuda que correteaba al lado de Adriana era su hermana Melora. No había podido ver bien a la rubia cuando había acompañado a Adriana hasta la residencia de sus padres. En verdad, había estado demasiado concentrado en la enfurecida morena para prestar atención a nadie más. De momento, las dos estaban absortas en su cháchara, y ni siquiera eran conscientes de que él se hallaba tan cerca de ellas.

Excusándose un momento con Felicity, se acercó a la pareja y se interpuso en su camino. Las dos se pararon sobresaltadas, con la boca abierta de par en par. Melora emitió algo similar a un gemido de terror, mientras alzaba la vista al punto. Después de llegar a los anchos hombros, se vio obligada a torcer el cuello para ver más arriba. En ese momento fue cuando decidió que ya había visto bastante para convencerse de que se encontraban ante un Goliat de carne y hueso. Giró en redondo y se lanzó en dirección contraria, dejando a su hermana menor la tarea de enfrentarse al gigantesco monstruo.

Al punto, Adriana agarró el brazo de Melora y la arrastró de vuelta a su lado, mientras ahogaba su gritito de alarma con un enérgico «¡Chist!».

Adriana forzó una sonrisa, al tiempo que intentaba reprimir el rubor causado por el recuerdo de la intrusión del hombre en su baño, además de la reciente invitación a acostarse con él, y clavó la vista en los ardientes ojos grises. Abrigaba la esperanza de no tardar una eternidad en olvidar su lento y minucioso examen en el cuarto de baño, la exhibición de su asombrosa virilidad ni la descarada proposición efectuada en el carruaje; pero, tal como iban las cosas, se imaginaba atormentada por recurrentes reproducciones de aquellos momentos hasta los ochenta años..., si vivía hasta entonces.

La joven fingió un júbilo que no sentía, porque el hombre todavía no había contestado a la nota de sus padres en que sugerían diversas fechas para su visita a Wakefield Manor, lo cual parecía indicar su falta de interés por cumplir las condiciones del contrato.

–Caramba, lord Randwulf, volvemos a encontrarnos.

–Buenos días, señoras –saludó Colton, al tiempo que se quitaba el sombrero con gesto gallardo.

Adriana casi esperaba que sus dientes centellearan con el mismo brillo diabólico que refulgía en los ojos grises. Aunque mudo, el mensaje transmitido por aquellos ojos relucientes despertó en su interior una extraña excitación que se extendió hasta los mismísimos pezones. El hecho de que el hombre supiera mejor que su madre cuál era su aspecto desnuda por completo no contribuía precisamente a tranquilizarla.

Mientras admiraba para sus adentros todo cuanto sus ojos veían, Adriana dedicó un examen fugaz al cuerpo largo y musculoso del hombre. Desde la levita a los pantalones ceñidos, sus prendas estaban confeccionadas de una forma tan meticulosa, que hasta dudó de haber visto al príncipe regente tan bien vestido. Claro que, cuando un hombre contaba con la ventaja de tal estatura, hombros anchos, estómago liso y caderas estrechas, la ropa no era más que un complemento de su apariencia excepcional. Debía de ser un alivio para las damas de la corte que el rostro de su alteza no alcanzara ni con mucho tal magnificencia.

Felicity corrió a reunirse con el grupo, pues no deseaba aflojar su tenue presa sobre el marqués, ya que no olvidaba la atención que había prestado a la morena durante su visita a Randwulf Manor.

–Caramba, lady Adriana, es un placer veros de nuevo. Su señoría y yo estábamos paseando, disfrutando de este estupendo día, cuando reparamos en vuestra presencia.

La emoción que había experimentado Adriana al reconocer a Colton se desvaneció en cuanto cayó en la cuenta de que él había estado paseando con Felicity por la ciudad. De hecho, el placer había sido tan fugaz que parecía llevar siglos enterrado.

–Buenos días, señorita Felicity –saludó Adriana, con la esperanza de que sus palabras no resultaran tan tirantes como su sonrisa. Indicó con un gesto elegante de su mano enguantada a su hermana–. Creo que aún no habéis tenido la oportunidad de conocer a mi hermana. Permitidme que os la presente.

Felicity accedió de buena gana, contenta de incluir otro nombre en su repertorio de aristócratas. Aun así, no pudo reprimir un comentario sobre lo diferentes que eran las hermanas.

–Dios mío, jamás habría adivinado que sois parientes, y mucho menos hermanas. Sois tan diferentes como la noche y el día.

Aunque Adriana rió, la carcajada sonó falsa incluso a sus propios oídos. Había momentos en que se sentía la oveja negra de la familia.

–No me lo digáis. Dejad que lo adivine. Yo soy la noche..., y mi hermana es el día.

–Oh, espero que mi comentario no os haya ofendido, mi señora –contestó Felicity, en un intento desesperado de arreglar la situación–. No era mi intención insinuar que alguna de las dos carecía de belleza. Al contrario, las dos sois adorables.

A Colton le costaba reprimir una sonrisa mientras era testigo de aquella conversación inocua; pero, cuando descubrió que la adorable morena le lanzaba una mirada gélida, se quedó un poco perplejo. De pronto comprendió lo que Adriana estaba pensando, ahora que la rubia se les había unido. Con sus palabras, Felicity había insinuado que habían salido a pasear juntos.

–No temáis, señorita Felicity –tranquilizó Adriana a la mujer, con una sonrisa fugaz, aunque agradable–. Hemos oído tantas veces comentarios semejantes, que mis hermanas y yo ya los esperamos. La verdad es que mis dos hermanas se parecen a mi madre, y yo a mi padre.

Colton se adelantó y tomó la mano de la hermana.

–Permitidme deciros, lady Melora, que estáis tan encantadora como antes de mi partida.

–Y vos tan elegante como vuestro padre, lord Colton –replicó Melora con una carcajada, alzando la cabeza para mirarlo a los ojos–. Pero os ruego que olvidéis las formalidades. Nuestras familias han sido amigas desde hace tanto tiempo que podemos ahorrarnos tanta rigidez. Os doy permiso para llamarme por mi nombre de pila.

–Gracias, Melora, y te ruego que hagas lo mismo.

Cuando ella consintió con un cabeceo, Colton dirigió una mirada malévola a Adriana, la cual desvió la vista con el fin de desairarlo.

Colton, con el mismo tono afable, continuó hablando a la menor de las dos.

–Tuve la inmensa suerte de conocer a tu prometido, el comandante sir Harold Manchester, cuando acampamos cerca de Waterloo. En aquel momento dijo que se resistía a casarse por temor a dejarte viuda. Aunque soy soltero, puedo comprender que, cuando se forman lazos estrechos en compromisos y matrimonios, provocan un enorme dolor si la muerte de un ser querido los rompe. Si bien uno confía en encontrar el mismo afecto duradero de sus padres, y hasta hace poco los míos gozaban de una excelente relación conyugal, temo que no siempre es el caso. Hay que envidiaros a ti y a sir Harold por haber descubierto tal compenetración antes de vuestra boda.

–Nos sentimos inconmensurablemente bendecidos –murmuró la menuda rubia, asombrada de que un soltero disoluto pudiera comprender los motivos de que la boda se hubiera aplazado.

Melora miró de reojo a su hermana, para indicarle que se consideraba vencedora de la anterior discusión en que se habían enzarzado. Adriana tuvo ganas de recriminar a su hermana que fuera tan crédula, pero con Colton y Felicity de testigos no se atrevió. Melora la había acusado de fingir desinterés por su señoría, sólo para encubrir la vergüenza que padecería si él se negaba a pedir su mano al final del noviazgo. Después de escuchar al hombre hablar de temas que ella consideraba privados, Melora ardía en deseos de desechar las afirmaciones de que era insensible en lo tocante a asuntos propios de mujeres.

Adriana hizo caso omiso de Melora con toda la dignidad que pudo reunir y prestó atención al cambio de apariencia de Colton.

–Veo que habéis abandonado vuestro uniforme militar desde la última vez que nos vimos, y habéis adquirido un atavío más pulcro. Vuestro sastre habrá querido aprovechar la oportunidad de vestir no sólo a un héroe de guerra, sino a un hombre que dignifica todo lo que lleva. Ataviado con indumentaria tan elegante, pronto seréis la envidia de todo caballero, desde Bath a Londres. No me cabe duda de que habríais puesto en un brete al hermoso Brummell.

Colton no supo cómo interpretar las palabras de la dama. Había visto a demasiados petimetres vestidos de forma exagerada como para desear emularlos. En cuanto al hermoso Brummell, el hombre había perdido el favor de la nobleza y, según se rumoreaba, estaba muy endeudado y había perdido su legendaria elegancia.

–Agradezco tus palabras, pues proceden de una dama que viste con singular elegancia. Tú me has visto en el peor momento, y por tanto debes apreciar lo que unas ropas de calidad pueden hacer por un hombre. –Sus ojos brillaron de forma insinuante, como para recordarle que lo había visto desnudo por completo–. En cuanto a mi sastre de Londres, sus ayudantes y él se han propuesto facilitarme un ropero nuevo. Teniendo en cuenta la cantidad de uniformes que el señor Gaines me ha confeccionado a lo largo de los años, se llevó una gran alegría con la oportunidad de vestirme por fin con toda la parafernalia de un caballero. No obstante, temo que he llevado uniforme tanto tiempo, que me siento demasiado ostentoso en atuendo civil. Aun así, tendré que acostumbrarme. En cierto sentido, es como tener que aprender a vestirme de nuevo. Por más que practico, creo que la corbata rebasa mis posibilidades.

Pese a sus limitados encuentros con hombres desnudos, y dada la insaciable tendencia de sus pensamientos a demorarse en los detalles del musculoso torso del marqués, Adriana era de la impresión de que su «peor momento» no era tal. De hecho, no había advertido en él defecto alguno..., salvo su descaro. En cuanto a sus quejas acerca de la corbata, tampoco percibía la menor mácula en ella.

–Bien, mi señor, la verdad, si no corrió por vuestra cuenta, debo alabar las habilidades del señor Gaines o de Harrison, puesto que el nudo de la corbata es impecable.

–Tu amabilidad sólo es superada por tu gracia y belleza, lady Adriana –contestó Colton, al tiempo que inclinaba la cabeza.

Por nimio o insignificante que hubiera sido el desaire del marqués hacia las otras dos damas, Felicity se sintió resentida porque éste no había alabado su indumentaria ni su apariencia. En contraste, parecía empeñado en airear su admiración por lady Adriana. De hecho, el desenfadado diálogo de la pareja parecía monopolizar la atención de ambos. Felicity desvió la vista hacia la morena, intrigada por saber por qué el hombre parecía tan prendado de ella. ¿Acaso no le había dicho su padre que era más hermosa que cualquier otra mujer? Si eso era cierto, ¿por qué no era el principal objetivo de la admiración de lord Colton?

Al reparar en la costosa ropa que llevaba lady Adriana, Felicity se sintió confusa. La capa negra de piel de cordero, el lustroso vestido de tafetán color vino tinto y el sombrero con plumas negras del mismo tono eran exquisitos, pero ¿acaso no era su vestido igual de encantador? Claro, cabía pensar que no era la apariencia ni la indumentaria de la dama lo que interesaba de verdad al marqués, sino la riqueza de su familia. Teniendo en cuenta la opulencia de los Sutton, lady Adriana podía permitirse el lujo de ir vestida con hilos de oro..., y el de comprarse un noble a quien los sastres mantenían endeudado hasta las cejas.

Felicity se acercó al marqués con la esperanza de recordarle su presencia, pero el intento de reclamar su atención fue en vano. Era evidente que el hombre no tenía ojos más que para la dama en cuestión, mientras la interrogaba acerca de varios niños sobre los cuales sólo ellos dos parecían saber algo.

–¿Has ido a interesarte por ellos desde el funeral de su madre?

–Ayer por la tarde, de hecho –contestó Adriana, y por una vez permitió que una sonrisa sincera aflorara a sus labios–. La señora Abernathy dijo que los había oído reír y jugar fuera por primera vez desde que los habían acogido. Pobrecitos, eran piel y huesos, como bien sabéis, y estaban muy necesitados de un baño...

Adriana calló de repente y casi se encogió, mientras esperaba la reacción de Colton a su desliz. Tuvo ganas de morderse la lengua por su propensión a meter la pata sin ton ni son. ¿Por qué demonios había tenido que pronunciar la palabra «baño»?

Los ojos grises brillaron de una forma provocadora.

–Cuesta imaginar que alguien renuncie a los placeres de un baño, pero supongo que los niños Jennings nunca pudieron disfrutar de una buena comida, y mucho menos de un prolongado baño.

Adriana intentó disimular una sonrisa, pese al rubor de sus mejillas. Su «prolongado baño» le había concedido una ventaja sobre ella de la que ningún otro hombre había disfrutado. El recato que había logrado conservar hasta ese momento ya no le servía de nada cuando se hallaba en presencia del marqués. El hombre sabía muy bien cuál era su aspecto despojado de las costosas ropas que tanto le gustaba llevar. Si se casara con otro hombre, no le cabía duda de que la intrusión de Colton en su baño la atormentaría durante toda su vida conyugal.

Colton miró de soslayo a Felicity, incapaz de pasar por alto la escasa distancia que los separaba. El mohín de decepción de la joven lo llevó a preguntarse si se había notado en demasía su ansiedad por conversar con Adriana. Sintiéndose culpable por limitar su atención a una sola mujer en presencia de otras, Colton intentó suavizar la herida.

–Debo decir, señoras –anunció, después de pasear la vista entre las tres–, que es muy difícil para un hombre encadenado durante tanto tiempo a los campos de batalla decidir cuál de estas hermosas doncellas ganaría el premio a la belleza, o a la mejor vestida. Me siento honrado de hallarme en vuestra compañía.

–Sois muy amable, mi señor –contestó Felicity, intentando dar una excelente impresión. Casi no pudo resistir la tentación de enlazar su brazo con el de Colton.

–Eres generoso en exceso con tus alabanzas –añadió Melora, sonriente.

–Id con cuidado –le advirtió Adriana, mientras lo examinaba con el rabillo del ojo–. Es probable que vuestras bonitas palabras nos cautiven a las tres.

La mirada de Colton centelleó cuando escrutó aquellos ojos oscuros.

–En tal caso, me consideraría afortunado de haber hechizado a doncellas tan encantadoras.

Felicity lanzó una exclamación ahogada y se tambaleó. Al instante siguiente, agarró el brazo de Colton con todas sus fuerzas, como si temiera caer a través de una rendija abierta entre los adoquines. Se le había ocurrido la treta al recordar el incidente acaecido en el elegante corredor de Randwulf Manor, cuando la morena había caído en brazos del marqués. Si había sido algo planeado o una simple casualidad, sólo ella podía decirlo. En cuanto a su añagaza, le proporcionó la oportunidad que estaba buscando.

–Dios mío –dijo jadeante, al tiempo que deslizaba una mano por el brazo de Colton y lo atraía hacia su busto–. Habría caído de no ser por vos, mi señor.

Colton aceptó la treta como un accidente y palmeó la mano enguantada que aferraba su manga.

–Me complace haberos sido de ayuda, señorita Felicity. Un caballero no goza cada día de la satisfacción de tener a una dama tan encantadora apoyada en su brazo, aunque sea por casualidad.

Felicity sonrió complacida, contenta de haber conseguido engañar al hombre.

–Oh, mi señor, sois muy amable.

Adriana reprimió el ansia de imitar la costumbre de su padre de resoplar de desdén cuando tenía motivos para dudar de ciertos hechos. Si hiciera tal cosa, sin duda escandalizaría a su hermana, que correría a casa para contar a sus padres su comportamiento, tan impropio de una dama.

Colton sostuvo un momento la fría mirada de Adriana, antes de que la joven alzara la nariz y desviara la vista. A juzgar por todas las señales, la dama no parecía nada satisfecha con él, lo cual aguijoneó su curiosidad. ¿Estaba enfadada sólo porque había prestado su ayuda a otra mujer?

Adriana sonrió de mala gana a su rival. Tenía la absoluta convicción de que los dos se habían reunido con algún propósito concreto, y sentía gran curiosidad por saber cuál era.

–Vuestro aspecto es tan radiante esta mañana, señorita Felicity, que me pregunto si mi hermana y yo estamos retrasando a vos y a su señoría de algún acontecimiento importante. Teniendo en cuenta la exquisita apariencia de ambos, sólo se me ocurre que os dirigís a Bath, o tal vez a Bristol.

Felicity se aferró a la idea.

–Oh, sí. ¡Un viaje a Bath sería magnífico! –Miró a Colton, con la esperanza de recibir una invitación similar a la que la dama había mencionado, pero se llevó una decepción, pues el caballero no abrió la boca. Suspiró y añadió–: Me gustaría mucho ir... algún día.

A Colton no habrían podido agradarle más las preguntas inquisitivas de Adriana. De haberle preguntado ésta a bocajarro si tenía la intención de llevarse a la rubia en su carruaje, su irritación no habría sido más visible. Al menos, ahora comprendía por qué parecía tan enfadada: pensaba que estaba cortejando a la dama.

Adriana miró a Colton, y descubrió una vez más que la miraba de un modo provocador. El hecho de que aún no se hubiera liberado de la presa de la rubia se le antojó motivo suficiente para abofetearlo. Volvió la cara y procuró hacer caso omiso de su mirada penetrante.

No obstante, Colton dirigió sus preguntas a las dos hermanas.

–¿Vendrá lady Jaclyn a la boda? Me gustaría mucho volver a verla después de tantos años, además de conocer a su familia, por supuesto.

Melora le sonrió.

–Sí, desde luego. De hecho, toda su familia llegará uno o dos días antes de la boda, de manera que podrás conocerlos antes de la ceremonia, si así lo deseas.

Adriana, fría y distante, se dignó mirar a los ojos grises, que parecían ansiosos por encontrarse con los suyos.

–Estoy segura de que Jaclyn se alegrará mucho de veros, mi señor.

Habiendo reparado en que Adriana había arqueado una ceja cuando él había hablado de la armoniosa compenetración de que disfrutaban Melora y su prometido, Colton se preguntó si ella lo creía incapaz de vivir una unión similar con una mujer. Como se sintió directamente desafiado, respondió:

–Y tú, Adriana, ¿no deseas compartir la buena suerte de tu hermana y encontrar un prometido al que puedas querer, y que te adore a su vez?

–Creo que ése es el deseo de toda doncella, mi señor –contestó Adriana con sequedad, convencida de que el marqués estaba buscando una manera de escapar del compromiso contraído por su padre. Eso parecía insinuar su retraso en contestar a la misiva de su progenitor–. En cuanto a mí, no albergo grandes ilusiones sobre el que me han elegido. Parece un individuo independiente, reacio a pasar por la vicaría. No me extrañaría que partiera hacia mundos desconocidos antes que cumplir su compromiso.

La respuesta de la dama fue muy eficaz para apagar el deseo lascivo que lo embargaba, advirtió Colton, pero quizá sería beneficioso disfrutar de una buena noche de sueño para variar, en lugar de recordar la belleza de la dama en el baño. Aun así, no pudo resistir la tentación de corresponder a su pulla.

–Me han dicho que muchos jovenzuelos enamoradizos te pisan los talones, mi señora. Supongo que te cuesta elegir entre ellos. Siempre estará el señor Elston, por supuesto, en caso de que los demás pierdan la esperanza de conquistarte. Parece lo bastante testarudo para perseverar en su empresa.

Los ojos oscuros destellaron de indignación.

–El señor Elston es un simple conocido, mi señor, nada más –declaró con frialdad Adriana–. En cuanto al pretendiente que mi padre me eligió, necesito tiempo para determinar la verdadera naturaleza de dicha unión. Se lo debo a mis padres y a la memoria del caballero que me quiso como a su propia hija, pero no creo que esa relación fructifique en algo significativo.

Colton enarcó una ceja, bastante asombrado de que ella no hiciera hincapié en el honor de haber sido la única elección de su padre como nuera.

–¿Debo deducir, pues, que no albergas el menor interés por esta... relación?

–Es imposible que nazca una amistad entre dos invididuos a menos que pasen cierto tiempo juntos, mi señor. Hasta el momento, tal cosa no ha ocurrido. Incluso si su señoría y yo llegáramos a conocernos mejor, no puedo alimentar esperanzas de que el acuerdo concluya con el desenlace deseado por nuestros padres. Somos unos extraños, como mínimo, y no creo que esa situación cambie en un futuro cercano, ni siquiera lejano.

Colton forzó una leve sonrisa. Sería un buen escarmiento para la dama que él hiciera oídos sordos a los ruegos de su padre.

–Tal vez con un poco de paciencia, mi señora, verás que todo se soluciona. Al igual que él.

Adriana se preguntó qué quería decir, mientras escudriñaba una vez más las profundidades de aquellos ojos grises, pero su brillo cálido había desaparecido. Con una tensa sonrisa y una excusa murmurada, su señoría se despidió de todo el mundo, dio media vuelta y cojeó en dirección al carruaje que esperaba. Al ver que se alejaba, Felicity exhaló un suspiro de decepción, y al cabo de un momento se excusó y partió en dirección contraria.

Melora pellizcó el brazo de su hermana, lo que sacó a Adriana del trance en que se había sumido.

–¡Las manos quietas, Melora! –le advirtió la joven, volviéndose indignada hacia ella–. ¡Me has hecho daño!

–Teniendo en cuenta la piedra que tienes por corazón, me estaba preguntando si te darías cuenta –replicó Melora–. ¿Cómo es posible que hayas contestado a Colton así? Es como si le hubieras dado una bofetada.

Adriana agitó la cabeza y desechó la reprimenda de su hermana.

–Si el mío es de piedra, el de él será del granito más duro.

La hermana enarcó una ceja.

–¿O sea que sois los dos iguales?

Adriana fulminó con la mirada a su hermana, irritada por la comparación. No obstante, cuando se volvió, un suspiro escapó de sus labios y se preguntó qué demonios se creía que hacía Sedgwick Wyndham cuando había dispuesto aquel tormento infernal para ella. ¿Se libraría alguna vez de él? ¿Sería capaz de llevar una vida normal, con un marido que la amara y respetara por encima de las demás mujeres? ¿O se le recordaría sin cesar que nunca había podido elegir a su marido, y que, si él cedía al final, sólo lo haría para no herir a su madre?

Colton se quitó el sombrero de copa y entró en el salón de recibo de la casa de Cotswold de Samuel Gladstone. Habían pasado varios días desde que había coincidido con Felicity Fairchild en la ciudad, pero no había olvidado su promesa de ir a ver a su padre. Ése era el motivo de su visita, reanudar su amistad con el anciano después de su dilatada ausencia.

Con la ayuda del bastón, Colton avanzó cojeante detrás de Samantha, mientras Jane Fairchild los guiaba hasta el dormitorio de su padre. Al llegar a la puerta, su hermana se detuvo para hablar con Jane y le indicó con un gesto que se adelantara.

Nada más cruzar el umbral, Colton reparó en montañas de libros amontonados en todos los rincones posibles de la espaciosa habitación. Una vitrina de madera larga y acristalada, apoyada contra la pared, estaba llena de gruesos volúmenes. Sobre una mesa de caballete cercana al pie de la enorme cama del hombre había otros volúmenes de parecido tamaño, mezclados con otros, algunos más pequeños y otros más grandes.

Samuel Gladstone, vestido con camisa y gorro de dormir, estaba incorporado en la cama, con las sábanas cubriéndole hasta la cintura y una mesa improvisada sobre el regazo. Tras la espalda tenía varias almohadas que lo protegían de la elevada cabecera isabelina.

Colton se detuvo, reacio a molestar al anciano, quien parecía absorto en la lectura del contenido de un libro mayor. Hasta el momento, el hombre no había reparado en su presencia. Colton miró a Jane en busca de consejo, y ésta lo alentó con una sonrisa y agitó los dedos como empujándolo a entrar. Se acercó más a la cama.

–Buenas tardes, señor Gladstone.

Samuel alzó la vista, ajustó sus gafas de montura metálica sobre la nariz y miró con curiosidad a su visitante. No era tan extraño que un caballero bien vestido fuera a verlo. Lord Harcourt lo visitaba con mucha frecuencia, por cierto, acompañado de otras personas que lo hacían reír, pero éste se parecía mucho a un hombre al que había conocido y respetado durante muchos años, antes de su reciente fallecimiento. Aunque era igualmente alto y apuesto, avanzaba hacia su cama con la ayuda de un excelente bastón, y era unos treinta años más joven que el otro.

Samuel Gladstone agitó un dedo lentamente en dirección a su invitado y sonrió.

–Reconozco vuestra cara.

Colton sonrió a su vez y miró al anciano, vacilante. Habían transcurrido más de dieciséis años desde que no veía al fabricante de tejidos, y durante ese tiempo ambos habían cambiado mucho. El cabello del anciano era ahora totalmente blanco, y mucho más escaso que antes.

–¿Estáis seguro?

Samuel pareció complacido de poder contestar con un cabeceo afirmativo.

–Aunque os aseguro que mis piernas ya no son lo que eran, mi cabeza todavía se defiende. Sí, sois el hijo del difunto lord Randwulf. Sois iguales.

Colton lanzó una risita.

–Todo el mundo me dice lo mismo. Por lo visto, no engaño a nadie, pero soy incapaz de reconocer a la gente del pueblo.

–Sentaos, sentaos –lo animó el anciano, indicando una silla cercana–. Vuestra hermana me mantuvo al corriente de los lugares donde estabais y de las batallas en que participasteis durante vuestra carrera militar. Casi todos los habitantes de la ciudad quedaron muy impresionados por vuestro heroísmo. La mayoría de los relatos proceden de gente ajena a esta zona, hombres que estuvieron a vuestro mando y otros que combatieron en vuestro regimiento. –Samuel lanzó una carcajada–. Mi nieta no habla de otra cosa. Me dijo que resultasteis herido, y que necesitáis un bastón para caminar.

Colton se acomodó en el asiento y apoyó el bastón encima de sus muslos.

–De hecho, no estoy haciendo grandes progresos. Doy largos paseos en un esfuerzo por fortalecer mis piernas, y hasta me he fijado una meta. Los Sutton dan un baile dentro de unas semanas, y si pretendo bailar con alguna de las atractivas damas que he visto en la zona, deberé reducir mi dependencia del bastón. De lo contrario, me quedaré sentado como un animalito aburrido, mirando cómo los demás solteros hacen lo que yo no puedo. Esa idea me atrae tanto como recibir una nueva herida en la otra pierna.

El anciano reclinó la cabeza contra las almohadas y rió a carcajadas. Cuando por fin se cansó, sus ojos brillaban.

–Ahora no os rompáis la otra pierna en vuestras prisas por curar ésa. Si encontráis una linda muchachita, alegad vuestra herida para llevarla a un rincón oscuro.

Colton respondió entonces al buen humor del hombre con más carcajadas.

–Sois un hombre taimado, señor Gladstone, pero recordaré vuestro consejo si no consigo que esta pierna funcione de la manera que yo quiero.

Colton se puso en pie cuando Jane y su hermana entraron en la habitación, pero la mujer le indicó al punto que volviera a sentarse.

–No os preocupéis, mi señor. Haced el favor de volver a sentaros, mientras yo voy a preparar el té.

–Siéntate un rato con nosotros, Jane –la apremió su padre–. Siempre estás cuidándome, pero reservas poco tiempo para ti. Sé que disfrutas con las visitas de lady Samantha o lady Adriana, así que descansa y goza de su presencia. Tal vez Felicity pueda prepararnos el té.

Jane no se atrevió a mirar a su padre por temor a que leyera en su expresión. Al fin y al cabo, era un hombre perspicaz.

–Felicity no se encuentra bien hoy, padre. Se ha pasado toda la tarde en su cuarto.

Samuel Gladstone enarcó una poblada ceja, escéptico respecto a las indisposiciones de Felicity, que cada vez se repetían con más frecuencia. Por el bien de su hija, se abstuvo de hacer comentarios. Jane tenía la cabeza bien amueblada, de eso estaba seguro, y aunque era más paciente que él, no podía culparla por ello, pues no siempre había sido sabio en sus decisiones.

Vivir en la misma casa con la familia le había permitido fijarse en características y temperamentos que, en caso contrario, nunca habría tenido en cuenta. No había tardado mucho en ser consciente de que apenas podía soportar la presencia de Felicity en su cuarto. Antes que enfrentarse a las miradas rebeldes y los exagerados suspiros que la muchacha siempre le dedicaba cuando pedía que le hiciera algún favor, había decidido leer y realizar otras tareas sin su ayuda. De todos modos, como sólo había contado con la colaboración de criados desde el fallecimiento de su amada esposa, estaba encantado con los mimos de su querida hija.

Jane se detuvo en la puerta antes de salir.

–¿Quieres que devuelva los libros mayores a la pañería, papá? Jarvis no tardará en regresar.

–Sí, como tú digas. Según los libros, Creighton y algunos de mis mejores trabajadores siguen cobrando su sueldo. Hablaremos de que vengan aquí para que me den su opinión sobre lo que está pasando. Temo que, de ahora en adelante, harás algo más que ocuparte de mis necesidades, pues creo que no tengo mejor alumno. Eres tan experta en contabilidad como yo.

Acabado el té, Colton y Samantha se despidieron. En cuanto Bentley los vio salir de Stanover House, dirigió el landó hacia la calle. En el mismo momento, Felicity decidió abandonar su novela y dirigirse a la habitación principal, cuyas ventanas brindaban una vista panorámica de la ciudad.

Apenas había llegado ante los cristales, cuando vio a su madre delante de la casa, esperando a que lord Randwulf ayudara a su hermana a subir al landó. Lanzó una exclamación ahogada, no sólo por descubrir quiénes eran los visitantes, sino sobre todo porque estaban a punto de marcharse. Levantándose las faldas a toda prisa, bajó corriendo la escalera desde el tercer piso. Al mismo tiempo, procuró alisarse el pelo y el vestido. Cuando llegó a la puerta estaba casi sin aliento, pero no osó detenerse, pues sabía que contaba con muy poco tiempo para impedir la partida de los Wyndham. Abrió la puerta y salió disparada del vestíbulo. Por desgracia, el cochero ya había azuzado a los caballos para que se pusieran en marcha.

Felicity movió frenéticamente los brazos en un intento de atraer la atención del cochero; pero por más que corrió por el camino de entrada, sus esfuerzos fueron en vano. Cuando llegó al final del sendero, el landó ya se había alejado.

Felicity se puso la mano sobre el corazón mientras bombeaba aire en sus pulmones agotados. Se volvió hacia su madre hecha una furia, irritada porque no le había informado de la visita del marqués.

–¿Por qué no me dijiste que lord Colton iba a venir?

Pese a la indignación de su hija, Jane se encogió de hombros.

–Me dijiste que te encontrabas mal y que no querías que se te molestara por ningún motivo. Te tomé la palabra.

–¡Pero tendrías que haber sabido que querría ver a su señoría! –Felicity retrocedió y señaló el landó que se alejaba a toda velocidad–. ¿Te da igual que lord Colton no vuelva nunca más por culpa de lo que has hecho?

Jane hizo oídos sordos a las quejas de su hija.

–Supuse que te encontrabas demasiado mal para recibir visitas. Si no era ése el caso, deberías haberte aplicado a las tareas más urgentes, y no habrías echado de menos la visita de lord Randwulf.

–Lo hiciste aposta, ¿verdad? ¡Para castigarme porque no obedecía tus órdenes! ¡Ya verás cuando papá se entere! No dará crédito a lo estúpida y mezquina que has sido al no decirme que su señoría había venido a verme...

–Yo en tu lugar, jovencita, cuidaría mis palabras –advirtió su madre, que continuaba con la vista clavada en la lejanía–. Es posible que acabes fregando suelos antes del baile de los Sutton. Y si no reprimes tu agresividad, te quedarás en casa esa noche pese a la invitación de lady Samantha.

Felicity, enfurecida por las amenazas de su madre, se inclinó hacia delante y gritó en su oído:

–¡No puedes obligarme a quedarme en casa, sobre todo cuando papá espera que asista! Dime, ¿qué miserable excusa le diste a su señoría cuando pidió verme?

Ofendida por las exigencias de su hija, Jane giró sobre sus talones y la abofeteó. Felicity lanzó una exclamación ahogada.

–Nunca vuelvas a gritarme de esa manera –advirtió Jane a su hija con voz fría y amenazadora–, o te arrepentirás.

Felicity se llevó una mano a la mejilla y miró a su madre como convencida de que había perdido la razón. Si bien había recibido azotes en sus adorables nalgas cuando era niña, siempre que se lo merecía, su madre nunca le había pegado en la cara.

–¡Se lo diré a papá! –chilló, y estalló en lágrimas–. Hará que te arrepientas de tu estupidez al no permitir que lord Colton me viera...

–Su señoría no vino a verte –la corrigió Jane–. Vino a ver a tu abuelo. Y si de veras quieres saberlo, no habló de ti en ningún momento. Si deseas que le explique el incidente a tu padre, lo haré. Quizá ha llegado el momento de que caiga en la cuenta de que lord Randwulf no piensa casarse con alguien de posición inferior.

–¡Papá no cree lo mismo!

Un suspiro de frustración escapó de los labios de su madre.

–Debido a tu belleza, entiendo por qué tu padre ha depositado grandes esperanzas en tu futuro, pero es posible que sus esfuerzos por empujarte hacia ese objetivo nunca fructifiquen, Felicity, al menos como él quiere. Si te arrojas en los brazos de un aristócrata con la esperanza de convertirte en su esposa, puede que luego te arrepientas. Podrías ser seducida y abandonada con pasmosa facilidad, y luego te quedarían escasas esperanzas de atraer a un marido respetable. Los rumores consiguen arruinar vidas. Ningún hombre desea bienes de segunda mano.

–¡Lord Randwulf nunca haría eso!

–Si bien sospecho que lord Randwulf es tan susceptible a los encantos e invitaciones de las mujeres como casi todos los hombres, no me refería a él ni a nadie en particular. El bribón más pobre puede representar un peligro tan grande como un noble rico para una chica inocente, si sabe engañar a la muchacha con las palabras adecuadas. Eres demasiado ingenua para ser consciente de los peligros que arrostrarías si te entregaras a ellos. Aunque los nobles son considerados caballeros, se sienten inclinados casi siempre a dar la espalda a mujeres que han dado a luz a sus bastardos, y, para evitar la desgracia, afirman que el culpable fue otro hombre. Si te entregas a uno de ellos, padecerás cuitas sin cuento...

–Estás celosa, eso es todo –la acusó Felicity–. No puedes soportar la idea de que todavía soy joven y bonita, pero tú ya no, por culpa del tiempo y el trabajo. ¡No me extraña que papá ya no te quiera, pero a mí sí!

Jane retrocedió un paso, asombrada por la acusación de su hija.

–Bien, creo que no había pensado demasiado en su amor por mí. Tal vez he confiado en exceso en mí misma, pero supongo que tendré que analizar esa posibilidad. En cualquier caso, eso no cambia nada. Harás todos los esfuerzos posibles por mejorar tu carácter y aprender a respetar a tus mayores como es debido; de lo contrario, me veré obligada a ocuparme yo misma del problema.

–¿Qué quieres decir? –preguntó su hija.

–Si alguno de los enemigos de lord Wellington le hubiera pedido que definiera sus planes antes de llevarlos a la práctica, estoy segura de que su respuesta habría sido negativa, al igual que la mía, pues creo que tú y yo no nos ponemos de acuerdo. Mi mayor preocupación es enseñarte a ser respetuosa, no sólo por mí, sino también por los demás. A partir de ahora, no holgazanearás en tu habitación cuando haya tareas que hacer. Tampoco amenazarás a Lucy ni a ningún otro miembro de la servidumbre para que se ocupen de tus obligaciones. Si crees que tu padre va a llevarme la contraria, yo en tu lugar no confiaría en ello. Estará demasiado preocupado por corregir sus actos para prestar atención a tus numerosas quejas.

Felicity miró a su madre fijamente, como si quisiera comprender el significado de sus palabras.

–¿Qué me quieres decir?

–Eso no es de tu incumbencia, Felicity. Se trata de un asunto que sólo atañe a tu padre, a tu abuelo y a mí. Bástete con saber que, a partir de este momento, u obedeces mis órdenes, o tendrás que responder ante mí... y sólo ante mí.

Roger consideró que había tenido un golpe de suerte cuando, la misma mañana en que se había estado preguntando cómo reanudar su relación con Adriana, había visto el carruaje de lord Randwulf alejarse de la residencia de los Gladstone. El hecho le deparaba la oportunidad de acercarse a Wakefield Manor para informar a Adriana de lo que había visto, así como para comentar lo que había sido evidente para todo el mundo desde el primer momento: que Felicity estaba prendada del marqués y que muy posiblemente, Randwulf también estaba interesado en ella.

[illegible]

[illegible] el [illegible] que [illegible] y [illegible]

[illegible]

[illegible] la [illegible]

[illegible] con [illegible] [illegible]

[illegible] de la [illegible] Es [illegible]

Tal vez [illegible] que [illegible]

[illegible] (Cohen [illegible]) [illegible]

[illegible] la [illegible]

[illegible]

9

Cuando el mayordomo anunció que lord Randwulf y su madre estaban esperando a los Sutton en la sala de estar, Christina se preparó mentalmente para la difícil tarea de recibir a sus invitados.

–Gracias, Charles. Haz el favor de informar a mi marido de su llegada.

–Sí, mi señora.

Unos momentos después, Christina llamó con los nudillos a la puerta del dormitorio de su hija menor.

–Los Wyndham han llegado, querida. ¿Estás preparada?

Adriana exhaló un suspiro. Por más que quería y admiraba a Sedgwick Wyndham desde pequeña, su hijo había desequilibrado su mundo. El solo recuerdo de su airada explosión de tantos años antes conseguía que se sintiera como una gata enfrentada a una jauría de perros. No obstante, cuando pensaba en el momento en que había despertado y lo había descubierto de pie junto a la bañera, sus sentidos se agudizaban al cobrar conciencia de que él podría ser suyo si accediera a aceptar el compromiso. De todos modos, después de que Roger le hubo informado que había visto el carruaje del hombre ante Stanover House, había llegado a la conclusión de que Colton había estado visitando a Felicity. En los últimos tiempos, los dos se habían reunido con más frecuencia de lo que podían considerarse encuentros fortuitos.

Tal vez Melora había tenido razón desde el primer momento, meditó Adriana. No quería afrontar la vergüenza del rechazo de Colton. ¿Qué mujer aceptaría de buen grado tal desgracia? Sería doblemente doloroso, sabiendo que, después de haberla visto completamente desnuda, todavía prefería a Felicity. Sería un insulto que no superaría con facilidad.

De no ser por la amenaza muy real de que sería la vergüenza de sus padres, Adriana sabía que no habría dudado ni un momento en escapar. Se habría deslizado subrepticiamente hasta los establos y huido a lomos de Ulises hasta un lugar alejado. No habría sido la primera vez que se ausentaba ante la perspectiva de recibir a un visitante al que no deseaba ver. Melora la habría calificado al punto de cobarde, pero si los pasados exabruptos de Colton Wyndham habían logrado que se le erizara el vello de la nuca, no abrigaba la menor duda de que, después de disciplinar a sus tropas durante su dilatada carrera de oficial, había adquirido la habilidad de despellejar a sus víctimas sin más ayuda que la de su afilada lengua.

No obstante, con independencia de lo que experimentara o padeciera al encontrarse con el noble, sabía que no podía escapar de su compromiso, contraído cuando se había firmado el contrato. «La palabra de un hombre honrado vale tanto como su firma», había citado con frecuencia su padre mientras daba lecciones de conducta ejemplar a sus hijas. Gyles Sutton no esperaría menos de ella.

–Bajo enseguida, mamá –contestó Adriana desde el tocador–. Maud aún me está peinando.

–Haz el favor de decirle que se apresure, querida. Es una grosería hacer esperar a nuestros invitados después de la hora señalada.

–Sí, mamá, lo sé –murmuró Adriana, desdichada.

Maud lanzó una risita cuando captó el humor lúgubre de su señora.

–Vamos, señorita, reuniros con lord Randwulf no será tan espantoso como vos creéis. La cocinera dijo que el otro día lo había visto en Bradford, cuando una señorita se lo señaló al tendero al que había ido a comprar especias. Dijo que se había quedado boquiabierta cuando se volvió a mirar. Dice que su señoría tiene un tipo espléndido, y va vestido con suma elegancia. Un hombre de verdad, alto y musculoso, no como el señor Elston, que se presentó ayer pavoneándose como si fuera el dueño de la casa. Si no recuerdo mal, el señor Elston está en los huesos. Ni siquiera parece un hombre, tan distinto es de su señoría.

Adriana exhaló un suspiro.

–Todo lo que dices es cierto, Maud. Lord Randwulf es muy elegante...

–¿Por qué estáis preocupada? ¿No os agrada que un hombre tan importante quiera cortejaros?

–No estoy muy segura de que lord Randwulf quiera cortejarme, Maud. Fue idea de su padre, no de él.

–Pues claro que quiere cortejaros –replicó la robusta criada–. Sois la muchacha más hermosa a este lado del paraíso, y si él no lo cree así, es que está mal de la cabeza. Pensad en todos esos caballeros y señores a los que ya habéis robado el corazón. ¿No es una prueba de vuestro atractivo?

–No todos los hombres son iguales, Maud, y da la impresión de que a lord Randwulf le gusta la soltería... –Adriana se interrumpió, sabiendo que la criada nunca comprendería el alcance de sus temores. Lo que más le molestaba era la fascinación que sentía por el hombre. Si se sentía atraída hacia él hasta tal punto en ese momento, ¿cuáles serían sus sentimientos cuando terminara la fase de noviazgo? Meneó la cabeza y exhaló un suspiro–. ¿Quién sabe lo que desea lord Randwulf?

Maud rió.

–No os preocupéis por lo que le guste o le deje de gustar, señorita. Si todavía no lo habéis hecho, le vais a robar el corazón enseguida.

El tiempo revelaría la verdadera naturaleza y sensibilidad de Colton, pensó Adriana. En cuanto al desenlace, no estaba tan segura como Maud de que sería para su bien.

Adriana suspiró y salió de su cuarto, temerosa de enfrentarse a lord Randwulf... y cederle otro pedazo de su corazón.

Lady Christina había bajado la escalera con la confianza de que su hija no tardaría en seguirla; pero, al apoyar la mano en el pomo jacobino de la puerta de la sala de estar, sus pensamientos volvieron a la difícil tarea que le esperaba. En aquel momento no tenía ni idea de qué sería más difícil: aparentar indiferencia por el rostro y el cuerpo deformes de lord Colton... o entregarle a su hija en matrimonio.

Respiró hondo para calmar su angustia y trató de prepararse para el mal trago que la aguardaba, pero tenía la impresión de que una sombra amenazadora se cernía sobre su espíritu. Abrió con valentía la puerta y entró en la sala. Vio al punto que lord Randwulf se había detenido ante las ventanas que dominaban los terrenos y el camino de entrada, y se sintió muy aliviada al ver que la distancia entre él y su madre le permitiría dar la bienvenida a ésta antes de verse obligada a afrontar el rostro surcado de cicatrices. La prueba definitiva para su fortaleza llegaría poco después, una vez que hubiera intercambiado unas cuantas trivialidades con Philana. En cuanto a saludar al marqués, constituiría una hazaña increíble lograr disimular su repugnancia y aparentar cordialidad. La única manera de superar aquellos momentos comprometidos sería recordarse en todo momento que Colton era el hijo de su mejor amigo, y que había sido herido sirviendo con valentía a la patria.

Christina forzó una sonrisa alegre y cruzó la sala hasta el sofá donde se hallaba sentada Philana. Tomó las manos de la mujer entre las suyas.

–Cuánto ha tardado este día en llegar, querida amiga –murmuró. Las palabras se le pegaron como brea a la garganta, lo cual no contribuyó precisamente a serenarla–. Tu hijo ha regresado por fin. Te habrá alegrado que haya vuelto para hacerse cargo del marquesado.

–No sólo me ha alegrado, sino que me ha complacido sobremanera su deseo de asumir las responsabilidades de su padre –contestó Philana con una sonrisa radiante–. Pero lo más importante, Christina, es que hemos venido para hablar contigo y Gyles acerca del contrato de noviazgo y compromiso. Confío en que Adriana pueda reunirse con nosotros. Es una parte tan importante de esta conversación, que no puedo imaginarme tomando una decisión con la que ella no esté de acuerdo.

–Maud estaba terminando de peinarla cuando bajé. Estoy segura de que aparecerá de un momento a otro, y Gyles... –La puerta se abrió a su espalda y, al reconocer los pasos que se acercaban antes de que los ahogara la gruesa alfombra oriental, no tuvo necesidad de volverse–. Mira, ya está aquí.

–¡Bienvenida, bienvenida! –Gyles se reunió con las mujeres, fingiendo entusiasmo como mejor pudo. Se llevó la mano de Philana a los labios y la besó–. Estás tan encantadora como siempre, querida mía.

Philana lanzó una alegre carcajada, mientras desechaba el cumplido con un gesto elegante.

–Ahorra tus piropos para damas más crédulas, Gyles. Estoy vieja y arrugada, y tú lo sabes.

Gyles le dedicó una sonrisa torcida y se llevó una mano al corazón, como dispuesto a jurar algo.

–No veo arrugas ante mí, y, sea cual sea tu edad, querida mía, tu gracia y belleza no han desaparecido.

Complacida por la respuesta, Philana inclinó la cabeza en señal de agradecimiento.

–Eres un verdadero amigo, Gyles, si bien tienes tendencia a mentir bastante.

Gyles rió y retrocedió, retrasando el momento en que debería encontrarse cara a cara con el joven. Como Christina, no se decidía a hacerlo todavía, aunque era muy consciente de que Colton se había vuelto y estaba atravesando la sala cojeando en su dirección. Los golpes sordos del bastón parecían ser los heraldos de lo que les esperaba. Su esposa le había expresado entre lágrimas su aversión a la idea de cumplir el acuerdo que ataría a su hija más pequeña a un hombre desfigurado, por muchos honores que hubiera recibido luchando contra el enemigo. Gyles había compartido sus temores. Adriana siempre había sido su ojito derecho, y detestaba la idea de verla casada con un hombre cuyo aspecto aterraría a los niños.

Philana señaló a su hijo con una esbelta mano.

–Aquí llega Colton sano y salvo, pese a la horrible herida de su pierna.

Gyles apoyó una mano consoladora sobre la espalda de su esposa para darle ánimos, mientras ambos se volvían hacia el marqués. Como era menuda, Christina tuvo que echar la cabeza hacia atrás con el fin de mirar a los ojos del hombre. Cuando Gyles sintió que un agudo escalofrío recorría el cuerpo de su esposa, intentó prepararse para lo peor. Si Christina se desmayaba, diría a modo de excusa que no se había encontrado muy bien los últimos días, lo cual no sería mentira, pues nunca la había visto tan crispada a medida que se acercaba el día del encuentro. Mejor eso, decidió Gyles, que dejar entrever su aversión al hijo de su amigo.

Gyles se juró en silencio que tendría más control, y se negó siquiera a pestañear si el aspecto del hombre le repelía. Con serena dignidad, dirigió la atención a su invitado.

Fue entonces cuando se quedó boquiabierto.

–Lord Gyles –lo saludó Colton con voz profunda y melodiosa, al tiempo que sonreía a ambos–. Lady Christina.

–Santo Dios –susurró sin aliento Christina, mientras sus mejillas se teñían de púrpura.

Hasta el momento había considerado a su yerno, sir Thornton Godric, y al prometido de Melora, sir Harold Manchester, hombres de una apostura poco común, pero tuvo que reconocer que Colton Wyndham, con sus facciones nobles y enjutas, su increíble belleza, el cuerpo alto y de hombros anchos, dejaba en segundo plano a los otros dos. Meneó la cabeza, confusa, y se preguntó cómo demonios se había forjado la equivocada idea de que el hombre era un monstruo.

–Habéis cambiado tanto, lord Colton, que temo que Gyles y yo nos hemos quedado patidifusos.

Colton sonrió.

–Muy comprensible, mi señora, considerando que era poco más que un muchacho la última vez que nos vimos. Dieciséis años pueden cambiar en gran medida la apariencia de alguien.

Christina, invadida de alivio, movió la mano en dirección al sofá donde la madre del hombre seguía sentada.

–Haced el favor de tomar asiento y hablarnos de los lugares en los que habéis estado desde la última vez que os vimos.

Antes de que Colton pudiera contestar, la puerta se abrió de nuevo y entró Adriana. Pese al minucioso examen a que la había sometido mientras dormía en la bañera, siempre le asombraba su profunda belleza. Si alguna vez había descartado la posibilidad de que las facciones y apariencia general de una mujer pudieran ser perfectas, estaba llegando a la conclusión de que Adriana Sutton fijaría el modelo por el que se juzgaría en el futuro a las demás mujeres, al menos en su mente. Si su aspecto no era perfecto, se acercaba a ello. Se había apartado de la cara el largo y espeso cabello, recogido en un moño en la nuca. Varios rizos de las sienes se habían escapado, delante de sus orejas y en la nuca, lo cual prestaba una encantadora suavidad al peinado. En contraste con sus trenzas oscuras, la piel cremosa parecía más blanca que la de otras damas. Un tenue colorete adornaba sus mejillas, al igual que los adorables labios. En cuanto a sus grandes ojos oscuros de sedosas pestañas, su atractivo era tan enorme que tuvo que hacer un esfuerzo mental para liberarse de su hechizo.

Vestía a la última moda, y las prendas sentaban de maravilla a su cuerpo alto y esbelto. Unas trenzas de seda ribeteaban el cuello alto, las medias mangas con charreteras y la cintura de su chaquetilla, la cual confería un aire militar a una creación verde esmeralda de suave crepé. Un alzacuello de seda marfileña, bordado con hilos de seda del mismo tono, rodeaba su esbelta garganta, para luego doblarse hasta formar una capa que llenaba el cuello tieso de la chaqueta Spencer. Las amplias mangas, de la misma seda cremosa bordada, estaban adornadas de cintas anchas de la misma tela, y terminaban en volantes festoneados que caían sobre sus manos.

Colton se sorprendió estableciendo comparaciones mentales entre los deliciosos complementos que adornaban las orejas de Adriana y las joyas que Pandora Mayes siempre había preferido. La primera sólo exhibía perlas solitarias engarzadas en delicados nidos de filigrana de oro, en tanto que la actriz prefería subrayar su belleza morena con bisutería de buen tamaño. No existía la menor similitud entre las joyas, ni tampoco entre las mujeres. Era como comparar una rosa con un repollo. Pandora Mayes era una tentadora voluptuosa, muy consciente de en qué se convertía cuando atraía a sus amantes hacia la cama. La actriz se habría ofendido si alguien la hubiera llamado prostituta, pues defendía con celo que sólo prestaba sus favores a hombres a los que admiraba y con quienes mantenía largas relaciones, si bien los costosos obsequios en joyas y dinero que recibía la colocaban en la misma categoría de las busconas de Londres. Por su parte, Adriana era el tipo exacto de dama con el que se había propuesto contraer matrimonio algún día. Después de que Bentley había osado recordarle los principios inconmovibles de la dama, reconocía que Adriana era una mujer muy especial.

Colton sonrió cuando reparó en que la dama había sentido frío al bajar la escalera, porque los pezones se marcaban en el crepé de lana que cubría sus pechos. Aunque había visto mucho más en el cuarto de baño de lo que un caballero tenía derecho, aquellos pequeños promontorios le trajeron recuerdos de su aspecto desprovisto de adornos. Los había visto tiernos y rosados en el agua, coronando unos hermosos pechos marfileños, lo bastante plenos para despertar la admiración de cualquier hombre.

Cayó en la cuenta de que, pese a la elegancia de las prendas que vestía la dama, estaba más atento a las deliciosas formas que cubrían. Era lo mejor que había visto en su vida. Como una joven diosa en la plenitud de su vida, lady Adriana prometía placeres sin cuento al hombre que se casara con ella. Si se tragaba el orgullo, obedecía los dictados de su padre y recibía con los brazos abiertos aquello que, desde el primer momento, había sido un obsequio y no una sentencia a cadena perpetua, podría saborear a la dama sin barreras, desde los lóbulos a las puntas de los dedos de los pies. De todos modos, no podía olvidar que se veía obligado a aceptar un acuerdo que había evitado durante dieciséis años.

–Os ruego que disculpéis mi tardanza –murmuró Adriana a los ocupantes del salón, al tiempo que lograba esquivar la mirada de Colton después de desviar la suya.

Los ojos del marqués eran tan tenaces como cuando le había hecho proposiciones en el carruaje. Comparado con las inspecciones a las que había sido sometida en los años pretéritos, el examen de Colton era mucho más osado. Al menos, otros hombres tenían la decencia de mirarla con más discreción, pero Colton no disimulaba su tendencia a estudiar cada mínimo detalle, y de muy cerca. De hecho, experimentó la sensación de que la estaba devorando. Como sus ojos se alimentaban de cada curva, parecía descabellado creer que dejaría algún pedazo de ropa sin arrancar en su mente.

Colton se colocó tras una silla Tudor y, asiendo el bastón bajo un brazo, aferró los costados del respaldo y la empujó un poco hacia ella.

–Ven a sentarte, Adriana.

En presencia de sus padres, Adriana no vio otra opción que obedecer. Por más que ansiara salir corriendo de la sala, no podía rechazar la invitación sin provocar el disgusto de los mayores. Se sentó muy rígida en el borde, temerosa de entrar en contacto con aquellas manos bellas y duras.

Tal como sospechaba, sus esfuerzos no consiguieron mantener a Colton a raya. El extremo del bastón se posó sobre la alfombra cuando el hombre se situó a su lado. Se inclinó sobre su hombro, aspiró el aroma de su pelo y bajó la cabeza hasta que su aliento rozó la mejilla de la joven. Adriana estuvo a punto de cerrar los ojos cuando sintió aquel placer inesperado. Era como si sus esfuerzos por mantenerse indiferente al hombre quedaran anulados por el anhelo que sentía en las profundidades de su cuerpo. No sólo amenazaba con destruir su fría reserva, sino con enviarla corriendo hacia los establos.

–Relájate, Adriana –susurró él–. No voy a comerte... de momento.

De repente, Adriana se encontró luchando para recuperar su aplomo, que se había hecho añicos. Tenía la impresión de que la voz persuasiva del hombre sacudía todo su ser. Nunca había sabido que su nombre pudiera sonar de una forma tan perturbadora cuando lo pronunciaba un hombre, y sintió que se derretía por dentro cuando aquel tono suave acarició sus sentidos.

Un recuerdo de la rabia acumulada durante años bastó para enfriar su mente y fortalecer su resolución de mantenerse distante de este hombre. Aún más eficaz fue la sospecha de que había estado utilizando sus encantos con Felicity, que sin duda los habría aceptado de buena gana y sin límites. Recordando su indecente proposición posterior al funeral de la señora Jennings, Adriana se preguntó si habría hecho la misma invitación a la nieta del fabricante de tejidos.

Lo miró de reojo cuando acercó otra silla a la de ella, hasta que los brazos de ambas entraron en contacto. No pudo resistir un intento de sarcasmo.

–Puedo apartarme si necesitáis espacio, mi señor.

Colton no pasó por alto la pulla. Rió en respuesta y se inclinó hacia ella una vez más.

–El sofá está ocupado, queridísima Adriana. De lo contrario, te habría invitado a tomar asiento en él y me hubiera sentado a tu lado.

–¿Para qué? –Adriana fingió perplejidad–. No creo que albergueis la menor intención de examinar con detenimiento la elección que vuestro padre hizo en vuestro nombre hace años, cuando estabais a punto de llegar a la mayoría de edad. La verdad, mi señor, pensaba que estábamos aquí para discutir vuestros planes de disolver el acuerdo. –Enarcó una ceja con aire desafiante–. ¿Me he equivocado?

Colton forzó una mueca de pesar, como ofendido hasta extremos inauditos.

–Aunque mis ojos no detectan pruebas de ninguna treta, querida mía, hay momentos en que consigues hacerme pensar que me has engañado. En verdad, muchacha, eres capaz de derramar sangre con las heridas que infliges.

Adriana resopló en señal de desdén, lo cual le ganó una mirada iracunda de sus padres y una risita de Colton. Era incapaz de explicarse por qué era presa de sentimientos tan contradictorios siempre que estaba con ese hombre. En ocasiones tenía el convencimiento de que se sentiría inmensamente satisfecha poniéndole por sombrero una figurita de porcelana o una olla bien pesada. Después, con la misma frecuencia, se veía obligada a luchar con aquellas turbadoras burbujitas de placer que él provocaba en su interior. Dado que estaba convencida por completo de que Colton iba a limitarse a pasar por la formalidad de aceptar el noviazgo para no disgustar a su madre, y de que en el momento apropiado le asestaría un golpe de muerte, debía preguntarse por qué era tan sensible a sus palabras.

–Sin duda, mi señor, habéis extraído vuestras conclusiones de vuestra dilatada experiencia –replicó con frialdad–. Para convertiros en una autoridad sobre mujeres, las habréis tratado con frecuencia. Seguro que habréis vivido muchas experiencias durante vuestra ausencia, y puede que unas cuantas desde vuestro regreso.

–Alzó la mirada con la esperanza de que su pulla hubiera hecho mella, pero Colton sonrió de una manera ambigua. Como no leyó nada en su expresión, continuó sondeando–. ¿O acusáis a mi pobre lengua para tranquilizar vuestra conciencia y renunciar al compromiso?

Por primera vez desde que su adorado Sedgwick había propuesto un compromiso entre su hijo y Adriana Sutton, Philana sintió una chispa de confianza en que el matrimonio llegaría a celebrarse. Colton era demasiado guapo para que el bello sexo hiciera caso omiso de él... o lo rechazara. Casi todas las jovencitas experimentarían la tentación de adular a un hombre tan apuesto y, sin duda, de ofrecer su cuerpo como prueba de su fascinación. Consideró enormemente alentador ver que Adriana mantenía a raya a su hijo. Rechazar sus insinuaciones lo pondría en cintura, y merecidamente. Confiaba demasiado en su encanto sobre las mujeres, y lo más probable era que no supiera soportar un desaire.

–¿Es eso cierto, señoría? –preguntó Gyles, que no había captado la verdadera importancia de las palabras de su hija–. ¿Deseáis renunciar al acuerdo?

Colton se levantó y sonrió al hombre.

–Todo lo contrario, lord Gyles, deseo iniciar el noviazgo lo antes posible. Desde que fui informado del acuerdo entre mi padre y vos, he leído con gran detenimiento el documento que ambos firmasteis. Según las condiciones estipuladas, tengo tres meses de noviazgo para decidir mi destino..., a menos, por supuesto, que la dama opine lo contrario.

Miró a Adriana con una ceja enarcada, a la espera de su respuesta. Al ver que no decía nada, se sentó de nuevo en la silla y se inclinó hacia ella con una sonrisa.

–¿Qué dices, querida? ¿Tienes alguna objeción a fijar la fecha en que se iniciará el examen de nuestros sentimientos? Si no, ¿puedo sugerir que empecemos hoy?

«Lo antes posible con tal de desembarazarse de mí», pensó Adriana, encrespada. Si bien estaba muy tentada de rechazar la voluntad de lord Sedgwick, antes que exponerse a los caprichos de su apuesto hijo, no lograba decidirse. Por más que su orgullo se beneficiaría si liberara a Colton Wyndham de las obligaciones que tanto había detestado, sabía que debería concederle dicho privilegio, porque no podía soportar la idea de herir a Philana o avergonzar a sus padres, además de destruir sus esperanzas y deseos para el futuro.

–Si no os importa un corto aplazamiento, mi señor, yo preferiría iniciar nuestro noviazgo la fecha en que tenga lugar el baile de otoño, el veintiuno de octubre.

–¿Tanto? ¡Pero si falta un mes entero!

Colton se quedó pasmado ante la idea de un intervalo tan dilatado. El principal motivo de acceder al noviazgo era demostrar a su madre que el designio de los padres no bastaba para despertar amor entre dos seres. Una vez que hubiera dejado bien clara la realidad, se vería libre de su compromiso. Al menos, si deseaba casarse con Adriana lo decidiría él y nadie más, no porque se sintiera obligado por los dictados de su padre. En su opinión, la larga espera anterior al inicio de su noviazgo dificultaba aún más el procedimiento.

Colton adoptó una postura contemplativa, mientras examinaba a Adriana. Era un hombre que había tomado sus propias decisiones durante casi toda la vida; pero después de ver a esta dama en el baño, jamás había conocido tantas noches de insomnio. Por más que deseaba aplacar sus apetitos con ella, ¿cómo podía aceptar la voluntad de su padre dócilmente, como un perrito faldero? Tendría que superar el noviazgo sin rendir el corazón, la mente y, lo que era aún más difícil, el cuerpo a las tentaciones que tendría al alcance de la mano. En cuanto realizara esa hazaña, podría dedicar su mente a consideraciones más serias..., como cortejar a la dama sin tener que disimular su deseo de consumar su unión.

–¿Has dicho el veintiuno?

–O cuando vos deseéis, mi señor, siempre que el baile de otoño haya empezado –contestó Adriana sin vacilar.

Colton sintió curiosidad por saber cómo iba la relación de Adriana con el hijo del fabricante de tejidos.

–¿Qué me dices de Roger Elston? ¿Permitirás que el aprendiz te visite hasta entonces?

Adriana sintió que sus mejillas ardían bajo aquella inspección detenida. ¿Cómo se atrevía a hacer esa pregunta, después de que había empezado a visitar a Felicity?

–Antes de vuestro regreso, mi señor, había dado permiso al señor Elston para acudir al baile. En pro del decoro, deberé comunicarle que ha de renunciar a sus visitas, pero me parecería menos grosero si se lo dijera al finalizar el baile.

Colton acarició un mechón rizado que parecía empeñado en adherirse a la mejilla de Adriana. «Qué oreja más delicada», pensó, y se preguntó cómo reaccionaría ella si introdujera su lengua en las tentadoras hendiduras y frágiles salientes que formaban la configuración externa. Sus ojos destellaron con un brillo travieso cuando apoyó un dedo en la barbilla de la dama y le volvió la cara hacia él.

–¿Te quejarías, querida, si dedicara mis atenciones a otra persona esa noche? –preguntó en voz baja, mientras escrutaba aquellos ojos oscuros–. Me parece justo..., puesto que tú estarás comprometida también.

Adriana giró la cara y se encogió de hombros. No era preciso que le dijera el nombre de la dama en cuestión.

–Yo no estaré comprometida, mi señor. Sólo concedí permiso a Roger para asistir al baile si así lo deseaba, pero haced lo que os plazca. No tengo derecho alguno sobre vos.

–Ya lo creo que sí, Adriana. –Se apoderó del lustroso rizo pegado a su mejilla, lo acarició entre los dedos y admiró su tendencia natural a rizarse alrededor del dedo. Los mechones sedosos eran tan fragantes como el cuerpo de la dama, y notó que sus sentidos reaccionaban como si hubiera ingerido una potente poción–. Estamos ligados por un contrato, y eso es como si ya estuviéramos prometidos, lo cual basta para darte derecho a decir sí o no en lo relativo a mi conducta con las demás mujeres. Y si estamos prometidos, ¿no es casi como si estuviéramos casados?

–¡Ni hablar! –Adriana, furiosa, agitó una mano como si ahuyentara a un insecto de su mejilla, de forma que consiguió liberar su mechón–. No estamos casados, mi señor, y, aunque estuviéramos prometidos, os daría permiso para dedicar vuestras atenciones a quien os diera la gana... siempre que accedierais a dejarme en paz en el ínterin... ¡Y basta ya! –Le dio una palmada en el dorso de la mano cuando él se dispuso a apoderarse de nuevo del rizo–. ¡Dejad mi pelo en paz!

–¡Adriana! –dijo su madre con voz entrecortada, sorprendida por la exhibición de mal humor de su hija–. ¡Qué vergüenza, hija! ¡Pegar a su señoría! ¿Qué va a pensar?

–Vaya, vaya –la reprendió Colton con una amplia sonrisa, mientras se inclinaba hacia la tentadora belleza–. Creo que me tienes muy poco respeto, Adriana.

–Puede que estéis en lo cierto, mi señor –replicó ella con apasionamiento–. Al fin y al cabo, no sois más que un extraño para mí...

–¡Adriana!

Christina estaba escandalizada por la grosería de su hija.

–Significas un verdadero desafío para mí, Adriana –dijo Colton, con una chispa de hilaridad en sus ojos grises–. Nunca había conocido a una mujer tan remisa a aceptar mis atenciones.

En todo caso, se había acostumbrado a la adulación del bello sexo. Era muy estimulante estar en el extremo opuesto del espectro en el que solía encontrarse. ¿Perseguir a una dama joven y hermosa que no parecía sentir el menor interés por él? Fascinante... ¡Todo un reto!

Adriana habló en tono sarcástico.

–Estoy segura de que habéis destrozado el corazón de muchas jóvenes, mi señor, pero procuraré ahorraros alabanzas de las que ya estaréis aburrido debido a las numerosas repeticiones.

Colton comprendió de repente que estaba disfrutando de ese cuerpo a cuerpo, tanto como había gozado con la capitulación final de alguna apetecible joven entendida en la materia. Todas las mujeres a las que había conocido eran expertas en el juego del amor, y jamás había dudado de su atractivo masculino. Era más de lo que podía decir en esta situación concreta. De todos modos, creyó necesario atizar un poco más el fuego para poner a prueba el alcance de la tenacidad de la muchacha.

–¿Y si te dijera, queridísima Adriana, lo encantadora que eres? Poco imaginaba cuando eras una niña que llegarías a ser tan exquisita. Tu belleza me roba el aliento.

–Respirad hondo, mi señor –replicó Adriana con altivez, sin mirar a un lado ni a otro cuando él volvió a apoderarse de su mano–. Estoy segura de que lo recuperaréis.

Ante el sarcasmo de su hija, Christina abrió la boca para intervenir, pero cambió de idea cuando Philana le apretó con dulzura la mano, como urgiéndola a guardar silencio.

Colton se llevó a los labios los finos dedos de su futura prometida, y dejó que su boca tibia y húmeda se demorara sobre los nudillos en una caricia lenta y sensual.

Adriana tomó conciencia de un extraño estremecimiento que le recorría el cuerpo, y se dio cuenta de que se quedaba sin respiración cada vez que los labios del hombre entraban en contacto con su piel. La avalancha de sensaciones que despertaba en ella era similar a las que había despertado cuando chocaron en el pasillo de Randwulf Manor, pero por perturbadoras que habían sido no podían compararse con el torbellino que estaba experimentando en esos momentos. ¡Era imposible que una joven las soportara impasible delante de sus padres!

Adriana recuperó su mano de un tirón, se puso en pie y corrió hacia la puerta. Entonces, se volvió hacia los invitados con las mejillas encendidas, y consiguió aparentar cierta dignidad. Dio una explicación poco convincente, pero verdadera.

–Prometí a Melora que la ayudaría con algunos asuntos relacionados con su boda antes de que terminara el día. –Dedicó una reverencia a la invitada de más edad–. Lady Philana, os ruego que me excuséis...

–Por supuesto, hija –contestó la marquesa con una sonrisa amable, considerando que su hijo era el culpable de la huida de la muchacha. El hecho de que él pareciera divertido por la situación la impulsó a suspirar para sus adentros. Le recordaba demasiado al adolescente que había sido. Un bromista empedernido.

Los ojos oscuros se enfriaron hasta cierto punto cuando Adriana posó la vista por fin en el marqués. Su sonrisa era tirante.

–Buenos días, lord Randwulf.

Hasta Colton se encogió cuando la puerta se cerró con estrépito detrás de ella, y por un momento padres y pretendiente contemplaron la puerta con diferentes grados de sorpresa. Después, casi a un tiempo, Gyles y Christina dedicaron su atención a Colton, mientras se preguntaban cómo reaccionaría a la fogosa partida de su hija.

Colton estalló en carcajadas e indicó la puerta con el pulgar sin volverse. Era evidente que Adriana no estaba más entusiasmada con las condiciones del contrato que él.

–Juro que no he visto temperamento igual en nadie bien nacido.

Christina forzó una sonrisa vacilante.

–Espero que mi hija no os haya ofendido, mi señor.

Philana se puso a reír.

–Yo no sé mi hijo, pero en lo que a mí concierne, pienso que ha estado maravillosa... como de costumbre. Un momento más, y le habría calentado las orejas a Colton... con mucha razón.

Christina no sabía qué decir para disculparse. Dirigió a la marquesa una mirada casi suplicante.

–Hay momentos en que mi hija se enfada un poco con ciertos miembros del género masculino. No le gusta que la acosen, pero jamás se me ocurrió que se comportaría de una forma tan inapropiada en vuestra presencia, lord Colton. La regañaré por sus modales...

–No harás nada de eso –la interrumpió Philana con determinación–. Mi hijo recibió su merecido por molestarla adrede. Tal vez la próxima vez haya aprendido la lección. Si no, se acostumbrará a que le peguen en los dedos como a un niño travieso. Te aseguro que no sería la primera vez. Yo misma lo hacía con bastante frecuencia cuando era más joven. No se cansaba nunca de tomar el pelo a las chicas, siempre que Adriana venía a jugar con Samantha.

Gyles se llevó la mano a la boca varias veces, tratando de ocultar la insistente sonrisa que resistía a todos sus intentos de reprimirla. Cuando fracasó, apoyó las manos sobre las rodillas y se levantó.

–No me cabe la menor duda de que mi hija menor habría propinado a esos gabachos de Waterloo una buena paliza. Se enoja con facilidad en ocasiones. Por lo visto, considera especialmente ofensivo que un pretendiente ansioso intente manipularla.

Adriana recorría su habitación muy agitada, irritada consigo misma por haber permitido que Colton Wyndham la afectara tanto. Nunca antes había experimentado sensaciones como las que él despertaba en ella. Tampoco había experimentado tanta irritación, no sólo con él, sino consigo misma por permitir que sus tretas la sacaran de quicio. Sus intenciones parecían muy claras. Obligado por el mandato de su padre, intentaba humillarla de todas las maneras posibles, aunque sólo fuera para desahogar su frustración por la situación en que se hallaba. Volver al hogar después de tantos años de tozudo rechazo a los dictados de su padre, y descubrirse atrapado en la misma trampa, había constituido un golpe terrible para él, en especial si sus pensamientos habían estado concentrados por completo en el marquesado. Teniendo en cuenta el grado de resentimiento que había ido acumulando con los años, tal vez imaginaba que tenía motivos para odiarla, sobre todo si analizaba la situación tan sólo desde su perspectiva. Quizá no había caído en la cuenta de que ella también se había convertido en una víctima, encadenada por la devoción a sus padres.

Alguien llamó con suavidad a la puerta de su habitación, y, cuando ella dio permiso, la criada de Melora entró a toda prisa y efectuó una reverencia.

–Perdonad, mi señora, pero vuestra hermana se pregunta qué os está reteniendo desde que subisteis.

–Voy enseguida, Becky.

La puerta se cerró detrás de la criada, y en el silencio que siguió Adriana exhaló un largo suspiro, mientras se preguntaba si sería capaz de aguantar tres meses de noviazgo con Colton Wyndham. No era que no lo deseara. De hecho, era el hombre al que había estado esperando toda su vida. Sin embargo, parecía capaz de avivar en su interior extraños sentimientos que podían llevarla a capitular ante sus proposiciones. Pese a la exhibición exterior de irritación, atesoraba recuerdos secretos de él que, a veces, le despertaban anhelos de sentir el calor de sus brazos alrededor del cuerpo, y de sus labios estremeciendo los de ella con prolongados besos. Sólo pensar en aquel cuerpo largo y musculoso, apretado desnudo contra el de ella, le causaba una extraña excitación que la dejaba ardiendo de deseo. Sus pezones reclamaban una atención especial de la que era totalmente ignorante, y en las profundidades de su cuerpo crecía un ansia que parecía destinada a no ser apaciguada hasta que se entregara a él, y sólo a él.

Por pura fuerza de voluntad, Adriana recuperó la compostura y fue a la habitación de Melora, donde encontró a su hermana presa de un ataque de nervios. Al intentar decidir la disposición de los asientos para el ágape que seguiría a la boda, se había hecho un lío.

–¡Por fin apareces! –gritó Melora–. Estaba empezando a pensar que tendría que ocuparme yo sola de los preparativos. He estado devanándome los sesos sin cesar, mientras mamá y tú estabais tan ricamente con los Wyndham, como si el asunto de tu noviazgo no pudiera esperar unas semanas más. La verdad, Adriana, considerando los años que Colton ha estado fuera, no habría sido perjudicial que hubieras retrasado su visita hasta después de la boda. No sabes lo nerviosa que estoy. ¡Sólo faltan diez días! –Miró a su hermana, pero no percibió señales de compasión. Exhaló un potente suspiro–. Supongo que el noviazgo empezará de inmediato.

Adriana intentó hacer caso omiso de la desconsideración de Melora.

–No, le he pedido que lo retrasáramos hasta el baile de otoño, como mínimo.

–¡Gracias a Dios! –exclamó su hermana, exagerando su alivio–. Ahora podrás ayudarme como prometiste. Puedes empezar haciendo una lista de los invitados que vendrán y dónde deberán sentarse en el banquete nupcial. La cocinera ya está ocupada con los preparativos y, por supuesto, los criados han empezado a limpiar hasta el último rincón. No podemos permitir que una mota de polvo o una ventana sucia nos avergüencen...

Adriana, que consideraba trivial todo lo que decía Melora, se sentó ante el alto escritorio de su hermana y empezó a organizar la colección de nombres. Estaba segura de que la cocinera, los pinches y el resto de los sirvientes se esforzarían al máximo por convertir el banquete nupcial en una ocasión memorable para su hermana. En cuanto a ella, esperaba poder mantener sus pensamientos bien alejados de Colton Wyndham, pues estaba empezando a temer que, en lo tocante a ese hombre, su corazón no se hallaba tan a salvo como ella pretendía.

10

El último día de septiembre hizo un tiempo excelente, con el embriagador olor del otoño flotando en la brisa. La mañana, muy soleada, fue perfecta para la boda. Durante la ceremonia, la capilla se había llenado de invitados. Al acabar, los miembros de la familia y los amigos se congregaron en el exterior para esperar la aparición de los novios, e intercambiaron trivialidades con parientes y conocidos. Adriana se vio rodeada de un numeroso grupo de jóvenes ansiosos de llamar su atención. Entre ellos se encontraban miembros de las mejores familias de Inglaterra, incluido lord Harcourt, que había logrado conquistar un ventajoso puesto a la izquierda de la dama. Stuart Burke se hallaba a su derecha, y parecía complacido de que Colton hubiera preferido la compañía de Perceval a la de la bella. El joven esperaba que algo drástico hubiera ocurrido en su relación, algo que le concediera la oportunidad de probar suerte.

Adriana se sintió muy aliviada de que Roger no se hubiera presentado en la boda. Aunque habría sido el colmo de la audacia ya que no estaba invitado, en otras ocasiones también había aparecido de improviso con todo descaro. Si su encontronazo con Colton en Randwulf Manor había bastado para disgustarlo, sin duda habría montado en cólera por las atenciones que le dispensaban en aquel momento. Sus admiradores formaban un amplio círculo a su alrededor, un grupo que daba muestras de jovialidad, inclinado a burlarse mutuamente de sus limitadas probabilidades con la dama.

–Perdonad, señores –rogó el joven caballero Guy Dalton con una amplia sonrisa, lo que conquistó la atención tanto de Riordan Kendrick como de Stuart Burke–. He oído que el hombre que consigue acercarse más a lady Adriana suele ser el primero en caer en desgracia. Si yo fuera uno de vosotros dos, dejaría que otro ocupara mi lugar.

Stuart se mofó de la treta del joven.

–Vos, supongo.

Lord Harcourt enarcó una ceja bien dibujada y su boca se curvó en una sonrisa confiada.

–Si no os parece mal, sir Guy, correré el riesgo, pero podéis continuar aguardando esperanzado dicho acontecimiento. Puede que alguno de nosotros cambie de opinión..., en mi caso, cuando el infierno se hiele.

Sir Guy dejó escapar un suspiro exagerado.

–Bien, como amigo he hecho todo lo posible por advertiros a los dos. Adelante, no hagáis caso de mi advertencia. Poco me importa que la dama os descarte por un pretendiente tan listo y guapo como yo.

Riordan rió del intento frustrado.

–Sois un buen amigo, sir Guy, pero sospecho que todos los hombres son propensos a buscar oportunidades que los beneficien, aunque eso signifique perjudicar a otro.

–Por favor, por favor –suplicó Adriana entre carcajadas–. Desistid de estas disputas, o tendré que expulsaros a todos de mi lado.

Paseó la vista a su alrededor para que su amenaza abarcara a todo el círculo de admiradores, y se llevó una gran sorpresa al descubrir clavada en ella la penetrante mirada de Colton Wyndham, que se hallaba a escasa distancia con una mano apoyada sobre el tronco de un árbol.

Vestido con una exquisitez capaz de avergonzar al novio, el marqués de Randwulf era la quintaesencia del aristócrata acaudalado. Percy se había reunido con él bajo el dosel de ramas y hojas que acababan de teñirse de rojo, y hablaba sin cesar mientras paseaba la vista entre los invitados, sin darse cuenta de que la mirada de su acompañante estaba concentrada en ella. Bajo el ala de un elegante sombrero de copa de seda gris, los ojos grises parecían destellar mientras examinaban cada palabra, gesto o sonrisa de la joven.

Adriana sostuvo la intensa mirada, hasta que los ojos del marqués descendieron poco a poco para devorar cada hueco y curva que poseía. De repente, su vestido de lana azul verdoso se le antojó una protección inútil ante aquellos ojos ardientes que parecían prender fuego a sus pezones. Nunca antes se había sentido tan desnuda bajo la mirada de un hombre, aun estando completamente vestida. El hecho de que este hombre supiera con exactitud cuál era su aspecto bajo la ropa exacerbaba aún más sus sensaciones. Nunca había experimentado ese delicioso calor en sus partes secretas, ni sentido el ardor que arrebolaba sus mejillas, garganta y frente, todo su ser. Si una doncella podría ser mancillada a distancia, Adriana estaba segura de que acababan de despojarla de todas sus ropas, acariciarla y desflorarla, todo en la mente del hombre que la miraba con tamaña intensidad.

«¡Santo cielo!» Las mudas palabras resonaron a todo volumen en su cerebro.

Estremecida hasta lo más hondo de su ser por el deseo que ardía en aquellos ojos grises, se volvió a un lado para despedirse de Stuart Burke, y luego dedicó unas excusas incoherentes a Riordan Kendrick, alegando que tenía frío (¡como si eso pudiera ser posible!) y quería ir al carruaje de su padre. El apuesto marqués le ofreció el brazo con galantería y dirigió una mirada victoriosa a los demás caballeros, que lanzaron vehementes protestas, acompañadas por amenazas burlonas contra el acompañante de la dama. Después de ayudarla a subir al vehículo, Riordan se quedó ante la puerta abierta del carruaje para charlar con ella, lo cual animó a los demás caballeros a congregarse alrededor. Adriana no esperaba que Colton se desplazara a otro punto desde el que gozara de mejor vista, pero eso fue justo lo que hizo, caminar hasta la parte delantera de la iglesia, desde donde podía contemplarla sin que la muchedumbre lo estorbara. No podía escapar de su vigilancia, y ésta continuó con la persistencia del sol en el cielo hasta que salieron los novios.

El banquete nupcial fue un acontecimiento digno de encomio, al menos eso reiteró Melora antes de que el novio la ayudara a sentarse en una silla a la cabecera de la mesa. Sin embargo, Adriana se vio obligada a preguntarse quién habría cambiado las tarjetas de sitio al colocar a amigos y familiares, pues pronto descubrió que estaba sentada al lado de Colton Wyndham. La conciencia de que el hombre la seguía poniendo tan nerviosa como antes no contribuyó precisamente a mejorar su compostura. Apenas logró forzar una mueca como respuesta a la sonrisa confiada de él.

–Perdonad, mi señor, pero creo que este lugar está reservado a mi tía –le informó, con la esperanza de despedirlo a cualquier parte del mundo antes que soportar aquel detenido escrutinio.

–Al contrario, Adriana, creo que eres tú quien se equivoca. –Colton sacó la tarjeta de su soporte de plata y se la tendió–. Después de tanto tiempo, creo que sé reconocer mi nombre. ¿No me esperabas?

–La verdad es que no –reconoció la joven, y quiso echar la culpa de la proximidad del marqués a Melora. Sería muy propio de su hermana hacer algo semejante, sobre todo después de que Adriana se había asegurado de que Colton se sentara con su tío y su madre.

El marqués de Randwulf acercó la silla a la mesa, con la evidente intención de quedarse donde estaba.

–Supongo que, después de estar rodeada de una legión de hombres, debes de considerar aburrido tener que limitar tu consideración a uno solo, pero procuraré no prolongar ese hecho en demasía, pese a que me sentí menospreciado por no obtener permiso para sumarme a ellos.

Adriana se quedó boquiabierta ante aquella indignante acusación.

–Nunca dije que os mantuvierais alejado de mí.

Los ojos grises la retaron con una perezosa sonrisa.

–¿Ah no? Tal vez lo entendí mal. Dijiste que nuestro noviazgo debía empezar después del baile de otoño, ¿verdad? ¿No debía mantenerme alejado hasta entonces?

La joven exhaló un largo suspiro, convencida de que el hombre seguía siendo aquel bribón que se mofaba de ella sin piedad en la infancia hasta que la hacía chillar, y sí que había chillado en aquel entonces. Pero no sería bien visto que lo hiciera en la boda de su hermana.

–Sólo me estaba refiriendo al noviazgo en sí, mi señor. Después de conceder permiso a Roger para asistir al baile, me pareció de mala educación retractarme.

–¿Te has sentido predispuesta con frecuencia a conceder al chico tales favores?

Considerando las elevadas probabilidades de que Roger se decidiera a irrumpir en el acontecimiento, había pensado que sería menos ofensivo para su familia y para ella misma darle permiso para asistir. Ignoraba cuántas veces se había arrepentido de aquella decisión, sobre todo desde el regreso de Colton. Roger no se tomaría a bien la presencia de su pretendiente.

–Tienes un montón de admiradores –comentó Colton, mientras paseaba la vista por los solteros que la habían asediado aquella mañana y que ahora lo miraban con envidia y puntillosa atención. Sonriente, saludó con un cabeceo a Stuart, y observó que el hombre no estaba ni mucho menos tan alegre como delante de la iglesia–. ¿Estás segura de no haber extendido invitaciones similares a ninguno de tus admiradores?

–No –gimió Adriana, impaciente–. Estáis exagerando la nota.

Colton enarcó una ceja en señal de escepticismo.

–Bien, creo que es lógico preocuparme por el asedio inmisericorde de veintitrés hombres, sobre todo cuando todos estaban ansiosos por poseerte. Un hombre sólo ha de ser cauteloso contra tantas probabilidades.

–No creí que hubiera tantos –contestó Adriana, mientras se preguntaba si Colton la engañaba.

–¿Cómo? ¿No te tomaste la molestia de contarlos? –Colton rió. Tenía que admirarla por eso. La mayoría de las mujeres habrían considerado ese número un homenaje a su atractivo, y alardearían de él–. Te aseguro que sé contar muy bien, Adriana. El número es el que te he dicho.

Ella agitó la cabeza, disgustada.

–Bien, no hace falta que os preocupéis por ellos, mi señor. Tengo la intención de cumplir mi parte del compromiso, tanto si vos lo hacéis como si no.

–Oh, ya lo creo que intento hacerlo, Adriana. Al fin y al cabo, el deseo de mi padre era que te convirtieras en mi futura esposa.

–¿Por qué? No albergáis el menor interés por cumplir el contrato, aparte del noviazgo, ¿no es cierto? –La joven lanzó una carcajada–. Lo contrario me sorprendería en grado sumo.

–Permíteme decirte que aprovecharé la oportunidad de reflexionar sobre el asunto mientras seamos novios. Tengo el derecho, ¿no?

–Sí, en efecto –reconoció de mala gana Adriana, convencida de que lo haría porque le apetecía. En cuanto se le agotara la paciencia, ya no existirían garantías.

Miró a su alrededor, mientras se preguntaba qué había sido de sus parientes, y por fin vio a tía Tilly sentada al lado de Alistair Dermot. En aquel momento, la mujer estaba conversando animadamente con el hombre, pero no tardó en pasear la vista en torno suyo, como si intuyera la mirada de su sobrina. Tilly levantó la tarjeta del soporte que tenía delante, se encogió de hombros mientras sonreía a Adriana, y se empezó a abanicar con ella.

Adriana cayó en la cuenta al punto. Era su tía la que había revisado la disposición de los asientos, al menos de una zona determinada. Aun siendo reacia a pedir disculpas, Adriana se inclinó hacia Colton.

–Temo que he llegado a conclusiones apresuradas, mi señor. Debo pediros disculpas. Creo que ahora sé quién ha cambiado las tarjetas. –Movió la mano con elegancia para indicar a la mujer–. Al parecer, tía Tilly ha descubierto a vuestro tío. Es un hombre muy apuesto, y ella es viuda, claro está.

Colton desvió la vista y vio que la mujer les sonreía con aire culpable. Le guiñó un ojo y sonrió, lo cual provocó en ella una alegre carcajada, que llamó a su vez la atención de Alistair. Cuando el hombre hizo una pregunta, Tilly señaló a la pareja de jóvenes. El tío intercambió una sonrisa con su sobrino, para luego prestar atención a la belleza que lo acompañaba. Dedicó a Colton una amplia sonrisa y alzó su copa de vino a modo de saludo, felicitándolo en silencio por su buen gusto en lo tocante a mujeres.

–Vuestro tío parece muy satisfecho de sí mismo –comentó Adriana, que no había captado el verdadero significado del intercambio–. Es lógico que esté orgulloso, teniendo en cuenta que llegasteis a ser un héroe nacional después de que os consideró digno de su apoyo.

–Yo diría que está aplaudiendo tu belleza, querida mía –la corrigió Colton–. Tiene motivos más que suficientes para pensar que eres mi prometida.

Adriana se quedó de una pieza.

–Oh, pero vuestra madre... No habrá dicho nada sobre el acuerdo, ¿verdad?

–Tal vez la culpable sea más mi hermana que mi madre. –Colton reparó en un rizo rebelde que colgaba pegado a la nuca de Adriana, y lo capturó entre el índice y el pulgar–. Está convencida de que algún día serás mi esposa.

Adriana cayó en la cuenta de que se estaba derritiendo de nuevo, como ocurría siempre que él la tocaba. Por un momento que se le antojó eterno, sus ojos se encontraron, y después los de Colton descendieron hacia sus labios. El inexplicable deseo de apoyar la mejilla en la palma del caballero se le antojó muy extraño a Adriana, pero no más que la intuición de que su señoría estaba reprimiendo el deseo de besarla.

–Tendré que advertir a vuestra hermana que tiene la lengua demasiado larga –murmuró Adriana.

Adriana experimentaba la sensación de que había transcurrido un siglo desde que había estado sentada al lado de Colton en el banquete nupcial, cuando en realidad no habían pasado más que tres semanas. El baile de otoño ya había empezado, pero estaba retrasando el momento de reunirse con los invitados. Inquieta como una gata enjaulada, paseaba de un lado a otro de los pasillos superiores de su mansión Tudor. No era motivo de alegría pensar que, dentro de pocas horas, tendría que anunciar a Roger que debería suspender sus visitas a la mansión y dejar de seguirla a todas partes. Teniendo en cuenta con qué diligencia se había esforzado el aprendiz en conseguir su aprobación, así como el permiso para casarse con ella, temía ser la portadora de tan nefasta noticia. Sólo esperaba que no montara un escándalo.

Si meses antes hubiera pensado seriamente en las consecuencias de aceptar su primera visita no anunciada a Wakefield Manor, le habría negado el permiso una y otra vez, habría rechazado sus ramos de flores y el segundo libro de sonetos. No obstante, se había resistido a ser tan dura, pues no cabía duda de que el joven se sentía solo y no se había integrado en la población de Bradford-on-Avon. En realidad, le habría hecho un inmenso favor, pues se habría visto obligado a entablar amistad con habitantes de la localidad. Además, ella se habría ahorrado la angustia que ahora padecía, puesto que su primera visita había conducido a otra, y después a otra..., y al cabo de poco tiempo aparecía sin previo aviso cada dos por tres, no sólo en Wakefield Manor, sino también en Randwulf Manor.

Ojalá hubiera permitido a su padre decirle a Roger que ya no podía visitarla. Su padre, muy eficaz en esos temas, lo habría hecho sin el menor problema, pero ella había llegado a convencerse de que el aprendiz aceptaría mejor la situación si era ella quien le daba la noticia. Y ahora se sentía como si estuviera por expulsar a patadas a un pobre perro extraviado que toda su vida había anhelado unos mendrugos de amabilidad y afecto. No obstante, por difícil que previera la tarea, no veía otra solución. Estaba comprometida con otro y, aunque Roger lo sabía, parecía resistirse a dejarla en paz.

Adriana enderezó la columna y movió los hombros para calmar el escozor que durante la última hora se había intensificado en su nuca. Por difícil que se le antojara lo que le esperaba, no tenía escapatoria. Aplazar la decisión no serviría de nada. Tal vez sentiría algún alivio una vez realizada la tarea. Lo deseaba con todas sus fuerzas, porque en aquellos momentos se sentía terriblemente agobiada.

Apoyó la mano en la trabajada barandilla y bajó la escalera, mientras sus ojos seguían el ritmo ondulante del enjoyado vestido que se desplegaba en ondas relucientes alrededor de sus largas piernas. Nada de lo que veía se abría paso hasta sus pensamientos, pues su mente se movía como un fantasma a través de todo, excepto los dilemas que afrontaba. ¿Recordaría esta angustia tras el desenlace de su noviazgo con Colton Wyndham, o bien el egoísta hombre le daría motivos para lamentar su decisión?

Una vez más, su mente repasó los perturbadores recuerdos de la boda de su hermana. Los ojos grises la habían devorado ante la iglesia. Después, más avanzada la mañana, cuando se había sentado al lado de Colton en el banquete nupcial, se había derretido bajo el calor de su mirada.

El resurgir de diversas sensaciones que la habían invadido aquel día no la ayudaba precisamente a conservar la compostura. Aunque por desgracia carecía de experiencia en el reino del deseo, el instinto le aseguraba que los anhelos alojados en el fondo de su ser eran apetencias que Colton Wyndham había despertado con su lento y lujurioso examen, y la intensidad de dichas sensaciones frustraba por completo sus esfuerzos de expulsarlo de su mente.

«¿Por qué es él a quien ansío?», gemía su mente angustiada.

Estremecida por el asalto de deseos que no podía satisfacer, Adriana se esforzó por concentrar sus pensamientos en el modo de alejar a Roger de su vida. Aquello fue tan eficaz como un cubo de agua fría: la heló hasta los huesos.

Al llegar a las puertas dobles que conducían a la sala de baile, Adriana respiró hondo para fortalecerse con vistas al desafío que la aguardaba, y se dispuso a entrar en la sala. Se detuvo al ver un invitado que salía con tales prisas que parecía que le hubieran prendido fuego a los faldones de la levita. A juzgar por la mirada angustiada que lanzó por encima del hombro, algo o alguien le pisaba los talones. Si sus costosas ropas delataban tal vez el origen de sus preocupaciones, se inclinaría a pensar que sus sastres lo perseguían con la intención de cobrar las facturas. No decía mucho a favor del individuo el que pensamientos de esa guisa acudieran a su mente cada vez que se encontraba con lord Latham Harrell.

No había nada que objetar al aspecto físico de Latham, pues su figura alta y delgada hacía justicia a su elegante atuendo, pero eso no le granjeaba las simpatías de quienes lo conocían bien. De todos modos, la arrogancia que había exhibido en el funeral de Sedgwick se había atemperado, y Adriana comprendía por qué, teniendo en cuenta que Colton había frustrado las esperanzas del hombre al volver al hogar y dejar claras sus intenciones. Como ya no era optimista en lo tocante a conseguir riqueza y un marquesado, Latham parecía ahora tan nervioso como un conejo perseguido por un zorro.

No bien la vio, el hombre pareció olvidar sus prisas. Se serenó y ejecutó una galante reverencia.

–Mi querida lady Adriana, sois la persona que deseaba ver. De hecho, ha sido mi incesante deseo desde que os vi en la boda de vuestra hermana, hace unas semanas.

–¿De veras?

Adriana sentía curiosidad por saber qué podía desear aquel hombre de ella, pero la respuesta acudió al punto a su mente. ¡Su dote! Ahora que habían desaparecido sus expectativas de conseguir el marquesado, debería casarse por dinero para sufragar sus cuantiosos gastos.

Latham la examinó con lascivia mientras se atusaba el delgado bigote. Una calidez inusual alumbró en sus ojos color avellana mientras la repasaba de arriba abajo, lo cual provocó que Adriana se preguntara si la imaginaba sin ropa interior bajo las numerosas capas de seda de su vestido. De haber sido ése el caso, sólo un adivino habría sido capaz de vislumbrar su pálido cuerpo bajo la capa de seda diáfana incrustada de diminutos cristales colgantes, pues los adornos centelleantes, del mismo tono turquesa oscuro que la frágil tela a la que estaban prendidos, servían de deslumbradora protección.

La mirada de Latham pareció demorarse un largo rato en las redondeces que sobresalían del escote, y dio la impresión de que le costaba un esfuerzo sobrehumano ascender hasta su rostro. Por fin, desvió la vista como para recuperar la compostura, y carraspeó de manera estentórea antes de dedicarle una sonrisa obsequiosa.

–Estaba empezando a temer que nunca os encontraría sin vuestro séquito de pretendientes, lady Adriana. Al final desesperé de poder acercarme a vos durante la boda de vuestra hermana, pues os rodeaban como una muralla infranqueable. Todos los solteros elegibles, desde Londres a Bath, debían de estar allí, salvo mi primo, por supuesto. No sé qué estaba mirando, pero después de pasar tantos años en el ejército, Colton se habrá acostumbrado demasiado a las busconas de los campamentos para saber dónde reside la verdadera belleza. Ya sabéis que esos oficiales son proclives a buscar placer aquí y allá...

–No, no lo sé, la verdad –replicó Adriana, forzando una sonrisa.

La ofendía que aquel individuo intentara manchar la reputación de su primo, cuando todo el mundo sabía que su propio comportamiento no era el más ejemplar del mundo. Si bien parecía gozar de buena salud, había aducido cierta espantosa enfermedad para evitar servir a su país, y después, apenas transcurrido un mes del fallecimiento de lord Sedgwick, había pedido prestados fondos a cuenta del marquesado con el fin de aplacar a un padre enfurecido, cuya hija, hasta aquel momento inocente, había quedado encinta.

Latham se quedó un momento patidifuso por su falta de imaginación.

–Bien, da igual, querida mía. Mis observaciones no eran adecuadas para oídos inocentes como los vuestros. –Sus ojos la repasaron de nuevo y, como alentado por el hecho de que ella no había retrocedido, avanzó un paso en su dirección. Su voz ronca parecía transmitir un deseo ardiente–. Os digo, lady Adriana, que sois en verdad la criatura más encantadora que he visto en mi vida, y os prestáis un gran servicio al ir vestida para la ocasión. El vestido que llevabais en la boda era especialmente exquisito, pero dejadme que os diga, querida mía, que esta noche os habéis superado. Nunca en mi vida había visto un vestido tan asombroso ni una doncella más hermosa.

–Me halagáis, lord Latham –replicó ella, utilizando su nombre de pila como él había utilizado el suyo.

Al fin y al cabo, como primo de Colton, Latham había visitado Randwulf Manor con mucha frecuencia cuando ella era una niña que todavía no andaba y se aferraba a los pantalones de su padre. El hombre era tres años mayor que Colton, pero, por más que se esforzara, carecía de la apostura refinada y los buenos modales que su primo poseía en abundancia.

–Tenéis un montón de admiradores, querida mía, tantos que mi cabeza daba vueltas cuando los vi congregados a vuestro alrededor ante la iglesia. Caramba, incluso ese hijo de un duque..., no me acuerdo cómo se llama..., se encontraba entre ellos.

Adriana retrocedió cuando él avanzó otro paso, prefiriendo cederle terreno antes que correr el riesgo de entrar en contacto.

–Creo que os debéis de referir a lord Riordan Kendrick, marqués de Harcourt.

–Un individuo muy apuesto, lord Riordan. Inmensamente rico, según tengo entendido, y como es hijo único, heredará el ducado un día, cuando su padre expire. ¿Hace tiempo que os corteja?

Adriana, que sospechaba de las intenciones de Latham en cualquier asunto, vaciló antes de contestar, pero no se le ocurrió qué daño haría decir la verdad.

–Lord Harcourt no me ha estado cortejando. Ha venido de visita a Wakefield Manor.

Latham lanzó una risita y se llevó un pañuelo de encaje a la comisura de la boca, lo que llevó a Adriana a preguntarse si estaba babeando.

–Bien, mi querida muchacha, no se precisa mucha imaginación para adivinar sus motivos, teniendo en cuenta la sublime perfección que se aloja aquí. Me sorprende que no haya obtenido un acuerdo nupcial de lord Standish. Lo ha intentado, ¿no?

Adriana confió en que su cara no pareciera tan rígida como la sentía.

–En los últimos tiempos, mi padre ha estado muy ocupado con otros asuntos. Teniendo en cuenta que soy su hija menor, querrá relajarse un tiempo antes de conceder atención a mi futuro. No me sorprendería nada que tardara varios meses en dignarse atender a tales problemas.

«¡Al menos, hasta que Colton Wyndham tome una decisión!»

–¡Por supuesto, por supuesto! –repuso Latham riendo–. Deliciosas noticias para pretendientes de última hora, ¿eh?

Enarcó una ceja de manera significativa y se inclinó hacia delante con aire confidencial. Su ronco susurro evidenciaba sus crecientes aspiraciones.

–Tales noticias, mi querida dama, me dan ocasión de esperar que no llegue demasiado tarde a presentar mi petición.

Adriana estuvo a punto de poner los ojos en blanco, incrédula, pero se reprimió mientras Latham miraba a ambos lados, como si buscara oídos atentos. Adriana se preguntó qué secreto estaba a punto de revelar.

El hombre sonrió con expresión relamida.

–Mi señora, os imploro que me reservéis un baile más tarde. Os pediría uno ahora, pero hace apenas unos momentos me vi obligado a presentar mis excusas a ese tal Carvell, lord Mansford, quien me pidió con gran descaro que bailara con su hija, una corpulenta señorita que, sin duda, tiene problemas para encontrar marido. Antes que ser pillado en una mentira, pensé en esconderme durante lo que durara la pieza. Será un milagro que lady Berenice encuentre marido. Es bastante guapa, sin duda, pero temo que su corpulencia me desalentó. –Recorrió con la mirada a Adriana, y sus ojos empezaron a brillar de ávida admiración–. Me gustan las formas mucho más delicadas, entre las cuales las vuestras, sin duda, destacan.

De haber sido Latham un hombre admirable, Adriana lo habría animado a considerar la posibilidad de casarse con Berenice Carvell, una joven muy dulce en su opinión. Por desgracia, su padre aprovechaba todas las oportunidades de encontrarle marido, y de esta manera no sólo avergonzaba a su hija, sino que provocaba reacciones negativas en los solteros a los que acorralaba.

Teniendo en cuenta los rumores que corrían sobre las deudas contraídas por Latham, Adriana no pudo resistir la tentación de mofarse de él.

–Lady Berenice tiene un rostro muy bello, mi señor. Y si bien es un poco voluminosa, como decís, me inclino a no daros la razón sobre sus posibilidades de contraer matrimonio, hasta el punto de predeciros que se casará con un joven caballero de excelentes cualidades dentro de poco tiempo.

Latham arqueó una ceja en señal de escepticismo y la miró con aire altivo.

–¿Sois tan crédula como para creer en milagros, mi señora?

La altivez de la pregunta encrespó a Adriana, pero forzó una carcajada.

–Bien, teniendo en cuenta que la dote de lady Berenice haría atragantarse a un sultán, estoy segura de que tales milagros son muy posibles. Cabe la posibilidad de que un hombre se case con lady Berenice por su dote, pero con el tiempo descubrirá que ha ganado una joya mucho más valiosa que la riqueza de su padre. Estoy segura.

Latham frunció el ceño, asombrado.

–Jamás se me ocurrió que su padre fuera tan rico.

Adriana casi pudo ver los engranajes de la mente del hombre en funcionamiento, mientras lo miraba de soslayo.

–Oh, ya lo creo. Y, considerando la ansiedad de lord Mansford por verla desposada, no cabe duda de que será muy generoso con el novio.

Latham se zambulló en una especie de aturdimiento, y Adriana se preguntó por las probabilidades de verle bailar con Berenice antes de que la velada concluyera. Debía advertir a su amiga de que estuviera en guardia contra el cazafortunas.

Adriana exhaló un profundo suspiro, entró en la sala de baile y, refugiada en las sombras que protegían la entrada, paseó la vista a su alrededor. Al otro lado de la sala, Jaclyn y su marido, sir Thornton Godric, hablaban con los padres de ella, Philana y tía Tilly. Melora y Harold todavía parecían hechizados el uno con el otro mientras bailaban un vals. Al otro lado, Perceval y Samantha describían elegantes giros sobre la pista. Aunque llevaban dos años de matrimonio, la pareja parecía tan enamorada como los recién casados. No cabía duda de que Samantha agradecía la elección de su padre. Hasta cierto punto, su mutuo amor animó a Adriana. Esperaba que Sedgwick Wyndham hubiera sido igual de perspicaz al emparejar a su hijo.

Adriana escrutó los rostros de los bailarines en busca del hombre que, en los últimos tiempos, se había convertido en el centro de sus meditaciones. Si alguien le hubiera dicho unos meses antes que fantasearía con Colton Wyndham en esta fase de su vida, lo habría llamado tonto. No obstante, el tiempo obraba esos prodigios. Su fascinación por el hombre había aumentado de manera significativa desde su regreso. Se preguntaba cuándo aparecería. Su aspecto sería formidable, sin duda. La predilección del hombre por atuendos pulcros la llevó a preguntarse por el atavío que utilizaría esa noche. Claro que, con su figura alta y de hombros anchos, hasta unos andrajos le sentarían como las vestiduras de un rey.

Adriana casi se atragantó de sorpresa cuando vio por fin al marqués de Randwulf. No fue su aspecto lo que la conmocionó, sino el hecho de que estuviera bailando con Felicity Fairchild.

Con las mejillas ardientes de humillación, Adriana se apretó contra una puerta cristalera, con la esperanza de que la pareja no la hubiera visto. Ese momento de oscuridad le permitió contemplar al coronel retirado con detenimiento. A juzgar por las apariencias, había hecho grandes progresos en la recuperación de su herida. Sólo podía imaginar el grado de determinación empleado para ejercitar su pierna con el fin de superar las dificultades. Recordó el aspecto de su herida la noche de su regreso. Verla la había llevado a reflexionar sobre el dolor padecido, sin duda intensificado por la infección. Recordó de repente que, en la boda de Melora, celebrada tres semanas antes, había acudido sin bastón, pero todavía cojeaba. Ahora, sin embargo, sus ágiles movimientos parecían proclamar los progresos que había hecho, pues parecían tan gráciles como los del mejor bailarín.

Adriana se sobresaltó cuando un primo lejano la llamó desde la pista de baile y dio al traste con su anonimato.

–¿Por qué no bailas, Adriana?

Gimió para sí, con ganas de esconderse en el cubículo más próximo. Vio con el rabillo del ojo que Colton miraba a su alrededor, en su busca. Cuando la vio, arrastró a Felicity en amplios círculos que los conducirían hasta el lugar donde se encontraba.

«¡El muy sinvergüenza! ¿Cómo se atreve?» Adriana estaba furiosa porque el hombre le había arrancado prácticamente permiso para dedicar su atención a quien quisiera en el baile. Daba la casualidad de que su elección era Felicity Fairchild, una mujer que, desde que había sido presentada al hombre, había estado cantando sus alabanzas con absoluto entusiasmo a todos quienes quisieran escucharla.

El brillo casi radiante de la belleza rubia, vestida con raso amarillo pálido, hizo que Adriana se preguntara cómo valoraría el marqués a la nieta del fabricante de tejidos en contraste con una cuyos ojos y pelo eran negros como el ébano. El penoso recuerdo de los insultos que él había dedicado a la delgada niña que lo adoraba parecía confirmar que Adriana no salía bien parada de la comparación.

–Está claro que ella lo quiere para sí –murmuró Adriana, mientras examinaba a la sonriente rubia.

–¿Quién? –preguntó una voz muy cerca.

Adriana se volvió, sorprendida de que la hubieran pillado pensando en voz alta, y vio a Roger detrás de ella. Aunque por un momento se quedó sin palabras, no tardó en liberarse de su estupor.

–¡Dios mío, Roger, me has dado un susto de muerte!

El joven rió, y pensó que la causa de esa irritación era su tardanza. Se disculpó al punto, alentado por lo que parecían ganas de verlo.

–Lo siento, mi señora, pero daba la impresión de que estabais inmersa en un mundo de vuestra invención. No tenía ni idea de que iba a sobresaltaros. –Paseó la vista por su alrededor, mientras varias parejas pasaban bailando, pero ninguna era la que Adriana había estado observando–. ¿Os referíais a alguien en particular?

–Un conocido lejano, eso es todo.

«¡Más lejano a cada hora que pasa!», masculló para sus adentros Adriana, mientras vislumbraba a la atractiva señorita Felicity agitando las pestañas en honor de su pareja.

Bien, no había forma de evitarlo, decidió Adriana. Por más intenciones que tuviera de informar a Roger al final del baile que ya no podía permitirle que la siguiera a todas partes, temía que, cuanto más próximo estuviera el momento, más perdería la valentía. Mejor acabar de una vez, pensó. Además, cuanto antes se lo anunciara a Roger, antes su rival se vería privada de las atenciones de su señoría..., aunque sólo fuera durante un intervalo de tres meses.

«Basta de aplazamientos», se dijo Adriana, y puso manos a la obra.

–Roger, he de hablar contigo de un asunto de gran importancia. Tal vez deberíamos ir al vestíbulo para charlar en privado.

El joven enarcó una ceja.

–¿De gran importancia? ¿Os referís a algo más importante que bailar con vos? –Forzó una carcajada, pero no fue un intento muy logrado. Ya imaginaba cuál era el asunto, teniendo en cuenta que el marqués había regresado. No quería saber nada de ello. De hecho, la sugerencia de su padre empezaba a parecerle la única solución para reclamar a la joven como suya–. Creo que no, mi señora, pues la idea de teneros en mis brazos no se ha apartado de mi mente durante estas últimas semanas. Ya era raro que me dejarais tocaros la mano, mucho menos abrazaros. No quiero perder esa oportunidad. Os he echado de menos durante estas últimas semanas más de lo que podría explicaros con palabras vulgares. Siempre que venía a Wakefield Manor y solicitaba veros, vuestro mayordomo me comunicaba que estabais indispuesta o ausente, y estaba empezando a sospechar que me evitabais adrede.

–Lo siento, Roger, pero he estado ocupada en otras cosas. –No era una mentira, tan sólo una exageración; pero después del regreso de Colton, el hombre habría debido darse cuenta de que las circunstancias cambiarían–. En serio, Roger, he de hablar contigo de algo importante...

–Más tarde. –Se apoderó de su mano y la arrastró hacia la pista de baile–. Después de que terminemos de bailar.

Adriana se resistió e intentó soltarse, pero él se negó, y al final la joven, con un suspiro de resignación, cedió, pues no quería provocar un escándalo. Después de esta noche, nunca más volvería a ver al hombre. Podía concederle uno o dos bailes.

–De acuerdo, Roger, pero hemos de hablar. Retrasarlo no servirá de nada.

En toda la sala, cabezas tocadas con plumas o engalanadas con cintas se congregaron con frenesí, cuando damas de mediana y avanzada edad torcieron el cuello flácido, esquelético o arrugado para ver bailar al hijo del fabricante de tejidos con la hija menor de lord Gyles. Era inusitado que la hija de un noble concediera tal favor a un hombre de baja estofa, y el acontecimiento disparó un frenesí de habladurías entre las cotillas, que devoraban con avidez todos los comentarios susurrados mientras se abanicaban. Llevándose los dedos enjoyados a la oreja, se inclinaban hacia delante para captar cada comentario suculento, como si hubieran padecido escasez durante meses. Después se dispusieron a esparcir la noticia, tropezando unas con otras en sus prisas. Si alguien hubiera estado observando desde un promontorio, tal vez habría comparado a las chismosas con rollizos melones que se precipitaban por una cañada empinada.

Pretendientes pasados y presentes observaron el alboroto y, picados por la curiosidad, se acercaron para conocer el motivo de la febril agitación. Mientras los rechazados resoplaban y proferían groseros comentarios sobre la elección de la dama, los esperanzados se sintieron alentados por el hecho de que lady Adriana se hubiera unido por fin a la fiesta.

La joven no tardó mucho en reparar en el alboroto que reinaba en la sala. Adriana había supuesto que las chismosas estarían pendientes de ella, ahora que era la única mujer soltera y sin compromiso que quedaba en la familia Sutton. Al fin y al cabo, cuando un hombre tenía tres hijas y ningún hijo varón, siempre abundaban las especulaciones sobre si lograría encontrar buenos partidos para todas, o si alguna se quedaría sin marido. Adriana no había sospechado que causaría tal conmoción. Tras haber cumplido veintidós años, y sin un compromiso en el horizonte, imaginaba que ya la habían destinado a la soltería.

«Un sino peor que la muerte», se lamentarían algunas. Otras, en tono indolente, le ofrecerían consejos dudosos sobre cómo remediar su triste situación. Las menos se sentirían inclinadas a sugerir que era mucho mejor casarse con el hijo de un fabricante de tejidos que no casarse, como si estuviera tan ansiosa por contraer matrimonio y se le hubieran agotado las alternativas.

Recordó la última visita de su modista, previa a la partida de Melora, y se arrepintió de haber aceptado su sugerencia de hacerle un vestido nuevo que proclamara que era la última hija disponible de la familia. La modista estaba ansiosa por diseñar algo único para alguien a quien había descrito como lo bastante alta, esbelta y elegante para llevar un saco de patatas y parecer divina. Si bien Adriana nunca se había considerado falta de imaginación, no había previsto la versión final de la modista, entregada ante la puerta de su habitación el mismo día del baile, pues se trataba de una prenda que exageraba todos sus movimientos con un despliegue centelleante de luces bailarinas. Bajo el suave resplandor del sinnúmero de velas dispuestas en candelabros de pared y arañas, los cristalitos parecían luciérnagas revoloteando a su alrededor. De todos modos, los comentarios relativos al brillo serían suaves comparados con lo que algunas arpías dirían sobre el escote. Aunque modesto en comparación con el exhibido por varias jóvenes, incluida la encantadora señorita Fairchild, que enseñaba más pero tenía algo menos que exhibir, no era lo que Adriana acostumbraba llevar en ocasiones oficiales, pues revelaba el nacimiento de su busto con bastante generosidad. De haber sospechado que sería objeto de maliciosas observaciones, habría elegido un vestido más discreto, quizá algo que la hubiera disfrazado por completo. En ese caso, todo el mundo se habría preguntado quién era, en lugar de comentar su posible sino de solterona.

Al volverse hacia Roger, Adriana tuvo la sensación de que todos los ojos de la sala estaban clavados en ellos. El aprendiz la tomó de la mano y vaciló un momento, antes de apoyar la otra tras su hombro. Adriana supo la razón de su vacilación cuando siguió la dirección de su mirada, fija un momento en sus pechos, y ello la hizo lamentarse todavía más por no haber seguido el consejo de los demás.

Para su alivio, la inspección de Roger fue breve, por el sencillo motivo de que se esperaba de él que bailara. Alzó la cabeza y frunció el ceño, concentrado en la tarea de bailar el vals. Lo hizo con movimientos rígidos, como si fuera algo aprendido hacía poco de lo que no estaba muy seguro. Un momento después, la orilla metálica de su suela resbaló sobre la zapatilla de raso de la dama, lo que le provocó un dolor tan intenso que Adriana abrió la boca, sorprendida. Forzó una sonrisa cuando Samantha y Perceval pasaron cerca.

Detrás de ellos llegó lord Harcourt, cuya galantería quedó de manifiesto cuando pasó de largo con Berenice. Si bien había tomado lecciones particulares, la joven parecía muy nerviosa por bailar con el apuesto caballero, al que pisaba con frecuencia sus relucientes zapatos negros. Los ojos oscuros del noble se encontraron un momento con los de Adriana, y en su sonrisa apenada descubrió la joven un poco de humor, pese a la solidaridad que sentía por él. Estaba convencida de que el hombre padecía un tormento similar al suyo, y sospechaba que su sonrisa forzada expresaba tanto disgusto como el que ella intentaba disimular.

El rostro de Roger se había teñido de un tono casi escarlata. Se sentía fuera de lugar entre todos aquellos elegantes caballeros que evolucionaban con sus parejas por la sala con ágil facilidad. Incluso el antes tullido lord Colton tenía mucha más gracia de la que él había logrado reunir desde que el profesor había empezado a enseñarle dónde colocar los pies, en apariencia demasiado grandes, a la hora de atacar un vals y otros bailes.

–Lo siento muchísimo, mi señora. Nunca me educaron en las artes sociales. Sólo he tenido oportunidad de aprender durante el último mes. –La miró con timidez–. Creo que necesito practicar más. ¿Preferís sentaros?

–Si no te importa –contestó Adriana, y trató de calmar su ira–. Pero no te preocupes por tu forma de bailar, Roger. No todo el mundo puede aprender cuando es joven. Con el tiempo, mejorarás.

La expresión del joven se iluminó.

–Me esforzaré por no cometer el mismo error si me concedéis otro baile ahora. He de practicar, y prefiero bailar con vos que con el profesor.

–Más tarde –contestó Adriana, mientras se preguntaba si sus pies volverían a ser los mismos alguna vez–. Ahora he de hablar contigo.

Roger emitió un gruñido de protesta.

–Ahora no. Bailad conmigo.

–Un descanso te sentaría bien, Roger –insistió la joven–. En los últimos momentos estabas bailando sobre los dedos de mis pies más que cuando empezaste. Quizá un poco de vino contribuiría a relajarte.

–¿Os apetece tomar una copa en mi compañía?

Vino era lo último que necesitaba para enturbiar su cerebro. Tenía que permanecer despejada para no ofender al aprendiz, si ello era posible.

–Tal vez más tarde.

–Me resisto a abandonaros –insistió Roger.

Adriana suspiró, frustrada por la tenacidad de su pretendiente.

–En ese caso, podríamos hablar ahora.

El rostro del joven se ensombreció, y sus ojos inspeccionaron la sala, como enfurecido con todo el mundo.

–Sé lo que vais a decir, y no quiero oírlo.

–Entonces, tal vez no me haga falta desperdiciar el aliento, puesto que has adquirido poderes intuitivos tan aguzados.

De pronto, Adriana notó una presencia a su espalda. Vio que los ojos de Roger echaban chispas, lo cual indicaba problemas inminentes. Estaba a punto de volverse, cuando oyó una solicitud.

–¿Me concedéis este baile, mi señora?

Sonrió aliviada al reconocer la profunda voz de lord Harcourt. Adriana se volvió.

–Por supuesto, mi señor.

Dio media vuelta para excusarse con el aprendiz, pero los ojos llameantes de éste le advirtieron que no estaba nada complacido con sus prisas por bailar con otro, después de haberlo rechazado.

–Jamás prometí pasar toda la velada contigo, Roger –lo reprendió en voz baja–. Sólo te concedí permiso para venir. Lord Harcourt no es sólo un invitado, sino un íntimo amigo mío, y no dejaré que tus ominosas expresiones me impidan bailar con él... o con cualquier otro hombre. Haz el favor de refrenar tales tácticas; de lo contrario te pediré que te vayas ahora mismo.

La mandíbula de Roger se tensó y destensó varias veces. Retrocedió unos pasos, y después le dedicó una profunda reverencia, como obedeciendo la orden de una reina.

–Mi señora.

Adriana, temerosa de haber sido demasiado severa, vio que Roger se abría paso entre los invitados con modales muy poco caballerosos, mientras la gente se volvía y lo miraba estupefacta tras haber recibido algún codazo del hombre.

–No os preocupéis por ese individuo, lady Adriana –la apremió Riordan en voz baja–. Teme que su presa sobre vos sea demasiado débil, y os retendría prisionera si pudiera.

Adriana dedicó al marqués una sonrisa inquieta.

–No pensé que se enfadaría tanto. Siento que hayáis sido testigo.

–Fue culpa del muchacho, por imaginar que podría monopolizaros esta noche. Si de verdad pensaba que le dedicaríais toda la velada a él solo, yo al menos lamento su audacia. La triste verdad es que no soy el único que desea disfrutar de todo el tiempo que deseéis concederme, y por más que me gustaría despedir a todos vuestros admiradores para teneros a mi entera disposición, supongo que, en lugar de eso, tendré que compartir vuestra compañía, al menos hasta llegar a un acuerdo permanente.

Adriana sonrió y le cedió su mano.

–En tal caso, sacadme a la pista, galante señor. Sólo allí estaré a salvo de intrusiones.

–Vuestros deseos son órdenes para mí, mi señora –afirmó el marqués, y levantó su mano para besarla.

Riordan Kendrick era tan ágil con los pies como fácil de querer, se reafirmó Adriana después de dar varias vueltas por la sala. De todos los pretendientes que habían rivalizado por su mano, era el único que la había atraído. En el pasado, le gustaba bailar con él más que con nadie. Incluso ahora, se descubrió relajada en sus brazos, pero su corazón no era el mismo de dos meses antes. Al menos, tenía que ser sincera consigo misma y admitir que Colton Wyndham les había ganado por la mano a todos. Sin embargo, Colton no la quería. Se limitaba a aceptar el noviazgo por respeto a su madre y al contrato que su padre había propuesto.

–Tienes un aspecto tan radiante como el de las estrellas, Adriana –murmuró Riordan, mientras sus ojos oscuros devoraban el rostro de la joven y aguardaban su reacción al tuteo.

–Y tú, Riordan, eres tan galante como siempre.

El destello de los dientes blancos en el rostro bronceado fue no menos deslumbrante cuando aceptó la respuesta de la dama como una invitación a acabar con la formalidad que había existido entre ellos hasta el momento.

–Si siempre estoy de buen humor a tu lado, Adriana, es porque espero convencer a tu padre de que soy una excelente elección como yerno. Lord Gyles dijo que tenía que considerar otras propuestas antes de contestar a mi petición de mano. Si su respuesta fuera afirmativa, tal como desea mi corazón, debo advertirte de mi lado malo. En el fondo, soy un bribón desvergonzado.

Adriana rió y lo miró con incredulidad.

–Sí, ya me fijé cuando bailabas con lady Berenice. Por lo tanto, te llevaré la contraria y proclamaré que eres un galante caballero.

–Tiene un rostro muy bonito.

–Sí, es verdad –admitió Adriana, convencida desde hacía mucho tiempo de que Berenice se entregaba a la comida por pura ansiedad.

Por desgracia, cuando Berenice estaba con su padre viudo, el cual no sólo era apuesto sino un maníaco de la perfección, siempre estaba tensa, temerosa de no estar a la altura de sus expectativas. Su padre parecía ciego a todas las cualidades excepcionales que su hija poseía. La consideraba defectuosa porque era rolliza, y por ese motivo era proclive a atormentarla.

–Si encontrara al hombre adecuado, podría hacer maravillas por ella.

Riordan dedicó una mirada dubitativa a Adriana.

–¿Piensas en alguien en concreto?

Adriana sonrió, al darse cuenta de que el noble había leído demasiadas cosas en su despreocupado comentario.

–Tú serías el hombre adecuado en cualquier caso, mi señor. A pesar de tu riqueza y tu increíble apostura, eres el hombre más caballeroso que he conocido.

Alentado por sus palabras, el marqués la apremió con más fervor.

–En ese caso, convence a tu padre de que se incline por mi proposición lo antes posible, y de que me permita cortejarte con toda sinceridad.

–Temo que no puedo hacer eso, Riordan –contestó la joven, convencida de que su secreto estaría a salvo con él–. Cuando yo era una niña, se firmó un contrato en el que se me comprometía con otro. Si este acuerdo se disolviera después de tres meses de noviazgo, pediré a mi padre que tenga en cuenta tu petición.

–Podríamos ser felices juntos –insistió él.

Los ojos brillantes de Adriana se posaron sobre el hermoso rostro del marqués.

–Puede que sea cierto, Riordan, pero el honor me ata al contrato que mi padre firmó.

Un brillo travieso iluminó los oscuros ojos del hombre.

–¿Ese acuerdo se plasmó en un pergamino, que puede arder con facilidad..., o se grabó en piedra?

Su humor le arrancó otra sonrisa.

–Ambas cosas, me temo, al menos hasta que el caballero tome una decisión.

Riordan se quedó pasmado.

–¿Quieres decir que el hombre no está seguro de desearte? ¿Es un lunático?

–Temo que no le gustó que su padre se encargara del asunto sin consultarle.

–¿Es que no ve la preciosa joya que le ofrecen?

Confortada por las alabanzas del hombre, Adriana le alisó la solapa.

–Contigo me siento como si fuera una reina, Riordan. Ninguna mujer podría tomar mejor decisión que casarse contigo.

–Entonces, huye conmigo esta noche, Adriana, y cásate conmigo. Juro que te trataré como a una reina durante el resto de tu vida. Tu padre nos perdonará en cuanto se dé cuenta de lo mucho que te adoro.

Adriana fingió una carcajada musical. Aunque intuía que hablaba en serio, se resistía a creerle.

–Temo que estoy ligada por el contrato que mi padre firmó, mi señor. No puedo escapar de él con tanta facilidad.

La chispa de esperanza que había brillado un momento en los ojos de Riordan se apagó. Exhaló un suspiro.

–¿Has dicho tres meses?

–Sí, tres meses.

Los ojos del hombre acariciaron la cara de Adriana como si quisiera memorizarla.

–Rezaré con fervor para que quedes libre de tus obligaciones después de ese tiempo, si no antes. Hasta entonces, Adriana, confía en mi inquebrantable deseo de hacerte mi esposa.

–Me honráis, mi señor.

Se detuvieron cuando la música terminó y, aunque Riordan pidió otro baile, Adriana vio que Roger, agazapado detrás de unos cuantos invitados, se impacientaba.

–Será mejor que no. He de comentar un asunto con el señor Elston. Temo que no es tan comprensivo como tú sobre mi necesidad de honrar los compromisos.

–Me quedaré contigo.

Aunque Adriana ansiaba aceptar la reconfortante presencia de Riordan, apoyó una mano en su brazo y negó con la cabeza.

–Tenerte cerca sólo serviría para encrespar todavía más al señor Elston, Riordan. Si quieres, ve a bailar otra vez con Berenice. Tal vez su padre la trate mejor si piensa que ha llamado la atención de un caballero como tú.

Le ofreció una sonrisa de agradecimiento, mientras se preguntaba si Colton sería tan galante. Lo dudaba mucho. Cuando Riordan se alejó, se volvió hacia el aprendiz, que se acercaba a toda prisa con el ceño fruncido de irritación. Ella aceptó su invitación a bailar, y avanzaron como tentetiesos de madera por la sala, hasta que Riordan pasó a su lado con la rubia Berenice en brazos, lo cual provocó una risita cáustica de Roger.

–Es evidente que ese pisaverde se ha enterado de que hay una buena dote para esa vaca, y sólo busca engordar su bolsa.

Adriana se encrespó.

–Nunca vuelvas a hablar de mis amigos delante de mí con palabras tan despreciativas, Roger. ¡No pienso tolerarlo! Por si no te importa ser el objeto de mis críticas, te diré que has de hacer muchos esfuerzos para ponerte a la altura de un caballero tan honorable como lord Harcourt. En cuanto a la dote de lady Berenice, es tan grande como dices, pero la fortuna de su padre es poca cosa comparada con la de su señoría. Por si no lo sabías, lord Harcourt será duque algún día, y excelente, debería añadir.

Humillado por su ira, Roger se disculpó de mala gana.

–Lo siento, mi señora. Temo que, a veces, los celos me hacen perder la cabeza.

Adriana no pensaba aplacarse con tanta facilidad.

–En tal caso, sugiero que refrenes con mano firme tu envidia, o te arrepentirás del día en que nos conocimos.

Cuando la música terminó por fin, Adriana sentía de nuevo los dedos de los pies como si hubieran quedado atrapados en algún cruel instrumento de tortura. Apretó los dientes en una sonrisa tensa, y se preguntó si su intento había dado como resultado una mueca, porque cuando varios conocidos pasaron a su lado la miraron de una forma peculiar. Casi incapaz de andar a causa del dolor, cojeó hasta un sofá situado al fondo de la sala, cerca de donde estaba su familia. Después de acomodarse con precaución, exhaló un suspiro de alivio y empezó a quitarse las zapatillas bajo la protección del vestido. Hasta el movimiento de los dedos intensificaba el dolor. Decidió en aquel mismo momento anunciar a Roger que su amistad no podía continuar. Aunque no fuera a iniciar el noviazgo con Colton Wyndham, nunca más podría bailar con el aprendiz.

–Tal vez debería ir a buscar algún refresco para vos, pues parece que bailar no es lo mío –sugirió Roger.

–Creo que ahora sí me iría bien una copa de vino –concedió Adriana, tras decidir que la relajaría y la ayudaría a comunicar su dura decisión. Si aplacaba su dolor, eso también sería aceptable.

–No tardaré mucho, mi señora.

–No os deis prisa, os lo ruego –contestó con sinceridad la joven. Adriana necesitaba serenarse para lo que le esperaba.

Mathilda Maxim se acercó y, con un suspiro exagerado, se dejó caer al lado de su sobrina.

–Yo no sé tú, hija, pero me han pisado los pies más veces esta noche que franceses había en Waterloo. Estoy empezando a pensar que habría que fusilar a los profesores de baile de las inmediaciones, con el fin de ahorrarnos futuras desdichas.

Adriana rió y asintió.

–Sé muy bien a qué te refieres, tía Tilly. Créeme, si pudiera esconder debajo de la falda un buen frasco de agua medicinal, estaría tentada de mojarme los pies, con medias y todo.

Tilly dio un respingo cuando se liberó de los zapatos bajo el borde del vestido.

–Creo que he estado viuda demasiado tiempo.

La frase picó la curiosidad de Adriana, porque era raro oír tales comentarios de labios de la jovial mujer.

–¿Por qué, tía Tilly?

La mujer respondió con una sonrisa traviesa.

–Nunca supe que había tantos caballeros mayores atractivos en el mundo hasta esta noche. Dime que no estoy soñando.

Adriana rió muy complacida y asintió. Eso era más propio de la tía Tilly que siempre había conocido. Enlazó el brazo de la mujer con el suyo y la abrazó con afecto.

–Estoy completamente de acuerdo. Estaría tan indecisa como una solterona si tuviera que elegir entre ellos. De todos modos, creo que lord Alistair está un punto o dos por encima de los demás. Es de muy buena familia.

–¿No te parece muy atractivo?

–Ya lo creo –reconoció Adriana con una risita, admirando el espíritu efervescente de su tía.

Como si hubiera tomado una decisión, tía Tilly se calzó los zapatos y se levantó. Palmeó el brazo de su sobrina.

–Voy a quedar disponible para un baile cerca de la zona donde vi por última vez a lord Alistair. Si veo caballeros guapos mientras echo un vistazo, los enviaré hacia aquí. He visto a varios que harían enrojecer de vergüenza a mis propios hijos.

–Si no te importa, tía Tilly, me quedaré aquí sentada y descansaré los pies unos momentos, antes de probar a bailar de nuevo.

–Tonterías, hija. Eres mucho más joven que yo, y demasiado hermosa para quedarte aquí contemplando tus dedos machacados. Creo que vi al sobrino de lord Alistair sin pareja hace poco rato. Veré qué puedo hacer por ti.

–Aún no, tía Tilly, por favor –suplicó con desesperación Adriana, temerosa de que Colton pensara que había enviado a su tía para pedirle que bailara con ella–. Me duelen mucho los pies, y necesito descansar.

–De acuerdo, hija, pero sólo un ratito. Si no te veo bailar muy pronto, te enviaré algún estupendo caballero.

Aliviada de que su tía hubiera accedido a sus ruegos, Adriana exhaló un suspiro de agradecimiento. Unos momentos después, tuvo que sonreír de las artes seductoras de tía Tilly, cuando la vio bailando con Alistair, pues el hombre no parecía enormemente complacido de estar con la atractiva mujer.

11

Durante un rato, dio la impresión de que todos los solteros de la sala buscaban a Adriana para solicitarle un baile. Aceptó todos los que pudo, sabiendo que de esa forma ahorraría a sus pies más torturas. Unos momentos después, descubrió a Roger abriéndose paso entre la multitud de admiradores con una copa de vino. Apretó la copa en su mano como para desalentar a los aspirantes. Adriana comprendió al punto que debía aceptar la copa, o dejar que el vino manchara su vestido. Le fastidiaba que fuera tan porfiado, pero la treta de Roger funcionó, porque los aspirantes se alejaron por fin en busca de otras parejas.

Adriana intentó contener su irritación, se acomodó en un banco cercano y bebió de la copa de cristal, al tiempo que volvía a quitarse las zapatillas. Roger la acosó con un montón de preguntas, a las cuales respondió ella con el silencio, un encogimiento de hombros evasivo, un asentimiento o un movimiento negativo de la cabeza, pues prefería no contestar de momento. El hombre manifestó especial curiosidad por saber quiénes la habían invitado a bailar y el interés que le despertaban. Adriana opinaba que no era asunto suyo, puesto que no era un amigo, ni siquiera alguien cuya compañía le agradara. Se había mostrado incansable en su deseo de estar con ella, lo cual no era por cierto una razón para seguir tolerándolo. De hecho, ni siquiera le caía bien. Pensó que era el momento ideal para comunicarle que ya no podría ir a verla nunca más.

Se disponía a hacerlo, cuando se vio rodeada por una docena de conocidas de su misma edad que empezaron a asediarla con preguntas acerca de uno u otro caballero, dejando patente que sólo estaban interesadas en aristócratas con título. Roger se sintió de más y por fin, incapaz de soportar la tortura de ser el único varón entre tantas mujeres parlanchinas, se excusó con brusquedad y se alejó.

Un buen puñado de ansiosos solteros se precipitaron sobre el grupo para invitar a las damas. Adriana rechazó cortésmente varias propuestas, pues no deseaba revelar el hecho de que había perdido una zapatilla y, de momento, no había podido encontrarla.

Suspiró cuando todo el mundo se marchó, temerosa de volver a estar a merced de Roger. Esta vez le diría que ya no sería bienvenido en Wakefield Manor después de esa velada, pero no quería hacerlo sin estar calzada. Al menos, con las zapatillas podría alejarse a toda prisa si el aprendiz montaba en cólera.

Al parecer, no existía manera elegante de encontrar la zapatilla sin abandonar todo fingimiento y agacharse para buscarla, lo que le causaría más humillaciones de las que deseaba. Cuando, un momento después, se le ocurrió un método más sutil, se levantó del banco y paseó la vista a su alrededor como una reina que inspeccionara su corte. Avanzó con parsimonia, primero a la izquierda y luego a la derecha, y registró el espacio con los dedos de su pie descalzo. Tras encontrar por fin la zapatilla extraviada, se la estaba calzando cuando una mano grande se deslizó bajo su codo. La sorpresa la hizo trastabillar. En el mismo momento en que lanzaba una exclamación de estupor, un brazo le rodeó la cintura para impedir que cayera. Percibió al punto una agradable colonia varonil, algo de lo más extraño, pues nunca había notado que Roger utilizara perfumes.

Adriana sabía que debería sentirse agradecida con el aprendiz por haberla salvado de la humillación de la caída. Aun así, la enfurecía que hubiera intentado tomarla del brazo. De no haberlo hecho, ella no habría perdido el equilibrio.

Adriana apretó los dientes, aseguró el pie dentro del calzado y se volvió. Casi retrocedió de un brinco cuando se encontró ante una corbata de seda blanca sobre un chaleco de seda y una chaqueta elegante de la misma tela negra. Su mirada fue ascendiendo hasta que descubrió unos dientes blancos que destellaban en un rostro bronceado.

–¡Colton!

Su voz transmitió el estupor que experimentaba, y sonó como un graznido estrangulado.

El hombre lanzó una risita.

–No deberías asombrarte tanto, Adriana. Debías saber que tarde o temprano haría valer mis derechos.

–No... Quiero decir, no esperaba que vinierais.

No después de haber visto cómo hechizaba a la encantadora señorita Felicity con su adorable sonrisa.

–Por la forma en que te has dado la vuelta, he estado a punto de agacharme –bromeó él con su sonrisa sempiterna–. Creo recordar que, incluso de niña, me dabas buenos mojicones cuando te cansabas de mis bromas. No parecías nada tímida al respecto.

Adriana enrojeció, porque había estado a punto de hacerlo.

–Me asustasteis, eso es todo.

–Te ruego me disculpes, querida mía; pero, después de varios intentos de encontrarte libre, decidí venir y afirmar mi derecho a bailar contigo, pese a todos esos admiradores embelesados que parecían reacios a soltarse de tus faldas. El hijo del fabricante de tejidos parece especialmente tenaz esta noche. ¿Ya se lo has dicho?

–No –admitió la joven–. No he encontrado el momento adecuado.

–Me gustaría encargarme yo, si no te decides a hacerlo, querida mía.

–Estoy segura de que os encantaría comunicarle dicha noticia –replicó Adriana con frialdad–, pero me pregunto si vuestras intenciones serían bondadosas, teniendo en cuenta que la última vez que estuvisteis juntos lo enviasteis rodando al otro lado de la sala.

–Bondadoso contigo sin la menor duda, Adriana –aseguró el marqués–. Te ahorraría una tarea que te resistes a realizar. En cuanto a él, bien, se podría decir que lo mejor es cortar por lo sano. –Encogió los hombros–. Al menos, eso me dijo el médico cuando estaban sopesando la posibilidad de aligerarme de mi pierna infectada.

La joven dirigió una mirada significativa a su pierna derecha.

–¿No os sentís agradecido de no haber seguido sus sabios consejos?

Colton rió.

–Estoy muy agradecido, de manera que, si prefieres que no aclare las cosas a Roger, dejaré el asunto en tus cariñosas manos... a cambio de un precio.

–¿A cambio de un precio? –repitió la joven, escéptica–. ¿Cuál?

–He venido a rescatarte de tu breve soledad de solterona, antes de que otro galán se interponga. –Sonrió, divertido–. Creo que sir Guy Dalton te estaba buscando hace unos momentos, pero Riordan lo envió en pos de un fantasma. Recuérdame que nunca acepte instrucciones de tus adoradores. Podría terminar en África de nuevo.

–Hace uno o dos bailes que no tengo pareja –replicó Adriana con bastante frialdad–. ¿Dónde habéis estado? –preguntó a bocajarro.

–He salido a respirar un poco de aire puro –contestó el marqués–. No me interesaba bailar con ninguna de las demás damas, y me cansé de esperar turno para bailar contigo. Ahora conozco el perímetro exterior de Wakefield Manor mejor que mi propia casa. –Echó un vistazo a sus bien lustrados zapatos–. Incluso paré a limpiarme los zapatos, cualquier cosa con tal de soportar la interminable espera.

Un cuento conmovedor, con Felicity aguardando entre bastidores, pensó Adriana con no poca irritación.

–Ha sido muy noble por vuestra parte acudir a salvarme de mi destino, mi señor, pero no era preciso que os preocuparais.

Una vez más, se preguntó si algún día sus mejillas recobrarían el color normal, teniendo en cuenta la inspección minuciosa de Colton. Aunque todavía airada por el descaro de restregarle a Felicity por las narices, Adriana no tuvo otro remedio que admirar su aspecto. Nunca había visto a un hombre más guapo o mejor vestido. Dudaba incluso que Riordan, cuya indumentaria era en todo momento ejemplo de gusto refinado, estuviera a la altura de Colton esa noche.

Adriana fingió indiferencia y movió la mano en la dirección donde había visto por última vez a la rubia.

–Sentíos en libertad de seguir bailando con vuestra pareja, os lo ruego.

Colton sonrió, al tiempo que se inclinaba hacia ella, y enlazó las manos a su espalda. Incapaz de resistir la deliciosa fragancia que desprendía Adriana, casi cerró los ojos de placer mientras embriagaba sus sentidos. Era una verdad evidente que el olor de la dama era tan arrebatador como su aspecto, y sabía que, si alguna vez regresaba a un campo de batalla, su hermoso rostro y la dulce fragancia le darían fuerzas en el más feroz de los combates.

–En este preciso momento, querida mía, no tengo pareja.

Adriana rió y quiso ponerlo en un aprieto.

–¿Cómo? ¿Es posible que la señorita Fairchild os haya abandonado por otro? Me cuesta creerlo, teniendo en cuenta las interminables alabanzas que os ha dedicado en los últimos tiempos. La habréis visitado con bastante frecuencia para inspirar elogios tan encendidos.

Colton le dedicó una mirada traviesa.

–Has vuelto a prestar oídos a esas habladurías malintencionadas, Adriana.

–¡Por supuesto que no! –protestó la joven, y tuvo que padecer el asalto de otra oleada de calor. Irguió su bonita nariz, empeñada en desairarlo–. Os vi bailando con la señorita Fairchild, eso es todo.

–Sólo una vez. Me pareció lo más apropiado hasta que Stuart volviera.

–¿Qué tiene que ver Stuart con esto?

–Caramba, querida mía, él la trajo...

Adriana reprimió una expresión de estupor.

–¿Que Stuart la trajo?

Los grises ojos de Colton relucieron mientras tomaba nota de su sorpresa.

–Bien, si quieres que sea más concreto, mi hermana y mi cuñado los trajeron a los dos, puesto que los habías animado a venir acompañados de quien quisieran. Samantha no creyó que te importara, puesto que las dos la invitasteis a montar el día de mi regreso, y Stuart parecía interesado en ella. –Los ojos de Colton seguían centelleando de placer, mientras manifestaba una incredulidad exagerada–. No habrás pensado que había venido conmigo, ¿verdad, querida mía? Qué vergüenza.

–No soy vuestra querida –se revolvió Adriana, alzando más la nariz–. Dejad de llamarme así.

–Sí que sois mi querida..., siguiendo los deseos de mi padre –la azuzó Colton.

Nunca una mujer había hecho tantos intentos de expulsarlo de su vida, y nunca había disfrutado más del reto.

Adriana deseaba que dejara de sonreír. Parecía muy divertido, sin duda a sus expensas. Incapaz de pensar en una réplica adecuada, se encogió de hombros un momento, y entonces recordó demasiado tarde que tales movimientos le abrían el escote. Como atraídos por un imán, los ojos del marqués hurgaron en el escote, y Adriana se vio obligada a aferrar el colgante de ónice para ocultar los pechos a su inspección.

–Demasiado tarde –murmuró Colton, inclinándose hacia ella con una sonrisa traviesa–. He visto todo lo que ocultas ahí, y desde ese momento te deseo con locura.

Sin hacer caso del estremecimiento que la recorría, Adriana abrió el abanico de encaje y lo agitó con fervor maníaco, confiada en refrescar sus mejillas al rojo vivo.

–Es muy descarado por vuestra parte recordarme la insolencia de espiarme como un niño a través del ojo de una cerradura.

Colton frunció el ceño.

–¿Acaso fingí lo contrario?

–No, y dudo que haya conocido jamás a un calavera más desvergonzado.

–La palabra correcta es «sincero», querida mía. Además, era muy difícil que pudiera fingir indiferencia en el estado en que me hallaba, ¿no crees?

El abanico se movió con más violencia cuando el calor que quemaba el rostro de la joven aumentó de intensidad. Adriana no osó mirar a su alrededor por temor a que alguien reparara en su turbación.

–¿Por qué no volvéis a bailar con Felicity? –murmuró en su oído–. Tal vez ella disfrute con vuestro humor obsceno.

–Estás celosa, querida mía, y sin ningún motivo –la acusó Colton–. Esa mujer no me interesa.

Adriana lo miró con curiosidad.

–Si no os interesa, haced el favor de explicarme el motivo de vuestras visitas.

–¿Visitas? –Colton meneó la cabeza, confuso–. Nunca he hecho nada por el estilo.

Adriana cerró el abanico y dio unos golpecitos con él en el pecho de Colton.

–Os vieron saliendo de casa del señor Gladstone. Decidme la verdad, ¿a quién pudisteis ir a ver, sino a Felicity?

Colton tuvo que reflexionar un momento antes de recordar su visita al anciano fabricante de tejidos.

–Bien, querida mía, si tanta curiosidad sientes, te lo contaré. Samantha y yo fuimos a presentar nuestros respetos al señor Gladstone. No vimos a Felicity en ningún momento. De hecho, su madre dijo que no se encontraba bien.

–Oh.

Reanimada de nuevo, Adriana se encogió de hombros, con la intención de disculparse, y recordó demasiado tarde su corpiño revelador.

Después de echar un buen vistazo a su generoso busto, Colton carraspeó ruidosamente y paseó la vista a su alrededor, y decidió que lo mejor sería abstenerse de tales visiones durante el resto de la velada, puesto que sólo aumentaban su apetito de admirar el hermoso cuerpo una vez más, sin otros adornos que su pelo negro suelto.

Buscó al aprendiz con la mirada, intentando apartar su mente del deseo que experimentaba.

–¿Dónde demonios ha ido Roger? ¿Acaso no era tu invitado esta noche? ¿O acaso dijiste tu pareja?

–Roger no es mi invitado, de la forma que insinuáis, ni mucho menos mi pareja –replicó Adriana, irritada por tener que hablar del muchacho–. Cuando me preguntó si podía venir, me limité a darle permiso.

–¿No me habías dicho...?

–Lo que os dije da igual. Las cosas son así. Conocí a Roger cuando estaba comprando un regalo para una criada. A partir de ese momento, se dedicó a visitarme incesantemente.

El rostro de Colton se iluminó.

–Excelente. Eso significa que estás libre para bailar conmigo.

Por un momento, Adriana no pudo hacer otra cosa que tartamudear.

–N... no sé si me a... apetece bailar todavía...

Los labios de Colton formaron una sonrisa burlona.

–Tonterías, Adriana. Antes de que me acercara, parecías una solterona escondida en un rincón, abandonada por todos los varones de la sala, incluido lord Harcourt, que esta noche parece inusitadamente atento con lady Berenice. ¿Debo suponer que ha sido por indicación tuya?

La joven inclinó la cabeza.

–Pues sí, lo hice.

–Bien, al menos eres responsable de eso. Es evidente que las cotillas no son conscientes de tu ejército de pretendientes. Estaban comentando tu negro futuro como retoño más joven de tu padre cuando pasé por su lado hace unos minutos. Si quiero salvar mi fama de hombre de buen gusto, has de afirmarte como alguien con numerosas esperanzas de casarte joven.

Lo último que deseaba Adriana era la compasión del hombre.

–No estáis obligado a salvar mi reputación de las cotillas, mi señor –replicó la joven–. Roger volverá de un momento a otro. Si no es así, le hablaré de nuestro inminente noviazgo en cualquier otra oportunidad.

Colton resopló.

–Ese muchacho podría obrar maravillas por tu fama. Si le dejamos las manos libres, todos los pobres de la zona harán cola ante tu puerta.

–No debéis despreciar a un hombre sólo porque carece de riqueza y título –lo reprendió Adriana, mientras se preguntaba cómo era posible que, en un momento dado, sintiera afecto por el noble, y al siguiente, deseara arrojarle una olla a la cabeza–. Hay muchos caballeros honorables en la misma situación.

–Sí, he conocido a muchos durante mi ausencia. A muchos los llamé amigos, pero no me gustan los tipos como Roger Elston.

–¿Podéis decirme exactamente por qué? –insistió ella, irritada–. Tal vez si me lo explicarais podría comprender mejor vuestra aversión.

El marqués se encogió de hombros.

–Es una intuición, así de sencillo.

–¿Soléis basar vuestro desprecio hacia una persona en una simple intuición, mi señor? Tal vez confundís la intuición con un estómago revuelto.

–¿Era eso lo que padecía mi padre cuando tuvo la emocionante idea de que deberíamos casarnos?

Enmudecida por su pulla, Adriana desvió la vista con altivez. Sólo cuando sintió que la mano del hombre se apoyaba con talante posesivo en su espalda, se volvió hacia él muy sorprendida.

Colton hizo caso omiso de su expresión estupefacta y la condujo hacia la pista de baile.

–Espero que no te importe bailar con un hombre afectado de cojera.

Si bien Adriana no había advertido la menor dificultad en sus movimientos en toda la velada, confió en que pudieran prescindir de tal ejercicio por el bien de sus pies pisoteados.

–También podríamos quedarnos sentados. Como sabéis, no sería la primera vez que lo hiciera esta noche. Y si sois tan poco diestro como Roger, me inclino fervientemente por esa posibilidad.

–¡De ninguna manera! –replicó Colton–. Al menos, mientras ese patán siga presente.

La empujó hacia delante con delicadeza.

Ella lo miró por encima del hombro, como una hija extraviada azuzada por un padre.

–Sois bastante tozudo, ¿no?

–Supongo que sí –reconoció Colton con un encogimiento de hombros–. Al menos, eso opinaban los hombres de mi compañía.

–Yo no soy uno de vuestros hombres –replicó ella, y, antes de que pudiera preguntarse cuál sería su respuesta, oyó su carcajada.

–Créeme, querida mía, nunca te he confundido con uno, ni siquiera por un instante.

–Gracias por vuestra consideración –contestó la joven, exagerando su gratitud.

Colton la miró con ojos socarrones, sin dejar de sonreír, la mano siempre apoyada en su espalda.

–De nada, querida mía, pero no ha supuesto ningún reto mental para mí reconocer la diferencia. Ninguno de mis hombres me pareció jamás tan atractivo, sobre todo mojado en una bañera.

–¡Chist! –lo reprendió Adriana, ruborizada una vez más. Paseó la vista a su alrededor–. ¡Alguien os podría oír!

–No con el estruendo de la música y la gente. Por si no te has dado cuenta todavía, las cotillas se han fijado en que ahora estás conmigo, no con Roger.

Adriana miró a su alrededor con disimulo y reparó en que era cierto. Otra oleada de nerviosismo estaba sacudiendo a las matronas.

Cuando llegaron a la pista, Colton se volvió hacia ella y examinó a los invitados, en busca de aquel al que antes había denigrado.

–La verdad, teniendo en cuenta las ganas con que me atacó el muchacho y desafió mi derecho a acercarme a ti, me gustará reivindicar mis derechos.

Adriana se preguntó si Colton estaba interesado en ella, o sólo ardía en deseos de frustrar las aspiraciones de Roger. La idea bastó para que se le erizara el vello de la nuca.

–¿Sólo para herir al muchacho, como vos lo llamáis?

El marqués enlazó de nuevo las manos a su espalda, como si estuviera en una biblioteca llena de hombres y no en un salón de baile con ella, y sonrió, indiferente a que las parejas se vieran obligadas a dar un rodeo para esquivarlos.

–Si fuera necesario, querida mía, hasta me sentiría tentado de casarme contigo sólo para frustrar las ambiciones del chaval.

Los oscuros ojos de Adriana destellaron de irritación.

–No temáis que pueda aceptar vuestra oferta. Mi padre me dejó cierta libertad de elección en el asunto.

–Parece que os he chamuscado un poco las plumas, ¿verdad?

La joven lo traspasó con la mirada.

–Perdonad, mi señor, pero la última vez que miré, no llevaba ninguna.

–Cristales, pues –corrigió Colton, mientras sus ojos la recorrían de arriba abajo de una forma que hizo hervir la sangre de la joven.

Deslizó un brazo tras su cintura y se apoderó de su mano–. Incluso sin tales adornos, querida mía, eres una belleza única –murmuró en voz baja, y bailó unos instantes antes de añadir–: Estoy seguro de que tu amigo, lord Harcourt, piensa igual. Por lo visto, le cuesta apartar los ojos de ti esta noche. Claro que ya padecía la misma dificultad cuando lo conocí, y aún más en la boda de tu hermana. Creo que alimenta la fantasía de estar enamorado de ti.

–¿Os enfadasteis con lord Harcourt porque pidió bailar conmigo? ¿Por eso estáis enfadado también con el «muchacho»?

–No estoy enfadado con lord Harcourt. Es un hombre muy sensato, y un caballero honorable. También es evidente que tiene muy buen gusto, sobre todo en lo tocante a mujeres. En cuanto al muchacho, ya sabéis lo que siento por Roger. –Se encogió de hombros–. Por lo que respecta a mí, bastaría con que sonrierais para sentirme satisfecho.

–¿Qué queréis? –replicó Adriana–. Como no sé lo que me depararán los siguientes tres meses, me siento un poco desconcertada. Me pregunto por qué pensáis siquiera en cortejarme. Sé cuánto valoráis vuestra libertad.

Durante un largo momento, los ojos grises sondearon los ojos oscuros de la muchacha. ¿De veras deseaba su libertad más que a ella? Ésa era la pregunta que lo atormentaba desde hacía semanas, pero incluso en esos precisos momentos se sentía predispuesto a desechar su creciente fascinación por la dama.

–Volví para cumplir mi deber hacia mi padre y mi familia al asumir el marquesado, Adriana, y si descubro que eso implica también casarme contigo, lo haré.

–No es necesario que lleguéis a esos extremos –afirmó la joven, herida por su tozuda insistencia en el contrato existente–. Estoy muy dispuesta a aceptar a otro si sois contrario a la idea de casaros conmigo.

Colton no pudo explicarse la irritación que lo invadió.

–Supongo que os referís a lord Harcourt.

Adriana alzó la barbilla.

–Como habéis dicho, mi señor, es un caballero. Podría ser mucho peor.

–¿Lo preferirías a él antes que a mí?

Su creciente cólera lo obligó a preguntarse si se empeñaría tanto en rechazar el compromiso si eso significaba perderla a manos de otro hombre. Hasta ese momento, tan sólo había decidido aceptar el noviazgo sin ceder ante un compromiso que pudiera hacer pensar a la gente que únicamente estaba obedeciendo la voluntad de su padre, pero no había pensado en serio que la perdería transcurrido el período de tres meses.

–Si no tenéis interés por mí, lo mejor sería casarme con un hombre que me desee...

–¿Estás diciendo que Kendrick te pidió en matrimonio?

–Sí, de hecho esta misma noche me ha pedido que me fugara con él.

Algo extraño bullía en el interior de Colton. Era una experiencia que sólo había conocido vagamente en una ocasión, pero esta vez la reconoció sin la menor duda.

–¿Tengo motivos para estar celoso? –preguntó con brusquedad.

Adriana rió con escepticismo.

–¿Por qué? Tenía la impresión de que, para que un hombre sienta celos, ha de considerarse en peligro de perder a su amada a manos de un rival. Puesto que no parece que sintáis el menor afecto por mí, ¿por qué ibais a tener envidia?

–Podrías estar equivocada –repuso él, tratando en vano de forzar una sonrisa.

Adriana lanzó una carcajada despectiva.

–¿Qué dice el viejo adagio, mi señor? ¿Ver para creer?

Los ojos grises centellearon.

–Mi padre decía que tenías agallas. De hecho, dijo muchas cosas de ti que no creí en su momento. Cuando me fui de casa parecías una ratita temerosa de tu sombra, excepto cuando te enfadabas conmigo por fastidiaros a Samantha y a ti. Creo que disfrutaré durante nuestro noviazgo investigando todas esas virtudes que mi padre te adjudicaba.

Adriana se preguntó si estaba desestimando a propósito lo que ella había dicho, o sólo era duro de mollera. Lo último parecía improbable.

–¿No entendéis que os estoy liberando de todo este asunto, no sólo del compromiso, sino también del noviazgo?

Colton alzó la barbilla con aire pensativo. Perderla era lo último que deseaba, de eso estaba seguro.

–Lord Harcourt parece un hombre de excelente gusto y carácter. Luchó con valentía durante las guerras, y estaba propuesto para el grado de general si se hubiera quedado en el ejército, pero se decantó por lo contrario. Apostaría a que tú fuiste el motivo principal de su regreso. Como lo admiro, creo que necesito investigar en profundidad el asunto de nuestro compromiso. Mi padre pensaba que eras especial. Es obvio que Riordan opina igual. Antes de que pueda juzgar objetivamente por mí mismo, he de conocerte a fondo, y sólo lo lograré cortejándote como exige el contrato.

–Estáis intentado aposta restar importancia a lo que trato de deciros –lo acusó Adriana, frustrada por completo.

Colton capturó su mirada y sondeó las profundidades oscuras.

–Tengo la intención de cumplir mi parte del acuerdo, Adriana. Si tú no deseas honrar la palabra de tu padre, haz el favor de decírmelo ahora y no te molestaré más.

Adriana se encrespó.

–Ése ha sido siempre mi propósito, mi señor. Sólo me ofrecía a renunciar al derecho que pueda tener sobre vos porque pensaba que deseabais liberaros del acuerdo.

–Ahora ya sabes la verdad.

–Me cuesta comprender vuestros pensamientos, mi señor. Vuestras acciones parecían sugerir lo contrario.

–Tus acciones, querida Adriana, me sugieren que eres la joven más terca que he conocido en mi vida –replicó él–. Espero de todo corazón que eso no sea cierto.

Adriana se sintió reprendida, a sabiendas de que había sido brusca con él casi sin excepción desde su retorno.

Colton alzó la vista para examinar el gran número de parejas que bailaban. Tal vez ella no se daba cuenta del profundo efecto que obraba en él, y estaba intentando comportarse de una manera honorable al liberarlo de su compromiso; pero, por más que su orgullo se alegrara de poder elegir con libertad a su futura esposa, no toleraba la idea de perder su firme presa sobre Adriana Sutton. Supuso que, en ese aspecto, no era tan diferente de Roger, sólo que él contaba con la ventaja de que su padre le había facilitado la tarea.

–No puedo culpar a lord Harcourt por querer casarse contigo. Podrías alegrar la vida de cualquier hombre.

Sin saber muy bien cómo debía tomarse aquella afirmación, Adriana lo miró con suspicacia.

–¿Tenéis fiebre, mi señor?

Una risita escapó de los labios de Colton.

–¿Cuántos cumplidos ha de dedicarte un hombre, Adriana, para que reconozcas que lo son?

–¿Cumplidos, decís? –preguntó ella en tono dubitativo, mientras intentaba leer en sus ojos.

Si esperaba que su escrutinio le proporcionara alguna confirmación, debió de llevarse una cruel decepción.

–¿Has descubierto algo? –bromeó él con ojos brillantes.

–No –reconoció la joven–. Tal vez debido a que sois un experto en ocultar la verdadera importancia de vuestras palabras tras esa sonrisa irónica.

Colton rió en voz baja y la desplazó por la sala en círculos cada vez más amplios, con una agilidad que compensaba su leve cojera.

–Y tú, mi querida Adriana, posees una naturaleza suspicaz. ¿Es que en verdad no tienes ni idea de lo bella que te has vuelto?

–En una ocasión me llamasteis rapazuela enclenque, ¿recordáis?

Los ojos relucientes de Colton atisbaron un momento en las profundidades del corpiño, con el fin de examinar los volúmenes adornados con encaje color crema.

–Puedo comprobar con toda facilidad que esa afirmación ya no es cierta, Adriana. Si quieres saberlo, no puedo evitar comerte con los ojos sin cesar.

Su insistente inspección la dejó sin aliento, y Adriana recordó el examen a que la había sometido desde lejos unas semanas antes. Al volver la vista atrás, ese recuerdo singular era todavía más excitante que los demás encuentros que había tenido con él, y eso la desconcertaba, teniendo en cuenta su inspección en el cuarto de baño. Sin embargo, allí no había sido consciente del deseo casi tangible que había visto en sus ojos el día de la boda. En esta oportunidad tampoco había parecido tan seguro de sí mismo o de su atractivo. En todo caso, su deseo de ella parecía hacerlo vulnerable, como si tuviera miedo de perderla.

–¿Era eso lo que estabais haciendo ante la capilla, después de la boda de Melora?

Colton aceptó la pregunta sin vacilar.

–Sólo estaba admirando tus encantos, querida mía. Un hombre debería ser ciego para no apreciar todo lo relativo a ti. Lo habría hecho de más cerca, pero tu ejército de pretendientes te tenía bien cercada. Cuando saliste como un rayo de la sala de estar de tus padres, llegué a la conclusión de que no querías que me acercara a ti hasta que empezara nuestro noviazgo. Por más que aquel día, delante de la iglesia, deseaba liberarte de tus admiradores, estaba seguro de que te sentaría mal.

Adriana bajó la vista hasta su chaleco de seda, y se preguntó por qué la afectaban tanto sus bufonadas.

–Fuisteis de lo más osado. Aquella forma de mirarme me hizo sentir...

Tras un largo silencio, Colton la contempló con curiosidad.

–¿Sí?

–Da igual. Carece de importancia –musitó la joven, y desvió la vista en un esfuerzo por ocultar sus mejillas ardientes.

–Te has ruborizado otra vez, lo cual significa que estás avergonzada de lo que casi has llegado a decir –murmuró Colton–. Cuando eras pequeña, te ponías de todos los colores imaginables cuando os sorprendía a Samantha y a ti escondiendo animalitos en su cuarto. Es evidente que estás ocultando algo definitivamente perverso... en relación con tu inocencia virginal, quiero decir.

Adriana alzó al punto la cabeza y, si bien hizo varios esfuerzos por protestar, apenas le salió la voz.

–¡Yo nunca...!

Colton sonrió y enarcó una ceja inquisitiva.

–¿Te hice sentir desnuda? ¿Era eso lo que ibas a decir?

Muy consciente del fuego que ardía en sus mejillas, la joven protestó:

–¡No! ¡Yo nunca diría eso!

–No, pero lo estabas pensando –replicó Colton con un brillo de placer en los ojos. Incapaz de resistir la perturbadora fragancia de la muchacha, acercó la cara a su sien y dejó que el perfume inundara sus sentidos.

–Y si lo hice, ¿qué? –contestó ella, al tiempo que se pasaba una mano sobre la masa de rizos que caían en cascada de su cabeza, lo que lo obligó a enderezarse–. ¡Parecía ser vuestra intención que me sintiera así!

–Me estaba acordando de lo bonita que estabas en la bañera –reconoció Colton.

Adriana lanzó una exclamación ahogada.

–¡Un caballero jamás recordaría a una dama semejante circunstancia! –lo reprendió, ruborizada–. ¡Ni tampoco se habría quedado un segundo más, después de darse cuenta de que la bañera estaba ocupada por alguien del sexo opuesto, sobre todo si él también se hallaba en un estado vergonzoso!

–Debes perdonar mi debilidad masculina, Adriana –replicó Colton, indiferente a su intento de hacerlo avergonzar–. Lo que vi ante mí se vislumbraba tan pocas veces en los campamentos militares, donde estábamos confinados durante semanas y meses interminables, que eso explica mi estado anterior a ese momento. Sin duda, me embargó la esperanza de que vuestra presencia en mi baño fuera una invitación. –Otro respingo por parte de ella lo hizo sonreír una vez más–. Pero enseguida me di cuenta de tu disgusto al encontrarme allí, y también de que nunca habías visto a un hombre desnudo, sobre todo dominado por la lujuria.

Adriana habría dado media vuelta y escapado en aquel mismo momento, pero Colton lanzó una risita y siguió dando vueltas hasta que se sintió mareada. El hombre bajó la cabeza y aspiró una vez más el embriagador aroma a rosas.

–¿Me abandonarías sólo porque soy sincero? –susurró en su oído.

–Dejad de dar vueltas, por favor –suplicó la joven–. Creo que voy a desmayarme.

–Lo haré..., si prometes no huir –repuso el marqués, al tiempo que disminuía la velocidad de sus giros.

Adriana se aferró a su manga en un esfuerzo por mantenerse erguida, mientras se preguntaba qué la desconcertaba más, si la sinceridad descarada del hombre, o el hecho de que manifestara que la deseaba.

–Me dejáis pocas opciones.

Colton dejó de dar vueltas para que la joven se recobrara. Al cabo de un momento, la miró.

–¿Te sientes mejor?

Si hubiera participado en una carrera larga y difícil, Adriana no se habría sentido más agotada, pero aquella falta de aliento no estaba relacionada con su estado físico actual, sino con las sensaciones que la asaltaban.

–Si permitierais que me sentara, lo lograría.

–Roger te está esperando, y yo no quiero perderte, y mucho menos a sus manos. Además, hemos de hablar muy en serio de nuestro noviazgo.

–No es mi intención exigir más de lo que deseáis darme, mi señor, si eso es lo que teméis –contestó la joven, con la esperanza de recuperar la lucidez.

El hecho de que siguiera en sus brazos, después de lo que él le había dicho, parecía una prueba sólida de su locura.

Colton exhaló un profundo suspiro, como si se sintiera frustrado por completo.

–Adriana, si vamos a ser pareja durante tres meses completos, insisto en que me llames Colton.

–Sea, Colton –aceptó ella con un cabeceo.

Un exagerado suspiro de alivio escapó de los labios del marqués.

–Me alegra saber que hemos superado ese obstáculo. Ahora, podremos dedicarnos a detalles más importantes.

Adriana le comunicó su opinión sin ambages.

–Me doy por enterada de que ambos nos comprometemos a llevar este acuerdo hasta el final..., aunque sólo sea por el bien de nuestros padres. ¿Estás de acuerdo?

Colton se encogió de hombros.

–Podría ser el final..., o quizá el principio. ¿Quién sabe?

–No hace falta que intentes calmar mis sentimientos. Teniendo en cuenta que el contrato está firmado, soy consciente de las limitadas posibilidades de que tenga lugar una boda, aun cuando surja un compromiso de nuestro noviazgo. Haz el favor de ahorrarme fingimientos. No hacen falta.

Colton meditó un momento su respuesta.

–Nuestros padres esperan otra cosa.

–Sí, lo sé –admitió Adriana con un hilo de voz.

Lo último que deseaba era decepcionar a sus padres.

–Como mínimo, deberíamos fingir por ellos.

–Creo que sí, pero sin exagerar. Podrían abrigar esperanzas.

–No podemos permitirlo, ¿verdad?

¿Vio en verdad que los labios del marqués temblaban?

–No es que esperen gran cosa en estos momentos –dijo Adriana–. Darles esperanzas sólo servirá para que sufran más cuando nos separemos.

Colton frunció el ceño.

–Nunca he cortejado a una mujer con frialdad. Creo que no seré capaz de contenerme. De hecho, Adriana, la farsa que propones resultará más difícil de lo que imaginas.

La joven se encogió de hombros, y recordó demasiado tarde que los hambrientos ojos de Colton aguardaban cualquier invitación de ese tipo.

–Casarte conmigo o tu libertad. Ése es el dilema. Así de sencillo.

–No es tan sencillo como tú crees –replicó el marqués, al tiempo que inspeccionaba una vez más los secretos de su corpiño. Recorrer con la vista sus pechos cremosos era una tentación que no podía resistir. Estaba fascinado por los volúmenes que contenía la prenda de encaje. Desde lejos, había observado que los pechos de otras mujeres asomaban muy apretados por encima de sus escotes, y se había preguntado si quedaba algo debajo de aquellas lomas–. No obstante, ya decidiremos eso a medida que progrese nuestro noviazgo. Sin embargo, soy de la opinión de empezar cuanto antes.

Las sospechas de Adriana despertaron de nuevo.

–Por supuesto. ¿Deseas acabar cuanto antes para seguir con tu vida habitual?

La palma de Colton ascendió entre sus omóplatos. La apretó contra él y, mientras la impulsaba a girar de nuevo, contuvo el aliento cuando sus muslos se rozaron. El contacto produjo en el marqués un dolor conocido y tan intenso como el de un puñetazo en el estómago, semejante al que había experimentado semanas antes, cuando la había visto flirteando y riendo con sus pretendientes ante la iglesia. En aquel momento había comprendido con asombrosa claridad que la deseaba más que a cualquier otra mujer que hubiera conocido. Nadie habría podido imaginar lo difícil que le había resultado ser un simple observador, sin precipitarse a reclamar sus derechos sobre ella. La huida de Adriana al landó de sus padres lo había frustrado hasta el extremo de retirarse a un lugar desde el que podía seguir contemplando la escena sin obstáculos de ningún tipo, y sus ojos tomaron nota de cada gesto, sonrisa y movimiento de la hermosa joven.

Aunque Adriana apenas empezaba a despertar a las sensaciones sensuales, no iba a escapar indemne. Notó en el bajo vientre una agitación lenta y demoledora que le robó el aliento, debilitó sus rodillas, y le dejó un ansia que parecía latir en el fondo de su ser. Asombrada por dichas sensaciones, alzó los ojos y vio que Colton la miraba fijamente, como si buscara algo que ella no alcanzaba a comprender.

Incluso mientras lo miraba confusa, el hombre pareció incapaz de mantener los ojos alzados y bajó una vez más la mirada hacia su corpiño, mientras la tela revelaba los deliciosos montículos. Después su mirada ascendió por la marfileña columna de la garganta hasta llegar a la boca. Por un momento, Colton se preguntó cómo sería la sensación de saborear su aliento en la boca y besar aquellos labios que se entreabrían de... ¿sorpresa?, ¿pasión?

Forzó una sonrisa, pero se vio obligado a desviar su atención hacia otra cosa con el fin de recuperar el control sobre su cuerpo y su mente. Concentró sus pensamientos con desesperación en algo que detestaba recordar, el último campo de batalla en que había luchado. Mientras silbaban balas de cañón a su alrededor, segando vidas y miembros, había encabezado una carga contra el enemigo con la convicción de que, si sus hombres y él desperdiciaban ese ataque, habrían perdido su oportunidad. Habían combatido con desesperación durante todo el sangriento conflicto y, al final, la sensación de victoria les había insuflado nuevos ánimos. Al momento siguiente, estalló el proyectil que llenó su pierna de metralla. Aturdido, se había puesto en pie y combatido con valentía hasta la victoria. A la tarde siguiente, su herida había empezado a infectarse y, cuando pensó en su muerte inminente, acudió a su mente la imagen de su padre.

–Sabes tan bien como yo que mi padre tenía fama de poseer una gran inteligencia intuitiva –murmuró Colton en voz alta, con el fin de romper el prolongado silencio–. Estaba convencido de que formaríamos una pareja perfecta. Si así lo deseas, califica de experimento nuestro noviazgo, pero me gustaría descubrir por mí mismo todas las razones de que mi padre pensara así. –Rió con pesar–. Como ya sabes, querida mía, soy un individuo bastante escéptico. No me hizo la menor gracia que mi padre planificara mi vida al estilo habitual. –Se encogió de hombros–. No obstante, haré lo que esté en mi mano para honrar su memoria, al tiempo que investigo a fondo las causas de su decisión. Sólo puedo pedir que me acompañes en esta pantomima. La tarea no me va a resultar en absoluto desagradable. Eres una mujer increíblemente bella, Adriana, y, pese a habernos conocido durante nuestra infancia, nos hemos convertido, como tú has dicho, en poco más que extraños durante mi ausencia. Antes de que pueda pedirte más, he de conocerte a fondo. –Ladeó la cabeza–. ¿Te ha ofendido mi sinceridad?

–No, Colton –contestó ella, al tiempo que le ofrecía una sonrisa vacilante–. Si quieres que te diga la verdad, prefiero tu sinceridad, pues durante ese período de tiempo que tardarás en descubrir mi verdadera naturaleza, yo espero descubrir la tuya. Como en cualquier pareja, descubrirse mutuamente sirve para establecer unos cimientos sólidos sobre los que construir un matrimonio. Descubrir el carácter del otro es vital para realizar una elección prudente, antes de los votos matrimoniales. Si bien no puedo esperar gran cosa de nuestro noviazgo, debido a tu pasada resistencia, deseo concederte todas las oportunidades de juzgar los méritos que yo pueda tener como esposa.

–Gracias, Adriana –murmuró en voz baja Colton.

Ella tardó un momento en poder contestarle; pero, cuando lo hizo, se quedó sorprendida al advertir que su voz sonaba débil y temblorosa.

–Sé que hemos de aprender mucho el uno del otro, Colton, pero te lo digo con toda sinceridad: no soy tan distinta de la niña que rechazaste. Dentro de tres meses, puede que decidamos tomar senderos diferentes, en lugar del que tu padre nos señaló. Si eso ocurriera, confío en que ambos seremos tolerantes con los sentimientos del otro, y que conseguiremos seguir siendo amigos por el bien de nuestras familias.

Colton sonrió, divertido.

–Es extraño, pero pensaba que habías cambiado mucho desde que me fui de casa. Por más que he buscado, no he podido encontrar las pecas que adornaban tu nariz. –Sus ojos siguieron las delicadas líneas del mencionado apéndice, antes de descender hacia sus labios–. Para ser sincero, mi señora, no recuerdo haber sentido jamás la tentación de besar a aquella niña que abandoné.

Adriana le lanzó una mirada desafiante.

–En mi opinión, Colton, es menester que procedas con cautela.

–Un beso de vez en cuando es inofensivo...

–Un beso de vez en cuando es peligroso –replicó la joven, convencida de tal premisa.

Colton arqueó una ceja.

–¿Temes perder tu virtud, Adriana?

–¿Contigo? ¡Sí! –respondió la muchacha sin la menor duda, a sabiendas de que su madre se habría quedado horrorizada si hubiera escuchado la conversación–. Yo no he recorrido el mundo de un extremo a otro como tú, Colton. Nunca me he visto sometida a constantes peligros en la incertidumbre de la guerra. Siempre he sabido dónde iba a dormir, y, hasta el momento, siempre ha sido sola por completo. No sé qué experiencias has vivido, pero ya de jovencito parecías poseer la virtud de atraer a las chicas como abejas a la miel, lo cual me preocupa, la verdad. Hay ciertas cosas que deseo de un marido, entre ellas amor, honor, fidelidad y un montón de hijos en común. Si después de este noviazgo todavía me quieres como esposa, con deleite te entregaré todo lo que puedo dar como esposa, con tanta alegría, pasión y devoción como sea capaz de sentir. Pero hasta ese día en que nos convirtamos en uno, debo proteger mi corazón, porque soy muy vulnerable. Cuando era pequeña te adoraba, pero me partiste el corazón. Si eso volviera a suceder, me afectaría mucho más que la primera vez.

–Te has explicado muy bien, Adriana –murmuró Colton, con la vista clavada en aquellos ojos oscuros que lo escudriñaban.

–En tal caso, ¿puedo confiar en que reprimirás tus instintos masculinos en lo tocante a mí?

–No estoy seguro de poder cumplir esa promesa.

–¿Por qué no? –preguntó ella con toda inocencia.

Colton suspiró mentalmente, y se preguntó si esa mujer era consciente de su belleza. Miró a su alrededor, mientras buscaba una respuesta apropiada, y reparó de repente en que la música había cesado. Asombrado, paseó su vista por la pista de baile. Por lo que pudo ver, eran los únicos que habían estado bailando durante los últimos momentos. Todo el mundo se había apartado para mirarlos. La mayoría de los invitados sonreían divertidos, mientras que otros se mostraban más entusiastas, aplaudían y gritaban «¡bravo!» y «¡otra!».

–Llevas demasiado tiempo combatiendo en guerras, amigo mío –bromeó Percy desde lejos–. Una cara bonita, y pierdes los estribos.

Colton lanzó una carcajada y desechó el comentario con un ademán. Sonrió a Adriana, que rió y se encogió de hombros, pese a que sus mejillas volvían a estar teñidas del escarlata más intenso.

–Creo, querida mía, que hemos centrado la atención del baile de otoño.

12

Imitando con gracia las maneras de una actriz en el escenario, Adriana hizo un elegante movimiento con la mano, seguido de una profunda reverencia. Para deleite del público, Colton la imitó e inclinó la cabeza con solemnidad, de forma que los espectadores estallaron en carcajadas y aplausos. Adriana no soportó el clamor. Pese a su sonrisa, se encogió y se cubrió los oídos, en un intento de ahorrarse el dolor de los aplausos atronadores.

No todos los invitados participaban en la ovación que estaba recibiendo la pareja. Cuando Roger volvió a la sala de baile y observó que Adriana había sido reclamada por lord Randwulf, se abrió paso entre los invitados a codazos. En cuanto la música terminó, se sintió invadido por la furia cuando oyó los comentarios susurrados, los cuales abundaban en la convicción de que lord Randwulf y lady Adriana estaban hechos el uno para el otro porque formaban una pareja sublime. Lanzó miradas airadas a las viejas chismosas responsables de observaciones tan mortificantes, lo cual provocó exclamaciones ofendidas y comentarios despectivos sobre la grosería del hijo del fabricante de tejidos, y luego la gente se alejó de él, irritada.

Conocidos y familiares, congregados en el extremo opuesto de la espaciosa sala, muy cerca del lugar desde el que Felicity y Stuart observaban también la simpática reacción del marqués y la dama, estaban dedicando alabanzas similares a la pareja. Un comentario que Jaclyn hizo a su padre acabó con las esperanzas de Felicity de conquistar al apuesto noble.

–¿Sabes una cosa, papá? Con todo lo que se enfadó Colton cuando lord Sedgwick propuso que se comprometiera con Adriana, ahora no parece que se oponga tanto. De hecho, parece incapaz de apartar los ojos de mi hermana. Claro que, para encontrar una joven tan hermosa como ella, tendría que dar la vuelta al mundo dos veces.

Gyles rió.

–Es muy bonita, ¿verdad? Pero tengo dos hijas más igual de atractivas.

Jaclyn palmeó el brazo de su padre.

–Por mucho que Melora se oponga a la idea, papá, después de mi larga ausencia de casa he llegado a convencerme de que, en lo tocante a belleza, Adriana nos ha superado a las dos. Con el pelo oscuro, los ojos enormes y su estatura, es mucho más elegante. Si se me permite presumir de hermana, yo diría que se ha convertido en una mujer de belleza singular.

Felicity resopló mentalmente por el entusiasmo con que los Sutton alababan a uno de los suyos, olvidando que su padre había sido culpable con frecuencia del mismo delito. Sus cumplidos, sin embargo, no la molestaban tanto como la noticia de que ya existía un compromiso entre lord Colton y lady Adriana. Una oscura melancolía descendió sobre sus esperanzas. Por más que anhelara conquistar a Colton Wyndham, ya no parecía posible. Por lo general, únicamente la muerte de uno de los dos o una grave indiscreción por parte de la mujer podían llegar a anular un acuerdo de ese tipo. No cabía esperar que lady Adriana cometiera la imprudencia de caer en desgracia de esa forma, y por más que Felicity calculara las ventajas de que Ulises arrojara a su ama y ésta se rompiera el cuello en uno de sus habituales saltos de obstáculos, parecía dudoso que se produjera dicha circunstancia.

¿Cómo demonios encontraría otro aristócrata con el que casarse? Carecía del linaje necesario para frecuentar los círculos en que se movían. Si bien la idea de ser marquesa la había animado por cierto tiempo a despreciar títulos inferiores, ahora tendría que aceptar cualquier cosa. En aquel momento, hasta el título de vizconde parecía atractivo. Aun así, no podía imaginar que hubiera muchos aristócratas ansiosos de pedir su mano. Era la simple hija de un contable, y en los últimos tiempos su padre había estado demasiado dedicado a intentar solucionar las dificultades con su madre y su abuelo para ayudarla. Todas las predicciones que había hecho en su empeño por casarla con un miembro de la aristocracia se habían venido abajo por un simple compromiso, redactado muchos años antes de que ella hubiera irrumpido en ese ambiente.

–A juzgar por la forma en que la mima, cabría pensar que lady Adriana ha pasado un aro por la nariz de Colton. –Señaló a la pareja con un movimiento de cabeza, con la esperanza de arrancar un comentario similar a su acompañante; pero, durante el largo silencio que siguió, miró a un lado y descubrió que Stuart estaba devorando con los ojos a la morena. Incapaz de disimular su cruel decepción, se revolvió contra él, herida en su orgullo–. ¿Tú también?

Stuart dio un respingo cuando se dio cuenta de que le hablaban a él.

–Perdona, Felicity. ¿Has dicho algo?

–Sí –replicó ella–, pero es evidente que estabas más pendiente de otra mujer. Mirabas con tal concentración a lady Adriana, que he de preguntarme por qué estás conmigo cuando le dedicas toda tu atención a ella.

Stuart enarcó una ceja, bastante asombrado por el mal humor de la joven.

–No me di cuenta de que la miraba con tanta fijeza.

–Bien, pues lo hacías, como si yo fuera un sapo –masculló Felicity–. Si estás tan interesado en lady Adriana, ¿por qué no vas a solicitarle un baile? No hace falta que te sientas obligado a estar conmigo, sólo porque tu hermano y tu cuñada nos han traído a la fiesta. Estoy segura de que a lady Adriana le encantará saber que ha captado tu atención, junto con la de los demás caballeros presentes.

–Perdonad, señorita Felicity, pero creo que lord Colton y lady Adriana están a punto de comprometerse, si no lo han hecho ya –murmuró Stuart.

Felicity le dirigió una mirada irascible.

–De lo contrario, no te habrías molestado en bailar conmigo.

Stuart se abstuvo de refutar la afirmación de la mujer. Cualquier excusa sería rechazada, y con motivo. Había estado mirando a Adriana con todo el anhelo que sentía.

Si Colton se hubiera interesado, siquiera de pasada, por el tema de conversación de la pareja, no se habría llevado ninguna sorpresa, pero no albergaba el menor deseo de dedicar su atención a otros en este momento, no cuando se hallaba en compañía de la mujer que hechizaba sus sueños desde que había vuelto. Lo más asombroso de todo era que su padre le había elegido la dama dieciséis años antes. ¿Cómo pudo tener la perspicacia de imaginar a Adriana en todo su esplendor, y saber que conmovería su corazón como nadie lo había conseguido jamás? ¿Se trataba de una coincidencia, o su padre había sido así de perspicaz?

Apoyó una mano en la esbelta cintura de Adriana y la apretó contra sí, con la esperanza de que su audacia bastaría para mantener a raya a los demás pretendientes hasta que el baile terminara.

Las dificultades llegarían después, cuando se viera obligado a olvidar la sensación de tenerla en sus brazos y el provocador olor a rosas que le había inundado la cabeza.

Adriana no pudo hacer caso omiso de la familiaridad con que Colton la trataba. Lo miró con curiosidad.

–¿Sí, cariño? –preguntó él.

Adriana no estaba segura de que le gustara que sus rodillas tendieran a doblarse cuando oía los apelativos cariñosos del hombre. Tampoco contribuyó a la firmeza de su compostura sentir que los fuertes dedos de Colton le apretaban la cintura cuando inclinó la cabeza para oír su respuesta.

–¿No acordamos ser discretos en todo momento para no alimentar las esperanzas de nuestros padres?

–¿Lo hicimos? –preguntó él, como si jamás hubiera considerado tal idea.

Sabiendo que Colton Wyndham no tenía un pelo de tonto, Adriana no tuvo otro remedio que creer que había desechado aposta su anterior sugerencia. Pese a ello, insistió en que se comportara como habían acordado.

–¿No crees que deberíamos serlo? Podría ser beneficioso.

Colton se encogió de hombros.

–Tendré que meditar largo y tendido sobre esa idea, cariño. Podría entorpecer mi capacidad de analizar nuestro noviazgo en toda su integridad. Si mi padre insistió tanto en que serías buena para mí, debería ahondar sin trabas en nuestra relación, incluso en presencia de nuestros padres.

Adriana casi se atragantó. La poderosa descarga de persuasión sensual que Colton Wyndham era capaz de lanzar contra su feminidad podía provocar resultados devastadores. Hasta la boda de su hermana no se había dado cuenta de lo cerca que estaba de enamorarse del hombre. Cuando los ojos de él habían escudriñado los suyos, le había dado un vuelco el corazón, conmovida hasta lo más hondo. Si continuaban tales deliciosos ataques contra sus sentidos, eso podía significar el fin de su resistencia, así como su condenación definitiva. Aún no había olvidado su confiada afirmación de que le proporcionaría placer.

Como se sentía muy vulnerable a sus encantos, intentó convencerlo de lo contrario.

–Deberías darte cuenta, Colton, de que sería prudente ahorrar a nuestros padres la angustia de ver cruelmente destrozadas sus expectativas, después de tres meses de entusiasmo fingido por tu parte.

–¿Fingido? –Colton ladeó la cabeza y refutó el uso de aquella palabra en particular, además de la acusación lanzada contra él–. No creo que jamás haya fingido entusiasmo por una dama de manera deliberada en toda mi vida, sobre todo con una que me atrae. Si no me atraen, desaparezco de su presencia. En este momento, Adriana, ardo en deseos de conocerte mejor en las semanas venideras. Si experimentas la necesidad de advertir a tus padres, quizá deberías aconsejarles que no se tomen demasiado en serio lo que vean, hasta el día de la proposición oficial. Teniendo en cuenta las circunstancias que nos unen actualmente ésa parece la solución más sencilla, y no significará ningún problema para mí.

El corazón de Adriana dio un vuelco. Ya podía ver el desastre que se avecinaba. ¿Qué defensa tenía una virgen inocente contra un hombre ducho en el arte de seducir mujeres?

Los invitados, sonrientes, abrieron un pasillo para la pareja. Al mismo tiempo, viejos conocidos saludaron a Colton con entusiastas palmadas en la espalda, firmes apretones de manos o bromas estentóreas, éstas a cargo de los que no podían abrirse paso entre la multitud. Las carcajadas resultantes motivaron que Adriana se encogiera y se acercara más a sus amigas, para oír los comentarios susurrados acerca del apuesto galán que la escoltaba.

El entusiasmo de amigos y conocidos reafirmó la mueca burlona que deformaba los labios del aprendiz, cuando la pareja se acercó a la puerta en que se había apostado. Al ver que las esperanzas se disipaban ante sus propios ojos, Roger había decidido que intentaría arrebatarle la dama a su señoría por la fuerza. Daba igual que el marqués fuera un soldado veterano, o que fuera más alto, fuerte y experimentado con los puños. Roger estaba desesperado. Era plantar cara a Colton o presenciar el fin de sus aspiraciones.

En la puerta central de la sala de baile era donde iba a desplegar sus esfuerzos para expulsar al coronel retirado del corazón de la dama. La colocación estratégica de una silla y su propia postura, con la pierna extendida al lado, formaron una barrera ante la pareja. Quedaba por ver si sería infranqueable.

Cuando Colton vio el obstáculo que amenazaba con impedirles salir de la sala, se preguntó si se vería implicado en otro altercado con el aprendiz. Si ese enfrentamiento tenía lugar, se prometió que daría al muchacho una lección más dura que la anterior. Quizá tendría que meterle la verdad a golpes en la mollera, porque Roger parecía un poco lento de entendederas. La verdad era que la dama no le pertenecía, y nunca sería suya.

Adriana vaciló cerca de la puerta. Se volvió apenas para mirar a Colton, pero la presión de la mano varonil sobre su cintura la obligó a seguir adelante.

–No temas nada, Adriana –murmuró Colton–. Si Roger insiste en solucionar el problema de forma violenta, lo invitaré a salir. Así habrá menos posibilidades de estropear la fiesta.

Roger lanzó un bufido despectivo cuando Adriana intentó rodear la barrera que había desplegado para impedir su partida, y se adelantó para cortarle el paso.

–Bien, esta noche se ha demostrado claramente que carecéis de energía para afirmar vuestra independencia, y habéis capitulado ante los planes del difunto lord Randwulf para casaros con su hijo. Pensaba que estabais hecha de un material más resistente, pero ahora me doy cuenta de que estaba equivocado. Nunca habría debido creer que existían esperanzas para mí, sobre todo cuando os restregaron un título de marquesa delante de vuestras bonitas narices. Lamento haber pensado que erais diferente. –Torció los labios como asqueado por lo que veía y la recorrió con la vista, pero su corazón padeció lo indecible cuando fingió repulsión, porque era la criatura más encantadora que había visto en su vida. Con su fina piel de porcelana, los ojos oscuros de espesas pestañas y la boca sensual, dejaba en mantillas a todas las busconas pintarrajeadas que había frecuentado en Londres–. Sois como todas, ansiosa por obtener un título y prestigio...

–Perdonad, señor Elston –lo interrumpió Colton con brusquedad–. Estáis llegando a conclusiones precipitadas sobre un asunto en el que la dama no ha intervenido. La solicité por motivos que no vienen al caso. Si poseéis algún derecho sobre ella que le impide bailar con alguien que no sea vos, lo ignoraba. Tampoco conozco limitaciones que exijan vuestro permiso para abordarla. –Enarcó una ceja–. ¿Poseéis tal derecho sobre la dama?

Roger lo fulminó con la mirada, a sabiendas de que el noble era el único que tenía derechos sobre la bella. El contrato que lord Sedgwick había redactado para su hijo le garantizaba un derecho que ningún otro hombre podía discutir, pero Roger se negaba a reconocer esa circunstancia, y dejó que su hosco silencio transmitiera su protesta por lo que consideraba una grave injusticia.

–Lo imaginaba. –Colton dedicó una breve sonrisa al joven, y enlazó el brazo de Adriana con una determinación que el aprendiz no pasó por alto–. Creo que la dama tiene algo que deciros, señor Elston. Si sois tan amable de trasladaros a la biblioteca, os seguiremos.

Adriana miró a Colton.

–Tal vez sería mejor que hablara con Roger en privado.

Colton hizo un gesto de negación. Ansioso como estaba el aprendiz por poseerla, lo creía capaz de obligarla a algo que ella no deseaba para forzar un matrimonio, aunque dudaba seriamente que el padre de Adriana tolerara tal abuso sin matar al hombre. En cualquier caso, no albergaba la menor intención de brindar tal oportunidad al aprendiz.

–Eso no sería prudente, querida mía. Carecemos de garantías de que el señor Elston no intente hacerte daño.

–¿Hacerle daño? –repitió con incredulidad Roger, como si jamás le hubiera pasado por la cabeza tomar a la dama por la fuerza–. ¡Mi señor, os aseguro que sólo tengo ganas de haceros daño a vos!

Los ojos grises se clavaron con frialdad en los enfurecidos ojos verdes.

–Lo dejasteis bien claro el primer día que nos conocimos, señor, pero es evidente que no habéis aprendido la lección que os di. ¿Os apetece probar de nuevo? Hasta os permitiría lanzar el primer puñetazo. ¿Quién sabe? Quizá la suerte os sonreiría esta vez.

Roger torció los labios en una sonrisa despectiva.

–Por más que me gustaría haceros trizas, debo declinar vuestra invitación.

–Qué pena. –Colton sonrió–. Tal vez habríamos podido solucionar el problema de una vez por todas porque da la impresión de que sois propenso a convertiros en un engorro. Sea como sea, si reconsideráis vuestra postura, me encontraréis con la dama.

Los ojos verdes se inflamaron ante el reto del noble. Como ya había recibido una buena demostración de las habilidades del marqués, Roger no estaba interesado en otro enfrentamiento físico con el hombre, pues no le había ido nada bien la primera vez, pero no pudo contener su resentimiento y buscó burlarse en otro terreno.

–No todo el mundo está dispuesto a lamer las botas a los aristócratas. Por lo que a mí respecta, considero esa tarea detestable.

–No todos los aristócratas son tan pacientes como lady Adriana. Por lo que a mí respecta –replicó con acidez Colton–, no tengo la menor intención de permitir que un imberbe deslenguado eche a perder la fiesta. Sospecho que lord Standish no sería tan tolerante con vuestros groseros modales como su hija. Si deseáis uniros a nosotros, la dama y yo estaremos en la biblioteca. En caso contrario, señor Elston, podéis marcharos ahora mismo.

Esta vez, los ojos verdes destellaron con furia cuando los insultos del marqués lo hirieron en un punto muy sensible en años recientes: su aspecto juvenil. Aun así, Roger no se atrevió a reaccionar, por temor a que la dama pensara que era más un muchacho que un hombre.

–¿Cómo? ¿Os habéis arrogado tal autoridad que ahora podéis despedir o recibir invitados a vuestro antojo?

Colton insinuó una sonrisa despectiva.

–Por ser amigo íntimo de la familia, creo que estoy en mi derecho a expulsar de la mansión a un camorrista. Pues habéis demostrado sin la menor duda que lo sois.

–No sois el dueño de esta casa –gritó Roger con voz ronca–. No sois más que un invitado..., igual que yo, y no tenéis derecho a ordenar a nadie que se marche.

Colton lanzó una carcajada.

–Si queréis que llame a lord Sutton, lo haré con sumo gusto. Dada vuestra propensión a causar problemas, no me cabe duda de que el resultado será el mismo.

Roger abrió la boca para replicar, pero el noble pasó de largo al darse cuenta de que habían despertado la curiosidad de un buen número de invitados, los cuales estiraban el cuello para ver qué estaba sucediendo en la entrada de la sala de baile. Roger se quedó boquiabierto un instante, miró a su alrededor al punto y observó que varias mujeres lo estaban mirando de manera furtiva, mientras susurraban detrás de sus abanicos. Tras ellos había hombres ricos y de elevada condición, que lo contemplaban con expresión desaprobadora.

Los murmullos que circulaban por la sala no tardaron en conseguir que Gyles concentrara su atención en el aprendiz, el único culpable a la vista. Si bien Roger sintió el peso de la inspección del hombre, se negó a mirarlo ni una sola vez. Gyles tomó las riendas del asunto e hizo una señal a los músicos. Una vez más, una agradable melodía flotó en la sala, y los invitados empezaron a bailar.

Gyles pidió disculpas a las personas con quienes estaba hablando y se alejó.

Colton guió a Adriana hasta uno de los dos sofás de la biblioteca, instalados cerca de un mirador con ventanas en forma de diamante. De día, el emplazamiento y la comodidad de los muebles debían de ser ideales para leer. Sin embargo, en aquel momento, era un lugar desde donde se podían ver con toda facilidad las estrellas que brillaban en el firmamento.

–Roger no dejará de responder a mi reto, Adriana. Estoy convencido de que entrará de un momento a otro –anunció–. Y si conozco a tu padre, se presentará muy pronto.

–No pasará nada grave, ¿verdad? –preguntó la joven, que se culpaba del comportamiento de Roger.

Si hubiera dejado que su padre expulsara al muchacho el día de su primera visita, o en cualquier otra posterior, nada de eso habría ocurrido.

–Nada que tu padre y yo no podamos manejar –la tranquilizó el marqués–. No te preocupes.

Colton no había estado en la biblioteca de los Sutton desde su lejana partida, y, cuando se puso a pasear por la estancia, lo asaltaron viejos recuerdos, resucitados por el entorno familiar. Incontables estanterías, con libros apretujados en todos los espacios disponibles, cubrían casi todas las paredes desde el suelo al techo, intercaladas con diversos retratos, paisajes y esbozos enmarcados de eras pretéritas. La excepción, y único cambio que pudo distinguir en la biblioteca, era un retrato reciente de las cuatro damas Sutton, colgado en un lugar de honor, detrás del enorme escritorio de lord Gyles. El artista había plasmado a Adriana en toda su majestuosa belleza, de pie detrás de la silla de su madre. Al otro lado de su madre se hallaban las hermanas mayores, Melora sentada en un banco delante, y Jaclyn de pie un poco detrás de ella. Si bien las dos mujeres rubias y de ojos azules eran hermosísimas, en su opinión, Adriana, con su figura alta y sublime, las trenzas oscuras y los bellos ojos, era mucho más exótica que sus hermanas.

Colton sonrió cuando recordó los días de su adolescencia. De niña, Adriana había sido compadecida por un buen número de conocidos y parientes que carecían de la perspicacia de su padre. Los parientes lejanos habían considerado a la niña algo así como una mancha en una familia siempre atractiva. Colton tuvo que reconocer que él tampoco había albergado grandes esperanzas, pero ahora estaba muy agradecido de que su padre hubiera rechazado a Melora y Jaclyn como sustitutas de aquella cuyo aspecto habría avergonzado a las diosas de las leyendas antiguas.

También estaba agradecido por otros motivos a la intuición de su progenitor. Ahora era mucho más alto que las dos hermanas, pero ésa no era la única desventaja. Cuando nació, había sido muy grande, tal vez como serían sus hijos. De las tres, era Adriana quien tenía las mejores probabilidades de traer al mundo un hijo de él sin sufrir en exceso. Otra razón práctica para reflexionar con mucha calma en la elección efectuada por su padre tanto tiempo atrás.

Al ver que Roger entraba en la biblioteca, Colton regresó con parsimonia al extremo del sofá donde Adriana estaba sentada. Enlazó las manos a la espalda y se volvió hacia su adversario, como alguien que calcula bien el tiempo de que dispone antes de la batalla.

Roger frunció los labios en una mueca burlona y enarcó una ceja mientras examinaba la postura protectora del marqués, pero su corazón se partió al ver que Adriana aceptaba con toda naturalidad la presencia del hombre. Era como si ya le perteneciera.

De pronto, Roger se preguntó por qué había ido a la biblioteca. En la sala de baile había visto con toda claridad que la dama había aceptado el pacto que su padre y Sedgwick Wyndham habían firmado años antes. Si bien lord Gyles la había atado al contrato antes de que fuera lo bastante mayor para decidir por sí misma, el verdadero culpable había sido Sedgwick. ¿Acaso no era él quien había concebido el acuerdo nupcial y persuadido a los demás de sus ventajas? Lord Standish y Adriana no habían sido más que simples peones de su jueguecito.

Pero, por intenso que hubiera sido el odio experimentado por Roger hacia lord Sedgwick, ahora estaba convencido de que el odio hacia su hijo se había cuadruplicado en comparación. Deseó al noble el mismo sino fatal de su padre.

Se volvió hacia la puerta, apoyó una mano sobre el pomo y la cerró. No tenía ni idea de qué sucedería en los siguientes minutos. Sólo sabía que no sería el fin, ni mucho menos.

–Lo más probable es que lord Standish venga a reunirse con nosotros –anunció Colton.

Roger dibujó una sonrisa burlona y prolongó el insulto al no pronunciar ni una palabra. Si su adversario necesitaba el apoyo del otro hombre, quien fuera capaz de enfrentarse a los dos sin ayuda era el mejor, ¿no?

Colton, indiferente al desdén visible en los ojos verdes, dedicó al hombre una pálida sonrisa. Había afrontado los peligros del combate en demasiadas ocasiones para preocuparse por el aborrecimiento de alguien que, citando sus propias palabras, nunca había sabido lo que era enfrentarse a un enemigo en un campo de batalla empapado en sangre.

–Digamos que lord Gyles será un testigo imparcial si llega el caso de que deba corregir de nuevo vuestros modales, señor.

La propensión del marqués a tratarlo de aquel modo lo encrespaba como ningún otro insulto.

Caminó con piernas rígidas hacia el sofá donde estaba sentada Adriana, y experimentó un profundo rencor cuando lord Randwulf apoyó una mano sobre el hombro de la dama, como para comunicarle que no permitiría la menor agresión contra ella. Ver que los dedos de su adversario se posaban sobre la piel desnuda avivó el resentimiento y los celos de Roger hasta extremos inimaginables. ¿A qué otro hombre se le había permitido tocar su mano, y mucho menos otra parte de su cuerpo?

Pese al tiempo y la distancia que habían separado a la dama y a su prometido, ahora parecían estar de acuerdo, como si Colton Wyndham ya fuera su marido. Otro motivo más de la indignación que Roger experimentaba. Frustrado por la disposición de Adriana a aceptar al marqués como futuro marido, le dedicó todo su desprecio.

–Permitid que os ahorre la molestia de anunciar lo que ha quedado demasiado patente esta noche, mi señora. Vais a rendiros a los dictados del fallecido lord Randwulf e iniciar el noviazgo con su hijo.

Adriana alzó la barbilla.

–Tal vez esperabas que hiciera caso omiso del contrato firmado por mis padres, Roger, pero ésa nunca ha sido mi intención.

Un carraspeo sonoro anunció la entrada de lord Standish, que miró a su hija para asegurarse de que estaba sana y salva.

–¿Todo va bien?

–Todo no, papá –contestó Adriana con una voz muy tensa. Desde el regreso de Colton, nunca se había sentido así–. Estaba a punto de explicar a Roger que debo pedirle que no vuelva a Wakefield Manor después de esta noche, ni me siga a otros lugares.

Roger hizo una mueca de asco.

–Debéis perdonarme por haber pensado en alguna ocasión que teníais opinión propia, mi señora. Sois tan sumisa como las demás mujeres que he conocido.

La irritación que la embargó confirmó a Adriana que no era tan dócil o cobarde como Roger insinuaba. Había conseguido sacarla de sus casillas.

–Roger, temo que hará un año te equivocaste al pensar que podíamos ser algo más que conocidos superficiales. Quedó claro desde el principio que deseabas algo más de mí, algo que yo no tuve jamás la intención de ofrecerte. A lo sumo, no eras más que un amigo lejano, alguien empeñado en seguirme a todas partes, e incluso en irrumpir donde no habías sido invitado. Tendría que haberte dicho hace meses que tus esfuerzos por verme eran estériles. Supiste ya hace tiempo que estaba comprometida con otro desde mi infancia, pero seguiste visitándome como si eso nunca fuera a suceder. Te digo ahora que no habrías podido hacer o decir nada que cambiara las circunstancias.

Roger la miró entre lágrimas.

–¡Podríais habérmelo dicho! ¡Dejasteis que siguiera alimentando esperanzas como un pobre imbécil!

La queja lloriqueante asqueó a Adriana.

–Nunca te animé a creer lo contrario, Roger. Tenía obligaciones para con mi familia... y otros. Intenté decirte esta noche que no podía volver a verte debido a tus celos y aspiraciones, los cuales impedían que siguiéramos siendo amigos, pero te negaste a escucharme, así que hemos llegado a esto...

–¡Esta noche! –bramó el joven–. ¡Habríais sido más compasiva si me lo hubierais dicho el año pasado, antes de decidir que haría cualquier cosa con tal de que fuerais mía! ¿Por qué me dejasteis creer que existía alguna esperanza?

–Con qué rapidez olvidas las veces que lo dejé claro. La primera vez fue cuando te presentaste sin invitación. Con posterioridad, abusaste de mi hospitalidad y la de los demás siempre que podías, siguiéndome a casa de mis amigos y a otros lugares. Si me hubiera negado a verte desde el principio, esto nunca habría pasado. Jamás quise ofenderte, Roger. Nunca esperé que aspiraras a algo más, pero la amistad era lo único que podía ofrecerte.

–Sabíais que deseaba más de vos, pero nunca me advertisteis que pensabais en otro como marido.

Adriana sintió el estómago revuelto. No cabía duda de que sus deformaciones sensibleras de la verdad tenían como objetivo inspirarle pena. No se daba cuenta de que estaba despertando en ella una sensación de repugnancia.

–Eso no es verdad, Roger, y tú lo sabes. Mi padre está aquí para confirmar que te explicó la situación con todo lujo de detalles cuando pediste mi mano. –Hizo una pausa y se miró las manos enlazadas, mientras intentaba con desesperación recuperar el aplomo, y experimentó una inmensa calma cuando Colton le apretó con delicadeza el hombro. Sensible a la consoladora presión, miró a Roger–. Tal vez imaginaste que ocurriría algún milagro y cambiaría de opinión; pero, aunque lord Randwulf no hubiera regresado, me habría casado con otro hombre de mi clase social. La verdad es, Roger, que nunca has sido otra cosa que un conocido casual, y bastante impertinente.

El aprendiz se alisó la chaqueta con un enérgico tirón.

–Bien, espero que todos seáis felices juntos. –La mirada asesina que dirigió a cada uno de los presentes desmintió su afirmación–. Lo seréis, seguramente, pues contáis con todo cuanto se puede ambicionar en el mundo, servido en bandeja de plata.

–Si es así –replicó Colton, dolido por la calumnia que solían lanzar los plebeyos, siempre dispuestos a quejarse de las diferencias de clase pero reacios a hacer algo por mejorar sus circunstancias–, se debe a que nuestros antepasados estuvieron dispuestos a luchar y morir por su rey y su patria. Debido a su lealtad, se les concedieron títulos y tierras. Antes de eso, nuestros antepasados tenían poca cosa, pero estaban dispuestos a sacrificar hasta su último aliento por conquistar honor y grandeza, mucho más de lo que vos estabais dispuesto a hacer por vuestro país en nuestro último enfrentamiento con los franceses.

Roger alzó el labio superior en una mueca desdeñosa.

–Algunos hombres disfrutan matando, pero otros no.

Giró sobre sus talones y, fulminando con la mirada a Gyles de paso, se encaminó hacia la puerta y la abrió con fuerza suficiente para que rebotara contra la pared y se cerrara tras él.

–Ahora sé que debería haberle dicho que no podía volver a verlo la primera vez que vino –murmuró Adriana–. Si lo hubiera hecho, esta noche no habría venido.

Colton le apretó el hombro de nuevo.

–Es evidente que Roger estaba esperando un milagro. Dejó muy claro el día de mi llegada que estaba informado del contrato.

–Tienes razón, por supuesto –admitió Adriana, y luego exhaló un suspiro de preocupación–. Era muy consciente de que tu regreso daría al traste con sus aspiraciones. Su animosidad hacia ti aquel día lo demostró.

–Parece que el chico no se tomó muy en serio nuestro altercado –contestó Colton.

Adriana desvió la vista hacia su padre.

–¿Crees que deberíamos volver al salón de baile, papá? Mamá se estará preguntando dónde estamos.

–Sí, sí, claro –repuso Gyles–. Tu madre estará nerviosa. Id a reuniros con los demás. Yo os seguiré dentro de un momento. Me gustaría permitirme algo un poco más fuerte que el vino. Ha sido un día muy tenso.

Colton sonrió, y se preguntó cómo lidiaría Gyles con los pretendientes que peleaban por una hija. Claro que eso parecía mucho mejor que ver a una solterona amargada.

–Con vuestro permiso, mi señor, me gustaría volver a bailar con vuestra hija.

Gyles los despidió con un ademán.

–Como gustes, mientras pueda quedarme aquí saboreando un buen coñac. –Miró a su alrededor, como temeroso de que lo oyeran–. No se lo digas a mi esposa. Condena este licor, pero yo lo prefiero al oporto.

Colton lanzó una risita.

–Sí, mi señor, también yo. Parece que ambos compartimos los gustos de mi padre.

–Un hombre de gusto excelente –contestó Gyles, y luego rió–. Intuyó que mi Adriana era una joya en bruto. Mírala ahora.

–Lo he estado haciendo toda la noche –afirmó Colton con una amplia sonrisa, y se maravilló de lo cómoda que estaba su mano en la cintura de Adriana cuando la escoltó hacia la puerta.

Tres meses antes, jamás habría imaginado placeres tan sencillos pero gratificantes.

Acababan de salir de la biblioteca, cuando una exclamación de sorpresa atrajo su atención hacia la mujer que estaba de pie en el pasillo. La expresión de asombro de Felicity dejó claro que sus pensamientos no eran nada favorables para la reputación de Adriana.

Colton no se sintió inclinado a defender su inocencia, al menos en ese momento.

–¿Estabais buscando a alguien en particular, señorita Felicity?

–El señor Elston parecía terriblemente enfadado cuando se cruzó conmigo en el vestíbulo hace un momento –explicó, mientras paseaba la mirada entre los dos–. Me pregunté qué le habría disgustado, eso es todo. No sabía que los dos estabais en la biblioteca.

Colton sonrió.

–Temo que Roger confiaba en conquistar el corazón de Adriana, pero se le explicó que ése no era el caso. La idea no le gustó.

–No, imagino que no... sería de su gusto, quiero decir –contestó Felicity con una pálida sonrisa.

Oyó pasos y miró hacia la puerta de la biblioteca, donde había aparecido Sutton.

Como había escuchado el diálogo, Gyles había considerado prudente intervenir por el bien de su hija. Sonrió a la pareja.

–Pensaba que ibais a bailar.

Colton le dedicó una breve reverencia.

–Sí, mi señor, ése era nuestro plan..., a menos que hayáis cambiado de opinión sobre lo de darme permiso.

–¿Debería hacerlo? –preguntó Gyles, y se esforzó por reprimir una sonrisa–. A menos que seáis un bribón, claro está.

–Puede que sí, mi señor –repuso Colton–. Vuestra hija podría estar en peligro.

El hombre se acarició la barbilla con aire pensativo, preguntándose qué escondían las palabras del marqués.

–Tal vez debería advertiros, señor, que en caso necesario no dudaría en cambiar vuestro estado de soltero a casado.

Colton intuyó que el hombre sería un formidable adversario si alguien ofendía a su hija. Rió para aplacar los temores del noble.

–Me han dicho que sois un excelente tirador, mi señor, de modo que podéis confiar en mis buenas intenciones. Me esforzaré en tratar a vuestra hija con el máximo respeto.

–¡Estupendo! –dijo Gyles riendo, y los echó con un ademán–. Será mejor que os vayáis antes de que los músicos se tomen otro descanso.

Gyles se acarició la barbilla sonriente, mientras veía alejarse a la pareja. Era muy extraño que un hombre y una mujer congeniaran hasta ese grado. Su viejo amigo había elegido muy bien para su hijo, pero Gyles opinaba que a su hija habría podido irle mucho peor. En cuanto al futuro, todo el mundo se hacía la misma pregunta.

Con una ternura exhibida en muy escasas ocasiones por un hombre que había pasado la mitad de su vida en el ejército, el marqués enlazó el brazo de la dama sin dejar de mirarla a los ojos. Bajo aquella mirada incendiaria, los ojos oscuros de Adriana parecían más dulces y dóciles que nunca. No resultó sorprendente que el hombre se detuviera y, atrayendo a la dama hacia sí, la besara en la frente durante un larguísimo momento, lo cual provocó que el corazón de Gyles se hinchiera de esperanza.

Lleno de regocijo, vislumbró las futuras recompensas que ofrecería la unión de su hija con el apuesto hombre. «¡Y qué nietos más hermosos nos darán!», se dijo.

El conde de Standish carraspeó y se volvió hacia la joven que estaba mirando con aire desdichado a la pareja, o, más concretamente, a lord Randwulf.

–Es sabido que se ha extraviado gente en esta vieja mansión de estilo Tudor, señorita Fairchild. Por lo visto, sus numerosas alas confunden a los forasteros. ¿Queréis que os acompañe al salón de baile?

Adriana, casi presa del pánico, huyó hacia la escalera, agradecida de que nadie excepto Colton fuera testigo de su veloz escapada o de sus mejillas encendidas. Al mirar por encima de la barandilla, observó que el rostro del marqués se había convertido en una máscara rígida, con el objetivo de disimular los instintos masculinos que lo atormentaban. Como una pantera esbelta y poderosa que recorriera los estrechos límites de su jaula, paseaba por el sombrío corredor con un puño apretado contra la palma de la otra mano.

Cuando llegó al rellano, Adriana no pudo resistir la tentación de lanzar una última mirada al apuesto marqués. Éste se había detenido para observar su ascenso, y, bajo el fuego devorador de sus ojos, la joven se sintió despojada de toda la ropa.

El ascenso de la dama permitió a Colton vislumbrar los tobillos cubiertos con medias de seda negra. Desde allí, su mirada lujuriosa subió con idéntica admiración. Como había almacenado en su memoria hasta el último detalle de aquellas piernas largas y bien torneadas, pudo imaginar el exquisito lugar donde se unían, así como las suaves caderas adornadas tan sólo con un diminuto ombligo. Sus ojos se elevaron mentalmente hasta los redondos pechos coronados con pezones tan delicados como pétalos de rosas. Subió hasta los hombros, y luego sus miradas se encontraron.

–Date prisa –dijo, pues le costaba apartar de su mente la imagen fascinante de la joven desnuda.

Adriana respondió con un nervioso cabeceo, se levantó las faldas y corrió hacia su dormitorio. Después de entrar en la espaciosa estancia, cerró la puerta a su espalda y se apoyó contra ella, agitada y asombrada por lo que estaba experimentando. Sentía las rodillas demasiado débiles y temblorosas para atreverse a cruzar la habitación. No obstante, lo más desconcertante eran las palpitaciones que notaba en el núcleo de su feminidad.

Todo había comenzado de una manera bastante inocente, cuando un grupo de unas veinte matronas de diversos tamaños, formas y edades atravesaron la puerta del salón de baile lanzando risitas y toparon con una barrera formada por músicos y parejas de bailarines que se habían agolpado junto a la puerta con el propósito de salir a respirar un poco de aire puro. En aquel momento, Adriana se había preguntado cuál era la causa que divertía tanto a las mujeres, qué comidilla se disponían a propagar. Se habían mostrado temibles en su empeño por abrirse paso entre la muralla humana casi inexpugnable que se había detenido ante las puertas. Los dos grupos se lanzaron hacia delante, músicos e invitados por un lado y las matronas por otro, sin que ninguno cediera terreno, hasta formar una masa compacta que impedía todo movimiento a quienes habían quedado atrapados.

Adriana, aprisionada entre la multitud, sintió que su corazón se aceleraba mientras ella luchaba para controlar su terror a los encierros. El torso largo y musculoso de Colton tenía la dureza del acero, pero la joven, presa del pánico, había intentado soltarse, hasta que lo oyó mascullar una maldición. Temblorosa y a punto de estallar en lágrimas, había intentado calmar la ira de Colton pidiéndole disculpas y confesando su terror a morir aplastada.

–Lo siento, Colton, de veras, pero me ahogo, y temo que no podré controlarme.

En aquel momento, Colton había recordado un incidente sucedido un año antes de su partida. Adriana había ido a Randwulf Manor para pasar la noche con su hermana, y, después de cenar, las dos se habían puesto a jugar al escondite. Por más que Samantha había buscado, no había podido descubrir el escondite de la niña, y corrió a buscarla en otra ala. Cuando escuchó sollozos estremecidos unos momentos más tarde, Colton los siguió hasta el cuarto de invitados que había al otro lado del pasillo, donde descubrió que Adriana había quedado atrapada en un pequeño arcón cuando el pestillo se cerró sobre ella. Después de liberarla, la niña estuvo a punto de estrangularlo con un fuerte abrazo, mientras lloraba y temblaba. Desde ese momento, tuvo terror a quedar encerrada en lugares estrechos o a que alguna fuerza opresora la impidiera moverse.

Rodeada y apretujada por todas partes en la sala de baile, Adriana estaba casi fuera de sí. Comprendiendo su angustia, Colton había apoyado los labios en su pelo y tratado de aplacar sus temores.

–Cálmate, querida, te lo ruego. No estoy enfadado contigo, sino conmigo, por estar pensando en otras cosas. Pronto saldremos y estarás libre, pero haz el favor de estarte quieta hasta entonces. Me estás dando motivos para sentir pánico..., por temor a avergonzarnos a ambos cuando salgamos. Si no tienes ni idea de lo que estoy hablando, recuerda lo que viste en el cuarto de baño.

Para subrayar sus palabras, Colton había apoyado la entrepierna contra ella, que abrió los ojos de par en par al notar la erección. No se había disculpado por escandalizarla de esa manera, sino que se limitó a escrutar los ojos desorbitados cuando el roce obró efecto.

En el momento en que la gente empezó a dispersarse y pudieron salir, él no permitió que se alejara, por temor a atraer las miradas escandalizadas de los invitados. Como no sabía qué otra cosa hacer, Adriana se había quedado muy cerca de él, de forma que sus faldas lo protegieran de los ojos curiosos mientras salían al vestíbulo. Pensaba que ya estaban a salvo, cuando una matrona rolliza se cruzó en su camino, ansiosa por reunirse con las demás, y la obligó a parar en seco, con lo que Colton topó con ella. La exclamación que escapó de los labios de Adriana emuló a la del marqués. Si se hubiera sentado sobre un hierro al rojo vivo, no habría movido las caderas con más celeridad para alejarse de la firmeza viril que había sentido contra las nalgas.

Adriana exhaló un suspiro, frustrada por ser incapaz de calmar sus pensamientos o su cuerpo. Tras quitarse el vestido, lo dejó sobre un sofá y se dirigió al cuarto de baño. Mojó un paño, lo escurrió y lo apoyó sobre la nuca. Todo su cuerpo necesitaba refrescarse con desesperación. Nunca en su vida había sentido un calor tan ardiente en las mejillas ni un incendio tan devastador en las profundidades de su ser, como cuando Colton le había restregado su ingle. Por qué su audacia no la había indignado era un misterio que escapaba a su comprensión. Claro que ni siquiera en sus años adultos había podido escapar de la incomprensible sensación de pertenecerle.

Adriana oyó que la puerta de su dormitorio se abría y luego se cerraba con suavidad. Convencida de que Maud había ido a ayudarla, experimentó una oleada de alivio. La mujer era una experta en masajearle los hombros y relajarla como nadie más, y en ocasiones la dejaba tan distendida como una muñeca de trapo, cómoda, serena y dispuesta a afrontar otro desafío... Sólo que Adriana no quería ver puesto a prueba una vez más su recato por otro delicioso embate como el que acababa de experimentar. Uno era suficiente por aquella noche..., al menos, hasta que estuviera atada a ese hombre por los lazos del matrimonio. De lo contrario, no podía predecir qué ocurriría.

–Maud, eres un amor por venir a rescatarme cuando más te necesitaba –dijo con suavidad–. Si haces el favor de masajearme el cuello con agua de rosas perfumada, podré volver a bajar en plena forma. Nadie calma los nervios mejor que tú.

La alfombra oriental que cubría el suelo ahogó los pasos, pero Adriana conocía sus aposentos desde que era muy pequeña, y, debido a la sombra extraña proyectada sobre el suelo del cuarto de baño por la lámpara situada cerca de la cama, se dio cuenta de que algo no iba bien. No había señales del gorrito con volantes que adornaba la cabeza grande de pelo ensortijado. La sombra, en cambio, era la de una cabeza pequeña de pelo corto...

Una exclamación de miedo escapó de los labios de Adriana cuando reconoció la silueta distorsionada. Recordando que la camisa que llevaba era una delicada combinación de encaje y raso que tendía a pegarse a la piel, se apoderó de una toalla para cubrirse el busto, antes de agarrar un frasco de colonia. Cuando el intruso atravesó la puerta del cuarto de baño, la joven giró en redondo.

–¡Sal de aquí, Roger, antes de que grite!

El aprendiz se encogió de hombros, indiferente a su orden.

–No puedo hacerlo, Adriana. Te necesito... Te deseo... He de poseerte. Ninguna otra mujer me sirve.

–¡Sinvergüenza!

Enfurecida, le arrojó el frasco, que le produjo leves cortes en la mejilla y el lóbulo de la oreja.

Adriana retrocedió y extendió el brazo para indicarle la salida al miserable.

–Sal de aquí, Roger. ¡Ya! De lo contrario, tendrás que responder ante mi padre. Si te atreves a tocarme, nunca saldrás vivo de esta habitación.

El joven se secó la sangre que resbalaba por su mejilla y avanzó a grandes zancadas, con los ojos clavados en los lustrosos pechos que sobresalían por encima de la toalla.

–Tus amenazas son en vano, Adriana. ¡Voy a poseerte, tal como me prometí hace meses! Me habré ido mucho antes de que tu padre suba; pero, si crees que le tengo miedo, lamento decepcionarte. Al fin y al cabo, es un viejo.

Adriana abrió la boca para chillar, pero Roger saltó al punto y le tapó la boca para ahogar sus gritos. Adriana se llenó de cólera. Ella era fuerte y ardía de furia. Si era capaz de controlar a un corcel temido por casi todos los hombres, qué menos que al aprendiz. Juró que daría una lección al muy idiota que no olvidaría en mucho tiempo. Entonces, vería lo que su padre podía hacer con él.

Adriana descargó un puñetazo con todas sus fuerzas en la barbilla de Roger, que lanzó su cabeza contra la pared y le hizo rechinar los dientes. Al instante siguiente, le propinó un fortísimo rodillazo en la entrepierna, algo interesante que había aprendido sobre los hombres durante su primer encuentro con Colton después de su regreso. La reacción de Roger fue aún mayor, porque estuvo a punto de vomitar cuando se dobló en dos de dolor. Pese a ello, la agarró del brazo y la arrojó contra la pared con una fuerza tan brutal, que la joven estuvo a punto de perder el sentido.

A escasa distancia, Maud se detuvo a escuchar, perpleja por los golpes sordos que estaba oyendo. Tan sólo unos minutos antes, había creído oír pasos cautelosos que avanzaban hacia el dormitorio de su ama.

Maud meneó la cabeza y rechazó la idea. En una casa tan vieja, no podía estar segura de que lo que oía fueran ruidos humanos. Su madre le había advertido de pequeña que se cuidara de los ruidos extraños, los gemidos y las formas fantasmales habituales en los caserones antiguos.

De todos modos, los sonidos habían despertado su curiosidad. Había muchos invitados en la casa, y siempre existía la posibilidad de que alguno se hubiera extraviado. Era responsabilidad de la servidumbre encaminarlos hacia la zona que buscaban. Avanzó por el pasillo con sigilo, rezando para que los ruidos fueran humanos y no producto de algo más siniestro.

–¿Sois vos, mi señora? –llamó, y se quedó preocupada al no recibir respuesta.

Exhaló un suspiro de enojo y se alejó con más energía, echando la culpa de los sonidos a una nueva criada. Hasta el momento, la moza había parecido mucho más curiosa que trabajadora, y la habían sorprendido mirándose en el espejo mientras sostenía delante de ella uno de los mejores vestidos de lady Adriana. Henrietta Reeves había advertido a la moza que no volviera a fisgonear en las posesiones de su señoría. Otra infracción, y la chica haría las maletas.

–¿Dónde estás, Clarice? Seguro que no estás haciendo nada bueno. Será mejor que vengas, o se lo diré a la señorita Reeves.

–¿Me llamabas? –preguntó una voz desde el otro extremo del pasillo.

Maud giró en redondo, sorprendida, y se preguntó si estaba teniendo alucinaciones.

–¿Qué estabas haciendo, muchacha? ¿No te dijo la señorita Reeves...?

–Lady Melora dijo que ayudara a Becky a empacar las últimas pertenencias que dejó después de la boda, y que preparara una habitación para ella y sir Harold.

–¿Has estado aquí todo el rato? ¿Con Becky? –preguntó Maud.

–Sí –contestó la chica, y señaló con el pulgar a la otra criada, que había aparecido en el umbral de la puerta–. Becky misma te lo dirá.

Maud frunció el ceño, desconcertada, y miró hacia la zona donde había oído los pasos furtivos.

–¿Hay alguien ahí? –llamó, y al no recibir respuesta, desvió la vista hacia las dos sirvientas, que la observaban de una forma rara. La mujer decidió en aquel mismo momento que necesitaba ayuda de su joven ama, o al menos de la señora Reeves o el señor Charles. Lo que tenía muy claro era que no iba a registrar sola el largo corredor.

Se acercó a la escalera y anunció a las dos criadas:

–Bajaré a buscar a lady Adriana, y después echaré un buen vistazo al pasillo. Si veis a su señoría por aquí, haced el favor de decirle que la estoy buscando.

Colton, que aguardaba ante la entrada de la sala de baile, se volvió cuando oyó los pasos apresurados. En lugar de la belleza a la que estaba esperando, vio a una criada de edad madura. Se le antojaba una eternidad el tiempo transcurrido desde que Adriana había subido, y empezaba a inquietarse.

–¿Sabes si lady Adriana bajará pronto?

Maud se quedó estupefacta.

–Pensaba que mi señora estaba aquí abajo, disfrutando del baile.

–Subió a su habitación hace unos momentos para refrescarse.

–Me pregunto por qué no me llamó para que la ayudara... –murmuró Maud, mientras ladeaba la cabeza perpleja.

–¿Crees que se encuentra bien? –preguntó angustiado Colton, recordando que no había visto a Roger salir de la casa.

Dada la propensión del aprendiz a la intimidación física, Colton no descartaba que intentara tomar por la fuerza a Adriana, siendo como era evidente que no podría hacerlo de otra manera.

–Voy a ver dónde está mi señora –dijo Maud, y se volvió como un rayo.

–Te acompaño –anunció Colton–. Si Roger sigue en la casa, puede que corra peligro.

–¿Roger? ¿Por qué iba a...?

–Ahora no hay tiempo para explicaciones –replicó Colton, mientras subía la escalera de dos en dos. Sintió dolor en la pierna derecha debido a la energía de sus veloces movimientos, pero hizo caso omiso. Cuando llegó al rellano, miró a ambos lados del pasillo–. ¿Por dónde? –preguntó a la mujer.

La corpulenta Maud, sin aliento, indicó la dirección. Cuando el hombre se alejó a toda prisa, la mujer consiguió aspirar aire suficiente para hablar.

–Girad a la izquierda, y es la segunda puerta de la derecha –gritó. Al comprender que sobresaltaría a su señora si entraba en el dormitorio sin anunciarse, añadió–: Puede que mi señora no esté visible.

–Me disculparé después de saber que está bien –replicó Colton.

Sólo podía pensar en Roger y en su deseo de poseerla.

Colton asió el pomo curvo de la puerta de Adriana, pero, tras descubrir que estaba cerrada con llave, aplicó el oído a la hoja de madera, en un esfuerzo por escuchar lo que estaba sucediendo dentro de la habitación. Los sonidos eran apagados, como el de alguien oprimido por un gran peso. Movió el pomo con más insistencia y gritó a través de la madera.

–¿Estás bien, Adriana?

Casi al instante, un chillido ahogado surgió del interior, lo cual redobló sus fuerzas. Retrocedió un paso, alzó la pierna izquierda y propinó una patada a la puerta, muy cerca del pomo, y con bastante fuerza para que la hoja se abriera.

Roger emitió un rugido de ira y se puso en pie de un salto. Como no había logrado avasallar lo suficiente a la dama para cumplir sus deseos, comprendió que era preciso escapar. Le escocía la cara de los arañazos que Adriana le había hecho, desde la frente a la barbilla, y tenía los labios doloridos e hinchados del codazo que ella le había dado en la boca. Su empresa se había visto muy dificultada cuando la joven se transformó en una fiera enfurecida, y empezó a morderlo en las zonas vulnerables que estaban a su alcance, hasta el punto de que le entró el pánico mientras intentaba salvar las orejas, la garganta e incluso la nariz, de aquellos colmillos mortíferos. Aunque los dientes de la joven eran de un blanco reluciente, no le cabía duda de que en esos momentos estarían manchados de sangre.

Incapaz de imaginar el placer de montar a una mujer inconsciente, se había abstenido de darle un puñetazo en la mandíbula mientras intentaba protegerse. Quería que estuviera bien despierta cuando la tomara, para que se enterara de que la había poseído antes que cualquiera de sus amigos aristócratas. Deseaba sobre todo que el marqués lo supiera, para que quizá desistiera de casarse con ella. Pese a los valientes esfuerzos de la joven, había logrado aflojarse los pantalones y se estaba desabrochando los calzoncillos, cuando la puerta se abrió y su adversario entró como un toro enfurecido.

Roger se puso en pie con movimientos torpes y alzó una pierna para huir, pero los pantalones, al caer, se vengaron de él, pues le sujetaron los tobillos y lo enviaron de cabeza contra la esquina de un armario macizo. Un súbito destello de dolor estalló en su cerebro, y al instante siguiente empezó a manar sangre de su frente. La oscuridad descendió sobre él, y su mundo se empequeñeció hasta convertirse en un vacío negro cuando se desplomó inconsciente en el suelo.

–¿Te encuentras bien? –preguntó Colton, al tiempo que corría hacia Adriana, la cual había logrado ponerse de rodillas.

Poco quedaba de su ropa interior, hasta el extremo de que, en la práctica, era como si estuviera desnuda. La camisola de encaje estaba hecha trizas. Sólo colgaban unos jirones de su cintura. Una tira de los calzones caía sobre su cadera. Las medias desgarradas yacían sobre el cubrecama de terciopelo arrugado sobre el que había tenido lugar la refriega.

La dama temblaba con tal violencia, tan aturdida y tan empeñada en ocultar su desnudez con los fragmentos de ropa, que Colton se vio obligado a tomarla por los brazos y sacudirla con el fin de devolverle el sentido común, al menos para reclamar su atención.

–¡Adriana! ¿Te encuentras bien?

Un sollozo estrangulado escapó de los labios de la joven, que asintió varias veces con energía mientras las lágrimas empezaban a derramarse. Asqueada por las caricias y besos lascivos de Roger, no podía controlar sus temblores. El aprendiz había conseguido asustarla hasta lo más íntimo de su ser, pero pese a ello se alegraba de haber salido indemne de la agresión, salvo por algunas contusiones y arañazos, y el trastorno psicológico. Las manos le dolían como si le hubieran arrancado la piel de los dedos. Si él no hubiera fracasado en su intento de reducirla mediante la fuerza bruta mientras trataba de esquivar los puñetazos de ella y de desabrocharse la ropa interior, Adriana habría sucumbido mucho antes de que Colton llamara a la puerta. Había sido una verdadera batalla campal por arrancarle la ropa interior, Roger intentando bajarle los calzones y ella luchando con denuedo por conservarlos.

La ira de Colton se convirtió en furia cuando vio las señales dejadas por los dedos de Roger, pues huellas rojizas mancillaban el color crema de los pechos redondos, el estómago y los muslos de Adriana. Tenía el cuello irritado, sin duda debido a la barba incipiente del muchacho.

Las manos de Adriana temblaban de manera incontrolable mientras intentaba inútilmente preservar su recato. Las lágrimas no cesaban de resbalar por su cara, testimonio de su vergüenza y desdicha. Se cubrió los pechos con un brazo y posó la otra mano sobre su feminidad, lo único que podía hacer dadas las circunstancias.

–Creo que esto te será de ayuda –murmuró Colton, quitándose la chaqueta y colocándola sobre los hombros.

Le llegaba casi a las rodillas, y era tan grande que Adriana parecía una niña pequeña con la chaqueta de su padre.

–Gracias por acudir a rescatarme –dijo ella con voz ronca, y alzó la vista hacia él. Vio su cara como una mancha borrosa entre las lágrimas–. De no ser por ti, me habría... –Después de la que quizá había sido su experiencia más terrorífica con el miedo, no consiguió pronunciar las palabras. Tragó saliva y se secó las mejillas húmedas–. ¿Cómo supiste que Roger estaba aquí?

–Fue una simple deducción. No le quedaba otro recurso si quería poseerte –murmuró Colton–. Era tomarte por la fuerza o nada. Decidió aprovechar el baile de esta noche, y el hecho de que tu familia estaba abajo con sus amigos.

Colton era incapaz de calcular cuántas veces su memoria había conjurado lo que ahora veía, desde la noche en que había encontrado a la dama dormida en su baño. Su chaqueta no reconocía la figura llena de curvas y no lograba adaptarse a ella, de forma que le proporcionaba una visión perfecta de los pechos de la dama.

Viendo la cascada de lágrimas que resbalaban por las mejillas de la joven, señaló el interior de la chaqueta.

–¿Puedes sacar mi pañuelo?

Sumida aún en una conmoción emocional, Adriana palmeó la prenda en busca de bolsillos escondidos, pero sin éxito. Frunció el ceño confusa, hasta que Colton agarró la solapa y tiró de ella para mover la mano debajo de la chaqueta sin la amenaza de tocarla. Ella no ofreció resistencia. No era intención de Colton perturbarla más de lo que ya estaba; pero, cuando sacó el pañuelo del bolsillo interior, el dorso de su mano rozó un pezón, lo que arrancó a Adriana una exclamación entrecortada.

–Lo siento, Adriana, no era mi intención...

Calló cuando un estremecimiento convulsivo se apoderó de la joven, y se preguntó si se desmayaría. Después, los ojos oscuros le dirigieron una mirada suplicante. Si alguna vez se había preguntado cómo sería sumergirse en aquellos ojos, lo descubrió en ese preciso momento. Nunca había conocido el calor ardiente que llenaba todo su ser con un sentimiento de... ¿Era amor? ¿Tal vez compasión? ¿O simple deseo? Fuera lo que fuera, daba la impresión de atraerlo como un espíritu incorpóreo.

–¡Santo Dios misericordioso! –exclamó Maud cuando entró en la habitación, lo cual devolvió los sentidos a Colton y lo impulsó a volver sobre sus pasos.

Habiendo demorado la subida a la habitación debido a un súbito mareo, la criada corrió hacia su ama con expresión mortificada, al tiempo que se fijaba en el pelo alborotado, los moratones y las marcas rojas alrededor de su boca, así como en las rodillas desnudas apenas visibles bajo la enorme chaqueta.

–¿Qué ha pasado aquí?

Se paró en seco, boquiabierta, cuando reparó en el aprendiz caído en el suelo, cerca del armario. Cuando comprendió lo sucedido, miró a Adriana horrorizada.

–El cielo nos acoja, mi señora, ¿qué os ha hecho esta rata inmunda?

Adriana se secó las lágrimas antes de sacudir la cabeza.

–No me ha hecho nada malo, Maud –dijo con voz ronca. Carraspeó–. Gracias a que lord Colton llegó a tiempo de salvarme del aprendiz. Gracias a él, lo peor que he sufrido han sido unos cardenales y unos arañazos.

Tomó el pañuelo que Colton aún sujetaba y se lo llevó a la cara. El marqués todavía la estaba mirando, mientras intentaba con desesperación apartar su mente de los pensamientos que lo atormentaban unos momentos antes. ¿Qué locura estaba experimentando? Aún tenía la sensación de que aquellos pozos oscuros y brillantes lo estaban absorbiendo.

–Su señoría pensó que corríais peligro, mi señora, viendo que Roger no se había marchado –se apresuró a explicar Maud, recordando que su ama se había mostrado molesta no hacía mucho por las atenciones del aprendiz–. No esperó a que yo subiera a veros. Vino corriendo para asegurarse de que no os pasaba nada.

–Me alegro de que no se retrasara, Maud –contestó Adriana sin apartar la mirada de los ojos grises, mientras intentaba explicarse el aire azorado de Colton–. De no ser por lord Randwulf, Roger habría logrado su propósito.

–Yo también estoy agradecida porque corriera en vuestra ayuda, mi señora, porque ningún otro hubiera llegado a tiempo. –La criada se acercó a la cama–. ¿Queréis que os vaya a buscar un vestido, mi señora?

Adriana apretó las solapas de la chaqueta de Colton alrededor de su cuello, al tiempo que cruzaba los brazos sobre su busto. No se atrevía a dejar que la mujer viera lo poco que quedaba de su ropa interior.

–Hay que informar a mi padre de inmediato de lo sucedido aquí, y tendrás que ser tú quien le dé la noticia.

Consciente de la rabia que consumiría a su padre, Adriana desvió la vista hacia el aprendiz desmayado, pero experimentó tal escalofrío de asco, que se vio obligada a tomar asiento al punto.

–Apartad a este hombre de mi vista, por favor –susurró, y volvió templar.

Colton volvió a la realidad y avanzó hacia Roger.

–Maud, si puedes mostrarme un lugar donde podamos encerrar este paquete indeseable hasta que su señoría decida qué hacer con él, me ocuparé del asunto.

–Creo que el cuarto de la ropa blanca sería ideal –dijo Maud, y señaló la estancia contigua–. Ya le costará respirar, de modo que no podrá mover ni un músculo.

–Parece el lugar adecuado para el señor Elston –repuso Colton.

La criada alzó el labio superior en una sonrisa desdeñosa.

–Para ser un despreciable aprendiz, tiene ideas de señoritingo. ¡Pretender forzar a la señora como si esperara que su padre aceptara los hechos! Él lo ignora, pero tuvo suerte de que vos llegarais antes que su señoría, porque ahora estaríamos transportando un cadáver.

Colton se agachó junto al hombre inconsciente, le dio la vuelta y examinó el corte hinchado de su frente. La herida, que iba desde la línea del pelo hasta la ceja, todavía sangraba, y había dejado un charco en la alfombra oriental. Maud fue a buscar un paño húmedo para limpiar la mancha, y luego vendó la cabeza de Roger. Mientras la criada frotaba la alfombra, Colton cargó con Roger y lo llevó al cuarto de baño. El cuarto de la ropa blanca era más estrecho que un ataúd, y Colton sonrió cuando encajó al aprendiz en el reducido espacio. Era perfecto que se fuera acostumbrando a estar encerrado en aquellas angostas dimensiones.

Maud terminó su tarea y se acercó a la puerta para anunciar que iba a bajar e informar a lord Gyles del incidente.

–No se tomará a la ligera lo que ha pasado aquí, mi señora. Casi puedo imaginar sus berridos.

–Antes que nada, procura dejar bien claro que no me ha pasado nada grave –advirtió Adriana–. Así evitaremos que monte en cólera y haga una escena delante de los invitados. De todos modos, no digas nada a mamá, o subirá corriendo a punto de desmayarse. De momento, di que no me encuentro bien y que no bajaré a despedirme de los invitados. ¿Lo has entendido?

–Sí, mi señora. Si no os importa, dejaré que sea vuestro padre quien lo anuncie. Vuestra madre sabe tirarme de la lengua muy bien.

Cuando Colton regresó al dormitorio, Maud ya había salido para cumplir su imposible misión. Adriana estaba sentada en el borde de la cama, con un pañuelo apretado contra la boca, en un intento desesperado de ahogar sus sollozos. Colton apoyó una mano sobre su hombro, compadecido.

–¿Te encuentras mejor?

Adriana, avergonzada de haber sido sorprendida llorando, se secó las lágrimas a toda prisa.

–Me repondré en cuanto haya superado el susto por la agresión de Roger. –Exhaló un profundo suspiro–. No me he sentido más asustada en mi vida que cuando me vi forzada a repeler su agresión.

–He dicho a Maud que suba con tu padre a la biblioteca antes de darle la noticia. Al menos, si emite un rugido de rabia allí, ningún invitado se enterará.

Adriana se puso en pie, casi sin darse cuenta.

–Muy prudente, por supuesto. Mi padre tiene muy mal genio, pese a sus esfuerzos por negarlo.

–Será mejor que me vaya, para que puedas vestirte antes de que suba –murmuró Colton con voz ronca, incapaz de reprimir una mirada a lo que asomaba por debajo de su chaqueta.

Pese al horror que sentía por la agresión de Roger, conocía muy bien los apetitos libidinosos que podían espolear a un hombre, sobre todo con una perfección femenina tan sublime al alcance de la mano. Lo que veía era casi imposible de soportar.

–A tu padre no le gustará sorprenderme devorándote con los ojos, sobre todo teniendo en cuenta que han estado a punto de mancillarte.

Cuando ella lo miró, con los ojos abiertos de par en par y vulnerable, Colton alzó las manos hacia las solapas de su chaqueta. Durante un largo momento, combatió un deseo irreprimible de besarla. Por más que deseaba palpar un seno sedoso, acariciarla entre los muslos y hacerla gemir de anhelo, sabía que sería un acto despreciable, teniendo en cuenta lo que acababa de suceder, y además era imposible, porque su padre llegaría de un momento a otro. No obstante, ella parecía tan confiada, tan dispuesta...

Tal vez fue la decisión más difícil de su vida, pero Colton exhaló un suspiro, juntó las solapas de la chaqueta y se negó el solaz que tanto ansiaba. Adriana, avergonzada, murmuró una disculpa e hizo un intento tardío de proteger su modestia, como si se creyera culpable de no haberlo hecho antes. Esta mortificación llevó a Colton a preguntarse si la joven pensaba que él no la deseaba. Si fuera consciente de la pasión que luchaba por reprimir desde que había vuelto, cambiaría de opinión al punto. Apenas podía pensar en otra cosa que no fuera el anhelo de tomarla en sus brazos y penetrar su dulce humedad femenina.

–Queridísima Adriana, ¿tienes idea de la tentación que has supuesto para mí esta noche? –dijo casi sin aliento, mientras le rodeaba los hombros con un brazo y apoyaba la cabeza sobre su pelo perfumado–. Quiero tocarte, quererte, y que reacciones a mi ardor con toda la pasión de la que seas capaz, pero esta noche has sufrido un horrendo sobresalto, y tardarás en olvidar lo que Roger ha intentado hacerte. Sea cual sea el resultado de nuestro noviazgo, no dudes de que te quiero.

Ella alzó la cabeza para mirarlo. Una vez más, los ojos de ambos se fundieron, y Colton experimentó la sensación de que le arrancaban el corazón de la jaula que había erigido a su alrededor. Pensó que no lograría rechazar el deseo de abrazarla, y así fue, pues de repente se dio cuenta de que la estaba estrujando entre sus brazos, y su boca se apoderó de los labios de Adriana con ardor sin igual, hasta que su lengua penetró la dulce humedad de la boca femenina. Deslizó la mano bajo la chaqueta y encontró una nalga desnuda. Sintió un placer dulce y arrebatador, pero Colton sabía que no podía continuar, pues su padre entraría de un momento a otro en el dormitorio y la descubriría desnuda en sus brazos.

–Debo irme, antes de que tu padre llegue y se equivoque de culpable –murmuró con voz ronca, al tiempo que alzaba la cabeza, incapaz de abandonarla. La besó una vez más con toda la pasión que había reprimido hasta aquel momento, introduciéndole la lengua hasta las profundidades del dulce abismo. Notó que la joven era presa de un estremecimiento convulsivo, aunque ignoraba si era de miedo o de deseo, pero recobró la lucidez cuando pensó que tal vez estaba asustada–. No debería hacer esto después de lo que acabas de padecer –susurró con voz entrecortada. Acarició el rostro amado con los ojos–. Debo irme...

Se separó bruscamente y se encaminó hacia la puerta, enfermo de pasión no correspondida. Tendría que calmar su lascivia y tratar de olvidar la piel embriagadora que había abrazado.

–Tu chaqueta, Colton –susurró Adriana.

Se volvió a tiempo de cazar la chaqueta al vuelo, y la última vislumbre de Venus casi desnuda le dejó una impresión que lo atormentaría sin piedad durante semanas interminables, preso en las llamas de una lujuria desaforada.

[illegible]

13

Colton Wyndham dejó escapar un suspiro cuando se acercó a la amplia extensión de ventanas que brindaba una vista panorámica de la ondulada campiña parcialmente arbolada, típica de sus vastas propiedades y de los terrenos que rodeaban su hogar ancestral. En circunstancias normales se habría deleitado en la variedad de vida animal que podía verse desde las ventanas, pero aquella mañana casi no se había fijado en el par de ciervos que pastaban en un campo distante, ni en los conejos que correteaban en la hierba al otro lado de los jardines, ni en la pequeña bandada de pájaros que revoloteaban alrededor de los aleros de la mansión. Al igual que en las semanas recientes, se descubrió de nuevo subyugado por visiones de Adriana ataviada con elegancia o llena de desaliño, riendo o llorando, durmiendo o despierta, pero siempre presente en su imaginación, esclavizando sus pensamientos con melodiosos cantos de sirena. Como un espíritu travieso de ojos oscuros y luminosos, entraba subrepticiamente en su mente y perturbaba su concentración por ínfima o trascendental que fuera la tarea a la que intentaba dedicarse. Si bien en otro tiempo se había considerado inmune a las tretas sutiles de las mujeres, empezaba a sospechar que nunca se liberaría de Adriana, fueran cuales fuesen las profundidades o altitudes que conquistara o el continente al que huyera en busca de independencia. No obstante, por mucho que ella monopolizara sus pensamientos, sus sueños eran todavía más desmoralizadores para su orgullo masculino, pues en ellos parecía más esclavo que conquistador, ya que ella lo conducía hacia fantasías que ninguna virgen era capaz de imaginar, y mucho menos instigar.

Un mes antes había viajado a Londres para tratar de asuntos relacionados con el marquesado, y había pensado que aprovecharía su estancia para apagar sus desenfrenadas pasiones con Pandora, y así expulsar a la joven de su mente. Qué tontería pensar que podría escapar con tanta facilidad de la belleza morena. Tan preocupado había estado por Adriana y el dilema en que se había metido, que no pudo reunir suficiente entusiasmo para ir a ver a Pandora, y mucho menos para imaginar que la actriz podría ser capaz de atizar el fuego de su pasión. Sin embargo, aquella misma noche, sus pensamientos habían derivado hacia el momento en que había encontrado a Adriana dormida en el baño, y su verga se había entumecido hasta extremos delirantes, sin que nada consiguiera aliviar su lujuria desaforada.

Colton gruñó para sí, consciente de la soga de la que pendía. Había perdido la cuenta de los meses transcurridos desde que había hecho el amor con una mujer, casi todo un año. Si no encontraba alivio pronto para sus necesidades viriles, el dolor que experimentaba lo convertiría en un maldito eunuco. ¡Estaba seguro de ello!

¿Qué le había hecho su padre?

Paró de repente el hilo de sus pensamientos, sobresaltado por la culpa que echaba con tanta facilidad a otros. Su padre no era culpable. Él era el único responsable. Podría haber rechazado la decisión de su padre, pagado a los Sutton una remuneración por su afrenta y afirmado el derecho a elegir a quien quisiera como esposa. No obstante, se había negado a desaprovechar la oportunidad de poner a prueba la violenta atracción que parecía encadenar su mente y su corazón a Adriana. Era ella quien le había echado el anzuelo y lo había dejado inútil para las demás mujeres.

Al convertir a Samantha y Percy en sus acompañantes perpetuos, había pensado que terminaría el noviazgo sin propasarse. Gracias a dichas carabinas, conseguía reprimir el deseo de poner en un compromiso la inocencia de la dama. Por desgracia, la presencia de sus parientes le causaba una enorme frustración. Más veces de las que deseaba recordar, se había visto obligado a sofocar un deseo enloquecedor de encontrar un lugar lo bastante apartado para besarla y acariciarla hasta que ella ya no pudiera resistirse a su ardiente asedio y cediera a su persuasión. Cualquier rincón oscuro bastaría para levantarle las faldas y poseerla.

Por más que lo intentaba, no podía apartar de su mente la ansiosa reacción de la joven a su beso, ni su aquiescencia cuando se apoderó de su nalga después de la agresión de Roger. Sabía muy bien que, si alguna vez ella cedía de nuevo a sus caricias, no habría vuelta atrás.

Para que luego se jactara de haberse opuesto a la voluntad de su padre. ¡No era nada más que un dócil cordero que iba alegremente al matadero!

Sólo quedaba un mes de noviazgo, y ni siquiera sabía si sería capaz de mantener alejadas las manos de la dama lo suficiente para permitir la planificación de una gran boda. Cuanto más tiempo pasaban juntos, más real le parecía el peligro de que su prometida se presentara embarazada ante el pastor.

Hasta el momento había hecho todos los esfuerzos posibles por reprimir los instintos viriles, además de animar al poco orgullo que le quedaba a cumplir su palabra de honor. Incluso pensar en eso le daba ganas de reír. Para ser sincero, lo que Adriana había logrado hacer con su perseverancia durante las últimas semanas era punto menos que delictivo. Por ejemplo: hacía poco, mientras se afeitaba, casi había conseguido degollarse, aunque fuera de manera accidental, cuando tomó conciencia de lo que se había estado agitando en su cerebro: «¡Basta ya de noviazgo! ¡Procedamos con la boda y acostémonos de una vez!».

¿Había perdido el sentido común? Reflexiones de ese tipo ¿constituían un ejemplo de lo que era capaz de pensar? Nunca había conocido a una mujer a la que no pudiera alejar con facilidad de su mente..., hasta que había vuelto al hogar y comprobado que la niña a la que había rechazado años antes se había transformado en una belleza deslumbrante. Por más que antes de partir se hubiera rebelado contra la idea de aceptar la elección de su padre, el hecho de que Adriana se estuviera convirtiendo a marchas forzadas en su propia elección no contribuía precisamente a sosegar su orgullo.

Se sentía frustrado. Nadie, y menos aún la dama, tenía idea del control que debía ejercer sobre sí mismo para evitar fugarse con ella.

¡Un acontecimiento que levantaría un gran escándalo!

¿Qué iba a hacer, entonces? ¿Seguir adelante como si no sintiera un nudo en el estómago tan apretado que quería gemir de dolor? Era como si los mecanismos de su autocontrol, hasta entonces invencibles, estuvieran entonando una melodía muy diferente, y estaba seguro de que, si escuchaba con atención, entre el ritmo caótico que atormentaba sus instintos viriles captaría lejanas campanas de boda, y todo por culpa de una joven hermosa, encantadora y heroica de quien se estaba enamorando cada vez más.

–Lord Randwulf y los Burke han llegado, mi señora –anunció el mayordomo después de que Maud le dejó entrar en el dormitorio de su ama–. Aguardan vuestra presencia en el vestíbulo. ¿Los acompaño a la sala de estar?

–No es necesario, Charles. Haz el favor de decirles que bajaré enseguida. –Adriana movió la mano en dirección al sofá sobre el que Maud había extendido su capa de terciopelo rojo–. ¿Serías tan amable de bajar mi capa, Charles?

–Sí, mi señora.

El criado sonrió. De las tres hermanas Sutton, sólo lady Adriana pedía las cosas con tanta dulzura.

Cuando el criado salió y Maud se dedicó a poner orden en los aposentos, Adriana se levantó del tocador y recogió el regalo de Navidad que había preparado para el anciano Samuel Gladstone. Estaba convencida de que el gorro de terciopelo con borla forrado de lanilla no sólo sería eficaz para proteger del frío al anciano, sino para defenderlo de las enfermedades que podían debilitar su espíritu valiente y su cuerpo envejecido. Constituía tal tesoro para la ciudad y la zona circundante, que no le cabía duda de que todo el mundo lo añoraría si muriera.

No fue hasta que Maud paseó la vista a su alrededor que Adriana cayó en la cuenta de que había lanzado otro suspiro. Por lo visto, era algo que repetía con frecuencia en los últimos tiempos, aunque ello no la ayudaba a vencer su estado de ánimo melancólico.

–¿Os encontráis bien, mi señora? –preguntó la criada, preocupada.

–Por supuesto, Maud –contestó la joven, con la esperanza de aplacar las preocupaciones de su doncella.

Sin embargo, calmar las propias era algo muy diferente. Había ido con Colton a muchos sitios durante los dos últimos meses, pero siempre acompañados por otras personas. Daba la impresión de que él buscaba demostrar que no había hecho nada indebido durante el período de noviazgo. Al acabar éste, Adriana suponía que el marqués anunciaría que había cumplido la voluntad de su padre, y decidido anteponer la libertad al matrimonio. Esta sombría perspectiva pesaba sobre el ánimo de la joven más que nada. ¿Qué otra cosa podía creer, salvo que Colton Wyndham quería liberarse de ella para siempre?

¡Basta ya! Adriana se reprendió mentalmente y reunió el resto de tenacidad que le quedaba. Si Colton la expulsaba de su vida, estaría mejor sin él, pues detestaba casarse con un hombre que no la quería. Sobreponerse a su herida constituiría una horrenda prueba, pero con el tiempo lo conseguiría. Había sobrevivido a su primer rechazo. Soportaría el segundo. Aun así, hasta que Colton había vuelto a entrar en su vida nunca había sabido que un hombre podía conmover su corazón de tal manera. Su noviazgo le había causado momentos de dolorosa confusión y, con la misma frecuencia, de un placer que le alegraba el corazón. El solo hecho de estar con su apuesto galán la había esclarecido sobre los numerosos placeres de la relación entre un hombre y una mujer. Incluso detalles sin importancia parecían mucho más conmovedores cuando él los tenía, como cuando enlazaba su brazo con el de ella y la llevaba aquí o allá. Ver la sonrisa que solía acompañar esos momentos elevaba su espíritu.

La galantería de Colton se había puesto de manifiesto nada más empezar el noviazgo. El domingo siguiente al baile de otoño, había llegado a Wakefield Manor por la tarde para iniciarlo de manera oficial. Con una sonrisa que recordaba sus años infantiles, le había entregado un precioso ramo de flores, y había confesado con cierta timidez que un criado las había ido a buscar al invernadero, con permiso de Philana. Esa torpeza inesperada en un hombre de su experiencia la había conmovido hasta lo más hondo.

Queriendo evitar que los padres de ella oyeran todo cuanto dijeran en la mansión, la invitó a pasear con él por los jardines. Aunque a finales de octubre éstos no se hallaban en su mejor momento, ella aceptó al punto, consciente de que bastaría un poco de brisa para teñir de rojo su nariz y mejillas, y así disimular los rubores que acudían a su rostro siempre que recordaba no sólo su falta de ropa cuando la había besado la noche de la agresión de Roger, sino el anhelo de que él la abrazara y consolara.

Los altos setos que rodeaban los jardines de Wakefield les habían deparado cierta intimidad, y la tensión de Adriana había empezado a desvanecerse después de que trabaron conversación. Hasta aquel momento no había reparado en lo complicado que era Colton. Había hablado con sinceridad de sus experiencias en el ejército, y confirmado de manera sutil sus apetencias de independencia. Durante su carrera militar se había encontrado en repentinos enfrentamientos con el enemigo en los que se había visto obligado a improvisar y tomar decisiones contrarias a las órdenes recibidas, con tal de impedir la muerte de sus hombres. Nadie, después de escuchar sus relatos, podría dudar de su autosuficiencia, y Adriana se había sentido honrada de que le revelara cosas de sí mismo que no había confesado a sus familiares, la mayoría de las cuales estaban relacionadas con la ruptura que había significado su marcha del hogar y la dificultad de soportar el horrendo vacío de la pérdida y separación de su familia. Sin embargo, después de que lo enviaron a África, había estado demasiado ocupado para pensar en su hogar y en lo que había dejado atrás, y casi todos sus remordimientos habían abandonado su mente consciente.

Cuando narraba anécdotas humorísticas sucedidas durante su carrera de oficial, Adriana se descubría riendo y disfrutando de sus ingeniosas réplicas. Su compañía conseguía serenarla, y lo que todavía estimaba más era que fuera capaz de reírse de sí mismo y burlarse de sus manías, aunque las que mencionaba eran mucho más encantadoras que fastidiosas. En suma, lo consideraba un individuo muy notable, del tipo que habría elegido para casarse si le hubieran dejado opción.

Una noche en que lo habían invitado a quedarse a cenar, Colton había asegurado a los padres de Adriana que no sólo sería un gran placer para él, sino que también complacería a su madre, que sin duda esperaba y anhelaba que disfrutara de su visita. Se había sentado frente a Adriana, y se dedicó a examinarla durante gran parte de la cena. Más tarde, cuando se disponía a marcharse, se habían quedado juntos ante la puerta principal de Wakefield Manor cogidos de la mano, mientras hablaban de la familia y otras cosas. Luego, tras bajarle la capucha de la capa, la besó de una forma que prestó alas a su corazón. Fue un dulce ósculo que unió sus labios y amenazó con entrelazar sus lenguas, cuando la de Colton penetró un momento en la húmeda boca de su pareja. De pronto, la apartó de sí con brusquedad, carraspeó y se cubrió con el redingote, para luego partir al punto, cosa que la dejó sonriendo de placer secreto mientras volvía a entrar en la casa y subía a su dormitorio. Mucho después de revolverse bajo las sábanas, aún seguía regocijándose de que el beso la hubiera afectado de una manera que no podía revelar a nadie.

Desde aquella primera visita, la evidente ansiedad de Colton por continuar el noviazgo había alentado a sus padres, los cuales habían comentado en numerosas ocasiones sus modales delicados e impecables. Adriana no se atrevió a decirles que, cuando le convenía, Colton Wyndham podía ser un bribón y un depravado.

Debidamente acompañados por los Burke, habían pasado varios días de la semana siguiente en Bath, adonde habían ido de compras, así como asistido al teatro, veladas musicales y otros eventos sociales. Al final de su breve estancia, todo el mundo sabía en Inglaterra que eran pareja, o eso habían propagado los numerosos rumores.

En cuanto a Roger, el padre de Adriana había estado a punto de matarlo la noche de su agresión. Cuando el joven recobró la conciencia por fin, mucho después de que los invitados se hubieron marchado, el hombre había apoyado una pistola amartillada muy cerca de la nariz de Roger, al tiempo que manifestaba a voz en grito su indignación. Esa exhibición de furia paterna había dejado al aprendiz temblando de terror y suplicando por su vida, entre una profusión de lágrimas. Sólo el prudente consejo de la madre de la joven había conseguido que Gyles admitiera que la muerte del miserable sólo despertaría la curiosidad de las chismosas. No obstante, advirtió a Roger que, si osaba acercarse de nuevo a su hija cuando estuviera desprotegida, lamentaría ese día. Por ese delito, sería castrado in situ o se vería obligado a afrontar consecuencias mucho más graves, que recaerían sobre él cuando menos lo esperara. No obstante, permitiría que Roger siguiera con su vida normal sin llevarlo a los tribunales. No era que Gyles sintiera compasión por el hombre, sino que se resistía a ver el nombre de su hija mancillado por una banda avariciosa de chismosos que se aprovecharían del intento de violación.

Tras concluir su aprendizaje poco después, Roger había asumido la dirección de la fábrica y demostrado su talento, pues había conseguido beneficios que igualaban aquellos recolectados por el propietario original, Thomas Winter, una hazaña que Edmund Elston no había logrado cumplir, pese a su propensión a jactarse de su genio. Después de perseguir con saña a su hijo por su fracaso con lady Adriana, el anciano había recibido su merecido, según susurraban los empleados de la pañería, porque al cabo de poco tiempo había sufrido un ataque que lo había dejado postrado en su lecho y sumido en un letargo perpetuo. El hecho de que la reprimenda hubiera tenido lugar delante de los trabajadores había acabado con la tenue relación que durante el último año había existido entre padre e hijo. No obstante, se sabía que Edmund Elston había hecho testamento antes de la refriega y, como no tenía más parientes próximos ni amigos íntimos, había nombrado heredero universal a su hijo. Algunos habían llegado a predecir que, tras el fallecimiento del anciano, Roger Elston se convertiría en un hombre muy rico. Sin embargo, la constitución de Edmund Elston no había tardado en refutar las lúgubres predicciones de que pronto moriría. Su ama de llaves afirmaba incluso que cada día veía más recuperado al hombre.

Roger estaba ahora cortejando a Felicity. Por algún motivo desconocido, Stuart había perdido el interés por la nieta del fabricante de tejidos poco después del baile de otoño, y, ante la sorpresa de todo el mundo y el inmenso placer de Adriana, había empezado a cortejar a Berenice Carvell, cuyas proporciones habían disminuido durante los dos últimos meses de manera visible. En cuanto a Riordan Kendrick, llevaba una vida bastante recluida desde el mismo acontecimiento y no salía con ninguna dama, tan sólo con amigos íntimos; al menos, eso afirmaban los rumores. Se decía que se dedicaba a supervisar las reparaciones que se estaban llevando a cabo en los aposentos privados de su propiedad, situada en el punto más alejado de Bradford, y que carpinteros tanto de Londres como de Bradford trabajaban en crear empanelados lo bastante bellos para complacer a cualquier marqués exigente. Su ama de llaves, la señora Rosedale, sólo sabía que deseaba efectuar algunos cambios en la mansión, por razones sobre las que ella no quería extenderse. Nadie había podido obtener más información, a pesar de que los numerosos curiosos no dudaban en interrogar a la servidumbre cuando salía a comprar. Ésta se limitaba a repetir lo mismo que la señora Rosedale, y nada más. La imposibilidad de descubrir los motivos de su señoría puso en un aprieto a las cotillas desde Londres a Bath, por temor a perderse algo sabroso.

Fue a Riordan Kendrick y sus aspiraciones a convertirla en su esposa hacia donde dirigió Adriana sus pensamientos cuando salió de su dormitorio. Hasta cierto punto, la propuesta de matrimonio de Riordan servía para asegurarle que era deseada honorablemente por alguien. De todos modos, cuando se acercaba al vestíbulo central donde la estaba esperando su escolta, confió en que, por una vez, no acabara pensando que Colton era un atractivo ser fantasmal que había bajado a la tierra con el exclusivo propósito de robar su corazón, y tal vez su mismísima alma.

–Buenas noches –saludó con una sonrisa forzada cuando se acercó a su apuesto galán y sus acompañantes.

En verdad, lo que deseaba era volver a la intimidad de sus aposentos, donde llevaría a cabo un esfuerzo desesperado por olvidar que Colton Wyndham había regresado para turbar su vida. Por más que lo lamentaba, se había enamorado del hombre, y anticipaba con desesperación el momento en que él le plantaría un frío beso en la mejilla y daría por concluido el acuerdo contraído por los padres de ambos. Para mayor intranquilidad de su corazón, su frívolo deseo de los primeros momentos había sido inútil, pues el hombre era la quintaesencia del verdadero caballero aristócrata.

Samantha corrió hacia ella y le dio un beso en la mejilla.

–No te has dado mucha prisa en bajar –bromeó sonriente–. Vaya, si yo fuera suspicaz, me inclinaría a decir que no albergas el menor deseo de asistir a la fiesta de Navidad del señor Gladstone. –Cuando sus ojos escudriñaron las oscuras y luminosas profundidades y no encontraron el menor rastro de alegría, se puso seria–. ¿O es que deseas evitar a Roger y Felicity, que sin duda estarán presentes?

Si bien su confidente y mejor amiga había dado en el clavo, Adriana fingió sorpresa, mientras Charles le entregaba su capa de terciopelo.

–¿Por qué iba a desear evitarlos?

–Porque, tontita mía –contestó Samantha con una carcajada–, Felicity va contando a todo el que la quiera escuchar que le diste esperanzas a Roger hasta que Colton volvió. Roger, por supuesto, bendita sea su negra alma, le da la razón. –Tomó los dedos de la joven y, al notarlos helados y temblorosos, escrutó los ojos oscuros con creciente aprensión–. No tenemos que ir a Stanover House si tú no quieres, Adriana.

–Iremos –afirmó la joven con determinación–. Iremos a ver a Samuel Gladstone, no a su nieta. Después, quedarnos o marcharnos lo dejo en manos de vosotros tres.

Pese a que Colton se esforzaba por mantener la serenidad propia de un caballero en presencia de Adriana, notó que sus apetitos masculinos se despertaban. Sucedía siempre que la miraba, porque era la materialización de todas las visiones que se había formado de la mujer ideal. Muchas veces, en su presencia, se había sentido como un lacayo delante de una reina. Aquella noche no parecía menos majestuosa con un vestido gris de encaje y seda que se ceñía de una manera sublime a su figura esbelta y curvilínea.

Apoyó una mano sobre el hombro de Charles para detenerlo, se apoderó en silencio de la capa de la dama y se colocó detrás de ella. Cuando le puso la prenda sobre los hombros, murmuró en su oído:

–Tu perfección me deja anonadado, mi amor.

El tono cálido de su voz dio al traste con los esfuerzos de Adriana por aparentar distanciamiento. Tuvo la impresión de que las palabras resonaban en el fondo de su ser, como caricias de un amante en zonas vulnerables. Se sintió doblemente derrotada cuando los nudillos del marqués le rozaron el hombro desnudo. A punto de derretirse de arrobo, logró susurrar unas palabras, pese a los temblores que sentía.

–Sois muy galante, mi señor.

Su delicado perfume sólo era una más de las numerosas tentaciones que Colton se veía obligado a afrontar cuando estaba cerca de la dama. Siempre olía como si acabara de salir de un mar de pétalos de rosa. Si bien habría preferido evitar tales deliciosos ataques a su minado autocontrol, estaba empezando a sospechar que, en comparación, oponer resistencia a las fuerzas de Napoleón había sido un juego de niños.

Aunque plenamente consciente de la locura de demorarse en esas tareas, Colton no pudo resistir la tentación de enderezarle el cuello de la capa y alisar la prenda sobre sus hombros. Tocarla, aun de manera casual, parecía mucho más estimulante para sus deseos libidinosos que cualquier cosa que hubiera experimentado antes con una mujer. Y otro tanto podía decirse de lo que veía cuando estaba detrás de ella. Su estatura le concedía ventaja, pues desde ese ángulo podía examinar en profundidad sus pechos cremosos, una perspectiva que buscaba más de lo que deseaba reconocer. Siempre estaba ansioso por vislumbrar los globos pálidos o los delicados picos rosados apenas visibles entre el encaje que ribeteaba su camisa de raso.

Desde el otro lado de la estancia había tenido la sensación a primera vista de que no llevaba nada debajo del vestido. Aunque sus instintos masculinos se habrían regocijado con tal visión, sabía que Adriana nunca haría algo tan osado. Era una dama refinada, al fin y al cabo. De todos modos, las pocas esperanzas que había alimentado desaparecieron cuando se dio cuenta de que una guarnición de seda color carne revestía el vestido de encaje desde el hombro al dobladillo.

–He oído que Samantha te estaba tomando el pelo –murmuró en su oído, y se acercó más para captar el perfume de rosas que emanaba de su sien. Siempre se le antojaba más delicioso en esa zona que en cualquiera que hubiera descubierto ya, lo cual lo llevaba a pensar que se aplicaba una o dos gotas del perfume cuando terminaba de acicalarse–. No has de temer a Roger si estoy contigo. No dejaré que te haga daño, Adriana.

Una sonrisa vacilante aleteó en los labios de Adriana cuando se volvió a mirarlo. Nadie más que Colton, sus padres y unos cuantos criados de confianza sabían que Roger la había asaltado. Colton ni siquiera se lo había dicho a Samantha, lo cual fue prudente por su parte, porque nunca hubiera sido capaz de fingir amabilidad con el aprendiz.

Si bien Colton hacía todos los esfuerzos posibles por resistir la atracción de aquellas miradas inocentes, notó que su resolución menguaba. Sólo pudo imaginar lo que estaba padeciendo su corazón. En momentos como aquél, tenía motivos para preguntarse por qué había aplazado la petición de mano de la dama. Si era por orgullo, se estaba castigando a sí mismo, pues era incapaz de imaginar a una virgen padeciendo los anhelos que había sufrido en fechas recientes. Y aunque en un diminuto resquicio de su cerebro aún alimentaba la esperanza de conservar su libertad después de haber caído rendido a los pies de la dama durante todo el noviazgo, no le cabía duda de que el momento de la separación sería como arrancarse el corazón y patearlo.

–Será mejor que nos vayamos –dijo con un hilo de voz, combatiendo sus deseos. Se puso a su lado y le ofreció la mano–. El señor Gladstone nos espera bastante pronto.

–Me han dicho que la señorita Felicity lo ha preparado todo tal como hacía su abuelo en Navidades anteriores –contestó Adriana, y fingió una sonrisa alegre mientras intentaba animarse–. Teniendo en cuenta lo abarrotada que solía estar Stanover House en el pasado, tendremos suerte si logramos ver al señor Gladstone, aunque dudo que consigamos intercambiar alguna palabra.

–Creo que por eso nos animó a ir antes –contestó Colton–. Me parece que el anciano os quiere mucho a Samantha y a ti, y no quiere perderse la oportunidad de veros a las dos.

Una sonrisa curvó los labios de la joven.

–Bien, nosotras también sentimos mucho afecto por el señor Gladstone.

–Creo que no eres consciente del efecto que causas en los hombres, querida mía –comentó Colton.

Aunque su sonrisa parecía insinuar que se estaba burlando de ella, nunca había hablado más en serio.

Ella lo miró con el ceño fruncido.

–¿Qué quieres decir?

Colton apartó un rizo rebelde de su mejilla.

–Por mi propia protección, querida mía, lo mejor será mantenerte en la ignorancia de tu atractivo. Cada vez es más difícil resistir tus embates.

La joven lo miró confusa.

–¿Embates? ¿De qué hablas?

–Tal vez te lo explique cuando llegue el momento –dijo Colton, y deslizó la mano debajo de su codo–. Percy y Samantha nos están esperando.

Colton se volvió, para recibir el sombrero de copa de manos de Charles, y ofreció el brazo a Adriana. Una vez fuera, la ayudó a subir al landó, y esperó a que Percy hiciera lo propio con su esposa. Colton subió después de que su cuñado se hubo acomodado. Como de costumbre, el único espacio libre estaba en el lugar más torturante, al lado de la tentadora morena. Si bien semanas antes ya había decidido que debería ir sentado en el pescante al lado de Bentley, no habría sido lo bastante lejos para borrar a Adriana de su conciencia. Cuando se sentó a su lado, casi cerró los ojos extasiado, pues la delicada fragancia enmarañó su mente como una soga de seda. Tan firme que se había mostrado en la guerra, y siempre que estaba con Adriana su resolución se desvanecía, aunque lo más correcto sería decir que su corazón se derretía en la mano de la dama.

Apenas el landó partió de Wakefield Manor, Samantha apoyó una mano sobre la rodilla de su hermano.

–Percy y yo hemos de anunciar una cosa.

Los faroles exteriores arrojaban luz suficiente al interior del carruaje para iluminar la amplia sonrisa de Colton.

–Vais a vender vuestra casa de Londres para mudaros a una más grande.

Su hermana lo miró estupefacta.

–¿Cómo lo sabes?

–Percy me lo ha dicho antes, poco después de que llegasteis.

Samantha agitó la cabeza y miró de reojo a su risueño marido.

–No sé qué voy a hacer con él –protestó en broma–. Nunca ha sido capaz de guardar un secreto.

–Díselo –la urgió Percy, al tiempo que le apretaba la mano–, o lo haré yo.

–¿Decirnos qué? –preguntó Adriana, que intercambió una mirada de curiosidad con Colton.

–Estoy encinta –anunció con orgullo Samantha, y esta vez arrancó un grito de alegría a su hermano, que se apresuró a estrechar la mano de su cuñado.

–¡Eso es maravilloso, Samantha! –exclamó Adriana, muy contenta de repente.

–Felicidades a ambos –dijo Colton–. ¿De cuánto?

–Unos tres meses.

Calculó el tiempo en su cabeza.

–Así que el bebé nacerá en...

–Yo diría que a mediados de mayo, o tal vez en junio –terminó Samantha por él, antes de reclinarse con una sonrisa radiante.

–¿Lo sabe madre? –preguntó Colton.

–Corrí arriba nada más llegar a Randwulf, y se lo dije mientras los hombres estabais disfrutando de una libación en la sala de estar.

–Estoy seguro de que estará emocionadísima por la perspectiva de ser abuela.

–Por supuesto –asintió Samantha, como si fuera lo más normal del mundo. Sonrió–. Teniendo en cuenta el tiempo que llevamos Percy y yo casados, mamá casi había perdido la esperanza de que tal acontecimiento fuera posible; pero ahora la noticia de que habrá un bebé en la familia ha encendido una chispa de vida en sus ojos. Supongo que querrá tantos como Adriana y yo podamos dar a luz, de manera que acaba pronto el noviazgo, Colton, para que mamá tenga otro nieto después de que nazca el nuestro.

Adriana, muy avergonzada, volvió la cabeza hacia la ventana, mientras luchaba contra el escandaloso rubor de sus mejillas. Ojalá su amiga no fuera tan atrevida con esos asuntos en presencia de su hermano. Verse empujado a casarse con ella impulsaría al hombre a huir a otra parte del mundo, como había hecho cuando su padre le había presentado la propuesta de compromiso matrimonial.

Como era difícil permanecer indiferente a la idea de que Adriana se quedara embarazada, Colton forzó una sonrisa en deferencia a su hermana, pero se preguntó cómo reaccionaría su madre si en un futuro muy cercano olvidaba sus reservas y se saltaba las barreras del protocolo, en su creciente deseo por hacer el amor con Adriana. Su autocontrol estaba tan deteriorado, que no le costaría gran cosa pasar el punto de no retorno. Cada día que transcurría veía debilitarse más y más su voluntad. Un paso en falso, y se precipitaría de cabeza al matrimonio después de tomar su virginidad.

–Jane Fairchild es cariñosa y graciosa como un ángel –susurró Samantha, poco después de que la vivaracha mujer los invitó a entrar en casa del fabricante de tejidos–. Pero, la verdad, creo que su hija se ha convertido en una bruja desde que la conocimos. Juro que la mirada de Felicity es tan penetrante, que nos va a practicar un agujero en el cuerpo, Adriana. Parece una víbora a punto de atacar.

–Chist, alguien podría oírte –advirtió su amiga, al tiempo que le apretaba los dedos.

Miró a su alrededor para ver si podía detectar un aumento de interés en los rostros de quienes las rodeaban. Al no encontrar pruebas de ello, experimentó una oleada de alivio.

–Considerando que Felicity acaba de entornar los ojos –replicó Samantha–, no me extrañaría que me hubiera leído los labios. Las brujas son así, ya sabes.

–Tal vez deberíamos reunirnos con los hombres arriba y presentar nuestros respetos al señor Gladstone, antes de que termine agotado. Jane dijo que no se encontraba muy bien esta noche, de modo que tanta compañía no le conviene. Si Colton y Percy aceptan la idea, tal vez deberíamos retirarnos pronto. No parece que a Felicity le agrade nuestra presencia, y prefiero no tener que sentirme en deuda con ella.

Samantha lanzó otra mirada a la rubia y se estremeció. Sintió que un escalofrío le recorría el cuerpo. No recordaba haber sido nunca víctima de miradas más emponzoñadas.

–¿Qué hemos hecho para merecer esas dagas aceradas? Aunque pensamos que le hacíamos un favor cuando la invitamos a nuestra excursión, ahora parece que esté resentida con nosotras.

–Creo que su resentimiento, querida amiga, está relacionado con el contrato que tu padre concibió.

Una vez más, mientras miraba de reojo a la persona que, por un extraño giro de los acontecimientos, se había convertido en enemiga de ambas, Samantha no encontró otra explicación al cambio operado en la mujer.

–Porque tú tienes a Colton y ella no, quieres decir. Como si alguna vez hubiera tenido alguna posibilidad con mi hermano.

–Yo no tengo a Colton –la corrigió Adriana–. Es un hombre libre e independiente.

–Bien, si puedo descifrar las miradas de Felicity, yo diría que todo el mundo cree que lo tienes en el bolsillo, y que ha escuchado los rumores.

–Pues todo el mundo se equivoca. Subamos antes de que me enfade por tu constante insistencia en que es como si Colton y yo estuviéramos prometidos. Y, a propósito, ojalá no te expresaras con tanta libertad sobre ser la madre de sus hijos en mi presencia. Estoy segura de que lo avergüenza tanto como a mí.

–Lo dudo –replicó Samantha, mientras seguía a Adriana al vestíbulo–. Creo que nada lo avergüenza. Lo más probable es que su costumbre de considerar el mundo como parte de un ejército de hombres lo haya hecho inmune a casi todo.

Adriana se volvió hacia su amiga algo sulfurada.

–En tal caso, yo no lo soy, desde luego, y si insistes en ese tipo de conversaciones, me negaré a ir contigo adonde sea con Colton presente. Por lo tanto, te insto a que dejes de azuzarlo a casarse conmigo. Si no pierde los estribos, yo sí que los perderé.

Samantha se encogió de hombros, como desechando la amenaza de la joven, y miró a todas partes excepto a su amiga.

–Eres demasiado sensible al respecto, eso es todo.

Adriana exhaló un suspiro de frustración por lo que consideraba una total indiferencia hacia su recato.

–Yo podría decir que tú eres demasiado insensible, querida mía, pero dudo que sirviera de algo –replicó.

Samantha miró de reojo a su amiga, y luego volvió a mirarla con igual celeridad. Cuando fijó la vista en la punta de la nariz de Adriana, empezó a reír.

–Creo que la mirada de Felicity te ha dejado una marca. De lo contrario, traviesa muchacha, has estado jugando con hollín. Lo sepas o no, llevas una mancha oscura en la nariz. Espero que no sea tu temperamento de bruja aflorando una vez más.

Adriana, consternada, bajó la vista hacia su mano enguantada y descubrió que había una mancha oscura de tinta en la piel, cerca de las yemas de los dedos. Recordó el libro de invitados abierto sobre una mesa próxima a la puerta principal, y supuso que la dama de edad avanzada que había entrado antes que ellas había derramado sin querer un poco de tinta. Se quitó los guantes.

–Date prisa, limpia la mancha antes de que alguien más la vea y piense que me ha crecido una verruga o algo peor en la nariz.

–Las verrugas son muy propias de las brujas –bromeó Samantha.

Adriana suspiró, exasperada.

–¿Vas a hacer el bufón o me echarás una mano, para variar?

Samantha volvió a encogerse de hombros con expresión plácida.

–No tengo con qué limpiarla.

Adriana alzó los ojos hacia el cielo como implorando paciencia, y después, mascullando algo acerca de «ciertas personas testarudas», rebuscó en su bolso incrustado de joyas el pañuelo ribeteado de encaje.

–Volviendo a nuestra conversación de hace unos momentos, lady Burke, este noviazgo no fue idea de tu hermano. Lo obligaron a ello. Sólo le darás más motivos para rebelarse si insistes en tus sugerentes comentarios sobre mi embarazo. Si no desistes, podría sentir la tentación de abandonar Randwulf Manor, como ya hizo antes.

–¡Bah! Esta vez, Colton se casa, tanto si se da cuenta como si no. Ya no es tan joven y, si pretende engendrar una dinastía, sería mejor que empezara de inmediato, en lugar de limitarse a pensarlo. Puede que pierda la oportunidad. Lo cual me recuerda algo. Me han dicho que lord Harcourt está ampliando sus aposentos personales para incluir un lujoso cuarto de baño. Las cotillas están fuera de sí, y creen que planea casarse sin que nadie se entere. –Samantha miró con suspicacia a su amiga–. ¿Sabías algo al respecto?

–No, claro que no –contestó Adriana, al tiempo que sacaba el pañuelo del bolsillo y se limpiaba la nariz–. ¿Cómo quieres que lo sepa?

–Porque, querida amiga, eres la única por la que ha mostrado interés durante más de un año. No ha ocultado que te deseaba como marquesa. ¿Le dijiste que estabas atada por un contrato de compromiso?

–¿Se ha ido la mancha? –preguntó Adriana, sin hacer caso de las preguntas de Samantha.

–No, tontita, sólo has conseguido empeorarla. Dame el pañuelo. Yo la limpiaré.

Adriana se sometió a los cuidados de su amiga y esperó pacientemente a que le limpiara la mancha. No fue tarea fácil, pues tuvo la sensación de que le estaba arrancando la piel junto con ella.

–Tu nariz ya está bien..., de no ser por ese tono rojo brillante –bromeó Samantha, y luego rió cuando su amiga gruñó irritada–. Tampoco está tan mal; pero, a cambio de los servicios prestados, has de decirme todo lo que sabes sobre los planes de matrimonio de lord Harcourt.

–No tengo ni idea de cuáles son sus intenciones. Pregúntaselo, si sientes tanta curiosidad. Seguro que te lo dice, si eres tan atrevida de planteárselo.

Como prefería no contestar a más preguntas, Adriana se volvió con brusquedad y siguió subiendo la escalera, sin hacer caso de los murmullos de Samantha.

–Te muestras muy reservada sobre este asunto –se quejó su amiga, pisándole los talones–. Tal vez debería poner sobre aviso a Colton...

Adriana resopló para sus adentros. ¡Como si eso pudiera servir de algo!

–Adelante, tal vez decida que Riordan lo sustituya en el noviazgo.

–¿Riordan? –repitió Samantha con incredulidad–. ¿Ahora lo llamas Riordan?

Adriana se encogió de hombros sin comprometerse, pese a que tenía ganas de propinarse una patada por el desliz.

–¿Acaso no llamo a tu hermano Colton?

–Eres casi su prometida –afirmó Samantha–. Espero que no haya lo mismo entre tú y Riordan.

Habían llegado al último tramo de escalera, cuando Adriana alzó la vista y casi lanzó un grito de alarma al ver a Roger. Estaba detenido varios peldaños por encima de ella, y le dedicó una sonrisa perezosa mientras la repasaba de pies a cabeza.

–Buenas noches, señor Elston –saludó Adriana con altivez, y odió el temblor de su voz.

La conmoción de aquella noche la asaltó de nuevo y casi le robó el aliento. Experimentó la sensación de que la desnudaba con los ojos.

–Es un placer volver a veros, mi señora –dijo el joven, como si nunca hubiera pensado en violarla–. Espero que estéis bien... y feliz.

Adriana se preguntó si él percibía una extraña emoción en su expresión, pues ladeó la cabeza con aire pensativo mientras la examinaba. Se esforzó por comunicar alegría y despreocupación.

–Sí, muy feliz, por supuesto, gracias. ¿Y vos?

–Bastante bien, dadas las circunstancias.

–Lo siento, me enteré de que vuestro padre estaba enfermo, y sé que debéis de estar muy preocupado. Permitidme que os ofrezca mis plegarias y mejores deseos de una rápida recuperación.

El hombre inclinó la cabeza en señal de agradecimiento.

–Sois tan bondadosa como siempre, mi señora, pero no me refería a su enfermedad, sino a la mía...

Adriana frunció el ceño, confusa, y lo inspeccionó un instante, pero no detectó señales de afección alguna.

–¿Habéis caído víctima de alguna enfermedad, por ventura?

La sonrisa de Roger fue tan fugaz como tensa.

–Temo que se trata de mi corazón, mi señora. Ha sido herido de gravedad, y temo que nunca curará.

–Oh.

El joven enarcó una ceja y le dirigió una sonrisa dubitativa.

–¿Nada más que decir, mi señora?

–¿Qué hay que decir, señor Elston?

–¿Y vuestro noviazgo con lord Randwulf? ¿Va bien?

–Pues sí, claro... Quiero decir..., muy bien.

Roger se dio unos golpecitos en la barbilla con un nudillo, mientras la estudiaba durante un largo momento.

–¿Por qué presiento que algo no va bien, mi señora? Vuestro adorable rostro no se ve tan radiante como en el pasado. ¿Debo pensar que vuestro noviazgo está fracasando? ¿No sois feliz con el marqués?

–Por supuesto que sí. ¿Cómo osáis hacer tal preg...?

Calló de repente cuando intuyó la presencia de alguien en el rellano, y al levantar la vista descubrió a Colton mirándola con una solemnidad que no había visto en él desde el día de su llegada. Era evidente que había estado vigilando como un guardián, en el caso de que Roger se comportara de manera indebida. No era menos evidente que había escuchado hasta la última palabra de su conversación. En el momento siguiente, sus ojos se clavaron en los de Adriana, hasta que ésta pensó que no podría soportar su minuciosa inspección sin huir como una cobarde. Tuvo la impresión de que sondeaba las profundidades de su mente.

Roger siguió su mirada y dedicó una débil sonrisa al noble.

–Puede que la ley os conceda derecho sobre lady Adriana, mi señor; pero, a juzgar por las apariencias, da la impresión de que ese derecho no ha apaciguado el corazón de la dama.

Sonrió con satisfacción cuando Colton frunció el ceño, y siguió bajando la escalera, con especial cuidado de no hacer movimientos imprudentes al pasar junto a Adriana. Un momento después, desde el salón delantero, Felicity anunció su presencia atrayendo la atención de una mujer hacia su «apuesto acompañante». Adriana se quedó donde estaba, clavada al suelo por la mirada analítica de Colton.

Cuando Samantha apoyó una mano en su brazo, Adriana recordó que subían a ver al anciano. Ascendió a toda prisa y, al llegar al rellano, Colton se adelantó para enlazarle el brazo y dejó que su hermana los precediera, mientras Percy salía al rellano para esperarla con la mano extendida. Colton entró con Adriana en el dormitorio del fabricante de tejidos.

–Señoras –exclamó Samuel Gladstone con voz ronca cuando vio al hermoso par. Extendió una mano hacia cada una–. Es un gran placer veros de nuevo. Sois como rayos de sol que bañan mi sombría habitación.

Cuando unas damas se apartaron para permitir pasar a las jóvenes, Adriana y Samantha dejaron a sus acompañantes y se quedaron una a cada lado de la cama del anciano. Aceptaron sus manos extendidas, las apretaron con cariño y se agacharon para besar las pálidas mejillas del enfermo.

–Estáis tan guapo como siempre –informó Adriana al anciano, con ojos tan brillantes como su sonrisa.

Los ojos azules del hombre centellearon.

–Ay, mi señora –la reprendió–, no llenéis mi dolorida cabeza con bonitas mentiras, pero de todas formas os agradezco vuestra gentileza. Vuestras visitas siempre alegran este viejo corazón.

–En ese caso, tendremos que venir más a menudo, ¿no? –sugirió Samantha, mientras apretaba su mano con afecto–. Pero os advierto, podríais acabar aburrido de nosotras.

El señor Gladstone rió.

–Lo dudo, lo dudo. –Volvió la cabeza hacia un anciano de cara arrugada que se hallaba de pie detrás de Adriana y le guiñó un ojo al tiempo que señalaba a las jóvenes–. Ay, Creighton, amigo mío, ¿no te parte el corazón que estas damas no te hagan el menor caso?

–No intentes darme celos, Sam –lo riñó el hombre, y su amplia sonrisa reveló unos dientes escasos y torcidos–. Soltero durante tantos años, y ahora me doy cuenta de lo que me he perdido.

Entre las carcajadas provocadas por el comentario, Adriana se tambaleó hacia atrás cuando Felicity se abrió paso con rudeza hasta la cama del anciano. Otra espina clavada en su costado era que su propio abuelo estuviera también prendado de la dama. Adriana había logrado conquistar el corazón de todos los caballeros, pero Samuel Gladstone se decantaría sin duda por su nieta. Ansiosa por demostrarlo, Felicity tomó la mano del hombre y trató de besar su áspera mejilla.

El señor Gladstone apartó la cara al punto y alzó una mano para frustrar sus intentos.

–Nada de tonterías ahora, después de que te has empeñado en hacer caso omiso de mi existencia desde que pedí a tu madre que se encargara de la pañería –rugió–. No aceptaré muestras de afecto delante de los invitados. No conseguirás hacerme olvidar todos tus desaires. He llegado hasta aquí sin tus arrumacos, así que puedo pasar sin ellos el poco tiempo que me queda de vida. Dedícate a tus asuntos, muchacha.

–¡Abuelo! ¿Qué estás diciendo? He estado muy ocupada preparando esta fiesta para ti. No he tenido tiempo que dedicarte –insistió Felicity, con el rostro inflamado por la feroz reprimenda. Se inclinó hacia delante, expectante–. Deja que te bese, y así sabrás lo mucho que te quiero.

–No quiero nada de ti –masculló el anciano, y se tapó la cara con la sábana para impedirle el acceso.

Felicity se esforzó por mantener la dignidad cuando retrocedió. Se encaminó hacia la puerta, donde su madre se había detenido.

–Cada día está más senil –se quejó Felicity–. No sé qué vamos a hacer con él.

–La senilidad no tiene nada que ver con esto –replicó Jane Fairchild–. No puedo culparlo. Si no hubieras sido tan mordaz cuando te pidió que me ayudaras, no te habría desairado a su vez. Quien siembra vientos recoge tempestades.

–Ahora ya sé de quién aprendiste tus sucios trucos –dijo con ira Felicity, y salió de la habitación con la espalda tan tiesa como una tabla de roble. Unos momentos después, la puerta principal se cerró con estrépito, anunciando su airada salida de la casa.

Colton se acercó a la cama y animó a Samuel a bajar la sábana. El anciano le dirigió una mirada inquisitiva cuando enlazó el brazo de Adriana, y entonces una lenta sonrisa se formó en los labios de Samuel Gladstone.

–¿De modo que habéis vuelto de las guerras para agenciaros la doncella más bella de todo Essex? –dijo el hombre riendo–. No puedo decir que os culpe. Yo también la elegiría si fuera hermano de lady Samantha y lady Adriana accediera.

–Traeré a las dos damas la próxima vez que venga a veros –prometió Colton–. Da la impresión de que su presencia os reanima.

–Venid a menudo –los urgió el señor Gladstone–. Soy un pobre viejo enfermo que necesita muchos cuidados.

Colton echó la cabeza hacia atrás y lanzó una carcajada.

–Sí, lo haré, para asegurarme de que animaréis nuestras vidas durante muchos años.

Al finalizar su salida juntos, la dispersión de los ocupantes del landó fue muy distinta de la habitual. Como la mansión rural de los Burke estaba más lejos que Randwulf Manor de Bath, Bradford-on-Avon y todos los demás lugares a los que solían ir, la pareja casada solía indicar al cochero que los dejara en la mansión Wyndham, desde donde se marchaban en el landó de Colton para recoger a Adriana en Wakefield Manor, que estaba todavía más cerca de las zonas que frecuentaban. En consecuencia, Adriana siempre había sido la primera en volver a su casa. Sin embargo, poco después de que los cuatro cenaron en una posada cercana a Bradford-on-Avon, resultó evidente que Colton tenía otros planes en mente para la noche, porque ordenó a Bentley que no se detuviera en Wakefield, sino que fuera de inmediato a Randwulf Manor, donde aguardaba el carruaje de los Burke.

Samantha estaba muy animada por los acontecimientos de la velada, y, aunque jamás lo habría admitido a Roger, veía motivos para estar agradecida a los comentarios del fabricante de tejidos, porque no cabía duda de que habían hecho temblar la empecinada confianza de Colton en sí mismo. Esperaba que produjeran los resultados que anhelaba ver, es decir, la proposición de matrimonio de su hermano. Aun así, no podía evitar compadecerse de Adriana, que parecía muy inquieta por el cambio ordenado por Colton.

Cuando el vehículo se detuvo ante Randwulf Manor, Colton bajó un momento y se despidió con cordialidad de su hermana y su cuñado. Habló en voz baja con Bentley un momento, y después volvió a subir al landó.

Adriana reparó al punto en los esfuerzos de Colton por lograr un poco de intimidad, y en el hecho de que había optado por sentarse a su lado en lugar de enfrente. Sus ojos grises brillaron a la luz de los faroles del carruaje, mientras la examinaba durante un larguísimo momento, lo cual aumentó la tensión de Adriana hasta un grado insostenible.

–¿Pasa algo? –preguntó con voz temblorosa.

Incluso a la escasa luz, su belleza sin parangón constituía un imán del que Colton no podía apartar la vista.

–Nada que no pueda remediarse, Adriana. Sólo quería hablar contigo en privado unos momentos. No hemos podido hacerlo mucho estos últimos días, y he pensado que esta noche era necesario.

–¿Por qué esta noche?

Colton reflexionó en la mejor forma de abordar el tema. Si bien en los recovecos de su mente había presentido que algo preocupaba a Adriana desde hacía semanas, había necesitado que Roger Elston le hiciera ver que sus sonrisas habían perdido calidez.

–Estoy preocupado por lo que Roger ha dicho esta noche.

Adriana forzó una carcajada nerviosa.

–No deberías dejar que eso te preocupara, Colton. Has de saber que desea vengarse como sea de ti. Lo que dijo fue una estupidez.

El marqués guardó silencio un largo momento.

–¿Debo entender que estás descontenta conmigo o con el noviazgo? –le preguntó a bocajarro.

–No –gimió la joven, y luego se encogió de rabia, con el temor de haber sonado como Melora cuando era incapaz de superar cualquier adversidad sin importancia. Apartó la cara, avergonzada, y desvió la vista hacia las colinas lejanas iluminadas por la luna. El hecho de que iban en dirección contraria a su casa no había escapado a su atención–. ¿Cómo puede haber alguna mujer descontenta contigo, Colton? Si puedo deducir algo de los incontables rumores que circulan, te has convertido en el sueño de todas las damas de los alrededores.

–¿Es eso lo que sientes por mí?

Adriana gimió para sus adentros. Si supiera el miedo que sentía de perderlo, ni siquiera se le habría ocurrido hacer esa pregunta.

–Siempre te he tenido en la más alta estima.

–¿Incluso cuando me fui de casa?

En lugar de enfrentarse a su mirada inflexible, Adriana clavó la vista en el regazo y empezó a juguetear con las cuentas de su bolso.

–Debo admitir que, incluso a una edad tan temprana, me sentí profundamente herida por tu furioso rechazo a considerarme adecuada como futura esposa, Colton. Algunas jóvenes alimentan la fantasía de un apuesto caballero con esplendorosa armadura, y sueñan con que uno las desposará y llevará a algún lugar maravilloso. Mi fantasía se partió en pedazos el día que te marchaste. El hecho de que siempre habías sido mi héroe hizo que tu rechazo me resultara aún más penoso, pero has de recordar que sólo era una niña y no entendí tu ira.

–Mírame, Adriana –dijo el marqués; pero, cuando ella obedeció, frunció el ceño en señal de perplejidad. Las lágrimas que brillaban en las largas y sedosas pestañas eran difíciles de pasar por alto. Apoyó una mano en su mejilla y secó una gota con el pulgar–. ¿Qué te preocupa hasta el extremo de hacerte llorar?

Avergonzada porque era incapaz de contener sus sentimientos, Adriana respondió con una frenética sacudida de cabeza.

–¡Nada!

La mano de Colton descendió hacia la blanca garganta, y se maravilló del veloz pulso que sentía bajo su palma. Estaba mucho más turbada de lo que quería admitir.

Acarició con el pulgar la delicada estructura de su barbilla.

–Hace días que no llueve, Adriana, pero puedo ver con claridad que tus pestañas están húmedas. Si no son lágrimas, ¿qué quieres que crea que son? ¿Partículas de nieve?

Adriana se dio cuenta de que sus sentimientos amenazaban con romper sus límites y quiso volverse, pero la mano siguió apoyada sobre su garganta, negándole la huida. Lo único que pudo hacer fue someterse a su mirada escrutadora.

–Dime por qué lloras, por favor –murmuró el hombre en tono suplicante.

La joven se secó con brusquedad los regueros de lágrimas que resbalaban por sus mejillas, irritada consigo misma por mostrarse vulnerable delante de él.

–Por favor, Colton, déjame marchar.

–Lo haré cuando me digas las razones de tu abatimiento.

Adriana abrió el bolso y buscó el pañuelo, pero sin éxito, porque ya no estaba allí. Recordó entonces que Samantha no se lo había devuelto.

–No tengo ganas de hablar de esto ahora –murmuró, y cerró de nuevo el bolso–. Mis lágrimas no tienen nada que ver con nuestro noviazgo.

Colton apartó la mano de su garganta y extrajo un pañuelo limpio del bolsillo interior de su levita, que le entregó a continuación.

–Al contrario, Adriana. Creo que nuestro noviazgo es el motivo principal de tu tristeza, y si quisieras explicarme qué ocurre, te estaría muy agradecido...

La joven negó con la cabeza.

Un profundo suspiro escapó de los labios de Colton.

–No insistiré más, Adriana. Si tus padres saben por qué te sientes tan desdichada, ellos me lo dirán.

–Por favor, Colton, no los angusties –rogó Adriana, secándose las lágrimas–. Les preocuparía saber que estás disgustado conmigo. Llévame a casa y déjame con mi desdicha. No se trata de nada grave.

–Pero para mí sí lo es, Adriana –replicó él–, y si yo estoy disgustado, es porque tú lo estás, pero soy incapaz de imaginar qué te ha turbado. Además, después de la agresión de Roger, no puedo dejarte en este estado en Wakefield Manor sin despertar las sospechas de tus padres. Tal vez piensen que te he seducido...

La joven lanzó una carcajada reprimida al punto.

–Oh, podría convencerlos sin problemas de que te has comportado como un perfecto caballero, tan perfecto que ardes en deseos de que nuestro noviazgo acabe. La triste verdad es que nada ha cambiado desde que te fuiste de tu casa para escapar de la voluntad de tu padre. –Clavó la vista en sus dedos entrelazados–. No sientes más afecto por mí hoy que entonces.

–Eso no es cierto, Adriana –protestó Colton, y se preguntó cómo reaccionaría la dama si le confesaba con cuánta frecuencia despertaba de sus sueños como un animal en celo, debido al acuciante deseo de hacerle el amor.

Adriana se sonó con el pañuelo, y después, con voz temblorosa a causa de las lágrimas, declaró:

–No me gusta esta pantomima, Colton, y he decidido que lo mejor es liberarte de tu compromiso. A partir de esta noche, puedes seguir tu vida sin preocuparte por nuestro noviazgo. Ya me he cansado. De hecho, ya no puedo soportarlo más. Me está rompiendo el corazón, y soy incapaz de continuar.

–No te comportas de una manera racional, Adriana –dijo Colton. Apoyó una mano en su brazo en un intento de calmarla–. Por favor, mi amor, mañana no pensarás igual.

–¡Ni hablar! ¡Me sentiré exactamente igual que ahora! –gritó la joven, al tiempo que se liberaba de su mano. Su voz se quebró debido a la emoción–. ¡Por favor! No me llames amor. Yo no soy tu amor..., ni lo he sido nunca.

–Adriana, por el amor de Dios... Sé razonable –suplicó Colton, y trató de atraerla hacia él.

–Te estoy liberando de tu compromiso, Colton –insistió ella–. No hay nada más que decir. ¡El noviazgo ha terminado!

Colton lanzó una enérgica protesta.

–No puedes eximirme de las obligaciones para con mi padre...

–¡Ya lo creo que sí! –persistió Adriana con voz aguda–. No quiero continuar con esta farsa. Está acabando con mis nervios.

–Es evidente que ver a Roger te ha alterado –razonó Colton, y se reclinó en su asiento–. Un ponche bien cargado ayudará a calmarte. Diré a Charles que te prepare uno en cuanto lleguemos a Wakefield.

–¡No lo tomaré!

Haciendo caso omiso de su negativa, Colton apoyó la barbilla en un dedo y clavó la vista en la oscuridad.

–Tengo la intención de hablar de este asunto con tu padre, Adriana –anunció–. Si estás disgustada por culpa de Roger, estoy seguro de que tus padres convendrán en que ambos hemos de evitar cualquier lugar en que exista la más remota posibilidad de encontrarnos con ese hombre.

–¡No quiero que hables de nada con ellos! ¿Es que no lo has entendido?

El marqués enarcó una ceja y la miró de nuevo.

–¿Debo entender, queridísima Adriana, que sólo estás disgustada conmigo?

–No soy tu queridísima. ¡No... no me llames así!

–Todo lo contrario, tú eres mi queridísima, mucho más mía que de cualquier otro, te lo advierto –afirmó Colton con determinación, y recibió una mirada asesina como respuesta.

–No voy a hablar más contigo, Colton Wyndham.

–No es necesario, querida mía. Soy muy capaz de hablar de este asunto con tu padre, largo y tendido, si es preciso. Por lo que yo sé, te he tratado con toda la deferencia de un fervoroso pretendiente, sin darte motivos para estar irritada conmigo. No obstante, parece todo lo contrario. Sólo espero que tu padre pueda decirme qué más esperas de mí, porque en este momento me siento muy desconcertado.

Adriana lo fulminó con la mirada en la penumbra.

–¡Te prohíbo que hables con mi padre!

Colton extrajo el bastón, que apenas utilizaba ya, de su nicho contiguo al asiento y golpeó con él el techo del carruaje, antes de dedicar a la beldad una fugaz sonrisa.

–No obstante, querida mía, ésa es mi intención..., con tu permiso o sin él.

Adriana decidió dar la espalda a su tozudo pretendiente, pero se encontró retenida por su propia capa, trabada en el terciopelo del asiento. Cuando los lazos amenazaron con estrangularla, se vio obligada a aflojarlos. Tras desembarazarse de la prenda, se arrimó a la puerta en un intento por distanciarse de su acompañante, aunque resultó ser más una separación mental que física.

–Puedes fingir indiferencia hacia mí, si así lo deseas, Adriana, pero te prometo que no cambiará nada. Tengo la intención de hablar con tu padre, hasta solucionar este asunto de una vez por todas. No deseo terminar nuestro noviazgo, a menos que él tenga motivos para creer que tu desprecio por mí me resultará insoportable.

Cuando Bentley frenó por fin los caballos ante la fachada de piedra gris de Wakefield Manor, Colton bajó al punto y se volvió para ayudar a la dama, pero Adriana rechazó su invitación con un elocuente movimiento de cabeza. Nada más abrir su puerta, dio una patada al estribo y descendió de una forma indigna de una dama. En cuanto oyó las maldiciones que mascullaba Colton mientras rodeaba el carruaje, la joven se volvió en dirección contraria y corrió hacia los caballos. En sus prisas por huir, no se dio cuenta de que los dobladillos de su camisa y vestido se habían enganchado en el estribo metálico, con lo cual empezó a perder ambas prendas cuando se alejó a toda prisa.

En cuanto dio la vuelta al vehículo, Colton reparó al punto en lo sucedido. En circunstancias más íntimas, habría admirado el trasero apenas cubierto de la dama, pero era contrario a la idea de que Bentley disfrutara del mismo privilegio.

Mientras maldecía mentalmente la falta de agilidad de su pierna herida, corrió con todas sus fuerzas para impedir la huida de su novia.

–¡Para, Adriana! –gritó–. ¡Estás perdiendo la ropa!

La cogió del brazo, y enseguida recibió un golpe del bolso incrustado de pedrería.

–¡Aléjate de mí! –chilló la joven.

–¡Maldita sea, Adriana, escúchame! –bramó el marqués irritado, al tiempo que levantaba una mano para parar otro golpe.

Adriana movió en círculos el bolso, sin darse cuenta de que también se había liberado del estribo.

–¡Marchaos, señor, antes de que pierda la paciencia!

Colton le aferró la muñeca.

–¡Basta de tonterías, Adriana! Debo decirte...

Ella se soltó con un rugido de rabia, y al instante se quedó convencida de que había dejado un buen trozo de piel en la presa de Colton. No le extrañaría descubrir más tarde su muñeca contusionada.

–Déjame en paz, Colton Wyndham. No tengo nada más que decirte.

–Por el amor de Dios, Adriana, escucha...

–¡Bentley!

La joven miró hacia atrás, pero descubrió que ya había atraído la atención del boquiabierto cochero.

–¿Sí, mi señora? –preguntó el hombre con cautela.

–Si sientes algún afecto por tu amo, será mejor que lo lleves a su casa. Y en el caso de que deseara volver aquí mañana o en cualquier otro momento posterior, haz el favor de no obedecerlo. Tal vez lo salves así de que le atraviesen la pierna izquierda de un tiro.

–Sí, mi señora –contestó con docilidad el sirviente, pero no hizo el menor intento de seguir sus instrucciones.

Bentley hundió todavía más la cabeza en la chaqueta y dejó que el problema se resolviera por sí solo, pues ya había aprendido que, en momentos como aquellos, era mucho mejor fingir sordera y retrasar la ejecución de tales órdenes.

–¡Maldita sea, Adriana! –gritó Colton. Cuando ella se dispuso a asestarle otro golpe de bolso, le aferró la mano. Indicó su falda con gesto airado–. ¡Te has destrozado la ropa, y en este mismo momento estás enseñando el trasero a Bentley!

Adriana lanzó una exclamación de asombro, al darse cuenta de que sentía frío en la parte posterior. Su mano voló hacia la zona indicada, y gruñó en voz alta cuando se tocó las nalgas apenas cubiertas. Se revolvió en un estrecho círculo y trató de apoderarse del extremo más alejado de su falda desgarrada, pero ésta se resistía a sus esfuerzos.

Realizando un intento heroico por hacer caso omiso de lo que estaba sucediendo, Bentley se tapó los ojos con una mano y alzó los hombros para elevar el cuello almidonado de su chaqueta. De esta forma, apenas oyó nada, pero ello no apagó las carcajadas que lo sacudían de vez en cuando.

Adriana reparó en la discreción del cochero y desistió de intentar preservar su recato. Indiferente a lo que Colton pudiera ver, se encaminó hacia la mansión. Al fin y al cabo, la había visto desnuda de pies a cabeza en dos ocasiones anteriores.

De repente, se encontró ante el enfurecido marqués, el cual, pese a sus pasados impedimentos, se le había adelantado en su ansia de detenerla. Le cortaba el paso con los brazos en jarras.

Adriana exhaló un suspiro y se volvió hacia el cochero.

–Bentley, ¿te das cuenta de que tu amo me está molestando?

El cochero entreabrió apenas los dedos para mirar a la dama sin que el recato de ésta se resintiera.

–Bien, yo... Quizá no, mi señora.

–Da la impresión de que tu amo se está comportando de una manera muy imprudente. Si te importa en algo su pellejo, será mejor que lo arrastres al interior del coche antes de que vaya a buscar mi pistola. Lamentaría hacerle más daño del que sufrió en la guerra. ¿Me has entendido?

–Sí, mi señora.

Bentley decidió que no debía hacer caso omiso de la amenaza, teniendo en cuenta que la joven, de pequeña, había abofeteado a su amo e incluso le había hinchado un ojo, cuando se cansó de sus chanzas. Bajó del asiento y corrió hacia el marqués, procurando desviar la vista del vestido desgarrado.

–Mi señor, ¿no creéis que deberíamos marcharnos ya? Su señoría parece muy enfadada con vos. Tal vez cuando se calme, podríais...

–¡Maldita sea, Bentley, esto no es asunto tuyo, de manera que déjame en paz! –bramó Colton–. ¡Vuelve al carruaje, que es donde debes estar!

–¡No lo riñas a él! –gritó Adriana, y descargó una vez más el bolso, que en esta ocasión alcanzó a Colton en el ojo y lo obligó a retroceder dando tumbos, sorprendido.

–¿Qué está pasando aquí? –vociferó una voz masculina desde la puerta principal.

Adriana dio media vuelta y se lanzó a los brazos abiertos de su padre. Sepultó la cara en su pecho y liberó un caudal de lágrimas.

Muy preocupado por el bienestar de su hija, Gyles dirigió una mirada ominosa al joven que avanzaba tambaleante hacia ellos.

–Señor, si habéis hecho daño a mi hija de alguna manera, os aseguro, seáis marqués o no, que no viviréis para lamentarlo. Esta vez, yo en persona me ocuparé del asunto.

Colton intentó enfocar su vista borrosa en el enfurecido conde.

–Por lo que he podido deducir de las palabras farfulladas por vuestra hija, lord Gyles, creo que el problema es justo el contrario.

Os juro que no me he apartado ni un milímetro del código de conducta caballeresco, y os la he devuelto indemne.

Adriana tironeó de las solapas de terciopelo de su padre.

–Papá, por favor, dile que se vaya.

–¿Te ha hecho daño, hija?

–No, papá, ni siquiera me ha tocado.

Gyles se llevó una mano temblorosa a la frente y exhaló un suspiro de alivio. Después de la agresión de Roger, se había vuelto muy cauteloso. Pasó un momento antes de que consiguiera recuperar su ecuanimidad. Entonces, continuó interrogándola.

–En tal caso, hija, ¿qué te ha hecho este hombre para que llores tanto?

–No ha hecho absolutamente nada, papá. Se ha comportado como un perfecto caballero...

Colton paseó la mirada entre padre e hija, con una mano apoyada sobre el ojo herido.

–Tal vez ahora, mi señor, empecéis a entender...

Adriana escondió la cabeza contra el pecho de su padre.

–No me quiere más que hace dieciséis años.

–¡Eso no es cierto! –gritó Colton–. La quiero, y mucho en rea...

Se sumió en un brusco silencio e inclinó la cabeza, mientras se preguntaba si la dama le había hecho perder la razón. Lo que había estado a punto de confesar lo llevaría directo al altar, exactamente como su padre había previsto. ¿Es que ya no tenía voluntad?

–Por favor, papá –dijo Adriana sollozando, mientras tiraba de su bata–. Entremos. No quiero volver a hablar nunca más del contrato de lord Sedgwick. Si lord Riordan todavía quiere casarse conmigo, aceptaré su propuesta.

–¡Ni hablar! –rugió Colton, y el anciano frunció el ceño de asombro–. ¡Tengo mis derechos!

Gyles hizo un gesto para aplacar al enfurecido marqués. Ni cuando Colton se había rebelado contra la orden de su padre lo había oído Gyles alzar la voz con una ira tan intensa. Ello le daba motivos para confiar en que amaba a su hija.

–Sería mejor solucionar este asunto más adelante, mi señor, después de que vos y Adriana hayáis tenido la oportunidad de pensarlo con más detenimiento. Al parecer, mi hija está disgustada, y alargar la discusión en este momento sólo aumentaría su desazón. Concededle uno o dos días para calmarse, y volveremos a hablar del tema.

Colton mordió el anzuelo, ansioso por solventar el problema antes de que Adriana hiciera algo que ambos lamentaran más tarde. Samantha le había informado de los rumores relativos a Riordan. Después de oír decir a la muchacha que aceptaría la propuesta del hombre, sus celos se habían desatado hasta extremos inconcebibles. De todos los anteriores pretendientes de Adriana, Riordan era el más temible. Poseía inteligencia, buena presencia y suficiente encanto para robarle la dama. Sólo el contrato que su padre había impulsado años atrás le concedía ventaja sobre su rival, y si ésa era la única arma de que disponía para impedir que la joven se casara con el hombre, la esgrimiría sin descanso antes de permitir que Adriana rompiera el compromiso. Por más que admiraba a Riordan, no albergaba la menor duda de que se convertiría en el peor enemigo del noble si se enfrentaban por el amor de la dama.

–Lord Gyles, aún no habéis escuchado mi versión de los hechos, y debo solicitaros con todo respeto que hagáis oídos sordos a la proposición de Riordan. ¿No tengo más derecho a la mano de vuestra hija que él?

–Seré justo con vos –afirmó Gyles–, no lo dudéis. Sólo os pido que me concedáis un poco de tiempo para hablar con mi hija y escuchar sus motivos de queja para con vos. No la comprometeré con otro hombre hasta que hayáis gozado de todas las oportunidades de expresar vuestras peticiones y quejas.

Aunque Colton no deseaba marcharse, vio con el rabillo del ojo que Bentley le hacía señas de ceder. Lo hizo a regañadientes.

Miró a padre e hija, con una mano sobre el ojo herido, y ejecutó una breve reverencia.

–Hasta más ver.

Colton giró en redondo, caminó hasta el landó y subió. Desde la ventanilla vio que Gyles rodeaba con gesto protector a Adriana y la acompañaba a la casa. La puerta se cerró a sus espaldas, como indicando el fin del noviazgo que Colton había padecido durante los dos últimos meses y pico. El vacío que sentía en su pecho alejó cualquier duda de que ya no podría vivir sin Adriana.

Colton cogió el bastón y golpeó el techo con el mango, para indicar a Bentley que podían marcharse. El vehículo se puso en movimiento, y, en la oscuridad que lo rodeaba, Colton clavó la vista en la penumbra y se apretó el pañuelo contra el ojo herido, en un esfuerzo por detener el lagrimeo incesante.

14

Harrison se cambió el candelabro a la mano izquierda y llamó con los nudillos de la derecha a la puerta de la habitación del marqués. Era muy consciente de que su señoría había regresado a casa de muy mal humor tan sólo un par de horas antes, y después, mucho más temprano de lo habitual, se había recluido en sus aposentos. En circunstancias normales no lo habría molestado, pero el correo le había advertido que la misiva era de gran importancia.

–Mi señor –llamó a través de la pesada puerta de madera–, acaba de llegar un mensajero de Londres, portador de noticias urgentes para vos.

Un estruendo, el ruido de cristales rotos y una maldición precedieron a la petición airada de no entrar hasta nueva orden. En el interior de la habitación, Colton se cubrió el torso desnudo con la sábana. Dudaba de haber cerrado los ojos desde que había bajado la mecha y apagado la llama. Su mente había estado demasiado ocupada repasando las posibilidades que pudieran imposibilitar la continuación de su noviazgo con Adriana y los legalismos que podría utilizar para impedir el fin de su futuro común. No permitiría que lo abandonara, como ahora parecía decidida a hacer. Su corazón se marchitaría de pena.

Con un suspiro, Colton se pasó los dedos por el pelo revuelto y miró las llamas que bailaban en la chimenea y, después, la alfombra sembrada de vidrios. El ojo herido casi se le había cerrado, y no cabía duda de que necesitaría un vendaje si tenía que ir a algún sitio.

–Entra, Harrison –ordenó–. Cuidado donde pisas. Acabo de derribar una lámpara.

–Perdonadme por haberos despertado, mi señor –contestó Harrison cuando entró en la habitación.

–No estaba dormido –lo tranquilizó Colton.

El mayordomo depositó el candelabro sobre la mesa y le entregó la misiva. Colton rompió el sello de lacre, desdobló el pergamino y, después de taparse el ojo con una mano, empezó a leer el contenido del mensaje, mientras el criado recogía los cristales rotos: «La señorita Pandora Mayes está agonizando y os ruega que acudáis a toda prisa».

–He de ir a Londres de inmediato, Harrison –anunció Colton–. Dile a Bentley que prepare el segundo carruaje con los caballos de tiro y traiga otro conductor. Viajaremos deprisa, y no quiero agotar a nuestros mejores animales. En cuanto a los cristales, ya los recogerás más tarde.

–¿Os preparo una bolsa o un baúl, señor?

–Un par de mudas y los efectos esenciales por si me quedo el fin de semana. Con suerte, si me retraso, volvería el lunes por la mañana.

–Eso sería estupendo, mi señor. Estoy seguro de que a vuestra madre le gustaría mucho que estuvierais por Navidad.

–Haré lo posible por regresar a tiempo.

En menos de una hora, Colton estaba en el carruaje y viajaba hacia Londres. Al día siguiente, poco después de amanecer, se hallaban en las afueras de la ciudad, y desde allí Colton dirigió al cochero hacia la casa de la actriz. Cuando por fin se detuvieron ante el edificio, Colton descendió al punto.

–Puede que tarde un rato, Bentley –informó al hombre que había estado durmiendo dentro del coche–. Hay un establo y una posada bajando la calle. Cuidad de los animales y comed algo. Hasta es posible que encontréis un lugar donde descansar durante una hora o así. Si no estáis aquí cuando salga, iré a buscaros a la posada.

–Sí, mi señor.

Colton llamó a la puerta de la residencia de Pandora. Un sacerdote de edad avanzada lo recibió. El hombre miró su vendaje con expresión de sorpresa.

–¿Su señoría?

–Sí, soy lord Randwulf. ¿Fuisteis vos quien envió la nota?

–Sí, mi señor. Soy el reverendo Adam Goodfellow, párroco de la iglesia de Oxford, donde... la señorita..., er..., Mayes fue bautizada. Me rogó que viniera a Londres para asistirla en sus últimos momentos, y me pidió que os avisara.

–¿Lleváis mucho tiempo aquí?

–Llegué ayer, mi señor, después de recibir su nota. La acompañaba el médico, pero la dejó a mis cuidados, tras haber perdido toda esperanza de salvarla.

–¿Puedo verla?

El hombre abrió la puerta de par en par.

–Temo que no le queda mucho tiempo de vida a la señorita Mayes, mi señor. Sospecho que ha aguantado para veros.

–En ese caso, será mejor que me conduzcáis a su lado.

–Por supuesto, mi señor –contestó el sacerdote, y dio media vuelta.

No andaba muy deprisa y, en la estrechez del corredor, Colton se sintió impaciente por el paso lento del hombre.

–Si me excusáis, reverendo, creo que sé dónde está su dormitorio.

–Sí, por supuesto –contestó el hombre en tono reprobador.

Se aplastó contra la pared del estrecho pasillo, y movió la mano ante él como invitándolo a pasar.

Colton así lo hizo, y tras llegar al final del pasillo, abrió la puerta de la derecha. La habitación estaba iluminada por la escasa luz de una sola lámpara de aceite colocada sobre una mesita de noche. En la cama que había compartido con ella tantas veces, como una aparición de ultratumba, yacía la actriz, a la que no veía desde hacía nueve meses. A la pálida luz, sus ojos parecían sombras oscuras practicadas en una máscara mortuaria. Tenía las mejillas hundidas y los labios cenicientos. El alegre color que los había iluminado ya no existía.

Aunque casi oculta en la penumbra, vio a una mujer regordeta de cabello ensortijado, de unos treinta años o más, sentada en un rincón del dormitorio. Tenía la blusa abierta, y de ella asomaba un rollizo pecho del que mamaba un diminuto recién nacido, pero fue su apariencia descuidada lo que sobresaltó a Colton.

El marqués se acercó a la cama de Pandora sin hacer ruido. Cuando estuvo a su lado, los ojos de la mujer se abrieron poco a poco. La sombra de una sonrisa curvó sus labios.

–Col... Me alegro de que hayas venido. Tenía miedo de que no lo hicieras –dijo la actriz con un hilo de voz, como carente de fuerzas. Lo miró con más detenimiento y reparó en su vendaje–. ¿Has perdido un ojo en la guerra?

–No. Un golpe que me di anoche.

«Con el bolso de una fiera encantadora.»

Pandora extendió una delgada mano hacia él.

–Siéntate a mi lado.

Colton se sentó en el borde de la cama, se llevó la mano de ella al pecho y escudriñó los ojos apagados. En un tiempo habían brillado de vida, pero ahora su falta de vivacidad parecía una prolongación de la oscuridad que los rodeaba, como un anuncio del inminente final.

–He venido lo antes posible, Pandora. ¿Qué te aflige?

–Tenéis... una hija, mi señor –dijo la mujer con voz débil–. Plantasteis... vuestra semilla... en mi vientre... la última vez... que estuvisteis aquí.

Un miedo helado se apoderó de Colton. Casi al instante, su mente se inundó de imágenes de Adriana.

–Pero..., dijiste que no podías tener hijos. ¡Me juraste que no podías!

–Ay, eso fue antes de que tú aparecieras –dijo la actriz con una frágil sonrisa–. Hacía falta... un hombre decidido para lograrlo..., y fuiste tú.

Colton estaba enfermo de remordimientos.

–¿Y te mueres por culpa de mi semilla?

–Pobre. –Pandora intentó reír, pero abandonó al punto la idea, demasiado agotada para ese esfuerzo–. No hace falta que te culpes. Fue un parto difícil.

Colton apartó el pelo rizado de las mejillas cenicientas.

–Conozco a varios médicos de confianza en Londres. Mi familia los ha utilizado con la suficiente frecuencia para estar seguro de su reputación. Enviaré a mi cochero en busca de uno.

La mujer alzó una mano para detenerlo.

–Es demasiado tarde para mí, Colton. He perdido demasiada sangre, pero... hay... una... cosa... que quiero pedirte.

–¿Cuál es?

Contuvo el aliento, temeroso de su petición. Antes de la primera vez que habían hecho el amor, había advertido a Pandora que nunca se casaría con ella. Ahora que tenía mucho más que perder, no podía contemplar siquiera la posibilidad de ceder a esa solicitud.

Los ojos apagados de la actriz lo miraron un largo momento antes de volver a hablar.

–Deja que... el reverendo Goodfellow... nos... despose... antes de que muera..., Colton.

Durante toda su carrera de oficial, Colton había hecho lo imposible por evitar el matrimonio, sobre todo con mujeres ambiciosas. Pese a su altercado con Adriana, era la única con la que había deseado casarse. Horrorizado por la petición de la actriz, no prestó atención a las palabras que surgieron de sus labios.

–Pero estoy comprometido con otra...

–Moriré... esta noche, Colton. ¿Qué... hay... de malo... en proporcionarme... un poco de paz en mis últimas horas?

El marqués continuó taciturno, incapaz de comprometerse cuando casarse con la mujer significaría probablemente perder a Adriana.

–Por favor, Colton... Sé... que explicaste... que no te casarías conmigo..., pero te estoy..., te estoy suplicando..., por mi bien y el de la niña...

Colton sintió que el vello de la nuca se le erizaba. Su instinto le aconsejaba ser muy cauteloso antes de tomar decisiones.

–¿Qué va a ser de la niña?

Los labios de la mujer temblaron.

–Te pediría... que la llevaras... a casa contigo... y seas... un buen padre para ella. Con el tiempo..., verás lo mucho... que te quiere... –Pandora tragó saliva con dificultad, y transcurrió un largo momento antes de que reuniera fuerzas para continuar–. Aunque no he estado... con otro hombre, sé... que necesitas pruebas... de que es... tuya. Como verás..., nuestra hija... tiene una... marca de nacimiento púrpura... en el trasero..., como su padre. –Señaló a la mujer del rincón–. Alice... limpia el teatro... desde hace tiempo. Perdió a su recién nacido... ayer..., y ha consentido en cuidar... del mío.

La mujer se levantó de la silla y avanzó con la niña. Se detuvo al lado de Colton, y dio la impresión de sonreír burlonamente cuando apartó la niña del pecho, sin hacer el menor intento de tapar el voluminoso seno incrustado de suciedad. Acercó las nalgas de la niña a la lámpara y señaló con un dedo mugriento la marca identificadora.

El corazón de Colton dio un vuelco. Debido a las veces en que se había mirado en espejos cuando paseaba desnudo por una habitación, sabía con absoluta certidumbre que esa mancha oscura tenía la misma forma que aquella con la que él había nacido. Su padre la tenía y su abuelo también. La presencia de la señal parecía confirmar que la niña era de él, pero no estaba dispuesto a aceptar lo que veía sin más. Al fin y al cabo, su existencia ponía en peligro su futuro con Adriana, y, pese a que se había resistido a la perspectiva al volver a casa, la sola idea de perder a la muchacha lo espoleaba a escapar de la trampa en que había caído. Si bien la marca de nacimiento parecía verdadera, no pudo resistir la tentación de comprobar su autenticidad frotándola con el pulgar, para asegurarse de que no la habían aplicado con pintura de maquillaje.

Pero sus esfuerzos por borrar la mancha fueron en vano. Si se trataba de una falsificación, era obra de un artista con talento, porque la marca púrpura parecía auténtica.

Colton, reacio a aceptar la petición de Pandora, permaneció inexpresivo mientras la niñera volvía a su silla. Por una parte, se sentía obligado a portarse como un caballero con la niña. Al fin y al cabo, si la marca de nacimiento era verdadera, pertenecía a una larga dinastía de Wyndham, de los cuales él era la única y última esperanza de perpetuar el apellido. No deseaba que un hijo suyo, ni siquiera engendrado en un acceso de lujuria con la actriz, se convirtiera en un proscrito de la sociedad, pero algo en su interior le aconsejaba cautela. Si accedía a la súplica de Pandora y la mujer no moría, estaría ligado por siempre a ella, cosa que jamás había sido su intención.

–El reverendo... Gooodfellow... –las palabras de Pandora eran como jadeos apagados. Levantó una mano y señaló al sacerdote–... dijo que cualquier hijo bastardo... está condenado eternamente... También dijo... que no podía... absolverme... de mis pecados..., a menos que me casara con el padre de mi bebé.

Colton habría discutido con el hombre el último punto si hubiera estado de humor, pero no era eso en lo que pensaba ahora. El dilema era portarse de manera honorable o dejar que una hija suya sufriera durante toda su vida el estigma de haber nacido bastarda. ¿Podía condenar a un inocente a ese destino? Pandora y él sabían muy bien lo que hacían cuando se entregaban a su pasión, pero una niña inocente sería la única en cargar con el peso de la culpa.

–Me estoy... muriendo, Colton... Ayúdame –dijo la mujer con voz entrecortada–. No quiero arder en el infierno...

Si su padre viviera, Colton sabía que el anciano le habría largado un severo sermón sobre las locuras de un hombre y sus consecuencias. Ahora, se enfrentaba a una decisión que siempre había considerado fuera de lugar. Por más advertencias que había hecho a sus compañeras de lecho, se habían convertido en polvo bajo sus pies.

Colton exhaló un profundo suspiro.

–Aunque tengo poca experiencia en lo tocante a matrimonios, creo que se necesita una licencia.

El reverendo Goodfellow avanzó con la mano apoyada contra su pecho.

–En mis años de párroco, me he considerado afortunado por haber tenido la oportunidad de prestar favores notables a los que se encontraban en posiciones más encumbradas. Como resultado, he podido obtener una licencia especial de su excelencia el arzobispo para la señorita Mayes. Sólo hace falta vuestra firma, mi señor...

Colton se rebeló.

–¡Por todos los diablos!

El sacerdote miró al noble con curiosidad, como para averiguar qué lo había enfurecido.

–Los documentos han de ser firmados y avalados por testigos, mi señor. ¿Os negáis a consumar los esponsales con vuestra firma, o es que no deseáis casaros con la madre de vuestra hija?

La trampa se cerraba a su alrededor. Colton sentía que estaba ahogando sus esperanzas y aspiraciones, como una mano invisible que se apoderara de su garganta y le arrebatara el aire y, en especial, toda la alegría de su futuro. Su mayor pesar era por la hermosa Adriana. Cuando pensaba que iba a perder a la mujer a la que deseaba con todo su ser, se resistía a rectificar su imprudencia, incluso por el bien de la niña. ¿Cómo podía esperar que Adriana se casara con él después de esto?

Ningún sonido venía de la cama. Colton se volvió y vio que la actriz había cerrado los ojos, y que apenas respiraba.

–Parece que tenéis poco tiempo para enderezar el entuerto, mi señor –observó el sacerdote–. La señora Mayes está a punto de expirar.

Colton sintió que un escalofrío recorría todo su ser. Exhaló un suspiro.

–Me casaré con ella –dijo.

–¿Y la niña? ¿La llevaréis a casa con vos?

–Será educada como si fuera mía –afirmó Colton con igual falta de entusiasmo.

Dio la impresión de que apenas había transcurrido un breve momento antes de que se pronunciaran los votos matrimoniales, con voz débil por Pandora y con bastante brusquedad por parte de Colton. Se sentía como un adolescente descarriado preso en su propia trampa.

–El ama de leche ha dicho que le gustaría cuidar de la niña si dejáis que vaya a vuestra casa con vos, mi señor. ¿Concedéis vuestra aprobación?

La idea hacía tanta gracia a Colton como la de casarse, pero en aquel momento no veía otra forma de salirse del embrollo.

–Parece que no tengo muchas alternativas, si hay que alimentar a la niña.

Cuando el sacerdote indicó con un gesto a la mujer que recogiera las pertenencias de la niña, la grosería de aquel ser provocó náuseas a Colton. Sin hacer el menor intento de ocultar su enorme pecho, dejó al bebé a un lado y se puso en pie. Cuando observó que Colton la miraba, le dedicó una amplia sonrisa que dejó al descubierto los dientes podridos, y, tras pasarse un pulgar por el pezón húmedo, metió y sacó varias veces el dedo de la boca de una forma sugerente, y acabó lamiéndolo.

Colton sintió que su estómago se revolvía y dio media vuelta, asqueado. Le habían hecho propuestas, y muchas durante sus años en el ejército, pero dudaba de haber recibido una de un ser tan repugnante. Sólo pudo pensar en los hombres que habían decidido acostarse con semejante bruja, pero enseguida recordó haber visto a un buen número de varones a cuyo lado la mujerona habría parecido una santa.

–Se llama Alice Cobble, mi señor –anunció el sacerdote–. Dijo que su marido murió en la guerra, de manera que ahora es viuda. Como salario, no pedirá más que tres o cuatro peniques más la manutención. Estoy seguro de que cuidará bien al bebé.

De una cosa sí estaba seguro Colton, y era de que nunca había visto a un ser más sucio en toda su vida, y tampoco le entusiasmaba la idea de soportar su presencia en el carruaje durante el largo regreso a casa, pues el fétido olor que desprendía su cuerpo era tan ofensivo que le revolvía el estómago. Su pelo rizado, necesitado de un buen lavado, asomaba en forma de púas grasientas por debajo del pañuelo deshilachado atado alrededor de su cabeza. Incluso en esos momentos, no hacía el menor esfuerzo por esconder su pecho desnudo, como si lo estuviera exhibiendo para él. El hecho de que la niña se hubiera estado alimentando de algo tan mugriento lo llevó a preguntarse cuánto tardaría en encontrar sustituta a la mujer. Esperaba que poco.

Colton se volvió hacia Pandora y reparó en que sus fuerzas se estaban agotando.

–¿No la podéis ayudar? –preguntó al sacerdote.

El hombre se acercó a la cama y apoyó los dedos sobre la muñeca de la actriz. Después lanzó un suspiro y meneó la cabeza con tristeza.

–Dudo que vuestra esposa dure una hora más, mi señor.

–Me quedaré con ella.

–No es necesario, mi señor. No tardará en morir, y, si os demoráis, es probable que vuestro carruaje sea asaltado por soldados que han vuelto a casa y se han encontrado sin trabajo y vituallas. Están formando bandas por toda la ciudad, y provocan disturbios como venganza por haber sido expulsados por las fuerzas vivas de este país, es decir, los aristócratas, que disfrutan de riquezas sin cuento mientras los soldados rasos se mueren de hambre.

–He luchado codo con codo con muchos de esos hombres y me solidarizo con ellos. Me arriesgaré. No permitiré que Pandora muera sola.

–Yo me quedaré, mi señor.

–Da igual. Me sentaré a su lado –afirmó Colton–. Nunca he sido marido, pero soy de la opinión de que un hombre no debería abandonar a su mujer en la hora de su muerte.

–Tenéis razón, por supuesto –admitió el sacerdote–. Sólo estaba pensando en vuestra seguridad.

–No es necesario. He afrontado peligros más grandes que unos pocos revoltosos, y he aprendido a cuidar de mí mismo.

–Sí, la joven habló de vuestra valentía bajo el fuego.

–Col... –llamó una voz débil desde la cama.

–Estoy aquí, Pandora –la tranquilizó Colton–. No voy a abandonarte.

–Sólo te pido... que seas... un... buen... padre... para nuestra hija...

Tras esa petición, cerró los ojos y dejó de respirar.

El reverendo Goodfellow le tomó el pulso, para luego cubrir su cara solemnemente con la sábana.

–Ha muerto, mi señor.

Colton exhaló un suspiro de pesar, y después se volvió hacia el anciano. Introdujo la mano en un bolsillo de la chaqueta, extrajo una bolsa llena de monedas y la entregó al hombre.

–Esto será suficiente para pagar la licencia especial y para ocuparse de que Pandora sea enterrada en un lugar respetable, con una lápida que indique su tumba. Con el tiempo, su hija querrá saber dónde está enterrada su madre. ¿Dónde puedo localizaros, después de que haya puesto en orden mis asuntos?

–Mi parroquia está en la carretera de Oxford, mi señor –contestó el hombre–. Vuestra esposa será enterrada en ella. –Depositó las monedas en la palma de su mano y las miró asombrado–. Habéis sido muy generoso, mi señor.

–Comprad comida a los soldados con lo que sobre. Estoy seguro de que conocéis a unos cuantos, puesto que se necesitaron muchos para ganar la guerra –repuso Colton.

Dio media vuelta, indicó con un gesto poco entusiasta al ama de leche que lo siguiera, y se fue. La mujer sujetó al bebé en un brazo y cogió una bolsa pequeña con la mano libre antes de ir tras él.

Colton había contado con lo difícil que resultaría explicarle a su madre lo que había hecho, pero nunca imaginó que la mujer se desmayaría al escuchar la noticia. Sólo su rápida reacción impidió que se golpeara la cabeza contra el mármol de un aparador. Precedido por Harrison, que iba abriendo puertas a la vez que llamaba a la doncella personal de Philana, había transportado en volandas a su madre hasta sus aposentos, donde la había depositado con suavidad sobre la cama. Mientras su doncella le humedecía la cara con un paño húmedo, Philana revivió poco a poco; pero, tras recordar el motivo de su conmoción, emitió un gemido y apoyó una mano temblorosa sobre los ojos.

Colton llamó a Harrison y le indicó que condujera a Alice Cobble al cuarto de los niños.

–Que un criado informe a la mujer de la necesidad de bañarse y lavarse el pelo –añadió en voz baja–. Si se niega, tendrá que responder ante mí. De no ser por la niña, no toleraría la presencia de esa mugrienta criatura en ninguna circunstancia, por lo cual te ruego que le comuniques cuáles son las exigencias habituales para las mujeres que trabajan en esta casa.

–Sí, mi señor.

Cuando la puerta se cerró detrás del mayordomo y la criada, Philana apoyó la cabeza sobre una almohada y miró a su hijo entre una cascada de lágrimas.

–¡Tenía tantas esperanzas de que te casaras con Adriana! –dijo en tono lastimero–. Todos estos años ha sido como una segunda hija para mí. No puedo soportar la idea de perderla. Ni Sedgwick ni yo quisimos pensar en qué haríamos si se casaba con otro. Ahora, mi gran deseo se ha frustrado.

Colton le apretó la mano para consolarla, pero no sirvió de nada. Aunque Adriana y él aún no estaban prometidos, no podía esperar que ella hiciera caso omiso de su indiscreción, sobre todo después de su reciente enfrentamiento. No era probable que se tomara bien la noticia.

–Hablaré con ella –fue lo único que pudo decir a su madre.

–Temo que no servirá de nada –susurró con tristeza Philana–. La verdad, no sé si será capaz de soportar la vergüenza. Sólo una gran señora sería capaz de aguantar las miradas de conmiseración de la gente si decidiera casarse contigo. Habría sido difícil para mí. ¿Cómo puedo esperar que una mujer pase por alto circunstancias tan humillantes?

Charles recibió a Colton en la puerta principal de Wakefield Manor la víspera de Navidad.

–Diré a su señoría que deseáis verla, mi señor.

–¿Hay algún lugar donde podamos hablar sin ser molestados?

El mayordomo estaba enterado del altercado ocurrido entre ambos, y comprendió la petición de privacidad del marqués.

–Si vais a la biblioteca, mi señor, informaré a lady Adriana de que la aguardáis allí. Es improbable que os interrumpan, puesto que lord Standish y lady Christina fueron a casa de los Abernathy para llevar regalos a los niños. Creo que piensan quedarse un rato, al menos hasta que lady Adriana vaya a reunirse con ellos.

–Gracias, Charles.

Colton se encaminó a la biblioteca y entró. Estaba muy angustiado, y no le entusiasmaba la tarea inminente. Después de su última discusión, no le extrañaría que se negara a verlo.

Una vez más, se encontró ante el retrato de las damas Sutton, pero sólo prestó atención a una de las cuatro, la diosa de pelo oscuro que ahora temía perder. Después de todas sus anteriores objeciones al deseo de su padre, y la altiva reserva que había logrado manifestar durante el noviazgo, lo embargaba el frío temor de que, después de su reciente matrimonio forzado, ella lo expulsaría de su presencia para siempre.

Durante las pasadas horas se había dado cuenta de que nunca sería un hombre completo sin Adriana como esposa. Temeroso de que lo rechazara, se había esforzado por combatir una ominosa sensación de derrota en su vida personal como jamás había experimentado antes, ni siquiera cuando el enemigo llevaba las de ganar en los campos de batalla.

–¿Deseabas verme? –preguntó una voz sedosa desde la entrada.

El corazón de Colton dio un salto de alivio, y se volvió con una sonrisa esperanzada, pero comprobó al punto que Adriana no estaba de humor para devolvérsela. Avanzó hacia ella.

–Estaba desesperado por hablar contigo de cierto asunto.

–Si es por lo de la otra noche, no tengo nada más que decir –replicó con frialdad la joven, y se encaminó hacia la chimenea.

Le dio la espalda y extendió las manos hacia el fuego en un esfuerzo por calentarlas, porque sus dedos se habían transformado en témpanos de hielo en cuanto Charles anunció que lord Randwulf había llegado y deseaba verla. Nadie sabía lo que le costaba ser desabrida con el hombre. Ya estaba convencida de que era una parte intrínseca de ella. Expulsarlo de su vida sería como cercenarse un miembro, o extraer toda vida de su corazón.

–Me porté mal –reconoció ella sin volverse–, y he de disculparme por eso, pero hablaba en serio. No puedo continuar esperando que cambies de opinión y me quieras como esposa. Será menos angustioso para mí separarme de ti ahora y continuar mi vida como si nunca hubieras vuelto.

–Aunque te cueste creerlo, Adriana, deseo con todo mi corazón que seas mi esposa.

La joven arqueó una ceja con escepticismo y vio por primera vez su ojo morado. No se había dado cuenta de que lo había golpeado con tanta fuerza, pero de eso se disculparía más adelante. De momento, estaba intrigada, y deseaba profundizar en sus palabras.

–¿Desde cuándo?

–A decir verdad, hace tiempo que me di cuenta, pero he ido retrasando el reconocimiento de ese hecho. Cuando era joven, me repelía la idea de que el contrato y el compromiso a los que mis padres me habían atado dirigieran mi vida. No obstante, por más que deseaba rebelarme contra nuestro noviazgo, me descubrí deseando..., no, necesitándote.

Adriana quiso sonreír de alegría, pero la sombría expresión de Colton la puso en guardia.

–¿Ha pasado algo?

Colton exhaló un profundo suspiro y se volvió, mientras frotaba la palma de una mano con los nudillos de la otra.

–Por desgracia, ha ocurrido algo que me lleva a dudar de que me aceptes como marido.

Adriana continuaba suspicaz, pero sentía una inmensa curiosidad. Si pensaba echarle la culpa a ella por negarse al matrimonio, se preguntó cómo lo lograría.

–Adelante. Te escucho.

Colton pasó una mano sobre el adorno de madera de una silla Tudor de respaldo alto, abrumado por lo que iba a decirle. No estaba orgulloso de ello.

–La otra noche me llamaron de Londres, y allí descubrí que una mujer a la que conozco desde hace unos años había dado a luz una niña.

Las rodillas de Adriana flaquearon. Se acercó a la silla más cercana y se derrumbó en el asiento. Sentía miedo por dentro y, cuando aferró los apoyabrazos de madera, esperó a que continuara, a que le dijera que el hijo era de él y no de un desconocido.

–¿Estás enamorado de ella?

Colton se volvió y la miró, asombrado de que ya supiera lo que iba a decirle. Tenía la cabeza gacha, y los tendones de sus manos se destacaban debido a la fuerza con que asía los brazos de la silla. Sus hombros se habían hundido, transmitiendo una sensación de derrota.

–No. Sólo era una actriz a la que..., er..., visitaba de vez en cuando. En una ocasión me dijo que no podía tener hijos...

–¿Cómo sabes con certeza que es tuyo?

Un suspiro escapó de los labios del marqués.

–Tengo una marca de nacimiento en el trasero, que heredé de mi padre, y él de su padre, y así sucesivamente. De hecho, creo que empezó hace muchos años con un vikingo. Tiene forma de gaviota en vuelo.

–Sí, la he visto.

El hombre se volvió con curiosidad.

–¿La has visto?

–La noche que interrumpiste mi baño.

Colton la miró, sorprendido.

–Por lo visto –continuó ella–, la presencia de esa marca de nacimiento en la criatura es conveniente para la actriz, pero no para ti. ¿Pretendes casarte con ella?

–El reverendo Goodfellow de Oxford nos leyó los votos mientras yo estaba presente.

Adriana contempló su regazo, desesperada. Sintió náuseas, y la bilis amarga acumulada en su estómago amenazó con ascender entre vómitos. No había podido comer por culpa de la angustia de separarse de Colton, y ahora lo estaba pagando. Tuvo ganas de morir de mortificación cuando él corrió a su lado, pero negó con la cabeza y se llevó una mano a la boca.

–Salgamos un momento –la apremió él, mientras deslizaba un brazo por debajo de sus hombros y la atraía hacia sí–. El aire es fresco y te serenará el estómago.

Adriana no tuvo fuerzas para oponerse a sus consejos, y permitió que la acompañara fuera.

–Respira hondo –aconsejó Colton–. Te sentará bien.

La joven accedió, no porque él se lo hubiera pedido, sino por su propio bien. Sería mejor para la escasa dignidad que le quedaba superar su momento de flaqueza y despedir al hombre. No obstante, transcurrieron algunos momentos antes de que reuniera fuerzas para liberarse de él. Cuando volvió dando tumbos a la biblioteca, él la siguió y extendió una mano para sujetarla al ver que sufría otro acceso de náuseas, pero ella evitó su mano como si fuera portador de la peste.

–Es mejor que te vayas –dijo después de sentarse–. Ahora que eres un hombre casado, no deberíamos estar juntos a solas. Vete, por favor. Me sentiré mejor si lo haces.

–Soy viudo, Adriana –anunció Colton–. Pandora murió antes de que saliera de su casa.

–¿Y la niña?

–Está con un ama de leche en Randwulf Manor.

–Entiendo.

–No podía dejarla sola en el mundo.

–No, claro que no. Hiciste lo que debías. Disfrutará de todas las comodidades que puedas proporcionarle.

–Adriana...

Apoyó una mano sobre su hombro.

Ella alzó la vista con solemnidad.

–¿Sí?

Cuando vio la tristeza que embargaba sus ojos, los remordimientos lo arrastraron a las profundidades de un abismo oscuro. Si alguien hubiera negado la existencia del infierno en la tierra, en ese momento le habría demostrado lo contrario.

–¿Podrás perdonar mis errores y aceptarme como marido?

En otro tiempo, Adriana habría oído aquellas mismas palabras y experimentado un júbilo inenarrable, pero ahora sólo pudo forzar una débil sonrisa.

–Tendré que meditar sobre tu propuesta largo y tendido antes de darte una respuesta, Colton. Hasta entonces, no tengo otro recurso que considerarme libre por completo de cualquier compromiso contigo y con el contrato que nuestros padres firmaron. Tu matrimonio con otra mujer ha anulado ese acuerdo.

Colton nunca había sentido el corazón tan abrumado.

–¿Me permitirás volver mañana?

–No, mejor que no. Necesito estar sola un tiempo y pensar en mi futuro. Aunque quiero mucho a tu familia, no estoy segura de querer casarme contigo ahora.

–¿Has llegado a odiarme en tan poco tiempo?

–No te odio, Colton, pero debo pensar que, antes de ser padre, no mostraste auténtico interés en que fuera tu esposa. Ahora me parece un poco tarde para proposiciones de matrimonio. Si me hubieras querido, tendrías que haberlo demostrado un poco más durante estos dos últimos meses, pero no lo hiciste.

–Me sentí interesado por ti desde que volví –protestó el marqués, desesperado–. Sólo puedo pensar en ti. Habitas en mis sueños nocturnos, y me despierto con deseos de tenerte a mi lado, anhelo que estés conmigo todos los momentos del día.

–Sin embargo, tus actos me llevan a creer que no deseabas aceptarme como esposa. Ahora me resisto a considerarte como futuro marido. Debo disponer de tiempo para pensar en tu oferta y reflexionar sobre cuáles son mis sentimientos hacia ti. En el ínterin, si eres tan amable de abstenerte de visitarme, podré dilucidar cuáles son mis deseos y esperanzas para el futuro sin dejarme influir. –Movió la mano hacia la puerta–. Sabrás encontrar la salida.

15

Había sucedido lo mismo en el pasado, y probablemente ocurriría igual en siglos venideros. Los problemas causaban problemas, como también la tristeza y la muerte. En determinados momentos, el fin de la vida llegaba a un solo ser, a veces a pares o en número mucho mayor. Nadie podía predecir los motivos o las causas, ni siquiera cuándo o dónde volvería a aparecer la asesina de la guadaña. Lo único seguro era que alcanzaría a todos. Nadie estaba exento o excluido. Al fin y al cabo, había un tiempo para vivir e, inevitablemente, un tiempo para morir.

El alejamiento entre Colton y Adriana había afectado tanto a Philana que estuvo a punto de encerrarse en sus aposentos al día siguiente de Navidad, pero ésa no era la costumbre inglesa, por supuesto, ni la conducta ejemplar de una marquesa. Tuvo que fingir con estoicismo, aunque el peso de su corazón se le antojaba casi insoportable. Fue doblemente duro cuando se conoció la noticia de que su sobrina, el marido de la joven y su recién nacido habían muerto cuando su carruaje se había desenganchado del tiro y volcó al caer a un barranco. Fue otro golpe doloroso que sacudió los corazones de Philana y Alistair. Tan sólo tres años antes habían lamentado el fallecimiento de su hermana, y tres meses después, la de su cuñado. La pareja sólo había dejado una hija, una joven vivaracha que, en fecha reciente, se había casado con un vizconde, cuyos padres también habían fallecido. Lo que hacía más difícil de soportar la muerte de la joven pareja y su hijo era que habían encontrado el fin en las afueras de Londres, después de que una banda de soldados descontentos, licenciados del ejército y arrojados a una miserable existencia en los suburbios, descargaron su rabia sobre el primer aristócrata disponible, el cual había perdido un ojo en una campaña anterior contra los franceses.

Parientes y amigos de los Kingsley se reunieron en Londres para el funeral, y fue durante esta triste ocasión cuando Philana pudo hablar con Adriana, que había viajado con sus padres a su casa de Londres, cerca de Regent Park, donde se habían encontrado con sus hermanas y sus maridos antes de asistir al funeral.

–Edythe apenas había cumplido veinte años –explicó Philana pese al nudo que sentía en la garganta–. Debió de morir poco después de dar a luz, porque a juzgar por la apariencia del niño parecía que nadie la había ayudado durante el parto..., salvo que habían cortado y atado el cordón umbilical. Tal vez uno de los soldados se apiadó de Edythe y salvó a su hijo. Nadie sabrá nunca qué sucedió en realidad, por supuesto. Aun así, fue una pérdida terrible de vidas inocentes. Es difícil comprender por qué soldados, en otro tiempo leales a su país, persiguieron su carruaje. Courtland Kingsley había demostrado ser un soldado valiente en conflictos anteriores con Francia, pero después de perder el ojo tuvo que licenciarse debido a su visión limitada. De todos modos, sus hombres lo consideraban un oficial arrojado que luchaba a su lado.

Sus labios temblaron y, cuando Adriana tomó su mano para consolarla, la mujer la asió con fuerza, como desesperada por un momento.

Cuando Adriana buscó más tarde a Samantha entre los reunidos, encontró a su amiga apoyada en el brazo de su hermano. Las mujeres se abrazaron con desesperación un largo momento, mientras Samantha se esforzaba por contener los sollozos. Cuando Adriana retrocedió por fin, besó la mejilla surcada de lágrimas de su amiga y recibió la mirada inquisitiva de Colton con una triste sonrisa y un rígido cabeceo, al tiempo que el hombre inclinaba su sombrero. Los ojos del marqués, no obstante, eran de lo más expresivos, pero ella estaba sorda... y ciega a las súplicas que comunicaba.

Colton dejó la taza de té sobre el platillo y contempló la sonrisa forzada que su madre había dibujado en su cara de facciones delicadas. Por más que fingiera, no podía disimular la angustia que la atormentaba desde hacía una semana. Ya le había costado soportar la trágica muerte de su sobrina, pero era muy consciente de que sus penas habían empezado mucho antes, cuando él le había hablado del frío rechazo de Adriana. Había elegido con sumo cuidado sus palabras, con el deseo de ahorrar a su madre la angustia que suele acompañar a la aniquilación de esperanzas largamente acariciadas. Desde entonces, la tristeza de sus ojos y su brillo húmedo frecuente habían dado cuenta de las profundidades de su desesperación.

Ya había esperado que reaccionara de esa forma. En realidad, tras enterarse del contrato impulsado por su padre había temido que ocurriera gran parte de lo que estaba sucediendo. El hecho de que se hubiera combinado con las muertes de Edythe y su familia lo hacía todavía más doloroso. Adriana había sido la única elección de sus padres como nuera. Había sido como una hija para ellos, y la posibilidad real de que las expectativas no fructificaran era una perspectiva demasiado terrible para que su madre la aceptara sin sufrir un profundo pesar.

–He de preguntarte algo –anunció en voz baja Philana, con la vista clavada en su taza.

–¿Sí?

–¿Fuiste a ver a Edythe en algún momento cuando estuviste en Londres el año pasado?

Colton frunció el ceño, perplejo.

–No, temo que no volví a verla después de que me fui de casa. ¿Por qué lo preguntas?

–Debido a una marca que el médico descubrió en el trasero del recién nacido.

Colton se reclinó en la silla y miró a su madre cada vez más confuso. No tuvo que decir nada más.

–Pero ¿cómo es posible? Ella no era pariente de los Wyndham. Ni tampoco Courtland.

–Lo sé muy bien –murmuró Philana, y después se esforzó en ofrecerle una sonrisa intrépida, pero sólo consiguió que fuera temblorosa–. A menos que tu padre...

Colton se negó a escuchar sus conjeturas.

–Padre nunca habría tocado a Edythe..., ni a ninguna otra mujer. Tú fuiste la única a la que quiso..., y a la que deseó. Nunca lo vi mirar a otra mujer de la forma que insinúas. Puede que yo tenga mis defectos, madre, pero padre fue fiel y sincero en todo lo que hizo. Me reprendió con bastante frecuencia de jovencito por mi propensión a flirtear con las chicas, y me recordó hasta la saciedad que no era propio de un caballero creer que él habría sido capaz de transgredir su propio código moral.

–Entonces, ¿cómo explicas la marca en el trasero del recién nacido?

–¿Tú la has visto? –insistió Colton.

–Pues claro que no. Como sabes, no dejaron abrir los ataúdes debido al tiempo transc...

Se llevó una mano a la boca para reprimir las arcadas.

Colton apoyó una mano sobre la de su madre e hizo todo lo posible para tranquilizarla.

–En ese caso, no cabe duda de que no es la misma marca que heredé de mi padre. Soy el último de los Wyndham, y ni siquiera Latham puede presumir de la marca, porque sus antepasados nunca la tuvieron. No sabes cuánto lamento no haber tomado más precauciones para proteger el honor de mi familia. Creí estúpidamente que Pandora no podía tener hijos y que no era peligroso estar con ella. He caído en mi propia trampa, y no puedo decir nada que borre mi equivocación. Mi hija es una víctima inocente, y, como no puedo soportar la idea de que uno de los míos padezca la ignominia de ser bastardo, estoy donde estoy. Si se me concediera la oportunidad de volver a empezar, jamás me acostaría con su madre, pero no puedo permitir que un inocente pague el resto de su vida por culpa de mis indiscreciones..., y no puedo soportar esa idea. La culpa es mía. Yo debo padecer las consecuencias.

–Parece una niña muy bonita –dijo en voz baja Philana, incapaz de mirarlo a los ojos–. Los criados han estado haciendo indagaciones para encontrar un ama de leche en la zona. Con suerte, espero sustituir pronto a Alice. Debo decir que sus modales son... inusuales.

Colton hizo una mueca.

–Despreciables es la palabra adecuada, madre.

Harrison entró en la sala de estar, con una bandejita de plata sobre la que descansaba una carta cerrada con lacre rojo. La entregó al marqués.

–Esta misiva acaba de llegar de Bath hace un momento, mi señor.

–¿Bath? –repitió Colton, perplejo.

–Sí, mi señor. Creo que lleva el sello de lord Standish.

Philana se incorporó, y un brillo de esperanza alumbró en sus ojos.

–Tal vez Gyles ha conseguido convencer a Adriana de que te conceda otra oportunidad.

Colton dudaba de esa posibilidad. La muchacha era terca y no se dejaba convencer con facilidad en lo tocante a elegir marido, ni siquiera por su padre. Había visto pruebas de ello la primera vez que la había ido a ver a Wakefield Manor, cuando los había dejado a todos de una pieza con su airada salida del salón.

Colton rompió el lacre, desdobló la misiva y empezó a leer. El mensaje era conciso y directo.

Si albergáis el menor deseo de presentar vuestra petición de matrimonio a mi hija, os insto a que acudáis al Lansdown Crescent de Bath antes de la hora de cierre del salón de actos, el sábado por la noche. Por lo visto, el marqués de Harcourt ha dado por sentado que la presencia de Adriana combinada con vuestra ausencia indica un posible distanciamiento entre ambos. Ha enviado una solicitud de que le conceda audiencia, y sólo puedo creer que desea hablar conmigo en relación con el asunto de su boda con mi hija. Os puedo asegurar que, si no es ésa la intención de lord Harcourt, hay otros aquí que anhelan su mano. Si bien confío en que mi hija elija sabiamente, no tomará una decisión a vuestro favor a menos que esté convencida de vuestro deseo de hacerla vuestra esposa. Si he malentendido vuestro afecto por ella, os ruego que hagáis caso omiso de mi requisitoria. Sabed que honro en lo más hondo la memoria de vuestro padre, único motivo de que haya enviado esta carta. No puedo culpar a Adriana si no desea casarse con vos. Nuestros planes son quedarnos en Bath hasta después de Año Nuevo.

–¿Qué pasa, querido? –preguntó Philana–. ¿Puedo confiar en que sean noticias alentadoras?

–Debo ir a Bath –dijo Colton, y se puso en pie al punto. Dejó caer la carta sobre la mesa, al lado de su madre–. Esto lo explica todo. No estoy seguro de cuándo volveré.

Poco después, el carruaje corría por la carretera. Había transcurrido menos de una hora desde que Colton había leído la carta de Gyles, y en ese período de tiempo se había levantado viento, y nubes oscuras cubrían el cielo. Aunque todavía faltaban un par de horas para el ocaso, las tinieblas de la inminente tormenta parecían haber transformado el día en noche.

Bentley fustigó a los caballos para que corrieran más. Su señoría exigía el máximo esfuerzo del tiro. El tiempo era esencial.

El carruaje se internó en la oscuridad de una espesa arboleda, y Bentley aminoró un poco la velocidad cuando el tiro se aproximó a una curva conocida, que pasaba cerca de bosquecillos cercanos a la carretera. El landó osciló de un lado a otro al doblar otra curva, y apenas habían cesado dichos movimientos cuando un grito de advertencia de Bentley y una maldición mascullada provocaron que Colton se sujetara en previsión de un brusco frenazo.

–¿Qué pasa? –preguntó, al tiempo que abría la puerta, a punto de bajar.

–Hay un árbol atravesado en la carretera, mi señor –anunció Bentley, y tiró de las riendas–. El viento lo habrá derribado.

Colton bajó a la carretera y se ciñó el sombrero de copa con fuerza, mientras el capote remolineaba a su alrededor. Se adelantó a los caballos y vio la barrera. Después de analizar la situación, calculó que el tamaño del tronco era manejable. Pensó en la mejor manera de apartar el obstáculo a un lado del camino. Explicó la idea a su criado.

–Entre los dos, Bentley, deberíamos poder mover la copa del árbol hasta que todo el tronco quede en la cuneta. Teniendo en cuenta su tamaño, no debería ser demasiado difícil cargarlo.

Bentley bajó al suelo. Contaron hasta tres y levantaron a una la parte superior del árbol, que trasladaron a la cuneta pese a las ramas rotas y hojas enredadas. La parte más pesada del tronco levantó hierba y tierra al arrastrarla. A Bentley aún le quedó aliento para lanzar una carcajada en honor de su éxito.

Colton sonrió, mientras se sacudía el polvo de las manos.

–Vámonos a Bath antes de que encontremos más problemas, como una tormenta, por ejemplo.

Al pasar junto al tocón del árbol cayó en la cuenta de que no había caído debido a la fuerza del viento, tal como había supuesto. Lo habían talado y, por lo que pudo ver, hacía muy poco, como indicaba la savia que rezumaba de su base, rodeada de astillas.

Colton avanzó unos pasos, se detuvo como para examinar el cielo, y luego se volvió e inclinó la cabeza para ocultar los ojos bajo la sombra del ala. Examinó el bosque con detenimiento de derecha a izquierda mientras aguzaba el oído. La grava de la carretera crujió bajo las botas de Bentley cuando el hombre pasó ante el tiro, pero otro ruido, el sonido sordo de un rifle al encasquillarse, alarmó a Colton. ¡Estaba demasiado cerca para sentirse a salvo!

–¡Al suelo! –gritó al cochero, y corrió a toda la velocidad de sus piernas hacia el landó, cuya puerta había dejado abierta.

Aparte de algunos árboles escuálidos, era el refugio más cercano de que disponía. Al instante siguiente se oyó una fuerte explosión de pólvora. El estruendo sobresaltó a Bentley, que se agachó al punto con los ojos desorbitados.

La bala alcanzó su objetivo y abrió un agujero en la espalda de Colton, que cayó al suelo con una exclamación. Al instante, numerosos proyectiles salieron disparados contra amo y criado, la mayoría de los cuales alcanzaron el landó, muy cerca de donde Colton había caído. Por penoso que le resultara moverse, se vio obligado a arrastrarse bajo el vehículo, que al menos le proporcionaba cierta seguridad.

–¿Estáis herido, mi señor? –gritó Bentley, que se había refugiado tras las ruedas delanteras. Se acuclilló al otro extremo del vehículo y miró por debajo. Cuando vio la mancha roja que brillaba en la parte posterior del chaquetón, su corazón dio un vuelco. Supuso que el noble estaba muerto o malherido–. ¿Estáis vivo, mi señor?

El dolor de la herida retrasó la respuesta de Colton un momento, mientras apoyaba la frente sobre un brazo. Por fin, miró de soslayo a Bentley, que se llevó una mano al corazón y exhaló un suspiro de alivio.

–Estoy herido, pero no muerto, Bentley. ¿Vas armado?

–Sí, mi señor. Con dos Brown Bess. También tengo muchas municiones. Se podría decir que siempre voy preparado.

–Si escapamos con vida de estos bergantes que nos han atacado, me encargaré de que te proporcionen armas más adecuadas en el futuro. De momento, sólo podemos confiar en que nuestros atacantes se pongan a tiro. ¿Podrás abatirlos sin que te vuelen la cabeza?

–Bien, teniendo en cuenta los problemas que nos darán en caso contrario, mi señor, haré lo que pueda. Esta mañana he comprobado que estuvieran cargadas, como hago siempre desde que asesinaron a vuestra prima y su familia.

Dicho esto, Bentley se puso en pie de nuevo y corrió pegado al carruaje, esta vez hacia la parte delantera. Una lluvia de balas perforó la madera y la piel que recubrían el carruaje, mientras se subía a los radios de las ruedas y buscaba detrás del asiento del conductor. Maldijo en voz alta cuando las balas acribillaron el landó y lanzaron astillas afiladas contra su cara; pero, tras apoderarse de las armas y una bolsa de municiones, las sujetó bajo un brazo y empezó a bajar, aunque no con rapidez suficiente. Un rugido de ira surgió de sus labios cuando una bala le rozó la mejilla, dejando un surco que derramó sangre al punto sobre su inmaculada librea. La herida le proporcionó renovados ímpetus. Desapareció de la vista y corrió hacia el punto donde su amo se había refugiado. Entregó dos armas al coronel retirado.

Bentley miró por debajo del carruaje mientras su amo cambiaba de posición.

–¿Sabéis cómo acabar con ellos, mi señor?

–Ve a la parte delantera del carruaje y procura que salgan de su escondite, pero sin dejarte ver –pidió Colton–. Ya es bastante grave que esté herido y tú no puedas sacarnos de aquí. Intentaré derribar a uno o dos mientras te vigilan. Con suerte, los demás huirán por temor a perder la vida.

–¿Cuántos calculáis que son, mi señor?

–A juzgar por los disparos que atravesaron el landó mientras fuiste a buscar los rifles, más de los que podamos repeler sin refuerzos. Será mejor que empieces a rezar para que ocurra un milagro.

Bentley, con la rodilla doblada, inclinó la cabeza, masculló unas palabras, y después, tras un «amén» sin aliento, corrió hacia delante.

Una breve cortina de fuego siguió a su desaparición, pero al cabo de unos momentos Bentley asomó la cabeza.

–¡Malditos bastardos! –gritó–. Mostrad vuestras feas caras.

Se agachó al punto, justo antes de que varias balas se incrustaran en el landó. Bentley oyó el rugido de una Brown Bess que disparaba desde la base de la rueda. Enseguida se escuchó un chillido. Miró por las ventanillas del carruaje, y vio que un hombre se llevaba la mano a la garganta ensangrentada y se desplomaba sin vida.

Otro villano lanzó un grito después de que Colton vislumbró una chaqueta roja deshilachada entre los arbustos. El hombre salió a un claro dando tumbos, y Colton sintió un gran pesar cuando reconoció la chaqueta que llevaban los soldados de la infantería inglesa.

–¡Agáchate, Bentley! –bramó–. ¡He de hablar con estos hombres!

El cochero se quedó convencido de que su amo había perdido la razón.

–¡Pero, mi señor, si quieren volarnos la cabeza!

–¡Haz lo que digo! ¡Agáchate, y no vuelvas a disparar!

Un comentario florido, muy parecido a un juramento, sirvió de promesa. Bentley cruzó los brazos sobre el pecho, convencido de que su amo estaba flirteando con el desastre.

Colton soportó el dolor de su espalda herida mientras se arrastraba hacia la rueda delantera. El esfuerzo lo obligó a descansar unos momentos. Por pura fuerza de voluntad, se mantuvo firme en su resolución y llamó a los bergantes.

–Hombres, ¿por qué habéis atacado mi carruaje? ¿Algunos no sois los mismos soldados que lucharon a mi lado contra nuestros enemigos? Si ignoráis la identidad de las personas a las que habéis atacado, permitid que me presente. Soy el coronel Wyndham, recién licenciado de las fuerzas armadas de Su Majestad.

–¿El coronel lord Wyndham?

Era evidente la sorpresa de la voz que preguntó, pero Colton la reconoció.

–¿Sois vos, sargento Buford? ¡Por el amor de Dios, hombre! ¿Por qué me habéis recompensado por salvaros la vida atacando mi carruaje?

–¡Mi señor, ni por un instante soñé que erais vos a quien atacábamos! ¡Tenéis que creerme, su señoría, por favor! Un individuo nos dijo que un tal lord Randwulf estaba explotando a las familias de soldados muertos que habían sido inquilinos de él antes de la guerra, y estaba obligando a sus hijos a trabajar como forzados en sus talleres a cambio de un poco de comida.

Colton no supo qué lo enfureció más, si su herida o la repugnante calumnia.

–¿Quién dice esas mentiras contra mí? Yo soy lord Randwulf. Asumí el marquesado de mi padre después de su muerte. No tenía talleres, y los inquilinos que residen en nuestras tierras viven en ellas desde hace muchos años. En cuanto a las viudas y familiares de soldados muertos, se encuentran a salvo en sus casas, esforzándose por prosperar.

–No sé el nombre de ese tipo, milord. Ni tampoco su cara. Llevó una máscara mientras estuvo con nosotros.

–¿Se encuentra entre vosotros ahora? Quiero hablar con ese hombre que se ha dedicado a inventar mentiras contra mí.

–Estaba aquí hace un momento, milord. Él fue quien os disparó... Lo intentó dos veces, porque su arma se encasquilló. –Buford se puso en pie con cautela, temeroso de recibir un disparo. Después de comprobar que estaba a salvo, se irguió y paseó la vista en torno suyo–. Caramba, milord, el tipo se ha esfumado. Tal vez se le ocurrió la idea de dejar que nos colgaran por lo que él inició. Creo que nos engañó a todos, milord, y por eso debo pediros disculpas.

–Acepto vuestras disculpas, Buford. Ahora, os animo a todos a volver a vuestros hogares y familias, y acabar de una vez con esta patraña. Si no desistís de esta locura, os aseguro que tarde o temprano pagaréis por lo que estáis haciendo. Si necesitáis trabajo, venid a mi casa. Haré lo que pueda por vosotros, pero por el amor de Dios, dejaos de idioteces, antes de que os detengan y cuelguen por matar a inocentes.

–¿Estáis herido, milord? –preguntó Buford, preocupado–. Os vi caer cuando la bala os alcanzó. Sería una vergüenza que murierais por culpa de algo en lo que estuvimos implicados. ¿Podemos ayudaros, milord?

–El muy bastardo me disparó por la espalda, es cierto, pero no tengo tiempo de preocuparme por la herida. Es fundamental que lleguemos a Bath.

Bentley estalló en protestas.

–Milord, Bath se encuentra a una hora de distancia, y la mansión a escasos minutos. Podríais morir si no damos media vuelta. Si un médico os reconoce y dice que podéis continuar, seguiremos nuestro camino.

–Ayúdame a subir al carruaje, Bentley, y continuemos el viaje. Ya buscaremos un médico al llegar.

–Milord, por favor... Me dolería en lo más hondo que expirarais en el camino. Vuestra madre nunca me lo perdonaría. Vuestra hermana me arrancaría la cabellera, como dicen que ocurre en las colonias.

–¡Maldita sea, Bentley, haz lo que digo! Tus argumentaciones no me harán cambiar de opinión. Es posible que mi futura felicidad dependa de si llegamos a tiempo a la ciudad.

–Bien, pero ¿qué me decís de vuestra vida?

–Aún no estoy dispuesto a rendirla, Bentley, y cuanto más sigas discutiendo, más tardaremos en ver a un médico. Además, sólo es un rasguño.

–Sólo es un rasguño –murmuró Bentley, pero subió a su asiento–. Con un agujero como ése, morirá desangrado antes de llegar a la ciudad.

La ciudad de Bath era el lugar exacto donde quería y necesitaba estar en aquel preciso momento, decidió Adriana mientras la contemplaba desde el dormitorio de la segunda planta de la casa de su tía, donde se había refugiado poco después de llegar con sus padres. Desde entonces habían transcurrido varios días, y su tía los había llevado a dar largos paseos, acompañado a visitar a viejos amigos y parientes lejanos, y animado a comprar con prudencia, a vestir con gusto y a seguir las muy agradables costumbres de la ciudad, pues era allí donde las divisiones entre aristócratas y plebeyos habían dejado de existir, siempre que uno cuidara sus modales, un requerimiento obligatorio si deseaba ser aceptado. No obstante, pese al buen humor e ingenio de su tía, que solía arrancar carcajadas bien merecidas de sus invitados, Adriana todavía se esforzaba por reprimir las lágrimas que afloraban siempre que bajaba la guardia y cedía a los dolores que padecía desde que había dado por finalizado su noviazgo con Colton Wyndham.

La distancia que separaba Bath de Randwulf Manor le había permitido alejarse de su apuesto pretendiente, si no emocionalmente, al menos en la práctica. Aun así, el pesar continuaba asediándola, sobre todo cuando estaba sola. Lamentaba no haber tenido la perspicacia de liberar a Colton del compromiso antes de que empezara su noviazgo. Si lo hubiera hecho, se habría ahorrado el enorme dolor que ahora la abrumaba. Todos sus instintos la habían advertido a gritos de las escasas probabilidades que tenía de casarse con él, pero se había permitido creer como una retrasada mental que existía una ínfima posibilidad. Y así, para desgracia de su corazón, se había ido enamorando cada día más del hombre.

Alguien llamó con suavidad a la puerta e interrumpió sus pensamientos. Cuando dio permiso para entrar, apareció su madre con una sonrisa de alegría fingida. Pese a la profunda preocupación que sentía por su hija menor, Christina había decidido transmitir optimismo, aunque en el fondo tenía el corazón roto por Adriana. Era lo máximo que podía hacer dadas las circunstancias, porque carecía del talento de obrar milagros y cargar sobre ella toda la angustia que padecía la muchacha.

–Lord Alistair acaba de llegar, querida. ¿Bajarás pronto?

–Sí, mamá –contestó Adriana, apenas consciente del suspiro de decepción que había escapado de sus labios–. Estoy dispuesta a partir cuando quieras.

–No tardaremos mucho, querida.

Una sincera sonrisa de placer se insinuó en los labios de Christina cuando examinó a su hija. El vestido de seda azul oscuro que llevaba era de lo más apropiado para un ser tan alto, esbelto y grácil. Las minúsculas cuentas que embellecían el vestido captaban el brillo de la lámpara cercana, con el resultado de que la encantadora creación destellaba como diminutas estrellas en el cielo nocturno. Perlas en forma de lágrimas colgaban de pequeños botones incrustados de zafiros, los cuales adornaban los lóbulos de las adorables orejas. Rodeando la base del cuello llevaba un collar de oro que representaba diminutas ramas de un árbol engastadas con diminutos zafiros. Una perla solitaria en forma de lágrima pendía sobre el hueco de su larga y elegante garganta.

Las joyas eran el único adorno que acompañaba al vestido, pero Christina estaba convencida de que la joven no necesitaba nada más, pues era un hecho que los adornos más sencillos complementaban una belleza peculiar mucho mejor que algo muy trabajado. Había momentos en que Christina tenía que reconocer, pero sólo a sí misma, que, en belleza y gracia, su hija menor superaba con mucho a sus hermanas.

–Estás especialmente encantadora esta noche, querida. Alistair acaba de llegar y nos ha informado que Samantha y Percy también estarán esta noche en el salón de actos con Stuart y Berenice. Por lo que tu tía me ha dicho, muchos de tus antiguos pretendientes han estado haciendo averiguaciones sobre ti, y pretenden acudir esta noche a Lansdown con la esperanza de reanudar su flirteo. Dudo que él se presente.

Christina no se atrevía a mencionar el nombre de Colton por temor a provocar otro estallido de lágrimas. Sin embargo, consideraba una vergüenza que el hombre no estuviera presente para ver con sus propios ojos la avidez con que otros galanes agradecían su ausencia. Serviría de lección al libertino observar el ansia de conquistar a Adriana que manifestaban otros pretendientes. Como madre, tal vez tenía derecho a sentirse irritada con el hombre por lo que consideraba una afrenta personal a su hija, pero tampoco podía apartar de su mente a otra persona que lamentaría muchísimo la separación definitiva de la pareja.

Christina exhaló un suspiro de pesar por su vieja amiga.

–La querida Philana se sintió humillada por su repentina paternidad y matrimonio con esa actriz. La enfurecía en especial que pudieran trocarse licencias especiales por favores al arzobispo, con el fin de legitimar unos esponsales tan precipitados. Sin embargo, querida, aún confía en que perdonarás a su hijo y reconsiderarás su proposición de matrimonio, pero me vi forzada a decirle que no auguraba la menor posibilidad de que eso ocurriera. Aunque su señoría sería un marido muy apuesto, una mujer ha de poder confiar en la integridad de su esposo. No obstante, hay quienes le profesan una lealtad acérrima y defienden sus acciones. Aunque el pobre

Alistair hace lo imposible por no hablar del asunto en presencia de Tilly, es evidente que admira mucho a su sobrino. Incluso ha hablado en su favor con tu padre, hasta el punto de afirmar que las acciones de su señoría podrían considerarse nobles, comparadas con las de otros aristócratas que dan la espalda a sus hijos ilegítimos, al tiempo que fingen con arrogancia no haber hecho nada escandaloso. En este momento, empero, Alistair no quiere irritar a Tilly, pues ella se muestra igual de leal contigo. Si puedo dar crédito a mis ojos, me inclinaría a decir que el hombre está muy enamorado de tu tía.

Adriana forzó una débil sonrisa, lo mejor que pudo conseguir en aquellas circunstancias.

–Supongo que estará más asombrado que nadie por su enamoramiento, después de haber conseguido permanecer soltero durante tantos años.

–Sí, puedo comprender que se sienta así –coincidió Christina–. Durante todo este tiempo que hemos sido amigos de los Wyndham, nunca ha parecido muy entusiasmado por cortejar a mujeres o casarse. Tal vez quien tú sabes es independiente por naturaleza. De todos modos, será interesante ver cómo les va a Tilly y Alistair. Como tú, ella no carece de admiradores. Aun así, no creo que a sus tres hijos les haga mucha gracia tener un padrastro. Pero, como son adultos y con hijos, no podrán protestar, sobre todo porque Tilly no haría caso de sus consejos. –Christina sonrió e indicó con un ademán a su hija que se acercara–. Vámonos, querida. Tu padre ya estará impaciente por la espera.

En cuanto el grupo llegó a Lansdown Crescent, Adriana se encontró asediada por apuestos caballeros que deseaban acaparar su atención, o al menos solicitar uno o dos bailes cuanto antes, o incluso más tarde. Por inverosímil que le pareciera a Adriana, el rumor de que estaba en Bath sin su acompañante habitual se había propagado hasta Londres desde el día anterior, porque hijos de vecinos de Regent Park habían ido a Bath a tomar las aguas, pero sólo las que ondulaban alrededor de la hija de lord Standish.

Sir Guy Dalton se hallaba al frente del grupo de jóvenes que la habían estado buscando. En cuanto Adriana entró, había ejecutado una brillante reverencia y entablado al punto una animada conversación sobre la ciudad y el inminente Año Nuevo, para el que faltaban dos días. Aunque Adriana sonrió y conversó con el joven caballero durante unos momentos, no albergaba otro deseo que reunirse con sus padres, por lo que declinó con elegancia su invitación cuando él intentó convencerla de que ocupara uno de los asientos que el reverendo William Dalton había reservado en el salón de actos para su familia y su invitado, el arzobispo.

La música que sonaba en la sala de baile era relajante y alegre a la vez, y, pese a su reciente tristeza, Adriana se sintió reanimada en parte, al menos lo bastante para bailar con sir Guy y varios otros jóvenes que no la habían perdido de vista en ningún momento. De todos modos, después de retirarse de la pista, se sintió acobardada cuando Roger Elston se plantó ante ella.

–Mi señora.

Sonrió y la miró a los ojos, como si no fuera culpable de nada. La joven apretó la boca y cabeceó a modo de saludo.

–Señor Elston.

Habría escapado de inmediato, pero el joven avanzó en la misma dirección que ella para impedir que huyera, mientras paseaba la vista por la sala. Después, como ignorante de su deseo de esquivarlo, sonrió y encontró dos ojos que lo estaban fulminando. Bajó la vista desde aquellos ojos oscuros, como atraído de manera irremisible hacia su busto, que escapaba del corpiño. Adriana no pudo decidir si el hombre intentaba refrescar la memoria o planear algo más tortuoso, pero no por ello se enfureció menos.

–Es bastante sorprendente encontraros sin vuestro galante acompañante –comentó Roger–. ¿Por casualidad se ha olvidado de vos su señoría, o ha encontrado otra dama con la que pasar el rato?

Adriana se volvió y abanicó sus mejillas ardientes. Tan terco como siempre, Roger volvió a ponerse a su lado. Sus ojos examinaron las parejas que bailaban mientras aspiraba un poco de rapé.

–Por lo que respecta a mí, estoy en muy buena compañía, pues he venido con la hermosísima señorita Felicity y dos conocidas suyas, que ansiaban ver Bath desde hacía cierto tiempo.

–¿Ahora sois guía turístico, señor Elston? –preguntó Adriana con frialdad, y miró detrás de él para sonreír a Felicity y a las dos jóvenes damas, que no contarían más de diecisiete años y rebosaban entusiasmo.

–No, mi señora, estoy demasiado ocupado con la pañería para dedicarme a tareas tan extravagantes. De hecho, hoy he estado tan agobiado de pedidos, que mi carruaje apenas pudo llegar a casa de los Gladstone a la hora señalada.

–Estupendo –replicó la joven con frialdad, y estaba a punto de alejarse cuando Roger la cogió del brazo. Adriana se volvió al instante–. Quitadme la mano de encima, señor Elston, o empezaré a chillar en este mismo instante.

El joven obedeció al punto.

–Dios mío, no era mi intención molestaros, querida dama. Sólo deseaba presentaros a las amigas de Felicity. Unas jovencitas muy impresionables, deslumbradas por los aristócratas. Sería un honor para ellas conoceros. Entre Felicity y sus amigas, por supuesto, me siento perplejo, y me pregunto a cuál ofrecer el honor de una propuesta matrimonial. Claro que Felicity es la única que aún se resiste a mis querencias y apetitos masculinos. Es tan inocente, pobre querida. En cuanto a las otras dos, debo confesar que me han dejado bastante saciado gracias a su ansiedad por complacer. –Ahogó un bostezo con la mano, como si estuviera terriblemente aburrido–. Se levantan las faldas a la menor insinuación mía y no les importa que seamos tres en la cama...

Adriana dio media vuelta con las mejillas encendidas y empezó a abrirse paso entre la multitud en dirección a sus padres. Su presencia le garantizaba absoluta seguridad. Cuando se acercó a ellos, observó que su padre la miraba fijamente, y aunque no preguntó nada, sus ojos comunicaban preocupación.

–Sólo estoy enfadada, papá, eso es todo –contestó ella a su pregunta silenciosa–. Ese hombre es un absoluto sinvergüenza. Es una pena que no lo caparas como amenazaste, según dijo Maud. Tal vez habrías impedido la corrupción de dos doncellas estúpidas.

Gyles carraspeó, algo turbado.

–Maud no debería avergonzar tus inocentes oídos repitiendo ominosas amenazas, muchacha.

Adriana sonrió a su padre y apoyó una mano en su manga.

–Papá, estoy lo bastante familiarizada con los caballos para saber la diferencia entre uno castrado y un semental. El señor Elston debería ser un castrado.

Gyles sonrió y le guiñó un ojo, después de abandonar toda esperanza de intentar reprimirla.

–Uno de estos días, muchacha, tal vez me decida a prestar ese servicio, sólo para mantenerte a salvo de ese monstruo, aunque siento lo de las doncellas estúpidas. Es evidente que jamás aprendieron la vileza de algunos hombres, pero temo que ya no podemos hacer nada por explicárselo. Ya son mayores y saben lo que hacen. Además, si no hicieron caso de las admoniciones de sus padres, dudo que aceptaran consejos de desconocidos.

–Es probable que nunca tuvieran un padre que las quisiera lo bastante para desear protegerlas. –Pasó una mano sobre sus solapas y le dedicó una sonrisa de adoración–. Te quiero, papá, más que a cualquier otro hombre.

–¿Quién miente ahora? –preguntó el hombre, y escudriñó los ojos que durante los últimos días habían perdido casi todo su brillo–. Hay uno al que amas por encima de todo.

La joven parpadeó para ahuyentar las lágrimas.

–Sí, papá –admitió con tristeza–, pero temo que él no me ama.

–Ya veremos cómo acaba todo, querida mía, y tal vez sea esta noche. ¿Quién sabe? –Le palmeó la mano para tranquilizarla, y después paseó la vista por la sala. Señaló hacia la entrada–. Veo una cara conocida, y creo que te está buscando.

El corazón de Adriana saltó en su seno, pues sólo pudo imaginar que Colton había llegado y la estaba buscando. Con las mejillas enrojecidas, buscó en la dirección que había indicado su padre y experimentó una punzada de decepción cuando divisó al muy apuesto Riordan Kendrick. Por lo visto acababa de llegar, pues estaba paseando la vista por la sala como si buscara a alguien.

Con la misma estatura de Gyles, Riordan poseía la ventaja de poder mirar por encima de las cabezas de las mujeres y la inmensa mayoría de los hombres. Parecía metódico en su exploración, hasta que Adriana sintió por fin que sus ojos se posaban... e inmovilizaban... en ella. Una lenta sonrisa floreció en los labios del hombre. Se abrió paso con tenacidad entre las parejas que charlaban, congregadas detrás de las sillas y los bancos de los espectadores sentados alrededor de la pista.

Adriana no podía creer que la noticia de su alejamiento de Colton se hubiera propagado con tal celeridad, pero allí tenía una prueba más de la velocidad con que corría. Riordan Kendrick no pensaba desaprovechar la situación.

Casi había olvidado lo apuesto que era el hombre..., y lo decidido que estaba a conquistarla. De todos modos, cuando le devolvió la sonrisa, fue como si algo hubiera desaparecido de su ánimo. Si bien en una ocasión había creído que le gustaría tener a Riordan como marido, ahora no podía aceptar esa premisa con tanta facilidad, pues la imagen de Colton todavía se cernía en su mente... y en su corazón. Tal vez con el tiempo el espantoso dolor disminuiría, y podría pensar en los hombres que la deseaban de verdad, y sobre todo en Riordan Kendrick, que durante casi dos años había dado muestras de su compromiso personal para alcanzar ese objetivo.

–Mi señora, las palabras son incapaces de explicar cuánto os he echado de menos durante los últimos meses –murmuró el hombre cuando se detuvo ante ella–. Me he esforzado por apartar de mi mente cualquier pensamiento relativo a la dama que había perdido, y concentrarme en supervisar las obras de renovación de los aposentos privados de mi propiedad rural, con el deseo no sólo de calmar el vacío de mi corazón, sino de imaginar una forma de haceros mi esposa. ¿Puedo atreverme a esperar que vuestra presencia en Bath y la muy notable ausencia de vuestro acompañante habitual sean motivo de regocijo para mí?

Un pañuelo agitado vigorosamente al otro lado de la sala atrajo la atención de Adriana. Intrigada por saber quién era el osado, se apartó un poco para mirar, porque Riordan no la dejaba ver. El nervioso individuo no era otro que Samantha, que le hacía frenéticos gestos desde el fondo. La falta de compostura de su amiga le hizo pensar que había sucedido algo grave.

Adriana apoyó una mano en el hombro del marqués y lo miró con expresión suplicante.

–Perdonad la grosería de excusarme en este mismo momento, Riordan, pero he de averiguar por qué me llama Samantha. Parece muy preocupada, y me pregunto qué habrá sucedido...

Adriana no pudo continuar, porque su corazón se había paralizado al pensar que Colton podía estar muerto o herido en algún sitio.

Riordan miró a su alrededor para ver qué estaba pasando, y confirmó con sus propios ojos que Samantha parecía estar muy nerviosa.

–Sígueme –dijo, al tiempo que tomaba la mano de Adriana–. Hay demasiada gente para que puedas abrirte paso con facilidad.

Adriana aceptó de buen grado su sugerencia, porque el hombre, dado su tamaño, podía moverse con facilidad entre la muchedumbre. En cuanto estuvieron cerca de Samantha, la mujer corrió hacia ella y asió su brazo con desesperación. Su rostro había perdido casi todo el color, y era evidente que estaba haciendo un gran esfuerzo por no desmoronarse.

Adriana aferró el brazo de su amiga, cada vez más preocupada.

–Dios mío, Samantha, ¿por qué estás tan angustiada? ¿Dónde está Percy? ¿Se encuentra bien?

–Bentley envió a alguien en su busca hace rato, y ahora ha vuelto para decirme que Colton está fuera, en el carruaje, y quiere verte.

Una oleada de alegría se apoderó de Adriana, antes de que la razón se impusiera y acabara con su dicha. ¿De veras creía Colton que correría con tanta facilidad a sus brazos, después de haberla mantenido a distancia durante todo el noviazgo? Se encogió de hombros, con el fin de transmitir una indiferencia que no sentía.

–¿Por qué no entra tu hermano?

–Colton ha recibido un disparo en la espalda, Adriana, y se niega a ver a un médico hasta que haya tenido la oportunidad de hablar contigo. Bentley dijo que los atacaron en la carretera poco después de salir de casa, y mi hermano ha venido hasta aquí pese a sus heridas, decidido a verte.

La terrible noticia atravesó el corazón de Adriana con flechas de miedo. Por segunda vez se volvió hacia el marqués para suplicar comprensión, pero esta vez temblando de inquietud.

–Perdóname, Riordan, pero he de ver a Colton.

–Tal vez pueda ser útil –dijo el hombre, mientras la alegría desaparecía de sus ojos oscuros. Tomó su mano para darle ánimos–. Como he vendado un buen montón de heridas durante mi carrera de oficial, Adriana, tal vez podría ayudarte si os acompaño fuera.

–Démonos prisa –rogó Samantha, dispuesta a aceptar cualquier tipo de ayuda–. Colton podría estar agonizando.

Los rostros de los curiosos reflejaron sorpresa cuando los tres corrieron hacia la entrada, pero no importó a las mujeres, y mucho menos al hombre que las seguía. Bentley estaba esperando junto al landó, cuyo lamentable estado había atraído a una multitud de amigos y conocidos ansiosos por saber qué había ocurrido, y si alguno de los Wyndham había resultado herido en lo que el conductor describía como un ataque perpetrado por desconocidos. En cuanto al estado de su amo, Bentley repetía las palabras que le habían ordenado transmitir minutos antes: «Su señoría sólo ha sufrido un rasguño».

Cuando las damas salieron a toda prisa del elegante edificio, Percy bajó con cautela del vehículo para no causar a su cuñado más incomodidades de las que ya padecía.

–¿Sabes si sus heridas son graves? –preguntó Samantha a su marido, cuando éste extendió una mano para ayudarla a entrar.

–Tu hermano dice que no –murmuró Percy–, pero será mejor que te prepares para lo peor, querida. Parece que ha perdido mucha sangre. La espalda de su chaqueta está empapada por completo.

Adriana, cada vez más asustada, se mordió los nudillos mientras esperaba a que el hombre ayudara a su esposa. Cuando Percy se volvió por fin hacia ella, su expresión era solemne, y sus ojos azules no brillaban como de costumbre a la luz del farol. Los ojos oscuros de Adriana eran suplicantes.

–No puedo garantizarte nada, Adriana –murmuró apenado el hombre, al tiempo que le apretaba los dedos para comunicar su propia preocupación y la ayudaba a subir al carruaje.

Samantha se había sentado al lado de su hermano, y, cuando Adriana descubrió la mirada preocupada de su amiga, sólo pudo apretar los labios y esforzarse por controlar las piernas temblorosas. Consiguió sentarse delante de Colton, pero su corazón se paralizó cuando examinó al que había llegado a amar con tanta desesperación.

Colton estaba derrumbado en un rincón del asiento trasero, con un codo sobre el apoyabrazos y la mano del mismo brazo apretada contra el abdomen, como si así pudiera seguir incorporado. Tenía el rostro pálido y demacrado a la luz de los faroles, y era evidente que le costaba mucho hablar.

–Perdonad mi lamentable estado, señoras –dijo con una sonrisa irónica. La rigidez de sus pálidos labios daba cuenta de lo mucho que le costaba disimular sus dolores–. Partí en plena forma, pero en el camino me topé con una pandilla de bribones que parecían empeñados en matarme...

Adriana se tapó la boca con una mano para reprimir un gemido de miedo. Con voz temblorosa por la preocupación, su acompañante y amiga expresó la pregunta que atormentaba su mente.

–¿Por qué no diste media vuelta y llamaste a nuestro médico para que curara tu herida, Colton?

–Tenía que decirle a Adriana... que la quiero con todo mi corazón..., y deseo con desesperación que sea mi esposa. –Sus ojos se desviaron hacia la puerta, donde lord Riordan estaba escuchando la conversación–. Tenía miedo... de perderla... a manos de otro. No podía arriesgarme a retrasar la llegada, por temor al desenlace de la velada... si no... le decía... que la amaba.

Adriana secó las lágrimas que resbalaban sobre su cara. La familia de Colton no soportaría el golpe de su muerte, ni ella tampoco. No sólo lo amaba con todas las fibras de su ser, sino que viviría atormentada para siempre por el hecho de que la ruptura le había impedido buscar un médico a tiempo. La culpa la perseguiría hasta la tumba.

–Hemos de ir a ver cuanto antes a tía Tilly y encontrar un médico que cure tu herida.

La sombra de una sonrisa se formó en los labios de Colton. El mismo rayo de luz que proyectaba el farol iluminó sus ojos nublados.

–No hasta que prometas casarte conmigo, Adriana. Esta noche sería el momento adecuado, cuando no ahora mismo.

–Puede que mueras si nadie se ocupa de tu herida –dijo Adriana con voz estrangulada, mientras intentaba contener los sollozos.

–Mejor morir que vivir sin ti –susurró el marqués, y extendió la mano libre hacia ella.

Adriana la tomó entre una cascada de lágrimas.

–¿Deseas ser mi esposa, Adriana? –preguntó Colton con voz ronca.

Ella asintió vigorosamente.

–¡Sí, oh, sí!

Colton miró a Riordan y sonrió, pese al intenso dolor de la espalda.

–Si no salgo de ésta, mi señor, declaro que os elegiría a vos como marido de la dama. No podría tener mejor opción, después de mi fallecimiento, por supuesto.

Incluso en un momento tan serio, Riordan no dejó de captar el humor invencible de su adversario. Inclinó la cabeza un momento y aceptó el cumplido.

–Si ambos no hubierais estado prometidos, mi señor, habría removido cielo y tierra con tal de arrebataros a Adriana. Y pese a que deseo con desesperación convertirla en mi esposa, no querría que nuestro matrimonio fuera el resultado de vuestra muerte. Ateniéndome a vuestras necesidades actuales, si permitís que os acompañe a mi casa, tal vez entre Percy y yo podamos acostaros. Si bien las damas han demostrado su inmensa utilidad, temo que carezcan de la fuerza necesaria para ello.

–Acepto de todo corazón vuestra oferta –dijo Colton con un hilo de voz–. Temo que soy incapaz de ponerme en pie..., ni siquiera de quitarme la ropa.

Riordan se volvió hacia sir Guy, que estaba a su lado. El joven había estado escuchando la conversación, y parecía muy preocupado.

–Si sois tan amable de decir a los padres de Adriana que regresará a casa de su tía sin más dilación –dijo Riordan al caballero–, calmaréis su angustia en el caso de que adviertan su ausencia.

–Me ocuparé de que informen a algún familiar de la situación –contestó sir Guy. No obstante, antes de partir a cumplir su misión, avanzó hacia la puerta abierta del carruaje. Carraspeó en un intento de llamar la atención del herido, y escrutó los ojos grises, vidriosos a causa del dolor–. Os deseo lo mejor, mi señor –dijo de todo corazón–. Sería una verdadera desgracia que un héroe de nuestro prolongado conflicto con Francia hallara la muerte a manos de nuestros compatriotas. Rezaré para que frustréis sus malvados propósitos disfrutando de una vida larga, feliz y próspera. En cuanto a vuestra felicidad, si no os importa que os eche una mano en ese apartado, hablaré con mi padre. Como lady Adriana y vos sois residentes legales de Wiltshire, sería muy fácil para él conseguiros una licencia matrimonial. Pero dado que su excelencia el arzobispo se encuentra en Bath y esta noche es el invitado de mi padre, creo que estaría dispuesto a conceder una licencia especial a uno de los héroes más preclaros de nuestra patria. Con su firma en ese documento, nadie podría oponerse a vuestro matrimonio con lady Adriana.

–Gracias, sir Guy –murmuró agradecido Colton–. Sea cual sea el precio, me gustaría pagar esa cantidad para que su excelencia conceda la licencia.

El caballero se volvió al punto, con la intención de cumplir su palabra, pero se topó con Roger Elston, quien dirigió una mirada irónica al interior del carruaje.

–¿Pasa algo? –preguntó, mientras se llevaba un pañuelo a la ventana izquierda de la nariz.

Sir Guy no supo por qué se encrespaba. Tal vez fue la vaga sonrisa burlona lo que provocó su brusca reacción, pero nunca le había caído bien el hijo del fabricante de tejidos, sobre todo debido a su insistencia por reclamar la mano de la dama, cuando había nobles que aspiraban a lo mismo.

–Nada, salvo que lady Adriana ha accedido a contraer matrimonio con su señoría. De hecho, iba a entrar para pedir a mi padre que llevara a cabo los preparativos para celebrar la ceremonia esta noche, gracias a una licencia especial firmada por su excelencia el arzobispo, naturalmente.

Los ojos de Roger lanzaron destellos gélidos.

–¿Haríais eso por ese cabrón altivo, aun deseando a la dama para vos?

–Al contrario que algunos hombres que conozco –replicó Guy con una mirada desafiante–, no soy un perdedor vengativo. Además, teniendo en cuenta los valientes servicios prestados a la patria por su señoría, estoy seguro de que casi todo el mundo estará de acuerdo en que merece ese honor. Es más de lo que puedo decir de los despreciables sujetos que se escabulleron aduciendo falsas incapacidades.

–Pobre idiota engañado –resopló Roger, desechando la intencionada pulla del otro hombre–. ¿De veras creéis que la intervención de Wyndham en unas cuantas escaramuzas lo coloca por encima de los demás?

–¿Unas cuantas? –Guy desechó con una carcajada el desdeñoso comentario de Roger–. Yo diría que unas cien, querido amigo. En cualquier caso, esta discusión es inútil, puesto que lady Adriana ya ha aceptado la propuesta de matrimonio de su señoría. –Alzó una mano y dio unos golpecitos con el dedo en el pecho del joven, al tiempo que administraba lo que un consumado espadachín como él hubiera descrito como el golpe de gracia–. Lo cual no os deja ni una posibilidad entre un millón, bufón.

Roger quiso evitar el contacto con el otro hombre, pero Guy levantó la mano y golpeó la barbilla de su contrincante, cuyos dientes castañetearon. Roger soltó una sarta de epítetos en dirección a la espalda del caballero, que se dirigía a cumplir su misión.

Percy se acercó al nervioso Bentley, que corrió a su encuentro con la esperanza de recibir noticias alentadoras. No fue así. Percy, con tono sombrío, indicó al cochero cómo llegar a casa de lady Mathilda. El cochero dio media vuelta, decepcionado, y subió a su asiento.

Adriana desocupó el asiento delantero del landó para dejar sitio a Percy y Riordan, pero Colton se negó a soltarle la mano, y Adriana tuvo que sentarse entre su hermana y él. Para evitarle más incomodidades, Adriana se abstuvo de respaldarse hasta que Samantha se hizo a un lado para dejarle más espacio, pero Colton no le permitió alejarse de él. Enlazó sus dedos con los de ella, de forma que sus manos entrelazadas descansaron sobre el regazo de la joven, y el brazo del marqués se apoyó sobre el firme busto de Adriana. Ella le acarició el brazo y frotó la mejilla contra su hombro, mientras Colton bajaba la cabeza poco a poco y la apoyaba en el costado del vehículo. Un momento después, el corazón de la joven saltó en su pecho cuando notó que los dedos de Colton se aflojaban.

–¡Oh, no, por favor! –gritó, y los demás pasajeros se inclinaron hacia delante en sus asientos.

Muerta de miedo, buscó el pulso de Colton en su garganta. Su angustia aumentó cuando no lo encontró. Reprimió un sollozo, renovó sus esfuerzos y, tras percibir una leve vibración bajo sus dedos un momento después, experimentó una oleada de alivio. Algo avergonzada, miró a los demás, que la observaban con preocupación.

–Se encuentra bien. Su pulso es fuerte. Sólo se ha desmayado.

Samantha se llevó una mano temblorosa a la boca, con la intención de calmar sus sollozos, pese a los ríos de lágrimas que resbalaban por sus mejillas.

–Queridísima amiga, perdona que te haya asustado –suplicó Adriana llorando, mientras entrelazaba sus dedos con los de Samantha.

Ambas juntaron las cabezas, al tiempo que se esforzaban por contener su miedo. Como siempre, sus corazones latían al unísono por el amor y la preocupación que sentían por el hombre.

16

En cuanto Bentley detuvo el landó ante la residencia de lady Mathilda, Riordan descendió y ayudó a bajar a Adriana al suelo. La joven corrió hacia la puerta y golpeó la aldaba de hierro contra su base metálica, mientras Riordan ayudaba a Samantha. En el silencio que siguió, Adriana oyó pasos que se acercaban a toda prisa.

El mayordomo, un hombre enérgico de unos cuarenta años, abrió la puerta unos centímetros y, tras reconocer a la dama, se apartó y la saludó con cordialidad. Cuando observó el desfile de gente que la seguía, abrió la puerta de par en par para dejar pasar a los hombres que cargaban a un tercero, inconsciente a juzgar por todos los indicios.

–Hodges, necesitamos un médico cuanto antes –anunció Adriana, mientras Percy y Riordan entraban con su carga–. ¿Conocéis alguno de prestigio en Bath? Unos bribones han disparado a lord Randwulf y necesita cuidados urgentes.

–Hay un médico por quien lady Mathilda siente el mayor respeto, mi señora. Enviaré a mi hijo en su busca ahora mismo.

El mayordomo se volvió hacia el muchacho, de unos doce años, que lo había seguido hasta el vestíbulo.

–Eres el mejor jinete que tenemos aquí, Caleb. Ve a casa de Franklin Croft y pídele que venga lo antes posible.

–¡Sí, señor!

Adriana se subió las faldas y guió a los hombres escaleras arriba. Su tía ocupaba el dormitorio más amplio de la casa. Sus padres se alojaban en el más espacioso de los dos cuartos de invitados, de manera que sólo podían utilizar el destinado a ella.

Abrió la puerta y apartó las sábanas de la cama. Samantha, en la retaguardia de la breve procesión, intentaba explicar a Hodges lo ocurrido, ciñéndose a lo que Bentley había contado a Percy.

Adriana pidió consejo al mayordomo.

–¿No deberíamos extender sábanas viejas sobre el colchón para proteger las de buena calidad?

Hodges ya lo había previsto. Se volvió hacia la puerta justo cuando una criada entraba con un montón de sábanas viejas. Adriana ayudó a la mujer a extender las capas protectoras sobre el colchón, y cuando los hombres depositaron su carga sobre la cama, empezó a aflojar el chaleco de Colton.

Hodges se acercó a la joven y le habló en voz baja con gran discreción.

–Lady Adriana, esta tarea no es propia de una joven como vos. Debo insistir en que vos y lady Burke os acomodéis abajo y dejéis la tarea de desvestir a su señoría a nosotros tres. –Indicó con un ademán a Percy, Riordan y a sí mismo, transmitiendo la sensación de que se había hecho cargo de la situación y era muy capaz de controlar todos los detalles–. En el pasado, vuestra tía tuvo la bondad de ayudar al doctor Croft cuando trataba a soldados que volvían de la guerra. También solicitó mis servicios en cierto número de ocasiones. Como conozco las herramientas que el doctor Croft necesitará para extraer la bala y curar la herida de su señoría, ya he ordenado a los criados que hiervan los instrumentos que el médico suele emplear, y que reúnan vendajes y demás cosas necesarias. Como sin duda reconoceréis, mi señora, desvestir a su señoría y curar su herida no es trabajo apto para espíritus delicados ni doncellas solteras. Tened la seguridad de que su señoría estará en buenas manos, no sólo ahora, sino sobre todo cuando el doctor Croft llegue. Es un médico eminente y ha tratado heridas muy complicadas con excelentes resultados. Puedo dar fe de ello, pues he sido testigo de algunos de los milagros que ha obrado. Por consiguiente, no hay nada que vos y lady Burke podáis hacer de momento, salvo tomar un poco de oporto mientras esperáis a que llegue el doctor Croft y haga lo que pueda por su señoría.

Adriana, reacia a marcharse, miró a Colton, pero Samantha apoyó una mano sobre su brazo.

–Vamos, querida. Hodges tiene razón. Los hombres son mucho más capaces de preparar a mi hermano para el médico que nosotras. Carecemos de los conocimientos necesarios para tratar heridas graves. Si no te has olvidado, nunca tuvimos demasiado éxito en ese aspecto cuando encontrábamos animales malheridos. Lo único que podíamos hacer era dejar que nuestros padres acabaran con sus sufrimientos.

Lágrimas de preocupación nublaron la visión de Adriana.

–Pero si se despierta y quiere verme...

Samantha palmeó su brazo como una madre.

–Los hombres le dirán que estás esperando abajo y volverás en cuanto el doctor Croft te dé permiso.

Las predicciones de Hodges se demostraron acertadas, pues Caleb llegó con el médico menos de un cuarto de hora después. El hombre saludó con el sombrero a las damas y habló al muchacho sin volverse mientras atravesaba el vestíbulo.

–Necesitaré una potente libación que limpie la herida y aturda al paciente. ¿Sabes si hay algo así en la casa, jovencito?

–Creo, señor, que mi padre ya tiene arriba lo que necesitáis.

–Excelente. Haz el favor de acompañarme a la habitación del paciente –pidió el médico, e indicó con un ademán a Caleb que lo precediera.

Adriana se disponía a pisarle los talones cuando Samantha la retuvo. Como si se recuperara de un desmayo, se volvió hacia su amiga, perdida por completo la compostura.

Samantha enlazó su brazo con el de ella.

–Hemos de rezar y confiar en que el médico haga lo que pueda, Adriana.

Transcurrió casi una hora y media antes de que el doctor Croft saliera de la habitación, con la chaqueta doblada sobre el brazo. Al ver que se bajaba las mangas y empezaba a descender, Adriana corrió hacia la escalera y aferró la barandilla con todas sus fuerzas. Aunque no dijo nada, sus ojos suplicantes hablaron por ella. El galeno sonrió.

–Vos debéis de ser la joven a quien su señoría exige ver desde hace media hora.

–¿Está vivo? –gritó jubilosa Adriana, mientras Samantha corría hacia ella y la abrazaba por detrás.

–Por supuesto –repuso el doctor Croft, como si nunca hubiera dudado de su capacidad–. He convertido en una costumbre de mi profesión no perder pacientes de manera innecesaria, y a éste le queda mucha vida por delante. Eso quedó muy claro cuando me maldijo una o dos veces. –El médico sonrió al ver la alegría de la joven–. No dio la impresión de sentirse muy agradecido cuando prohibí a todo el mundo que obedecieran su orden de venir a buscaros, pero ese bruto ingobernable está vivo... y en excelente estado, teniendo en cuenta las circunstancias. –El doctor Croft alzó la mano e hizo rodar una bala de plomo entre el índice y el pulgar, al tiempo que la examinaba a través de sus gafas de montura cuadrada–. Pensé que el hombre estaría mejor sin este pedazo de plomo, pero tal vez queráis regalarlo a vuestros nietos y contarles que su abuelo no pronunció ni una palabra mientras se lo extraía, una hazaña que pocas veces he presenciado. Es más de lo que puedo decir de su conducta cuando le advertí que debería esperar para veros.

–Perdió la conciencia en el carruaje, como si estuviera muy débil por la pérdida de sangre –dijo Adriana–. ¿Cuáles serán las consecuencias?

–En realidad, no perdió tanta sangre como suponíais. El dolor y la conmoción debieron de causarle el desvanecimiento, pero es un tipo muy resistente. Su herida no ponía en peligro su vida..., ni lo hará, a menos que se infecte, pero ya he tomado medidas para evitarlo con una mezcla que no sólo evita la putrefacción, sino que calma su malestar de manera razonable. El coñac también contribuyó en gran medida a ese fin, por supuesto. De hecho, parece muy animado, teniendo en cuenta que recibió hace poco un balazo en la espalda, que no interesó órganos vitales, gracias a Dios. –El doctor Croft enarcó las cejas–. Está convencido de que los dos vais a casaros esta noche. ¿Sabéis algo de eso?

Adriana no supo muy bien qué decir.

–Bien, sir Guy dijo que iba a enviar a su padre para celebrar la ceremonia, pero no estoy segura de que hablara en serio.

El doctor Croft señaló con el pulgar hacia atrás para indicar a su paciente.

–Bien, pues yo puedo deciros ahora mismo que su señoría sí, y si queréis que siga acostado, será mejor que imaginéis una forma de aplacarlo si no pensáis casaros con él esta no...

El enérgico sonido de la aldaba sobre la puerta hizo que Caleb saliera corriendo de los aposentos de la servidumbre. Cuando abrió la puerta, un hombre alto, vestido de negro con cuello blanco, se quitó el sombrero de la cabeza gris.

–Soy el reverendo William Dalton. Mi hijo me ha enviado aquí con una licencia especial del arzobispo e instrucciones de casar a una pareja con cierta premura. –Tras reconocer al médico, pareció incómodo–. Buenas noches, Franklin. Espero no llegar demasiado tarde. ¿Ha nacido ya el niño?

El doctor Croft lanzó una carcajada y le indicó al hombre que entrara.

–Entra, William, y tranquilízate. He venido para atender a un hombre gravemente herido, no para ayudar a una mujer a dar a luz. Creo que la pareja deseosa de casarse lleva prometida unos dieciséis años, al menos eso es lo que dijo su señoría hace unos momentos. Yo creo que ya es hora de que se casen, ¿no?

El prior rió, aliviado.

–Bien, me parece muy razonable. ¿Empezamos la ceremonia? Mi esposa quiere que regrese al salón de actos lo antes posible. Se pone un poco nerviosa cuando ha de atender a invitados importantes en mi ausencia.

El doctor Croft movió la mano en dirección a la habitación de arriba.

–Temo que tendrás que oficiar la ceremonia arriba, William. Prohibí a mi paciente abandonar la cama durante varios días. Si se quedara aquí una semana, aún me sentiría más contento. –Señaló a Adriana–. Estoy seguro de que obedecerá de buen grado mis órdenes si la hermosa dama aquí presente consiente en ser su enfermera y cuidarlo. Si bien no nos han presentado de manera oficial, creo que ésta es la joven a la que su señoría pretende tomar por esposa, lady Adriana.

El sacerdote se acarició la barbilla con aire pensativo.

–Bien... Como el hombre está gravemente incapacitado, tal vez debería aplazarse la boda hasta que se haya recuperado. Nunca he oficiado una ceremonia con el novio postrado en la cama.

El doctor Croft desechó sus escrúpulos con una carcajada.

–Su señoría insiste en que el matrimonio se celebre esta noche, y si estuviera en tu lugar, William, le seguiría la corriente. He sido testigo de que es capaz de exhibir un carácter muy desagradable si lo separan de su prometida. También se halla en posesión de una amplia gama de insultos que tal vez enriquezcan tu vocabulario, aunque no lo refinarán. –El hombre sonrió irónicamente–. Debieron de darle clases los franceses mientras luchaba con ellos cuerpo a cuerpo. Es inimaginable que un caballero inglés bien educado sea capaz de decir tales cosas.

–Ah, sí, entiendo. –El párroco enarcó sus cejas grisáceas con expresión algo preocupada–. Bien, supongo que no hay más remedio. Seguirle la corriente, eso es lo que deberíamos hacer, de modo que procedamos.

Era evidente que la paciencia de Colton se había agotado cuando entró el grupo, porque tenía el ceño fruncido como un tirano malhumorado. Después de aplicarle los vendajes rodeándole el pecho, lo habían cubierto con una sábana, pero al ponerse de costado había notado un intenso dolor en la carne recién suturada y se había quedado inmóvil, sin advertir que tenía la sábana enredada entre los muslos y ceñida a esa zona abultada. No sólo tenía al aire el ombligo, sino también la fina línea de vello que descendía hacia la ingle.

El buen reverendo enrojeció al ver el indecoroso atuendo del joven, pero cuando la novia corrió a la cama y se apoderó de la mano que él le había extendido, la incomodidad del sacerdote aumentó hasta extremos casi insoportables. Sus mejillas se encendieron al contemplar aquel espectáculo indecente. Carraspeó y se volvió hacia Percy en busca de ayuda.

–¿Creéis que podremos encontrar algo para cubrir al herido mientras las damas estén presentes?

Percy miró a las dos mujeres con una sonrisa alegre. A juzgar por lo que veía, la desnudez de Colton no las afectaba.

–Bien, una es su hermana, y la otra será su mujer dentro de unos momentos. No veo la importancia.

–No obstante, la sábana parece muy inadecuada para una ceremonia nupcial –señaló el reverendo Dalton, turbado por el espectáculo.

No sólo estaba expuesto el bajo vientre del hombre, sino que encima la tela marcaba sus partes pudendas. Menos mal que su señoría conservaba el juicio en presencia de la dama y no les daba un susto a todos.

Entre carcajadas, Percy cedió a la mirada suplicante de su esposa y se compadeció del ruborizado párroco. Extendió una manta sobre la parte inferior del herido. Colton apenas se dio cuenta, pues su mirada estaba concentrada en la futura novia.

–¿Y tus padres? –preguntó algo preocupado, mientras sus ojos examinaban el hermoso rostro tan cercano al suyo–. ¿No han llegado todavía?

–Están con tía Tilly y tu tío Alistair. Teniendo en cuenta su retraso, imagino que sólo les han dicho que he vuelto a casa.

Los labios de Colton se curvaron en una lenta sonrisa.

–Qué sorpresa se llevarán cuando lleguen.

Adriana se acercó un poco más, pues el brillo de los ojos del marqués había despertado sus sospechas. Arqueó una ceja cuando percibió el fuerte olor del licor administrado por el doctor Croft.

–¿Seguro que estás lo bastante sobrio para saber lo que haces, mi amor? No quiero que te quejes más tarde de que te han engañado. Tal vez deberíamos aplazar los esponsales hasta que tu cabeza se libere de la influencia del alcohol y estés recuperado del todo.

–¡De ninguna manera! No quiero correr el riesgo de perderte –afirmó Colton, y lanzó una veloz mirada en dirección a Riordan. Aunque su rival intentaba poner al mal tiempo buena cara, sus ojos oscuros habían perdido el brillo característico. Como había estado muy cerca de perder a Adriana, Colton comprendió muy bien el dolor que estaba sufriendo el hombre y se compadeció de él–. Puede que te pierda por completo si espero, y no quiero correr ese riesgo, teniendo en cuenta que tengo un serio competidor en esta misma habitación. Procedamos con la ceremonia.

Convencida de que estaba obrando bien, y de que era beneficioso para su corazón y su futura felicidad, Adriana repitió los votos con plena convicción. Tenía enlazada firmemente la mano del hombre a quien la habían prometido años antes, y, aunque lord Sedgwick no estaba vivo para ver culminadas sus aspiraciones, era un hecho que su perspicacia había resultado fundamental para su unión. De no haberse iniciado ésta cuando eran pequeños, Adriana sabía que habría olvidado a Colton Wyndham y aceptado la primera petición de Riordan. No albergaba la menor duda de que habría sido feliz con el hombre, pero un amor más grande había aparecido en su vida, y desde entonces había quedado cautiva de los anhelos de su corazón. Sólo su boda con Colton apaciguaría esos anhelos.

Cuando el buen reverendo pidió el anillo unos momentos después, se produjo cierta confusión, pues habían olvidado aquel pequeño detalle. Sin embargo, Colton no quiso pasarlo por alto. Desde hacía unos veinte años llevaba un pequeño anillo familiar en el dedo meñique. Se lo quitó y, aunque era demasiado grande, lo deslizó en el dedo anular de su esposa, mientras repetía las palabras del reverendo.

–Con este anillo te desposo, con mi cuerpo te reverencio y te ofrezco mis bienes terrenales...

Cuando la ceremonia concluyó, Samantha se lanzó en brazos de su amiga con un suspiro exagerado para llorar con ella.

–¡Por fin somos hermanas de verdad!

Se intercambiaron felicitaciones, y el doctor Croft lanzó una advertencia.

–Mi señor, os insto a pensar en vuestra herida. Si bien he administrado con generosidad un ungüento que aliviará el dolor y reducirá las posibilidades de infección, os ruego que no hagáis esfuerzos innecesarios. Ya habrá tiempo para que los dos os... er..., vayáis conociendo.

Percy no pudo contener su buen humor y estalló en sonoras carcajadas.

–¿Qué le estáis pidiendo, doctor Croft? ¿Hacer caso omiso de su esposa, después de lograr permiso al fin para llevarla a la cama? Tendría que ser un santo para hacer eso, sobre todo teniendo en cuenta la belleza de la dama. La verdad, con permiso de mi cuñado, creo que de santo no tiene nada.

–Compórtate, Percy, por una vez –pidió Samantha, con las mejillas encendidas, aunque parecía incapaz de contener una sonrisa–. Me estás avergonzando. Es inimaginable el efecto que estarás causando en Adriana.

Percy rió cuando pasó la mano de su esposa por el hueco del brazo.

–No creo que sus mejillas se enfríen antes de un mes, mi amor, así que será mejor que se vaya acostumbrando al calor.

Adriana tenía problemas para reprimir el rubor, pero Colton sonrió cuando aceptó los comentarios de Percy como un análisis correcto de su carácter. Nunca había afirmado ser un santo; pero, teniendo en cuenta hasta qué extremos había encadenado su corazón la novia, creía que existían más posibilidades de que eso sucediera en un futuro.

Enlazó los dedos de la novia y con la mano libre le inclinó la cabeza para darle un beso largo y tierno. Cuando por fin se separaron, Riordan había abandonado la habitación.

Colton sonrió al médico. El potente brebaje que le había administrado para calmar el dolor había conseguido su objetivo, pero no había aplacado los deseos que habían inflamado su mente y su cuerpo durante los últimos meses.

–Intentaré no esforzarme en exceso, doctor Croft, pero no prometo nada más.

El médico frunció el ceño, intuyendo que no serviría de mucho razonar con su señoría. Claro que Percy ya lo había dejado bien claro: no era fácil para un hombre mostrarse indiferente a la belleza de la joven.

–No obstante, os pido que seáis cauteloso. Tengo entendido que fuisteis un héroe en las guerras con Francia, pero de momento sois tan delicado como un recién nacido. No debéis moveros sin necesidad, por lo cual sugiero que vuestra esposa os mime durante los días siguientes. Dejaré polvos e instrucciones a Hodges para mezclarlos y tratar la herida después de limpiarla, o bien si la herida duele demasiado. Recomiendo que se aplique cuatro veces al día para impedir que la piel se infecte. Mañana volveré para examinaros y, si estáis peor, tendré que expulsar a vuestra esposa para daros tiempo a recuperaros.

–Obedeceré fielmente vuestras instrucciones, señor –dijo Colton, sonriente–. No me gustaría nada estar separado de ella después de haberla convertido en mi esposa.

La pareja se quedó a solas por fin, pero Adriana se tomó en serio el consejo del médico y ofreció una solución.

–Dormiré abajo para que no sientas tentaciones de moverte.

Colton negó con la cabeza.

–No, querida mía, dormirás conmigo en esta cama. Y si no descubro una manera de hacerte el amor sin abrirme la espalda, al menos te estrecharé en mis brazos. Y haz el favor de no molestarte en despojarte de la ropa en otra habitación o ponerte un camisón. Si lo haces, saldré en tu persecución, o me veré obligado a quitarte el camisón. En ambos casos podría salir malparado, cosa que no te haría ninguna gracia. Por consiguiente, te conmino, esposa mía, a pensar en los problemas que provocarás si no accedes a mis súplicas. He esperado demasiado para descubrir si la visión que vislumbré en mi cuarto de baño es real, o sólo un producto de mi imaginación. En este último caso, deberían cantar mis alabanzas por el grado de perfección que alumbré en mi mente. De ser verdadero, quiero aferrar esa visión entre mis brazos y saborearla al máximo, tal como he anhelado desde que volví a casa.

–Como desees, milord –murmuró Adriana, con una sonrisa deslumbrante.

Después de su agitada separación, se alegraba de poder estar con él.

Tuvo la impresión de que aquellos ojos brillantes se clavaban en ella cuando se llevó las manos a la nuca, pero desabrochar el collar de oro y zafiros le causó tantas dificultades que cayó de rodillas al lado de la cama.

–Has de ayudarme a desabrochar el collar –rogó.

Cuando hizo ademán de posar la mejilla sobre el colchón para que Colton pudiera ayudarla, el marqués apoyó una mano bajo su barbilla para detenerla.

–Olvídate del collar por el momento, querida, y bésame. Hace demasiado tiempo que evito besarte de la manera que deseo por temor a complicaciones mayores, pero ya no he de preocuparme por dejarte embarazada. En pocas palabras, señora, ardo en deseos de probar el sabor de tus labios y las demás tentaciones que me asaltaban cuando me hallaba cerca de ti.

Adriana recordó el beso de la noche en que Roger la había asaltado, y la sola idea la hizo temblar de excitación. Tan sólo el que le había dado al principio de su noviazgo se le podía comparar. Desde entonces, todo habían sido besos fraternales, a lo sumo.

Se puso en pie, dispuesta a cumplir sus deseos, pero él le rodeó la cintura con el brazo para animarla a tenderse a su lado. Mientras la joven se descalzaba, Colton arrojó a un lado la manta que cubría sus genitales y palmeó el lado de la cama. Adriana se subió la falda de seda para trepar sobre el colchón, pero para ello tuvo que levantarla por encima de las rodillas. Si hubiera invitado a su marido a examinar el panorama, éste no habría reaccionado con más prontitud. Aquellas piernas largas y esbeltas, envueltas en medias de seda oscura sujetas sobre sus rodillas mediante ligas de encaje negro, hicieron añicos la idea de que nada superaría las cumbres a las que había ascendido su admiración cuando la había visto desnuda en la bañera. Ya había almacenado en su memoria diversas imágenes de ella. Ésta quedaría archivada entre las más tentadoras.

–¿No te dijo nunca tu madre que no debías mirar? –bromeó Adriana, cuando vio el punto en el que se habían clavado sus ojos.

Colton acarició su muslo con la mano, mientras Adriana se apretaba contra él y apoyaba la cabeza sobre el hueco de su brazo.

–No puedo evitarlo. Estas visiones me esclavizan. Nunca había visto perfección semejante, querida mía.

Adriana pasó la mano sobre el escaso vello que le cubría el pecho.

–Creedme, señor, vos tampoco sois nada imperfecto.

Ante la insistente presión de la rodilla de Colton, Adriana levantó una pierna y la apoyó sobre la cadera de su marido, de modo que éste encajó su muslo entre los de ella. La joven acomodó el talón bajo las firmes nalgas de su esposo, y sus ojos se encontraron. Al punto, los labios y lengua del marqués tomaron posesión de los suyos, buscaron, exigieron y consumieron la deliciosa dulzura, hasta que Adriana se sintió sin fuerzas, pero el hombre no cedió. Ella introdujo la lengua en la cálida cavidad de su boca, y la ardiente lengua de Colton la acarició con un ritmo lento y enloquecedor que sugería algo muchísimo más erótico.

–Tus besos consiguen que la cabeza me dé vueltas –susurró Adriana–. Tengo miedo de que mi corazón estalle de gozo.

Colton deslizó la mano sobre su seno, y Adriana jadeó de placer cuando las yemas de sus dedos acariciaron un pezón. Arqueó la espalda, alzando los tiernos pechos para reclamar toda su atención. Él la complació al punto y recorrió con detenimiento la orgullosa loma hasta hacerla temblar.

–Eres tan hermosa, amor mío –murmuró Colton con voz ronca, mientras dejaba un reguero de besos en su garganta–. Lástima que vayas tan vestida.

–Tú no –bromeó la joven, mientras se echaba hacia atrás para saborear la visión.

Ante el asombro de su marido, pasó la mano sobre sus hombros y recorrió los vendajes que le cruzaban el pecho. Con una adoración casi reverente, acarició los músculos, las costillas, los pezones, y empezó a depositar besos en salientes y hondonadas. Colton la miraba, admirado de su tierna pasión.

Adriana se apoyó en un codo y miró los ojos de su amado con todas las emociones ardientes que había refrenado desde hacía semanas.

–Te quiero, Colton Wyndham. Siempre te he querido... y siempre te querré. Cuando era pequeña, eras mi ídolo. Ahora que eres mi marido, quiero ser parte de ti, conocerte como nunca te he conocido.

Los ojos grises brillaron de ardor inconfundible cuando Colton la atrajo hacia sí, y sus bocas se fundieron en un banquete de labios y lenguas.

Cada vez más excitado, Colton bajó la mano por su muslo, hasta llegar al punto en el que la liga sujetaba la media, y después la deslizó por debajo del vestido. La miró con estupefacción al punto.

–Señora, no lleváis calzones.

Adriana enrojeció, y se preguntó si él la consideraba atrevida.

–La falda de mi vestido era tan estrecha que los calzones causaban bultos antiestéticos, de modo que decidí prescindir de ellos. Nunca imaginé que alguien se daría cuenta. ¿Creéis que soy una depravada, señor?

Colton rió.

–En absoluto. Apruebo vuestra decisión. Facilita lo que tengo en mente.

–¿Qué es, mi señor?

–¿Necesitáis preguntarlo? Lo primero es desnudaros, señora. Después, copular, por supuesto. Cuanto antes lleguemos a lo último, antes me sentiré satisfecho.

Pronto, el vestido quedó abandonado sobre una silla. La camisa de raso blanca se pegaba a los voluminosos pechos, en tanto el encaje transparentaba los picos rosados que tensaban la tela.

–¿Os han dicho alguna vez lo hermosa que estáis sin ropas, señora?

Una sonrisa curvó los labios de Adriana cuando apoyó la frente contra su mejilla.

–Sólo vos, mi señor.

–Creedme, querida esposa, desde que volví a casa, me he convertido en vuestro más ferviente admirador.

Colton, ansioso por contemplar el hermoso cuerpo sin obstáculos, bajó las tirillas de encaje sobre los sedosos hombros. Al cabo de un momento contempló los exquisitos montículos, cuando la prenda descendió hasta su cintura. Adriana se apresuró a desprenderse de ella.

Ni siquiera se enteró de cuándo cayó al suelo, porque su marido la levantó en brazos para apretarla contra él y devoró con la boca los deliciosos pechos. En un momento de arrebato, Colton apretó la cara entre las colinas de crema, cerró los ojos y saboreó la piel sedosa y el delicado perfume a rosas. Dio gracias por estar vivo y casado por fin con esta mujer, que lo había obsesionado durante los últimos meses.

–Me alegro de que nunca me hicieras una demostración de lo agradable que es estar desnuda en tus brazos –susurró Adriana, temblando–. De lo contrario, me habría rendido a tus deseos de complacerme hace mucho tiempo.

–Lo mejor no ha llegado todavía, hermosa mía, y ahora que eres mi esposa aún resultará más agradable.

Bajó la mano por su vientre. Sus dedos se perdieron en la húmeda cavidad femenina, y Adriana se retorció de éxtasis. Sus muslos se abrieron como si poseyeran voluntad propia, y oleadas de placer recorrieron su cuerpo, sensaciones que asombraron a Adriana. Pero, a pesar de la osadía de las caricias, no se decidió a apartarse y apagar el fuego que ascendía desde su ingle. Todo su ser estaba en llamas.

–Lo que haces es demasiado delicioso para ser decente –susurró–. Si no desistes, me derretiré.

–Es lógico que un marido busque todos los lugares secretos que su esposa ha logrado ocultarle antes de la boda, mi amor. ¿Es que no te gusta?

–Muchísimo –dijo la joven, sin aliento.

El hecho de que sólo iba cubierta con medias se le antojó ridículo, teniendo en cuenta que otras zonas femeninas muy vulnerables estaban a plena vista. No obstante, cuando se sentó para desabrochar las ligas, Colton se lo impidió.

–Déjate las medias, amor mío –dijo con voz ronca–. Quiero sentirte contra mí.

Apartó a un lado la sábana, una invitación a que se apretara contra su cuerpo desnudo, de forma que Adriana pudo ver su portentosa erección. Si bien era un osado recordatorio de lo que había visto en el cuarto de baño, se le antojó una inmensa amenaza de repente. Clavó la vista en aquellos ojos grises relucientes.

–Es imposible estar cerca de ti sin padecer las consecuencias –murmuró Colton–. He luchado contra eso desde el baile de otoño. De no ser por la presencia constante de nuestras carabinas, habría impuesto mi voluntad sobre ti cada vez que estábamos solos en mi carruaje..., o en cualquier otro lugar discreto.

Adriana lo miró con estupefacción.

–Pero yo pensaba que sólo querías que Samantha y Percy nos acompañaran para aportar pruebas de tu comportamiento caballeroso, para así poder romper con toda limpieza nuestro noviazgo.

Colton rió ante lo absurdo de la idea.

–Ya era bastante difícil mantener mis manos alejadas de ti cuando estábamos acompañados. Estar solos por completo habría sido un desastre. Nos imaginaba de pie ante un sacerdote, contigo a punto de dar a luz.

Adriana echó hacia atrás la cabeza y lanzó una carcajada.

–¡Y yo creía que no me deseabas!

Colton se apoderó de su mano y la cerró en torno a su rotunda virilidad, lo cual arrancó una exclamación ahogada de Adriana.

–¿Deseáis más pruebas de mi deseo de vos, señora? Es lo que me atormentó durante todo nuestro noviazgo. Incluso ahora, apenas puedo soportar los padecimientos de mi prolongada abstinencia. Había empezado a temer que me convertiría en un maldito eunuco, por desearte hasta tales extremos y no poder apaciguar el ansia.

–¿Qué me dices de tu herida? ¿No te resultará doloroso...?

–Olvídalo, mi amor. Si tuviera un pie en la tumba, aún desearía hacerte el amor.

–Deberías seguir los consejos del médico –advirtió Adriana, mientras él la aplastaba contra su cuerpo.

–Podrías encargarte del trabajo y dejarme disfrutar del placer.

Adriana acarició sus labios con la yema de un dedo.

–Tendrás que enseñarme lo que debo hacer.

La mano de Colton descendió por su muslo y liberó una media y una liga, al tiempo que ella levantaba la pierna para dejarlo hacer.

–Lo haré, amor mío, pero primero debo prepararte para mí.

–¿Quieres que me quite la otra media?

–Ajá –murmuró el hombre. Pasó la mano por detrás de su nuca y le soltó el collar–. Y los pendientes. Tal vez me apetezca mordisquearte las orejas un poco, considerando que lo he anhelado durante los últimos meses.

Adriana lanzó una risita y se quitó las costosas joyas de las orejas, en tanto la mano de Colton se apoderaba de un seno.

–Tienes caprichos muy raros, Colton Wyndham.

–Tendrás toda la vida para acostumbrarte a ellos, esposa mía, pero ahora quiero dedicarme a placeres más serios.

–¿Por ejemplo?

La joven se giró un poco para levantar la pierna derecha. Se quitó la última media de seda y la tiró al suelo junto con la otra.

–Cruzar el último puente antes de que nos convirtamos en uno, amor mío.

Adriana permaneció inmóvil, disfrutando de cada emoción, de cada delicioso placer que bullía en su interior mientras él obraba su magia en la cavidad femenina; pero, cuando su boca se apoderó una vez más de un seno y empezó a chuparlo, la joven casi se sintió consumida de placer. Impulsada por la gozosa experiencia, extendió la mano y la cerró en torno a la palpitante erección, lo cual arrancó un gemido a Colton.

–Por favor, Colton... No puedo aguantarlo. No esperes más, te lo ruego.

–No es preciso, amor mío. Ya estás preparada –susurró él.

La abundante humedad confirmaba que su esposa estaba ansiosa de experimentar lo que se avecinaba.

Se tendió sobre las almohadas, y Adriana lo miró intrigada. Colton sonrió con un brillo diabólico en los ojos.

–Tengo entendido que a veces montas a Ulises a pelo, querida. Tengo un cuerno, pero silla no. ¿Eres lo bastante valiente para intentarlo? Al principio será doloroso.

–Has conseguido que me sea imposible negarme. Nunca me había sentido tan... tan... lasciva.

–Hacer el amor no es lascivo cuando se realiza entre una pareja casada, amor. Se trata de un deseo honrado, y ahora mismo te deseo más que a nada en el mundo.

La joven lo montó mientras sus miradas se encontraban.

–Con mi cuerpo, te reverencio –susurró ella.

Los hambrientos ojos de Colton devoraron su cuerpo con una larga y lenta caricia, y luego se internó en la estrecha cavidad, lo cual provocó un estremecimiento a Adriana cuando sintió la embestida. Ella lo introdujo en su interior con un veloz movimiento, y ambos gritaron al unísono. Casi consumido por el horno femenino, Colton cerró los ojos y se regocijó en la gloria de ser uno con ella. Pensó en concederle tiempo, pero, al igual que había montado a Ulises, su joven esposa lo cabalgó hasta que él ya no pudo aguantar más. Oleadas de placer los inundaron una y otra vez, hasta que fueron arrastrados hacia la cumbre del éxtasis y, con un estallido de miríadas de burbujas, se vieron transportados a las regiones más alejadas del universo, entre las mismísimas estrellas.

Mucho más tarde, Adriana estaba adormecida, acurrucada contra el cuerpo de su marido, cuando él le susurró al oído.

–¿Todavía duele, señora?

Ella rió y, al rebullir, sintió la erección contra sus nalgas.

–¿Tenéis algún motivo para preguntarlo?

Colton mordisqueó una oreja y acarició un pezón.

–Sí, soy un hombre lujurioso y quiero más de lo mismo, y tú eres el único bocado que anhelo.

–Motivos más que suficientes para mí –contestó Adriana con una sonrisa ansiosa.

Se volvió hacia él para apretarse contra el cuerpo desnudo, mientras sus dedos descendían por el pecho hasta las profundidades, lo cual provocó que Colton contuviera el aliento. Al encontrarlo preparado, se alzó sobre él, y sus besos enfebrecidos los empujaron hacia delante...

Según las suaves campanadas del reloj del dormitorio en el que se había refugiado la pareja, pasaba de la medianoche cuando ambos fueron despertados con brusquedad. Les acercaron una lámpara a la cara y sonó un rugido. Ambos lanzaron una exclamación ahogada y se incorporaron a una en la cama. Un pinchazo de dolor deformó las facciones de Colton, lo cual le recordó su herida, y se arrepintió al punto de su apresurado movimiento. Alzó una mano para protegerse los ojos del hiriente resplandor. Detrás, vio el rostro de Gyles Sutton deformado por una mueca de rabia. No recordaba haber visto a un hombre tan furioso en toda su vida.

–¡Os invité a Bath para hablar con mi hija, no para fornicar con ella! –tronó el enfurecido padre–. ¡Levantaos de esa cama, corruptor de menores, y luchad como un hombre!

Mientras el conde intentaba agarrar al marqués, Adriana levantó una mano para detener a su padre.

–¡No, papá! ¡No pasa nada!

Los ojos de Gyles se inflamaron de nuevo cuando miró a su hija. Adriana bajó la vista, lanzó una exclamación y se apresuró a cubrirse los pechos con la sábana, pero era demasiado tarde. La cara de su padre se tiñó de púrpura.

Christina gimió desde la puerta de la habitación, donde se había detenido conmocionada. De todas sus hijas, jamás había soñado que encontraría a la menor en la cama con un calavera despreciable. De hecho, en ocasiones había llegado a dudar de que Adriana se casaría algún día.

El rugido de rabia de Gyles amenazó con derribar el techo. De no haber estado el yeso bien fijo, tal vez se habría arrepentido al instante de su ira incontenible. Agitó un puño en dirección a Colton, el cual, viendo el fuego que ardía en los ojos oscuros del hombre, se preguntó si tendría que defenderse de sus ataques.

–¡Así me pagáis por intentar ayudaros! ¡Libertino! ¡Ladrón despreciable! Habéis robado la virtud de mi hija a mis espaldas. ¡Tengo ganas de castraros aquí mismo!

–¡Estamos casados, papá! –soltó Adriana.

–¿Qué?

Gyles retrocedió sorprendido.

–El padre de sir Guy nos casó anoche. Teníamos una licencia especial de su excelencia el arzobispo.

Gyles la miró boquiabierto.

–Pero..., pero ¿por qué no pudisteis esperar... a casaros... en una iglesia?

–Atacaron el carruaje de Colton cerca de Randwulf Manor y lo hirieron en la espalda. Queríamos estar juntos, y el matrimonio era la única manera de hacerlo sin preocuparse por lo que era correcto o no. Samantha, Percy, lord Harcourt y el doctor Croft fueron los testigos. Te aseguro, papá, que todo fue de lo más legal.

Gyles retrocedió varios pasos más y se pasó una mano por la cara, como incapaz de creer en la legalidad de la unión.

–Tendrías que haberte casado en una iglesia, con toda la familia como testigos.

–No estamos menos casados ahora de lo que estaríamos de haber pasado por una iglesia, papá. El reverendo Dalton nos hizo firmar todos los documentos. Puede dar fe de que son válidos.

–Fue culpa mía –dijo Colton, con la intención de aplacar al hombre, consciente de que él también se sentiría ofendido en las mismas circunstancias–. Tenía miedo de perder a vuestra hija, y no quería correr ese riesgo. Fui yo quien insistió para que el matrimonio se celebrara esta noche.

–De hecho, sir Guy se encargó de los preparativos –explicó Adriana, con la intención de calmar el resentimiento de su padre hacia él. Dirigió a su padre una mirada suplicante–. Pero si fueras tan amable de pensar en mis sentimientos, papá, yo tampoco deseaba esperar más que Colton. Lo quiero, y quiero estar con él el resto de mi vida.

Gyles carraspeó y miró a su mujer, que estaba sonriendo de alivio.

–¿Qué opinas de todo esto, querida?

–Creo que están legalmente casados, querido, y no hay nada más que decir al respecto..., excepto... –sonrió a la pareja, con los ojos azules radiantes–, buenas noches.

Gyles disimuló un poco, cuando recordó los insultos que había dedicado a su nuevo yerno.

–Sí, bien, es lo único que podemos decir, ahora que ya hemos despertado a toda la casa.

–¿Dónde estabais, papá? –preguntó Adriana–. Enviamos a sir Guy para deciros que volvíamos aquí para atender la herida de Colton. ¿Por qué no vinisteis entonces?

Gyles carraspeó.

–Sólo me dijeron que habías regresado aquí con Samantha y Percy, y di por sentado que ya no soportabas seguir en el salón de actos, con Roger presente y todo eso. Después, Alistair se torció el..., er..., tobillo, tal vez cuando intentaba alcanzar a tu tía, y tuvimos que localizar a un médico para asegurarnos de que no se había roto nada. El médico de Tilly no estaba en su domicilio, y todos tuvimos que registrar Bath en busca de uno que ella considerara a la altura del doctor Croft. –Se acarició la barbilla con aire pensativo, al tiempo que arqueaba una ceja–. Teniendo en cuenta lo que ha pasado aquí esta noche, me pregunto si la lesión de Alistair fue algo que fingió después de hablar con sir Guy. Los dos parecían muy concentrados en lo que estaban hablando..., o quizá es que tramaban algo. Deduzco que no era nada bueno, a juzgar por cómo han ido las cosas.

–Vámonos, querido –lo apremió con dulzura Christina–. Si seguimos aquí, imaginarás toda clase de cosas sobre el pobre Alistair. Su tobillo parecía realmente en mal estado, lo que me hace dudar seriamente de que se autolesionara para impedirnos retrasar el matrimonio de su sobrino con nuestra hija. Deja que Adriana y Colton duerman un poco. Pobrecitos, les habrás dado un susto de muerte.

Un momento después, las risitas de la pareja detuvieron a Gyles después de cerrar la puerta a su espalda.

–Parece que no estaban tan asustados.

Christina sonrió y enlazó su brazo.

–Recuerda lo impetuoso que eras de joven, querido. Si no lo has olvidado, tuve que darte una palmada en los dedos más de una vez para refrenarte antes de casarnos.

La mano de Gyles se apoderó de su trasero.

–Aún poseéis el trasero más bonito que he visto en mi vida, señora.

La mujer miró a su marido y descubrió una sonrisa lasciva en sus bonitos labios. Lanzó una carcajada.

–Y espero que sea el único que hayáis visto, señor; de lo contrario os castraré. Hay algunas cosas que no me gusta compartir, y una de ellas sois vos.

El sol de la mañana se filtraba a través de las cortinas de encaje austríaco, iluminando con su luz difusa el dormitorio donde la pareja de recién casados estaba acurrucada en la cama. Molestaba lo suficiente para que Colton emergiera de las profundidades de su sueño. A excepción del dolor que le recordaba la herida de la espalda, se sentía más descansado y relajado que en los últimos meses, al menos desde que había descubierto a la ninfa de pelo oscuro durmiendo en su baño. Pese a la herida, se sentía lleno de vitalidad gracias a la actividad nocturna. Jamás había imaginado que una esposa pudiera estar tan ansiosa por complacer a su marido, pero Adriana había considerado muy aceptable la idea de que ella era de él y viceversa.

Colton sonrió para sí y movió un poco la cabeza sobre la almohada, mientras se pasaba los dedos por el pelo despeinado e imaginaba su apariencia desaliñada. Teniendo en cuenta lo sucedido durante las últimas horas, estaba inmensamente agradecido por estar vivo... y casado al fin.

Su esposa había reaccionado de manera maravillosa a sus instintos libidinosos. En todos sus años de soltero nunca había imaginado que, cuando se casara, su esposa lo montaría en la noche de bodas. Lo maravillaba que hubiera deseado sacrificar su virginidad a lomos del cuerno de la pasión, con el fin de consumar su unión y formar un solo ser. Poco tiempo antes pensaba que sería imposible amarla más, pero lo que sentía ahora apuntaba de manera inequívoca a un sentimiento tan elevado que se le antojaba imposible de alcanzar.

Depositó un dulce beso sobre su frente, mientras su mano se apoderaba de un rotundo seno. Rozó el pezón con el pulgar.

–Es hora de despertarse, dormilona –susurró.

Adriana sacudió la cabeza para dar a entender que la idea no era de su gusto, dobló una rodilla y la apoyó sobre el muslo de Colton, al tiempo que se apretaba más contra él.

–¿No podemos quedarnos aquí para siempre? –musitó adormilada.

–Necesito un baño, y tú me lo tendrás que dar –insistió el hombre con una risita–. A menos que quieras que desobedezca las órdenes del médico.

–Nunca he bañado a un hombre –murmuró Adriana–. No sabría por dónde empezar...

–¿Por dónde te gustaría empezar? –preguntó Colton, y le mordisqueó el lóbulo.

Adriana abrió los ojos y enseguida supo la respuesta, pero no se atrevió a decírsela por temor a que la considerara una perdida.

Colton la miró.

–Podría sugerirte algo, por si quieres hacerme caso.

Adriana se esforzó por contener una sonrisa.

–¿Por dónde, señor?

El marqués capturó su mano y la depositó sobre la verga enardecida.

–Necesita serios cuidados.

–¿Antes o después del baño?

–Antes sería mejor. Estoy ansioso por saborearte de nuevo.

–Eres insaciable –acusó la joven con una risita, mientras sus dedos mostraban su ansiedad por obedecer.

–Sí, pero sólo con vos, señora –susurró en su oído Colton, antes de que sus labios descendieran para rozarle la mejilla. Le soltó la mano, para que jugara a su capricho, mientras la de él se deslizaba detrás de su cadera–. ¿Alguien os ha dicho alguna vez que tenéis un trasero encantador, señora?

–No, nunca.

–Siempre he tenido obsesión por los pechos, pero tienes el culo mejor formado que un hombre solitario podría soñar en un campamento perdido. Me gusta restregarme contra él. Me excita sobremanera.

–Parece que os gusta mucho sobar, señor.

El hombre arqueó una ceja y la miró.

–¿Sois contraria a los sobos, querida mía?

Adriana pegó contra él sus pechos e ingle.

–¿Satisface esto vuestra curiosidad, señor?

–Tal vez conteste a mi pregunta, pero también aviva mi deseo de lo mucho que me has de dar. Puede que ésa fuera tu intención. Da la impresión de que disfrutas con los placeres que ofrece el lecho matrimonial. –Su mano descendió poco a poco–. No hay nada tan dulce como este pequeño fondeadero para despertar la concupiscencia de un hombre.

Adriana se quedó sin aliento cuando él la penetró. Estaba asombrada de las deliciosas sensaciones que podía despertar en ella cuando, tan sólo un momento antes, lo único que deseaba era dormir.

Un rato después, había un baño perfumado preparado en una pequeña bañera de cobre del dormitorio. Bajo la mirada encandilada de su marido, Adriana empezó a bañarse. No recordaba haber deseado nunca que estuviera alguien presente mientras se bañaba. Maud siempre le había preparado el baño, pero luego se había atareado en otras cosas hasta que ella terminaba el ritual. Poco después de despojarse del albornoz que había utilizado mientras los criados preparaban el baño, había tomado conciencia del placer que proporcionaba ser observada por un hombre. Su marido había tomado nota de todo lo que hacía, incluso antes de que se sumergiera en el agua perfumada. Sus ojos la escrutaron fijamente cuando se enjabonó sus partes pudendas, y ella, algo avergonzada, lo apremió a cerrar los ojos, pero Colton negó con la cabeza.

–Ni en un millón de años, hermosa mía. Quiero conocerte a fondo, en especial esos lugares que quieres mantener en secreto. Nada está escondido o prohibido entre una pareja casada. Todo se mira y se comparte. Todo lo que poseo es tuyo, y viceversa. Es un pacto justo entre dos que forman un solo ser.

Teniendo en cuenta las condiciones, Adriana obedeció de muy buena gana. Bajo su minucioso escrutinio, se puso en pie y con la ayuda de varias jarras se enjuagó los restos de jabón del cuerpo. Salió de la bañera, se paró sobre una alfombra de algodón que los criados habían dispuesto a tal efecto, se secó, se frotó la piel con lociones perfumadas, y luego se puso calzones, medias y camisa, cuyo corpiño dejó desabotonado entre los pechos atendiendo a los deseos de su apuesto marido, con el fin de permitirle una generosa vista de los rotundos senos y el profundo valle que los separaba. Después, se ciñó a la cintura una sucinta bata de hilo y, a continuación, sacó los pechos del corpiño, obedeciendo la voluntad de su esposo.

En cuanto se llevaron la bañera, empezaron los preparativos para un baño con palangana, que incluyeron toallas y sábanas limpias, un cubo de agua caliente y una segunda palangana. Adriana empezó a preparar, no tan sólo a su marido para el baño, sino también la cama, pues fue necesario colocar encima de las sábanas otra más vieja doblada tres veces para impedir que el colchón se mojara. Cuando le ofreció un camisón de su padre, Colton sonrió y negó con la cabeza.

–No me he puesto uno desde que era niño, señora, y no pienso empezar ahora. En cuanto a vuestras preferencias en la cama, yo me decanto por sentiros desnuda contra mí, sobre todo cuando despierto en plena noche. Además, si no lleváis nada puesto, más fácil es haceros el amor.

Adriana acarició su pecho con una mano.

–Empiezo a pensar que vamos a pasar mucho tiempo juntos en la cama.

El hombre le dedicó una sonrisa lasciva.

–Debo advertiros, señora, que no pienso limitarme a haceros el amor en una cama. Cualquier cosa conveniente y discreta servirá a mis propósitos.

–Entonces, tal vez debería rectificar y decir que vamos a pasar mucho tiempo haciendo el amor.

–Una predicción muy acertada, hermosa mía.

Adriana pronto comprendió que bañar a su marido era una experiencia de lo más satisfactoria para una recién casada, pues él aprovechaba su cercanía para tocarla de una forma que la dejaba sin respiración. Tampoco era tímido a la hora de exhibirse, pero la joven pronto encontró una cura para ello, que consistió en extender una toalla de hilo sobre su ingle.

–¿De veras creéis que eso va a salvaros, señora? ¿O pensáis que desaparecerá como por arte de magia?

–No debo ser turbada de esta manera. No podéis esperar que una recién casada mire a otra parte cuando exhiben eso ante sus ojos. De hecho, empiezo a sospechar que carecéis de pudor, señor.

–Los hombres no se preocupan tanto por el pudor como las mujeres, querida mía. Cuando se descubre un oasis en un desierto, el único deseo de los hombres después de apaciguar su sed es darse un baño para quitarse la mugre.

Notó que los dedos del marqués se abrían paso bajo su ropa interior y se alojaban entre sus nalgas. Meneó las caderas en un esfuerzo por alejarlos.

–Si no os comportáis, señor, estaremos aquí hasta la noche.

–Aún has de lavarme la mitad inferior –le recordó él con una sonrisa.

–Primero te lavaré las piernas y los pies –anunció la joven, concentrando su atención en ellos.

–¿Acaso tienes miedo de que no acabemos el baño?

Colton torció la cabeza para ver sus mejillas ruborizadas desde un ángulo mejor.

–Algo por el estilo –contestó Adriana, al tiempo que bañaba con diligencia sus pies, tobillos y pantorrillas. Pensó que no había parte del cuerpo de su marido que no fuera admirable. Tenía los pies largos y huesudos, las espinillas delgadísimas bajo una escasa capa de vello, los muslos musculosos y fuertes. Más arriba, reparó en que la zona antes púrpura y rojiza que había rodeado su antigua herida había adquirido un tono más pálido. Imaginó que, con el tiempo, la cicatriz sería lo único visible–. Tu vieja herida tiene mucho mejor aspecto que cuando llegaste. ¿Aún te molesta?

–Algún pinchazo de vez en cuando, pero nada doloroso.

No restaba más que lavarle la ingle, y procuró no sonrojarse cuando siguió sus instrucciones, que parecía dar con suma satisfacción. Cuando lo miró a la cara, vio que la observaba con ojos brillantes.

–No es preciso que te sientas avergonzada –dijo Colton–. Esta parte de mí es tan tuya como mía, tal vez incluso más. Dentro de unos meses, mi desnudez te parecerá de lo más normal.

–Dudo que algo de ti me parezca normal alguna vez –contestó con sinceridad la joven–. Creo que eres el hombre más hermoso que he conocido o visto en mi vida.

–¿Hermoso, querida mía? Qué palabra más curiosa referida a un hombre.

–No obstante, para mí eres hermoso. Siempre lo has sido.

Colton le dio un apretón afectuoso en el trasero.

–Ven, querida, dame otro beso. Te deseo de nuevo.

La joven rió, mientras lanzaba una mirada significativa a su entrepierna.

–Sí, ya me he dado cuenta.

Como si diera por terminado el baño, dejó caer la toalla sobre sus partes íntimas y se inclinó sobre él. Notó que volvía a introducirle los dedos entre las nalgas. Escudriñó sus ojos.

–Tuviste que ser un chico muy travieso –acusó–. Todavía hoy das pruebas de eso. ¿O es que te estás obsesionando con las partes ocultas de una mujer?

Colton lanzó una risita.

–Como marido vuestro, señora, me gusta explorar todas vuestras partes ocultas. Nunca me he sentido tan realizado como ahora. Creo que me gusta estar casado con vos.

La joven movió las caderas en un esfuerzo por liberarse de los dedos.

–Me alegro mucho, señor, porque voy a ser vuestra esposa durante mucho, mucho tiempo.

Una criada acompañó a Philana Wyndham hasta la puerta de los aposentos donde se hallaba postrado su hijo. Según la joven sirvienta, lord y lady Standish habían salido de casa con su ama una hora antes, con la intención de visitar a lord Alistair en la habitación de su hotel para ver cómo seguía el tobillo accidentado. La joven informó a la mujer de que sólo se había quedado lady Adriana, la cual se encontraba ahora con el herido.

El hecho de que Adriana estuviera con su hijo hizo pensar a Philana que podía entrar en la habitación sin llamar. Al fin y al cabo, la muchacha apenas había hablado con su hijo antes de la herida. Sin embargo, tras abrir la puerta de par en par, decidió al punto que tendría que haber sido más discreta, pues se quedó boquiabierta cuando vio a su hijo tendido en la cama, prácticamente desnudo salvo por un paño arrugado que se alzaba de manera sugerente sobre su ingle, y a la muchacha recostada contra él. Caer en la cuenta de que sus bocas estaban entrelazadas en un interminable beso no contribuyó precisamente a que Philana recuperara la compostura. Lo cierto es que estuvo a punto de caer desmayada.

–¡Dios mío, tendría que haber llamado! –dijo con voz entrecortada, y se llevó una mano temblorosa a la garganta como para paliar su sofoco–. No esperaba...

Adriana, que se había incorporado como impulsada por un resorte, se volvió hacia la intrusa. La expresión estupefacta de Philana mostró a las claras que Adriana era la última persona del mundo a la que creía capaz de semejante lascivia. La mirada de la mujer descendió hacia la camisa ribeteada de encaje, y a la generosa exhibición de rotundos pechos y pezones sonrosados, de forma que Adriana se apoderó al punto de su bata, avergonzada.

–Por lo visto, he llegado en mal momento –dijo Philana con voz estrangulada, y apartó la vista mientras Adriana subía las sábanas y mantas sobre las ingles de Colton–. Cuando Bentley anunció anoche que mi hijo había resultado herido de gravedad, me apresuré a venir esta mañana para ver cómo estaba. No me esperaba esto... Lo siento, no quería molestar. Me iré...

–No, madre –dijo con dulzura Colton–. Lo que acabas de ver es perfectamente aceptable, créeme.

Aquellas palabras insensatas encresparon a Philana.

–¿Desde cuándo es perfectamente aceptable que un tunante como tú mancille a una joven a la que hasta ahora había considerado una dama? ¿Es que no respetas el honor, hijo mío?

Los labios de Colton se curvaron en una sonrisa burlona.

–Creo que lo es desde el momento en que me casé con ella.

–¿Cómo? –Philana se llevó una mano temblorosa al pecho. ¿Era cierto? ¿Se habían casado de verdad, o se trataba tan sólo de una declaración de intenciones?–. No querrás decir que Adriana y tú habéis intercambiado los votos matrimoniales, ¿verdad? Después de todo lo que ha pasado...

–Lo hice anoche, mamá Philana –murmuró Adriana con una dulce sonrisa de disculpa–. Colton no quería que le curaran la herida si no accedía a casarme con él.

–Ah, ya entiendo. –Philana arqueó una delicada ceja y asintió–. Siempre me pareció un poco manipulador con las jovencitas. Su padre no sabía qué hacer con él, y en cuanto a mí, estoy perdida por completo. –Sonrió a Adriana–. Tal vez sabrás manejarlo mejor que yo, querida mía. Pero en cualquier caso, estoy muy contenta de tener otra hija en la familia, sobre todo una a la que he admirado desde hace tantos años. Sedgwick se sentiría muy orgulloso de este enlace. Siempre creyó en él, en que sería bueno para ambos. Ahora podréis descubrir por vosotros mismos si su predicción fue acertada.

Extendió los brazos hacia la joven, y Adriana aceptó al punto, abalanzándose en los brazos de Philana, cuyos ojos se llenaron de lágrimas cuando sujetó el rostro de su nuera entre las manos.

–Gracias, querida hija, por perdonar a mi hijo y hacerme hoy tan feliz. Aunque Bentley me aseguró que Colton sobreviviría, tenía que comprobar con mis propios ojos que estaba bien atendido. Ahora puedo descansar con la seguridad de que se halla en buenas manos, y de que éste es el principio de una dinastía que temía periclitada. Que Dios os bendiga con muchos hijos.

17

–¿Dónde has estado? –gritó Jarvis Fairchild a su hija, cuando ésta entró de puntillas al alba por la puerta de Stanover House.

Felicity posó una mano temblorosa sobre su corazón desbocado y escudriñó la oscuridad, en un esfuerzo por localizar a su padre. Lo vio por fin sentado en el sofá. Intentó sonreír, pero sólo consiguió esbozar una mueca. El rostro de su padre era una máscara de rabia pura, y aun en las penumbras vio sombras oscuras bajo sus ojos.

–¿Qué estás haciendo en el salón, papá? Pensaba que estarías durmiendo arriba. ¡Me has dado un susto de muerte!

Jarvis saltó del sofá y cruzó el salón como una furia en dirección a la joven. Cuando bajó la cabeza hacia ella, sus narices casi se tocaron. Los ojos encendidos testimoniaban su furia.

–¡Te he hecho una pregunta, muchacha, y quiero una respuesta, si eres tan amable! ¿No comprendes que tu madre y yo no hemos pegado ojo en toda la noche? Como no volvías a casa, fui a casa de los Elston para preguntar por tu paradero, pero un criado dijo que Roger tampoco había vuelto. Después, corrí a casa de las otras dos damas que te acompañaban, pero se quedaron perplejas, porque Roger había dicho que te acompañaría aquí. Por lo que tu madre y yo sabíamos, te podían haber raptado, incluso violado, ya fuera Roger o algún otro libertino. Ahora entras a escondidas en casa de tu abuelo, como un ladrón dispuesto a llevarse la vajilla de plata. Quiero una explicación, muchacha. ¡Ahora, si no te importa!

Felicity llevó a cabo otro intento de sonreír, pero fracasó una vez más. Fue un esfuerzo doloroso, a tono con su estado anímico y físico. Estaba contusionada, dolorida y muy arrepentida de haberse entregado a algo que, al principio, había considerado una insensatez. No obstante, después de todo lo dicho y hecho, ya era demasiado tarde para hacer algo al respecto.

–Papá, sé que habías depositado todas tus esperanzas en que me casara con un aristócrata, pero después de averiguar que lord Randwulf y lady Adriana estaban prometidos, y con el vizconde acechándola, parecía que existían pocas probabilidades de que eso sucediera. Roger se está haciendo muy rico, papá..., y... bien, pues, nos tomamos la libertad de casarnos en el condado. Después, fuimos a una posada. Ahí es donde hemos estado.

–¡No habrás sido tan imbécil! –bramó Jarvis, cada vez más furioso–. ¿Dónde está el maldito mendigo? ¡Le cortaré los huevos ahora mismo!

Embargado por un deseo irresistible de venganza, miró detrás de su hija, por si su nuevo yerno se escondía al amparo de la puerta principal como la sabandija que era.

–No está aquí, papá. Pensó que sería mejor que yo te lo dijera primero, y que después os reunierais los dos cuando te calmaras. –Felicity se retorció los dedos, preocupada. Su sonrisa era de dolor–. En cuanto a lo de castrarle, papá, ya es demasiado tarde. Nuestro matrimonio ya ha sido..., er..., consumado.

–¡Me has traicionado! –rugió Jarvis, y apretó los dientes mientras paseaba por el salón de un lado a otro. Sacudió su cabeza despeinada, mientras lamentaba sus sueños destrozados–. Siempre creí que te casarías con alguien de una clase más elevada. Hice lo que pude por conseguirlo. Ninguna hija de contable vistió nunca tan bien, ni fue tan consentida. No ha servido de nada. ¡Me has arruinado, muchacha! ¡Me traicionaste casándote con el retoño de un analfabeto!

–¡Pero son ricos, papá! Roger prometió que me colmaría de riquezas y joyas... La pañería será de él dentro de poco. Está seguro.

Pese a las numerosas promesas de su marido, poco apaciguaban la angustia de haber sido violada en su noche nupcial. Había cometido la equivocación de rehuir a Roger y pedirle un poco de tiempo para prepararse, pero su petición sólo logró sacarlo de sus casillas. Había empezado a arrancarle la ropa en su impaciencia por montarla, y después le había tapado la boca con una mano mientras la violaba, empalándola con tal brutalidad que las sábanas quedaron empapadas en sangre.

–¿Y quién pagará a los prestamistas después de que Edmund Elston se largue o fallezca?

Felicity se llevó una mano temblorosa a la garganta y retrocedió, sorprendida.

–¿Qué quieres decir, papá?

–Quiero decir que, o bien Edmund Elston ha perdido grandes cantidades de dinero en la pañería, o bien las ha despilfarrado en cosas suyas. Nadie sabe cuánto irá a parar a las arcas de tu marido cuando su padre muera.

–¿Cómo lo sabes?

–Alguien bien informado vino a verme hace poco con la proposición de que si Edmund..., o Roger..., se ve obligado a vender debido a sus escasos recursos económicos, casi podía garantizar que la pañería se vendería a un precio muy económico que yo me podría permitir. Si eso sucediera, ya no dependería ni de tu madre ni de tu abuelo. Tendría una fábrica de mi propiedad, y haría lo que me diera la gana.

–Pero ¿de dónde sacarías los fondos para comprar la pañería, aunque fuera una ganga? –preguntó confusa Felicity–. Mamá me advirtió no hace mucho que cuidara hasta el último penique y me contentara con la ropa que tengo, y ahora me vienes diciendo que podrías reunir el dinero necesario para comprar la fábrica de los Elston.

Jarvis alzó la cabeza con altivez.

–Da igual de dónde salga el dinero. Ten la seguridad de que será mía.

–Tal vez tu conocido sólo estaba especulando, con la esperanza de ganarse tu confianza para otro negocio. Lo digo porque la fábrica de Edmund está resultando muy productiva bajo la dirección de Roger.

Jarvis levantó una mano y siguió paseando por el salón.

–Tal vez Edmund está guardando partes de su riqueza en algún lugar seguro, mientras planea dejar a Roger la responsabilidad de pagar a los trabajadores cuando huya a un destino desconocido con lo que ha robado.

–Pero..., pero el padre de Roger está postrado en la cama, papá.

Jarvis sacudió la cabeza y la miró con aires de superioridad.

–Muy conveniente para Edmund. Puede fingir estar en coma y así no contestar a las preguntas de su hijo..., si Roger descubre que su padre lo está engañando a sus espaldas. –Jarvis se acercó a una ventana delantera y miró la ciudad durante un largo momento. La oscuridad de las horas anteriores había empezado a disiparse. Miró a su hija con aire pensativo–. ¿Te has preguntado alguna vez cómo llegó a acumular Edmund tanta riqueza?

Felicity frunció el ceño, confusa, mientras repetía lo que le habían contado.

–Si no recuerdo mal, Roger dijo que la segunda esposa de su padre había muerto, legándole todo cuanto había heredado del viejo señor Winter.

–¿Que había muerto? –Su padre lanzó una carcajada sarcástica–. Asesinada, diría yo.

Felicity se encrespó. Irritado o no, su padre no tenía derecho a difamar a un hombre a quien no conocía.

–¿Cómo puedes lanzar acusaciones tan horribles contra ese hombre, teniendo en cuenta que ni siquiera vivíamos aquí cuando la mujer murió? ¿Cómo es posible que conozcas tan bien al señor Elston para insinuar algo semejante?

–Hace mucho tiempo, la madre de Roger era la mejor amiga de mi tía. Por lo visto, cuando vivían en Londres, Edmund abandonó a su mujer y a su hijo, y empezó a relacionarse con todo tipo de pelandruscas. Las fascinaba a todas. Siempre me ha asombrado que hasta un tonto creyera lo que decía. Más o menos por la época en que asesinaron a su esposa, estaba ayudando a un viejo amigo a conducir carruajes. Mi tía Clara fue testigo del accidente en el que la madre de Roger fue arrollada por uno. Se quedó convencida de que el cochero, aunque enmascarado por una bufanda para protegerse del frío, no era otro que Edmund Elston. Por supuesto, antes de que mi tía reuniera valor para denunciar el incidente y sus sospechas a las autoridades, murió de la misma manera. Los demás no nos atrevimos a apoyar su versión de la muerte de la señora Elston por temor a ser arrollados de la misma manera.

–¿Estás diciendo que el señor Elston es un asesino? –preguntó Felicity, conmocionada.

–Si tienes aprecio por nuestras vidas, muchacha, nunca repitas lo que acabo de decir, ni siquiera a Roger. Es posible que te silencie con similares métodos si frustras sus posibilidades de arrebatar algún dinero a su padre, aunque hay que compadecerse de él, pues lo más probable es que no quedará nada cuando su padre expire o desaparezca misteriosamente en la oscuridad de la noche.

–¿Por qué no me lo dijiste antes, papá?

–No sabía que te casarías con el maldito mendigo –replicó Jarvis–. Las últimas noticias eran que habías atraído la atención de lord Harcourt.

Felicity agitó la mano para desechar aquella historia, de la cual era inspiradora.

–Me equivoqué.

Jarvis sintió curiosidad.

–¿Dónde vais a vivir Roger y tú ahora?

–En casa de su padre, por supuesto.

–¿Y si Edmund decide asesinarte tal como asesinó a sus dos esposas?

Felicity se estremeció ante la idea.

–Bien, supongo que deberé asegurarme de que eso no ocurra.

–Deberías empezar guardándote algunos fondos, muchacha. Preferiría no tener que mantener a Roger en mi vejez.

Felicity alzó la barbilla y osó sacar a relucir un hecho reciente.

–Se me antoja que, después de que el abuelo y mamá te pillaron despidiendo a trabajadores y embolsándote sus salarios, mamá es la única que nos mantiene ahora. La fábrica ha renacido después de que volvieron a contratar a los que tú habías echado.

–¿Cómo lo sabes?

–Bajé una noche para recoger un libro que había olvidado en el salón, y te oí discutir con mamá. Supuse que por ese motivo duermes aquí abajo desde entonces.

–Tu madre cree que es más lista que yo...

Felicity no lo dejó continuar.

–Creo que la oí suplicarte que reconsideraras lo que habías hecho, y que devolvieras el dinero a las arcas del abuelo. Te negaste.

–Es viejo y rico –replicó Jarvis–. No le haría ningún daño compartir algo de su riqueza con sus hijos.

–Tú no eres hijo de él, papá. Mamá sí, y se preocupa de devolver hasta el último penique a su bolsa después de pagar a Lucy y a las demás criadas. Por lo que tengo entendido, derrochaste fondos que no eran tuyos con deliberación. Mamá me enseñó muy bien de pequeña que eso es robar. Si sabes lo que es bueno para ti, será mejor que hagas propósito de enmienda. Me he dado cuenta de que el abuelo y ella tienen una forma muy desagradable de vengarse. Podrías encontrarte de vuelta en Londres, en la misma contaduría que dejaste, si intentas ser más listo que ambos. De hecho, he oído historias, tanto de amigos como de enemigos del abuelo, acerca de su manera especial de hacer justicia a quienes se lo merecen. Lo llama, de forma muy apropiada, dispensar un poco de sabiduría a los necesitados.

–Bah, está chocho y senil.

–No tanto como yo pensaba o como a ti te gustaría imaginar, papá. De hecho, no recuerdo haber conocido nunca a un hombre tan perspicaz. Harías bien en seguir mi consejo, o puede que te veas obligado a sufrir las consecuencias, porque no eres tan listo como crees. Los dos te superan por un amplio margen.

–¿Te atreves a darme instrucciones, muchacha?

Felicity forzó una leve sonrisa.

–Vale más que te apremien que recibir tu merecido, ¿no crees, papá? O, como diría el abuelo, un poco de sabiduría dispensada a los necesitados.

Sin esperar su respuesta, Felicity salió por la puerta. Al fin y al cabo, ahora que su padre sabía que estaba casada, ya no había más necesidad de fingimientos. No era tan estúpida como para no saber que la estaría esperando levantado después de que Roger hubo retrasado su partida de la posada. Por lo visto, su marido tenía la afición sádica de imponer por la fuerza lo que era anormal para una mujer e, incluso después de su brutal violación, se había negado a dejarla salir de la habitación hasta que no se sometió a algunas de sus exigencias. O eso, o quedarse con él para siempre. La experiencia había sido una horrenda pesadilla, en la que se había encontrado víctima de un monstruo disfrazado de inocente muchacho.

Felicity se acercó con sigilo a la cama en que Edmund Elston estaba postrado desde el ataque sufrido meses antes. Era la primera oportunidad que tenía de entrar en la habitación de su suegro con cierta privacidad desde que se había casado, cinco semanas atrás. Siempre había alguien en la casa, si no Roger, el criado que habían contratado para atender al anciano. Miró al hombre, y no pudo imaginar cómo había concebido su padre la idea absurda de que Edmund había sido capaz de engañar a Roger. Antes de que su salud flaqueara, sólo había visto a Edmund por la calle, pero lo recordaba como un hombre robusto, bastante apuesto, aunque inculto, y muy impresionado por su propia importancia. Su atuendo carente de gusto y chillón le había hecho agradecer a su madre que la hubiera alertado contra sus ansias de pavoneo. Claro que las ropas parecían muy a tono con la personalidad del hombre.

La diferencia entre su impresión inicial y lo que veía ahora era como comparar la noche con el día. Sólo una fina capa de piel arrugada parecía cubrir el cráneo de Edmund. Había perdido el pelo, y sus mejillas hundidas poseían un tono blancuzco extraño. Bajo los párpados, finos como el pergamino, daba la impresión de que los ojos se habían hundido en la cabeza. O tal vez era culpa de las ojeras que los rodeaban. Tenía la boca abierta, y su extrema delgadez lograba resaltar todavía más el espacio entre sus dientes manchados. La saliva le había dejado un rastro desde la comisura de los labios, que resbalaba sobre una mejilla transparente.

–Papá Edmund..., ¿estás despierto? –preguntó con desconfianza, pues no sabía qué esperar.

Si las advertencias de su padre estaban justificadas, tal vez pondría en peligro su vida, pero la debilidad del hombre era innegable. Si no estaba todavía a las puertas de la muerte, sí se hallaba lo bastante cerca como para percibir el olor del otro mundo.

Un leve movimiento bajo un párpado le confirmó que había oído su pregunta, pero no logró decidir si se había abierto paso en la conciencia del hombre.

–¿Quieres algo? ¿Un poco de sidra o un té?

–A... gua –dijo el hombre, en un susurro tan débil que apenas se oyó.

Felicity vertió un poco de líquido en un vaso de un jarro que el criado había dejado sobre la mesita de noche.

–Yo te ayudaré.

Pasó una mano bajo los frágiles hombros del anciano cuando éste intentó levantar la cabeza. Su aliento era fétido, y apartó la cara asqueada. No obstante, hacía poco había descubierto que poseía una buena medida de la fortaleza de su madre. Ahora era una mujer casada y, en aquel breve mes de infierno conyugal que había debido soportar, había llegado a darse cuenta de que debería ocuparse de la seguridad de su futuro... y del de su hijo. Aunque Roger era el padre, consideraba completamente suyo el ser que crecía en su útero. Quería ese hijo; su marido, no. De hecho, había momentos en que le hacía el amor con brutal rudeza, como si quisiera que abortara. Si eso sucediera, ya se había prometido a sí misma que lo abandonaría y rogaría a su familia que la acogiera hasta que pudiera encontrar un refugio de su venganza furibunda.

El estado de Edmund era mucho más grave y repulsivo que el de su abuelo, no cabía duda. Aun así, debía averiguar algunas cosas, y para llegar al fondo de la verdad tenía que acudir a la única fuente fiable... mientras hubiera tiempo. Si el hombre fallecía, sus probabilidades de descubrir la verdad quedarían reducidas al mínimo, cuando no anuladas por completo.

Edmund revivió apenas después de tomar un profundo sorbo, y, tras desplomarse sobre las almohadas, la miró confuso.

–¿Quién eres? Por lo que puedo recordar, no te había visto nunca.

–Soy tu nueva nuera, Felicity. He venido para ayudarte a ponerte bien, papá Edmund.

Los labios cenicientos formaron una frágil sonrisa.

–Está... claro que... no eres... Mar... tha Grim... bald.

–No, papá Edmund. Ni siquiera sé quién es.

–Mejor... así. No... te... impresionaría.

–¿Era alguien con quien Roger iba a casarse?

–Dejaré... que sea... él quien... te lo diga, muchacha. Pero entérate... de que tú eres... mucho más... bonita.

–¿Cómo te encuentras? ¿Puedo traerte algo? ¿Algo de comer? ¿Un poco de oporto?

–No... me sigas... la corriente. Ya he tomado demasiados licores en mi vida, y se me están comiendo por dentro.

–¿Algo de comer? ¿Unas hierbas medicinales del boticario?

Un delgado dedo se elevó, y atrajo la atención de Felicity hacia el hecho de que la uña tenía unas rayas extrañas. La mano parecía escamosa, como si la piel estuviera a punto de secarse... o morirse.

–Tal vez... un poco... de gachas... o budín..., sólo para... calmar... el dolor de mis... tripas. A veces... es tan insoportable... que deseo... morir.

Felicity evitó el contacto con la piel del hombre y apoyó una mano en su brazo, cubierto por el camisón.

–Le diré a la cocinera que te prepare unas gachas y el budín de inmediato. ¿Puedo hacer algo más por ti entretanto?

–¿Dónde está... Roger?

La joven examinó con atención al hombre, buscando algún signo que indicara su preocupación por las cuentas de la fábrica.

–Creo que está repasando los libros. Por lo visto, existe alguna discrepancia, aunque no sé dónde. Sólo puedo repetir lo que he oído, que por lo visto salen más monedas que entran.

Edmund se esforzó por incorporarse sobre los codos, pero se desplomó al punto sobre el colchón, falto de fuerzas. Movió la cabeza sobre la almohada y buscó aliento.

–Será mejor que... Roger se ocupe de la... fábrica..., y me deje... los libros a mí, muchacha.

–Pero, papá Edmund, has estado demasiado enfermo para saber qué día es, y mucho menos para llevar las cuentas de la fábrica.

–Dile que... lo deje... hasta que... me vuelva a... levantar.

Felicity se inclinó sobre el hombre y sonrió, al tiempo que le palmeaba el brazo con gesto maternal.

–Le repetiré tus palabras, papá Edmund. Ahora descansa. No es necesario que te preocupes tanto por las cuentas. No creo que signifique un gran problema para Roger..., a menos que sepas por qué no cuadran. En ese caso, deberías pensar en decírselo..., para ahorrarle una búsqueda interminable.

–Dile que lo deje, muchacha. No tiene... cabeza... para las cuentas.

18

Colton Wyndham entró con su esposa en brazos en su residencia de Londres, que dominaba Hyde Park, y pronto cayó en la cuenta de que Seward, el menudo, nervudo y anciano mayordomo, que había sido ascendido al rango de mayordomo jefe de la casa mucho antes de que Sedgwick Wyndham empezara a tener familia, estaba sonriendo como un mono arrugado. El delgado hombrecillo chasqueó los dedos y, como por arte de magia, un río de criados, la mayoría vestidos de negro, otros –procedentes de la cocina– de blanco, salieron de todos los rincones imaginables y formaron una hilera para que la nueva ama los inspeccionara. Hasta la cocinera se hallaba presente. La habían contratado un puñado de años antes para completar el personal de servicio, y ahora reinaba en la cocina y en los preparativos de las comidas. Daba la impresión de que todos los sirvientes exhibían la misma sonrisa amplia del mayordomo, y estaban ansiosos por saludar a los recién casados Wyndham, que acababan de regresar de su luna de miel de dos meses, pasada en climas más cálidos, lo cual había contribuido en gran manera a la recuperación del amo. Cuando le presentaron a la última criada sonriente, Adriana tenía un lío de nombres en la cabeza. Al imaginar lo mucho que le costaría recordar los nombres y relacionarlos con las caras, rió y se llevó las manos a las mejillas encendidas.

–En ninguna de mis visitas anteriores me había dado cuenta de que había tantos criados en la casa. De entrada no podré recordar todos los nombres, de modo que compadeceos de mí.

Colton la ciñó por la cintura y le dio un apretón afectuoso.

–Sí, lo harán, querida mía. Al fin y al cabo, no les queda otra alternativa, puesto que eres la nueva ama de la casa. No obstante, por más que están dispuestos a conocer tus preferencias, dudo que imaginen que acabarás cautivándolos. Como he pasado por la misma experiencia, deberé advertirles que estén en guardia, no sea que hagan caso omiso de mis órdenes y vivan siempre pendientes del menor de tus deseos.

Las risas de los sirvientes dieron testimonio de la posibilidad de tal circunstancia. De entre todos los anteriores visitantes de la casa londinense de los Wyndham, lady Adriana siempre había desplegado un encanto irresistible y una amabilidad que había conquistado los corazones de la servidumbre.

Ahora que era la señora de la casa, no podían estar más complacidos.

–La cena se servirá a la hora habitual, mi señor –informó Seward al marqués, incapaz de disimular una sonrisa–. Teniendo en cuenta vuestro prolongado viaje en carruaje, pensé que tal vez la señora y vos preferiríais que la cena os fuera servida en la intimidad de vuestros aposentos. Es indudable que, después de viajar durante dos meses, agradeceréis la oportunidad de relajaros.

–Una excelente idea, Seward –contestó Colton con entusiasmo–. Lady Adriana y yo estamos muy cansados después del agotador trayecto de hoy, y nada nos complacerá más que sosegar nuestro espíritu de la manera que sugieres. –Hizo una pausa, como si se le hubiera ocurrido una idea, y alzó un dedo–. Una cosa más. Después del postre, me gustaría mucho disfrutar de un baño caliente. Parece que calma mi herida.

–Sí, mi señor, me ocuparé de que os lo preparen, y de que se cumplan vuestros deseos. También advertiré a los criados que no os molesten después de recoger los platos. –Los labios del anciano se agitaron levemente–. Los viajes cansan el cuerpo, y las heridas necesitan tiempo para curar bien.

–Muy bien, Seward.

Colton sonrió a su esposa y le ofreció el brazo.

–¿Subimos ya, querida mía? Me gustaría ponerme cómodo. ¿Y a ti?

Adriana enlazó el brazo de su marido, sonriente, sabedora de lo que harían en cuanto los sirvientes se esfumaran. Había llegado a la conclusión de que su fornido esposo tendría ganas de copular incluso a las puertas de la muerte. Su luna de miel lo había demostrado con creces.

–Eso suena muy tentador después de un largo viaje.

Colton le palmeó la mano.

–Estaba seguro de que estaríais de acuerdo, señora.

Colton se quitó la última prenda bajo la admirada inspección de su esposa, e indicó por señas que le hiciera sitio en la bañera.

–Pensé que me gustaría tomar un baño sola, al menos por una vez –bromeó ella, al tiempo que se mordisqueaba el labio inferior para contener una risita. Se reclinó lentamente contra el extremo redondeado de la bañera de cobre y se enjabonó los pechos con movimientos perezosos, complacida de excitarlo con su desnudez. Echó un vistazo al espectáculo descarado de su pasión, satisfecha en secreto de que ya la deseara–. No me has dejado hacerlo desde que nos casamos.

–Hazme sitio, muchacha, o te pellizcaré el trasero. Voy a entrar tanto si te gusta como si no.

Adriana exhaló un suspiro exagerado, se enderezó y se inclinó hacia delante.

–Nunca completaré mi higiene si insistes en que nos bañemos juntos. Siempre da la impresión de que tienes otras intenciones en mente, y no son precisamente bañarte.

–Es muy posible, señora. Al fin y al cabo, poseéis suculentos lugares que disfruto venerando, pero lo importante no es quién os baña, sino salir limpia de la bañera.

Colton se acomodó detrás de ella, pasó un brazo por delante y se apoderó de un pecho enjabonado, al tiempo que deslizaba la mano libre por debajo de la joven, quien se reclinó contra él.

Adriana le dirigió una mirada traviesa por encima del hombro.

–¿Cómodo?

–No del todo –repuso Colton, y le mordisqueó la oreja.

Adriana movió las caderas para acomodarse, pero no esperaba la sacudida de placer que experimentó cuando su feminidad entró en contacto con la potente erección. Su marido contuvo el aliento. La joven se estremeció de éxtasis, y se volvió hacia él con expresión deseosa.

–¿Mejor?

Colton le mordisqueó una oreja, mientras le comunicaba su excitación.

–¿Albergáis alguna duda, señora?

Adriana sonrió cuando los dedos de su marido le rozaron un pezón.

–Quizá no tendríamos tantas dificultades para encajar si no llegaras tan entusiasmado a la bañera.

El hombre dejó un reguero de besos sobre su hombro, mientras avanzaba hacia la nuca.

–Podrías pensar en la posibilidad de ponerte delante de mí, en cuyo caso encajaríamos a la perfección.

Adriana cerró los ojos cuando él le restregó de nuevo su virilidad. Apoyó la cabeza en el hombro de su amado, disfrutando de las cálidas caricias de su boca.

–Conociéndote, estoy segura de que eso sucederá muy pronto.

–Habéis llegado a conocerme a fondo, señora.

Teniendo en cuenta que siempre la sorprendía con nuevas y excitantes experiencias en el mundo del placer sensual, Adriana rechazó la conjetura.

–Ni en un millón de años.

Colton se inclinó por encima de ella para ver bien sus pechos, levantó una esponja y limpió la espuma adherida a ellos. Su esposa exhaló un suspiro de placer cuando él dedicó una atención minuciosa a sus pezones.

–Me gusta esto –susurró la joven, alzando los picos rosáceos para disfrutar plenamente de las caricias.

La esponja quedó olvidada cuando las manos de Colton se apoderaron de sus senos. El marqués experimentó un estremecimiento de placer cuando sus dedos acariciaron los delicados pezones.

–Desde el momento en que despierto por la mañana hasta que caigo dormido por la noche –dijo con voz ronca en su oído–, me siento asaltado por el deseo, entre una profusión de recuerdos que hemos forjado en las diversas camas que nos han acogido durante estos últimos meses, amor mío. Hasta te deseo dormido.

–Sí, lo sé. –Adriana suspiró, y luego lanzó una risita, cuando él torció el cuello para mirarla con curiosidad–. Bien, no me pasan por alto los cambios que experimenta tu cuerpo cuando estamos entrelazados en la cama. Me gusta despertarme y sentirte duro y ansioso contra mí. Un día, quizá me aproveche de que estés dormido.

Colton apretó los labios contra su pelo perfumado.

–Os doy permiso para despertarme cuando deseéis, señora. Daros placer siempre me lo depara a mí.

–No recuerdo ni un momento desde que estamos casados, querido esposo, en que no hayas atormentado, despertado, atizado, provocado, embriagado, encendido... –se detuvo para recobrar el aliento, y luego suspiró–... y complacido por completo mis deseos. Siempre consigues que anhele fundirme contigo.

Colton sonrió de su exageración.

–Por un momento, creí que ibas a alabar mi estado de celo permanente.

Adriana lanzó una risita y frotó el trasero contra él.

–Termina de bañarte, esposo mío. Quiero ir a la cama contigo.

–¿Qué podemos hacer allí que no podamos hacer aquí? –susurró Colton en su oído.

Deslizó una mano entre sus muslos y exploró la suavidad sedosa, que se abrió enseguida a él.

Muy pronto, Adriana se encontró retorciéndose a causa del éxtasis que Colton provocaba en sus entrañas, hasta que ya no pudo soportarlo más. Levantó las rodillas y se volvió hacia él, con los ojos ardiendo de deseo. Apoyó las manos sobre sus hombros y movió el cuerpo en una lenta, sinuosa y seductora invitación, con la sensación de que burbujas de placer estallaban en cada fibra de su ser bajo las delicadas caricias que su hombre aplicaba a las zonas más sensibles. Cuando por fin Colton introdujo su lanza flamígera en la húmeda cavidad y la atrajo hacia sí, un estremecimiento convulsivo recorrió el cuerpo de Adriana. Echó la cabeza hacia atrás en el momento en que sus ingles se unieron. La pasión aumentó mientras sus cuerpos se fundían, y sus jadeos se convirtieron en gemidos de placer, hasta que dejaron atrás los límites del universo y empezaron a ascender hacia galaxias muy lejanas. Fue mucho más tarde cuando bajaron de nuevo a la tierra, entrelazados.

–Os amo, señora, más de lo que las palabras pueden expresar –susurró Colton contra su frente, dudando de que le quedaran fuerzas en los miembros.

Adriana se apoyó sobre su ancho pecho y sonrió, mientras sus dedos jugueteaban con el vello que lo cubría.

–Dime cuándo supiste que me amabas.

Colton alzó la cabeza con aire pensativo, como si le costara recordar.

–Caramba, si de veras sientes curiosidad por saber cuándo ese sentimiento empezó a amenazar mi soltería, creo que fue cuando te estrellaste contra mis atributos masculinos.

Ella fingió que le daba un puñetazo en la barbilla, y después se reclinó a su lado.

–Bien, si te sirve de consuelo, esposo mío, estaba segura de haber destruido mi virginidad durante el mismo encontronazo. No pude sentarme bien durante toda una semana.

El marqués ladeó la cabeza para mirarla, algo confuso.

–No lo sabía. Me pareció intacta cuando te examiné en la bañera.

Adriana se incorporó al punto.

–¡No es cierto!

Colton se encogió de hombros.

–Un hombre siempre mira cuando tiene la oportunidad de examinar de cerca algo que vale la pena, y vos valéis mucho la pena, señora.

Adriana se reclinó y agitó la cabeza, fingiendo irritación.

–Eres absolutamente despreciable. Espiarme mientras dormía... Deberías avergonzarte.

–Estaba demasiado atraído por lo que veía para experimentar otra cosa que un ardiente deseo, querida mía. Tú misma fuiste testigo.

–Sí, fue bastante turbador en su momento, pero el espectáculo ha llegado a gustarme.

–Ajá.

Colton se miró, y atrajo la atención de Adriana hacia la misma zona.

–¡Rijoso! –lo acusó ella con una sonrisa.

–¿Rijoso yo? Te voy a enseñar lo rijoso que soy.

Adriana lanzó una risita, se levantó y pasó una pierna por encima de la bañera para intentar huir, lo cual deparó a Colton otra visión deliciosa. Sus pechos oscilaron cuando se alejó de la bañera. El marqués salió en su persecución. Aunque ella miró hacia atrás para saber qué dirección tomaría, el hombre hizo una finta a la izquierda, y después la apresó cuando ella giró hacia la derecha. La levantó en volandas y fingió devorarle la garganta.

–Compórtate, Colton –lo reprendió la joven–. Los criados nos oirán.

–No deberían estar escuchando tras la puerta del amo, señora. Tendré que hablar con ellos al respecto.

Cambiando de táctica, Adriana adoptó una sumisión total, le rodeó el cuello con los brazos y no le importó en absoluto que él la levantara más para devorar un pezón.

–¿Hace mucho que no te digo cuánto te adoro, querido mío? –preguntó con voz ronca.

–Creo recordar que dijiste algo por el estilo cuando te estabas durmiendo anoche –susurró en voz baja Colton. Levantó la cabeza y vio que los labios entreabiertos de Adriana se acercaban a los suyos–. Me da igual cuántas veces lo digas, nunca me canso de oírlo.

–Jamás lo creí posible, pero nuestra unión me ha deparado alegrías sin cuento. Sólo puedo esperar y rezar para que no ocurra nada que perturbe el refugio bendito que hemos encontrado juntos.

La llegada a Randwulf Manor de los Wyndham fue anunciada por el jardinero, el cual divisó a lo lejos el nuevo landó de su señoría. El anciano se incorporó, cerca de un arriate donde algunos de sus colaboradores estaban plantando flores. Subió a toda prisa los peldaños de piedra, abrió la puerta principal de la mansión y comunicó a su viejo amigo la inminente llegada de la pareja a la mansión. A su vez, Harrison avisó del acontecimiento a su ama, que en esos momentos tomaba el té en la sala de estar, donde, después de pasar los últimos tres meses celebrando el hecho de que Colton estaba casado y muy enamorado de la mujer que su padre le había elegido, se había contentado con relajarse y contemplar el retrato que colgaba sobre la repisa de la chimenea, además de recordar los días felices de su matrimonio.

Nadie pensó en informar a Alice Cobble del regreso de la pareja, pero la mujer había atendido a la cháchara de los criados. Por lo tanto, con la niña apoyada boca abajo sobre su antebrazo, salió al pasillo principal justo cuando el amo entraba con su esposa en el vestíbulo.

El júbilo de Adriana se desvaneció al punto cuando vio a la mujer casi desvestida. La arpía sostenía a la diminuta niña con el mismo descuido que si fuera una bolsa de grano. Si bien el vestido de la niña era de calidad y ribeteado de encaje, se veía muy arrugado y manchado. Alice enderezó su carga, y Adriana pudo ver los enormes ojos azules, las mejillas hundidas y la nariz de la niña, llena de mocos. Ver el penoso estado de la niña estremeció a la joven. Sintió náuseas de repente y se llevó una mano temblorosa a la boca. Un gemido escapó de sus labios, cerró los ojos con fuerza y llevó a cabo un desesperado intento de controlar su malestar.

Colton, incapaz de pasar por alto el malestar de su esposa, se inclinó solícito. Pero, cuando ella se estremeció de manera convulsiva después de lanzar otra mirada hacia el fondo del pasillo, el marqués paseó la vista a su alrededor, para ver qué había provocado la reacción, y maldijo mentalmente cuando vio a Alice Cobble, no sólo presente contra sus deseos, sino en el mismo estado desaliñado que presentaba cuando la había traído de Londres. Para colmo, su hija parecía una piltrafa.

Enfurecido, se volvió hacia Harrison.

–¿Por qué continúa aquí esta mujer, y en este estado? En cuanto a la niña..., ¿por qué tiene ese aspecto?

El mayordomo habló en un murmullo confidencial.

–Mi señor, no hemos encontrado ninguna ama de leche en la zona. Hemos buscado por todas partes y, a cada día que pasa, la mujer se pone más imposible, como si supiera que deseamos su desaparición y que no podemos echarla a causa de la niña. Vuestra madre no osa quejarse de la apariencia del bebé o de su estado de salud, porque las amenazas de irse de Alice la afligen. De no ser por la niña, su señoría habría ordenado despedir a la mujer hace meses, sobre todo porque ésa era vuestra orden, mi señor.

–Aléjala de mi vista –gruñó Colton con los dientes apretados–. Entre sus muchas ofensas, resulta que está turbando a mi esposa.

Alice Cobble avanzó con descaro, exhibiendo los dientes negros y podridos con su sonrisa burlona, como si no hubiera quedado bastante claro que disfrutaba del poder que tenía sobre la casa.

–Buenas tardes, señoría –dijo con voz ronca, y luego chasqueó la lengua, lo cual provocó el llanto de la niña–. Pensábamos que nunca volveríais de retozar en la campiña con vuestra nueva señora. Han pasado más de tres meses desde que partisteis hacia tierras desconocidas. –Sus ojos se desviaron hacia Adriana, y sus labios se fruncieron en una sonrisa burlona cuando inclinó apenas la cabeza–. Señora.

–Vuelve al cuarto de los niños, mujer –ordenó Harrison, al tiempo que señalaba en dirección a la escalera–. Tu presencia no es necesaria aquí. Déjanos.

–Caramba, pensaba que a su señoría le haría gracia ver a su hija al regresar. Yo pensaba que un hombre preocupado por sus hijos estaría ansioso por ir a verlos nada más llegar, después de estar fuera tanto tiempo, hasta el punto de que la niña ya está crecidita.

El mayordomo la tomó por el codo y, pese al hecho de que la mujerona pesaba bastante más que él, la condujo hacia la escalera.

–¡He dicho que te largues!

Alice miró al marqués.

–¿Subiréis más tarde para ver a vuestra hija, milord? Es un poco enclenque, pero a mí me parece igual de bonita. Tal vez a la señora le hará gracia subir también.

–¡Deja de parlotear, mujer! –insistió airado Harrison–. ¡De lo contrario, te meteré un trapo en la boca!

Alice lanzó un gruñido de protesta.

–¿Tú y quién más, hombrecito? Me las he habido con tíos más grandes que tú en las tabernas, y si no me quitas tus sucias manos de encima ahora mismo, te las morderé.

Como para apoyar la amenaza, exhibió sus colmillos ennegrecidos, de forma que Harrison retrocedió asqueado y atemorizado.

Philana, que también había acudido a recibirlos, estuvo a punto de desmayarse antes de que el ama de leche desapareciera. Miró impotente a su nuera.

–Perdónanos, querida hija. No hemos podido controlar a esa mujer desde que llegó aquí. Estoy segura de que sabe que hemos sido incapaces de encontrar una sustituta, y se complace en atormentar a todo el mundo. No espero que la toleres mejor que nosotros. Se necesita alguien con más energía.

Pese a las náuseas que todavía la asaltaban, Adriana cruzó el pasillo con los brazos abiertos y forzó una sonrisa de aliento, mientras abrazaba a su suegra.

–No podemos permitir que Alice turbe nuestra vida, mamá Philana, por más que se complazca en ello. Seguiremos buscando sin tregua una nueva ama de leche, aunque debamos ir a Londres.

–Maud está aquí, querida –le informó Philana, con la esperanza de borrar a Alice de sus pensamientos, aunque sólo fuera por unos momentos–. Llegó en el carricoche alquilado hará una hora, y dijo que estabais de camino. Por lo visto, su cochero fue más rápido que el vuestro.

–Colton y yo nos detuvimos en una posada para comer un bocado. Yo tenía un apetito enorme, hasta el punto de que tu hijo me advirtió que iba a engordar.

Intentó reír, pese al hecho de que, después de ver a Alice, no estaba segura de poder retener en el estómago lo que había ingerido.

Philana lanzó una risita, en un intento de aparentar una alegría que no sentía después del enfrentamiento con Alice.

–Bentley se disgustó bastante cuando Colton lo dejó al cuidado de mis necesidades de traslado, por escasas que fueran, y eligió a Jason, de nuestra casa de Londres, para vuestro largo trayecto. Sin embargo, Maud parecía muy contenta de que le hubieran permitido cuidar de ti durante tu ausencia de casa. Ahora está arriba, en los aposentos del amo, deshaciendo vuestras bolsas y baúles.

Adriana apoyó una mano sobre el brazo de su suegra, y decidió que lo mejor era ser sincera.

–No me siento nada bien, mamá Philana, y me gustaría descansar un rato.

–Es muy comprensible, hija. Alice es una experta en lograr que todo el mundo se sienta peor de lo que debería. Lo he descubierto por mí misma en más ocasiones de las que deseo recordar, y con frecuencia me he retirado a la cama agotada y presa de una horrible jaqueca.

Adriana quiso insuflar esperanzas a la mujer.

–Echaré un vistazo a la niña cuando me encuentre mejor. En el ínterin, sugiero que enviéis un jinete a Bath con una nota explicando nuestras necesidades a mi tía. No me cabe duda de que tía Tilly podrá encontrarnos un ama de leche. Da la impresión de que conoce a todo el mundo entre Bath y Londres, y tiene muchos amigos fieles que la ayudarán a buscar a la persona adecuada por todas partes con tal de ayudarnos.

–En ese caso, enviaré al punto a Alistair en dicha misión. –Philana sonrió–. Está ansioso por encontrar cualquier excusa para visitar a Tilly.

Adriana apretó la mano de la mujer.

–Esperemos que Alice se haya ido dentro de una semana, cuando no antes.

Philana no se atrevía a esperar semejante milagro. Era capaz de pasar por alto una ofensa, pero soportar a aquella virago era algo muy diferente.

–Por más que deseo perder de vista a esa mujer, querida, no creo que se vaya sin provocar alguna desgracia. Es muy grosera, y hace lo que puede para poner a prueba nuestros nervios y paciencia. De hecho, parece disfrutar disgustándonos.

–Acabaremos con eso cuanto antes –afirmó Adriana, y estaba a punto de dar media vuelta cuando cayó en la cuenta de que no había oído a nadie llamar a la niña por su nombre.

Miró con curiosidad a su suegra.

–¿Cómo se llama la niña?

–Temo que aún no tiene nombre, querida –reconoció con tristeza Philana–. Esperaba que Colton se encargara de ello, pero tenía otras cosas en la cabeza, y es probable que ni se le haya ocurrido. Sería presuntuoso por parte de una abuela asumir dicha responsabilidad. Hasta el momento, la he llamado Nena.

–Hablaré con Colton del asunto esta noche. Habría que bautizarla pronto, y necesitaremos un nombre a ese fin.

–A mí siempre me ha gustado Genevieve. Si hubiera tenido la suerte de tener otra hija, la habría bautizado Genevieve Ariella.

Adriana besó la mejilla de la mujer.

–Es un nombre muy bonito, mamá Philana. Se lo diré a Colton más tarde.

Lágrimas de felicidad brillaron en los ojos azules de la mujer.

–Gracias, querida hija, por casarte con mi hijo. Él nunca habría sido feliz sin ti. Ni los demás tampoco.

Adriana sonrió.

–Deberías incluirme también en ese grupo, mamá Philana, porque quiero a tu hijo más de lo que pueden expresar las palabras. Creo que siempre lo he amado.

–No me cabe duda, querida. Cuando eras pequeña, siempre ibas pisándole los talones. Ahora parece que es él quien gusta de pisar los tuyos.

En cuanto Maud se fijó en la palidez de su señora, corrió a buscar una jofaina con agua fría y un paño para lavarle la cara, que luego apretó sobre su frente.

–Acostaos y descansad, mi señora. Parecéis enferma de cuidado.

–Es curioso, porque así es como me siento –susurró Adriana, mientras se derrumbaba en la cama.

–Levantaos y dejad que os quite la ropa –la apremió Maud–. La habéis llevado puesta todo el día, y os sentiréis mucho mejor sin ella.

Adriana gimió como una niña quisquillosa, mientras obedecía la orden de la mujer y alzaba los brazos.

–Déjame la camisa –dijo–. Es posible que tenga que vaciar mi estómago, y no quiero tener que atravesar a toda prisa estos aposentos desnuda mientras busco una jofaina.

Maud la miró con curiosidad.

–¿Cuál es el motivo de vuestra indisposición? ¿El largo viaje desde Londres ha minado vuestras fuerzas?

Adriana meneó la cabeza en muda respuesta; pero cuando se llevó la mano a la boca en un esfuerzo por contener las náuseas, la criada enarcó una ceja.

–No quiero alarmaros, señora, pero ¿es posible que estéis encinta?

Adriana se sentó al punto, temerosa de que sus piernas flaquearan. Clavó la vista en la lejanía, como estupefacta.

–Es cierto que no me vino cuando tocaba, pero pensé que era debido a la emoción de estar con Colton durante nuestra luna de miel.

–¿Desde cuándo os sentís así?

–De hecho, sólo he sentido náuseas hoy, cuando vi a ese ser..., Alice..., sosteniendo a esa desgraciada criatura. Pobre pequeña, se me rompió el corazón. Parecía tan... tan... desdichada...

–Bien, ya sabéis que siempre habéis tenido debilidad por animalitos y huérfanos desvalidos, señora. No me sorprendería que fuera eso la causa de vuestra indisposición. –Asintió, como aceptando esa posibilidad–. Debe de ser eso.

–Sí, supongo que tienes razón –contestó Adriana–. Por lo demás, perdí el período tan deprisa, que tendría que haber quedado encinta la primera semana de nuestro matrimonio.

–¿Fue el único que perdisteis, mi señora?

Adriana la miró sorprendida, pues no había pensado en ello.

–No he tenido ninguno desde que su señoría y yo nos casamos.

–Es un hombre como hay pocos, mi señora.

–No digas nada de esto a nadie, en especial a los criados de más edad. Son muy leales a Philana y se lo contarán enseguida, y prefiero que eso no ocurra antes de poder hablar con Colton. Si es la emoción de estar con él la causa de haber perdido el período, no quiero que Philana alimente esperanzas vanas. Tampoco quiero que todo el mundo me examine de arriba abajo hasta que haya encontrado el momento adecuado de contarlo a su señoría. Es posible que esa oportunidad se retrase varios días, teniendo en cuenta lo mucho que nos disgusta la presencia de Alice en la casa. Será mejor anunciar el acontecimiento después de su partida.

Maud rió.

–No podéis esperar que los criados hagan la vista gorda, señora, pues sois la única que dará a luz descendientes de los Wyndham. Todos desean veros embarazada.

Adriana sonrió y apoyó una mano sobre el estómago.

–Creo que todos deseamos que eso suceda pronto, Maud.

Las campanadas del reloj de la repisa de la chimenea arrancaron a Adriana de las profundidades del sueño. Tendida junto al largo cuerpo de Colton, escuchó las delicadas notas hasta que la duodécima anunció la llegada de la medianoche. Cuando el silencio reinó de nuevo, se acurrucó más cerca de su marido, y besó el brazo protector bajo el cual estaba tumbada. Una sonrisa se dibujó en sus labios cuando se llevó la mano al vientre. Tal como prefería Colton, estaba desnuda, igual que él, y si bien se palpó el estómago con los dedos, no detectó la menor evidencia de que creciera vida en su útero. Pese a que había advertido a Maud que guardara silencio, había sentido la tentación de revelarlo a Colton, pero al final había decidido esperar, teniendo en cuenta lo irritado que estaba con Alice. Sus ciclos mensuales siempre habían llegado con regularidad, y a excepción de sus breves náuseas cuando Colton le dijo que se había casado con otra, hacía años que no padecía molestias estomacales, al menos desde los catorce años, cuando una fiebre elevada la había obligado a guardar cama. La enfermedad había desaparecido antes de una semana, y desde entonces había gozado de una salud excelente.

Adriana no albergaba la menor duda de que Philana se sentiría emocionada por la perspectiva de tener otro nieto, pero ¿y Colton? Disfrutaba de su mutua intimidad hasta tal punto que tenía motivos para preguntárselo. ¿Le repugnaría su vientre redondo, o tal vez las dificultades que les causaría a la hora de hacer el amor? ¿O se sentiría tan emocionado como ella, al imaginar la maravilla que su amor había creado?

Adriana cerró los ojos y exhaló un suspiro, y estaba a punto de dormirse de nuevo, cuando un sonido indefinido la impulsó a abrirlos de nuevo. Volvió la cabeza sobre la almohada para escuchar mejor. ¿Era el aullido del viento, o el llanto de un bebé, procedente de una zona alejada de la mansión?

Adriana se esforzó por precisar el origen del sonido, y a medida que transcurrían los segundos se fue convenciendo de que era el llanto desesperado de un niño. Sólo había uno en la casa, y, a juzgar por la expresión atormentada de la pequeña, Adriana adivinó que necesitaba con desesperación cariño y atenciones.

Con cuidado de no despertar a su marido, se puso el camisón y la bata, y luego se calzó unas zapatillas de raso. Se detuvo en el pasillo para determinar la procedencia del llanto. Llegaba de lejos, pero ¿de dónde exactamente?

Adriana corrió en una dirección, pero decidió que no iba bien orientada. Giró en redondo, pasó corriendo ante los aposentos de su marido y subió un tramo de escaleras que la condujo hasta la tercera planta. Era una parte de la mansión que no había pisado desde su infancia. Se trataba de una sección más antigua, que siempre se le había antojado oscura y ominosa, incluso tétrica, y siempre ponía a prueba la valentía de Samantha y ella cuando jugaban al escondite.

El llanto aumentó de intensidad, y Adriana casi corrió. Cuando llegó por fin a la habitación de la que salían los sollozos, encontró la puerta entornada, y por la grieta escapaba un rayo de luz que iluminaba el pasillo. Empujó la puerta con cautela y se asomó lo bastante para mirar sin que la vieran.

Lo primero que vio fue a Alice Cobble, sentada en mitad de la cama con la espalda apoyada contra la pesada cabecera jacobina. Sostenía en una mano una botella de cristal, de la cual bebía a morro. Una lámpara ardía en la mesita de noche, y la luz ponía al descubierto la suciedad de su camisón. La prenda dejaba a la vista un enorme seno surcado de venas azules, y estaba tan vieja y gastada que era casi transparente, sin duda debido a su inmundo estado, supuso Adriana. Eso no era la causa principal de su falta de recato, porque tenía subido el camisón hasta los muslos, y estaba sentada con una pierna doblada y la otra extendida.

Adriana no quiso ni imaginar lo que la mujer habría estado haciendo, o de quién había querido llamar la atención. Aun así, no era difícil imaginar que las predilecciones de la bruja eran de la peor calaña.

Alice chasqueó la lengua, y Adriana se sobresaltó.

–Y ahí estaban, su señoría y la señora, como si no pudieran separarse ni por toda la lana de Bradford..., hasta que aparecí con la pequeñaja. –La bruja rió–. Sí, lo planeé muy bien. Seguro que la cabeza todavía les da vueltas. Eso les servirá de lección por querer deshacerse de mí. Sí, no pasará mucho tiempo antes de que su señoría descubra lo que he estado haciendo a sus espaldas. Entonces, tendrá que pagar, tan seguro como que me estoy bebiendo su oporto. Y luego se pondrá a hacer preguntas, querrá saber qué está pasando. Sólo es una cuestión de tiempo antes de que descubra que lo han engañado. Doña Presumida no va a esperar eternamente, no señor. Su señoría y la señorita se enterarán de lo que vale un peine.

–¿Qué significa este ultraje? –preguntó Adriana, al tiempo que abría la puerta de par en par y entraba. Los llantos de la niña aumentaron de intensidad, y si bien se había demorado para escuchar los balbuceos de la bruja en un esfuerzo por descubrir de qué estaba hablando, Adriana ya no podía hacer caso omiso de las necesidades de la niña. Se encaminó a la cama, asqueada al ver que Alice no intentaba cubrir su desnudez–. Te contrataron para alimentar y cuidar a la niña. En cambio, está desatendida y tú te estás bebiendo el oporto de mi marido. ¡Haz la maleta y lárgate... ahora mismo!

–¿Y quién dará de mamar a la mocosa? –la desafió la mujer con una sonrisa exultante. Pasó las piernas por encima del colchón, pero al intentar levantarse cayó al suelo como un saco. Cuando por fin se incorporó, apoyada contra un armario, sonrió a Adriana–. No os atreveréis a echarme, señora. La niña moriría de hambre.

–Ya lo está haciendo, pero estabas tan concentrada en la bebida que ni siquiera te diste cuenta. En caso necesario, la calmaré con una tetina de azúcar hasta que encontremos otra ama de leche. En el ínterin, quiero que te vayas.

–Quizá será mejor que pidáis permiso antes a su señoría. A lo mejor no le gusta que apliquéis vos la ley.

–Mi esposa ha dicho que te marches –bramó Colton al tiempo que entraba, vestido con una bata de terciopelo y zapatillas de piel–. Y eso es exactamente lo que quiero que hagas. De hecho, tienes que desaparecer de mi vista antes de una hora. El mozo de cuadra te llevará hasta Bradford en un carro. Desde allí, tendrás que arreglártelas para ir a Londres o adondequiera que vayas, mientras sea lejos de aquí.

–¡Me debéis mi salario! –gritó Alice, y después enarcó una ceja al tiempo que miraba de reojo a la joven, que corría hacia la cuna de la niña.

Cuando Adriana la levantó y la acunó contra ella, una sonrisa despectiva se dibujó en sus labios. No había que mimar a los niños. Era mejor que aprendieran desde muy pequeños que llorar no servía para conseguir lo que deseaban de la vida, pero eso ya no sería asunto suyo si su señoría insistía en que se fuera. Lo que sí importaba ahora era cobrar, y para ello estaba dispuesta a hacer algo más que protestar y gritar. Se volvió hacia su señoría, levantó el puño y lo agitó con aire amenazador.

–No me iré de aquí hasta cobrar lo que se me debe.

–Puede que sea más de lo que convinimos, bruja –replicó Colton–. Puede que una patada en el trasero sea el pago más adecuado.

La virago chilló, dio media vuelta, se subió el camisón al tiempo que se agachaba y meneó su trasero desnudo, para luego carcajearse cuando Adriana lanzó una exclamación ahogada. Hizo un gesto obsceno entre las piernas.

–Vamos, querido, mete aquí la verga para que tu señorita vea cómo se hace.

–Pensándolo mejor, no cobrarás –bramó Colton, enfurecido. Su comentario provocó que la mujer diera media vuelta, airada–. Te has gastado todo el sueldo. Habría podido pasar por alto las libertades que te has tomado con mi oporto, pero la última infracción te ha costado toda la cantidad.

Alice chilló y agitó un puño.

–Tan rico como eres, y me castigas por una travesura de nada.

–Te servirá de lección por ser tan vulgar y descuidar a la niña, mientras tú te dedicabas a trasegar mi oporto –replicó Colton, cada vez más irritado.

Cayó en la cuenta del grado de indignación que lo embargaba cuando vio que estaba temblando de rabia. Tenía los puños apretados, y revuelto el estómago. En un esfuerzo por calmarse, respiró hondo y miró de soslayo a Adriana, que avanzaba hacia él con la niña apretada contra el pecho. Sus murmullos arrulladores recordaron a Colton los que había oído cuando era pequeña y recogía animales huérfanos o heridos. Por un breve momento, los sollozos cesaron cuando la niña se aferró a un seno, pero no pudo encontrar ningún pezón que la alimentara a través de la bata, y de nuevo se puso a llorar, agitando los puñitos en señal de irritación.

–Pobre pequeña –musitó Adriana–. Pronto te daremos de comer. Te lo prometo, Genevieve Ariella.

–¿Genevieve Ariella? –repitió Colton con una sonrisa perpleja.

Su esposa lo miró vacilante.

–Tu madre dijo que le gustaba el nombre, pero si prefieres otro, estoy segura de que no se ofenderá.

Acarició con afecto las trenzas revueltas de su esposa cuando ésta se inclinó hacia él. Su ternura apaciguó la rabia que rugía en su interior, y no pudo resistir la tentación de alzarle la barbilla y darle un beso en los labios.

–Es un bonito nombre, amor mío, muy adecuado para ella. En cuanto a vos, señora, tenéis un aspecto muy maternal sosteniendo al bebé. Deberíamos pensar en llenar la casa de niños.

Alice les dirigió de nuevo una sonrisa despectiva.

–Maldito cabrón, te merecerías no tener semillas en tu cofre.

Colton rió y miró a la mujer.

–Creo que ese interrogante ya no existe...

Alice lo miró de arriba abajo.

–No me sorprendería nada que la señorita Pandora te hubiera tomado el pelo.

Colton ladeó la cabeza con expresión inquisitiva.

–¿Estás insinuando que Pandora me hizo creer que la niña era mía?

Alice evitó su mirada penetrante y se encogió de hombros.

–Por más que me reiría a gusto si se te hubieran secado los huevos, creo que no es así, viendo la marca de familia que has dejado en el culo del bebé. Pero te merecerías no poder tener más hijos con tu fina y educada dama, y así prolongar el apellido de la familia. He oído comentar a tus criados que eres el último varón de la familia.

Pese a que Adriana había decidido retrasar el anuncio de su embarazo a su marido, no pudo resistir la tentación de frustrar las aspiraciones de la bruja.

–No es preciso que te vayas de aquí con esa loca esperanza, Alice –dijo, de manera que Colton y la virago la miraron confusos–. Ya estoy encinta.

Colton lanzó un grito de alegría, y la mujer una obscena maldición. El marqués pasó un brazo sobre los hombros de Adriana y la acercó para darle otro beso, esta vez con lengua y todo.

–Por favor, Colton –lo reprendió Adriana, ruborizada por aquella exhibición de fervor. De todos modos, le costó disimular una sonrisa de placer cuando se secó los labios con los dedos–. ¿Qué va a pensar Alice?

–Maldita sea Alice, señora. Ésta es mi casa ancestral, y vos sois mi esposa. Portáis mi hijo en vuestro útero y sostenéis otro contra vuestro corazón. En este momento, no se me ocurre imaginar que pueda quereros más que ahora.

Pese a que otro beso de su marido complació a Adriana, no pasó lo mismo con el bebé. Se alejó de Colton con una sonrisa radiante.

–He de bajar y despertar a la cocinera. Espero que sepa preparar una tetina de azúcar para Genevieve.

–¿No se podría calentar leche de vaca y dársela de la misma manera que una tetina de azúcar? –preguntó Colton.

–Eso le dará diarrea –comentó con sarcasmo Alice, quien desnudó su cuerpo surcado de venas. Adriana la miró escandalizada.

La bruja se rascó sus partes pudendas sin la menor vergüenza, lo cual provocó que la joven diera media vuelta con un gemido de angustia, reacción que llenó de júbilo a la virago–. ¿Qué pasa, cariño, quieres hacerlo por mí?

–¡Cúbrete, vieja bruja! –rugió Colton, enfurecido de nuevo–. Ya eres bastante desagradable vestida, pero sin ropa eres repugnante...

–Como estaba diciendo –lo interrumpió Alice con una sonrisa desdeñosa–, el renacuajo morirá de hambre antes de que encuentren otra ama de leche. –Al mismo tiempo, obedeció la orden y se puso una falda, sin importarle que el estómago fofo y los enormes pechos se bambolearan con sus movimientos. Después de cubrirse los senos con una blusa, miró a Adriana–. Ya podéis daros la vuelta, señora, pero no olvidéis que dentro de unos meses no tendréis mejor aspecto que yo.

Colton arqueó una ceja con incredulidad.

–No hablarás en serio, bruja. ¿O eres tan ciega a tu fealdad que tienes la osadía de compararte con alguien perfecto, en mi opinión?

Mascullando imprecaciones para sí, Alice hizo un bulto con sus escasas ropas y las ató con un chal. Se volvió hacia la pareja.

–De modo que habéis tomado una decisión, ¿eh? Vais a dejar que la niña muera de hambre. No digáis que no os advertí.

Colton miró con preocupación a su esposa y se dio cuenta de que ambos se enfrentaban al mismo dilema. Sin embargo, no se atrevió a retrasar la partida de la mujerona, porque no existían garantías de que no se vengaría en su hija.

–Encontraremos otra, amor mío –dijo, con la intención de consolar a su esposa–. Estoy seguro de que los criados conocerán a alguna mujer del pueblo que al menos dé de mamar a Genevieve hasta que podamos contratar a un ama de leche permanente.

–¿Aunque sus propios hijos se mueran de hambre? –preguntó Alice con sarcasmo, y luego alzó un labio en una mueca de burla–. No lo creo.

–No obstante, encontraremos a alguien que se ofrezca –dijo Colton con determinación.

–Estoy segura de que querrás que Alice se marche cuanto antes –contestó Adriana, al tiempo que dirigía una breve y fría mirada a la bruja. Alice era el ser más grosero que había conocido en su vida, y no podía soportar la idea de que la mujer se quedara ni un momento más en una casa que jamás había conocido tanta depravación. Sus ojos se suavizaron de inmediato cuando miró a su marido–. Voy a pedir consejo a tu madre. Ella nos dirá qué hacer.

Momentos después, Adriana y Philana bajaban corriendo la escalera principal tras oír el ruido de un carruaje que frenaba ante la mansión. Philana corrió al punto hacia una ventana delantera y miró los faroles del landó parado ante los escalones de piedra. La figura masculina erguida junto a la puerta abierta del carruaje era inconfundible, y giró en redondo hacia su nuera, sorprendida.

–Alistair está aquí, querida, y está ayudando a una joven a bajar del carruaje. ¡Eso sólo puede significar una cosa!

Las dos mujeres se precipitaron hacia la puerta, y por un momento ninguna de las dos consiguió abrirla, porque lo intentaron al mismo tiempo. Por fin, Philana lanzó una carcajada y se ocupó del asunto, puesto que Adriana estaba intentando aplacar los frenéticos sollozos de la niña. Casi desmayada de alivio, la mujer abrió la pesada puerta con tal rapidez que sorprendió a su hermano con un puño levantado en el aire.

Alistair se recuperó al punto de su asombro y, alisándose la chaqueta, entró con aire distinguido.

–He sido eficiente como siempre –se jactó, muy orgulloso de sí mismo–. Mathilda encontró un ama de leche para vosotros en Bath, y me tomé la libertad de trasladarla directamente aquí, por si estabais desesperados. –Se encogió un poco a causa del volumen de los chillidos, y después carraspeó–. Sí, bien, parece que la joven y yo hemos llegado justo a tiempo, ¿no es cierto?

–Tío Alistair, eres un amor –exclamó Adriana, y le dio un entusiasta apretón con un solo brazo–. Haz el favor de decir a la mujer que entre. ¡La niña se está muriendo de hambre!

–Ésta es la señora Blythe Fulton –anunció el hombre un momento después, mientras guiaba a la mujer hasta el vestíbulo–. Su marido murió en Waterloo. Hace un par de días, dio a luz un hijo. Aunque entiendo poco de estos asuntos, Mathilda me ha asegurado que la señora Fulton está ansiosa por encontrar trabajo de ama de leche y por paliar, no sólo su grave carencia de fondos, sino su..., er..., lamentable situación.

Philana se volvió hacia su nuera.

–No cabe duda de que la señora Fulton deseará cierta intimidad, querida. Teniendo en cuenta el tiempo que está tardando mi hijo en sacar a Alice de su habitación, me pregunto si se habrá puesto difícil. ¿Crees que deberíamos acomodar a la señora Fulton en una habitación de abajo, o nos atrevemos a acompañarla hasta el dormitorio de arriba? Había ordenado a los sirvientes que cambiaran las sábanas de la habitación que hay frente a la de Alice, por si teníamos la suerte de encontrar a alguien. Incluso pedí que trasladaran ahí la vieja cuna de Samantha.

–No envidio la tarea de echar a Alice, mamá Philana, pero no deberíamos permitir que la presencia de la mujer dictara lo que debemos hacer por su sustituta. La señora Fulton estaría más cómoda si se instalara al instante en sus aposentos. ¿Qué te parece si la acompaño a la habitación que has preparado? Cuanto antes pueda alimentar a la niña, mejor nos sentiremos todos.

Las dos mujeres se estaban acercando a la escalera cuando los gritos de Alice casi ahogaron los sollozos de la niña.

–Por más que lo he buscado, no encuentro mi anillo de oro –se quejaba la mujer, saliendo de su habitación. Se volvió a medias para hablar a Colton, que le pisaba los talones–. Tendrás que compensarme por la pérdida, ¿me oyes? Mi pobre marido me lo dio antes de morir.

–Si es que has tenido uno alguna vez –replicó Colton, reacio a creer que aquella bruja hubiera tenido un anillo de oro o un marido.

–¡No me iré de aquí sin él! –afirmó Alice, y apretó la mandíbula con terquedad. Cuando oyó pasos en la escalera, así como los sollozos de la niña, cada vez más cercanos, dedicó una sonrisa de triunfo a Colton–. Tal vez no tenga que irme, después de todo.

–Te equivocas, Alice –dijo Adriana desde la escalera, cuando vio a su marido y a la mujerona–. Te marcharás, y ahora mismo. Hemos tenido la suerte de encontrar y contratar a un ama de leche para Genevieve en este mismo momento.

Colton se quedó boquiabierto, y tan picado por la curiosidad que no tuvo tiempo de deleitarse con la mirada de incredulidad que mostraba Alice.

–¿Cómo lo habéis logrado, señora?

Adriana sonrió.

–Tío Alistair vino en nuestro rescate de nuevo, amor mío. Pese a la hora, tu tío hizo el viaje desde Bath para traernos a la señora Fulton..., justo cuando más la necesitábamos.

Adriana meció a la niña en sus brazos, intentando calmarla, y luego miró a Alice.

–Dudo que la señora Fulton y tú volváis a veros, de modo que no me tomaré la molestia de presentaros. No obstante, te deseo una veloz partida de Bradford, puesto que aprecio a la inmensa mayoría de sus habitantes.

Colton apretó los nudillos contra la boca para contener la risa cuando Alice pasó hecha una furia, tras haber olvidado sus anteriores exigencias. Si podía apartar de su mente tan pronto el anillo de oro, eso confirmaba sus sospechas de que nunca lo había poseído.

–Os presentaré a mi marido más tarde –informó Adriana a la señora Fulton, entregándole la niña. Le señaló la habitación que le pertenecería a partir de aquel momento–. Creo que el bebé y vos os conoceréis mejor en vuestros aposentos. Estoy segura de que la pequeña necesita vuestra atención inmediata, ¿no creéis?

–Oh, sí, mi señora, y yo estoy ansiosa por prestársela –la tranquilizó Blythe Fulton, procurando no encogerse a causa de la indisposición que padecía.

–Despertaré a algunos criados para que suban vuestro equipaje –dijo Adriana–. Supongo que vuestras maletas siguen en el carruaje de su señoría.

–No hace falta que molestes a los criados, mi amor –dijo Colton–. Yo subiré el equipaje. –Enarcó una ceja y señaló con el dedo a su bella esposa–. Nos veremos en nuestras habitaciones dentro de poco. Hemos de hablar de bebés y cosas por el estilo.

Adriana sonrió y pasó la mano por el brazo de su marido.

–Será un placer, mi señor.

–Sí, para mí –murmuró Colton, y le guiñó un ojo mientras sus dedos se separaban.

[illegible]

[illegible]

[illegible]

[illegible]

19

Felicity se puso el sombrero y un chal ligero antes de salir de casa de Edmund Elston y subir a toda prisa por la pista de tierra en dirección a Bradford. Estaba convencida de que Roger se demoraría en Bath el tiempo suficiente para permitirle lograr lo que anhelaba desde hacía cierto tiempo. Su primer destino fue la tienda del boticario, donde esperaba comprar las mismas hierbas que Samantha y Adriana habían regalado a su abuelo en una ocasión. No tenía forma de saber si el anciano se había beneficiado del obsequio tan sólo debido a su admiración por las dos mujeres, que tanto bien habían hecho por gente de la zona, o si las hierbas medicinales habían mejorado su estado de salud. Al entregarle dicho obsequio, confiaba en reconciliarse con él. No obstante, después de su altiva conducta, albergaba escasas esperanzas de conseguirlo, pese a que ahora se arrepentía de sus acciones de todo corazón.

Durante años se había sentido inclinada a desechar las enseñanzas de su madre acerca de los méritos de la integridad, el comportamiento moral y la honra. En cambio, había considerado que su padre era el ejemplo que debía seguir. Había permitido que la opinión despectiva de éste sobre Samuel Gladstone se convirtiera en la suya. Aun así, las lecciones de su madre sobre honor, virtud y bondad debían de haber enraizado en su carácter en algún momento de su vida, pues su respeto por Jarvis Fairchild había caído en picado cuando descubrió que había estado despilfarrando fondos de la fábrica de tejidos de lana de su suegro mediante el truco de despedir trabajadores sin eliminar su nombre de la nómina de empleados. El robo había conseguido que los atributos de su abuelo brillaran como el oro en comparación.

Cuando se había casado y marchado de Stanover House, no se había dado cuenta de lo mucho que echaría de menos al anciano, su ingenio y su sabiduría. Tal vez dicha admiración era el producto de haber alcanzado la madurez. Desde su unión con Roger, acaecida cinco meses antes, había recibido algunas lecciones muy duras sobre la vida y sus riesgos, lo cual la había llevado a apreciar ciertos valores más que antes.

Por ejemplo, el matrimonio podía ser una pesadilla de depravaciones demenciales, cuando una mujer tenía un marido como Roger. No sólo se comportaba en la cama como un cerdo, sino que a veces se ponía irracional, incluso furioso, cuando ella no aceptaba al punto sus extrañas peticiones, muchas de las cuales se le antojaban viles y sórdidas. Pese a su renuencia y sus súplicas, él la tomaba contra su voluntad como si sólo fuera un juguete reservado para su placer. Felicity temía constantemente por su hijo cuando él la empalaba con la fuerza de un demonio enloquecido, incapaz de obtener placer sin administrar dolor. Si la hubiera odiado y utilizado dichas tácticas como castigo, ella no habría podido estar más angustiada por su bienestar.

La campanilla situada sobre la puerta de la botica tintineó cuando Felicity la abrió y entró. Un hombre mofletudo y medio calvo se asomó desde un estrecho pasillo flanqueado por incontables estanterías, sobre las cuales descansaban, muy bien organizados, frascos de cristal etiquetados llenos de diversas hierbas.

–¿En qué puedo serviros, señorita? –preguntó el hombre solícito, al tiempo que se ajustaba las gafas con montura metálica para verla mejor.

Felicity dedicó al boticario una sonrisa vacilante. Si en los últimos tiempos había llegado a desconfiar de los hombres, sólo ahora se preguntaba cuántos ocultaban una faceta malvada.

–Hace más de ocho meses, dos damas de la nobleza regalaron a mi abuelo, Samuel Gladstone, unas hierbas medicinales. Alabó hasta tal punto sus méritos, que he pensado en comprarle más. Una de las damas es la hermana de lord Randwulf, y la otra se ha convertido en su esposa. ¿Recordáis por casualidad cuáles eran esas hierbas, y, en tal caso, podríais proporcionarme una buena cantidad para llevar a mi abuelo?

–Pues las recuerdo muy bien, señorita. De hecho, yo fui quien sugirió esas hierbas en particular a las dos damas. Pensé que fortalecerían y mejorarían el estado de salud de vuestro abuelo, pero temo que escasean mucho, y por ese motivo son muy caras, señorita.

Felicity dejó un par de pendientes sobre el mostrador.

–¿Los aceptaréis a cambio? Creo que le costaron una buena cantidad a mi padre, cuando los compró hace años.

El boticario ladeó la cabeza con aire pensativo mientras la miraba por encima de las gafas.

–¿Estáis segura de que deseáis deshaceros de ellos, señorita? Son muy bonitos, y os sentarán de maravilla.

–Señora, en realidad. Señora Elston, para ser precisa –aclaró Felicity, y asintió en respuesta a la pregunta–. Sí, quiero cambiarlos. No tengo otra cosa que ofrecer.

El boticario imaginó el sacrificio que suponía para la joven trocar los pendientes, y quiso sugerirle una alternativa menos ardua.

–Parece que los negocios van bien en la fábrica, señora Elston. Si en este momento no contáis con la cantidad necesaria, puedo entregaros las hierbas si pedís a vuestro marido que pase a pagarme cuando pueda. Estoy seguro de que él podría permitirse...

–No, prefiero no pedírselo. Tampoco quiero que digáis a nadie que he estado aquí. ¿Me habéis comprendido?

–Sí, señora Elston. Mis labios están sellados.

–Os estoy muy agradecida, señor...

–Carlisle, señora, Phineas Carlisle. No debéis preocuparos por nada, señora Elston, no se lo diré a nadie.

Nunca le habían caído bien los Elston, pues siempre había alimentado sospechas sobre el repentino cambio sufrido por la difunta señora Elston, que de ser una persona saludable y vital se había transformado en una criatura lánguida, depresiva y olvidadiza poco después de casarse. Había sido testigo de los efectos del opio, y en aquel tiempo no pudo menos que preguntarse si Edmund había estado administrando grandes dosis a su esposa sin que ella lo supiera, con el fin de crear la impresión de que era víctima de una horrible enfermedad. Le habría gustado demostrar su teoría después de su muerte y aportar pruebas del asesinato contra el hombre, pero no había podido. Si Edmund había asesinado a su segunda esposa mediante dicho método, tenía que haber adquirido el opio en Londres, donde sería difícil, tal vez incluso imposible, descubrir el origen. En cuanto al hijo, era la primera pista real que recibía Phineas de que su impresión inicial de Roger Elston era correcta.

Felicity dedicó al hombre una sonrisa jovial.

–Me estaba preguntando, señor Carlisle, si podríais ayudarme en otro asunto.

–Si está en mis manos, señora.

–Antes de casarme con su hijo, mi suegro fue víctima de una misteriosa enfermedad. Sus uñas tienen unas rayas extrañas, y su piel es escamosa y seca. ¿Sabéis qué enfermedad podría causar esta reacción?

El señor Carlisle cruzó el brazo derecho sobre su abultado vientre y apoyó el codo del izquierdo sobre la muñeca, mientras se acariciaba el labio superior con el pulgar, pensativo. «Muy interesante: quien las hace, las paga.»

–Bien, señora Elston, en este momento no se me ocurre qué enfermedad podría provocar esa reacción concreta. Sin embargo, en cierta ocasión advertí a una joven dama sobre los peligros de tomar pequeñas dosis de arsénico para aclarar la piel. Era muy presumida y de una belleza excepcional, pero temo que el viejo dicho es verdadero: «El orgullo precipita la caída»... –Enarcó sus frondosas cejas–. O, en su caso, la muerte. En su funeral, varios meses después, observé que su piel, que antes había sido suave y cremosa, tenía un aspecto escamoso y sus uñas estaban rayadas de una manera peculiar.

Felicity sintió que un horrible frío se apoderaba de ella, y tuvo que reunir valor para hacer otra pregunta. Su voz sonó débil, incluso a sus propios oídos.

–¿Se utiliza con frecuencia el arsénico, señor Carlisle? ¿Vendió algo el año pasado?

–El arsénico hace tiempo que existe, señora. Fue identificado hará unos doscientos años, pero por lo que tengo entendido, existía ya mucho antes. En cuanto a si lo vendo, la respuesta es no, querida señora. Lo he evitado desde que la joven murió. No albergo el menor deseo de que otra mujer estúpida se suicide con dicho método, sólo porque su vanidad se impone al sentido común.

–¿Hay alguna otra botica en la zona?

–No, señora. Sin embargo, he visto a un conocido de Londres que ha venido con bastante frecuencia en los últimos tiempos. Ha prosperado mucho en el negocio, y es propietario de varias boticas. Tiene un excelente carruaje, mucho mejor del que yo podría permitirme. También parece haberse aficionado mucho a las telas de vuestro marido en los meses recientes. Salió de la fábrica con un gran bulto de telas de lana bajo el brazo no hace mucho.

Phineas no se atrevió a revelar a la encantadora joven que el hombre también era un bribón de cuidado, decidido a ser rico a toda costa.

–¿Cómo se llama?

–Thaddeus Manville.

Felicity desconocía el nombre o la persona a la que éste pertenecía. Por mucho que le habría gustado exhibir los conocimientos de contabilidad que le habían inculcado sus padres, su oferta de ayudar a Roger en ese terreno había sido rechazada de plano. De hecho, no tenía permiso para acercarse a los libros mayores. Roger le había prohibido hasta entrar en la pañería, con la excusa de que no quería que lo interrumpiera.

Felicity aceptó las hierbas medicinales que el señor Carlisle empaquetó para ella, y salió tras despedirse. De todos modos, no pudo evitar comparar los síntomas de Edmund con los que el señor Carlisle había observado en el funeral de la joven. ¿Era posible que hubieran envenenado a Edmund meses antes? Y en ese caso, ¿quién?

–¿Quién es? –preguntó Jane, mientras bajaba la escalera a toda prisa después de oír la primera llamada, y luego el revelador crujido de la puerta principal al abrirse.

–Soy Felicity, mamá. He venido a veros.

Jane no pudo contener su alegría ni las lágrimas de felicidad que brillaron en sus ojos cuando atravesó el salón para recibir a su hija. Entró con los brazos abiertos y corrió a su encuentro. Felicity lanzó un grito apagado de alegría y alivio al ver la fervorosa bienvenida que le dispensaba su madre. Teniendo en cuenta su comportamiento en el pasado, casi había temido que le cerrara el paso.

–Oh, mi preciosa muchacha, te he echado de menos muchísimo –dijo Jane con voz ronca de emoción–. ¿Por qué no has venido antes? Fui a la pañería una o dos veces para ver cómo te iba, pero Roger dijo que no querías que te molestaran, sobre todo yo. ¿Te va bien? ¿Eres feliz?

–Sí, todo va bien, mamá. –Como prefería no contestar a la segunda pregunta, Felicity se soltó al punto y extendió el pequeño manojo de hierbas–. He traído un regalo al abuelo. He pensado que podría leerle la Biblia, si crees que le va a gustar.

–Por supuesto, querida. Le gustará mucho. Te ha echado de menos.

–¿Me ha echado de menos? –Felicity estaba confusa... y poco convencida–. Yo pensaba que no le caía bien.

Jane rió, pasó un brazo alrededor de los hombros de su hija y la sacudió con dulzura.

–Puede que se haya enfadado contigo alguna vez, pero la sangre es la sangre, y siempre será así para tu abuelo. Eres su nieta. ¿Cómo no iba a quererte?

Incapaz de contener las lágrimas, Felicity examinó el rostro de su madre y descubrió amor en la sonrisa llorosa de la mujer.

–Mamá, lamento muchísimo mi comportamiento. ¿Me perdonarás alguna vez por haber sido tan despreciable y egoísta?

Jane apretó a Felicity contra sí, mientras lágrimas de felicidad resbalaban por sus mejillas.

–No digas más, querida. Todo está perdonado... y olvidado. Tú eres mi más querido amor, mi orgullo y mi alegría.

Felicity perdió la compostura, y, por más que intentó reprimir sus sentimientos, sollozos estremecidos recorrieron su cuerpo. Madre e hija siguieron enlazadas en un fervoroso abrazo, y el amor que brotaba de sus corazones las purificó de pesadumbres pasadas.

Cuando por fin se separaron, Felicity buscó un pañuelo en el bolso y se sonó, mientras intentaba serenarse. Jane la miró, con la intención de descubrir lo que ocultaba. El instinto le decía que algo no iba bien en la vida de su hija, pero no tenía ni idea de qué era. Apoyó una mano sobre el brazo de Felicity.

–¿Qué ha pasado, hija? ¿Todo va bien?

–Por supuesto, mamá. –Felicity no quería asustar a su madre, y trató de sonreír con valentía. Dio la impresión de ser una tarea que la superaba. Se encogió de hombros y dio una excusa–. Supongo que, ahora que estoy embarazada, me doy cuenta del peso que signifiqué para ti, por mi forma de actuar y todo eso.

–¿Estás embarazada?

Jane se apartó con una alegre carcajada, la cual murió en su garganta cuando vislumbró la tristeza que nublaba los hermosos ojos azules de su hija. Al punto, una sonrisa artificial disimuló la expresión desdichada, y Felicity fingió una vez más que era feliz. Jane, preocupada, le alzó la barbilla y examinó la cara de la joven.

–Algo va mal. ¿De qué se trata?

–Nada, mamá. –Felicity intentó reír en un esfuerzo por desalentar las sospechas de su madre–. Nada en absoluto.

–¿Le pasa algo a Roger?

–Roger está bien, mejor que nunca.

–Puede que Roger esté bien, pero conozco lo bastante a mi hija para darme cuenta de que algo va mal. Aunque no quiero insistir, te ruego que confíes en mí y me dejes ayudarte como pueda.

–Mamá, no sé de qué estás hablando. Será mejor que suba ya y lea la Biblia al abuelo. No puedo quedarme mucho rato. Después de verlo, tendré que irme.

Felicity no podía creer que hubiera encontrado una oportunidad de entrar en la oficina de la fábrica sin temor a que Roger la sorprendiera examinando los libros. Había marchado a Londres antes de que los obreros hubieran salido el día anterior, y había hecho planes para quedarse hasta el domingo. No le importaba que no la hubiera invitado a acompañarla. Por el contrario, se sentía aliviada porque no tendría que soportar sus perversos abusos sexuales durante ese tiempo.

Su apuesto pero depravado marido se había mostrado particularmente agresivo con ella después de que había ido a Stanover House, y se preguntó si se había enterado de su visita por un comentario casual de las mujeres del pueblo, o por mediación de alguna otra alma cándida, y así había intentado disuadirla de volver a ver a su madre. El daño que le había infligido había aumentado su miedo hacia él, y procuró no visitar a sus padres a plena luz del día, cuando los lugareños podían verla y comentarlo a su marido.

Tan horrible había sido su experiencia durante aquellos días, que tuvo la impresión de que Roger la dejaba salir de una cámara de torturas cuando por fin desvió su atención hacia uno de sus nuevos proyectos, dirigir a un grupo de carpinteros en la tarea de reconvertir en un refugio privado un almacén poco utilizado, justo al lado de la tienda de regalos y su oficina adjunta. Era evidente que estaba gastando una suma mayor al utilizar obreros de Londres, pero había dado la excusa de que los de la zona no eran lo bastante expertos para satisfacerlo. Felicity se preguntó si ése era el caso, puesto que lord Harcourt, un hombre que apreciaba la calidad, había empleado a un buen número de trabajadores de Bradford cuando había remozado sus aposentos.

Por supuesto, Felicity no había recibido permiso para ver los planos ni los gastos previstos de esta habitación. Al parecer, su marido sólo la deseaba para un propósito, solazarse en la cama, y desechaba cualquier talento o conocimiento que la joven poseyera.

Después de terminar la habitación, poco después de que los obreros de la fábrica hubieron concluido su jornada laboral, llegaron muebles de Londres en dos carretas cubiertas con lonas impermeabilizadas. Intrigada por ver qué había comprado Roger, Felicity entró en el dormitorio de su suegro mientras éste dormía. Por algún motivo, era una estancia en la que su marido creía que no entraba, y mucho menos con frecuencia. Estaba equivocado, pues Felicity había descubierto que sus ventanas permitían una buena vista de todo lo que sucedía delante de la fábrica.

Pese a las grandes lonas y cobertores que protegían las piezas, logró ver suficientes brazos dorados y patas talladas para no albergar la menor duda de que el refugio de Roger sería digno de un rey. Esos gustos ostentosos parecían fuera de lugar en Bradford-on-Avon, y sobre todo en la fábrica.

Ahora que Roger estaba en Londres y ella tenía la oportunidad de examinar las cuentas sin temor a que la descubrieran, Felicity se proponía desvelar algunos misterios. Por desgracia, no bien entró en la fábrica descubrió que su marido había tomado precauciones para proteger su habitación secreta, cerrando con llave la puerta. En cuanto a los libros mayores, no había sido tan precavido. Había dejado la llave del armario donde los guardaba a plena vista, sobre su escritorio, convencido de que su mujer no se atrevería a entrar en la oficina sin su consentimiento. Poco sospechaba la creciente preocupación de Felicity por su seguridad y la de su hijo, combinada con su renuencia a acabar en un asilo si él perdía la fábrica.

Felicity se sintió agradecida a sus padres por sus conocimientos matemáticos. Aunque, por lo que ella sabía, ninguna contaduría de Londres había contratado jamás a una mujer, su padre le había pedido ayuda para terminar el trabajo en diferentes ocasiones. En cuanto a su madre, Samuel Gladstone había dado lecciones a su hija Jane, y ésta a su hija.

Nada más empezar a examinar los libros de Roger, Felicity descubrió enseguida que grandes cantidades habían sido desviadas a dos individuos. No pudo dilucidar su identidad, pues sólo constaban las iniciales, M. T. y E. R., al lado de las extracciones de fondos. Perdió la cuenta de las horas dedicadas a intentar descubrir los nombres que ocultaban, y su creciente frustración intensificó su agotamiento.

Era casi medianoche cuando Felicity apagó la mecha de la lamparita que tenía encendida sobre el escritorio. Con la esperanza de continuar la búsqueda en la cama, encajó uno de los libros bajo el brazo y cerró con llave la puerta de la oficina, antes de volver a casa. Estaba cruzando el pasillo en dirección al dormitorio que compartía con Roger, cuando paró en seco al darse cuenta de que la habitación ya estaba ocupada... por su marido.

–¡Roger, no te esperaba hasta el domingo por la noche! –exclamó, con el corazón martilleando contra el pecho cuando se detuvo en el umbral. Dejó a escondidas el libro sobre una mesa del pasillo situada junto a la puerta, forzó una sonrisa y corrió a dar un beso a su apuesto marido.

Roger apartó la cara y la miró con frialdad.

–¿Dónde estabas?

Felicity, consciente de que no había escondido muy bien el libro, se encogió de hombros y movió la mano en dirección al lugar donde lo había dejado antes de entrar en el dormitorio.

–Oí ciertas habladurías acerca de que tu padre intentaba engañarte y... Bien, sólo quería averiguar por mí misma si era cierto. He traído uno de los libros para examinarlo cuando tenga más tiempo.

–No hace falta que te preocupes de esas cosas, cachorrilla –dijo Roger, al tiempo que iba a buscar el libro–. Yo lo haré por ti. En cualquier caso, si mi padre ha conseguido engañarme, ahora ya no está en condiciones de hacerlo. A cada día que pasa, más cerca se encuentra de la muerte. –Dejó el libro debajo de la levita que había doblado sobre el respaldo de una silla cercana a la puerta y se volvió hacia ella, mientras se desabotonaba el chaleco y sonreía de una forma ominosa–. Decidí regresar esta noche, pues me dominó un deseo peculiar de enseñarte algo muy diferente.

Un escalofrío de terror recorrió a Felicity; pero, sabiendo que había sido sorprendida con el libro, no se atrevió a manifestar su aversión. En algunas ocasiones había intentado con valentía conservar un poco de dignidad, pese a lo que su marido la obligaba a hacer, pero había descubierto que esos esfuerzos sólo servían para atizar la maldad de su esposo. Aquella noche, sabía que debía complacer todos los deseos de Roger. Después, con suerte, el hombre se concentraría en otros asuntos, en lugar de enfurecerse por el hecho de que había entrado en la fábrica sin su consentimiento.

Felicity se abrió el corpiño y procuró fingir entusiasmo con una sonrisa seductora. Esperaba que Roger no se fijara en sus violentos temblores, aterrada por la perspectiva de lo que podría exigirle esta vez.

–Me has leído el pensamiento.

20

–Mi señora, ha venido una joven que insiste en ver a lord Randwulf, y afirma que se trata de algo urgente, pero se niega a decir su nombre o a explicar el motivo de su visita.

–Su señoría ha salido a pasear a los perros, Harrison –contestó Adriana–. Tal vez yo pueda ser de ayuda a la dama.

El mayordomo vaciló.

–Perdonad, mi señora, pero la mujer no es una dama, en el mismo sentido que vos o lady Philana.

La joven enarcó las cejas, confusa.

–¿Quieres decir que la visitante no es una aristócrata?

–No, señora. Ni tampoco una dama.

–Oh. –Siguió un momento de silencio, mientras Adriana reflexionaba sobre las palabras del criado–. Dios mío, Harrison, espero que no sea pariente de Alice Cobble. No sé si esta casa soportaría otro ejemplar de la misma calaña.

–Mucho más hermosa y limpia, sin lugar a dudas, mi señora, pero su atuendo sugiere que tiene más experiencia del mundo que una mujer protegida de influencias desagradables.

–Creo que echaré un vistazo a esa..., eh..., hermosa criatura que quiere ver a mi marido –dijo Adriana.

Pensando en el anterior matrimonio forzado de Colton, se preguntó qué aventura habría surgido de su pasado.

–Como deseéis, mi señora. –Harrison inclinó la cabeza–. La conduciré a la sala de estar.

Cuando el hombre se retiró, Adriana se acercó al largo espejo de cuerpo entero del vestidor e inspeccionó su reflejo con aire pensativo, mientras se volvía de un lado a otro. Su estado se hallaba en una fase demasiado avanzada para que alguien no lo advirtiera, aunque a ella le costara creer que llevaba casada cinco maravillosos meses. Su unión con Colton había supuesto la felicidad más arrebatadora que había conocido en su vida. Cada nuevo día, sobre todo ahora que junio ya había llegado, poseía su propia euforia, cada noche traía placeres sin cuento, no sólo en la unión de sus cuerpos, sino en la certeza de que su hijo era un ser único fruto de su amor y, al mismo tiempo, un individuo independiente. La piel tensa de su vientre los hacía reír cuando yacían el uno al lado del otro, contemplando los leves movimientos que se sucedían bajo el montículo protector que en otro tiempo había sido un estómago liso, y sentían bajo las manos el prodigio de los movimientos de su hijo. A Colton no parecía importarle que hubiera perdido su esbelta silueta. Por el contrario, daba la impresión de que estaba más ansioso que nunca por verla desnuda. En ocasiones, le frotaba el cuerpo con los aceites y lociones perfumadas que ella empleaba, aunque parecía atacar la tarea de una manera más metódica, disfrutando de la intimidad que el matrimonio y la paternidad inminente le permitían. Nunca había soñado Adriana que tendría un marido tan atento, tierno y adorador, ni que su amor por él, que antes de su matrimonio se le había antojado más allá de toda lógica, aumentara cada día más.

Si bien hacía calor, Adriana se echó un chal sobre los hombros para disimular hasta cierto punto su forma redondeada. Al mismo tiempo, cayó en la cuenta de lo nerviosa que estaba. Pese a tener la certeza de que Colton la amaba, la idea de plantar cara a otra mujer de su pasado la inquietaba como nada en los últimos meses.

Cuando la visitante oyó los pasos femeninos que se acercaban con rapidez sobre el suelo de mármol del pasillo central, se volvió con curiosidad, esperando ver a la madre del marqués. Se quedó estupefacta al ver a una mujer mucho más joven. La miró de arriba abajo, desde el cabello oscuro peinado con discreción hasta las zapatillas de piel apenas visibles bajo el dobladillo del vestido, pero sus ojos se endurecieron al percibir la curva redondeada que pretendía ocultar el chal.

La desconocida alzó la barbilla con altivez.

–He venido a ver a Colton, y a nadie más.

–Soy la esposa de lord Randwulf –fue la contestación de Adriana, ofendida por la libertad con que la otra utilizaba el nombre de su marido.

Concluyó su inspección de la visitante de la misma forma que había sido examinada, y tuvo que dar la razón a Harrison. Aunque su invitada era muy hermosa, carecía de la elegancia y finura de una dama experta en las costumbres sociales. Se había aplicado colorete en las mejillas, kohl en los párpados, y llevaba muy pintada la boca. Sus prendas también transmitían un atrevimiento, tanto en color como en diseño, que inducía a preguntarse por su profesión. Un turbante de colores vistosos le envolvía la cabeza, y una masa rizada de pelo oscuro caía sobre sus hombros y espalda. Grandes pendientes de oro colgaban de sus lóbulos. Un collar de oro de valor dudoso y varias otras cadenas le rodeaban el cuello. La desconocida era más baja que ella, decidió Adriana, pero más redonda en los lugares que los hombres preferían. Exhibía tales atributos con deliberación. Pese al ropón largo hasta la cintura de color magenta que llevaba, sus senos ponían a prueba el estrecho corpiño del vestido imperio, el cual revelaba el profundo valle que los separaba. Cabía dudar de que utilizara ropa interior, pues la seda se ceñía a su piel de una forma muy sugerente.

Adriana sonrió a la invitada, en un intento de fingir serenidad.

–Ahora que sabéis quién soy, ¿puedo tener el placer de saber con quién estoy hablando?

Los labios rojos se alzaron en una mueca altiva.

–Bien, supongo que podéis llamarme lady Randwulf..., o Wyndham, como prefiráis.

Adriana frunció el ceño, confusa.

–Imagino que no estáis emparentada con mi marido, puesto que es el último miembro de su familia que lleva el apellido Wyndham.

–Colton Wyndham es mi marido –anunció la visitante con expresión desafiante–, lo cual quiere decir que vos no sois su esposa.

Si le hubieran asestado un puñetazo, Adriana no habría reaccionado de manera diferente. Se desplazó tambaleante hasta una silla próxima y tomó asiento. Como si intuyera su preocupación, el bebé se movió de repente en su útero, lo cual provocó que la joven lanzara una exclamación ahogada y se llevara una mano al vientre.

–No vayáis a perder a ese pequeño bastardo –le advirtió su invitada con una sonrisa burlona–. De todos modos, tal como están las cosas, sería mejor que lo perdierais. Sería horrible que la gente despreciara cruelmente a la criatura por los pecados de sus padres.

–¿Quién sois? –gritó Adriana angustiada–. ¿Habéis venido con el único propósito de atormentarme u os impulsan motivos más ambiguos?

–No sé qué queréis decir. –La visitante nunca había oído la palabra «ambiguos»–. Sólo he venido para reclamar a mi marido, y os descubro viviendo bajo el mismo techo. En cuanto a mi nombre, soy Pandora Wyndham, y si no estoy equivocada, mi hija vive aquí con mi esposo.

Adriana lo entendió todo.

–Es obvio que no estáis tan muerta como mi marido creía. De todos modos, me pregunto dónde habéis estado los últimos cinco o seis meses. Si le hubierais enviado un mensaje informándole de vuestra buena salud a poco de casaros, nunca habríamos contraído matrimonio. –Teniendo en cuenta el tiempo transcurrido, Adriana no resistió la tentación de emplear un poco de sarcasmo–. ¿Fue un pequeño detalle que no tuvisteis en cuenta hace meses, o una simple falta de etiqueta? Sea lo que sea, habéis tardado un poco en avisar de que estáis viva.

–Morí, al menos uno o dos segundos, como el buen sacerdote atestiguará, pero reviví. Sin embargo, estaba tan débil por el nacimiento de mi hija que unos amigos me trasladaron de inmediato a climas más cálidos con la esperanza de que me recuperara por completo. Como podéis ver, sus atenciones me resucitaron, y he regresado a Inglaterra para reclamar a mi esposo y a mi hija.

Un silbido en el vestíbulo alertó a Pandora de que se acercaba la persona a la que había ido a ver. La voz de Colton confirmó su suposición.

–Id a buscar a Adriana –dijo el marqués.

Los alegres ladridos de los perros se convirtieron en gruñidos ominosos que aterrorizaron a Pandora cuando los dos animales entraron en la sala como una exhalación. Retrocedió a toda prisa, hasta que se golpeó la cabeza contra la repisa de la chimenea, donde se detuvo muerta de miedo. Intentó ahuyentar a los animales, agitando las manos con cautela, como temerosa de que un mordisco le arrancara un brazo o los dedos.

–¡Fuera! ¡Idos, idos! –gritó–. ¡Largaos, bestias!

–¡Aris! ¡Leo! ¡Portaos bien! –ordenó Colton desde el vestíbulo principal.

Obedientes, los perros se sentaron delante de su cautiva y miraron hacia atrás cuando su amo se acercó. La proximidad de los perros aconsejó a Pandora no moverse, y mucho menos cruzar la sala para saludar al marqués.

–Adriana, ¿qué han sido esos gritos? ¿Es que tenemos alguna visita por casuali...? –Colton enmudeció cuando vio a la mujer que los perros habían acorralado–. ¡Pandora!

–¡Aleja esos animales de mí! –chilló la mujer, indignada, al tiempo que indicaba a los perros con un cauteloso ademán–. ¡No deberías dejar sueltas por la casa bestias como éstas! ¡Podrían matar a alguien!

–Leo, Aris, venid –dijo Adriana chasqueando los dedos.

Los perros menearon la cola y corrieron hacia ella, para recibir las caricias en el lomo que ansiaban. Después, se dejaron caer sobre la alfombra, cerca de sus pies.

Pandora fulminó con la mirada a la morena, al comprender que había podido aplacar a los perros con tanta facilidad como el hombre. Airada, alzó el labio superior en una mueca sarcástica dirigida a la joven.

Pese al veneno que le lanzaba la actriz, Adriana sostuvo su mirada sin pestañear, antes de dirigir una mirada interrogativa a su marido. Para alguien tan astuto, le costaba mucho recobrar el aplomo. Era evidente que intentaba comprender las circunstancias de la situación tanto como ella.

Pandora procuró salvaguardar su orgullo, después de que los perros la habían hecho huir como un cerdo acobardado. Por difícil que fuera, levantó la cabeza con elegancia, como si posara para un retrato.

–Y bien, Colton, ¿no te alegras de verme?

–No especialmente –replicó el marqués con brusquedad–. Pensaba que habías muerto.

–Y lo estuve, al menos uno o dos segundos, pero reviví. Y ahora he venido a reclamar mis derechos de esposa tuya.

–¡Y un cuerno! –gritó el hombre con ojos destellantes–. ¡Sólo tengo una esposa, y es la que acabas de conocer!

La vehemencia con que Colton defendió a Adriana como su única esposa legítima, dispuesto al parecer a remover cielo y tierra antes que renunciar a ella, fue como una bofetada para Pandora. Procuró no bajar la barbilla para seguir fingiendo dignidad.

–Legalmente, Colton, soy tu esposa. Nada que digas o hagas cambiará eso.

–¡Pues pienso hacerlo! Si bien permití que el reverendo Goodfellow nos bendijera, sólo lo hice para dar a Genevieve mi apellido y protección.

–¿Genevieve?

–La hija a la que diste a luz, aunque ahora me pregunto si en verdad es mía. Tal vez me engañaste para que contrajera matrimonio contigo..., aunque ignoro con qué propósito, si bien intuyo que no tardaré en saberlo. –Frunció los labios en una sonrisa sarcástica–. Lucro, sin duda.

La mujer parpadeó, perpleja.

–No estoy segura de comprender el significado de la palabra... «lucro».

–Beneficios, dinero. –Colton se encogió de hombros–. Es lo mismo.

–Oh, Colton, ¿cómo puedes insinuar que he caído tan bajo? Genevieve es nuestra hija, y, como madre, sólo quiero lo mejor para ella... y para ti.

Colton alzó la vista al techo con aire pensativo.

–¿Cuánto tiempo ha pasado desde tu supuesto fallecimiento? ¿Seis meses? ¿O han sido siete? Al menos, el suficiente para que mi esposa esté embarazada de casi seis meses. Teniendo en cuenta lo que has tardado en venir para decirme que no moriste como me hicieron creer, dudo seriamente que tuvieras algún deseo de estar con Genevieve. Estoy seguro de que lo estabas pasando en grande. De lo contrario, habría recibido noticias tuyas antes. ¿Qué te ha impulsado a venir por fin? ¿Se te han terminado los fondos? ¿O tu amante decidió abandonarte por un nuevo juguete? –Distinguió el repentino llamear de los ojos de la mujer y decidió que la última teoría era la más cercana a la verdad, cuando no el auténtico motivo de su aparición–. ¿Es eso? ¿Fuiste repudiada por tu rico admirador? Me parece más certera esa idea que creer en tu deseo de ver a Genevieve.

–Pues claro que quería verla, Colton. Al fin y al cabo, es mi hija..., tan seguro como que es tuya.

–¿De veras es mía?

El tono del marqués sugería que albergaba serias dudas sobre ello.

–Por supuesto. ¿Has olvidado que lleva la marca de tu familia? Dile a Alice que traiga la niña, y ella te refrescará la memoria. La marca es la prueba incontestable de que es tu hija.

Adriana abrió la boca para explicar que Alice ya no vivía bajo su techo, pero Colton le hizo un gesto disimulado para que callara. La joven obedeció al punto, imaginando que existía un buen motivo.

Colton se volvió hacia la actriz e inclinó la cabeza.

–Pediré a uno de los criados que vayan a buscar a la niña.

–¿Genevieve? –Pandora arqueó una ceja después de que Colton se excusó, y miró a Adriana con una sonrisa arrogante–. ¿A quién se le ha ocurrido? No me digas que has sido tú. Si es así, tendré que cambiar su nombre en cuanto expulse a la pequeña zorra que intenta usurpar mi matrimonio.

Adriana enlazó las manos sobre el regazo para reprimir una réplica sarcástica. Teniendo en cuenta el tiempo que llevaba desaparecida la actriz, imaginó que, aunque la unión de Pandora con Colton hubiera sido válida, su prolongación era contraria a todos los preceptos de Dios y el hombre, sobre todo si había tenido un amante.

–Fue la marquesa quien eligió el nombre.

–Te refieres a la madre de Colton. –Pandora echó hacia atrás la cabeza y rió, como regodeándose en la situación–. Por más que me he resistido a la tentación del título, me gustará mucho oír que mis amigos me llaman marquesa de Randwulf. No tardarán en lamerme la suela de los zapatos y ofrecerme papeles que hasta hace poco entregaban a jovencitas.

–Creo que mi esposo tiene en mente algo muy diferente de lo que vos imagináis –contestó Adriana–. Yo en vuestro lugar, no contaría con la adulación de vuestros conocidos.

Pandora lanzó una carcajada despectiva.

–Aunque Colton se arrepienta de nuestro matrimonio, querida, temo que no tiene escapatoria. Al fin y al cabo, poseo pruebas. El documento que firmó confirmará nuestro matrimonio.

Adriana guardó silencio, sin saber qué sucedería a continuación. Se sentía débil y asqueada por dentro, como si le hubieran arrebatado la mayor alegría de su vida. Ni siquiera encontraba consuelo en los movimientos del bebé, que parecía intuir su preocupación.

Colton regresó a la sala de estar.

–En este momento están cambiando a Genie –anunció–. Enseguida la bajarán.

–Hemos de hablar largo y tendido sobre nuestra hija y nuestro matrimonio, Colton –contestó Pandora, y avanzó hacia él con la mano extendida, como deseando afirmar lo juicioso de su razonamiento.

Como si un rayo se hubiera estrellado a su lado, Colton reaccionó al punto. Eludiendo a la actriz, se acercó a los perros tumbados a los pies de Adriana, se sentó en el sofá al lado de su esposa y apoyó la mano sobre su regazo. Entrelazó los dedos con los de ella y depositó sus manos sobre el hueco del vestido que definía el punto donde los muslos se reunían, al tiempo que apoyaba el dorso de la mano sobre el pronunciado vientre. Esta osada familiaridad habría estado fuera de lugar en compañía de otros; pero, en presencia de la visitante, Adriana agradeció la demostración de intimidad.

Pandora no pasó por alto el mensaje que Colton acababa de enviarle. El marqués había tomado una decisión.

Cada vez más irritada por la frecuencia con que la joven la dejaba en evidencia, Pandora fulminó con la mirada a la pareja. El saber que su amante más reciente había hecho lo mismo no sirvió para aplacar su orgullo.

–¿Genevieve se parece a mí? –preguntó, en un esfuerzo por desviar la atención del hombre.

La respuesta de Colton fue brusca y contundente.

–En nada.

–Se parecerá a ti, entonces.

–En lo más mínimo.

–Pero tiene que parecerse a alguno de los dos.

–No he advertido el menor parecido. Genevieve es exquisita y tiene los ojos azules y el pelo oscuro. Sólo tenemos en común la última característica.

Pandora pasó por alto el brusco comentario y alzó la barbilla.

–Si yo no soy exquisita, ¿quién lo es?

Colton lanzó una carcajada mordaz.

–¿Sabes lo que significa la palabra, Pandora?

–¡Por supuesto! –Movió la mano hacia Adriana–. ¿Acaso no soy más exquisita que ella? ¡Si casi me pasa una cabeza!

–Y yo diría que incluso ahora, en su avanzado estado de gestación, tú debes de pesar doce o quince kilos más que ella. Ella es lo que podría calificarse de belleza delicada, no sólo de apariencia, sino también de carácter. Nunca he podido decir lo mismo de ti, Pandora.

Los ojos de la actriz se encendieron ante el insulto. Siempre se había considerado más bella que la mayoría de las mujeres, y la enfurecía verse comparada de manera desfavorable con un miembro de su propio sexo, sobre todo cuando era seis años más joven que ella, como mínimo.

–Dices eso porque estás enfadado conmigo, Colton.

El marqués le dedicó una débil sonrisa, como si su suposición sólo lo divirtiera hasta cierto punto.

–Cree lo que quieras, Pandora. No diré nada más.

Unos momentos después, Blythe apareció con Genevieve y, después de entregar la niña a Adriana, hizo una reverencia y se marchó. La niña gritó de alegría cuando reconoció al hombre sentado a su lado. Colton sonrió, tomó a la niña en sus brazos y se levantó, para acercarse a continuación a la actriz.

–Te presento a Genevieve Ariella Wyndham –anunció a su visitante–. Como puedes ver, Genie no se parece a ninguno de los dos. –Ahora que podía comparar a la actriz con la niña de cerca, Colton se sintió en libertad de especular–. De hecho, Genie es tan diferente de ti, que me pregunto si es tuya. Su piel es clara, la tuya no. Su boca es delicada y pequeña, la tuya es...

–¡Pues claro que es mi hija! –insistió Pandora–. Hasta morí cuando di a luz, aunque estoy muy agradecida de estar viva hoy. También tengo la intención de reclamar lo que me pertenece, es decir, mi hija y mi marido. No puedes negar que estamos casados, Colton. Tengo papeles que lo demuestran. En cuanto a la niña, recuerdo muy bien que llevaba la marca de tus antepasados en una nalga. Si has olvidado ese pequeño detalle, voy a enseñártelo para demostrarlo.

Le arrebató a la niña, que se puso a chillar de miedo. Adriana corrió hacia ella, impulsada por una preocupación maternal, pero Pandora se volvió a un lado para impedir que la joven se apoderara del bebé. Cuando Adriana insistió, Pandora alzó un hombro para mantenerla a raya.

–A Genie no le gustan los desconocidos –dijo Adriana, mientras daba vueltas en torno a la actriz para coger a la niña.

Pandora volvió a levantar el hombro.

–¡Es mi hija!

–Dejad que la coja, por favor –rogó Adriana–. Si queréis ver su trasero, yo lo descubriré.

Otro chillido de terror de Genevieve hizo encogerse de dolor a Adriana, lo cual pareció convencer a la actriz de que era mejor deshacerse de la niña, a la que casi arrojó a los brazos de Adriana en sus prisas por liberarse de ella.

–¡Tomad! ¡Coged a la mocosa berreante si queréis! Pero quiero que enseñéis a Colton la marca de sus antepasados.

Adriana acarició la espalda de Genie mientras volvía al sofá, cantando en voz baja una nana. Los sollozos fueron remitiendo poco a poco, y luego se oyeron los alegres gorjeos de un bebé que se sentía seguro en los brazos de una persona conocida, que la quería y se preocupaba por ella.

Transcurrieron unos momentos, y Pandora todavía no veía señales de que fueran a satisfacer sus exigencias.

–Bien, ¿vais a enseñarnos la marca o no? –preguntó con brusquedad a la joven.

Sin hacer caso de la mujer, Adriana continuó jugando con Genie, haciéndole dar palmaditas con sus diminutas manos y acariciándole la barbilla mientras seguía cantando la nana. La niña dedicó una sonrisa sin dientes a la mujer que le proporcionaba tanta devoción como una madre.

Pandora perdió la paciencia.

–¡Si no pensáis hacer lo que os he pedido, lo haré yo! –gritó en tono estridente.

Se encaminó hacia Adriana con aire amenazador, y los perros se pusieron en pie de un brinco. Los animales descubrieron los colmillos y emitieron gruñidos bajos. La actriz retrocedió al punto, llevándose una mano temblorosa a la garganta.

Colton lanzó una risita y volvió a sentarse al lado de su esposa.

–Parece que te has equivocado, Pandora.

Cuando Genevieve lo vio, rió y agitó los bracitos, como animándolo a levantarla. Colton la complació.

La actriz interpretó el papel de la pobre madre atormentada, con la esperanza de despertar la compasión del hombre.

–¿Eres tan cruel, Colton, que vas a apartarme de mi hija?

Colton lanzó una carcajada.

–Es una pena que nunca aprendieras el arte de llorar con sentimiento, Pandora. Tal vez me convencerías más de tu sinceridad. La verdad es que, aunque seas la madre de Genie, ella no te reconoce como tal, y no permitiré que vuelvas a asustarla. Si a mi esposa le parece bien, te enseñaremos la marca de nacimiento..., cuando le plazca a ella, no a ti.

Pandora pensó que era mejor no protestar. Si había aprendido algo acerca del coronel retirado, era que las lágrimas fingidas y los gemidos suplicantes no lo conmovían. Su última estratagema no había sido fructífera.

–Muy bien –aceptó, y retrocedió unos pasos.

Como no tenía ganas de complacer a su desagradable visitante, Adriana tardó bastante en desnudar el trasero de Genie. Cuando por fin lo hizo, y para estupefacción de Pandora y Colton, apenas quedaba un leve rastro de lo que había sido, en teoría, la marca de nacimiento de los Wyndham.

–Quiero que Alice baje enseguida –exigió Pandora enfurecida–. Quiero saber qué habéis utilizado para deshaceros de la marca. Habrá sido uno de vuestros trucos, porque la marca era tan clara como el agua el día que la niña nació. Alice sabrá qué habéis utilizado para borrarla.

–Alice se marchó hace un tiempo, Pandora –se alegró de anunciar Colton–, más o menos cuando contratamos a una nueva ama de leche, una mujer por la que Genie siente un gran afecto.

–¡La mocosa sentiría un gran afecto por cualquiera que tuviera una teta llena de leche! –bramó Pandora.

–No parecía querer mucho a Alice, y, pese a mi limitada experiencia, puedo decir que nunca he visto pechos más grandes ni exhibidos con tanto descaro como los de Alice. A decir verdad, Genevieve parecía muy disgustada por el descuido de la bruja.

–Es probable que Alice la mimara demasiado y la niña se volviera testaruda.

–Genie no se volvió testaruda, sino que estaba triste y apática. Como puedes comprobar con tus propios ojos, ya no es el caso. Lo que me intriga es dónde encontraste a alguien tan despreciable y cruel como Alice.

–Ya te lo dije. Limpiaba el teatro donde yo trabajaba.

–En ese caso, iré a verla para averiguar qué pomada aplicó a la nalga de Genie, sin duda a instancias tuyas, para que yo pensara que la niña era mi hija. Como Alice no ha podido volver a aplicarla desde hace dos o tres meses, la marca se ha ido desvaneciendo.

Pandora lo miró como poseída por un miedo interior, y el pánico se transparentó en sus ojos.

–Dudo que Alice haya vuelto al teatro. De hecho, me parece difícil que puedas localizarla.

–En ese caso, tendré que ir a Oxford en busca del reverendo Goodfellow –reflexionó en voz alta Colton–. Tengo amigos allí. Sabrán dónde está su iglesia.

Pandora agitó la mano en un gesto vago.

–El buen párroco se ha ido al extranjero. No sé adónde. Tal vez a Irlanda.

Colton reprimió una carcajada.

–Muy conveniente para mí.

La actriz pareció sorprenderse de sus palabras.

–¿Qué quieres decir?

–Que no podrá servir como testigo de nuestro matrimonio.

–Ah, pero hay una licencia con tu firma.

–¿Consta en tu poder ese documento? Es preciso, si albergas la intención de verificar su autenticidad ante un magistrado.

–Ahora no lo tengo, pero sé dónde está.

–¿Dónde?

–Bien... –Pandora se mordisqueó el labio inferior–. No me acuerdo dónde lo guardé con exactitud, pues he estado ausente un tiempo. Tal vez tarde un poco en encontrarlo. Estará en uno de los baúles que dejé en casa de un amigo.

–El reverendo Goodfellow dijo que lo llevaría a su iglesia de Oxford. En cuanto la localice, pediré a los párrocos que lo busquen, y después solicitaré al arzobispo que dictamine su legalidad, por si se trata de una falsificación. Lo hará de buena gana, teniendo en cuenta que firmó la licencia que permitía mi matrimonio con Adriana.

–Tus poderosos amigos no podrán anular nuestro matrimonio, Colton –replicó Pandora–. Tendrás que afrontar el hecho de que nuestro matrimonio es legal y vinculante. El documento demostrará su validez, pese a tus esfuerzos por negarlo.

–Bien, si no te importa, Pandora –dijo Colton en tono casi plácido–, haré lo que me parezca más conveniente. –Frunció el ceño–. Lo cual me lleva a la pregunta de por dónde debería empezar la búsqueda. Creo recordar una historia que me contaste hace años concerniente a tu hermano, tan experto en falsificar certificados que consiguió hacerse pasar por un erudito de Oxford. Falsificar un certificado de matrimonio sería sencillo en comparación. ¿Tu hermano también es actor? Tal vez te hizo un favor, personificando al buen reverendo Goodfellow..., en mi honor, claro está. Tendré que investigar esa teoría, sobre todo si nadie puede decirme quién es el reverendo Goodfellow o dónde está su iglesia.

Los ojos de Pandora destilaban veneno.

–Si osas mencionar este asunto a alguien que no sea de tu familia, Colton, la desgracia se abatirá sobre ti, y pronto se sabrá que la mujer con la que vives está embarazada. Supongo que eres capaz de imaginar la vergüenza que sufrirá después de saberse que está embarazada sin estar casada. Por su bien, no deberías seguir adelante. Además, si pretendes investigar a todos los párrocos de Oxford, los encontrarás ocupados, pues a los soldados que regresan les cuesta mucho encontrar comida y trabajo.

–¿Demasiado ocupados para aceptar una generosa donación por prestar su atención a este asunto, una cantidad que les permitirá ayudar a los soldados que no pueden encontrar trabajo y comida para sus familias famélicas? Estoy seguro de que tendrán en cuenta lo que ya he hecho para aliviar las necesidades de nuestros soldados y contratar a los que pueden trabajar. Seguro que ningún párroco se negaría a ayudarme. No obstante, entiendo por qué no quieres que les pida ayuda. Si el reverendo Goodfellow no existe, mi investigación conducirá a la detención de tu hermano, y muy posiblemente a la tuya.

Pandora se retorció las manos mientras paseaba de un lado a otro de la sala, abrumada por la insistencia del hombre. Con los años había llegado a conocerlo lo bastante bien para saber que podía ser muy persistente cuando quería saber algo o deseaba averiguar la verdad. ¿Acaso no le había advertido su hermano acerca del coronel años antes? No había cejado en la investigación de la desaparición de municiones y pólvora hasta que los culpables pagaron su traición con la horca, después de vender grandes cantidades de armas y suministros ingleses a los franceses. El hecho de que su hermano hubiera escapado con vida por los pelos y cubierto de harapos le había quitado las ganas de intentar engañar al coronel para siempre. No obstante, la idea no sólo de vengarse, sino de obtener una gran riqueza del actual marqués de Randwulf, había demostrado ser un poderoso incentivo.

Pandora lanzó una risita y utilizó su talento de actriz para esquivar el tema del certificado de matrimonio.

–No hace falta que te molestes en buscar el documento, Colton. Si de veras quieres que guarde silencio sobre nuestro matrimonio, sólo tendrás que mostrarte generoso conmigo, en lugar de hacerlo con los soldados...

Colton enarcó una ceja. Era la propuesta que había estado esperando desde que la había encontrado en la sala de estar.

–¿En qué forma?

–Bien, en forma de una generosa paga que me garantice vivir con holgura durante el resto de mis días.

–Extorsión, en otras palabras.

–No es eso, Colton. Sólo pido un poco de compasión, después de renunciar a mi legítimo título de marquesa y al derecho a... –abarcó con un ademán todo cuanto veía y mucho de lo que no estaba a la vista–... todo esto.

Colton compuso una expresión pensativa.

–En este momento no me siento inclinado a aceptar tu propuesta, Pandora. Siempre me he resistido a ceder a las exigencias de los que intentan obtener beneficios de situaciones trágicas o difíciles, pero he de pensar en otros a los que el escándalo afectará. Seguiré reflexionando sobre la situación. Si acepto tus condiciones, tendré que saber dónde te alojas por si debo localizarte. ¿O piensas volver al teatro?

–La verdad es que ya no trabajo allí. –Como su orgullo se había visto herido en épocas recientes, Pandora alzó la barbilla, abatida por haber sido apartada brutalmente de lo que había sido una lucrativa y muy prestigiosa posición en el mundo del teatro–. Parece que han encontrado otra actriz que me sustituya, alguien más joven y, se supone, con más talento, pero estoy segura de que, con el tiempo, se darán cuenta de su error y vendrán de rodillas a buscarme para pedir perdón. Pero me aparto del tema principal. Por si quieres saberlo, había pensado instalarme un tiempo en la zona..., en esta casa, de hecho, por ser legalmente tu mujer. –Adoptó una expresión de mártir sufriente, como herida por su rechazo–. Pero ya veo que no lo deseas en este momento, pues has encontrado a una más joven que aplaque tus necesidades. Sabes sin duda que tu actual amor es sólo tu amante, a lo sumo, pues yo soy todavía tu esposa legal. No podrás cambiar esa circunstancia a menos que obtengas el divorcio, pero eso supondría muchas dificultades y mala reputación.

Como si no hubiera escuchado a la mujer, Colton hizo saltar a Genevieve sobre su regazo, lo que arrancó grititos de alegría. La actriz se llevó las manos a los oídos, como si sufriera atroces dolores.

–¿Has de hacer eso? –se quejó Pandora–. Me hace daño a los oídos.

Viendo cerca el rostro sonriente de Adriana, Genie quiso llamar su atención y le dio un beso en la boca. Había visto con mucha frecuencia que el hombre hacía algo similar a la hermosa dama cuando estaban juntos. Por si no fuera suficiente, la niña se sentó con cierta brusquedad en lo que quedaba del regazo de Adriana, y después, como si sentarse no fuera lo que en realidad deseaba, trató de incorporarse agarrándose a lo primero que tenía a mano. Adriana casi lanzó un grito cuando el puñito de la niña se cerró sobre el lugar donde su vestido abultaba... y apretó el vulnerable pezón de debajo. Un pecho de mujer era territorio familiar para la pequeña, que se inclinó y buscó el pico oculto con la boca abierta.

Colton se apiadó de su mujer y levantó a Genie de su regazo. Intentando disimular su dolor, Adriana se apoyó contra su marido y dobló el chal sobre su busto para ocultar la mancha de humedad, a la espera de que el dolor desapareciera.

–Ay, las alegrías de la paternidad –se burló Pandora, y después miró el vientre redondeado de la joven con una sonrisa despectiva–.

Parece que estáis haciendo lo posible por dar un heredero a los Wyndham. Es una pena que nazca bastardo.

Colton sintió que su esposa se estremecía, y cruzó un brazo por encima de su torso, como para protegerla de las afrentas de la actriz. Apoyó una mano sobre su muslo y la acurrucó contra sí.

–No pasa nada, mi amor –murmuró, con el fin de apaciguar sus temores–. Superaremos esto, te lo prometo.

Estas palabras avivaron los celos de su indeseable invitada.

–Bien, dile eso si crees que servirá de algo, Colton –dijo Pandora con ira contenida–, pero no sé cómo vas a cumplir tu promesa, puesto que no estáis casados de verdad.

La mujer se encogió cuando vio la feroz mirada de los ojos grises de Colton. Nunca lo había visto tan enfurecido.

–No me dejas otra elección, Pandora –replicó el hombre con frialdad–. Entérate de que removeré cielo y tierra en busca de pruebas que demuestren que nuestro matrimonio fue una farsa. Y en caso contrario, apelaré al más alto magistrado de esta nación para demostrar mi inocencia de cualquier delito, así como mi ignorancia de que seguías con vida cuando me casé con mi esposa. Puedo asegurarte que utilizaré todos los privilegios a mi disposición, incluido el hecho de que soy un héroe de guerra, para conseguir el derecho a expulsarte de mi vida y sellar mi matrimonio con la única mujer que he amado en mi vida. ¿Me has entendido?

–¡Lo pagarás caro si intentas echarme sin un penique! –gritó la actriz con voz estridente, lo cual provocó que la niña se pusiera a llorar de miedo–. No podrás quedarte con Genie. ¡Exigiré mis derechos de madre, y no pararé hasta que me la devuelvan!

–En ese caso, tendré que demostrar que no es tuya, ¿no crees? –replicó Colton–. Tal vez tarde un tiempo, pero estoy convencido de que lo conseguiré.

Los ojos de la actriz destellaron.

–¡Estúpido! No sabes los escándalos que deberás afrontar si osas rechazarme. Me vengaré de ti y de tu dulce esposa aunque tenga que acostarme con todos los magistrados del país para ello, créeme. Puedo ser inmensamente persuasiva cuando quiero. Interpretaré el papel de víctima, mientras intrigo, miento y propago toda clase de historias escandalosas sobre vosotros dos. Cuando haya terminado, no podréis pasear por Londres con la cabeza alta, ni mucho menos por este miserable lugar que llamáis vuestra finca rural.

Pandora se serenó y, adoptando una postura más digna, hizo una leve inclinación de cabeza a Adriana y después a Colton.

–Gracias por vuestra hospitalidad...

–Una cosa más antes de que te vayas, Pandora, si no te importa –la interrumpió Colton en tono plácido, pese a las amenazas proferidas por la mujer.

Pandora, que ya se había encaminado hacia la puerta de la sala de estar, se detuvo al punto, segura de que el hombre iba a ceder. Se volvió hacia él con una ceja arqueada, expectante.

–¿Qué quieres?

–Tal vez puedas ahorrarme la molestia de preguntar a los trabajadores del teatro donde actuabas si Alice Cobble prestaba sus servicios allí, y si quedó embarazada durante la última parte de ese período. Si es necesario, explicaré que estás intentando reclamar a la niña como si fuera tuya. Estoy seguro de que se mostrarán ansiosos por negar la idea de tu embarazo, así como la escenificación de tu fallecimiento en la casa de Londres la noche de tu presunta muerte.

»También les preguntaré si conocen la sustancia que Alice Cobble utilizó para crear la marca de nacimiento en el trasero de Genevieve y retocarla. Tuvo que ser una mancha resistente, porque aguantó mis esfuerzos de borrarla aquella noche. Y como Alice nunca vio mi marca de nacimiento, debo suponer que tú hiciste un dibujo. ¿Mientras dormía, tal vez? –Lanzó una carcajada–. Debía de estar muy agotado en aquella ocasión, pero muchas veces estaba exhausto física y mentalmente de los combates, y sólo deseaba dormir. Tal vez tu hermano, con su talento para la falsificación, redujo su tamaño al de un bebé y realizó diversos bocetos para que Alice los utilizara cuando la niña creciera. Es una pena que la bruja fuera tan despreciable, hasta el punto de que nadie de aquí la aguantara. Sin Alice a mano, la mancha se desvaneció.

Sus teorías enmudecieron a Pandora, porque había dado en el clavo. El hombre era mucho más listo de lo que había sospechado.

Lo miró como si no entendiera qué estaba diciendo.

–No sé de qué me hablas.

–Antes de que supieras quién era yo, me dijiste que no podías tener hijos, y en los años posteriores nunca te quedaste embarazada. Estoy seguro de que tenías otros amantes, pero nunca vi pruebas de que hubieras dado a luz. Sólo después de que la *London Gazette* me saludara como a un héroe, averiguaste que era heredero de un marquesado. En cuanto conseguí el título, diste a luz, todo en teoría. Muy conveniente para ti, pero la esterilidad que demostraste durante nuestra prolongada relación me lleva a cuestionarme cómo tuviste a Genie. Si Alice quedó embarazada mientras trabajaba como mujer de la limpieza en el teatro, estoy seguro de que consideraste ventajoso ofrecerle una buena cantidad por su bebé. Tal vez hasta le diste una bolsa en el momento de vuestro acuerdo, y le prometiste una más generosa en cuanto te entregara un recién nacido. Al fin y al cabo, si tu plan salía bien, te harías rica, y Alice parecía lo bastante insensible para aceptar ese tipo de trato. Lo que me asombra es cómo una mujer tan fea como Alice pudo dar a luz una niña tan guapa y encantadora como Genie. Claro que, si su bebé murió, no me extrañaría que robara otro recién nacido con el fin de conseguir la bolsa que le prometiste.

»Así que tal vez robó el bebé sin más –prosiguió Colton– o trabajó de comadrona para obtener uno. Daba igual que fuera niño o niña, mientras estuviera vivo. A Alice no debió de costarle nada decir a la verdadera madre de Genie que su bebé había muerto, y dejar en su lugar a su propio bebé fallecido. –Ladeó la cabeza con aire pensativo y continuó especulando en voz alta–. Si pregonara por todas las carreteras y caminos secundarios de Inglaterra que entregaría a Alice una generosa recompensa si me aportara pruebas innegables de quiénes son los padres de la niña, creo que accedería a darme lo que busco, aunque eso supusiera poner al descubierto tu jugada. Alice parece la clase de mujer capaz de hacer cualquier cosa a cambio de dinero. ¿Has pensado en cuáles son las probabilidades de que Alice guarde pruebas irrefutables de que no eres la madre de Genie?

–Ya he oído bastantes tonterías –dijo airada Pandora, al ver que sus esperanzas de enriquecerse a costa del marqués se desvanecían–. Me alojaré en una posada de las afueras de Bradford hasta recibir noticias tuyas, y si no, informaré a las autoridades que estás casado dos veces y tus dos esposas viven.

Salió de la sala de estar, y al ver que Harrison corría hacia la puerta, le indicó con un ademán irritado que se apartara.

–¡Muchas gracias, pero ya conozco el camino! ¡Vete al infierno!

21

Roger Elston levantó la vista de sus libros cuando la campanilla de la puerta anunció la entrada de un cliente. Sus ojos se iluminaron en cuanto vio a la dama, pues parecía en posesión de los mismos modales atrevidos de las actrices que había visitado en Londres con frecuencia. De hecho, creyó recordar que la había visto en una representación, cuando aún estaba empleado en el orfanato. En aquel tiempo, había conseguido ahorrar suficientes monedas para dedicarse a su pasatiempo favorito: ver a las intérpretes con sus vestidos provocadores. Ahora podía permitirse y exigir mucho más gracias a los fondos que hurtaba de la fábrica.

Si bien el rebosante busto de esta mujer estaba cubierto en parte por un ropón, los pálidos y suculentos pechos parecían querer escapar del corpiño de seda. A la mujer no pareció importarle su descarado examen. Sonrió de manera provocadora, para luego agacharse con el fin de ver la mercancía expuesta sobre la mesa que los separaba, con lo cual reveló que, si llevaba ropa interior, su propósito era más excitar que ocultar. La mano de Roger ardía en deseos de explorar el valle que separaba aquellos globos y pellizcar los pezones que se marcaban impúdicos en la tela del vestido.

Pandora sonrió al guapo joven, y sus ojos examinaron un momento los estrechos pantalones. El hombre no pareció avergonzado de su exhibición, sino que esperó la reacción de la mujer mientras le ofrecía una leve sonrisa. No era tan mayor, ni quizá tan experto, como los hombres que había tomado como amantes en los últimos años, pero Pandora imaginó que haría cualquier cosa por complacerla. Después de la categórica negativa de Colton Wyndham de considerarla su esposa, necesitaba reafirmar su atractivo para quedarse tranquila. En un tiempo había estado convencida de que el coronel la quería. Ahora, tuvo que preguntarse si sólo había sido parte de su encanto persuasivo, el cual conseguía que todas las mujeres se sintieran especiales cuando estaban en sus brazos. Daba la impresión de que su esposa lo idolatraba, pero parecía que él le devolvía su amor multiplicado por diez, meditó Pandora resentida.

Sonrió con timidez al joven y explicó el motivo de su presencia.

–Olvidé mi chal en Londres y necesito algo para abrigarme por las noches mientras resida en esta bonita ciudad. No esperaba que hiciera frío esta noche, pero como vos mismo habréis descubierto, así ha sido. ¿No tendréis por casualidad un chal o algo que me pueda abrigar?

Roger se acercó a toda prisa a un armario del rincón y sacó uno de los mejores chales de lana de la fábrica. Los ojos de la belleza se dilataron de placer cuando el hombre lo desdobló y dejó al descubierto lo exquisito que era.

–¡Qué preciosidad! –exclamó Pandora. Al instante, frunció el ceño. Se humedeció los labios y fingió una expresión de decepción–. Pero por más que desee esta pieza, señor, temo que esté fuera de mi alcance.

–Para una persona tan peculiar como vos, señora, la pieza no necesitaría más que unos segundos de vuestro tiempo –dijo sin aliento Roger, embriagado por la dulce fragancia de la mujer cuando se quitó el ropón. Dejó caer el chal sobre sus hombros, y consiguió que el dorso de su mano rozara uno de los rotundos pechos antes de pasar los extremos de la prenda alrededor de sus hombros. Se quedó detrás de ella y examinó los senos apenas ocultos con creciente ansiedad. Se inclinó para hablarle al oído–. Os recompensaré el tiempo que me dediquéis, hermosa mía.

–¿De veras? –Pandora lo miró de reojo, a la espera de su proposición, y respiró hondo para tentarlo de una manera irresistible. El corpiño se separó de los pálidos globos, y dejó al descubierto los picos rosados–. Este chal es maravillosamente cálido. Me encantaría tenerlo.

Roger contempló los deliciosos melones, tentado de meterle la mano dentro del corpiño, pero no podía correr el peligro de que un empleado los sorprendiera, porque toda la ciudad se enteraría de que había estado flirteando con una clienta.

–Tengo una habitación privada cerca –murmuró, y extendió la mano para indicar la dirección–. Hay un confortable sofá donde podemos sentarnos... y hablar.

–¿Tenéis oporto? –Pandora respiró hondo, hasta casi salirse del corpiño, y después exhaló el aire, dejando una vez más a plena vista su abundante busto, apenas un instante. Desde una edad muy temprana había aprendido el arte de encandilar a los hombres, y había conseguido muchas cosas gracias a su ansiedad por saborear lo que ella ofrecía–. Me apetece una copa de oporto.

Roger sonrió.

–A mí también, de hecho.

Se apartó e indicó el pasillo oscuro que conducía a la habitación privada. Nunca había imaginado que la utilizaría tan pronto para satisfacer sus necesidades. Casi sin poder creerlo, la oportunidad estaba al alcance de su mano, y no podía resistirse. Incluso había acolchado las paredes hasta cierto punto para no despertar la curiosidad de los trabajadores sobre lo que hacía dentro. Echar una siesta era una cosa, pero llevar a la práctica sus fantasías con una libertina era otra muy distinta.

–Venid a mi salón privado, querida señora, y os serviré una libación. Brindaremos por vuestro nuevo chal.

Pandora lo cogió del brazo y lo apretó contra su pecho.

–Jamás olvidaré vuestra generosidad. ¿Cómo podría compensaros?

–Vuestra compañía es suficiente.

Los ojos de Pandora se iluminaron cuando el joven abrió la puerta de la habitación. Estaba amueblada de manera extravagante con un aparador muy trabajado, sobre el cual descansaba una bandeja de plata con varias licoreras de cristal, que contenían diversas bebidas. Media docena de candelabros de plata se alzaban entre otros tantos espejos de cuerpo entero dispuestos en círculo alrededor de un sofá de terciopelo rojo amplio y lujoso, sobre el cual estaba extendido un salto de cama rojo. Era muy fácil darse cuenta de que los ocupantes del sofá podrían observar desde cada ángulo todo cuanto acontecía en él.

Pandora cruzó la habitación y se sentó en el sofá. Su figura se multiplicó en los espejos. Suspiró de placer mientras pasaba una mano sobre su muslo, de forma que logró alzar el borde de la falda hasta dejar al descubierto una esbelta pantorrilla. Después, ronroneó de admiración cuando levantó el salto de cama ante sí y examinó la habitación a través del delgado velo.

–Debéis de ser muy rico para permitiros estos lujos.

–Soy lo bastante rico para permitirme éstos y otros, además –se jactó Roger, al tiempo que cerraba la puerta con llave.

–¿Por ejemplo?

El joven avanzó hacia ella y se quitó la chaqueta.

–Una amante capaz de satisfacer todos mis deseos y caprichos, provista de una vívida imaginación. –Se abrió la camisa–. No soy un hombre vulgar, y sería muy generoso con una mujer capaz de pasar por alto algunos inconvenientes sin importancia con el fin de complacerme. ¿Acaso no encontráis placer en la variedad vos también?

–¿Generoso hasta qué punto? –preguntó Pandora, y se humedeció los labios de impaciencia. Examinó el pecho y los hombros del joven cuando estiró la camisa a un lado. Había visto musculaturas más masculinas en sus años de actriz, pero el muchacho poseía cierto atractivo juvenil. Había pasado cierto tiempo desde la última vez que se había sentido inclinada a entregar sus favores a un muchacho, pero necesitaba sentirse joven de nuevo.

Roger introdujo la mano en el aparador y extrajo un par de pendientes de oro. Los hizo oscilar ante los ojos de Pandora.

–Esto es sólo una pequeña muestra –murmuró–. Habrá mucho más si me complacéis.

–Bien, para empezar no está mal –lo tranquilizó Pandora, al tiempo que los tomaba y se los ponía. Se reclinó en el sofá y se subió la falda hasta exhibir los muslos, demostrando de paso que no llevaba calzones. Luego tomó la mano del joven y la hizo subir por su pierna–. A cambio, os daré algo más que una muestra de lo que sé hacer para complacer a un caballero.

–Llegaremos a esa parte a su debido tiempo, querida mía, pero antes se me ocurren otras cosas.

–¿Qué vamos a hacer? –preguntó Adriana aquella noche, cuando Colton se tendió en la cama a su lado.

El hombre exhaló un profundo suspiro.

–Por más que me desagrade buscar a Alice, creo que es nuestra única alternativa si queremos demostrar que estamos legalmente casados, amor mío.

–¿Crees que lo estamos? –preguntó su esposa, preocupada.

–Casi te lo puedo prometer, cariño –murmuró Colton, apretándola contra él–. Pandora se puso muy nerviosa cuando empecé a preguntarle por el reverendo Goodfellow, lo cual me lleva a pensar que no era párroco ni nada por el estilo. Tal vez se trataba de su hermano, o de algún actor a quien prometió pagar cuando recibiera dinero de mí. No estoy seguro de qué estoy pasando por alto, pero desde el momento en que desnudaste el trasero de Genie y no encontraste nada más que una mancha borrosa, algo me ha estado atormentando, un detalle o hecho que temo estar olvidando. Puede que sólo sea un recuerdo o acontecimiento del pasado, pero por más que lo intento, no consigo definirlo.

–Me parece bastante perverso hacer el amor cuando no estamos seguros de si estamos casados –aventuró Adriana bajo sus ardientes besos un momento después.

Colton se apartó para contemplar el rostro preocupado y le dedicó una sonrisa burlona, mientras bajaba la sábana para descubrir sus espléndidos senos. Dio vueltas con el índice alrededor de un pezón, y un suspiro de placer escapó de la dama, que lo miraba con ojos de adoración.

–¿Nunca has deseado sentirte perversa por una vez en la vida, amor mío?

Su lengua sustituyó al dedo y avanzó con embriagadora lentitud hacia el dócil pico. Adriana contuvo el aliento, asombrada por las sensaciones que se despertaban en su interior. Ante la dulce insistencia de su mano, se abrió a él, sin disimular sus deseos ni anhelos. Le pasó los dedos por el pelo y susurró en su oído.

–Si esto es perversión, amor mío, debo de estar condenada, porque me he convertido en tu esclava más ardiente.

Bentley había trasladado a Philana a la residencia Wyndham de Londres dos días antes. A la mañana siguiente, un pequeño ejército de criados la acompañó a la residencia Kingsley de Mayfair, situada a escasa distancia. No deseaba especialmente clasificar las posesiones de su difunta sobrina, pero había decidido concluir de una vez aquella penosa tarea. Por leales que fueran los criados, no podía dejarles una tarea tan peliaguda, porque no sabrían qué hacer con los muebles y todas las pertenencias de la joven pareja, aparte de empaquetarlo todo y cargarlo en carretas. Si algo podía donarse, venderse o tirarse antes de almacenarlo en el desván o en las habitaciones del piso de arriba de Park Lane, ahorraría trabajo y espacio.

Lo que Philana descubrió mientras daba instrucciones a los criados sobre cómo envolver los retratos familiares la hizo interrumpir su trabajo y volver a toda prisa a la mansión Wyndham de Park Lane. A la mañana siguiente, Bentley la ayudó a subir al landó, y antes de la cena llegó a Randwulf Manor. Después de subir a toda velocidad los peldaños de piedra de la puerta principal, entró en la casa y fue a la biblioteca en busca de Colton, donde, según le había informado Harrison, su hijo estaba trabajando en unos documentos que pensaba presentar en el Parlamento.

Como se había perdido las sesiones anteriores debido a su herida en la espalda y a los tres meses de la luna de miel, Philana sabía que Colton quería recuperar el tiempo perdido. También había hecho preparativos para trasladar a su familia a la mansión de Londres, donde se quedarían hasta agosto, cuando el Parlamento interrumpiera las sesiones a tiempo para la temporada de caza.

Adriana había extendido una manta sobre la alfombra oriental de la biblioteca y estaba jugando con Genie. Las dos se hallaban bien a la vista de Colton, que solía reír a causa de las payasadas de la niña, la cual parecía muy aficionada a arrugar la naricita y a flirtear con él o la dama.

Cuando Philana entró, Adriana se puso en pie al punto y alzó en brazos a Genie.

–Mamá Philana, no te esperábamos hasta dentro de unos días.

La niña se mostró muy complacida de ver a su abuela, cuyos ojos parecían clavados en ella. La dama posó una mano temblorosa bajo su diminuta barbilla y levantó la carita para captar la escasa luz de las puertas cristaleras. Mientras examinaba el rostro de la niña, aparecieron repentinas lágrimas en sus ojos azules, y luego una sonrisa dichosa iluminó su cara.

–¿Qué llevas ahí? –preguntó Adriana, señalando el pequeño cuadro, cubierto con una tela, que su suegra apretaba contra el pecho.

–Un retrato, querida, un retrato que tú y Colton debéis estudiar con mucho detenimiento antes de decirme si estoy loca o no.

–¿Loca tú? –dijo Adriana riendo–. Bien, si lo estás, mamá Philana, los demás debemos de ser unos lunáticos tremendos. Dinos, ¿qué locura estás imaginando?

Philana indicó que fueran hacia el sofá.

–Sentaos juntos, por favor –los apremió. Cuando obedecieron con cierta perplejidad, depositó el cuadro sobre un sillón de orejas situado frente a ellos, y después prendió la mecha de la lámpara que descansaba sobre una mesa contigua y anunció–: Me gustaría que los dos me dijerais si reconocéis a la niña de este retrato.

La pareja intercambió una mirada de extrañeza, y Colton frunció el ceño.

–Después de pasar tantos años fuera de casa, madre, no recuerdo muy bien a los miembros de la familia. Dudo que pueda reconocer a la persona del retrato.

–Haz lo que puedas, querido –repuso ella con una sonrisa confiada–. No creo que sea una tarea tan difícil como imaginas.

Philana levantó poco a poco la tela del cuadro y retrocedió, impaciente y nerviosa, para que su hijo y su nuera estudiaran la pintura el tiempo necesario. En cuanto Adriana y Colton la vieron, los dos miraron a Philana.

–¿Dónde has encontrado eso? –preguntó Colton–. ¿Cómo es posible? Nunca ha venido un artista a pintar el retrato de Genie.

Philana alzó su barbilla temblorosa, mientras las lágrimas resbalaban por sus mejillas.

–No es Genie, hijo mío.

–Pero ¿quién...?

–Es Edythe, cuando tenía más o menos la edad de Genie.

La pareja se quedó boquiabierta, hasta que Colton saltó del sofá y se plantó ante el butacón en dos zancadas, seguido de su mujer. Levantó el retrato y lo inclinó para que recibiera más luz, mientras Adriana miraba por encima de su brazo.

–Casi podría jurar que es Genie –dijo el marqués.

–Es asombroso cuando lo ves por primera vez, ¿verdad? Y luego te preguntas cómo es posible que alguien haya pintado un retrato de la niña sin que nos hayamos enterado. –A Philana le costaba reprimir lo que sólo podían ser lágrimas de felicidad, y sacó a toda prisa un pañuelo del bolso–. Cuando los criados lo descubrieron, fui en busca de una luz mejor para asegurarme de que no estaba soñando.

Colton la miró confuso.

–Pero ¿cómo sabes con tanta certeza que es el retrato de Edythe?

–Su nombre y la fecha están en el reverso, querido. Lo pintaron cuando tenía un año de edad.

–¿En qué estás pensando, madre? –preguntó Colton, sin querer expresar en voz alta conjeturas que pudieran disgustarla.

Philana no vaciló en manifestar su opinión.

–Creo sin la menor duda que Edythe dio a luz a Genie antes de morir. Sólo Dios sabe qué milagro trajo a la niña a nuestra casa, pero es lo que creo con todo mi corazón.

–¿Y el niño que encontraron con Edythe? –preguntó Adriana, y luego miró a su marido–. ¿Crees que nuestras conjeturas acerca de que Alice Cobble perdió a su bebé y luego robó otro para entregarlo a Pandora eran ciertas, a fin de cuentas? Si su bebé murió, tal como tú sugeriste, debió de llevarlo encima con la intención de robar otro donde pudiera y dejarlo en lugar del vivo. Un recién nacido vivo sería la única forma de recibir la recompensa ofrecida por Pandora. Si se topó con los soldados que estaban atacando o registrando el carruaje de los Kingsley, seguramente se escondió por miedo a que la mataran, y después de que los soldados se marcharon registró el vehículo para ver qué podía encontrar. Los médicos dijeron que alguien había ayudado a Edythe a dar a luz después de que el coche volcó, porque habían cortado y atado el cordón. Si Edythe estaba dando a luz cuando Alice registró el carruaje, debió de ponerse muy contenta ante la perspectiva de apoderarse de un recién nacido vivo y entregarlo a Pandora.

–Eso me parece lógico –reconoció Colton–, sobre todo porque el niño encontrado con Edythe llevaba la marca de nacimiento de los Wyndham en el trasero. Eso es lo que he intentado recordar desde la visita de Pandora. Esa marca no pudo llegar al niño de otra manera. Padre nunca se habría acostado con Edythe, y yo no lo hice.

Philana sonrió.

–Edythe era demasiado señora y estaba demasiado enamorada de Courtland para creerla capaz de algo semejante. Sedgwick nunca me dio motivos para creer que me había sido infiel. Siempre estábamos juntos, sobre todo a instancias suyas. Muchas veces decía que era tan parte de él como su propio corazón.

–Por supuesto, mamá Philana –le aseguró Adriana, y rodeó la cintura de la mujer con un brazo–. Fue así desde que tenía uso de razón. Te quería muchísimo.

Philana asintió.

–Lo más probable es que Alice dibujara la marca de nacimiento de los Wyndham en el trasero de su hijo mientras aún estaba vivo, pero no se la pudo quitar cuando murió. No hay más que pensar en el tiempo que ha durado la marca de Genie después de que Alice se marchó. A Alice sólo le importaban las monedas prometidas. Espero que no matara a mi sobrina inducida por la codicia.

–Eso es improbable, madre, teniendo en cuenta que Courtland y el cochero estaban muertos –contestó Colton–. De todos modos, si mató a Edythe, pagará por ese crimen. Lo notificaré a las autoridades para que busquen a esa mujer.

–Aunque Alice hubiera matado a Edythe, mentiría y diría que no lo hizo –afirmó Philana–. ¿Qué miembro de la familia de Edythe puede afirmar lo contrario? Ninguno.

–Ahora que tenemos el retrato, podremos aportar pruebas de que Genie era la hija de Edythe, y de que Alice entregó el bebé a Pandora. –Colton asintió con aire pensativo–. Aunque logremos encontrar a Alice, tendremos que abrirnos paso entre sus mentiras para descubrir la verdad, pero la amenaza de la horca soltará su lengua mentirosa.

Philana exhaló un suspiro de preocupación.

–Tengo la sensación de haberme quitado un gran peso de encima. Durante todo este tiempo he estado sufriendo por Edythe y su familia, cuando su hija estaba aquí para ofrecerme consuelo. Parece un milagro, y esta noche empezaré a expresar mi gratitud en mis oraciones, primero porque Genie está con nosotros, y segundo porque existen motivos para creer que es la hija de Edythe.

Felicity vigiló la entrada de la pañería cuando el último obrero salió, y después, cada vez más impaciente, se sentó en el antepecho de la ventana del dormitorio de su suegro, mientras esperaba la salida de Roger. Le había explicado antes que tendría que ir a hacer un recado con el carro después de que la pañería cerrara, y que no iría a cenar a casa. Su ausencia le daría otra oportunidad de echar un vistazo a sus libros mayores, con el fin de investigar la remota posibilidad de que hubiera pasado por alto alguna información que la ayudara a identificar a la gente cuyas iniciales coincidían con las que había encontrado.

Pese a sus ansias por regresar a la pañería y examinar los libros de Roger, éste se había resistido a abandonar su oficina, como si quisiera terminar su trabajo, fuera cual fuese. Había ordenado a mediodía que le llevara comida, más de la habitual porque alguien lo estaba ayudando, pero había advertido a Felicity que no cruzara la puerta principal.

Cuando fue a entregarle la comida, Felicity vio por casualidad un pequeño frasco de una sustancia líquida encajado entre libros, dentro de la vitrina que había detrás del escritorio. En aquel momento, Roger estaba hablando con unos obreros en el pasillo, y le daba la espalda. Como consideró que podía llegar hasta la vitrina sin peligro, abrió la puerta con mucho sigilo y deslizó el frasco en el bolsillo del delantal, para luego cerrar la vitrina. Cuando vio que Roger se acercaba, el corazón casi se le subió a la garganta, pero se alejó y le dijo sin volverse que había olvidado el pan y tenía que volver a la casa a buscarlo, lo cual era cierto, por suerte. Ya en la casa, había vertido una pequeña cantidad del frasco en otro vacío y, tras guardar el primero en el bolsillo, había corrido a la fábrica. Roger había desaparecido cuando devolvió el frasco a su sitio. Dejó la cesta del pan sobre el escritorio y se fue.

Impaciente por saber qué era la sustancia del frasco, Felicity llevó la muestra de inmediato al señor Carlisle y le pidió que la identificara, si era posible. Primero, el hombre la había olido, y después probó un poco con la lengua. A continuación, sonrió y anunció que era láudano, nada más. Muy aliviada por la respuesta, Felicity se atrevió a esperar que Roger no hubiera envenenado a su padre, pese a sus recientes sospechas.

Se enderezó en el antepecho de la ventana cuando vio que Roger salía por fin de la pañería. Observó que se abotonaba la levita y se arreglaba la corbata con cierta prisa; levantó una rodilla para subir al carretón, pero se detuvo de repente, posó el pie en el suelo y, después de mirar a su alrededor, se abrochó los pantalones.

Intrigada, Felicity se preguntó qué habría estado haciendo esta vez, si había sido un descuido después de ir al servicio, o había estado implicado en algo más sórdido. Pero no le preocupaban sus lascivas diversiones. En realidad, si encontraba una amante que exigiera toda su atención, experimentaría un gran alivio. Al menos, no tendría que preocuparse por su bebé.

Felicity esperó un cuarto de hora después de que el carretón desapareció de vista, y consideró por fin que no era peligroso salir de la casa. En lo tocante a Roger, era prudente proceder con cautela, tal como había aprendido. No siempre era predecible, y no gozaba de buena memoria. Aunque se consideraba muy astuto, ella opinaba que le faltaba mucho para eso. Si había olvidado algo y se veía obligado a regresar por un motivo u otro, no quería que la pillara husmeando en sus libros.

Felicity atravesó el patio iluminado por la luna, y después se refugió en las sombras más profundas del alero, para asegurarse de que no había nadie merodeando por los alrededores. Una vez convencida de que estaba sola, hundió la mano en el bolsillo del delantal y sacó el llavero que había descubierto en el escritorio del dormitorio de Edmund Elston. No tenía la menor idea de qué abría cada una de las llaves, pero sentía curiosidad por averiguarlo. Después de su última incursión en la pañería, Roger nunca había vuelto a dejarse la copia de la llave en casa, y ella no había podido encontrar otra hasta que pensó en registrar la habitación de Edmund. Había llegado a convencerse de que los Elston eran hombres tacaños y manipuladores, y por ese motivo sentía la necesidad de protegerse, no fuera que se deshicieran de ella de una forma u otra.

Encontró por fin una llave que abría la puerta principal de la tienda, entró, cerró la puerta a su espalda, y después corrió el cerrojo. Para aumentar su seguridad, cerró los postigos de las ventanas. No albergaba el menor deseo de que Roger la sorprendiera si llegaba antes de lo previsto. Para proporcionarse otra vía de escape, en el caso de que tuviera que salir huyendo por la parte posterior del edificio, examinó las llaves hasta localizar la correspondiente a la puerta de atrás. Esperaba tener tiempo para cerrarla a su espalda antes de que su marido entrara en la propiedad.

Muy consciente de que debería apagar la llama a toda prisa si oía regresar el carretón, encendió el farol que colgaba sobre el escritorio. Momentos después se sumergió por completo en el libro, y observó que habían anotado más gastos, en esta ocasión exorbitantes. A su lado figuraban las iniciales E. R. También reparó en otra cantidad más modesta, aunque asimismo elevada. A su lado estaba escrito M. T. No obstante, por más que repasó las anotaciones, no encontró otros nombres que coincidieran.

Paseó de un lado a otro de la oficina, inquieta, mientras se daba golpecitos en la mejilla con el extremo de una pluma. ¡E. R.! ¡M. T.! ¿Quiénes eran estas personas a quienes su marido entregaba cantidades tan importantes? Si hubiera pagado los muebles o la nueva habitación con los fondos de la pañería, le habrían entregado un recibo con el nombre del proveedor.

Volvió al escritorio, apoyó las manos sobre el borde y contempló el libro al revés, mientras repasaba en su mente la lista de los conocidos de Roger. En puridad, no tenía amigos de verdad entre los varones. Y por lo visto, las mujeres eran herramientas que utilizaba para sus propósitos lascivos. Al carecer de amigos, tenía que pagar por los servicios prestados. Pero Felicity tampoco conocía a gente con las iniciales anotadas en el libro.

–E. R. y M. T. –repitió, enfurecida consigo misma por no ser capaz de encontrar una pista de los dos–. E. R... E. R... E. R... ¿Elston? ¿Elston? –Sus ojos se iluminaron–. ¿Elston, Roger?

Si bien era consciente de que existía una ínfima posibilidad de que las iniciales fueran de su marido, aunque puestas al revés, siguió buscando en su memoria las otras iniciales, T. M. Sólo recordó el nombre que el señor Carlisle le había proporcionado, Thaddeus Manville, el boticario de Londres. Y daba la casualidad de que Roger era muy aficionado a ir a Londres, y que el señor Manville apreciaba en particular las lanas de Elston. ¿O no era así?

Se oyó un golpe sordo no muy lejos, y el corazón de Felicity se aceleró. Apagó a toda prisa la mecha de la lámpara y se acercó con sigilo a las ventanas delanteras, desde donde miró por una rendija de los postigos. Aunque escudriñó las tinieblas en busca del carretón de Roger, no lo vio. Otro golpe le arrancó una exclamación ahogada. Giró en redondo, y se dio cuenta de que había equivocado la dirección del que había procedido el primero.

Salió de puntillas al pasillo, temerosa de que Roger hubiera entrado por la parte posterior de la pañería.

–¿Eres tú, Roger?

Una vez más, su corazón casi se le salió del pecho cuando otro golpe rompió el silencio. Daba la impresión de que llegaba desde la nueva habitación privada de Roger, una estancia que nunca le habían permitido ver, y en la que tenía prohibido entrar. Se acercó a la puerta y movió el pomo. Al punto, se oyeron tres golpes fuertes en la habitación.

–¿Hay alguien ahí? –preguntó a través de la puerta, pero al instante se sintió estúpida por hacer una pregunta tan evidente.

Claro que había alguien dentro, y no cabía duda de que quería salir.

Dos días antes, Roger había ordenado a Felicity que fuera a la cervecería y le llevara una jarra del oscuro líquido. Al volver, lo había encontrado ante la puerta de su nueva habitación con un brazo alzado y la mano sobre la moldura situada sobre la puerta. Cuando ella apareció, Roger fingió bostezar y estirarse, lo cual se le antojó un poco exagerado, teniendo en cuenta que ella lo había visto introducir algo en el estrecho resquicio de madera. Pese a su estúpida actuación, no cabía duda de que había estado ocultando una llave. Tal vez era mejor que no hubiera recordado el incidente al instante. De lo contrario, ya se habría encontrado con la persona aprisionada en la habitación.

La curiosidad suele empujar a la gente a implicarse en situaciones que podrían amenazar su vida. Felicity era muy consciente de ese hecho, pero sopesó sus opciones: hacer caso omiso de los golpes y continuar examinando los libros, o descubrir la identidad de la persona a la que Roger había encerrado en su cuarto privado. La decisión no era difícil, sobre todo para alguien que ya había descubierto el alma malvada oculta tras la hermosa cara juvenil. Ya tenía bastante miedo a Roger para permitir que sus intimidaciones controlaran todas las facetas de su vida. Esta vez, tenía que averiguar qué estaba tramando.

Arrastró una silla hasta la puerta, se subió y buscó la llave encima de la puerta.

–¡No eres tan astuto como crees, Roger!

Apretando la llave contra el pecho, bajó al suelo y, una vez más, paró un momento a reflexionar sobre las consecuencias de sus actos. Si bien decidida a liberar a la persona que Roger mantenía prisionera, la cautela se imponía, pues ignoraba qué sucedería si se equivocaba al pensar que su marido era el único culpable. ¡Pero ya había demostrado su perversidad sin límites! Resuelta a descubrir la identidad de la persona encerrada tras la puerta, fue en busca de un farol y lo dejó sobre el asiento de la silla para que la iluminara mientras introducía la llave en la cerradura. Los dedos temblorosos le dificultaron la tarea, pero tenía que saber quién y qué había en la habitación prohibida.

Introdujo la llave en la pequeña rendija y la giró una vez, oyó un clic, y ya estaba a punto de aferrar el pomo, cuando se apoderaron de la puerta desde dentro. Casi al instante, salió una mujer totalmente desnuda, excepto por la mata de pelo alborotado que le llegaba casi hasta la cintura. Presentaba terribles moratones en el cuerpo y la cara. Había sangre coagulada en la parte interior de sus muslos. Felicity sintió un escalofrío. No albergaba la menor duda de que Roger era el responsable de su penoso estado.

–Ayudadme –suplicó la mujer, desesperada–. Por favor, ayudadme a escapar de ese vil demente, os lo ruego. Me matará si me quedo.

–¿Quién sois? –preguntó Felicity, estupefacta por lo que estaba viendo. Nunca había soñado que Roger llegaría al extremo de mantener cautiva a una mujer para sus lascivos propósitos–. ¿Por qué estáis aquí?

–Soy Pandora Mayes, una actriz de Londres –explicó la mujer, al borde de las lágrimas–. Ayer me presenté en la pañería para comprar un chal. ¿O fue hace un año? Se me antoja que ha transcurrido una eternidad desde entonces. –Se estremeció de asco–. El propietario dijo que me regalaría el chal si era amable con él, pero jamás imaginé lo que me pediría a cambio, ni que me mantendría prisionera para satisfacer sus placeres demenciales noche y día. Me obligó a beber un poco de láudano antes de dejarme anoche, pero creo que no habría podido escapar, sobre todo después de lo que me hizo. Jamás he sido violada de tantas formas diferentes en toda mi vida. Pensé que iba a morir antes de que terminara conmigo. He pasado mucho miedo, y estoy demasiado avergonzada para contar lo que me hizo. –Sufrió un estremecimiento convulsivo–. Debo irme antes de que regrese, o me matará. ¡Lo sé! Prometió que volvería esta noche para continuar lo que había empezado antes de marcharse. Dijo que tenía que hacer un recado y que luego volvería. Sabiendo que estaría ausente un rato, me arriesgué a que alguien me oyera. Ahora estoy libre y debo huir. Es imposible saber qué me hará si no puedo encontrar una forma de escapar.

El lamentable estado de la actriz, y su terror a caer de nuevo en manos de Roger, enfrentaron a Felicity con la certidumbre de que su marido la había tratado bastante bien en comparación. Consciente de lo difícil que le había resultado tolerar tales abusos, sintió compasión y pensó en alguna forma de ayudar a huir a la mujer. Pensó en su abuelo.

Apoyó una mano en el brazo de la mujer.

–No podéis quedaros aquí sin ropa. ¿Tenéis alguna?

–Ese hombre horrible se negó a devolvérmelas. Dijo que me lavara y perfumara antes de que volviera, pero no he hecho nada de ello.

–Iré corriendo a casa a buscar ropa. Sería mejor que os lavarais. Oléis a..., eh..., usada.

–He sido usada, en numerosas ocasiones, de hecho... ¡por ese sucio hijo de puta!

Aunque Roger había utilizado un lenguaje peor en su presencia, Felicity nunca había oído a una mujer hablar así.

–Adecentaos como podáis en mi ausencia –la apremió–. Volveré enseguida con algunas prendas. Mi abuelo tiene amigos que os acompañarán a Londres, pero tendremos que subir la colina. ¿Tenéis zapatos?

–Es lo único que ese degenerado me dejó –dijo Pandora con voz preñada de odio.

Felicity examinó un momento las formas voluptuosas de la mujer y decidió que sería inútil llevarle algo más que un camisón y una capa. Aunque eran casi de la misma estatura, la mujer tenía mucho más busto y era generosa en carnes. Con el pelo largo y rizado, las uñas pintadas, el lápiz de labios y el kohl negro aplicado a los ojos, parecía el tipo de mujer que se encontraba en las casas de mala reputación.

Felicity corrió hacia la casa, pero en sus prisas por volver con la ropa no reparó en el carretón aparcado en el camino, al otro lado de la pañería. Abrió la puerta de la oficina, entró a toda prisa y se puso a elegir las prendas, hasta reparar en que Roger estaba parado en mitad de la habitación, con los brazos en jarras y una mirada amenazadora. La joven lanzó un grito de terror, giró en redondo y trató de huir, pero él la atrapó por el pelo.

–Así que sentías curiosidad, ¿eh, palomita? –rugió en su oído–. Bien, todos deberíamos tomar una copa de oporto mientras pienso qué voy a hacer con vosotras dos. Podría llevaros a Londres y venderos a un burdel, por supuesto... –Sonrió cuando Felicity se llevó una mano al vientre protuberante–. Pese a lo atractiva y encantadora que eres, cariño, es probable que perdieras el niño antes de una semana. Los hombres se sentirán tentados de probar un bocado tan exquisito, aunque estés preñada.

La envió de un manotazo al otro lado de la habitación y rió cuando terminó sentada en una silla al lado de Pandora, que estaba muerta de terror. Las lágrimas que la mujer había derramado desde la reaparición de Roger habían disuelto el resto del kohl y dejado franjas negras sobre sus mejillas.

Roger fue de un lado a otro para proteger su antro de iniquidad. Cerró la puerta principal, los postigos y su habitación secreta. Dedicó una sonrisa insulsa a las dos mujeres.

–Hablaremos del lugar al que os conduciré mientras tomamos un poco de oporto, de modo que no hagáis tonterías mientras voy a buscarlo, señoras. Si no obedecéis, os prometo que lo lamentaréis muchísimo. Poseo ese cruel instrumento llamado vara de púas. Las púas de metal os arrancarán la piel de la espalda al poco tiempo.

Desapareció en el pasillo, y al cabo de un largo momento volvió con tres copas. Sujetó entre los dedos de una mano los tallos de dos, mientras se llevaba a los labios la tercera y bebía. Conservó el líquido en la boca para saborearlo mejor, puso los ojos en blanco como transportado al paraíso, y sonrió cuando engulló el licor.

–Exquisito, si se me permite decirlo –se jactó, como charlando con dos damas de la aristocracia.

Extendió la mano que sujetaba las dos copas hacia Pandora. Temerosa de negarse, la mujer lo miró con cautela y cogió una con dedos temblorosos.

–No tienes por qué estar tan asustada, corazón. Bebe el oporto. Te dará coraje. ¿Quién sabe? Hasta puede que me apiade de ti y termine lo que empezamos antes. Mi esposa podría aprender algunas cosas sobre el arte de hacer felices a los clientes, antes de verse obligada a ceder a sus diversas peticiones.

Un estremecimiento convulsivo recorrió a Pandora, como prueba del horror que le producía lo sugerido.

Roger se detuvo ante Felicity, le ofreció la última copa y escudriñó su rostro, mientras la joven la aceptaba.

–Eres una auténtica belleza, querida –murmuró en voz alta, mientras le acariciaba la mejilla en una muestra de afecto–. Me entristecerá sobremanera llevarte a Londres. Al fin y al cabo, te quería... a mi manera, pero no tanto como amaba a lady Adriana, por supuesto.

Pandora lanzó una exclamación ahogada y lo miró con sorpresa, y Roger sonrió de una manera peculiar. La actriz bajó la vista al punto hacia sus muslos desnudos, temerosa de llamar su atención.

–Ah, parece que tú también conoces a lady Adriana. ¿Cómo es eso? –Como ella no contestó, Roger se inclinó hacia la actriz y gritó a pleno pulmón, de forma que ambas mujeres se pusieron a temblar violentamente en sus sillas–. ¿Cómo es que la conoces, puta? ¡Tú no eres de su misma clase!

–L... lord Col... Colton –tartamudeó Pandora–. Hace tiempo que... lo conozco.

–Supongo que eso fue antes de que volviera y se casara con la hermosa Adriana...

Aunque esperó, tuvo que recurrir a una fuerte bofetada con el dorso de la mano para obtener una respuesta de la actriz.

–Sí, sí, la c... conocí ayer, o t... tal vez fue el otro día. No me a... acuerdo. He p... perdido la noción del tiempo –tartamudeó Pandora. Se secó el reguero de sangre que resbalaba de la comisura de su boca–. No la ha... había visto ni oído ha... hablar de ella hasta que fui a Randwulf Manor el otro día.

–Una verdadera belleza, ¿verdad? –musitó Roger, y bebió el oporto con porte altivo–. Casi conseguí forzarla, pero su señoría se entrometió antes de que pudiera consumarlo. Nunca olvidaré cómo se resistió antes de que él apareciera, por supuesto. Me las pagará.

Muy pronto, la tendré ensangrentada y suplicante a mi merced, y después haré con ella todo cuanto me plazca. Lamentará no haberme dejado hacerle el amor en aquel momento.

Felicity miró de reojo a Pandora cuando la temblorosa mujer se llevó la copa a los labios. Intercambiaron una fugaz mirada, y Felicity frunció el ceño y meneó la cabeza en señal de advertencia, pero Roger se inclinó hacia ella con una sonrisa y frustró su intento.

–¿Qué pasa, querida? ¿Tienes celos? –Sonrió–. No es preciso. La ramera no significa nada para mí, un mero juguete con el que alegrar mis noches, una buena diversión, sin duda, pero nada importante. Hubiera vuelto contigo en cuanto me hubiera cansado de ella. Faltaba poco, créeme. Sus continuos sollozos y súplicas me crispaban los nervios, hasta que ya estaba preparado para azotarla.

–¿De veras vas a llevarme a un burdel de Londres, Roger? –preguntó Felicity, asombrada de poder pronunciar las palabras con su garganta estrangulada. Nunca había estado tan asustada–. Significaría la pérdida de tu hijo.

Roger hizo un gesto de despreocupación, como si el asunto no le incumbiera.

–No me gustan los niños, ni tampoco tu vientre redondo, querida. No obstante, te echaré de menos hasta cierto punto. Me gustan muchísimo las mujeres hermosas, y debo admitir que tú te cuentas entre las mejores.

–Pero no puedo compararme con lady Adriana –consiguió articular con sarcasmo, como resentida.

–Ah, sí que eres celosa, señora Elston –dijo el hombre, y luego lanzó una risita, como divertido por la idea–. Tuviste mucha envidia cuando lord Colton concentró su atención en ella, ¿verdad? Oh, ya sé que adorabas a ese hombre, querida, pero un día de éstos lamentará haber vuelto de la guerra. Tengo la intención de clavar sus cojones en un espetón y asarlos, y después montaré a Adriana tantas veces como me plazca, mientras lo obligo a mirar. Me las pagará antes de matarlo.

–¿Odias a todo el mundo, Roger? –preguntó Felicity, sin poder contenerse.

–No, querida. No te odio. Ni tampoco a Adriana. ¿Acaso no te he tratado bien y querido a mi manera?

–¿A tu manera? –preguntó con incredulidad Felicity–. ¿Hacerme daño siempre que me tocabas? ¿A eso lo llamas amor? ¿No sería más acertado describirlo como brutalidad?

Roger desechó sus protestas con un ademán arrogante.

–Hay personas a las que sí odio. He liquidado a algunas con astucia, y nadie se ha enterado. Otras aún han de sufrir mi venganza. Tuve a lord Colton en el punto de mira después de reclutar a hombres que me ayudaran, pero vivió pese al agujero que le hice en la espalda, y se casó con Adriana aquella misma noche. ¡Lo odié por eso! Odié a su padre antes que a él, y me vengué de él, pero de una forma sutil. Lo que debo decidir ahora es qué hago con vosotras, hermosas damiselas.

Roger se dirigió al fondo de la tienda, momento que Felicity aprovechó para tirar el contenido de su copa en una olla alta de cobre que tenía al lado. Pandora torció el cuello para ver qué había hecho, y masculló por lo bajo cuando reparó en que había desperdiciado un buen oporto. Antes de que Felicity pudiera detenerla, la actriz alzó su copa y se la bebió de un trago. Felicity la miró paralizada de horror, pues sabía con certeza que acababa de engullir una dosis letal de arsénico.

El hombre regresó y, al ver las copas vacías, dejó la suya a un lado.

–Es hora de conduciros al lugar que he elegido –anunció, y después indicó el camisón y la capa que habían caído del brazo de Felicity cuando había entrado–. Deja que Pandora se ponga lo que has traído, querida. Sería difícil explicar a alguien que pasara por qué iba una mujer desnuda en la parte posterior de mi carro.

Ante la mirada burlona de Roger, Pandora recogió el camisón, y después se ciñó la capa alrededor del cuerpo. Cuando el joven le indicó en silencio que caminara hacia la puerta, ella obedeció, temerosa de contrariarlo. Felicity siguió a la mujer, y pocos momentos después las dos subían a la parte trasera del carro, mientras Roger tomaba las riendas.

Felicity no tardó en darse cuenta de que no iban en dirección a Londres, sino más hacia el oeste, hacia la campiña ondulante repleta de mansiones y grandes propiedades, entre las que serpenteaba el río Avon. Era también una zona en la que Roger podría deshacerse de ellas con facilidad, y si algún día las encontraban, no sería pronto. Si no lograba huir viva de él, pasarían semanas, incluso meses, antes de que alguien descubriera sus cadáveres.

A su lado, Pandora empezó a gemir y retorcerse de dolor. Felicity la imitó lo mejor que pudo. Cuando oyó la sádica carcajada de su marido, se le erizó el vello de la nuca. Pese al amor que minutos antes había dicho profesarle, parecía divertido por la idea de que había logrado envenenarla. Felicity confiaba en que lo creyera a pies juntillas. Sería la única forma de escapar con vida de aquella pesadilla. Todo dependía de cuáles fueran las intenciones de su marido después de llegar a la conclusión de que habían muerto. No tenía el menor deseo de ser enterrada viva, pero el trabajo duro no atraía a Roger, y cavar una tumba lo era. Considerando su aversión a las tareas pesadas, existían muchas posibilidades de que las tirara en la cuneta de la carretera para terminar de una vez por todas. Rezó con desesperación para que ése fuera el caso, y para que pudiera encontrar ayuda poco después de que él las abandonara.

Pandora cesó por fin en sus gemidos de dolor, y Felicity siguió su ejemplo. Aun así, extendió la mano con mucho sigilo y le tomó el pulso. No lo encontró, y concluyó que la actriz había muerto por culpa del oporto envenenado de Roger.

Roger se detuvo por fin en una zona que Felicity desconocía por completo. Arrastró el cuerpo de Pandora hasta el extremo del carro y lo arrojó al suelo. Asió sus muñecas y la arrastró así hasta una loma que, sospechó Felicity, corría paralela a un arroyo, o quizá al mismísimo río Avon. A lo lejos, creyó distinguir el sonido de una corriente de agua.

Mientras su marido se encontraba ocupado deshaciéndose del cuerpo de Pandora, Felicity desgarró un trozo de camisa y se lo embutió en la boca, con la esperanza de que bastara para ahogar cualquier sonido que emitiera si Roger la dejaba caer al suelo, tal como había hecho con Pandora. Pese a las precauciones que había tomado, tenía miedo de que se le escapara algún gemido que la delatara. Si Roger no estaba convencido por completo de su muerte, acabaría con ella al punto.

Roger se enderezó cuando encontró un lugar adecuado para sus propósitos. Apoyó un pie sobre la cadera de la actriz y la envió rodando pendiente abajo. Momentos después, un chapoteo lejano indicó que el cuerpo había caído en el arroyo que corría en el fondo de la cañada. Volvió hacia el carro, jadeante a causa del esfuerzo.

El corazón de Felicity saltó en su pecho cuando Roger cerró una mano en torno a su tobillo y la atrajo hacia él. Tenía las faldas subidas hasta la cintura cuando llegó al extremo del carro. Él la hizo girar hasta que quedó tendida paralela al borde. Contuvo el aliento, presa de un espantoso terror, temerosa del descenso, y rezó para que su bebé y ella sobrevivieran a la caída.

Roger se inclinó sobre ella y la alzó en brazos. Felicity casi se desmayó de alivio. Era mucho más menuda que la actriz, y por tanto más ligera. Tal vez por ese motivo, Roger había decidido que le resultaría más cómodo llevarla en volandas. A la vista de las rocas que sembraban la zona, el hombre se habría cansado mucho más si la hubiera arrastrado hasta el mismo sitio desde el que había arrojado a Pandora.

Felicity tuvo que recordarse una y otra vez que debía mantenerse desmadejada como un cachorrillo ahogado, mientras Roger la transportaba hasta el punto desde el que la lanzaría a la corriente. Si bien llegó a ser una proeza más mental que física, su cabeza quedó colgando sobre un brazo. Aunque le tensaba los músculos del cuello, la postura le permitía ver la zona hacia la que avanzaban. Por fin, se detuvieron ante una elevación que bordeaba un arroyo, el cual distinguió Felicity al fondo de la colina sembrada de rocas. Pese a la luz de la luna, no podía ver si la pendiente era muy inclinada o a qué distancia se hallaba el agua. Sólo confió en estar viva cuando al fin se detuviera.

Durante un largo momento Roger rió para sí, como anticipando lo que se avecinaba, o tal vez felicitándose por su astucia para desembarazarse de dos víctimas más. Felicity rezó en silencio para no terminar ahogada. Si no podía impedir que la asesinara, prefería abrirse la cabeza y perder la conciencia antes que padecer el horror indescriptible de no poder respirar.

Por más que intentó prepararse, casi le entró el pánico cuando Roger la balanceó sobre el abismo. Después, la soltó de repente, y se encontró cayendo en el aire. Aterrada, estuvo a punto de agitar los miembros en un frenético intento de enderezarse, pero sabía que cualquier movimiento sería visible a la luz de la luna, y eso supondría su fin. Si Roger veía algo que le resultara remotamente suspicaz, iría tras ella. Permaneció lo más inmóvil posible... En su mente, era como moverse a paso de caracol, mientras todo lo demás se cruzaba con ella a la velocidad del rayo. Era imposible predecir si llegaría con vida al fondo.

Cayó sobre una suave extensión de césped, pero después de rodar colina abajo su estómago se estrelló contra un peñasco. De no ser por el trapo que se había embutido en la boca, el impacto la habría obligado a lanzar un grito de dolor. Al punto, sintió una humedad en la ingle, y comprendió que Roger había conseguido matar por fin a su hijo.

Pasó un larguísimo momento antes de que Felicity se decidiera a moverse. Temía haberse roto todos los huesos del cuerpo; pero, cuando oyó el lejano retumbar de cascos de caballo en la carretera, comprendió que Roger se estaba alejando y podía quitarse el trapo de la boca. Así lo hizo, y al instante alzó el vientre. A cada espasmo, brotaba más líquido de su ingle, pero ahora era tibio y pegajoso. Aunque el primero debía de ser el que rodeaba al niño en el útero, éste sólo podía ser sangre, y si no encontraba ayuda pronto, moriría desangrada. De alguna manera tenía que arrastrarse, trepar o ascender colina arriba y confiar en que algún transeúnte se apiadara de ella antes de que fuera demasiado tarde.

Riordan Kendrick iba sentado con aire sombrío en una esquina de su landó, mirando la noche por la ventanilla. Desde que Adriana se había casado con Colton, no tenía ganas de reunirse con amigos o conocidos, pero esa noche había cedido por fin a la súplica de Percy de que fuera a cenar con la pareja. Ver a Samantha en las últimas fases de su embarazo sólo sirvió para recordarle lo que se había perdido por no haber podido conquistar a Adriana. En algunos momentos se veía invadido de sensaciones, sus sedosos brazos enlazados a su alrededor en la oscuridad, sus suaves labios respondiendo a los de él, sus muslos abriéndose para dar la bienvenida a la virilidad tumefacta...

Riordan apretó los dientes y se masajeó el pecho, con el deseo de poder aliviar aquel maldito y torturador vacío donde antes había latido un corazón lleno de vida... y esperanza. Era lo bastante listo para saber que tendría que superar la pérdida de Adriana y encaminar su mente a la búsqueda de una mujer a la que pudiera amar, pero hasta el momento no se había sentido nada motivado. Ninguna doncella disponible de la zona lo atraía. Las que en otra época había pensado que podrían satisfacerlo, si se veía obligado a decidir, se habían casado. Pero la verdad era que apenas había pensado en ellas, pues no quería afrontar la pérdida de su ideal. Había amado profundamente a Adriana, era probable que siempre la amase; pero, por brutal que fuera la verdad, ahora pertenecía a otro que había demostrado amarla con igual pasión. Colton había dado muestras de desear morir con tal de asegurar su unión, lo cual dejaba a Riordan en la situación de desear a la esposa de otro hombre, un hombre al que admiraba y respetaba..., y envidiaba por completo.

Riordan frunció el ceño, perplejo, cuando cayó en la cuenta de que el cochero había detenido el landó.

–¿Qué pasa, Matthew? –preguntó cuando el hombre abrió la pequeña ventanilla situada sobre el asiento delantero–. ¿Por qué has parado el carruaje?

–Hay alguien tendido en la cuneta, milord, y, si puedo dar crédito a mis pobres ojos, se trata de una dama rubia, señor. Puede que esté muerta..., o tal vez malherida. ¿Bajo a echar un vistazo, milord?

–No, quédate en tu asiento, Matthew. Iré yo en persona.

Riordan abrió la puerta del carruaje y bajó con agilidad al suelo. Se detuvo junto al asiento del cochero para que le entregara un farol y lo orientara. Riordan lo mantuvo en alto para ver dónde pisaba y se acercó a la forma oscura, que no daba señales de vida. Las suelas de piel de sus botas crujieron sobre la carretera, pero la mujer no reaccionó. Estaba aovillada sobre el costado, cerca del borde de la carretera. Por lo que Riordan pudo ver, parecía muerta, o al menos inconsciente.

Se acuclilló al lado de la mujer, levantó su muñeca y buscó el pulso. Era débil, pero aún latía. Dejó el farol sobre la carretera y dio vuelta a la mujer.

–¡Señora Elston! –exclamó, en cuanto reconoció a la nieta de Samuel Gladstone.

Recordó haber conocido a la hermosa joven unos meses antes, cuando había ido a casa del fabricante de tejidos. Si bien en aquel momento sólo tenía ojos para su adorada Adriana, la belleza excepcional de la muchacha le causó una impresión muy favorable, pese a que los ojos claros y el pelo rubio representaban todo lo contrario de su ideal femenino, que Adriana había contribuido a grabar en su mente. Más tarde, había oído hablar de que la nieta de Samuel se había casado con el joven aprendiz, el mismo sinvergüenza que se había mostrado tan grosero y posesivo con Adriana en el baile de otoño. Riordan había tachado a la joven de su lista de posibles alternativas.

Un reguero de sangre se había secado después de resbalar desde la comisura de la boca de la dama, que presentaba además moratones en la mejilla y la frente. Aunque la sacudió con delicadeza, no obtuvo reacción.

Se inclinó sobre ella, deslizó un brazo por debajo de su espalda y otro bajo las rodillas, y entonces se dio cuenta de que las faldas estaban empapadas. Retiró la mano y la alzó hacia el farol. Su preocupación por la dama aumentó cuando vio que era sangre. Le subió el vestido y las enaguas en busca de la herida rezumante, que tal vez sería preciso cerrar para cortar la hemorragia. Los calzones estaban empapados por la parte interior de un líquido más oscuro y espeso, y, cuando apoyó una mano sobre el montículo del abdomen y aplicó presión, la sangre que brotó lo convenció de que su talento para vendar heridas no se extendía al ámbito de los abortos.

La alzó en brazos y corrió hacia el carruaje.

–Olvida el farol, Matthew. Llévanos a casa lo más rápido posible. Hay que ir a buscar de inmediato al doctor Carroll. La señora Elston está a punto de perder su bebé y, si no recibe ayuda pronto, se desangrará hasta morir.

Cuando llegaron a Harcourt Hall, Riordan bajó a la joven del carruaje, indicó al cochero que se dirigiera de inmediato en busca del médico y entró corriendo en la mansión. Gritó al ama de llaves, la señora Rosedale, que acudiera enseguida, subió de dos en dos la escalera y abrió de un empujón la puerta de un dormitorio del pasillo donde se hallaban sus aposentos. Varias criadas entraron corriendo en la estancia, pisando los talones al ama de llaves, la cual, con su habitual pragmatismo, echó a su amo en cuanto las muchachas empezaron a desnudar a la joven.

Nada más bañar a Felicity y curar los rasguños de poca importancia que todavía sangraban, las criadas prepararon más toallas y sábanas mientras esperaban al médico. Además de las criadas, no había más mujeres que vivieran en la casa, de modo que fueron a buscar al amo y recibieron permiso para vestir a la dama con uno de sus camisones. Sabían, debido a las escasas veces que las prendas se llevaban a lavar, que el amo no los utilizaba casi nunca. Sólo parecía ponérselos cuando había invitados en la casa, y en otras circunstancias en que necesitaba cuidar de su apariencia después de retirarse a sus aposentos. Aunque las criadas registraron su armario, no encontraron ninguno más pequeño que los demás. Confiaban en que la dama sobreviviera para llevar el que al fin eligieron, y en que no lo perdiera, pues no tenía cierres y la abertura del cuello caía hasta la mitad del pecho, incluso en un hombre. No se atrevieron a imaginar a qué profundidades se hundiría en una mujer menuda.

El doctor Carroll llegó en el carruaje, y al instante se quedó sin aliento y agitado debido a la celeridad con que su señoría lo acompañó arriba. El amo de la casa no parecía consciente de sus largas zancadas, que obligaban al hombre más bajo a redoblar sus esfuerzos por alcanzarlo. Sin embargo, en cuanto entró en la habitación donde habían acomodado a la dama, el médico se subió las mangas, se lavó las manos y, con la ayuda de las matronas más expertas, puso manos a la obra.

Amargas lágrimas seguían resbalando por las mejillas de Felicity dos horas más tarde, cuando dieron permiso por fin a Riordan para entrar a ver a su postrada invitada. Felicity, avergonzada, se hundió más bajo el cubrecama de damasco y se secó a toda prisa los regueros húmedos, con la intención de presentar un aspecto más digno.

–Tengo entendido que estoy en deuda de gratitud con vos por encontrarme y salvar mi vida, mi señor –dijo con un hilo de voz.

Riordan acercó un sillón de orejas a la cama y sonrió, mientras apretaba la mano de la dama.

–Temo que no hice nada por el estilo, señora Elston –la corrigió–. Mi cochero fue el primero en veros tendida en la cuneta, y en cuanto a salvaros la vida, bien, ha sido obra del buen doctor, estoy seguro. Sí que he enviado un hombre a Bradford para informar a vuestro marido que os halláis aquí.

–¡Oh, no! –Felicity se incorporó como impulsada por un resorte, con el corazón en la garganta–. Roger me matará, tal como lo intentó antes.

Riordan se reclinó en la silla, estupefacto. Contempló a la dama confuso, mientras ella intentaba subirse el camisón sobre un pálido hombro, caído a causa del brusco movimiento. Riordan habría examinado con más delectación el cremoso seno que quedó al descubierto de no ser por el estupor que sentía.

–Pero, señora Elston, ¿por qué pensáis eso? ¿Qué habéis podido hacer para enfurecer a un hombre hasta el punto de desear mataros?

–Roger no parecía nada enfurecido cuando se dispuso a asesinarme, mi señor –repuso Felicity, mientras se subía el cubrecama hasta la barbilla–. De hecho, llevó a cabo sus maldades como si disfrutara. Fue muy frío y metódico en todo. De no ser por el hecho de que había empezado a sospechar que estaba envenenando a su padre, ahora yo también estaría muerta.

–¿También? ¿Murió alguien más?

–Roger asesinó a una actriz esta noche, tal como intentó conmigo.

El hombre arqueó las cejas, mientras meditaba si debía creer en las acusaciones que la mujer lanzaba contra su marido.

–¿Os importaría explicaros mejor, señora?

Las lágrimas nublaron los ojos de Felicity mientras relataba los acontecimientos de la noche. Riordan extrajo con solemnidad un pañuelo de su chaqueta y se lo ofreció a la joven mientras escuchaba. Por fin, Felicity concluyó su historia con un hilo de voz.

–Cerca del lugar donde me encontrasteis corre un riachuelo o un río. Si regresáis allí, encontraréis el cadáver de la mujer que Roger envenenó. Es difícil imaginar que he estado viviendo con un demente sádico todo este tiempo, pero esta noche se ha demostrado de la manera más dolorosa. Es imposible saber a cuántos otros ha logrado asesinar Roger desde que llegó a esta zona.

Riordan estaba completamente sorprendido por las fechorías del fabricante de tejidos.

–Debo enviar a un criado de inmediato para informar a las autoridades de las acciones de vuestro marido, señora Elston. Con suerte, podrán encontrar el cuerpo de la mujer antes de que Roger se entere de vuestra salvación y vuelva a la cañada para esconder el cadáver. Si lo lograra, podría jurar que mentisteis por motivos egoístas. No podemos permitir que eso suceda. –Riordan se levantó del sillón y avanzó con determinación hacia la puerta de la habitación, mientras hablaba sin volverse–. No temáis por vuestra seguridad en Harcourt Hall, señora Elston. Nadie podrá haceros daño mientras estéis bajo mi protección.

Su señoría volvió junto a la cama de Felicity al cabo de unos momentos. Ocupó el butacón de antes.

–Dijisteis que habíais empezado a sospechar que Roger estaba envenenando a su padre. ¿Cómo llegasteis a tal conclusión?

–Observé que las uñas del señor Elston presentaban unas rayas extrañas, y que su piel tenía un aspecto escamoso. Pregunté a Phineas Carlisle, el boticario, si había visto esos síntomas antes, y me explicó que en una ocasión había advertido a una joven sobre los peligros de ingerir pequeñas dosis de arsénico para aclarar la piel. Más tarde, en su funeral, se fijó en que tenía las uñas rayadas y la piel escamosa.

–Es curioso, porque, cuando visité al difunto lord Randwulf en su lecho de muerte, recuerdo haberme preguntado qué tipo de enfermedad había causado que tuviera esas rayas en las uñas. Siempre había sido un caballero muy pulcro, y procuraba que le arreglaran las uñas periódicamente. Yo mismo lo había sorprendido en alguna ocasión, con motivo de alguna visita extemporánea. Sólo después, cuando cayó víctima de una extraña enfermedad, reparé en la diferencia. De hecho, la muerte de su señoría fue muy misteriosa. Los médicos fueron incapaces de definir la causa, aunque estuvo enfermo varios meses. ¿Creéis que Roger lo envenenó?

Felicity tenía la boca y la garganta secas, sin duda debido a la larguísima explicación de lo sucedido aquella noche, y le costó responder al hombre. Con un gesto de disculpa, extendió la mano hacia el vaso de agua que descansaba sobre la mesita de noche, y, para mortificación suya, se vio obligada a subir la colcha cuando el camisón dejó sus senos al descubierto. Enrojeció profusamente, y confió en que Riordan Kendrick no pensara mal de ella.

–Perdonadme, mi señor, el camisón parece demasiado grande y rebelde, no puedo mantenerlo en su sitio...

Riordan lanzó una risita, tras haber disfrutado de lo lindo con la visión de los adorables pechos de la dama. Dicha visión le confirmó que todavía estaba vivo, y ansioso de que una mujer aplacara sus deseos viriles.

–Por fuerza, señora Elston. Es mío.

–Ah, sí, ya entiendo.

–Proseguid vuestra narración, os lo ruego –la apremió, y no pudo menos que reparar en el rubor que cubría las mejillas de la joven, algo mucho más agradable que la palidez anterior–. Os pregunté si creíais que Roger había envenenado al difunto lord Randwulf.

Felicity apretó la colcha contra su barbilla y trató de reordenar sus ideas.

–Roger dijo que se había vengado del padre de lord Randwulf. Si Roger creía que el anciano se interponía entre él y Adriana, estoy convencida de que hizo cuanto estuvo en su mano por deshacerse del hombre. Parece muy aficionado al empleo del veneno, y descubrí en sus libros mayores que estaba pagando inmensas cantidades de dinero a un boticario de Londres, Thaddeus Manville, sin duda para comprar el silencio del hombre y asegurarse un suministro continuado de veneno.

–Tendré que hablar con lord Colton de este asunto –musitó en voz alta Riordan–. Roger deseaba que Adriana fuera suya, y si ha matado a otros, no me extrañaría que hubiera intentado eliminar su mayor obstáculo antes de que lord Colton regresara de la guerra..., y ése era lord Sedgwick.

–Es asombrosa la cantidad de hombres que deseaban a lady Adriana –dijo en voz baja Felicity–. Temo que fui celosa y desagradable cuando tuve la oportunidad. Ahora tengo la sensación de que mi vida ha terminado.

–Tonterías, querida mía –contestó Riordan, al tiempo que se apoderaba de su mano con ternura–. Tenéis toda la vida por delante, y si hay algo por lo que estoy dispuesto a apostar, es por la fortaleza de los descendientes de Samuel Gladstone. Me sorprende la tenacidad de vuestra madre en lo tocante a dirigir la pañería, administrar Stanover House con eficacia y tener tiempo para cuidar a su padre como si fuera un hijo.

–Mi madre es una mujer asombrosa –asintió Felicity, muy avergonzada por su anterior comportamiento–. Ojalá me pareciera más a ella.

–Todo llegará, querida mía. Sólo hace falta tener los pies en la tierra. Aunque sé que un soltero no debería hablar de estas cosas con una jovencita, el doctor Carroll me aseguró que no existen motivos para temer que no podáis tener hijos en el futuro.

Si bien aliviada por la noticia, Felicity sintió que sus mejillas ardían de nuevo por culpa de la franqueza desinhibida del hombre.

–Creo que Roger se llevó una decepción cuando me quedé encinta, pero yo deseaba el bebé.

Riordan dio un apretón afectuoso a sus dedos.

–Tendréis otros a su debido tiempo, de un marido diferente, por supuesto. Roger ha de pagar por lo que ha hecho, y lo hará con la horca.

–Roger expresó con claridad que no le importaba asesinarme. Lo oí reír como un sádico cuando empecé a imitar los gemidos agónicos de Pandora, y más tarde, justo antes de que me arrojara a la cañada, lanzó una carcajada triunfal. Si consigue sorprenderme a solas, mi vida habrá terminado.

–No osará entrar en mi propiedad, sobre todo estando yo aquí, y os prometo, señora Elston, que no os abandonaré hasta que hayan capturado a vuestro marido. Estáis bajo mi protección, y cuento con un grupo de leales sirvientes que nos mantendrán en guardia. Sospecho que Roger es un poco cobarde a la hora de plantar cara a un hombre, y si bien parece gozar maltratando mujeres, en este caso tendrá que pasar por encima de mi cadáver antes de poneros la mano encima.

–No tengo ni idea de por qué Roger odia tanto a las mujeres, si es una consecuencia de que lady Adriana lo rechazara por lord Colton, o si las raíces de su maldad son mucho más profundas. Poco después de contraer matrimonio con él, me di cuenta de la terrible equivocación que había cometido. Daba la impresión de que tenía mucho odio almacenado. Mi padre me contó que hubo una testigo de la muerte de su madre. La mujer juró que había visto a Edmund Elston a las riendas del carruaje que arrolló a la primera señora Elston. Eso ocurrió poco después de que Edmund abandonó a Roger y a su madre. Dudo que Roger sospeche que su padre la mató, pero la transeúnte que lo vio murió poco después de la misma manera. Mi padre me aconsejó que guardara silencio al respecto para impedir que yo también fuera asesinada. Da la impresión de que Roger y Edmund son más parecidos de lo que sospechan.

–Una gente encantadora –comentó con desdén Riordan–. Recordadme que no les dé la espalda.

–Edmund se halla al borde de la muerte, de modo que es inofensivo. Ojalá pudiera decir lo mismo de Roger.

–Creo que es conveniente advertir a lord Randwulf de que esté atento por si Roger aparece –dijo Riordan–. Enviaré una misiva a Randwulf Manor ahora mismo.

–Roger se jactó de que disparó a su señoría la misma noche que lord Randwulf contrajo matrimonio con lady Adriana. Haréis bien en prevenirlos enseguida.

–Así que esa sanguijuela intentó asesinar a Colton, ¿eh? –masculló Riordan–. Sabía que deseaba matar a todos los pretendientes de Adriana. –Se puso en pie y pidió excusas–. Volveré para seguir hablando de este asunto, señora Elston, pero debo seguir vuestro consejo y advertir a mis amigos.

–Sabia decisión, teniendo en cuenta la predilección de Roger por el asesinato –murmuró Felicity, lo cual le ganó una sonrisa del marqués.

Riordan entrechocó los talones e hizo una reverencia.

–Vuestras órdenes son deseos para mí, querida.

Felicity lanzó una risita.

–Creo firmemente, mi señor, que vuestra lengua es muy capaz de conquistar el corazón de muchas doncellas. En lo que a mí respecta, creo que lo mejor sería cerrar mi corazón a cal y canto.

–Sería una pena –contestó Riordan con una sonrisa burlona–, a menos que un ladrón me enseñe a abrir toda clase de cerraduras.

Se encaminó hacia la puerta con una carcajada, apoyó la mano sobre el pomo y, volviéndose un momento, le guiñó el ojo antes de salir.

La puerta se cerró a su espalda, y Felicity levantó el cubrecama para comprobar qué había enseñado al hombre. Gimió en voz alta cuando vio un pecho descubierto por completo, y trató de poner remedio al problema subiéndose el enorme camisón hasta la barbilla, pero la prenda resbaló de su hombro casi enseguida.

Riordan volvió antes de lo que esperaba, poco después de que hubo tomado la dosis de láudano que el médico había prescrito. Si bien la había acompañado con una buena cantidad de agua, el horrible sabor aún la atormentaba, y tenía los ojos nublados debido a los esfuerzos por reprimir las náuseas convulsivas.

Riordan volvió a sentarse junto a la cama y empezó a desarrollar sus nuevas teorías.

–Esta noche, lady Samantha me habló de una criada que murió de repente en Randwulf Manor después de beber el coñac del difunto amo. Tengo entendido que, cuando la señora Jennings cayó al suelo, la licorera se rompió en mil pedazos. De lo contrario, otros habrían trasegado el licor. Lord Colton la encontró muerta en su choza a la mañana siguiente, y pensó que se debía al exceso de bebida. Yo sospecho algo muy diferente. Tal vez lord Sedgwick murió de la misma manera, y el veneno no actuó con tanta rapidez en este caso porque no bebía mucho. Si Roger envenenó el contenido de la licorera antes de que lord Sedgwick muriera, eso me lleva a preguntarme si dejó el licor emponzoñado en la licorera. Puesto que no hubo más casos de gente muerta de esa forma en la mansión, es de suponer que se deshizo del coñac letal y puso una nueva dosis en la licorera después del regreso de lord Colton, pero la desgraciada señora Jennings frustró su intentona de envenenar a su rival. Después, Roger trató de matarlo de un tiro, nada menos que por la espalda. Tendré que informar a lord Colton de lo afortunado que ha sido hasta el momento, pues se ha salvado de todos los atentados de Roger.

–Me fijé en que bailabais con lady Adriana en el baile de otoño –dijo Felicity, vacilante–. Vos también os habríais convertido en un objetivo de Roger si hubierais insistido en vuestros intentos.

–Oh, y mucho lo deseaba, creedme –reconoció Riordan, al tiempo que acariciaba la delicada mano de Felicity con el pulgar–, pero Adriana estaba comprometida con lord Colton mediante un contrato que sus padres habían suscrito muchos años antes. Por más que me sintiera tentado, no podía secuestrar a la dama en plena noche y llevarla a un lugar lejano.

–Ya me di cuenta de que lady Adriana tenía un ejército de pretendientes fascinados por ella. Si bien reconozco que su belleza no tiene parangón, me pregunto si es el único motivo de que los hombres la encuentren tan atractiva. Su padre fue especialmente generoso con la dote que destinó a cada una de sus hijas, pero no me han llegado tantos rumores acerca de sus hermanas. ¿Os importaría explicar a una mujer que en su día envidió a lady Adriana por qué los hombres se prendan hasta tal punto de ella?

–¿Ya no sentís envidia? –preguntó Riordan con una sonrisa.

–Temo que, después de romper con Roger, nunca más confiaré en los hombres. –Felicity lo miró con curiosidad–. ¿Sabéis por qué os atraía tanto su señoría?

Riordan adoptó una expresión pensativa y se reclinó en su sillón.

–Lady Adriana es como una bocanada de aire fresco primaveral entre las mujeres que parecen parlotear incesantemente, lanzar risitas tontas, cuchichear, criticar o difamar, mientras despellejan a las demás. No finge ser lo que no es. Es tan sincera consigo misma como con los que buscan su compañía. Vencerá a un hombre en una carrera a caballo, y después se burlará de él sin misericordia, pero se mostrará compasiva con él en otros asuntos o con personas necesitadas. Mucha gente desesperada alaba su bondad, así como huérfanos que se han quedado sin hogar ni padres. Si cuando era pequeña cuidaba de animales extraviados, al llegar a la madurez ha volcado esa compasión en la gente...

–Basta, por favor –suplicó Felicity con una sonrisa burlona–. Apenas habéis empezado, y ya sé que jamás llegaré a parecerme ni de lejos a vuestra mujer ideal.

Riordan rió.

–Supongo que he exagerado un poco. Nadie sabe cuánto envidio a lord Colton, pero también lo admiro, y creo que se merece una mujer semejante. Es evidente que la quiere tanto como ella lo quiere a él.

–Gracias, mi señor, por comunicarme vuestros pensamientos, pero temo que en este momento el láudano prescrito por el médico está empezando a obrar su efecto en mí. De pronto, me siento muy cansada. –Los párpados le pesaban mucho–. Tal vez podremos continuar esta conversación mañana.

–Por supuesto, señora Elston...

–No me llaméis así, por favor –suplicó la joven, adormilada–. Felicity será suficiente. No tengo el menor deseo de que me vuelvan a relacionar con Roger.

–Lo comprendo muy bien, querida –murmuró Riordan, pero se preguntó si la muchacha habría oído su respuesta antes de cerrar los ojos.

La joven se zambulló en un sueño profundo, y, mientras la observaba, recordó la admiración que había sentido por ella cuando había ido a Stanover House unos meses antes.

Intrigado, pasó un dedo a través de un rizo dorado, y se quedó fascinado por la forma en que pareció enroscarse alrededor del dedo, como por voluntad propia. Sus ojos examinaron la cara amoratada, y experimentó un gran asombro al descubrir que la forma y la delicada estructura despertaban sus sentidos. La nariz respingona e insolente, las pestañas larguísimas, demasiado oscuras para una mujer de pelo rubio, las cejas castañas bien dibujadas sobre unos ojos del azul más profundo que había visto en su vida. Como había observado antes, y ahora recreaba en su imaginación, sus redondos pechos eran de color marfileño, coronados de un rosa delicado, lo bastante exquisito para apaciguar sus instintos lujuriosos.

Fue mucho más tarde cuando Riordan Kendrick se levantó del sillón y caminó hacia la puerta. La ligereza de su corazón lo tenía estupefacto. Si horas antes se le había antojado sombrío y vacío, ahora estaba alegre y henchido de esperanza. ¿Acaso los prodigios no cesaban nunca?

22

El ama de llaves de lord Harcourt entró en el cuarto de invitados donde habían acomodado a la esposa del fabricante de tejidos, y con un ademán ahuyentó al par de criadas que, después del desayuno, habían bañado y vestido a la joven.

–Tenéis visitas, señora Elston –anunció la señora Rosedale con una sonrisa plácida–. Lord y lady Randwulf han venido a ver cómo estáis, y mi amo, lord Harcourt, también ha preguntado por vuestra salud esta mañana. ¿Deseáis ver a alguien después de vuestra temible experiencia?

–Debo de tener un aspecto horrible –contestó Felicity, y se llevó una mano a la cara amoratada.

La señora Rosedale sonrió.

–Querida, si la mayoría de las jóvenes tuvieran un aspecto la mitad de hermoso que el vuestro, después de tantos padecimientos, este mundo sería estupendo.

Felicity sonrió, pero al instante se encogió debido al corte del labio. Reprimiendo su entusiasmo, contestó con cautela a la pregunta del ama de llaves.

–Será un honor recibir a visitantes tan ilustres.

La joven a la que Felicity había imaginado detestar en otro tiempo entró en la habitación con una sonrisa y un enorme ramo de flores. Su apuesto marido le pisaba los talones. Lord Riordan entró detrás de ellos con parsimonia y se detuvo al pie de la enorme cama gótica, mientras la pareja se acercaba a la convaleciente.

–Vuestro aspecto es excelente, teniendo en cuenta los padecimientos sufridos, señorita Felicity –dijo Adriana–. Ya me gustaría estar así en circunstancias similares.

–Gracias, mi señora. Sois muy amable al visitarme después de mi detestable comportamiento con vos. Os ruego que perdonéis mi estupidez.

–Todo está perdonado, señorita Felicity –dijo Adriana, y apretó la mano de la joven. Después rió y señaló el ramo que cargaba–. Las hemos robado del jardín de mamá Philana. ¿A que son preciosas?

–Oh, sí, son muy bonitas –repuso Felicity, agradecida de estar viva y poder ver un ramo de flores tan magnífico.

Adriana las entregó al ama de llaves.

–Estoy segura de que vos las dispondréis mucho mejor que yo, señora Rosedale. ¿Seréis tan amable? Mis hermanas siempre me echaban en cara mi ignorancia en temas propios de damas. –Lanzó una risita y alzó su elegante barbilla–. Sí, pero me he vengado con frecuencia cuando han intentado permanecer sentadas en una silla de montar mientras cabalgaban por colinas y valles.

Los ojos de Felicity descendieron hacia el abdomen abultado de Adriana, y sus ojos se humedecieron.

–Tranquila –la calmó Adriana, al tiempo que acariciaba el brazo de Felicity. Riordan se lo había contado todo, para ahorrar a la rubia la dificultad de relatar sus padecimientos–. Tendréis otro bebé de un marido que os tratará como a una reina, no olvidéis mis palabras.

–¿Dónde está Roger? –preguntó Felicity, y escudriñó los rostros de los tres visitantes–. ¿Han podido encontrarlo las autoridades?

–Aún no, señorita Felicity –dijo Colton, con una mano apoyada sobre la espalda de su esposa–. Imagino que Roger se encaminó a algún lugar ignoto cuando recibió la noticia de que os habían encontrado con vida. Tendrá miedo de aparecer por estos pagos.

–Sin embargo, no me sentiré a salvo hasta que lo detengan.

Riordan llevó dos sillas más para Colton y él, en tanto Adriana se acomodaba en el sillón de orejas que el marqués había ocupado la noche anterior. Sonrió a Felicity.

–He contado a los Wyndham todo lo que hablamos anoche, y vuestras teorías acerca de la muerte del anterior lord Randwulf. ¿Habéis podido recordar algo más que pueda serles de ayuda?

–Temo que no –murmuró con tristeza Felicity–. Si hubiera descubierto antes las andanzas de Roger, tal vez habría podido salvar a la señorita Mayes, pero desconocía sus atentados contra los Wyndham hasta que confesó su venganza. Por lo que yo sé, no conocía a la señorita Mayes hasta que ésta entró en la tienda de la pañería. –Felicity se volvió hacia Colton–. ¿Era amiga vuestra? Dijo que os conocía.

–Conocí a la señorita Mayes hace unos años –explicó el marqués–. Fuimos amigos hasta hace unos meses, cuando me indujo a creer que había dado a luz a una hija mía. –Apretó con ternura la mano de su esposa–. Desde entonces, hemos reunido pruebas de que esa niña es en realidad la hija de mi prima, que murió cuando su carruaje volcó. La niña fue secuestrada poco después de nacer, para presentármela luego como si fuera mía. Aún estamos buscando a la mujer que robó la niña y la entregó más tarde a Pandora. La verdad, dudo que alguna de las dos mujeres conociera nuestra relación con la niña, y considero milagroso que Genevieve haya vuelto a su hogar, puesto que no tiene más parientes carnales que mi madre, mi hermana, tío Alistair y yo.

Felicity se asombró de la sinceridad de lord Colton sobre su relación con Pandora.

–No diré ni una palabra de esto a nadie, mi señor. Puede que hace un tiempo me comportara con imprudencia, pero me vi obligada a madurar en circunstancias difíciles mientras viví con Roger. Ahora me arrepiento de haberme apegado a mi padre. Tendría que haber seguido los consejos de mi madre en lugar de los suyos. Me sentiría honrada si lady Adriana y vos perdonarais mis pasadas ofensas y me considerarais una amiga leal.

Colton apretó la mano de la joven.

–Sería un placer para nosotros consideraros amiga nuestra, señorita Felicity. Aunque hemos de irnos pronto a nuestra casa de Londres, puesto que el Parlamento ha iniciado las sesiones, vuestras visitas serán bienvenidas. A medida que se acerque el momento del parto, saldremos menos, y disfrutaríamos de vuestra compañía si quisierais recorrer esa distancia. Volveremos aquí a mediados de agosto, y entonces seremos vecinos de nuevo.

–¿Albergáis alguna preferencia sobre el sexo de vuestro hijo? –preguntó Felicity, vacilante–. Yo quería una niña...

No pudo continuar, y, al momento siguiente, la mano de Adriana sustituyó la de Colton.

–Sería bonito que un niño continuara la dinastía Wyndham –repuso Adriana–. Después, nos dará igual que nazcan niños o niñas. Creo que a los dos nos gustaría tener una familia numerosa. Teniendo en cuenta la escasez de Wyndhams, necesitamos un buen puñado.

Colton sonrió.

–Después de todos los animales que mi hermana y mi esposa salvaron cuando eran pequeñas, estoy seguro de que serán unas madres maravillosas. Ya he visto pruebas de eso con Genie. Quiere a mi esposa como si fuera su madre.

Alguien llamó con los nudillos a la puerta del cuarto, y, en cuanto Riordan dio permiso, la señora Rosedale entró. Todos los ojos se volvieron hacia ella cuando avanzó hacia la cama, con el enorme ramo de flores en un jarrón elegante.

–¿Habéis visto qué flores más bonitas? –comentó animadamente la anciana–. Me dan ganas de haberme dedicado a la jardinería.

–Me alegro de que no sea así, señora Rosedale, de lo contrario me habría quedado sin la mejor ama de llaves de estos pagos –bromeó Riordan con una sonrisa.

–No perdáis vuestro tiempo halagándome, apuesto bribón –replicó la mujer con una carcajada contagiosa–. Soy demasiado vieja para zalamerías. Será mejor que dediquéis vuestras atenciones a la señorita Felicity o a la señora, en lugar de intentar arrancarme una sonrisa.

Riordan sonrió a la hermosa convaleciente, cuyo pelo ensortijado estaba desparramado sobre la almohada.

–Bien, puesto que la señora ya está casada, creo que tendré que dedicarme a la señorita Felicity, pues adivino que estará disponible en un futuro no muy lejano.

Colton sonrió con ironía.

–Asegúrate de que tus licoreras estén bien cerradas, al menos hasta que Roger vaya a parar a la cárcel. Nunca se sabe.

El trato con Alice Cobble no fue tan difícil cuando se enfrentó a una acusación de asesinato. Su aspecto era casi humilde y contrito, sentada en presencia de su antiguo patrón, mientras los guardias vigilaban de cerca para impedir que la prisionera intentara escapar, aunque existían pocas posibilidades de eso. Lo confesó todo, pero negó haber asesinado a la dama que había dado a luz a la niña.

–Estaba cruzando el puente, cuando vi el carruaje que venía por la carretera y hombres a caballo que lo perseguían. Casi me rompí la crisma cuando salté del puente a tiempo de salvarme de aquellos sinvergüenzas. En ese momento los caballos se soltaron y el carruaje volcó. Me escondí tras unos árboles cercanos al puente y vi que los soldados bajaban a registrar el carruaje. Bien, en cuanto se largaron decidí echar un vistazo, a ver si podía afanar algo. Yo iba con un crío muerto en la bolsa, sin saber dónde iba a encontrar otro para la señorita Pandora y así conseguir un poco de dinero. Bien, tuve buena suerte, por una vez. Eché un vistazo al coche y vi a la dama haciendo esfuerzos, como si fuera a dar a luz al crío de inmediato, de modo que la ayudé para luego darle el cambiazo. Bien, pensé que no necesitaría preocuparme por la dama después, ya que estaba por morir. Murió nada más parir, cogí a su hijo y dejé el mío en su lugar. Para entonces, ya había pintado la marca en el culo, tal como me había dicho el hermano de la señorita Pandora. Me dijeron que se la pintara cada tanto durante los meses siguientes, utilizando los dibujos que su hermano me había dejado, para que crecieran con el crío y la señorita Pandora os pudiera desplumar, una vez que volviera con su rico amigo. Oí algunos rumores acerca de que el tipo la había plantado por una más joven, y ahora me dicen que la señorita Pandora ha sido asesinada por un fabricante de tejidos pervertido.

Colton miró a la mujerona.

–¿Sabes quién era el sacerdote que estaba presente la noche de la supuesta muerte de Pandora?

–Sí, claro. Habíamos ensayado todo como si fuera una obra de teatro. El hermano de la señorita Pandora interpretó el papel del reverendo Goodfellow. Jocks era muy bueno, no tenía ni la mitad de la edad que aparentaba. Claro, de la manera que lo maquilló la señorita Pandora, nadie habría podido adivinar su verdadera edad.

–¿Falsificaron el certificado de matrimonio?

–Sí, Jocks era un experto en eso. Yo misma lo vi hacerlo. Mientras estaba en ello, la señorita Pandora se jactaba de lo que Jocks había hecho en el pasado. Se creía un tipo muy listo, pero también dijeron que casi lo colgasteis cuando lo sorprendisteis vendiendo armas inglesas a los franceses.

Colton se reclinó en la silla. Recordaba muy bien el incidente. Sólo uno de los ladrones había logrado escapar, y gracias a que una prostituta había animado a los soldados ingleses a contemplar su danza provocadora, en lugar de vigilar al prisionero. Aunque los hombres se la habían descrito en su momento, Colton consideró ahora la posibilidad de que hubieran sido hechizados por la mismísima Pandora Mayes.

–¿Por qué no buscó Pandora un párroco auténtico que nos casara? –Colton también se había planteado esa posibilidad mucho tiempo antes de que hubiera oído cosas que demostraran su teoría–. Eso hubiera sido lo más sencillo, y Pandora habría contado con una prueba real de nuestro matrimonio.

Alice Cobble chasqueó la lengua.

–Creéis que erais el único tipo con el que fingió casarse, ¿eh? Engañó a varios señorones para amenazarlos con arruinar su vida si no le daban lo que pedía, y algunos mordieron el anzuelo con licencias auténticas y todo. Según me contaron, era guapísima hará unos ocho o diez años, y algunos aristócratas comían de su mano. Después se casó con un tipo listo, un magistrado muy celoso. Empezó a investigar su pasado, y descubrió que no era el único casado con ella. Bien, amenazó con cortarla en pedazos y echarla a los peces, de modo que ella se las piró. Después de eso, Pandora evitó trabajar con párrocos que pudieran archivar documentos en sitios donde el magistrado pudiera encontrarlos.

–¿No sabía este magistrado que ella trabajaba en el teatro?

–Sí, al menos mientras estuvieron juntos. –Alice chasqueó la lengua–. Cuando el tipo listo se puso pesado, Pandora pidió a Jocks y a una amiga que vigilaran al tipo, y cuando lo veían venir, Pandora pagaba a su amiga para que fingiera ser ella.

–¿Cómo sabes todo esto?

Alice lanzó una carcajada y se indicó la sien con un mugriento dedo.

–Porque soy lista y tengo oídos. Es mi especialidad, escuchar a la gente, como cuando me enteré de que vuestra madre y vos queríais sustituirme por otra ama de leche. Cuando limpiaba en el teatro, me gustaba escuchar a Pandora y sus amantes. No os acordáis, porque siempre estabais luchando en la guerra. Pandora y Jocks hablaban muchas noches, cuando creían que no había nadie cerca. Eran muy íntimos, por decirlo de alguna manera.

Colton enarcó una ceja, a modo de pregunta silenciosa.

Alice rió de su expresión sorprendida.

–Como dos tortolitos.

Colton meneó la cabeza, y se preguntó cómo demonios había llegado a liarse con semejante mujer. Durante demasiado tiempo se había considerado a salvo porque Pandora afirmaba ser estéril; pero, como el resto de los idiotas a los que había embaucado, no se había dado cuenta de lo buena actriz que era. Con toda probabilidad, era un milagro que no hubiera pillado una enfermedad crónica y vergonzosa.

–¿Qué fue de Jocks?

–Lo último que sé de él es que lo mataron en una pelea a cuchillo, poco después de que Pandora fue a Bradford.

Colton, abrumado por el deseo de correr a casa con su esposa casi desde el momento en que había partido, se excusó un momento y fue a hablar de las acusaciones contra la mujer con uno de los oficiales a cargo.

–Estoy convencido de que la bruja está diciendo la verdad. Teniendo en cuenta que el marido de mi prima y el cochero resultaron muertos cuando el tiro se soltó del carruaje y volcó, no existen motivos para creer que mi prima hubiera sobrevivido a la colisión sin sufrir también heridas fatales. Si Alice no hubiera aparecido y ayudado a la dama a dar a luz, es muy probable que su hija también hubiera muerto. Por consiguiente, si no tenéis más cargos contra la mujer aparte de los que he presentado contra ella, en mi opinión podéis ponerla en libertad. Si necesitáis interrogarla más a fondo, estoy seguro de que la encontraréis en el teatro donde trabajaba.

Colton volvió a la sala de interrogatorios y dejó caer una bolsa sobre la mesa, delante de la mujer.

–Ésta es la recompensa por salvar a Genie, pero si alguna vez te veo cerca de Randwulf Manor, Bradford-on-Avon o mi casa de Londres, ordenaré que te detengan por molestarme. ¿Me has entendido?

–Sí, jefe –le aseguró Alice, convencida de que hablaba en serio–. Os doy las gracias por las monedas, y ya podéis apostar a que me mantendrán alejada de vos. No tengo por qué abandonar el teatro y dejarme caer por donde vivís, o por ese pueblacho que llamáis Bradford.

–Bien. Entonces, nos hemos comprendido.

Adriana se despertó sobresaltada de su siesta de mediodía, y se sentó con una mano apoyada sobre su corazón desbocado, mientras sus ojos inspeccionaban la espaciosa habitación que compartía con su marido. Nada parecía diferente, todo daba la impresión de seguir en su sitio. Pero algo la había arrancado del sueño. Si había sido una pesadilla o un ruido lejano, lo ignoraba, pero la impresión grabada en su mente era la de un sonido similar al gemido de un animal que acaba de perder a su compañero de toda la vida.

–¿Leo? ¿Aris? ¿Estáis ahí?

No se oyó ningún ladrido de respuesta. De hecho, la casa parecía extrañamente silenciosa. Colton había ido a Londres el día anterior para hablar con Alice. Como no albergaba el menor deseo de participar en aquella conversación, ni de aguantar el largo viaje en un carruaje traqueteante, cuando su bebé parecía muy inquieto y no paraba de moverse en el útero, Adriana había rogado que la excusara, pese a que su marido se había manifestado contrario a la idea de abandonarla. Mientras Roger continuara suelto para provocar desastres, era peligroso que se quedara sola. Aunque ella le había recordado con una sonrisa que había muchísimos criados en la casa, él insistió en que su seguridad era de vital importancia para él. Estaba cansada, confesó Adriana cuando él siguió insistiendo, y tal vez se pasaría el día durmiendo, lo cual era su intención. Si quería quedarse en casa y verla dormir, era problema suyo. Pero había que solucionar el asunto de Alice, y Colton lo haría con más eficacia sin que ella lo retrasara con sus frecuentes idas al excusado. El marqués había accedido a regañadientes, pero había dado órdenes expresas a Harrison de que todo el mundo debía vigilar a la joven ama y, en caso necesario, protegerla con sus vidas. Maud le había asegurado que no se apartaría de ella.

Samantha estaba a punto de dar a luz, y, poco después de partir Colton hacia Londres, Philana se había marchado en dirección contraria hacia la residencia rural de los Burke, donde pensaba quedarse hasta que naciera su nieto. Samantha le había rogado que fuera a pasar una temporada con ellos.

Adriana saltó de la enorme cama jacobina, se puso una bata sobre la camisa y echó hacia atrás su largo pelo, que cayó sobre su espalda como una cascada. Salió de los aposentos principales y se dirigió a la escalera, ansiosa por calmar el súbito nerviosismo que se había apoderado de ella y confirmar que todo iba bien en la mansión. No tenía ni idea de cuándo regresaría Colton. Sólo le había dicho que estaría de vuelta lo antes posible, en cuanto hubiera concluido su asunto con Alice. Sabiendo lo difícil que podía ser la mujer, Adriana no albergaba ninguna esperanza de que Colton volviera pronto, ni de que estuviera de buen humor después de interrogar a la mujerona.

Los pies de Adriana repiquetearon sobre la escalera mientras bajaba. Cuando pisó el suelo de mármol del gran salón, paseó la vista a su alrededor con aprensión. No vio ni oyó nada. En realidad, tendría que haber oído algún sonido procedente de los criados dedicados a sus tareas, o el ruido de pies al correr de un lado a otro. En cambio, la casa se hallaba silenciosa como una tumba.

–Harrison, ¿dónde estás?

No obtuvo respuesta, lo cual aumentó sus temores. Harrison estaba dedicado por entero a la familia. De haber podido, habría respondido a su llamada.

Abandonando toda precaución, Adriana atravesó la arcada que conducía al vestíbulo y abrió la puerta principal. Dejó atrás el pórtico e inspeccionó los alrededores. No vio a nadie, ni siquiera a los jardineros.

Cada vez más confusa, volvió al interior y echó un breve vistazo a un extremo de la sala de estar, antes de entrar de nuevo en el gran salón. Allí, describió un lento círculo, mientras escudriñaba los corredores y los rincones que había al otro lado de las arcadas de piedra que rodeaban el salón central en ambos niveles. No vio el menor rastro de ningún criado, ni siquiera de Harrison.

Con renovada determinación, decidió que debía ser más metódica en su búsqueda, y para ello volvió a la sala de estar, pero esta vez entró en lugar de echar un simple vistazo. Apenas había dejado atrás el alto sillón de orejas situado cerca de la entrada, se detuvo con una exclamación ahogada al ver la forma inerte de Harrison frente a la enorme chimenea. Un delgado reguero de sangre manaba de su sien. El corazón de Adriana se estremeció de miedo.

Cruzó a toda prisa la sala, con la falda revoloteando como alas gigantescas, se arrodilló al lado del mayordomo y buscó algún signo de vida. Muy aliviada por el firme pulso que localizó bajo la manga de su camisa, quiso asegurarse de que no lo habían agredido, sino que se había dado un golpe en la cabeza después de tropezar. Teniendo en cuenta su avanzada edad, siempre existía la posibilidad. Sin embargo, después de estirar las delgadas piernas del anciano y colocarle una almohada bajo la cabeza, distinguió un pequeño busto de mármol manchado de sangre, caído en el suelo cerca de la esquina del hogar. Su aprensión aumentó, porque ese busto siempre descansaba sobre una mesita cercana a la entrada de la sala.

Adriana dejó al hombre y corrió a la cocina en busca de un cuenco con agua y un paño con el que limpiarle la herida, pero paró en seco en cuanto entró, pues no había nadie en la estancia. Aun así, había agua hirviendo en varias ollas, y los huevos batidos en un cuenco grande habían empezado a perder consistencia.

–Cocinera, ¿dónde estás?

El persistente silencio convirtió su miedo en un frío y duro nudo en la garganta.

De repente, Adriana cayó en la cuenta de que el corazón estaba martilleando contra su pecho. Una cocina abandonada en Randwulf Manor era algo anormal. De hecho, teniendo en cuenta la firmeza con que la cocinera llevaba las riendas de sus dominios, la cena tendría que estar preparándose.

Adriana vio una jarra de agua, se apoderó de ella, cogió un paño y una pequeña jofaina, y salió corriendo. Pese a lo largo que llevaba el pelo, estaba segura de que se le había erizado.

Al entrar en la sala de estar, dejó a un lado los objetos de que se había provisto y alejó el sillón de orejas de la entrada, para así poder ver sin obstáculos el corredor y el gran salón. No estaba dispuesta a que un intruso la sorprendiera desprevenida, como le había pasado a Harrison.

Recogió los enseres, se arrodilló junto al mayordomo y empezó a mojar la sangre de su sien y mejilla, sin dejar de vigilar la aparición del intruso, que podía estar en cualquier parte de la casa. Sólo se le ocurrió pensar en Roger y en la gente a la que había envenenado. Había conseguido burlar a los perros y entrar a hurtadillas en la casa. Por más que la idea la aterrorizaba, parecía la única explicación lógica de la desaparición de los criados y la inconsciencia de Harrison.

Pese a las veces que miró hacia la entrada de la sala de estar, no vio a nadie. Cada vez más atemorizada, resolvió registrar la casa de un extremo a otro en busca de ayuda. ¡Tenía que haber algún amigo en la casa! ¡Por fuerza!

–¡Aris! ¡Leo! ¿Dónde estáis? ¡Venid aquí, chicos! –llamó, ansiosa por oír el repiqueteo de las uñas contra el suelo de mármol–. Oh, por favor, venid...

Entonces, le vino una idea a la cabeza. ¡Tal vez Roger había envenenado a los animales! Siempre les había tenido miedo. ¿Qué mejor manera de acabar con ellos que envenenarlos? Pero ¿cómo? Les tenía demasiado miedo para acercarse. Y, aunque lo hiciera, nunca aceptarían nada de su mano.

El aterrador pensamiento la envió corriendo por el pasillo hacia la galería donde los animales solían tomar el sol. Al llegar a las arcadas que separaban la estancia del pasillo, asomó la cabeza. Aunque menos brillantes que en invierno, las extrañas configuraciones de luces de colores bañaban el salón, de forma que era difícil diferenciar lo real de lo imaginario. Alzó una mano para protegerse la cara del resplandor y entró, sin saber qué iba a encontrar.

–¡Aris! ¡Leo! ¿Estáis ahí?

–Pues sí, querida –contestó una voz conocida, y Adriana lanzó una exclamación ahogada. Miró a su alrededor, en busca del demonio que había entrado en su casa.

–¡Roger! ¿Qué estás haciendo aquí? –preguntó, y un escalofrío le recorrió la espina dorsal cuando lo vio sentado como un rey en un sillón de orejas.

Su expresión era altiva, engreída y divertida. Era evidente que estaba muy satisfecho de sí mismo.

Adriana se preguntó cómo era posible que no hubiera reparado en su presencia mientras buscaba a los criados, si bien sabía que el sol creaba extraños efectos de luz que engañaban al ojo. Estaba convencida de que Roger no se había movido del sitio en que se hallaba sentado, divertido sin duda mientras la veía ir de un lado a otro.

–He venido a presentarte mis respetos, querida mía –dijo, en apariencia muy sereno. Arqueó una ceja al tiempo que bajaba los ojos hacia el protuberante vientre de la joven. Después, elevó el labio superior en una mueca desdeñosa–. Veo que tu esposo ha holgado contigo, querida, pero puedo prometerte que, cuando haya terminado lo que he venido a hacer, esa pequeña parte de él también habrá muerto.

Adriana se llevó una mano temblorosa al vientre y retrocedió, con el corazón encogido de miedo. Una vez más paseó la vista en torno suyo, mientras se preguntaba por qué no había oído a los perros, y lanzó un grito de horror cuando los descubrió tendidos en el suelo, detrás de Roger. La lengua les colgaba de una forma anormal de la boca.

–¡Los has matado! –gritó, con los ojos llenos de lágrimas–. ¡Repugnante y apestoso hijo de bastardo!

En aquel momento, fue lo peor que se le ocurrió; pero, en cuanto salió de su boca, Adriana se dio cuenta de que no sonaba del mismo modo que Shakespeare lo había expresado en *El rey Lear.* No obstante, el error servía a sus propósitos, teniendo en cuenta que mentaba al padre antes que a la madre.

–Eso espero. Y, como puedes ver –Roger señaló los animales con un vago ademán–, también lo parece, pese a que me fui de la pañería con ciertas prisas, tras enterarme de que mi esposa seguía con vida. Me pregunté si había cogido el frasco correcto del armarito de tesoros que Thaddeus Manville me viene proporcionando, porque, con las prisas, parte del contenido se derramó, borró la tinta y no pude leer la inscripción. De todos modos, aunque hubiera confundido el láudano con el veneno, los animales ya no pueden ayudarte.

–Aris y Leo nunca habrían aceptado nada de tu mano –afirmó la joven–. ¿Cómo te las arreglaste?

El pañero rió divertido, como orgulloso de su astucia.

–Registré los alrededores de la mansión en busca de la última presa de los perros, sabiendo que volverían a buscarla. Derramé veneno por encima y esperé. Volvieron a la casa nada más devorar los despojos y Harrison los dejó entrar, como de costumbre. Si los perros no han muerto ya, estoy seguro de que les falta poco. No cometo demasiados errores.

–¿Cómo entraste?

–Me colé detrás de una ayudante de cocina cuando fue a coger verduras al cobertizo de las hortalizas. En cuanto llegamos a la cocina, la retuve como rehén con una pistola apoyada contra su sien, y amenacé con dispararle a ella o al primero que se moviera. Ahora están todos encerrados en el cobertizo, junto con los jardineros y las hortalizas.

–¿Y el resto de los criados?

–Ah, obligué a la criadita a convocarlos en la planta baja. No quería, pobrecilla, pero el cañón de la pistola apoyado en su mejilla la convenció de que era mejor cooperar. A excepción del pobre Harrison, todos los demás criados están en el cobertizo, incluida tu criada, que recibió un fuerte golpe en la cabeza cuando intentó atacarme. Se desplomó como un saco.

–¿Y Harrison? ¿Qué le hiciste?

–Bien, pensé que podría deslizarme a hurtadillas detrás de él, pero para ser tan viejo tiene un oído asombroso. Cuando me vio, corrió a buscar el atizador de la chimenea, pero le arrojé una estatuilla que lo alcanzó en la cabeza. ¿Está vivo?

–Por poco.

–Lástima. Pensé que lo había matado.

–Eres malvado, Roger. Muy malvado. Cuando pienso que asesinaste a lord Randwulf por mi causa... –Intentó buscar una manera de hacerle comprender los remordimientos y agonías que había padecido después de saber que había envenenado al marqués. Lo miró con frialdad–. Sólo ruego a Dios que me perdone por haberte permitido seguirme hasta aquí. Tendría que haberte prohibido el acceso antes de que se te ocurriera asesinar a lord Randwulf. ¿Cómo pudiste hacer algo tan horrible a ese excelente caballero? Él nunca te hizo daño.

–Ah, ¿no? –replicó Roger, cada vez más enfurecido–. ¡Intentó separarnos! ¡No podía soportar la idea de que te casaras con alguien que no fuera su precioso hijo! Bien, ¡ese motivo fue suficiente para mí!

–Como ya habrás descubierto, Roger, su muerte no te sirvió de nada –indicó la joven con acidez–. Yo nunca me habría casado contigo. No eras más que un simple conocido, y muy poco recomendable. Eras desagradable y de muy mal genio, grosero con cualquiera que pareciera interesado en mí, aunque la mayoría eran amigos de toda la vida. De hecho, tenías envidia de gente con la que nunca habría pensado en casarme.

–¡Los odiaba a todos, en especial a lord Sedgwick y a ese con el que te casaste, lord Colton! –El labio superior de Roger se elevó en una mueca de desdén–. Lo odio más que a nadie. También intenté envenenarlo, pero por lo que me han dicho, la Jennings se zampó el coñac que yo había envenenado la tarde que regresó aquí.

Adriana miró de arriba abajo al pañero.

–Da la impresión de que utilizabas cualquier excusa barata para matar a los que considerabas enemigos, Roger, incluso a Pandora Mayes, a quien retuviste prisionera para satisfacer tus bajos instintos. Aunque me compadecí de ti por lo que habías sufrido de pequeño, ya no es el caso. No mereces la compasión de nadie. De hecho, eres un cobarde despreciable. Tu sola presencia en la casa del generoso caballero al que asesinaste me repugna hasta extremos inconcebibles. –Su rostro expresaba a las claras el asco que sentía por él–. El mundo estaría mejor si hubieras muerto junto con tu madre cuando tu padre la arrolló con el carruaje. ¡Tú y tu padre sois iguales, unos asesinos viles, depravados y perversos!

–¿De qué estás hablando? –dijo airado el joven, al tiempo que se ponía en pie como impulsado por un resorte.

Adriana no retrocedió ni un milímetro y alzó la barbilla, desafiándolo a que la abofeteara.

–Es evidente que nunca te has enterado de los espantosos pecados de tu padre.

–¿Quién te ha dicho que mi padre atropelló a mi madre? –le gritó en la cara.

–Haz el favor de bajar la voz, Roger. Mi oído es perfecto.

–¡Dímelo!

Adriana se encogió de hombros y obedeció.

–Hubo una testigo del incidente, Roger. Por desgracia, esa testigo corrió la misma suerte que tu madre. Por lo visto, el cochero del carruaje que arrolló a ambas mujeres no era otro que tu padre. De hecho, es probable que se casara y asesinara a su segunda esposa con el único propósito de apoderarse de la fábrica y su riqueza.

Roger retrocedió tambaleante y se llevó una mano a la frente, mientras intentaba rememorar el incidente que había costado la vida a su madre. Recordaba haber saltado a un lado justo cuando el vehículo se precipitó sobre ellos. De no haberlo hecho, también habría muerto.

–¿Estás completamente segura de esto?

–¿Cómo podría estarlo? No estuve presente, pero tú sí, ¿verdad? ¿Qué viste?

Roger cerró los puños y los movió de un lado a otro como si estuviera luchando con un demonio..., o con sus recuerdos. Un rugido gutural escapó de sus labios, y aumentó de volumen e intensidad cuando alzó los puños al aire y los agitó con violencia, como clamando a los cielos por su turbulento pasado.

–No te servirá de nada agitar los puños contra Dios, Roger –dijo la joven con sarcasmo–. Tal vez deberías dirigir tu furia en dirección contraria, porque me atrevería a decir que en un futuro no muy lejano estarás en el infierno, retorciéndote de dolor mientras el fuego del demonio te chamusca el pellejo.

–¿Qué demonio? –rezongó Roger, mientras le dedicaba una sonrisa burlona–. No creerás en esos viejos cuentos de brujas, ¿verdad?

Adriana sonrió con placidez.

–Cuando te miro a los ojos, Roger, veo pruebas fehacientes de que el diablo existe, porque en este mismo momento puedo ver que ha logrado convertirte en un demonio.

El pañero avanzó hacia ella con aire amenazador, pero Adriana no se movió. Roger levantó un brazo para abofetearla, pero ella alzó la mejilla con todo el orgullo que fue capaz de reunir, esperando que no advirtiera sus temblores.

–Parece que te gusta maltratar a las mujeres, Roger –lo retó, pese al intenso fuego que ardía en aquellos ojos verdes–. ¿Por qué? ¿No querías a tu madre? Por lo poco que me has contado de tu pasado, sólo puedo creer que sí, de modo que ¿a qué viene ese odio contra las mujeres?

–Tú no sabes lo que he sufrido debido a sus crueles estratagemas –dijo el joven con un resoplido, y bajó el brazo como si la idea de golpearla hasta dejarla sin sentido no le conviniera en aquel momento–. Si lo supieras, te apiadarías de mí en lugar de ofrecer tu compasión a las que, según tú, he maltratado.

–Pues cuéntamelo, y tal vez seré capaz de sentir más compasión por ti.

–¿Quién quiere tu compasión? –replicó Roger–. Quería tu amor, y te negaste a dármelo. No necesito tu piedad.

–Todo el mundo necesita un poco de piedad de vez en cuando, Roger –razonó Adriana–. Si fuéramos infalibles, no necesitaríamos nada ni a nadie, y todos sabemos que eso es imposible.

–No me habría ido nada mal un poco más de bondad en el orfanato, pero no tuve. Me mataron de hambre, me azotaron y me colgaron de las muñecas hasta casi descoyuntarme los brazos, pero ¿obtuve clemencia cuando supliqué y sollocé? ¡Ja! La señorita Tittle me azotó con una vara hasta dejarme la espalda ensangrentada. Ese día juré vengarme de esa zorra y de sus acólitas, y lo conseguí. Si existe el infierno, ahora se estarán retorciendo en él.

Adriana se estremeció, y se preguntó si su maldad tenía límites.

–¿Mataste a las mujeres del orfelinato?

Roger frunció el ceño y sonrió, al tiempo que meneaba la cabeza.

–Todas a la vez no, pero fue allí donde aprendí las ventajas del veneno..., veneno para ratas, en concreto..., arsénico, si te gusta más. Hice creer a todo el mundo que había una epidemia, aunque sólo sucediera en la casa donde me habían encarcelado. Allí maté a cinco, y nadie se enteró de lo que les había hecho. Nadie pensó en mirar los suministros de veneno para ratas. Había montones de roedores correteando por todas partes, y más de una vez los huérfanos tenían que comer sus deyecciones, junto con lo que preparaban en la cocina con los alimentos que aquella plaga se había dedicado a mordisquear.

Adriana se llevó una mano a la boca, con ganas de vomitar. El pañero sonrió cuando la vio palidecer.

–Si crees que exagero, querida, deberías ir a visitar algún orfanato de Londres. Estoy seguro de que comprobarías lo que digo.

El sonido de un carruaje que frenaba ante la puerta provocó que Roger diera media vuelta, alarmado. Adriana aprovechó la oportunidad, temiendo lo que sucedería si no advertía a los recién llegados de los peligros que acechaban.

El pañero era rápido, pero ya de pequeña Adriana había jugado lo suficiente al corre que te pillo con Samantha y otras niñas para saber esquivar una mano extendida. Roger falló el primer intento de aferrarla y, cuando se lanzó tras ella de nuevo, la joven dio media vuelta con tal rapidez que el pañero perdió el equilibrio y sus manos sólo atraparon el aire. Trató de recuperar el equilibrio, mientras Adriana corría hacia la entrada, chillando a pleno pulmón en un esfuerzo por advertir a quienes estaban a punto de entrar.

Colton no había podido esperar a que el coche se detuviera. Había abierto la puerta y corrido hacia la escalinata del frente, y había subido los peldaños de tres en tres, en un frenético intento de aplacar el miedo que lo había embargado desde Londres. Abrió la puerta y entró, y descubrió a Adriana corriendo hacia él, con el pañero pisándole los talones. Colton se precipitó hacia su mujer, la abrazó y la apartó a un lado, justo cuando Roger saltaba para atraparla. El pañero sólo pudo apoderarse de su zapatilla, que resbaló de su pie cuando el hombre cayó al suelo.

Colton empujó a Adriana hacia la entrada y se volvió hacia su perseguidor, pero Roger extrajo una pistola de su chaqueta y la apuntó a la cara del coronel retirado.

–Muévete y te haré un agujero en la cabeza –advirtió el joven con una sonrisa sarcástica.

Colton no tuvo otro remedio que alzar los brazos. Aun así, protegió con el cuerpo a su esposa, aunque ella intentó con desesperación ponerse delante de él.

–Quédate donde estás, Adriana –ordenó–. ¡De lo contrario, tendré que atacarlo!

Roger se levantó con cautela del suelo y sonrió con sorna.

–Por más que os esforcéis en intentar salvaros mutuamente, no os servirá de nada. Antes de que me vaya, los dos estaréis muertos, y esta vez seré yo quien ría el último.

–¿Por qué has de matar a Adriana? –preguntó Colton–. Nunca te ha hecho daño.

Roger se encogió de hombros, como divertido por la pregunta del hombre.

–Temo que tu esposa ha de pagar por haber elegido mal. Te prefirió a ti antes que a mí, y ambos moriréis, junto con el niño. De hecho, se podría decir que me he vengado de esta dinastía de varias maneras. Primero, lord Sedgwick. –Rió, y Colton entornó los ojos de manera ominosa–. Después, los perros... –Vio que el hombre miraba sorprendido a su esposa, y que ésta asentía con tristeza–, y, por supuesto, lo que me proporcionará más placer será acabar con vos, milord. Será una auténtica alegría, que me regocijará durante muchos años. Un héroe condecorado que luchó a las órdenes de Wellington. Vencido por un simple pañero. Qué pena, se lamentarán. Después, por fin, mi hermosa Adriana, a quien lamentaré mucho perder, pero no tiene remedio. Si le permito vivir, hablará a alguien de mis hazañas, y no puedo dejar que eso ocurra. He de protegerme.

Un sonido muy familiar para Colton y Adriana los impelió a mirar ansiosos detrás del pañero. La sonrisa que apareció en los labios del marqués heló la sangre en las venas a Roger, porque él también había creído oír el repiquetear de unas uñas contra el suelo de mármol.

Se volvió un poco para mirar, y se quedó sin aliento al punto cuando vio la solitaria figura que había aparecido en la entrada arqueada que separaba el gran salón del vestíbulo. Era Leo, el perro más grande, con el vello erizado, la cabeza gacha y los colmillos al descubierto. El ronco gruñido que surgió de la garganta del can bastó para que Roger buscara frenéticamente un lugar donde protegerse. Quiso correr hacia la puerta de la sala de estar, pero sus suelas metálicas resbalaron en el suelo de mármol. Aun así, cuando Colton intentó atacarlo, Roger le apuntó con la pistola al pecho. Cuando consiguió recuperar el equilibrio, se precipitó hacia la entrada de la sala de estar.

Leo avanzó con parsimonia hacia su presa. Roger gimoteó de terror al entrever la posibilidad muy real de su fin inminente. Esta vez, ni Adriana ni Colton le ordenarían sentarse.

–¡Alejad a ese animal! –chilló presa del pánico. Apuntó con la pistola a Adriana–. ¡De lo contrario, le volaré su bonita cabeza!

El súbito destello de dolor que en aquel instante atravesó la cabeza de Roger fue suficiente para que cayera de rodillas. Su mandíbula se aflojó, al tiempo que los párpados se le cerraban. Le asestaron otro golpe en un lado de la cabeza, y un tercero en el otro. Con la lengua colgando de la boca, Roger se desplomó sobre el suelo de mármol.

Con serena dignidad, Harrison extrajo un pañuelo del bolsillo interior de la chaqueta y procedió a secar la sangre y el pelo pegados al extremo del atizador, mientras Adriana corría hacia él con los brazos abiertos y los ojos llenos de lágrimas.

–¡Oh, Harrison! ¡Querido, querido Harrison, nos has salvado la vida! –gritó jubilosa, mientras abrazaba y besaba al criado, que reprimió una sonrisa sin por ello dejar de presentar la mejilla para recibir la mayoría de sus besos.

–Ha sido un placer serviros, señora. No podía permitir que ese bruto acabara con nosotros, ¿verdad?

Colton lanzó una risita cuando se unió a su esposa en su manifestación de agradecimientos. Al cabo de poco, los tres hicieron lo propio con Leo, que bostezó como si estuviera muy cansado.

–Roger dijo que había envenenado a los perros –informó Adriana a los dos hombres–, pero también reconoció que podía haberse equivocado de frasco. Al parecer, administró a los perros una poción para dormir en lugar de arsénico.

–En ese caso, ¿dónde está Aris? –preguntó Colton, mientras paseaba la vista a su alrededor.

–En la galería –contestó Adriana, apoyada contra su esposo–. Estoy segura de que, si Leo está vivo, Aris también.

–¿Y dónde están los criados?

–Fuera, en el cobertizo de las hortalizas.

–Los liberaré de inmediato –informó Harrison a la pareja, y se palpó el chichón de la cabeza para luego frotarse los dedos, teñidos de rojo–. Tal vez pueda convencer a la cocinera de que me vende la cabeza. Creo que vuelve a sangrar.

–Será un placer hacerte ese favor ahora mismo, Harrison –se ofreció Adriana–. Su señoría dejará en libertad a los criados y mandará a alguien en busca del alguacil, y luego echaremos un vistazo a Aris.

Poco después, la casa había recuperado casi por completo la normalidad. Roger estaba atado de pies y manos, apartado detrás de la mesita auxiliar para que nadie tropezara con él. Aún no había recuperado el conocimiento, y parecía dudoso que lo hiciera antes de que llegaran las autoridades.

Pronto se confirmó que los dos perros sólo habían recibido una dosis de láudano en lugar de veneno, pues Aris despertó bostezando, como si hubiera echado una larga siesta. Los perros disfrutaron de las atenciones que Adriana les prestó en la sala de estar, arrodillada a su lado, mientras enseñaba a Genie a acariciarles el pelaje. Colton abrió una botella de coñac nueva, por si Roger se había dedicado a manipular los licores, y procedió a servir una copa a Harrison y otra para él. Al ver a los perros dar muestras de su afecto a Adriana y Genie, y lamerles la cara, los dos hombres rieron de buena gana, cuando ambas hicieron muecas de asco. No obstante, Adriana se sentía muy feliz y agradecida de que todos estuvieran vivos.

Momentos más tarde entró Philana llena de agitación y se dirigió a la puerta de la sala de estar.

–¡Por fin soy abuela! He venido corriendo a daros la noticia. Tengo un nieto.

–¡Una noticia maravillosa, mamá Philana! –gritó Adriana muy contenta, y aceptó la ayuda de Colton para levantarse. Corrió hacia su suegra y la abrazó con afecto–. ¿Samantha se encuentra bien?

–Por supuesto, querida hija. Está más contenta que unas pascuas –dijo Philana–. Pero debo confesar que me siento un poco cansada, después de lo mucho que paseamos Percy y yo delante de la habitación, mientras el doctor Carroll atendía a Samantha. Os aseguro que no hay nadie en esta casa que haya pasado un día más ajetreado que yo. Me alegro mucho de que haya terminado, para relajarme al fin.

Las carcajadas provocaron que la mujer callara y mirara confusa a los miembros de la familia y los criados.

–¡Pues es verdad!

[illegible] la única que [illegible]

[illegible] en [illegible]

[illegible] se [illegible] a mi [illegible]

[illegible] tesoro de [illegible]

aja [illegible]

Alemania nace en la ciudad [illegible]

[illegible]

[illegible] Kendrew y su esposa [illegible] que

[illegible] de los cuatro [illegible]

[illegible] Samuel Gladstone [illegible]

[illegible] Fairchild Barnes [illegible]

[illegible]

EPÍLOGO

Adriana meció en los brazos a su vociferante hijo, intentando acallarlo lo suficiente para que el párroco concluyera el bautismo, el cual se llevaba a cabo en la misma iglesia donde habían bautizado a Colton. El niño se había dormido mientras lo amamantaban y había sido imposible despertarlo, y ahora estaba enfurecido porque no podía saciar su hambre. Por más que frotaba la nariz contra el corpiño de su madre, era evidente que no encontraba lo que le apetecía.

La expresión dolorida del reverendo Craig daba pruebas de la potencia de los pulmones del niño, y otro tanto ocurrió con Gyles Sutton cuando los chillidos de su nieto superaron el nivel de ruido que era capaz de tolerar. Philana y Christina exhibían sonrisas de orgullo, como disfrutando del momento. En cuanto a Colton, no había duda de que estaba muy divertido por la exhibición de temperamento de su hijo. De pie junto a su esposa, mostraba una amplia sonrisa de orgullo paterno, mientras el buen sacerdote intentaba bautizar a Gordon Sedgwick Wyndham.

Cuando Adriana pudo por fin retirarse a una habitación privada para amamantar a su hijo, se sintió complacida de que Samantha se reuniera con ella para hacer lo mismo. Los dos bebés se parecían mucho, y daba la impresión de que se miraban con curiosidad, tendidos uno al lado del otro. Era fácil predecir que, cuando crecieran, aquellos dos serían amigos íntimos como sus madres.

Más tarde, las dos mujeres encontraron a sus maridos sentados con Riordan y su esposa, la dichosa Felicity Kendrick, que parecía disfrutar de las tiernas atenciones de su marido. Era todo lo contrario de los malos tratos que había padecido a manos de Roger. Con la ayuda de un criado, Jane Fairchild había llevado a su padre, Samuel Gladstone, en una silla de ruedas. La ausencia de Jarvis Fairchild llamaba la atención, pero no parecía molestar a la laboriosa mujer, pues daba muestras de gran ingenio en su conversación con su nuevo yerno, su hija y otros aristócratas que se habían hecho grandes amigos de la familia Gladstone con los años.

Aquella noche, en la cama, Adriana estaba acurrucada contra su marido, mientras Leo y Aris dormían no muy lejos, disfrutando del calor que emanaba de la chimenea. Gordon acababa de mamar y dormía como un lirón en la cuna. En cuanto a Genevieve Ariella Kingsley, descansaba en su nueva habitación del mismo pasillo, con Blythe en el dormitorio contiguo siempre atenta a satisfacer las necesidades de la niña, que crecería sabiendo muy bien quiénes habían sido sus verdaderos padres.

–Cuesta creer que Riordan y Felicity ya estén esperando un hijo –comentó Adriana con una sonrisa–. También debió de quedarse encinta la primera noche. Ya está de dos meses, y es la esposa más radiante que he visto en mi vida.

Colton acarició el muslo de su esposa y admiró su esbeltez.

–Felicity parece muy feliz y contenta ahora que está casada con Riordan, y no me extraña, después de lo que sufrió con Roger. Jane no cabe en sí de gozo por la perspectiva de ser abuela. Quiere mucho a Riordan, y, por supuesto, él a su suegra, como yo a la mía.

Adriana lanzó una risita.

–Más te vale. No tienes otra elección.

Su marido sonrió.

–Yo no diría eso. Ya me fui de casa una vez, porque no me gustaba el acuerdo que habían tomado en mi nombre.

–¡Lo sé! –Adriana fingió un profundo suspiro–. Siempre has querido salirte con la tuya.

–Sé sincera. ¿Confiarías en mi amor si hubiera obedecido los deseos de mi padre desde el principio, y acudido al altar por sentido del deber?

–Bien, Samantha y Percy están muy enamorados, e hicieron lo mismo –razonó Adriana.

–Yo no soy Percy, y tú no eres Samantha, y yo diría que somos tan felices como ellos, si no más. Al menos, no has de preocuparte porque me vaya de picos pardos. Me he entregado a ese tipo de vida lo bastante para preferir la que llevo ahora contigo. Por si no lo sabíais, señora, estoy muy enamorado de vos.

Ella frotó la cabeza contra su hombro y acarició el fino vello de su pecho.

–Y yo de vos, milord.

Al cabo de unos momentos, Adriana se enderezó y miró los ojos sonrientes de su marido.

–Creo que Gordon será exactamente igual que tu padre.

–¡Como yo, señora! Será como yo –corrigió Colton.

Adriana pareció reflexionar largo tiempo sobre la respuesta, mientras paseaba la vista por la habitación. Por fin, se encogió de hombros.

–Bien, si tanto te molesta no llevarte todos los méritos, supongo que puedo permitir que se te parezca mucho. Pero...

Colton alzó una mano para acallarla.

–¡Lo sé, señora! Lo he oído toda mi vida. Me parezco mucho a mi padre.

Adriana apretó la nariz contra su mejilla.

–Y yo me alegro. Por si no lo sabíais, señor, sois un ejemplar del sexo masculino admirable, y estoy muy contenta de que seáis mío.

Pasó otro momento antes de que la joven apoyara la barbilla sobre el brazo que había cruzado sobre el pecho de su marido.

–¿Te dijo algo Riordan sobre el ahorcamiento de Roger?

–En efecto, porque estuvo presente.

–¿Qué dijo?

–Dijo que quería asegurarse, por él y por Felicity, de que estaban a salvo del monstruo para siempre. Pese a toda la gente que mató, Roger se comportó como un cobarde cuando afrontó la muerte. Lloró y suplicó durante todo el trayecto hasta el cadalso. Pero así como jamás tuvo compasión de sus víctimas, tampoco recibió ninguna.

–El señor Fairchild está muy contento de que Felicity se haya casado con Riordan –comentó Adriana–. Según Jane, predijo que un caballero aristócrata la pediría por esposa. Como Edmund Elston falleció y Jarvis compró la fábrica, su actitud hacia Samuel Gladstone ha cambiado para mejor. Parece que ahora admira mucho más al anciano y, por lo que me han dicho, ha devuelto todos los fondos que desvió a sus arcas después de despedir a Creighton y los demás, que ahora han vuelto a ser contratados. Felicity dijo que su padre anda cortejando a su madre, como si no fuera su esposa. Es posible que el haber vivido separados unos meses haya influido mucho en este arrepentimiento. Tal vez se dio cuenta por fin de que tenía una joya por esposa, y que iba a perderla si no se enmendaba.

Colton rió y rodó de costado para mirar a su mujer. Deslizó la mano sobre su espalda desnuda, hasta apoyarla sobre una nalga tentadora.

–Como escribió Shakespeare, señora, a buen fin no hay mal principio.

Los ojos de Adriana brillaron de júbilo cuando se fundieron con los de él.

–Rijoso.

Título de la edición original: *The Reluctant Suitor*
Traducción del inglés: Eduardo García Murillo,
cedida por Random House Mondadori, S. A.
Diseño: Jordi Salvany
Ilustración de la sobrecubierta: *Night and Sleep* (detalle)
de Evelyn de Morgan. The De Morgan Centre, Londres.
Fotografía: © Bridgeman Art Library

Círculo de Lectores, S. A. (Sociedad Unipersonal)
Travessera de Gràcia, 47-49, 08021 Barcelona
www.circulo.es
1 3 5 7 9 4 0 1 2 8 6 4 2

Licencia editorial para Círculo de Lectores
por cortesía de Random House Mondadori, S. A.

Depósito legal: B. 44735-2004
Fotocomposición: PACMER, S. A., Barcelona
Impresión y encuadernación: Printer industria gráfica
N. II, Cuatro caminos s/n, 08620 Sant Vicenç dels Horts
Barcelona, 2004. Impreso en España
ISBN 84-672-1028-1
N.º 27797

Título de la edición original: *The Reluctant Suitor*
Traducción del inglés: Eduardo García Murillo,
cedida por Random House Mondadori, S. A.
Diseño: Jordi Salvany
Ilustración de la sobrecubierta: *Night and Sleep* (detalle)
de Evelyn de Morgan. The De Morgan Centre, Londres.
Fotografía: © Bridgeman Art Library

Círculo de Lectores, S. A. (Sociedad Unipersonal)
Travessera de Gràcia, 47-49, 08021 Barcelona
www.circulo.es
1 3 5 7 9 4 0 1 2 8 6 4 2

Licencia editorial para Círculo de Lectores
por cortesía de Random House Mondadori, S. A.
Está prohibida la venta de este libro a personas que no
pertenezcan a Círculo de Lectores.

Depósito legal: B. 44735-2004
Fotocomposición: PACMER, S. A., Barcelona
Impresión y encuadernación: Printer industria gráfica
N. II, Cuatro caminos s/n, 08620 Sant Vicenç dels Horts
Barcelona, 2004. Impreso en España
ISBN 84-672-1028-1
N.° 27797